Amy Waldman
Das ferne Feuer

Roman
Aus dem Englischen
von Brigitte Walitzek

Schöffling & Co.

Für Alex, Ollie und Theo

Deutsche Erstausgabe

Erste Auflage 2021
© der deutschen Ausgabe:
Schöffling & Co. Verlagsbuchhandlung GmbH,
Frankfurt am Main 2021
Originaltitel: *A Door in the Earth*
Originalverlag: Little, Brown and Company, New York
Copyright © 2019 by Amy Waldman
Translation rights arranged by The Clegg Agency, Inc., USA
Alle Rechte vorbehalten
Satz: Fotosatz Amann, Memmingen
Druck & Bindung: Pustet, Regensburg
ISBN 978-3-89561-168-1

www.schoeffling.de

»Antimachos war mit Paris befreundet
Der sich für den Krieg einsetzte
Er öffnete eine Tür in der Erde
Und eine ganze Generation ging hinein«

Teil 1

1. Kapitel

Ankunft

Sobald sie die Straße sah, wusste sie, was ihn daran gereizt hatte. Unausgeschildert und unbefestigt stieg sie zwischen malvenfarbenen Gebirgsausläufern an und glitt dann zwischen ihnen hindurch. Wenn man sich langweilte – so wie Gideon Crane –, mit seinem Begleiter, mit der ganzen (wohin eigentlich führenden?) Reise, die man so unbedingt hatte unternehmen wollen –, hätte die Abzweigung einen geradezu angesprungen. Wie Crane hätte man den Fahrer gebeten, die Hauptstraße zu verlassen, und als der sich weigerte, seinen Laster mit der Fuhre Melonen aufs Spiel zu setzen, nur um die Neugier eines Ausländers auf eine dämliche Nebenstraße ins Nirgendwo zu befriedigen, wäre man ebenfalls ausgestiegen und hätte versucht, mit Eseln weiterzukommen.

Parvin Schams wurde in einem weißen Land Cruiser auf eben diese Nebenstraße kutschiert, was sie mit noch größerer Bewunderung für Cranes Risikobereitschaft erfüllte. Ihr war fast schwindlig vor Aufregung, weil sie sechs Jahre nach Cranes ursprünglicher Reise seinen Spuren folgen konnte. In seinen Erinnerungen – dem Buch, das sie hierher geführt hatte – hatte er von seiner »Sehnsucht nach Abenteuern« gesprochen, die ihn auf diese Straße gelockt hatte, und von seiner Überzeugung, tiefer ins Innere Afghanistans vorzudringen, würde ihn tiefer in sein eigenes Inneres führen: *Was wir als Annehmlichkeiten betrachten, sind nur Puffer, die uns daran hindern, uns selbst kennenzulernen, zu uns selbst zu werden. Ich wollte mich von innen nach außen kehren, meine Taschen ausleeren und herausfinden, was in mir steckte.* Mit ihren einundzwanzig Jahren – etwa halb so alt wie Crane zur Zeit seiner Reise – glaubte Parvin, ähnlich gestrickt zu sein, war sie doch unterwegs in ein abgelegenes Dorf, wo sie sich Cranes Kreuzzug, afghanische Frauen davor zu bewahren, im Kindbett zu sterben, anschließen wollte. Sie würde bei einer Familie leben und ihre ärmlichen Lebensumstände mit ihnen teilen. Ganz unverkennbar teilte sie Cranes Sehnsucht.

Diese Selbsteinschätzung wurde jedoch schon bald von den Steinen durcheinandergerüttelt, mit denen die Straße übersät war. Crane hatte sie als »grauenhafte, kaum passierbare Zumutung« beschrieben, was sich in der Realität weit weniger romantisch anfühlte als bei der Lektüre. Die Straße war ein Hindernisparcours aus Geröll, über das man rumpeln, Felsbrocken, die man umfahren und tiefen Schlaglöchern, durch die man sich vorsichtig hindurchmanövrieren musste. Schlammpfützen saugten an den Reifen, als wollten sie Mark aus Knochen schlürfen. All das verlangsamte den Wagen auf holperige Schrittgeschwindigkeit. Auch die Zeit schien sich zu verlangsamen, und während die Minuten dahinkrochen und Parvins Unruhe wuchs, fing sie an, ihren eigenen Mut zu hinterfragen. Sie war zwar in Afghanistan geboren, doch ihre Eltern hatten das Land mit ihr und ihrer älteren Schwester verlassen, als sie ein Jahr alt war. Seitdem war sie nie wieder dort gewesen, sondern hatte ein behütetes amerikanisches Leben geführt – wie behütet, erkannte sie erst jetzt, als seine Annehmlichkeiten in weite Ferne rückten. In weiser Voraussicht hatte sie kaum etwas getrunken, ehe sie vor vier Stunden losgefahren waren, aber das Geholpere des

Land Cruisers schickte unangenehme Erschütterungen durch ihre Blase.

Sie ließen das Vorgebirge hinter sich. Über Haarnadelkurven hangelten sie sich an einer Schlucht mit hoch aufragenden Schieferwänden entlang. Überwältigt von einem Gefühl des Eingeschlossenseins vergaß Parvin für kurze Zeit ihr körperliches Unbehagen. Dann jedoch fiel ihr auf, dass die sogenannte Straße zu einem höchstens für ein einziges Fahrzeug geeigneten, aus den Felsen herausgehauenen Pfad geworden war. Als sie einen Blick aus dem linken Fenster wagte, sah sie – nichts. Es war, als hingen sie in der Luft. Tatsächlich krochen sie hoch oben an der Felswand entlang, die steil zu einem Fluss abfiel. An die Armlehne geklammert, sah sie das Auto jeden Augenblick über den Rand kippen und in das dumpfgrüne Wasser tief unten stürzen, wo Dunkel herrschte, obwohl der Tag sonnig war. Nur über der gegenüberliegenden Wand war ein Streifen erstaunlich blauen Himmels zu sehen. Ihr war kalt, sie hatte Hunger, ihre Muskeln waren völlig verkrampft, alles tat ihr weh. An jeder Biegung hielt sie Ausschau nach dem Dorf, aber das einzige erkennbare Anzeichen von Behausung, hoch oben auf einer Felsspitze, war ein Nest.

»Wie lange noch?«, schrie sie dem Fahrer, Issa, zu.

Er antwortete nicht, was sie inzwischen auch gar nicht mehr von ihm erwartete. Seit er sie in Kabul abgeholt hatte, hatte er auf voller Lautstärke Musik laufen lassen – größtenteils Bollywood-Soundtracks, die er mit überraschend angenehmer Kopfstimme mitsang. Für Parvins Fragen war er taub. Wenn überhaupt, redete er mit ihrem Cousin Fawad, der noch studierte und als ihre Begleitperson fungierte. Ihm hatte Issa den Beifahrersitz angeboten, während er Parvin behandelte wie ein Paket, das er ausliefern musste.

Issa, Cranes rechte Hand in Afghanistan, war anders, als

sie ihn sich vorgestellt hatte. Das Buch beschrieb ihn als findigen, mit allen Wassern gewaschenen Helfer, der eine Karriere als Antiquitätenschmuggler aufgegeben hatte, um sich für afghanische Mütter einzusetzen. Als Crane in dem Dorf, das Parvins Ziel war, eine Klinik errichten wollte, hatte Issa ihm unermüdlich beigestanden, verbissen mit Bürokraten, Banditen und Taliban verhandelt, gesagt und getan, was immer erforderlich war, um mehr Frauenleben zu retten, wohl auch, weil seine eigene Mutter bei seiner Geburt gestorben war. Als Junge, hatte Crane geschrieben, habe Issa nur einschlafen können, wenn er ihr Kopftuch umklammerte; als Mann träumte er immer noch von ihrer Berührung. Lange bevor Parvin ihn kennenlernte, hatte sie den mutterlosen Jungen in ihm bemitleidet, allerdings war dieses Thema zu persönlich, um es anzusprechen. Es war eigenartig, aus einem Buch mehr über einen Menschen zu wissen als das, was er selbst von sich preisgab – praktisch nichts.

Für Parvin hatte Issa mit seinen gleichgültigen Augen und dem mürrischen Mund überhaupt nichts Findiges. Sein buschiger schwarzer Schnurrbart war bei Weitem das Lebhafteste in seinem Gesicht. Bei ihrer Begegnung an diesem Morgen hatte er eine Begrüßung gegrummelt und ihre Kleidung gemustert – lange, rote, weit geschnittene Tunika, Jeans, marineblaues Kopftuch –, als seien diese Sachen ein für ihn unlösbares Rätsel. Mit Blick auf ihre drei Koffer hatte er gesagt: »Die Frauen in den Dörfern kleiden sich sehr schlicht.« Normalerweise reagierten Männer auf Parvins Schönheit – lange, dunkle Haare, lebhafte, ebenfalls dunkle Augen, volle Lippen –, oder zumindest auf eine Sinnlichkeit, die sie anscheinend besaß. Issa zeigte nicht einmal einen Hauch von Interesse.

Sie versuchte zu erkennen, ob auch Fawad so nervös war

wie sie, aber sie saß genau hinter ihm. Für ihn war diese Fahrt die erste, die ihn mehr als nur ein kurzes Stück aus Kabul herausführte, und er war nur höchst widerstrebend auf Beharren seines Vaters, Parvins Onkel, mitgekommen. Und nur unter der Bedingung, dass er, sobald er Parvin bei ihren Gastgebern abgeliefert hatte, sofort zurückkommen könne. Parvin fand seine Lederjacke, die gefälschte Designerjeans und die Edelsneaker für eine Fahrt ins ländliche Afghanistan ein bisschen lächerlich. Als sie Kabul hinter sich gelassen hatten, hatte er eine Weile wie besessen gesimst, es inzwischen aber aufgegeben. Die Berge hatten jedes Signal verschluckt.

Als hätte die Sonne einen Damm durchbrochen, flutete in genau diesem Augenblick Licht in die Schlucht, färbte den Fluss smaragdgrün und verwandelte den schmalen Streifen Himmel in feuriges Orange und grelles Pink. Zwei Vögel kreuzten ihren Weg und flogen die Schlucht entlang; ihre Schatten schwebten über die in warmes gelbes Licht getauchte gegenüberliegende Felswand. Parvin war hingerissen, gleichzeitig aber auch beunruhigt, da die untergehende Sonne bedeutete, dass sie das Dorf vielleicht nicht vor Einbruch der Dunkelheit erreichen würden.

So plötzlich, wie die Farben gekommen waren, verschwanden sie wieder. Violett-blaues Zwielicht, ätherisch, flüchtig, breitete sich aus und wurde kurz darauf von der Nacht verschluckt. Parvin hatte noch nie einen so angespannten Fahrer oder eine so absolute Dunkelheit erlebt. Die Scheinwerfer des Land Cruisers kamen kaum dagegen an. Issa machte die Musik aus, die noch eine Weile in Parvins Ohren nachhallte, und umklammerte das Steuer so fest, dass seine Knöchel im schwachen Schein der Armaturenbeleuchtung totenbleich aussahen. Dazu waren er und Fawad verstummt, und die plötzliche Stille ängstigte sie.

Der Fluss und überhaupt die ganze Welt außerhalb des Autos waren verschwunden. Die Straße oder das, was Parvin im Licht der Scheinwerfer davon erahnen konnte, wurde noch schmaler, ihr Tempo noch langsamer. Parvin hatte Angst und kam sich gleichzeitig dumm vor, weil sie sich in diese lebensbedrohliche Situation gebracht hatte, andererseits fühlte sie sich beim Gedanken an ihren möglichen Tod erregend lebendig. Sie warf einen Blick auf ihre Uhr mit dem im Dunkel leuchtenden Zifferblatt. Von der Hauptstraße zum Dorf waren es laut Issa fünfundzwanzig Kilometer, aber sie waren jetzt schon über zwei Stunden unterwegs, ohne dass ein Hinweisschild oder überhaupt eine Wegmarkierung zu sehen gewesen wäre. Gerade fing sie an zu zweifeln, ob das Dorf überhaupt existierte, da leuchtete ein weißes Gebäude im Scheinwerferlicht auf.

»Dr. Gideons Klinik«, rief Issa.

»Fereschtas Klinik«, verbesserte sie ihn scharf und drehte sich nach dem Gebäude um, das aber bereits nicht mehr zu sehen war. In seinem Buch hatte Gideon Crane betont, dass er darauf bestanden hatte, die von ihm errichtete Klinik nach Fereschta zu benennen, der Frau, deren Tod der Grund für den Bau gewesen war. Issa, einer von Cranes wichtigsten Helfern, *musste* das wissen. »Es hat nicht ausgesehen, als sei sie geöffnet«, rief sie, denn sie hatte sich die Klinik rund um die Uhr hell erleuchtet und von Leben erfüllt vorgestellt. Eine Art Leuchtturm. Völlig anders als dieses stille, verschlossene, dunkle Gebäude.

Doch da erreichten sie den Dorfbasar. Die Scheinwerfer beleuchteten leere Marktstände. Issa schaltete auf Parken, dankte Allah, klatschte Fawad ab und sagte, ab hier würden sie zu Fuß gehen. Erst jedoch verschwand er in der Dunkelheit, und sie und Fawad durften ihm beim Pinkeln zuhören.

Nach seiner Rückkehr überreichte er Parvin eine Taschenlampe und ihren kleinen Koffer, gab ihrem Cousin einen der beiden schweren, nahm selbst den anderen und bedeutete ihnen, ihm zu folgen. Parvin zitterte ein bisschen. Obwohl der Frühling allmählich in den Sommer überging – es war die erste Juniwoche –, war die Temperatur gesunken, je höher sie kamen.

Nach einer Weile blieb Parvin stehen und schaltete die Taschenlampe aus, um diesen Augenblick in ihrer Erinnerung festzuhalten. Sie hörte das Ticken ihrer Uhr. Klare, saubere Luft füllte ihre Lungen. Pechschwarze Berge ragten ringsum über ihnen auf. Offenbar befanden sie sich am Rand eines Plateaus. Auf der darunterliegenden Ebene fiel Mondlicht auf eine schwarze Wasserfläche. Über ihnen war der Himmel von einem Gewirr aus Sternen in Konstellationen übersät, die zu Hause nicht sichtbar gewesen waren. Fast hätte man meinen können, diese nächtliche Welt sei erst vor wenigen Momenten erschaffen worden, so wenig entsprach sie irgendeiner Version von Nacht, die Parvin je gesehen hatte.

Issa und Fawad warteten. Langsam fand Parvin in die Realität zurück. Verlegen knipste sie die Taschenlampe wieder an, und gemeinsam gingen sie weiter durch ein Labyrinth von Gassen, gesäumt von Mauern aus Lehm, hinter denen sich die Wohngebäude verbargen. Parvins Taschenlampe erhellte kaum mehr als Issas Rücken, das Mondlicht schaffte es lediglich, das Labyrinth zu streifen, und die Dunkelheit verstärkte jedes Geräusch: Das Knirschen von Erde unter den Füßen, das Rumpeln der Kofferräder, das Geraschel unsichtbarer Tiere, die sich im Schlaf bewegten, Parvins Atem. Alle Hauswände sahen gleich aus, ebenso ihre Holztüren, einschließlich der, vor der Issa irgendwann stehen blieb. Er hämmerte laut dagegen.

»Fereschtas Haus?«, fragte sie.

»Das ihres Mannes.«

Eine Laterne auf Beinen, so jedenfalls wirkte es auf den ersten Blick, öffnete die Tür. Dann nahm der Mann hinter der Laterne Gestalt an. Er musste Wahid sein, dachte Parvin aufgeregt, der Mann, den Fereschta zurückgelassen hatte. In Gideon Cranes *Mutter Afghanistan* spielte er eine so zentrale Rolle, dass Parvin das Gefühl hatte, eine Märchenfigur ins Leben gerufen zu haben.

Das Buch ging nicht sehr schmeichelhaft mit Wahid um. Crane hatte ihn als »jämmerlichen Schwächling« beschrieben, als bärtigen, nervösen, geschwätzigen, vom Leben gebeutelten Mann, der nichts unternommen hatte, um die Mutter seiner sechs Kinder davor zu bewahren, bei einer weiteren Geburt zu sterben. Ob sie am Leben blieb oder nicht, liege in Gottes Hand, hatte er gesagt. Das einzige Foto von ihm, das Parvin kannte – es tauchte in jedem Artikel über die von Crane erbaute Klinik auf und war auch im Buch selbst abgebildet –, bestätigte den Eindruck von Schwäche. Auf diesem Foto hatte der viel größere Crane den Arm um die Schultern Wahids gelegt, dessen Augen halb geschlossen waren.

Nun begrüßte er Parvin, Fawad und Issa und winkte sie in einen Innenhof. Parvin konnte kaum etwas sehen, aber vielleicht aus diesem Grund umso mehr riechen: Den erdigen Geruch von Tieren und Dung, Heu und Holzrauch. Dann hörte sie hinter sich ein Geräusch und spürte einen heißen tierischen Atemstoß im Nacken. Erschrocken quietschte sie auf, was sie sofort bereute, weil sie die anderen nicht zusätzlich darauf aufmerksam machen wollte, wie fremd das alles für sie war. Vorsichtig sah sie sich um. Es war eine Kuh. Issa lachte.

Das kleine Zimmer, in das Wahid sie führte, nachdem sie

ihre Schuhe ausgezogen hatten, wurde nur von zwei Laternen erhellt. Die Wände bestanden aus mit Stroh vermischtem Lehm, die Möblierung war spärlich – ein Läufer, der sich kühl anfühlte, Kissen entlang der Wände.

In diesem Raum wurden männliche Besucher empfangen, um die Parda der Frauen des Hauses zu wahren. Issa und Fawad setzten sich auf den Boden und lehnten sich in die Kissen. Parvin tat es ihnen nach. Wahid entrollte eine Wachstuchdecke, und zwei Söhne – dem jüngeren fehlte eine Hand –, brachten das Essen herein und stellten es vor sie. Parvin war die einzige anwesende Frau, aber von irgendwo oben waren andere weibliche Stimmen zu hören. In diesem Grenzland zwischen Männern und Frauen würde sie von nun an leben.

Das Hauptgericht war eine Platte Reis unter einer Schicht Rosinen und Möhren. Parvin wusste, dass im Inneren Fleisch verborgen sein musste, weil sie im nördlichen Kalifornien mit eben diesem Gericht aufgewachsen war. *Kabuli Palau* wurde bei allen Familientreffen aufgetischt, egal ob es sich um einen freudigen Anlass oder um ein Begräbnis handelte, das Lamm im Dampfkochtopf gegart, die Karotten zu dünnen Stiften geschnitten, die Rosinen gedünstet, bis sie prall waren, der Reis unter Zugabe von Brühe gekocht. Gewürzt wurde mit Zucker, Salz und Kreuzkümmel. Manchmal hatte sie die vielen erforderlichen Arbeitsschritte als mühselig empfunden, jetzt jedoch war es ihr ein Trost, sie im Kopf durchzugehen. Es war, als vermischten sich Vergangenheit und Gegenwart, als seien die beiden Familien, ihre zu Hause und diese hier, Teil desselben Clans mit gemeinsamen, unsichtbaren Wurzeln. Ihrem Magen zuliebe verzichtete sie auf das inzwischen zu Tage geförderte Fleisch und hoffte, dass es niemandem auffallen würde.

Auch während des Essens ignorierte Issa Parvin und redete in einem fort mit Wahid. Seine Gesprächigkeit ärgerte sie umso mehr, weil sie längst nicht alles verstand, obwohl ihr Dari ziemlich gut war und sie in den zwei Wochen in Kabul mit ihren Verwandten daran gearbeitet hatte, es noch besser zu machen. Jetzt aber bekam sie nur Bruchstücke und Satzfetzen mit, so wie sie vorhin auf der kurvigen Straße nur flüchtige Ausblicke erhascht hatte. Es lag daran, dass sie immer wieder einnickte, erkannte sie peinlich berührt, und war dankbar, als Issa irgendwann aufstand, gähnte, seinen Schnurrbart glatt strich und sagte, sie würden jetzt zur Moschee gehen, wo Fawad und er übernachten konnten.

»Wann bringst du hier endlich mal eine Glühbirne an?«, sagte er mit einer Handbewegung, die das ganze Zimmer umschloss, zu Wahid.

»Warum? Damit ich dein hässliches Gesicht besser sehen kann?«, gab der zurück.

Die schlagfertige Reaktion ließ Wahid in Parvins Achtung steigen.

Beim Abschied von ihrem Cousin, der am nächsten Morgen mit Issa zurückfahren würde, stiegen Parvin die Tränen in die Augen. Sie hatten sich zwar erst vor zwei Wochen kennengelernt und waren sich auch auf der Fahrt nicht unbedingt nähergekommen, aber er war ihre letzte, wenn auch noch so flüchtige Verbindung zu ihrer Familie.

Anschließend führte Wahid sie eine Treppe hinauf in ein so hell erleuchtetes Zimmer, dass sie schier geblendet war. Als sich ihre Augen an das Licht gewöhnt hatten, sah sie, dass es von einer einzelnen Glühbirne an der Decke kam. Es war der Kontrast zu Laternen- und Mondlicht, der es so grell erscheinen ließ. Ehe Parvin sich orientieren konnte, war sie von Wahids Frau und Kindern umringt, die ihr flüchtige

Küsse auf die Wangen drückten und mit rauen, schwieligen Händen nach ihren griffen. Sie trat einen Schritt zurück, um sie besser sehen zu können, aber sie drängten sofort nach. Lange Kleider streiften sie.

Ob sie wohlauf sei?, erkundigten sie sich. Ihre Familie auch? War sie bei guter Gesundheit? Hatte sie eine angenehme Reise gehabt? Wie in Afghanistan üblich, dauerten die Begrüßungen eine ganze Weile. Parvin hörte Namen und vergaß sie sofort wieder. Dagegen blieben die Gerüche, die von allen ausgingen – nach Rauch, Schweiß, gebratenem Fleisch, Öl, Muttermilch, Küche –, bei ihr haften. Mit ihren 1 Meter 65 war sie nicht sonderlich groß, überragte die ganze Gruppe aber trotzdem. Wäre sie mit der dorfüblichen Ernährung aufgewachsen, dachte sie, wäre sie wahrscheinlich genauso klein.

»Wir haben den Generator extra länger angelassen«, setzte Wahid den Begrüßungen ein Ende. Alle verstummten.

Seine Unverblümtheit zeugte nicht gerade von Liebenswürdigkeit. Im Gegensatz dazu, wie Crane ihn beschrieben hatte, nämlich als übermäßig geschwätzig, fühlte er sich augenscheinlich nicht verpflichtet, mehr als das Nötigste zu sagen. Im grellen Licht konnte sie ihn zum ersten Mal richtig sehen. Wie bei den meisten Afghanen vom Land war seine Haut von der Sonne gegerbt und voller Falten. Komisch, dass seine Augen auf dem Foto mit Crane fast geschlossen waren, denn sie waren sein auffälligstes Merkmal, geradezu schön, von der Farbe dunklen Bernsteins.

Parvin überlegte, ob er ihr mit seiner Bemerkung zu verstehen geben wollte, sie solle den zusätzlich verbrauchten Treibstoff bezahlen. In Gelddingen wusste sie nicht so recht, was über die fünfundsiebzig Dollar hinaus, die Cranes Stiftung als ihren monatlichen Beitrag zu den Aufwendungen der Familie vorgeschlagen hatte, von ihr erwartet wurde. Natürlich wollte sie Fereschtas Familie nicht ausnutzen, andererseits wollte sie sich aber auch nicht ausnutzen lassen.

Die Kinder breiteten mit geübten Handgriffen Bettzeug und Decken auf dem Boden aus und legten sich hin. Malerisch dahingelagert, warteten sie auf den Schlaf.

Parvin bat Wahid, ihr ihr Zimmer zu zeigen.

Das hier sei ihr Zimmer, sagte er. Alle schliefen hier.

Nicht sie, schwor sie sich bei der Vorstellung, in verbrauchter Luft inmitten all der ineinander verknäuelten Leiber aufzuwachen, und sagte, sie sei von einem eigenen Zimmer ausgegangen. »Ich würde mich damit wohler fühlen«, fügte sie hinzu, ohne sich zu fragen, wieso ihn das interessieren sollte.

»Niemand im Dorf hat ein eigenes Zimmer. Wir teilen alles miteinander«, antwortete er.

Erst später wurde ihr klar, dass alle es seltsam, sogar traurig fanden, dass westliche Menschen lieber allein schliefen, und noch seltsamer und trauriger, dass sie auch ihre Kinder schon sehr früh dazu zwangen. Während ihrer Zeit im Dorf sollte auch sie lernen, dieses Für-Sich-Sein infrage zu stellen.

Aber noch nicht. »Ich zahle gerne mehr, wenn ich ein eigenes Zimmer haben kann«, sagte sie in dem Moment, in dem der Generator stöhnend verstummte und das Licht ausging. »Vielleicht das Besucherzimmer, in dem wir gegessen haben?«

Aufgeregtes Geflüster in der Dunkelheit. Dann wurden Laternen angezündet, und Wahid griff sich eine Bettrolle und bedeutete ihr, ihm nach draußen und die Treppe hinunter zu folgen. Sie war stolz auf ihr Durchsetzungsvermögen, und auf ihren vermeintlichen Erfolg. Aber statt ins Besucherzimmer führte Wahid sie in eine winzige, stinkende Kammer, verscheuchte mit Schreien und Tritten eine Ziege und mehrere Hühner, deren Hinterlassenschaften überall herumlagen, legte das Bettzeug auf das Stroh auf dem Boden und sagte, morgen würde er versuchen, eine Tür zu finden. Er ließ ihr eine Laterne da, und in ihrem Schein zitterte Parvin vor Wut, überzeugt davon, dass es ein furchtbarer Fehler gewesen war, hierherzukommen. Auch Gideon Crane hatte bei dieser Familie gelebt und sie als überaus liebenswürdige Gastgeber beschrieben. Vielleicht war er ein besserer Gast gewesen? Vielleicht hatte er klaglos da geschlafen, wo man es ihm sagte?

Irgendjemand knallte draußen einen Wasserkrug hin, dann wurde es still. Parvin blies die Laterne aus, und die Nacht schloss sich um sie. *In so einem Moment muss man nicht nur gegen das Ersticken ankämpfen, sondern auch gegen die Angst vorm Ersticken*, hatte Crane über seine Entführung aus dem Dorf geschrieben, während der man ihm einen schwarzen Sack über den Kopf gestülpt hatte. *Denn die Panik ist eine ebenso große Gefahr wie der Sack an sich. Es war die Panik, die den Stoff an meine Nase zog und mir die Luft nahm, woraufhin ich noch mehr in Panik geriet, bis ich mich zwang, mich zu beruhigen. Da konnte ich wieder atmen.*

Der Gedanke, ihre Sachen auszuziehen, so schmuddelig sie auch von der Reise waren, war ihr unerträglich. Vollständig angezogen kroch sie in ihr Bett, das noch den Abdruck anderer Körper trug.

2. Kapitel

Vertrödelte Zeit

Gegen Morgen träumte Parvin, ein Kind zupfe fast liebevoll an ihren Haaren, musste beim Aufwachen aber feststellen, dass es eine Ziege war. Das Tier schien fast ebenso überrascht, etwas Lebendiges am Ende seiner kleinen Zwischenmahlzeit vorzufinden, wie Parvin es war, angeknabbert zu werden. Sie schrie auf, stieß die Ziege weg, jagte sie hinaus und kauerte sich an die rückwärtige Wand des Raums. Die Dämmerung sickerte durch die Tür und mischte sich mit der Dunkelheit wie Milch mit Kaffee. *Kaffee.* Dass sie keinen hatte, war die erste kleine Enttäuschung des Tages.

Die Ziege war in der Tür stehen geblieben und ermöglichte Parvin einen ausgiebigen Blick auf ihre gelben Augen, großen Ohren und unansehnlichen Zähne. Sie griff nach ihrem Handy, in Gedanken bereits bei der Überschrift – *Meine neue Zimmergenossin* – für ihren Facebook-Post. Dann fiel ihr ein, dass sie keine Möglichkeit hatte, irgendetwas zu posten. Im Dorf gab es kein Internet, keine Computer, keine Fernseher, überhaupt kein Netz. *Es ist kein einfacher Ort für jemanden, der an amerikanische Annehmlichkeiten gewöhnt ist*, hatte Crane in einem seiner Vorträge gewarnt, was nur dazu führte, dass Parvin erst recht fahren wollte. Jetzt jedoch, ohne Publikum, mit dem sie ihre Erlebnisse teilen konnte, fühlte sie sich verloren. Zeugenlos. Wahllos tippte sie auf dem Handy herum und scrollte dann durch die Fotos ihrer College-Abschlussfeier vor gerade einmal zwei Wochen, die ihr allerdings viel länger vorkamen. Dass sie damals so glücklich ausgesehen hatte, machte sie nun nur noch unglücklicher. Sie warf das Handy auf ihr Bettzeug.

Als es heller wurde, trat sie auf den Hof und machte eine Art Bestandsaufnahme: Drei Ziegen, mehrere Hühner, vier Kühe, ein Esel; Heuhaufen; ein Gemüsegarten; ein Weinstock; ein Granatapfelbaum; ein Klohäuschen; übereinander gestapelte, getrocknete Dungfladen, die ein bisschen wie luftige braune Pfannkuchen aussahen und als Brennmaterial verwendet wurden. Zwischen Haus und Klohäuschen spannte sich eine Wäscheleine. Die daran aufgehängten Männerhosen bauschten sich im Wind, als wollten sie im nächsten Augenblick davonspazieren.

Sie hob den Kopf und wäre fast hintenübergekippt, so schwindelerregend war die Veränderung des Maßstabs. In der Nähe zeichneten sich die hoch über allem aufragenden Berge scharf und präzise ab, wurden mit zunehmender Entfernung aber weicher und wechselten die Farbe – von Braun, Rot und Grün zu Grau und Lavendel. Die entferntesten waren von einem rauchigen Blau und schneegekrönt. Auf dem Weg von Dubai nach Kabul war Parvin über diese, oder vielleicht andere, aber ähnlich aussehende Berge geflogen. Aus der Luft betrachtet hatten sie majestätisch gewirkt, von hier unten machten sie ihr Angst, und sie war dankbar, als ein Kind die Treppe heruntergelaufen kam und ihre Träumerei unterbrach. Einen Moment starrten sie sich an. Parvin registrierte das schorfige Gesicht, die ungekämmten Haare und die leuchtenden, leicht schielenden Augen des Mädchens und lächelte die Kleine an, die daraufhin kehrtmachte und die Treppe wieder hinaufrannte. Parvins Lächeln erstarb, und sie nahm sich vor, nicht immer so empfindlich zu sein. Sie durfte sich nicht von jeder kleinen Zurückweisung kränken lassen.

Nach mehreren tiefen Atemzügen ging sie die Treppe hinauf und betrat den Hauptraum. Alle Gesichter wandten sich ihr zu, doch sie war so nervös, dass sie ineinander verschwammen und nur die Besonderheiten herausstachen. Das Mädchen von gerade eben schien sich verdoppelt zu haben; ganz unverkennbar gab es eine eineiige Zwillingsschwester. Und dann war da noch der Junge, der nur eine Hand hatte.

Ein halbes Dutzend Münder murmelte simultane Fragen: Ob sie gut geschlafen habe? Ob ihre Träume ihr etwas Neues mitgeteilt hätten? Ob die Ziegen sie warmgehalten oder die Sonne sie geweckt habe? Ob sie ein Ei möchte, Brot backen und kochen könne, baden wolle?

Dahinterzukommen, wer was gesagt hatte, fühlte sich an, als wolle man die Schnur eines fliegenden Drachens entwirren. Parvin wusste nicht einmal, ob überhaupt Antworten von ihr erwartet wurden. Sie hatte die meisten der Namen vergessen, die ihr am gestrigen Abend genannt worden waren, bis auf einen, vielleicht weil das dazugehörige Gesicht schwer zu vergessen war.

Wahid hatte Bina ein Jahr nach Fereschtas Tod geheiratet. Sie war Fereschtas jüngere Schwester und folglich sowohl Tante als auch Stiefmutter für Fereschtas sechs Kinder. Issa, der Parvin über diese Veränderung informiert hatte, hielt es für eine gute Sache, dass Fereschtas Kinder von ihrer Schwester großgezogen wurden. Allerdings ließen Binas fahle Haut und tiefliegende Augen vermuten, dass es für sie selbst nicht unbedingt gut war. Ihr Mund schien permanent zu einer Mischung aus gequältem Viertellächeln und Zähnefletschen verzogen, als wolle sie die Welt beißen, bevor die als Erste zubeißen konnte. Dieser sicherlich unbeabsichtigte trotzige Ausdruck bewahrte sie davor, völlig besiegt auszusehen. Ihr Alter war schwer zu bestimmen. Parvin schätzte sie auf Anfang zwanzig, also etwa in ihrem eigenen Alter, was wahrscheinlich die einzige Gemeinsamkeit zwischen ihnen war. Ein Baby in einem Tragetuch schmiegte sich an ihre Brust, ein kleines Mädchen und ein etwa vierjähriger Junge klammerten sich an ihren Rock.

Der Anblick dieser Kinder weckte in Parvin eine schmerzliche Sehnsucht nach ihrem einjährigen Neffen. Ansar war von allen Familienmitgliedern derjenige, den zurückzulassen ihr am schwersten gefallen war. Ihr Verhältnis zu ihm war absolut unkompliziert, eine reine, sehr körperliche Liebe. Sie war immer wieder aufs Neue hingerissen von seinen Speckröllchen, seinen langen Wimpern und seinen Babyzähnchen und liebte es, ihn zu knuddeln und zum Lachen zu bringen.

Die kleinen Kinder hier, magerer und schmutziger, hatten nicht die gleiche Wirkung auf sie. Bina bestätigte, dass es ihre waren. Fereschtas Kinder mitgerechnet, war sie also neunfache Mutter, und wie es aussah, war sie gleichzeitig damit beschäftigt, dem einen die Brust zu geben, das nächste zu füttern und allen nebenbei die Gesichter abzuwischen. Sie war schon seit Stunden auf, betonte sie, war schon vor Anbruch der Morgendämmerung aufgestanden, um Feuer für den Tee zu machen, den Brotteig zu kneten und ein halbes Dutzend anderer Dinge zu erledigen, bevor die anderen wach wurden.

Mein Gott, musst du müde sein, dachte Parvin, sagte aber: »Sie müssen Fereschta sehr vermissen.«

Ihre Worte stießen auf Schweigen, als habe sie einen Ball geworfen, den weder Bina noch sonst jemand fangen wollte. Natürlich war es anmaßend von ihr, ihre Bekanntschaft mit etwas so Persönlichem zu beginnen, und sie bedauerte ihre Bemerkung sofort, aber für sie, und für Millionen andere, die Binas Schwester aus Cranes Buch kannten, war ihr Tod noch neu, die Erinnerung an sie noch frisch. Parvin hatte das Gefühl, den Tod einer Frau, die sie nicht einmal gekannt hatte, persönlich miterlebt zu haben.

Der Hauptraum, in dem sie sich befanden, war rechteckig, vielleicht fünf mal zehn Meter groß, mit kleinen, hohen Fenstern. Er war die Bühne für das Leben der ganzen Familie, hier saßen sie beisammen, hier aßen und schliefen sie. Tagsüber wurde das Bettzeug zusammengerollt und in einer Ecke verstaut, die einzige andere Möblierung bestand aus einem großen Aluminiumkoffer, einem Ofen und einer Wiege, die an Seilen von einem Balken baumelte. Aluminiumtöpfe hingen an den Wänden, die stellenweise mit einem dunkleren Lehm ausgebessert worden waren. Der Teppich, auf dem Parvin saß, war fadenscheinig. Auf einem schmalen Holzregal stand ein kleines, batteriebetriebenes Radio.

Sie lehnte sich in die Kissen, die die Wand säumten, und schlug die Beine unter. Bina und die Mädchen bedienten erst Wahid, Wahids ältesten Sohn und Parvin, bevor sie selbst zugriffen. Beim Essen – es gab Brot, Tee und Joghurt – machten die auf sie gerichteten Blicke Parvin das Kauen schwer. Die Musterung ihrer Jeans und ihrer blaugrün lackierten Zehennägel, die das kleine Mädchen so faszinierend fand, dass es zu ihr gekrabbelt kam, um sie zu berühren, machten die Sache auch nicht besser.

Zwischen Brotbissen schoss Wahid Fragen auf sie ab, als seien sie, wie Holzhacken, eine Aufgabe, die er zu erledigen hatte. »Wer sind Ihre Eltern?«

Parvin nannte ihre Namen und fügte hinzu, ihr Vater sei Professor an der Universität von Kabul gewesen. Nach ihrer

Mutter wurde sie nicht gefragt, und obwohl sie das als Kränkung empfunden haben könnte, war sie erleichtert. Der Tod ihrer Mutter war bereits drei Jahre her und daher nicht mehr ganz so schmerzlich. Aber die Vorstellung, mit diesen Menschen über ihre Mutter zu sprechen, löste in ihr das unerwartete Gefühl aus, verletzlich zu sein. Sollten sie kein Interesse zeigen oder das Falsche sagen, könnte sie das nicht ertragen. Da war es ihr lieber, ihre Mutter blieb hier noch eine Weile am Leben.

»Und was wollen Sie hier tun?«, wollte Wahid dann wissen.

Parvin hatte angenommen, Cranes Mitarbeiter hätten das längst erklärt. »Ich möchte in der Klinik helfen«, begann sie.

»Dann sind Sie Ärztin?«

»Nein, nein, bin ich nicht. Ich bin gerade erst mit dem Studium fertig geworden.«

»Aber Sie wollen Ärztin werden?«

»Nein. Ich hoffe, das heißt, ich habe vor, als Akademikerin zu arbeiten. Ich möchte an einer Universität lehren. Und forschen.«

»Dann scheinen Sie sich verirrt zu haben, weil es hier keine Universität gibt.«

Die ganze Familie, einschließlich der Kinder, lachte. Inmitten der allgemeinen Belustigung presste Parvin die Hände auf ihre Knie, als wolle sie sich fester verankern. Ihr einziger Trost war, dass sie mehr verstand als am gestrigen Abend.

»Wir haben nicht einmal eine richtige Schule«, sagte Wahids ältester Sohn, der Dschamschid hieß, wie Parvin wieder einfiel. Er war etwa fünfzehn und hatte die unverwechselbaren Augen seines Vaters. Die kleineren Kinder wurden in der Moschee unterrichtet, fuhr er fort, für die älteren, so wie ihn, gebe es nichts.

Parvin beeilte sich zu erklären, dass sie keineswegs jetzt sofort an einer Universität arbeiten wolle, sondern gekommen sei, um herauszufinden, wie sich die von Gideon Crane erbaute Klinik auf die Gesundheit und die Geburtssituation der Frauen im Dorf ausgewirkt habe und welchen Gefahren sie immer noch ausgesetzt seien. Sie holte zu weit aus, strapazierte ihr Dari über ihre Fähigkeiten und jede Verständlichkeit hinaus. Das erkannte sie an den Gesichtern der anderen, konnte aber einfach nicht aufhören. Immer wieder musste sie sich mit Englisch behelfen, um Lücken zu füllen: »Ich habe medizinische Anthropologie studiert, was heißt, dass man sich damit beschäftigt, wie Menschen in anderen Kulturen leben und auf welche Weise die Strukturen dieser Kultur bestimmen, wie man mit medizinischen Problemen umgeht, und mit welchen Ergebnissen –«

»Sind Sie verheiratet?«, unterbrach Wahid.

»Verlobt«, log Parvin.

»Und der Mann, den Sie heiraten wollen, hat Ihnen erlaubt, hierherzukommen?«

Sie spürte, dass Dschamschid sie beobachtete. Alle beobachteten sie. »In Amerika braucht eine Frau keine Erlaubnis eines Mannes, um auf Reisen zu gehen«, sagte sie mit einem Lächeln in Richtung der Mädchen. Sie hoffte, ein positiver, vielleicht sogar motivierender Einfluss auf sie zu sein. Nur eine von ihnen, die Älteste, im Teenageralter, auffallend hübsch, mit glänzenden Haaren, blitzenden Augen und einem Mund wie eine blassrosa Lilie, lächelte zurück.

»Und Ihr Vater – hat er es erlaubt?«, ließ Wahid nicht locker.

»In Amerika können Frauen alles tun, was sie sich erträumen«, antwortete Parvin, inzwischen gereizt. Alles, was Wahid sagte, passte zu einem Mann, der es nicht für nötig befunden hatte, um das Leben seiner Frau zu kämpfen. »Frauen können sogar für die Präsidentschaft kandidieren. Oder ins Weltall fliegen. Einfach alles. Und wir brauchen dafür keine Erlaubnis.«

»Und obwohl das alles möglich wäre, haben Sie davon geträumt, hierherzukommen?«, fragte Wahid und erntete weiteres Gelächter.

Wahid baute Weizen und Alfalfa an; außerdem hatte er Maulbeerbäume. Nach dem Frühstück würde er wie üblich mit Dschamschid auf die Felder gehen, erst jedoch fragte er Parvin nach dem Geld, das sie ihm für Unterkunft und Verpflegung schuldete. Seine Nachfrage ärgerte sie, weil sie bedeutete, dass er ihr nicht traute, obwohl sie keine Möglichkeit hatte, ohne seine Hilfe von hier wegzukommen. Sie lief in ihr Zimmer, um das Geld zu holen. Die Kinder machten Anstalten, ihr zu folgen, aber Wahid befahl ihnen, zu bleiben, wo sie waren.

Über Cranes Stiftung hatte sie vereinbart, Wahid monatlich fünfundsiebzig Dollar zu zahlen. Inzwischen hatten er und sie sich darauf geeinigt, dass sie ihm weitere fünfundzwanzig Dollar für den Luxus eines eigenen Zimmers geben würde, beziehungsweise, dachte Parvin, für den Luxus eines so penetranten Gestanks, dass sie die ganze Nacht kaum Luft bekommen hatte. Sie kniete sich auf den Boden und fing an, einen riesigen Stapel Afghanis abzuzählen, weil sie drei Monate im Voraus zahlen wollte, um weiteren Forderungen Wahids zuvorzukommen und sich gleichzeitig an das Leben hier zu binden. Das Unbehagen, das sie beim Frühstück empfunden hatte, würde sich legen, tröstete sie sich, obwohl sie nicht wirklich daran glaubte. Im Kopf ging sie die Unterhaltung mit der Familie noch einmal durch und versuchte, dahinterzukommen, was ihr so gegen den Strich gegangen war. Darüber vergaß sie, wie weit sie beim Zählen gekommen war – sie hätte mehr große Scheine mitbringen sollen –, und musste noch einmal von vorn anfangen. Ihre Frustration wuchs, und als ein Huhn hereinspazierte, trat sie danach und schrie: »Willst du mir auch die Haare abfressen?« Peinlicherweise standen Wahid und Dschamschid nicht weit von ihrem Zimmer im Hof und warteten auf sie. Sie griff sich das Geld, marschierte zu ihnen und sagte zu Wahid: »Hier. Für drei Monate.«

Er nickte und ging in die Hocke, um nachzuzählen. Sie betete, dass sie sich nicht zu seinen Ungunsten verzählt hatte – er würde denken, dass sie ihn übers Ohr hauen wollte. »Ich hoffe, es stimmt«, sagte sie vorsichtshalber, aber er konzentrierte sich aufs Zählen und antwortete nicht.

»Der ist zu viel«, sagte er schließlich und gab ihr einen Hundert-Afghani-Schein zurück.

Immerhin war er ehrlich. Fast hätte sie gesagt, er könne den Schein behalten, wusste jedoch auch ohne bisherige Auslandserfahrung, dass sie auf keinen Fall den Eindruck erwecken durfte, Geld habe für sie keine Bedeutung.

Als Wahid zu den Feldern aufgebrochen war, lichtete sich Parvins Bedrückung ein wenig, als habe sie, wie der Rest der Familie, unter seiner Fuchtel gestanden. Auch die anderen schienen sich freier zu fühlen, denn kaum dass die Tür hinter ihm zugefallen war, kamen die Kinder die Treppe hinunter und in Parvins Zimmer gerannt.

»Ich packe jetzt aus«, verkündete sie gutmütig und kauerte sich hin, um ihre Koffer zu öffnen. Die Kinder drängten näher und begafften die sorgfältig gepackten Sachen: Tunikas, Jeans, lange Röcke; mehr als genug Toilettenpapier für einen Basar, Kopfschmerztabletten, Tampons, Sonnencreme, Unterwäsche, Feuchtigkeitscreme, Insektenschutzmittel, Wimperntusche,

Kosmetiktücher, Energieriegel, Notizhefte, über ein Dutzend Bücher, darunter auch *Mutter Afghanistan*. Föhn. Springseil. Yogamatte. Ein aufblasbarer blauer Gymnastikball, der ihr jetzt besonders absurd vorkam. Die Blicke der Kinder landeten wie Fliegen auf all diesen Dingen. »Wie reich sie ist«, piepste eine schüchterne Stimme.

Nein, nein, nein, hätte sie gern protestiert, aber der springende Punkt war, dass der Inhalt ihrer Koffer für eine Amerikanerin absolut nichts Ungewöhnliches war. Ganz gleich, wie knapp es um ihre persönlichen Finanzen bestellt war, ihr Land war nun einmal reich, und sie kam nicht umhin zuzugeben, dass sie im Vergleich zu Gideon Crane, der nach allem, was man aus seinem Buch schließen konnte, mit kaum mehr als seiner Arzttasche hier angekommen war, sehr schlecht abschnitt. Zwischen den Beinen der Kinder hindurch sah sie sich im Raum um, aber es gab nichts, wo sie irgendetwas hätte unterbringen können. Daher packte sie alles wieder ein, als bereite sie sich darauf vor, die erste Möglichkeit zu ergreifen, von hier wegzukommen. Was, so bedrückt, wie sie sich fühlte, verlockend klang.

»Raus mit euch!«, verjagte Bina die Kinder, kam herein und bedachte Parvin mit ihrem gequälten Viertellächeln.

Erst jetzt fiel Parvin auf, wie klein und schmal Bina war. Es schien unmöglich – geradezu beängstigend –, dass sie drei Kinder zur Welt gebracht hatte.

»Ist irgendwas davon für uns?« Bina deutete auf die Koffer.

Natürlich. Natürlich hatte Parvin Unmengen an Geschenken für die Familie mitgebracht, angefangen bei Büchern bis hin zu Süßigkeiten. Aber Binas Ton, eine Mischung aus Feindseligkeit und Anspruchshaltung, weckte ihren Widerstand. Ja, sie hatte Geschenke mitgebracht, sagte sie, würde damit aber warten, bis die ganze Familie versammelt war.

Auch Bina fragte, weshalb Parvin gekommen sei, und sie wiederholte, was sie bereits gesagt hatte, und fügte hinzu, es habe sie traurig gemacht, vom Tod von Binas Schwester zu lesen. Sie wolle einfach helfen.

»Wollen alle Amerikaner helfen?«

»Nicht alle, aber viele. Wir hatten nun einmal – Glück.« Außerdem wolle sie mehr über das Leben der Frauen hier erfahren. Über Frauen wie Bina.

»Und wenn Sie es erfahren haben, gehen Sie wieder.«

Es war eher ein Befehl als eine Frage. Parvin nickte und versuchte, sich nicht anmerken zu lassen, wie verletzt sie war. Sie weinte, leise, aber erst, als Bina gegangen war. Das hier war nicht der Empfang, den sie erwartet hatte. Sie wusste, dass sie sich glücklich schätzen konnte, weil sie als Amerikanerin aufgewachsen und ihr ein Leben im Krieg erspart geblieben war. Andererseits jedoch hatte sie sich entschieden – aus freien Stücken entschieden! –, hierherzukommen, um etwas zurückzugeben. Sie hatte angenommen, dass diese Großherzigkeit – ihre Aufopferung – nicht gerade bejubelt, aber doch zumindest begrüßt werden würde. Auf jeden Fall hatte sie doch wohl etwas Besseres verdient als die Gleichgültigkeit oder sogar Feindseligkeit, die ihr bisher entgegengebracht worden war. Gideon Crane war seiner eigenen Aussage zufolge von dieser Familie mit offenen Armen aufgenommen worden. Vielleicht lag der Unterschied in den Charakteren von Wahids Frauen. Während Bina verhärmt und misstrauisch war, war Fereschta liebenswürdig und warmherzig gewesen.

Wie um diese Theorie zu bestätigen, tauchte Fereschtas älteste Tochter, die Hübsche, lächelnd vor Parvins Zimmer auf. Wie Bina trug sie ein weit geschnittenes Kleid aus einem leichten, leinenähnlichen Material, aber während Binas Kleid in einem dumpfen Braun gehalten war, war ihres schimmernd blau und besser geschnitten. Sie würde jetzt die Kühe melken, sagte sie, und als Parvin sich kurz darauf zu ihr gesellte, saß sie schon mit einem Blecheimer neben einer Kuh. Ihr Name, Shokooh, erzählte sie Parvin, bedeute »Herrlichkeit«.

Parvin fragte sie nach ihrem Alter. Sechzehn, antwortete Shokooh und beklagte sich gleich anschließend darüber, dass Bina sie jeden Tag zwang, die Kühe zu melken, und dann schimpfte, weil sie zu lange dafür brauchte. Dass Shokooh keine besonders großartige Melkerin war, war sogar Parvin klar. Beim Reden setzte sie mit dem Melken aus, und wenn sie dann weitermachte, schaffte sie es höchstens, ein paarmal unsanft an den Zitzen zu zupfen, bevor sie erneut aufhörte, um sich die Hände zu massieren. Währenddessen trippelte die Kuh ungeduldig hin und her und erwischte Shokooh gelegentlich mit ihrem Schwanz, mit dem sie nach den Fliegen schlug. »Das ist noch gar nichts«, sagte Shokooh, als Parvin eine Bemerkung darüber machte. Sie sei schon mehr als einmal *getreten* worden. Die Kühe könnten sie einfach nicht leiden.

»Weil du sie nicht leiden kannst«, kam es von Bina, die hinter ihnen aufgetaucht war. Beim Klang ihrer Stimme zuckte Shokooh zusammen. »Die Kühe interessieren sich nicht für dein Gerede. Sie wollen einfach nur ihre Milch loswerden.«

Arme Shokooh, dachte Parvin: Erst die Mutter zu verlieren und dann eine lieblose Stiefmutter zu bekommen!

Das Mädchen ging zurück ins Haus, und Bina übernahm das Melken mit gleichzeitig schnellen, geschickten und effektiven Bewegungen. Auch sie klagte: Wenn Shokooh gemolken hatte, musste sie hinterher immer kontrollieren, ob die

Euter auch wirklich geleert waren, damit die Kühe keine Entzündungen bekamen. Nur eine Frau, die gestillt hatte, wusste, wie schmerzhaft so eine Entzündung sein konnte. Ein Kind wie Shokooh hatte davon natürlich keine Ahnung. Sie vergaß auch oft, die Euter abzuwischen, bevor sie mit dem Melken anfing, sodass Stroh und Schmutz und Dung in die Milch gerieten. Außerdem konnte sie sich nicht merken, dass diese Kuh wollte, dass ihre vorderen Zitzen zuerst gemolken wurden, während jene es vorzog, wenn man mit denen auf der rechten Seite anfing, oder dass diese Kuh nie trat, jene aber schon. Oder sie passte nicht auf und ließ die Milch neben den Eimer laufen … und so weiter und so weiter, während sie molk, mit den Kühen redete, sie tätschelte und ihnen wie nebenbei den Rücken, den Bauch, das Euter kraulte.

Kühe seien so unterschiedlich wie Menschen, sagte Bina, während sie die weiße Stirn einer weiteren Kuh streichelte. »Vor ein paar Jahren hat die hier ein Kälbchen bekommen, dunkler als sie, aber auch mit einem weißen Fleck hier« – sie berührte ihren eigenen Nasenrücken. »Als es ein paar Monate alt war, entfernte es sich beim Grasen von den anderen und brach sich ein Bein, und als Wahid es fand, mussten wir es schlachten. Wir reden noch heute von diesem Kalb – wie es beim Schlafen aussah, wie schlampig und gierig es trank, oder ob es in den Bergen Angst hatte. Wenn wir schon nicht vergessen können, dass ein Kälbchen gestorben ist, wie könnte ich da meine Schwester vergessen? Wie könnten diese Kinder ihre Mutter vergessen?«

Diese Wendung kam für Parvin völlig unerwartet. Sie gab einen bedauernden Laut von sich.

Als Fereschta starb, fuhr Bina fort, war sie schon seit zehn Jahren von ihrer Familie fort. Die viel jüngere Bina war sieben gewesen, als ihre Schwester wegging. Sie hatte sie nie wiedergesehen.

»Wie ist denn das möglich?«, fragte Parvin bestürzt.

Das Dorf sei zu Fuß zwei Tage von ihrem Heimatdorf entfernt, erklärte Bina. Wenn Frauen vom Land heirateten, gingen sie für gewöhnlich für immer von ihren Familien fort. Sie hatten weder die Zeit noch das Geld für Reisen, und wer sollte sich während ihrer Abwesenheit um die Kinder kümmern? Die Männer interessierten sich nicht sonderlich für die Familienbande ihrer Frauen.

Vor vier Jahren hatte Parvins ältere Schwester, Taara, geheiratet und war nach San José gezogen, fünfundzwanzig Meilen von der elterlichen Wohnung in Union City entfernt. Als ihre Mutter im Sterben lag, war Taara für mehrere Monate nach Hause zurückgekommen, und auch danach hatten Parvin und ihr Vater sie fast jedes Wochenende gesehen, vor allem seit der Geburt ihres kleinen Sohns. Außerdem telefonierten und simsten die Schwestern die ganze Zeit – fast zu oft für Parvin, die vollauf mit ihrem Studium beschäftigt war, insgeheim dachte, dass Taara offenbar einsam oder gelangweilt war, und ihre Anrufe manchmal auf die Mailbox gehen ließ. Ihre Schwester hatte getan, was in der afghanisch-amerikanischen Gemeinde erwartet wurde: jung einen afghanisch-stämmigen Amerikaner geheiratet und innerhalb eines Jahres ein Kind bekommen. Taara hatte den asphaltierten Weg eingeschlagen, dachte Parvin, während sie selbst sich auf einem unbefestigten sah, ähnlich dem, der sie in dieses Dorf geführt hatte. Sie hatte mit ihrer feministischen Verachtung für Taaras Entscheidungen nicht hinter dem Berg gehalten, so wie die vier Jahre ältere Taara keinen Hehl daraus machte, dass sie die von Parvin missbilligte. Sie gerieten oft aneinander. Nun jedoch, wo sie es nicht konnte, empfand Parvin das plötzliche Bedürfnis, mit ihrer Schwester zu sprechen. Bina und Frauen wie sie mussten immer damit leben.

»Habt ihr euch geschrieben?«, fragte sie.

»Wie denn?«, antwortete Bina. Sie konnten beide nicht schreiben. Wie die meisten Dorfmädchen hatten sie mit neun mit der Schule aufgehört. Über Umwege hatten sie, mit beträchtlichen Verzögerungen, von Fereschtas Kindern erfahren. Aber Bina hatte oft an ihre Schwester gedacht – dass sie sie nicht sehen konnte, hatte sie nicht weniger lebendig gemacht. »Dann jedoch wurde uns eine andere Nachricht überbracht. Die ganze Zeit, die sie brauchte, um zu uns zu gelangen, dachten wir, Fereschta sei am Leben.«

»Es tut mir so leid«, flüsterte Parvin. So qualvoll es für sie gewesen war, ihre Mutter sterben zu sehen, musste es noch viel schlimmer sein, eine solche Nachricht völlig unerwartet zu erhalten.

Bina griff sich den vollen Milcheimer und trug ihn zur Küche auf der Rückseite des Hauses. Unter ihrem dünnen Kleid zeichneten sich die Rückenmuskeln an ihrem winzigen Körper überdeutlich ab. Sie war stark, wie sie es sein musste.

»Ich dachte, in der Nachricht geht es nur um das Schicksal meiner Schwester«, warf sie über die Schulter zurück. »Aber es ging auch um meins.«

Nämlich darum, dass sie Wahids Frau und die Mutter seiner und Fereschtas Kinder werden sollte. Parvin erschauderte bei dem Gedanken, einfach so an ihren Schwager ausgehändigt zu werden. Sie und er kamen nur miteinander aus, weil sie nicht verheiratet waren.

»Hat Shokooh Ihnen erzählt, dass sie lesen und schreiben kann?«, fragte Bina unvermittelt.

Nein, antwortete Parvin. Sie hatte angenommen, alle in Wahids Familie seien Analphabeten.

»Kann sie aber«, kam es verbittert von Bina. Unüberhörbar fühlte sie sich ihrer Stieftochter unterlegen, die gebildeter oder intelligenter war als sie, oder beides. In Parvins Augen trug dieser Neid dazu bei, Binas abweisende Haltung zu erklären, wenn auch nicht zu rechtfertigen.

»Vielleicht könnte Shokooh es Ihnen beibringen«, schlug Parvin vor. Sie waren inzwischen in der Küche angekommen. Bina, die die Milch in einen großen Topf seihte, gab ein Schnauben von sich. Sie war diejenige, die Shokooh alles beibringen musste, alles! Wahid hatte gesagt, er werde sich eine andere Frau nehmen, weil Bina nicht gut genug kochen könne. »Dabei kann Shokooh überhaupt nicht kochen!«, schimpfte Bina. »Und sie vertrödelt die Zeit.«

Parvin glaubte, sich verhört zu haben. »Eine andere Frau? Ich dachte, Shokooh ist Fereschtas Tochter. Sie ist noch so jung.«

Bina lachte rau auf. Oh nein, Shokooh war Wahids Frau, sagte sie und stellte den Milchtopf auf ein niedrig brennendes Feuer. »Ich war auch nicht viel älter, als ich hierherkam. Es ist für die meisten von uns dasselbe.

»Aber –« Parvin verstummte. Sie wusste nicht, was sie sagen sollte. Dass eine solche Heirat in Amerika nicht einmal erlaubt wäre? Was hätte das für einen Sinn? In Afghanistan waren Kinderehen nun einmal keine Seltenheit. Sie wusste auch nicht, was sie fragen sollte, außer, wann die Hochzeit gewesen sei.

Letztes Jahr, vor dem ersten Schnee, sagte Bina. Nachdem Wahid ihr gesagt hatte, er werde sich eine neue Frau nehmen, war er weggegangen, um zu heiraten, und als er mit seiner jungen Braut zurückkam, wurde von Bina erwartet, dass sie sie in den Haushalt eingliederte. »Sie hat immer noch eine Mutter gebraucht«, bemerkte Bina abfällig, als sei diese Bedürftigkeit eine Charakterschwäche. Ihr Gesichtsausdruck verriet, dass Wahids Entscheidung immer noch eine Wunde war, vielleicht immer eine bleiben würde.

Benommen setzte sich Parvin auf den Lehmboden. Im Kopf paarte sie Shokoohs junges, frisches Gesicht mit Wahids ledrigem. Abscheu war das natürliche Ergebnis. Als Außenstehende wollte sie nicht die Richterin spielen; es schien zu einfach, zu vorhersehbar, über die Rückständigkeit des ländlichen Afghanistan entsetzt zu sein. Aber Shokooh konnte höchstens fünfzehn gewesen sein.

Wieso überraschte es sie, dass Wahid nicht in seiner Trauer erstarrt war? Sie hatte erwartet, die Familie so vorzufinden, wie Crane sie verlassen hatte, als habe sein Buch die Zeit zum Stillstand gebracht. Vielleicht war das das Problem, wenn man jemanden durch ein Buch kennenlernte – sie kannte Wahid kaum, und doch hatte er sie bereits enttäuscht.

3. Kapitel

Eine existenzielle Bedrohung

Als Parvin anfing, sich mit *Mutter Afghanistan* zu beschäftigen, war sie in ihrem letzten Studienjahr in Berkeley und das Buch stand seit drei Jahren auf der Taschenbuch-Bestsellerliste. Natürlich hatte sie davon gehört und immer wieder Hinweise darauf gesehen – alles andere wäre so gut wie unmöglich gewesen –, war aber überzeugt, dass es nur ein weiterer Versuch war, den Informationsdurst der Amerikaner in Bezug auf ein Land, das auf neue und gefährliche Weise für sie relevant geworden war, zu Geld zu machen. In den über sieben Jahren seit den Anschlägen vom 11. September waren die akademischen Wälzer über Afghanistan durch Unmengen von Erlebnisberichten ergänzt worden – geschrieben von westlichen Ausländern, die geheime Nähkreise für Frauen oder Kosmetikschulen ins Leben gerufen oder als Soldaten, CIA-Agenten oder Reporter dort gearbeitet hatten. Viele von ihnen taten so, als hätten sie Afghanistan so entdeckt, wie Kolumbus Amerika entdeckte. Parvin hatte keins dieser Bücher gelesen und alle als belanglos abgetan.

Als sie in dem Café, in dem sie lernen wollte, ein liegengelassenes Exemplar von *Mutter Afghanistan* auf dem Tisch fand, hatte sie es in der Erwartung in die Hand genommen, es furchtbar zu finden. Der Einband zeigte eine Frau mit feucht schimmernden dunklen Augen und schwarzen Haaren, die fast vollständig unter einem schwarzen Kopftuch verschwanden, vor dem Hintergrund des blattähnlichen Umrisses des Landes. Aber der Text auf der Rückseite versetzte ihr einen unerwarteten Stich. Gideon Crane, hieß es dort, habe sich »in Afghanistan verliebt«.

Dass Afghanistan in seinem derzeitigen desolaten Zustand ein Land zum Verlieben sein könnte, war für Parvin eine Überraschung. Ihre Eltern liebten das Land, sehnten sich danach, aber schließlich war es ihr Heimatland, und sie hatten sich nie wirklich damit abgefunden, es verloren zu haben. Doch sie erinnerten sich an ein anderes Land, idealisierten es vielleicht sogar – das friedliche, ländliche Afghanistan und das weltstädtische Kabul vor der sowjetischen Invasion. Ihr Afghanistan war ein Land, in dem man freitags unter blühenden Mandelbäumen picknickte, in dem Musikveranstaltungen und Dichterlesungen stattfanden, ein Land mit einer jahrtausendealten Geschichte, in der viele der großen Zivilisationen der Welt eine Rolle gespielt hatten. Jetzt jedoch wurde Afghanistan mit schöner Regelmäßigkeit in den Nachrichten als steinzeitlich dargestellt, was Parvin, fast von Geburt an Amerikanerin, nur schwer mit den schwärmerischen Erinnerungen ihrer Eltern in Einklang bringen konnte.

Falls überhaupt, war Afghanistan seit dem Tag, an dem al-Qaida die Zwillingstürme zum Einsturz brachte, für Parvin ein Albtraum gewesen. Sie war damals vierzehn, ging erst seit wenigen Wochen auf die Highschool, und ihre für Teenager typische Unsicherheit befand sich auf einem absoluten Höhepunkt. Die neue Feindseligkeit Muslimen gegenüber fühlte sich an, als sei sie gegen sie persönlich gerichtet, und die über Afghanistan zirkulierenden Bilder von burkatragenden Frauen und gewehrschwingenden bärtigen Männern stellten für sie eine fast existenzielle Bedrohung dar. Unter keinen Umständen wollte sie mit diesen Bildern in Verbindung gebracht werden, und wenn sie in den nächsten Jahren von neuen Bekannten gefragt wurde, wo ihre Familie herkomme, log sie (aus Italien, aus Indien; ihre dunklen Augen und Haare ließen ihr die Wahl). Als sie 2005 in Berkeley anfing, ging sie bereits etwas entspannter mit der Situation um und engagierte sich sogar eine Zeit lang in der Afghanisch-Amerikanischen Gesellschaft, wo sie bei der Organisation von Festen und Tanzveranstaltungen half, die anderen Studenten ihre Kultur näherbringen sollten. Dennoch hielt sie das Land selbst auf Distanz. Als sie später über eine internationale Karriere an der Universität oder der Entwicklungszusammenarbeit nachdachte, sah sie sich in Afrika, in den Appalachen, in Brasilien – überall, bloß nicht in Afghanistan. Und nun kam dieser Amerikaner daher, der keine vorherige Bindung an das Land hatte, und fand dort seinen Lebensinhalt. Diese Diskrepanz – diese Verkehrung –, brachte sie aus dem Konzept. Crane hatte sich Afghanistan geöffnet. Wieso war sie aus Scham davor zurückgeschreckt?

Im Zug zurück nach Union City schlug sie das Buch auf und verschlang die ersten, eindringlichen Kapitel über Cranes Kindheit in Afrika, wo seine Eltern gearbeitet hatten. Als er beschrieb, wie er im Alter von dreizehn Jahren als »Missionarskind« nach Amerika zurückkam, gehörte Parvins Sympathie ihm. Sein Gefühl der Entfremdung, das Gefühl, immer ein Außenseiter zu sein, war ihr vertraut, obwohl sie viel jünger gewesen war, als sie nach Amerika kam.

Beim Abendessen mit ihrem Vater, Ashraf, bei dem sie lebte, lag das Buch aufgeschlagen neben ihr. Seit dem Tod ihrer Mutter hatten sie beide sich angewöhnt, bei Tisch zu lesen, so wie sie oft einfach etwas aufwärmten, was Taara für sie gekocht hatte. Ashraf konnte nicht kochen, und die vollauf mit ihrem Studium beschäftigte Parvin hatte keine Zeit dafür.

Sie versuchte, ihrem Vater zu erklären, was sie dazu gebracht hatte, Cranes Buch zu lesen und wieso sie sein Gefühl der Fremdheit nachempfinden konnte. Da sie ihn nicht kränken wollte, sagte sie nicht, dass die fehlende Leichtigkeit ihrer Eltern Amerika gegenüber auf sie abgefärbt hatte, sondern sprach stattdessen darüber, dass sie sich in der afghanisch-amerikanischen Community fremd fühlte, für die ihr hoher Notendurchschnitt weit weniger zählte als ihre Ehre, ihre sexuelle Reinheit und ihre Heiratsaussichten. Das konnte sie ohne Schuldgefühle sagen; ihr Vater hatte sie in ihren akademischen Zielen immer bestärkt.

»Man könnte meinen, es wäre etwas Schlimmes, einen Hochschulabschluss statt eine Ehe anzustreben«, sagte sie.

Da derartige Bemerkungen für Parvin nichts Neues waren, nickte ihr Vater nur. Überhaupt schien er sich nur vage für Cranes Geschichte zu interessieren, vielleicht weil der in Parvins Erzählung noch nicht in Afghanistan angekommen war. Aber vielleicht, dachte sie, war auch Cranes Verbindung zu Afghanistan das Problem. Selbst nach dem 11. September hatten ihre Eltern nie davon gesprochen, zurückzugehen, obwohl andere aus ihrem Umfeld es taten. War ihr Heimweh nicht echt gewesen? Aber der eigentliche Grund, wusste Parvin, war die Tatsache, dass ihr Vater alles andere als ein Tatmensch war. Es war die Kehrseite seiner Sanftheit. Anders als viele der zurückgehenden Exilanten besaß er keinerlei Unternehmungsgeist, keinen Ehrgeiz, einen Regierungsposten zu ergattern. Dann wurde ihre Mutter krank, womit die Frage einer Rückkehr endgültig vom Tisch war.

Da das Gespräch mit ihrem Vater ins Stocken geraten war, wandte sich Parvin wieder *Mutter Afghanistan* zu. Seinem eigenen Eingeständnis nach war Crane ein Betrüger, was es noch überraschender machte, dass so viele Menschen sein Buch gelesen hatten. Er hatte Medizin studiert und sich auf Augenheilkunde spezialisiert. Dann aber hatte er sich auf Betrügereien verlegt und zusammen mit anderen die halbstaatliche Krankenversicherung Medicare durch die fälschliche Inrechnungstellung ärztlicher Leistungen um Hunderttausende betrogen. Dazu kam, dass er, obwohl verheiratet, einen Teil seiner unrechtmäßigen Gewinne darauf verwandt hatte, nicht nur eine, sondern gleich zwei Schwestern des Krankenhauses, an dem er operierte, zu verführen. Nachdem eine der beiden ihn und seine Mitverschwörer verpfiffen hatte, entdeckte er die Religion, beziehungsweise fand sie wieder, und trat der Mega-Kirche eines einflussreichen Predigers bei, dessen Schäfchen sich für ihn einsetzten. Parvin verdrehte die Augen bei dieser vorhersehbaren Wendung – der zu Fall gebrachte Mann, der zu Gott findet. Als Crane dann auch noch mit den Ermittlern kooperierte und dafür einen Deal aushandelte, der es ihm ermöglichte, gemeinnützige Arbeit im Ausland zu leisten, sträubten sich Parvins Nackenhaare angesichts der Nachsicht gegenüber Wirtschaftskriminellen weißer Hautfarbe, während Millionen junger schwarzer Männer für weit weniger ins Gefängnis gesteckt wurden. Nur Cranes Selbsterkenntnis ließ sie weiterlesen. *Ich hatte Unrecht getan und war praktisch ungeschoren davongekommen*, schrieb er.

Crane entschied sich für Kabul. Man schrieb das Jahr 2003, und Afghanistans Zukunft sah vielversprechend aus. Niemand ahnte, dass die vor zwei Jahren so vernichtend geschlagenen Taliban zurückkommen würden, und der Zustrom ausländischer Hilfskräfte und internationaler Hilfsgelder veränderte die Hauptstadt. Crane bezog ein Zimmer in einem komfortablen Gästehaus und verbrachte die nächsten Wochen damit, mittellose Afghanen mit Grauem Star oder Aderhautmelanom zu operieren.

Sein Verlangen, seine eigenen Tiefen auszuloten, veranlasste ihn anschließend dazu, in Begleitung eines nur als »A.« bezeichneten Dolmetschers auf Reisen zu gehen. Parvin war in ihrem Zimmer, als sie an diesem Punkt anlangte, demselben Zimmer in der Dreizimmerwohnung über einem Ein-Dollar-Laden, in der ihre Familie seit ihrer Ankunft in Union City vor zwanzig Jahren lebte. Es enthielt immer noch die beiden Einzelbetten, die ihnen von der Flüchtlingshilfe zur Verfügung gestellt worden waren, und auch im Wohn-Esszimmer standen noch die ursprünglichen Möbel: ein klobiger Esstisch aus zweiter Hand und eine wuchtige Couchgarnitur von der Sorte, die man auf Raten in Geschäften kaufen kann, die die Hälfte ihrer Waren auf dem Bürgersteig ausstellen. Das Einzige, was sich verändert hatte, abgesehen davon, dass das Burgunderrot der Couchgarnitur zu Rosa verblasst war, waren die Bewohner. Parvins Schwester, mit der sie sich dieses Zimmer geteilt hatte, wohnte jetzt in San José, ihre Mutter war gestorben, und Parvin und ihr Vater bewegten sich seitdem durch Räume, die über Nacht unerträglich riesig geworden waren. Das Buch in der Hand sah Parvin sich um und konnte Cranes Rastlosigkeit nachempfinden. Auch sie sehnte sich schon lange nach einem Leben, in dem sie nicht wusste, was als Nächstes kommen würde.

Das Tal, das Crane am Ende der Straße erreichte, war eine Art Paradies, ein idyllisches, von Ausländern unberührtes Fleckchen Erde, das selbst den meisten Afghanen völlig unbekannt war. Parvin versuchte sich vorzustellen, was sie tun würde, wäre sie die erste Ausländerin, die, so wie Crane, ein Dorf betrat. Sie fand, er hatte alles genau richtig gemacht:

Ich wurde seit damals oft gefragt, ob ich Angst hatte, und ich kann ehrlich sagen: Kein bisschen. Was hätte ich fürchten sollen? Es gab keine Extremisten, sondern nur ganz gewöhnliche Menschen, die friedlich vor sich hinlebten. Die Freundlichkeit der Gesichter, die sich uns zuwandten, als wir ins Dorf kamen, war nicht zu verkennen. Diese Leute standen Amerikanern nicht feindselig gegenüber. Ich war der Erste, den sie je zu Gesicht bekamen, und da ich mich als eine Art Botschafter für mein Land sah, versuchte ich, weder vorschnell zu urteilen noch Forderungen zu stellen. Ich wolle den Dorfbewohnern behilflich sein, sagte ich, und ihre Sitten und Bräuche kennenlernen, damit ich anderen Amerikanern ein zutreffendes Bild von ihnen vermitteln könne.

Wahid und Fereschta, arm, aber großherzig, hatten ihn bei sich aufgenommen. Fereschta, eine »schimmernde afghanische Rose« voller Grazie und Großmut, bereitete ihm schmackhafte Mahlzeiten, versorgte ihn mit Tee und Decken und kümmerte sich um ihre sechs Kinder, während sie ein siebtes unter dem Herzen trug.

Aber als sie in die Wehen kam, gab es Probleme, wie bei vielen afghanischen Frauen, insbesondere auf dem Land. Allerdings steht den meisten afghanischen Frauen kein amerikanischer Arzt zur Verfügung. Sicher, Crane war Augenarzt, kein Gynäkologe, wusste aber trotzdem weit mehr als die »ignorante alte Schachtel«, die als die traditionelle dörfliche Geburtshelferin fungierte. Es gab also Hoffnung, zumindest hätte es Hoffnung geben sollen. Aber Wahid sagte, er brauche die Erlaubnis des Mullahs, bevor ein ausländischer Mann seiner Frau helfen könne. Der Mullah verweigerte die Erlaubnis. Crane drängte Wahid, ihn trotzdem helfen zu lassen, aber der lehnte ab. Was immer geschehe, sei Gottes Wille, sagte er. Crane konnte nur versuchen, Fereschta in ein Krankenhaus zu bringen, in dem es eine Ärztin gab, aber im Dorf gab es kein einziges Fahrzeug. In seiner Verzweiflung setzte Crane sie auf den Esel – den Esel! –, mit dem er ins Dorf gekommen war.

Parvin las weiter. Ihre Stimmung hob sich, als Fereschta, Crane und Wahid das Bezirkskrankenhaus erreichten, und stürzte ins Bodenlose, als sich herausstellte, dass es auch hier keine Ärztin gab. Immerhin war der männliche Arzt kein Ausländer, und Wahid willigte ein, ihn helfen zu lassen.

Ich tigerte um das kleine Krankenhaus herum, schrieb Crane, *wo sich Ziegen an Müllhaufen gütlich taten, die mit medizinischen Abfällen durchsetzt waren. Fereschtas Schreie drangen aus einem Fenster und zerrissen mir das Herz. Ich warf mich zu Boden, breitete die Arme aus und flehte Gott an, mich an ihrer Stelle zu sich zu nehmen. Noch während ich betete, hörten die Schreie unvermittelt auf. Ich dankte Gott; das Baby war da! Dann durchbrach ein Laut, ein einziger langgezogener Schrei wie nicht von dieser Welt, der immer noch in meinen Ohren nachhallt, die Stille.*

Parvin fühlte sich wie nach einem Schlag in den Magen. Wahrscheinlich hatte sie gewusst, dass Fereschta sterben würde, weil das Buch in aller Munde gewesen war. Aber Cranes Talent als Geschichtenerzähler hatte sie glauben lassen, dass Fereschta es schaffen würde. Außerdem endeten derartige Geschichten doch immer mit einem Happy End! Parvin hatte sich um Fereschta auf die Weise geängstigt, wie man es in einem Horrorfilm oder auf der Achterbahn tut, wo sich Vergnügen unter das Grauen mischt, zu dem das unterschwellige Wissen um die eigene Sicherheit untrennbar gehört. Natürlich würde Fereschta am Leben bleiben, und Crane, der sie ins Krankenhaus gebracht hatte, würde in seiner eigenen Geschichte als Held dastehen. Genauso funktionierten doch diese Bücher.

Ich rannte ins Krankenhaus, schrieb Crane, *und durch die Flure, bis ich durch eine offene Tür sah, wie sich Wahid über den leblosen Körper seiner Frau beugte.*

Fereschta und das ungeborene Kind starben. Die anderen sechs Kinder blieben mutterlos zurück, und Parvin, die Jahre später davon las, war am Boden zerstört. Intellektuell war das alles natürlich kein Schock für sie. Als Medizinanthropologie-Studentin kannte sie alle Faktoren – strukturelle Ungleichheit, Mangelernährung, Sparprogramme, Neoliberalismus, ererbter Reichtum, geschlechtsspezifische Unterdrückung und viele mehr –, die dafür ausschlaggebend waren, dass Menschen, die meisten von ihnen Frauen, nicht am Fortschritt teilhaben konnten. Sie hatte zahllose Abhandlungen und Texte dazu gelesen, aber noch nie etwas, das sie das Empörende daran so tief *empfinden* ließ. Fereschta war vielleicht einzigartig, was ihre Schönheit und ihren Charme anging, ihr Tod war es nicht. Dass ihr Leben so früh endete, war fast schon bei ihrer Geburt vorgegeben worden. Millionen Frauen wie sie setzten jedes Mal, wenn sie ein Kind zur Welt brachten, ihr Leben aufs Spiel, und viele von ihnen verloren es.

Immer noch auf ein Wunder hoffend las Parvin weiter, als sei das Ganze ein Märchen, in dem die Großmutter irgendwann quietschfidel aus dem Wolf herausgeschnitten oder die Prinzessin durch einen Kuss ins Leben zurückgeholt wird. Aber hier gab es keine derartige Auferstehung. Der zutiefst bekümmerte Crane schwor, Fereschtas Tod zumindest etwas Gutes abzuringen und andere Frauen zu retten. In einem heroischen Kraftakt errichtete er im Dorf eine Klinik und benannte sie nach ihr.

Ich konnte Fereschta nicht zurückbringen und ihren Kindern wiedergeben. Das betrauere ich immer noch, das schmerzt mich immer noch. Aber wir können – wir müssen – andere Mütter am Leben halten, ihren sinnlosen und qualvollen Tod verhindern. Die Fantasie ist die wertvollste Fähigkeit, die wir Menschen besitzen. Sie ermöglicht uns, das Leid anderer nachzuempfinden, und Abhilfen zu erkennen, die es noch gar nicht gibt. Ich stellte mir eine Klinik vor, die Fereschta hätte retten können, und dann baute ich sie. Die Torturen, die Risiken, denen diese Mütter ausgesetzt sind, ließen nichts anderes zu.

Mit Tränen in den Augen klappte Parvin das Buch zu, und obwohl sie sich seiner Sentimentalität bewusst war, war sie ihr hilflos ausgeliefert und empfand es sogar als angenehm, dass Emotionen über den Zynismus siegten. Unter ihrer Bekümmerung lag aber auch etwas Grundsätzlicheres: Das Gefühl, dass sie selbst Cranes Reise unternehmen müsste. Beim Lesen hatte sie auch Neid empfunden. Oder war Besitzanspruch der bessere Ausdruck? Das kleinliche, besitzergreifende Gefühl, dass Afghanistan *ihr* Land und es *ihre* Aufgabe war, sich darum zu kümmern, und dieser Crane, dieser dahergelaufene Fremde, nicht das Recht hatte, es für sich zu reklamieren.

Parvin war nicht allein mit ihrer Bekümmerung über Fereschtas Schicksal. Das Buch hatte in Amerika ein derart ungewöhnliches Ausmaß an Idealismus ausgelöst, dass Crane es in einem Interview mit *Onkel Toms Hütte* verglich, einem Buch, von dem Parvin nur vage wusste, dass seine bewegende Schilderung der Grausamkeiten der Sklaverei zu ihrer Abschaffung beigetragen hatte.

Kirchen-, Lese-, Mütter- und Jugendgruppen – alle waren

so bewegt, dass sie Geld für die Klinik sammelten, die Crane in Fereschtas Dorf errichtet hatte. Ein vierzehnjähriges Mädchen aus New Jersey rief eine Spendeninitiative namens »Mittel für Mütter« ins Leben, die sich erst auf andere Schulen und dann über die sozialen Medien auf andere Staaten ausweitete. Jugendliche im ganzen Land organisierten Kuchenverkäufe und Tanzwettbewerbe, mähten Rasen oder spendeten ein Zehntel ihres Taschengelds, um Frauen in Afghanistan zu helfen. Wenn Gideon Crane sein Buch signierte, bildeten sich lange Schlangen, seine Vorträge zogen Massen an. In den Amerikanern hatten sich seit 2001 so viele Emotionen angestaut: Wut über die Anschläge, Sorge um das Schicksal der afghanischen Frauen, Schuldgefühle wegen der Soldaten, die sich freiwillig für den Einsatz dort meldeten und getötet wurden, Verwirrung darüber, wieso sie überhaupt noch im Land waren. Crane schien Antworten zu liefern, die eine heilende Wirkung hatten.

Als Parvin das Buch in die Hände bekam, dauerte Amerikas Krieg in Afghanistan bereits über sieben Jahre an. Er umspannte ihre ganze Zeit an der Highschool und inzwischen auch ihre fast vier Jahre am College. Amerika hatte al-Qaida zerschlagen und die Taliban entmachtet, aber die Intervention zog sich jetzt schon so lange hin, und die Ziele waren so vage, dass die Taliban als Aufständische zurückkehrten, was die Weiterführung des Krieges doch wieder erforderlich machte. Das Vorjahr, 2008, war das gewaltsamste seit 2001 gewesen. Annähernd fünfzigtausend amerikanische Soldaten waren in Afghanistan im Einsatz – so viele, wie an der ursprünglichen sowjetischen Invasion beteiligt gewesen waren. Siebzehntausend weitere sollten folgen. Die Kriegsanstrengungen wurden intensiviert, während die Unterstützung der Bevölkerung bröckelte. Cranes Buch schien diese Kluft zu überbrücken, indem es den Amerikanern in Erinnerung rief, wieso ihre Intervention immer noch benötigt wurde. Und er vertrat die Meinung, dass der Krieg, würde er anders, sprich humaner, ausgetragen, gewonnen werden konnte.

Millionen hatten seinen TED-Talk gesehen. Jetzt gesellte sich Parvin zu ihnen und sah sich die Sendung in ihrem Zimmer auf dem Laptop an. Sie hatte noch nie einen TED-Talk gesehen und fand das Format eigenartig, wie eine einseitige Unterhaltung, und konzentrierte sich anfangs vor allem auf Cranes verquollene Augen und die Art, wie seine langen Arme immer wieder vorschossen, um einen bestimmten Punkt zu unterstreichen. Bilder flackerten über einen Bildschirm hinter ihm, die meisten davon aus dem Buch. Eins zeigte die Klinik, deren Weiß im Sonnenlicht gleißte. Diese Klinik habe bereits so viele Leben gerettet, erklärte Crane, durch Kaiserschnitte, Bluttransfusionen und Infusionen, und befasse sich mit den häufigsten Ursachen von Müttersterblichkeit: gestörten Geburtsverläufen, Nachblutungen, vesikovaginalen Fisteln, Infektionen und Eklampsien oder Schwangerschaftsvergiftungen. Auch in anderen Dörfern habe er Kliniken errichtet, weil Dutzende von Dorfältesten den Weg über die Berge auf sich genommen hatten, um ihn darum zu bitten, da auch ihre Frauen bei Geburten starben. Wie es schien, gab es in jedem Haus eine Fereschta.

Die Müttersterblichkeit töte mehr Frauen als der Krieg, betonte Crane, bloß dass diese toten Frauen keinerlei Beachtung fanden. Eine Geburt war und blieb eine existenzielle Bedrohung. Auf dem Bildschirm hinter ihm erschien das erschreckende Bild einer Frau unter einem blutverschmierten Laken. Würden die Amerikaner ihre Fähigkeiten und ihr Know-how darauf verwenden, diese Bedrohung aus der Welt zu schaffen, würden sie Herzen und Gemüter der

Mehrheit der afghanischen Bevölkerung gewinnen, argumentierte er. Auch Mitgefühl sei eine Waffe, allerdings eine, die Amerika nicht einsetze. Darauf habe er den Vereinigten Generalstab hingewiesen. Es folgten Fotos von Generälen, die *Mutter Afghanistan* in die Kamera hielten oder Crane die Hand schüttelten. Noch stolzer sei er darauf, dass gewöhnliche Soldaten angewiesen wurden, *Mutter Afghanistan* vor ihrem Einsatz in Afghanistan zu lesen, und dass es für jeden Studenten der Militärakademie West Point Pflichtlektüre war.

Parvin wusste nicht, was sie über den Krieg denken sollte. Im Oktober 2001, als im Fernsehen zu sehen war, wie die Taliban aus Kabul flohen, hatten ihre Eltern vor Erleichterung geweint. Sie waren den Amerikanern dankbar, dass sie fünf Jahre barbarischer Talibanherrschaft beendet hatten und hofften, sie würden einen weiteren Bürgerkrieg verhindern und dazu beitragen, das zerstörte Land wieder aufzubauen. Aber als immer mehr Zivilisten durch das amerikanische Militär zu Tode kamen, fingen viele afghanischstämmige Amerikaner an, den Krieg infrage zu stellen (Parvins Eltern, die gegen den Krebs ihrer Mutter kämpften, sprachen kaum noch darüber). Sie selbst konnte nicht sagen, ob ihr Land Afghanistan half oder schadete, und ihr war unwohl dabei, nicht zu wissen, wo sie stand. Sie war einfach noch zu jung, um Unschlüssigkeit für etwas anderes als Feigheit zu halten.

Nicht lange nachdem Parvin *Mutter Afghanistan* gelesen hatte, hielt Gideon Crane einen Vortrag an einer privaten Universität in der Nähe von San Francisco. Sie besorgte sich eine Karte und fand sich an einem regnerischen Dienstag in einem Hörsaal wieder, in dem alle dreitausend Plätze besetzt waren.

Crane erschien erst eine Stunde nach dem angekündigten Beginn seines Vortrags. Den größten Teil dieser Zeit, in der sie mit lauter Musik zugedröhnt wurden, war auf dem Podium nur ein Rednerpult mit Mikrofon zu sehen, das mit jeder weiteren Minute zunehmend den Eindruck erweckte, es würde gleich selbst anfangen zu sprechen. Trotzdem spürte Parvin um sich herum keine Ungeduld und hörte keine Klagen; auch sie selbst war, völlig untypisch für sie, nicht sonderlich ungeduldig. Was bedeutete ihre Zeit schon im Vergleich zu der von Crane? Er hatte jeden Vertrauensvorschuss verdient.

Das Publikum war größtenteils in ihrem Alter, Studenten wie sie, vermutete sie, aber anders als ihre Kommilitonen in Berkeley. Weniger bunt. Sie konnte sich nicht erinnern, wann sie das letzte Mal so viele Weiße auf einem Fleck gesehen hatte. Außerdem waren sie weniger spöttisch, viel ernsthafter. Sie genoss die Begeisterung, die sie um sich herum spürte. Und ihre Anonymität, die Tatsache, dass es höchst unwahrscheinlich war, dass jemand, den sie kannte, im Publikum saß. Folglich musste sie keinen Erwartungen entsprechen oder Erklärungen dafür parat haben, warum sie hier war. Und zumindest an diesem Abend musste sie mal nicht über die Zukunft sprechen, wie sie und ihre Freunde es sonst neuerdings ununterbrochen taten. Natürlich machte auch sie sich Gedanken um ihre Zukunft, aber weder das Nachdenken noch das Reden darüber brachte sie einer Lösung näher.

Nur noch vier Monate bis zu ihrem Abschluss, und sie hatte keine genaue Vorstellung, was sie dann machen wollte. Ihren ursprünglichen Plan, sich für ein Graduiertenstudium zu bewerben, hatte sie im letzten September aufgeben müssen, als Lehman Brothers zusammenbrach. Zuerst hatte sie gedacht, der Zusammenbruch der Bank habe für sie keine Relevanz, aber als die Auswirkungen immer weitere Kreise zogen und sich mit anderen Zeichen wirtschaftlichen Niedergangs mischten, kam sie zu dem Schluss, dass es keine gute Zeit war, noch mehr Schulden anzuhäufen. In den darauffolgenden Monaten kämpften sie und ihre Freunde, die meisten idealistische Geisteswissenschaftler wie sie, heldenhaft und meistens erfolglos um Brotkrumen: dünn gesäte Stipendien, klägliche Zuwendungen, so gut wie unbezahlte Praktika in gemeinnützigen Organisationen. Der Arbeitsmarkt war der schlimmste seit zwei Jahrzehnten. Bei den Eltern unterzuschlüpfen und auf den Umschwung zu warten, was viele ihrer Freunde vorhatten, war für Parvin, die während ihres ganzen Studiums zu Hause gelebt hatte, keine Option, denn ihr Vater hatte beschlossen, nach ihrem Abschluss die Wohnung aufzugeben, in der sie seit zwei Jahrzehnten lebten, und zu Taara, ihrem Mann und ihrem Sohn nach San José zu ziehen. Taara ging davon aus, dass Parvin mitkommen und sich bis zu ihrer Heirat das Zimmer mit ihrem kleinen Neffen teilen würde, aber Parvin bekam allein bei der Vorstellung Schweißausbrüche. Es wäre wie eine zweite Kindheit unter den kritischen Blicken ihrer Schwester.

Den ganzen Herbst und Winter hindurch war sie immer panischer geworden, hatte vor Sorgen nachts kaum schlafen können und war morgens mit verkrampftem Magen aufgewacht. Selbst Barack Obamas Wahl zum Präsidenten und seine Amtseinführung, so begeistert sie auch darüber war, konnte ihr die unterschwellige Angst nicht nehmen. Sie fühlte sich verletzlich und allein und war ständig den Tränen nah. Wäre ihre Mutter noch am Leben, hätte sie sie getröstet, wäre aber nicht unbedingt eine Hilfe gewesen, da sie nie versucht hatte, in Amerika Arbeit zu finden. Ihr Vater dagegen wusste selbst kaum, wie er sich über Wasser halten sollte. Er arbeitete als Lehrer für Lyrik und Farsi an verschiedenen Community Colleges in der Bay Area, aber seine Klassen, und damit auch sein Einkommen, fielen Kürzungen zum Opfer, was der Grund dafür war, dass er zu Taara ziehen wollte. Die Sicherheit aus Parvins Teenagerjahren bröckelte Stück für Stück ab, und wenn sie durch die Straßen von Berkeley ging, hatte sie gelegentlich das traumartige Gefühl, in einen Abgrund zu stürzen.

Als Gideon Crane endlich unter anhaltendem Applaus auf die Bühne trat, war Parvin vom ersten Augenblick an hingerissen von seinem Charisma, obwohl die Logik ihr sagte, dass dieses Charisma nicht unbedingt angeboren, sondern seiner Berühmtheit geschuldet war. Als Erstes fiel ihr seine Größe auf – den Präsidenten der Uni, der ihn vorstellte, überragte er bei Weitem. Im grellen Licht sahen seine Haare gelb aus, und sein Gesicht war vor Erschöpfung zerknittert, was fürsorgliche Gefühle in ihr weckte. Ganz sicher kam die Erschöpfung von seinen endlosen Bemühungen. Auch sein Anzug war zerknittert, und Parvin fand diese Nachlässigkeit seiner äußeren Erscheinung gegenüber geradezu rührend.

Der Großteil von Cranes Vortrag war einfach eine Zusammenfassung des Buchs. Während er von Fereschta erzählte, der er nicht helfen durfte, von dem Eselsritt, von ihrem Tod, herrschte absolute Stille. Dann klingelte ein Handy, trotz des riesigen Saals überall hörbar, und alle sahen sich mordlüstern um, bis es abgestellt wurde. Crane dagegen sprach völlig ungerührt weiter. Seine Empörung über Fereschtas Tod wirkte so echt, als schöpfe er aus einem immer wieder nachgefüllten Reservoir, und er wusste seine Zuhörer so zu nehmen, dass sie völlig hingerissen waren. Er wisse, dass insbesondere junge Frauen um das Recht kämpften, selbst über ihren eigenen Körper zu bestimmen, sagte er, wolle ihnen aber auch in Erinnerung rufen, dass Frauen in Ländern wie Afghanistan absolut keine Wahlmöglichkeit hatten, und ihnen ans Herz legen, ebenso für die Rechte dieser Frauen zu kämpfen wie für ihre eigenen. Er wolle, dass junge Amerikanerinnen und Amerikaner ihre ganze Leidenschaft, Gutes zu tun, in die Welt hinaustrugen. »Vergesst darüber aber nicht, auch Spaß zu haben, solange ihr jung seid«, fügte er hinzu. »Ihr müsst nicht perfekt sein, um die Welt zu verändern.« Parvin vermutete, dass er von sich selbst sprach, aber seine Worte spiegelten ihr eigenes Gefühl wider, ihren Platz im Leben noch nicht gefunden zu haben. Ihr müsst nicht warten, bis ihr etwas oder jemand *werdet*, um zu helfen, schien er zu sagen. Vielleicht wurde man durch Taten zu der Person, die man sein sollte.

Als sie merkten, dass er am Ende angelangt war, standen alle geschlossen auf, um zu applaudieren. Aber noch während der Uni-Präsident, ebenfalls klatschend, zum Rednerpult ging, hob Crane grüßend einen langen Arm und verließ das Podium mit seinem schlenkernden Gang, ohne Fragen entgegenzunehmen, ohne Bücher zu signieren. Man sagte ihnen, draußen warte ein Auto, um ihn zum Flugplatz zu bringen, wo er einen Flug nach Oregon zu seinem nächsten Vortrag erreichen musste. Parvin lief los, um mit ihm zu sprechen, blieb aber im Gedränge der anderen stecken, die ebenfalls zum Ausgang strebten, und als sie es aus dem Hörsaal geschafft hatte, waren alle weg, die mit Cranes Organisation zu tun hatten. Sie hatte gehofft, zumindest jemanden zu erwischen, der für ihn arbeitete, denn am Ende von Cranes Vortrag war ihr eine Idee gekommen. »Geht in die Welt und seid das Beste, was Amerika zu bieten hat«, hatte er gesagt.

»Gebt das Beste, was ihr selbst zu bieten habt.« Und plötzlich konnte sich Parvin nicht mehr vorstellen, was sie lieber täte, und keinen Ort, an dem sie es lieber tun wollte, als in Afghanistan – oder vielmehr in Fereschtas Dorf. Es war genau das Richtige. Wahrscheinlich war sie die Einzige im ganzen Saal, die die Sprache beherrschte und mit der Kultur vertraut war. Der Krieg konnte sie nicht abschrecken. Wenn sie ihn aus der Nähe sah, würde sie hoffentlich selbst entscheiden können, was sie davon zu halten hatte.

Sie schrieb Crane über die Webseite seiner Stiftung an. Er antwortete nicht, weder auf diesen Brief, noch auf die nächsten drei, was nicht weiter überraschend war, da er sicher Unmengen von Post bekam. Allerdings war für Parvin selbst überraschend, dass sie nicht aufgab. Sie rief die Stiftung an, nervte Cranes Assistenten und seinen Stabschef. Die Leidenschaft, die Crane in ihr geweckt hatte, war echt. Ihr Ehrgeiz auch. Ihre Identität formte sich zunehmend um die Vorstellung herum, dieses Dorf aufzusuchen. Der Respekt, den sie auf den Gesichtern von Leuten wahrnahm, denen sie von ihrem noch unausgereiften Plan erzählte, war berauschend, machte sie geradezu süchtig. Eine Rückkehr zu ihrem gewöhnlichen Ich wäre eine Enttäuschung. Der Glaube an Menschen, die bereit sind, mehr zu tun, mehr zu opfern, als die meisten anderen Menschen leisten können, musste irgendein menschliches Bedürfnis befriedigen, dachte sie. Fühlte sie sich nicht deshalb zu Crane hingezogen?

Als Crane endlich antwortete, teilte er Parvin nur mit, sie solle sich wegen ihrer Spende mit seinen Mitarbeitern in Verbindung setzen. Sie schrieb zurück, um ihr Anliegen noch einmal zu erläutern, und erhielt eine vage, aber ermutigende Antwort, dann eine detailliertere E-Mail eines Mitarbeiters, der von Crane beauftragt worden war, ihr bei den Arrangements zu helfen. Nach einer weiteren längeren Wartezeit erfuhr sie, dass sie bei Fereschtas Familie unterkommen könne. Die Nachricht versetzte sie in helle Aufregung; sie erzählte sie überall herum und sonnte sich in Fereschtas posthumer Berühmtheit.

Später, an ihrem ersten Vormittag im Dorf, sollte sie sich abergläubisch fragen, ob sie wegen ihrer Angeberei in dieser Misere gelandet war. Wo waren die anderen? Die echten Gläubigen? Wieso war sie als Einzige unter all den zahllosen Fans von *Mutter Afghanistan* so dumm gewesen, in dieses Dorf zu reisen? Verbittert dachte sie an all die Leute, die sie angespornt hatten. Vielleicht nicht, weil sie ihren Edelmut bewunderten, sondern weil sie auf Dramatik hofften? Auch sie selbst hatte zweifelnden Freunden mehr als einmal unbekümmert zugeredet, Risiken einzugehen oder etwas Unüberlegtes zu tun – einem anständigen, aber langweiligen Freund den Laufpass zu geben; mitten im ersten Studienjahr das Hauptfach zu wechseln –, was sie selbst nie getan hätte. Denn selbst wenn man dabei vielleicht ein schlechtes Gewissen hatte, war es doch vergnüglich zu sehen, wie andere von einer Klippe sprangen, und darauf zu warten, was passierte, wenn sie unten ankamen. Trotzdem wollte sie nicht zugeben, dass die, die sie vor diesem Abenteuer gewarnt hatten, recht gehabt hatten.

Die Gründe, oder die Emotionen, die hinter diesen Warnungen steckten, waren für Parvin fast so interessant wie die Warnungen selbst. Die größte Sorge ihres Vaters war der Krieg und die Gefahr, die er für sie darstellte. Parvin hatte ihm versichert, die weit im Norden gelegene Provinz, die ihr Ziel war, sei sicher, hatte ihn aber nicht wirklich beruhigen können. Es folgten zahllose Telefonate mit Verwandten in

Kabul, die Parvin Recht gaben. Die Kämpfe nahmen zwar zu, konzentrierten sich jedoch auf das paschtunische Kernland im Süden, weit von Fereschtas Dorf entfernt. Die friedliche nördliche Provinz sei weder für die Aufständischen noch für die Amerikaner von Interesse. Trotzdem äußerten sie sich überrascht, dass Ashraf seiner unverheirateten Tochter erlaubte, allein in ein Dorf zu reisen, und das wiederum traf den Kern von Taaras Einwänden, nämlich dass Parvin, indem sie sich den wachsamen Blicken der Gemeinde entzog, ihre Ehre befleckte und damit ihre Heiratsaussichten aufs Spiel setzte.

Nach dem Tod ihrer Mutter hatte sich Taara ungefragt zum Mutterersatz ernannt, was Parvin auf die Nerven ging, vor allem, weil Taara ihr viel mehr Vorschriften machte, als ihre Mutter es je getan hatte. Sie führte sich auf, als falle alles, was Parvin tat, auf sie zurück, was zum Problem wurde, als ihr Gerüchte zugetragen wurden, Parvin habe sich mit einem Kommilitonen eingelassen. Sie hatten sich fürchterlich angeschrien und anschließend eine ganze Woche nicht miteinander geredet.

Dass Taara Parvins Heiratsaussichten als Grund dafür anführte, nicht nach Afghanistan zu gehen, war für sie umso mehr ein Grund, es zu tun, und da ging der Streit erst richtig los. Parvin verkündete, es sei ihr völlig egal, ob irgendein afghanisch-amerikanischer Junge sie heiraten wolle; es sei ihr auch egal, ob sie überhaupt je heiraten würde, und außerdem fahre sie in das Dorf, um sich mit den Frauen zu beschäftigen, nicht mit den Männern, was bitte war daran unehrenhaft? Sie warf ihrer Schwester vor, sich nicht für die afghanischen Frauen zu interessieren, woraufhin Taara entgegnete, Parvin interessiere sich nicht einmal für die Gefühle ihrer eigenen Familie, was schlimmer sei.

Ihrem Vater fiel die Aufgabe zu, einen Kompromiss auszuhandeln. Ihm selbst wäre es am liebsten gewesen, sie würde nicht fahren, hätte es ihr aber nie direkt verboten, und dafür war Parvin dankbar. Ihr Cousin Fawad würde sie ins Dorf begleiten, wo die Frauen sie unter ihre Fittiche nehmen würden. Dass ihr Vater das alles organisierte, obwohl er dagegen war, rührte Parvin. Er erlaubte ihr auch, das Geld, das sie für ihren Abschluss bekommen würde, für die Reise zu verwenden.

Sie buchte ihr Ticket und vereinbarte einen Termin mit ihrer Lieblingsprofessorin, um ihr von ihrem Vorhaben zu erzählen. Parvin hatte drei Kurse bei Nandita Banerjee belegt, deren bahnbrechende Arbeiten darüber, wie sich kulturelle Einstellungen zu Krankheit, Tod und ärztlicher Versorgung über Grenzen hinweg ausbreiten, ihr eine Stiftungsprofessur eingebracht hatten, bevor sie vierzig war. Wie viele andere Studenten beneidete Parvin die Professorin um ihren brillanten Verstand, ihre Selbstsicherheit und ihren Stil. Sie hatte ein Nasenpiercing (einen Diamantstecker), ihre Haare waren kurz und stachelig, und oft trug sie eine schwarze Lederjacke, die sie auszog, wenn sie sich, was häufig vorkam, über ein Thema ereiferte. Darunter kamen Arme zum Vorschein, die durch ihr Capoeira-Training perfekt modelliert waren (die Studenten interessierten sich brennend für dieses Training, ihre gelbe Vespa und ihr Liebesleben – ihr Partner war ein senegalesisch-französischer Philosoph, der zwischen Berkeley und Paris hin und her pendelte). Dass sie dunkelhäutig und gebürtige Inderin war, erhöhte ihre Glaubwürdigkeit. Frei von jeder Mitverantwortung an der amerikanischen Geschichte konnte sie jede noch so ungeschönte Wahrheit aussprechen, und ihr melodischer bengalischer Akzent war dem nicht abträglich.

Gleich zu Anfang eines Kurses hatte Professor Banerjee jemanden zitiert, der gesagt hatte, vorgeblich solle die Kulturanthropologie dazu beitragen, andere Kulturen zu verstehen, in Wahrheit aber sei sie ein Hilfsmittel zum Verständnis der eigenen Kultur. Diese Idee setzte sich in Parvin fest. Sie wollte sich weit genug von den historischen und kulturellen Grenzen distanzieren, die sie geprägt hatten, um sie untersuchen zu können. In ihrem ersten Kurs bei Professor Banerjee, einer Einführung in die Feldforschung, hatte Parvin ihr Objektiv auf ihre Kommilitoninnen gerichtet und sich mit der kulturellen Unterdrückung der Sexualität afghanisch-amerikanischer Mädchen befasst, und mit den heimlichen Ventilen, die diese Sexualität fand, und hatte die pflichtbewussten öffentlichen Gesichter ihrer Freundinnen und Bekannten mit ihrer wilderen privaten Seite verglichen. Mit dem Versprechen, ihre Anonymität zu hundert Prozent zu wahren, wie es der wissenschaftliche Verhaltenskodex vorschrieb, brachte sie sie dazu, ihre Nervosität abzulegen und ihr ihre intimsten Geheimnisse anzuvertrauen. So ängstlich und scheu wie sie waren, hätten sie genauso gut Verbrechen eingestehen können. Parvin führte eigenartige Interviews durch, in denen die Mädchen in der dritten Person über sich selbst sprachen und ihr schilderten, dass sie wie die Dealer in *The Wire* Zweithandys benutzten, um Eltern, die vielleicht auf die Idee kamen, ihre Fotos, Anruflisten und Nachrichten zu kontrollieren, hinters Licht zu führen.

In den Zwängen dieser Mädchen erkannte Parvin ihre eigenen. Alles, was sie tat, erfüllte entweder die Erwartungen ihrer Community darüber, wie man sich korrekt verhielt, oder war Rebellion dagegen. Sie war paranoid, was die Geheimhaltung ihrer eigenen Sexualität anging, weil sie fürchtete, ihre Eltern würden nach ihrem Verhalten beurteilt werden. Als der erste Junge, mit dem sie schlief, Jim, ein Biologiestudent aus Nebraska, beim Höhepunkt »Par – äh, Par« rief, war sie geradezu erleichtert, dass er ihren Namen vergessen hatte. (Der zweite erinnerte sich unglückseligerweise daran, was dazu führte, dass die Neuigkeit über komplizierte Stille-Post-Kanäle bis zu ihrer Schwester vordrang.) Professor Banerjee gab ihr zu bedenken, dass die konservative Einstellung ihres persönlichen Umfelds zur weiblichen Sexualität gar nicht so ungewöhnlich sei, wie es den Anschein habe, sondern auch amerikanischen Vorstellungen über das Verhalten der eigenen Teenager entspreche. Parvin liebte sie dafür: Es half ihr, ihre eigene Kultur in einen Kontext einzubinden, und gab ihr das Gefühl, weniger fremdartig zu sein. Weniger ausländisch.

Das war in ihrem ersten Jahr in Berkeley, einer Zeit, in der ihre Mutter immer kränker wurde. Von daher war es nicht weiter überraschend, dass Parvin bei ihrer Professorin und deren Ausstrahlung von Stärke Halt suchte. Als die Vorlesungen im Herbst ihres zweiten Jahres wieder anfingen, war ihre Mutter gestorben. Es dauerte nicht lange, da entwickelte sie die Fantasievorstellung, in Professor Banerjees Fußstapfen zu treten und Medizinanthropologin zu werden. Wie sie Wahid später erklärte, wollte sie Gesundheit und Krankheiten erforschen – wer krank wird und wieso, wer medizinische Hilfe erhält und wieso, und in welcher Hinsicht diese Verteilung kulturell bestimmt wird. Parvin war überzeugt, dass die Tatsache, dass afghanisch-amerikanische Frauen eher selten zu gynäkologischen Vorsorgeuntersuchungen gingen, der Grund dafür war, dass der Gebärmutterhalskrebs ihrer Mutter nicht rechtzeitig entdeckt wurde, eine Vermutung, die sie nur Professor Banerjee anvertraute.

Nun saß sie am Schreibtisch ihrer Professorin und erhaschte gelegentlich einen schwachen Hauch ihres Sandelholzparfüms. Auf ihrem Monitor tauchten immer wieder Benachrichtigungen über neu eingegangene Mails auf, aber anders als Parvin besaß Professor Banerjee die Selbstkontrolle, nicht nachzusehen. Ihre Forschungsergebnisse standen ordentlich aufgereiht auf langen Metallregalen, versehen mit Aufklebern, die Parvin während eines Praktikums teils selbst angebracht hatte. Gerahmte Poster von Franz Boas, Frantz Fanon und Zora Neale Hurston hingen an der Wand.

In einem wahren Wortschwall erzählte Parvin der Professorin, wie sie Cranes Buch gefunden, seinen Vortrag gehört und beschlossen hatte, in seiner Klinik zu helfen. Ihre Professorin hörte aufmerksam zu und nickte gelegentlich, was Parvin als Zeichen der Zustimmung interpretierte. Doch als sie fertig war, sagte die Professorin als Erstes, sie brauche *Mutter Afghanistan* nicht zu lesen, um zu wissen, dass es sentimentales Gewäsch sei.

Parvin war so überrascht, dass ihr der Mund offen stehen blieb. In der wissenschaftlichen Welt, aber nicht nur da, sei das Buch als »postkoloniales Machwerk« verrissen worden, sagte die Professorin. Parvin hatte Crane natürlich gegoogelt und größtenteils Lobeshymnen auf seine Leistungen und Berichte über die Art von öffentlichen Auftritten gefunden, die als Stufen zum Ruhm galten, unter anderem seinen TED-Talk. In Davos war er von den üblichen prominenten Weißen (Charlie Rose, Tom Friedman, Tom Brokaw, David Brooks) hofiert worden. Die anspruchsvolleren Debatten fanden auf akademischen Listservs statt, die sich wie Pilze im Schatten verbargen, wo nur Eingeweihte sie finden konnten.

Professor Banerjee hielt es für mehr als fragwürdig, dass sich ein männlicher weißer Amerikaner, und sei es in bester Absicht, zum Sprachrohr ländlicher afghanischer Frauen aufschwang, die zu den machtlosesten aller Frauen überhaupt gehörten, und dadurch genau die Machtverhältnisse untermauerte, die er angeblich in Frage stellen wollte. Aufzeichnungen von Unterdrückten, Indigenen oder Frauen, die normalerweise keine Stimme hatten, seien legitim und wert, gelesen und gehört zu werden. Aber die von privilegierten westlichen Menschen – insbesondere wenn sie von unterdrückten, indigenen oder ihrer Stimme beraubten Gruppen handelten –, seien im besten Fall problematisch.

»Fereschtas von ihr selbst erzählte Geschichte würde ich jederzeit lesen«, sagte Professor Banerjee mit Betonung auf »jederzeit«.

Immerhin war Parvin mutig genug, ihre Professorin darauf hinzuweisen, dass Fereschta tot war, obwohl sie wusste, dass das nicht der springende Punkt war. Es war, als hätte die Professorin Parvin dabei erwischt, wie sie in der Schlange vor der Supermarktkasse eine Promizeitschrift las. Als sie in aller Höflichkeit anmerkte, dass Crane Amerikas Art der Kriegsführung in Afghanistan kritisierte – er verurteilte die nächtlichen Razzien, die die amerikanischen Militärs in Dörfern durchführten, die Drohnenangriffe, die versehentlichen Bombardierungen von Hochzeiten, die Unterstützung von Warlords, die sich nachweislich ungeheuerlicher Menschenrechtsverletzungen schuldig gemacht hatten –, lächelte Professor Banerjee.

»Finden Sie es unter diesen Umständen nicht interessant, dass das Buch von den Militärs derart begierig aufgegriffen wurde?«, fragte sie. »Handelt es sich dabei um einen plötzlichen, unerwarteten Anfall von Selbstkritik?« Sie hielt einen Moment inne, als erwarte sie eine Antwort von Parvin, und fügte dann hinzu: »Wohl eher nicht.« Die Militärs feierten das Buch, sagte sie, weil es ihnen einen Weg zum Sieg aufzeigte, ihnen zeigte, wie sie »Herzen und Gemüter« gewinnen konnten, wie ihr ach so geliebter Spruch lautete. Das Buch wende sich keineswegs gegen den Krieg an sich, ganz und gar nicht. Es plädiere lediglich für eine freundlichere Version dieses Krieges.

Als Beispiel zog sie Cranes Wortschöpfung einer »gütigen Macht« heran: *Wenn die Afghanen denken, dass wir nur hier sind, um Bomben auf sie zu werfen und in ihre Häuser einzufallen*, schrieb er, *brauchen wir uns nicht zu wundern, dass sie uns nicht in ihrem Land haben wollen. Wir müssen eine gütige Macht sein. Statt weiterhin den tyrannischen, distanzierten Vater zu spielen, sollte sich Amerika mehr wie eine liebende Mutter verhalten.* Der Titel des Buchs konnte sich sowohl auf Fereschta, als auch auf diese neue Rolle beziehen. Überhaupt spielte die Liebe in *Mutter Afghanistan* eine große Rolle: Die Liebe afghanischer Männer zu ihren Frauen, die Liebe, die Amerika den Afghanen zeigen musste. Gefühle, argumentierte Crane, hatten durchaus einen Platz im Krieg und in der Politik. Und das, betonte Professor Banerjee grimmig, war eine Aussage, die man einer Frau niemals durchgehen lassen würde.

»Wieso gütige Macht?«, fragte sie. »Wieso nicht einfach Güte?« Weil es in Wahrheit eben um Macht gehe, beharrte sie. Macht bedeute Fortsetzung der militärischen Intervention. Macht bedeute, dass man auf Waffen und Bomben zurückgreifen konnte, wenn Güte einen nicht weiterbrachte. Es war doch ganz sicher kein Zufall, dass Gideon Crane just in dem Moment daherkam, in dem die Unterstützung der Bevölkerung für den Krieg nachließ, um die Amerikaner daran zu erinnern, weshalb sie in Afghanistan sein mussten – natürlich um die Frauen zu retten. »Parvin, hüten Sie sich vor jedem Feminismus, der imperialistischen oder kolonialen Interessen dient oder bei dem es, um es mit der perfekten Formulierung meiner Freundin Gayatri auszudrücken, darum geht, dass ›weiße Männer braune Frauen vor braunen Männern retten‹. Wir erzählen Geschichten, um zu vereinnahmen.«

Im Flur waren gedämpftes Gelächter und verhallende Schritte zu hören. Vor den Fenstern des Büros war es grau und regnerisch. Damals schien es immer zu regnen. Obwohl sich Parvin diese Gardinenpredigt anhören musste, graute es ihr davor, diesen hellen, behaglichen Raum zu verlassen. Hier drinnen konnte sie glauben, dass sie eines Tages so erfolgreich und sich ihrer selbst so sicher sein würde wie ihre Professorin. Da draußen war es schwerer, so zu tun, als ob.

Professor Banerjee sprach weiter. Parvin wisse doch sicher, oder, dass die humanitäre Haltung des Militärs nichts anderes war als moderner Imperialismus? Oder sogar noch schlimmer. Denn weil Crane behauptete, »errettet« worden zu sein, glaubten religiöse Menschen, dass er die christliche Liebe meinte, wenn er von Liebe zu den Afghanen sprach. »Verzeihen Sie mir, aber Sie sind naiv. Alle jungen Menschen sind das, vor allem die idealistischen«, tröstete sie Parvin, die zwar zuhörte, gleichzeitig aber dahinterzukommen versuchte, ob ihre Professorin ihre Augenbrauen mit Fadentechnik oder mit Zuckerpaste in Form brachte.

Vielleicht seien die Untertöne Parvin entgangen, sagte Professor Banerjee, sie hoffe jedoch, ihre Studentin habe die Diskussionen über die historischen Beziehungen zwischen Konquistadoren und Missionaren oder Priestern nicht vergessen. »Denken Sie an die East India Company und die britischen Missionare. Macht öffnet die Türen für Missionierung, die wiederum Macht rechtfertigt. Land und Menschen zu beherrschen ebnet den Weg für die Rettung von Seelen, und die Rettung von Seelen festigt die Herrschaft über ein Territorium«, hatte Professor Banerjee in ihrem Kurs gesagt. Nun wiederholte sie es.

Parvin fand zwar, dass sich Crane nicht wie ein Missionar aufführte, hatte aber nicht den Mut, das auch zu sagen, und fragte sich, ob ihre Professorin – es kam ihr illoyal vor, das auch nur zu denken – vielleicht neidisch war auf die vier Millionen Bücher, die Crane verkauft hatte. Sein Buch war zum nationalen Gesprächsthema geworden, Nandita Banerjees gelehrte, provokative Arbeiten nicht. Akademiker, war Parvin aufgefallen, hatten oft Vorbehalte gegen Populärwissenschaft und warfen ihr mangelnde Ernsthaftigkeit oder mangelndes Urteilsvermögen vor. Ob auch Neid hinter dieser Verachtung steckte?

Die Frage fühlte sich besonders lieblos an, als ihre Professorin sie kurz allein ließ, einen Abstecher zum Fakultätskühlschrank unternahm und mit zwei Tellern mit Currykartoffeln, Bittermelonen und Reis zurückkam. Trotzdem war Parvin nicht bereit, ihre Bewunderung für Crane aufzugeben, und während des Essens, das wundervoll schmeckte, verteidigte sie seine Arbeit. »Aber die Frauen in Afghanistan sterben«, beharrte sie. »Ich meine, vor allem in den ländlichen Gebieten sterben vier von zehn Frauen im Kindbett. Sie brauchen Hilfe, und wenn die Männer sie daran hindern, diese Hilfe zu bekommen ...« Ihre Augen wurden feucht, als sie an ihre Eltern dachte, die vor dem Fernseher geweint hatten. War es falsch von Amerika gewesen, die Taliban zu vertreiben? War diese militärische Intervention nicht gerechtfertigt oder sogar gerecht? Viele ihrer nicht-afghanischen Freunde waren im Rückblick gegen den Krieg und gegen das Militär und glaubten, Amerika habe mehr Schaden angerichtet als Gutes bewirkt. Aber war diese Haltung nicht einfach nur eine Entschuldigung dafür, zu Hause zu bleiben und nichts zu tun? Amerika hatte ihrer Familie Zuflucht gewährt und ihr persönlich alle Möglichkeiten eröffnet. Sie wollte den Menschen in Afghanistan, die nicht so viel Glück gehabt hatten, etwas zurückgeben. Für sie war das nichts Abstraktes, fühlte sich aber auch nicht wie eine intellektuelle Debatte an, und sie wollte ihrer Professorin gegenüber nicht emotional werden. Diese kleine Misshelligkeit zwischen ihr und ihrer Professorin brachte sie schier zur Verzweiflung, und es wurde noch schlimmer, als es schien, die Professorin könne ihre Gedanken lesen.

»Ich verstehe, dass das für Sie eine heikle Angelegenheit ist, Parvin«, sagte sie. Natürlich seien die Bedingungen für afghanische Frauen katastrophal, fuhr sie fort, sie könne aber nur davor warnen, diese Bedingungen als Vorwand für weitere Jahre der Intervention zu benutzen, wie »gütig« auch immer – an dieser Stelle malte sie Gänsefüßchen in die Luft, für den Fall, dass Parvin entgangen sein sollte, dass das sarkastisch gemeint war. Dann wurde ihr Gespräch durch die Lieferung eines Päckchens unterbrochen, und als Professor Banerjee anschließend weitersprach, wirkte sie abgelenkt, oder vielleicht auch erschöpft davon, Parvins Naivität auseinanderzunehmen. Sie kam auf ihre andere Sorge in Bezug auf Parvins Vorhaben zu sprechen: Welche Art von Hilfe hatte Parvin sich vorgestellt? Sah sie sich als eine Art Gesundheitshelferin? Falls ja, was qualifizierte sie dafür? Und wie wollte sie diese Erfahrung nutzen und Masterprogramme davon überzeugen, dass sie es ernst meinte?

Parvin raffte ihren ganzen Mut zusammen und erinnerte Professor Banerjee an ihre eigene Geschichte. Als Studentin in Cambridge hatte sie sich beurlauben lassen, um nach Indien zurückzugehen und eine indigene Bevölkerungsgruppe in ihrem Kampf gegen einen geplanten Staudamm zu unterstützen. Parvin deutete auf ein Schwarz-Weiß-Foto an der Wand, das an ein Standfoto aus einem Film erinnerte und auf dem eine junge Nandita Banerjee mit fast bis zum Po reichenden, offenen schwarzen Haaren hüfttief im Wasser stand.

Ach ja, seufzte Professor Banerjee, aber das sei gewesen, bevor sie sich für eine akademische Laufbahn entschied. Genau genommen habe ihre damalige Erfahrung diese Entscheidung für sie getroffen. Sie habe erkannt, dass praktische Solidarität angesichts ihrer Ausbildung eine leere Geste sei, während die Kulturanthropologie – nicht in Form von Erhebungen, die dann an Universitäten gehortet wurden, sondern in Zusammenarbeit mit indigenen Beteiligten – eine effektive Form des Widerstands sein konnte. Sie könne Gemeinschaften helfen, die strukturellen Kräfte zu erkennen, die sie unterdrückten.

Dann wurde die Professorin unerwartet mütterlich – Parvin hatte Mühe, mit ihren Stimmungen mitzuhalten – und ermutigte Parvin, sich für ein Forschungsstipendium der Fakultät zu bewerben, um im Dorf forschen zu können. Es würde helfen, ihre Unkosten zu decken. Und Parvin solle sich, fügte sie hinzu, ein Pessar besorgen oder die Pille danach mitnehmen, für den Fall, dass sie »gewollten, oder, Gott verhüte, ungewollten« Geschlechtsverkehr hatte. Und wo sie schon einmal dabei waren, solle Parvin sich einen Verlobten zulegen, um unerwünschte Annäherungen abzuwehren. Ihre Professorin riet ihr auch, für die Dauer ihres Aufenthalts im Dorf Veganerin zu werden, falls sie es nicht schon sei. Was natürlich eine ethische Entscheidung war, aber auch die Gefahr von Magen-Darm-Erkrankungen verringerte.

Professor Banerjee begleitete Parvin die wenigen Schritte zu ihrer Bürotür und blieb vor dem Foto ihres strahlenden jüngeren Ich stehen. »Sehen Sie sich dieses Mädchen an«, sagte sie ohne auch nur eine Spur von Wehmut. »Wie kann man nur so naiv sein?«

4. Kapitel

Das ferne Feuer

Den ganzen ersten Nachmittag verbrachte Parvin in ihrem »Stall«, fegte Stroh und Dreck mit einem provisorischen Reisigbesen vor die Tür und schrubbte Wände und Boden. Die Kinder sahen ihr zu, bis sie das Interesse verloren. Sie machte ein Nickerchen, schrieb in ihr Tagebuch und griff wie unter Zwang immer wieder nach ihrem nutzlosen Handy. Gegen Abend fing ihr Magen an zu knurren und sie ging nach draußen. Niemand war im Hof. Sie stieg die Treppe hinauf und betrat den Hauptraum, wo sich die ganze Familie versammelt hatte und Bina und die Mädchen das Essen bereitstellten. Alle wirkten ein bisschen überrascht, sie zu sehen, als hätten sie nicht damit gerechnet, dass sie sich für die Mahlzeiten zu ihnen gesellen würde. Der Junge mit der fehlenden Hand rückte ein Stück, um ihr Platz zu machen, und Wahid forderte sie mit einer Handbewegung auf, zuzugreifen, sie war jedoch zu befangen, um viel zu essen.

Abgesehen vom eigentlichen Essen – es gab Fleisch, Reis, Spinat und Bohnen –, unterschied sich die Situation nicht von der beim Frühstück. Aber für Parvin hatte sich alles verändert. Jetzt, wo sie wusste, dass Shokooh nicht Wahids Tochter, sondern seine Frau war, bemerkte sie alle möglichen unterschwelligen Strömungen. Wenn Wahid Shokooh ansah, erkannte sie Lüsternheit. Selbst die Art, wie er sich den Reis in den Mund schaufelte, wirkte obszön. Sein Umgang mit Frauen, dachte sie, folgte einem Muster, hatte sogar etwas Verworfenes. Hatte er gewollt, dass Fereschta starb, damit er sie durch eine Jüngere, Hübschere ersetzen konnte? Unsinn! Schließlich hatte er erst Bina geheiratet. Trotzdem ließ die Frage ihr keine Ruhe.

Shokooh dagegen schien eine neue Art von Macht zu besitzen, obwohl sie sich nur in Parvins Augen verändert hatte. Sie strahlte eine Sinnlichkeit aus, die den Rest der Familie spröde erscheinen ließ und die sie nur zum Teil unter Kontrolle zu haben schien, während sie mal schmollte, mal Charme versprühte. Offenbar nicht zum ersten Mal mahnte sie Wahid in neckendem Ton, seinen Kindern nicht alles wegzuessen. Er lächelte, während Bina die Stirn runzelte und der halbwüchsige Dschamschid aussah, als mache Shokoohs Nähe ihn nervös. Und sie schien es zu genießen, seine Verunsicherung zu vergrößern, denn wenn sie ihn dabei ertappte, wie er sie ansah, bedachte sie ihn mit einem sittsamen Lächeln, wie um zu sagen: *Erwischt*. Sie war kaum älter als er.

Den größten Teil ihrer Aufmerksamkeit widmete sie jedoch Parvin und löcherte sie mit Fragen, die nicht über das Übliche hinausgingen, anscheinend aber zeigen sollten, dass sie weltgewandter war als die anderen. Ob Parvin einen Computer dabei habe? Ob sie gern las? Wie viele Bücher hatte sie gelesen? Parvin versuchte, die ganze Familie in ihre Antworten einzubeziehen, da sie sich nicht mit Shokooh gegen sie verbünden wollte, vermutete jedoch, dass sie das in Binas Augen bereits getan hatte.

»Kommen Sie aus New York?«, wollte Shokooh wissen.

»Zu meiner Schande muss ich gestehen, dass ich noch nie dort war«, antwortete Parvin und fügte erklärend hinzu, sie sei auf der anderen Seite des Landes aufgewachsen.

Wahids älteste Tochter, Hamdija, die vielleicht zwei Jahre jünger war als Shokooh, lachte über Parvins Antwort. Shokooh warf ihr einen kalten Blick zu, der besagte, sie könne unmöglich verstanden haben, was daran merkwürdig war. Hamdija schlug die Augen nieder und schwieg den ganzen Rest der Mahlzeit.

Nach dem Essen zögerte Parvin, weil sie unsicher war, ob sie den Frauen helfen oder bei den Männern bleiben sollte. Wenn sie mit den Frauen ging, würde man vielleicht von ihr erwarten, dass sie das *immer* tat, was sie aber nicht wollte, weil die Welt der Frauen so beengt war. Blieb sie bei den Männern, könnten die anderen denken, dass sie sich für etwas Besseres hielt. Wahrscheinlich machte sie sich zu viele Gedanken, aber sie konnte nun einmal nicht auf ihre Instinkte zurückgreifen. Sie entschied sich für die Frauen und hatte ein paar glorreiche Augenblicke lang das Gefühl, die richtige Entscheidung getroffen zu haben. Fast war es wie zu Hause, wenn sie, ihre Schwester und ihre Tanten nach einer Feier aufräumten und in der Küche lachten und plauderten, auch wenn die Küche hier keine Spüle, keinen Herd und keinen Kühlschrank hatte. Sie bestand nur aus einem Podest mit einer Feuerstelle für einen großen Topf und einem kleinen Propangaskocher, auf den man einen weiteren Topf stellen konnte, einem in den Boden eingegrabenen Backofen für Brot, und Platz für die Essensvorbereitungen und den Abwasch. Alle Essensreste wurden an die Tiere verfüttert, das Abwaschwasser wurde in den Garten gekippt. Nichts wurde verschwendet.

Aber als sie sagte, dass ihre Tanten das *Kabuli Palau* genauso machten wie Bina (was gelogen war, ihre Tanten verwendeten viel weniger Öl), wollte Bina wissen, wieso sie ihres dann nicht gegessen habe.

»Weil ich mich ein bisschen unwohl fühle«, log Parvin.
»Mein Essen hat Sie krank gemacht?«
»Nein, nein – eher die lange Reise, denke ich.« Sie hoffte, dass das Zittern ihrer Stimme nicht hörbar war.
»Bina kann einen Heiltrunk machen«, sagte Sahab schüchtern, aber auch stolz. »Sie kann alles heilen.«
»Das wäre schön«, antwortete Parvin, obwohl es nicht ihr Magen, sondern ihre Stimmung war, die einen Heiltrunk brauchte.
»Eine Afghanin mit amerikanischem Magen«, witzelte Bina. »Wie ein Kamel mit der Blase einer Maus.«
Parvin lachte mit den anderen mit, sah aber die Kälte in Binas Augen. *Was willst du hier? Du gehörst nicht hierher*, gab sie ihr damit zu verstehen. Und sie bekam nicht einmal eine Entgegnung zustande, weil ihr Dari nicht gut genug war, und zweifelte zunehmend daran, ob irgendjemand hier sie je wirklich kennen würde, wo alles, was sie bisher definiert hatte – ihre Freundschaften, ihre politischen Ansichten, ihr Männergeschmack, ihr Musikgeschmack, ihre Lesevorlieben, die Studentengruppierungen, denen sie angehörte und die, die sie für sich abgelehnt hatte –, irrelevant und bedeutungslos war. Bis jetzt hatte Bina ihr noch keine einzige Frage gestellt. Vielmehr verhielt sie sich, als würde ihr Haus ständig von Amerikanern überlaufen. Dabei war, soweit Parvin wusste, seit Crane – der vor Binas Zeit ins Dorf kam – niemand mehr hier gewesen. Wie alle, die das Gefühl haben, nie richtig dazuzugehören, wollte Parvin sich abheben. Es gefiel ihr nicht, als bedeutungslos abgetan zu werden.

Am nächsten Tag jedoch nahm Bina sich die Zeit, Parvin ihr Gemüsebeet zu zeigen, das in einer sonnigen Ecke des Hofs lag. Es war von Wahids Mutter, Großmutter oder sogar Urgroßmutter angelegt und natürlich auch von Fereschta bearbeitet worden, obwohl Bina das nicht erwähnte. Vielmehr betonte sie, sie habe den Garten vergrößert, und zählte ihre Pflanzen mit unbeholfenem Stolz auf: Sellerie, Kümmel, Chicorée, Koriander, Dill, Möhren, Fenchel, Petersilie, Spinat und Kresse. Wie viele Afghanen hatte auch Bina ein Händchen für Pflanzen, von denen einige heilende Wirkung hatten, wie sie erklärte. Zum Beispiel halfen die *Gul-e-dschafari*, die Bina in Töpfen zog und die Parvin anhand ihrer auffallend orangefarbenen Blüten als Ringelblumen erkannte, gegen Bauchschmerzen, Parasiten und Durchfall. Varianten – Cousins – der Kräuter, die Bina hegte und pflegte, waren auch in der freien Natur zu finden, dort allerdings häufig giftig.

»Wie ich«, kam es boshaft von Shokooh, die ihnen gefolgt war, und Bina nickte, als habe sie etwas sehr Weises gesagt. Dann beendete sie die Führung. Sie müsse wieder an die Arbeit. Den Rest des Tages seufzte sie jedes Mal entnervt auf, wenn Parvin in ihre Nähe kam, und wehrte all ihre Fragen ab, so wie eine Kuh Fliegen abwehrt. Obwohl Parvin sich alle Mühe gab, ihr nicht in die Quere zu kommen, schien sie ihr ständig im Weg zu sein.

Sie hatte große Pläne, alle Frauen im Dorf nach ihrer Reproduktionsgeschichte zu befragen, und eigentlich gehofft, mit Bina anfangen zu können. Sie wolle herausfinden, welche Erfahrungen die Frauen mit Geburten hatten, erklärte sie Bina, und fragte, ob sie sich irgendwann die Zeit nehmen könne, über ihre Schwangerschaften und Geburten zu sprechen.

Bina sah sie ungläubig an und lachte rau auf. »Die Babys waren in mir drin, dann kamen sie raus. Jetzt haben wir darüber gesprochen.«

Als Parvin bei der Hausarbeit helfen wollte – Spinat waschen, Joghurt abseihen, Fleisch schneiden –, scheuchte Bina sie weg: »Sie machen sich bloß die Kleider und die Hände schmutzig.« Als Parvin protestierte, fügte Bina mit gespielter Scherzhaftigkeit hinzu: »Sie sind im Haus genauso nutzlos wie Shokooh.«

Die Worte kränkten Parvin, vor allem, weil sie nicht stimmten. Sie hatte ihrer Mutter von klein auf in der Küche geholfen und war durchaus in der Lage, Möhren zu raspeln. Aber sie legte das Messer beiseite und ging. Ein Streit würde zu nichts führen. In ihrem Zimmer schmollte sie vor sich hin und fragte sich, ob das die Strafe dafür war, dass sie am gestrigen Abend mit Shokooh geredet hatte.

Zur Tatenlosigkeit verdammt versuchte sie, sich einzureden, das hier sei ein wohlverdienter Urlaub nach dem vollen Zeitplan ihres letzten Studienjahres. Aber das Gefühl, nicht willkommen zu sein, ließ keine Entspannung aufkommen, ebenso die Tatsache, dass sie kein wirkliches Ziel hatte. Die Frauen im Haus hatten zwar keine Freiheiten, dafür aber hatten sie Arbeit, und zwar mehr als genug. Während Parvin, von den kleineren Kindern angestarrt, nutzlos in irgendwelchen Ecken oder unter dem Weinstock im Hof saß, fühlten sich sogar ihre Hände überflüssig an. Derartige weibliche Tatenlosigkeit kannte sie bisher nur aus der Literatur – von den Frauen in Nagib Machfus' *Zwischen den Palästen*, die sich so verzweifelt nach einem Blick auf die Außenwelt sehnten, oder von Rosamond, der destruktiven, sich Fantasien hingebenden jungen Braut aus *Middlemarch* –, und es war leicht zu verstehen, dass derartige Umstände, dieser blubbernde Sumpf der Langeweile, Auslöser sein konnte für unüberlegte Liebschaften und bösartige Intrigen. Würden sich Männer, eingesperrt und zum Nichtstun verurteilt, anders verhalten?

Wann immer sie Wahid bat, ihr die Klinik zu zeigen, antwortete er mit einem »Nicht jetzt«, und allein fehlte ihr der Mut, sich auf den Weg zu machen, nicht zuletzt, weil sie nicht wusste, ob sie durch das Gewirr der Gassen mit den identischen Türen nach Hause zurückfinden würde. »*Nach Hause*«. Innerlich setzte sie die Wörter in Anführungszeichen. Denn das hier war kein Zuhause, sondern ein *Nicht-Zuhause*. Parvin war noch nie wirklich von zu Hause weg gewesen und hatte bisher nicht gewusst, dass Heimweh körperliche Symptome haben konnte: Schlaflosigkeit, Appetitlosigkeit, Übelkeit. Auch Trauer konnte sich so äußern, was vielleicht der Grund dafür war, dass sie ihre Mutter mit neuer Schmerzlichkeit vermisste. Sie scrollte durch die Fotos ihrer Mutter, die sie auf dem Handy hatte, um sich noch elender zu fühlen, bis der Schmerz so stark wurde, dass sie ihn am liebsten aus sich herausgerissen hätte. Das Bild ihres Vaters, der sich am Flughafen von ihr verabschiedete, ließ sie nicht mehr los. Immer wieder sah sie seine grauen, sorgfältig gekämmten Haare, seinen Körper, der in den Jahren seit dem Tod ihrer Mutter so beharrlich immer dünner geworden war. Oder seine Augen, ausdrucksvoll und besorgt. Inzwischen war er sicher schon zu Taara gezogen, und Parvin hatte plötzlich das Gefühl, dass es nun in Union City da, wo die Familie Schams gelebt hatte, eine Lücke gab, die sich schnell wieder schloss. Es war, als sei ihre ganze Kindheit verschwunden. Selbst wenn sie nach Hause zurückschauen könnte, wäre da nichts.

Und wenn ihre Familie versuchte, sich ihre augenblicklichen Lebensumstände vorzustellen, würden sie sie dann zusammengerollt auf ihrem Bettzeug liegen sehen, in einem Zimmer, das im Grunde genommen ein Stall war? Würden ihre Freunde vermuten, dass die erste Frau, die sie interviewen wollte, sie barsch zurückgewiesen hatte? Niemand zu Hause würde je erfahren, dass sie ihre Zeit im Dorf so verbracht hatte, aber sie selbst würde es wissen, und ihre Entschlossenheit, ihrer Geschichte ein anderes Ende zu verschaffen, ließ sie ausharren. Sie hatte ihrem Vater versprochen, spätestens Thanksgiving zurück zu sein. Da es erst Anfang Juni war, erschien ihr dieser Tag unerträglich fern, aber sie würde nicht aufgeben, noch nicht. Sie hatte zu viel investiert, um jetzt schon zu gehen.

Sie zog sich in ihr Zimmer zurück, um zu lesen; angesichts von Binas Empfindlichkeit wäre es ihr angeberisch vorgekommen, es vor den Augen der anderen zu tun. Immer wieder blätterte sie die Seiten von *Mutter Afghanistan* durch, als könne das Buch ihr einen Schlüssel zu dieser Familie liefern. Aber wie sie jetzt, beim genaueren Durchsehen, feststellte, hatte Crane nicht gerade viele Details über sein Leben hier geliefert, und die wenigen, die es gab, stimmten nicht immer mit dem überein, was sie selbst vorgefunden hatte. Zum Beispiel hatte er geschrieben, Fereschta habe drei Söhne und drei Töchter. Nach Parvins Zählung waren es aber nur zwei Söhne. War einer von ihnen gestorben? Sie würde sich behutsam danach erkundigen. Umgekehrt hatte er die Zwillinge nicht erwähnt. Waren es deswegen bei ihm nur drei statt vier Töchter? Und er hatte Wahid als Reisbauer bezeichnet, während er in Wirklichkeit Weizen anbaute. Allerdings hatte Crane das Buch erst über ein Jahr nach seinem Aufenthalt im Dorf geschrieben. Wenn er sich keine Notizen gemacht hatte, dann konnte er sich natürlich nicht an jede Einzelheit erinnern. Sein Blick war schließlich auf Höheres gerichtet.

Aber für ihre eigenen Unterlagen, und um ähnliche Fehler zu vermeiden, notierte sie sich die Namen der Kinder und ihr ungefähres Alter in einem ihrer Notizhefte, zusammen mit kurzen Beschreibungen: *Dschamschid, circa fünfzehn. Schwer zu sagen, wo sein Vater aufhört und er anfängt.* Da ihre Studentenzeit gerade erst hinter ihr lag, war es für sie ganz selbstverständlich, sich Aufzeichnungen zu machen.

Hamdija, vierzehn. Ob man sie bald verheiraten wird? Muss in Erfahrung bringen, was sie über Sex und Verhütung etc. weiß.

Sahab, zwölf, glaube ich. Pflichtbewusst. Scheint am meisten an Bina zu hängen, vielleicht weil sie ihr ähnlich ist.

Bilal, etwa zehn. Nur eine Hand – wüsste gern, wie es dazu kam, traue mich aber nicht zu fragen. Lieber Kerl.

Adeila und Aakila, acht oder neun, Zwillinge. Beide brauchen eine Brille. Waren vielleicht zwei oder drei, als ihre Mutter starb. Hier hielt Parvin inne. Immerhin hatte sie ihre Mutter viel länger gehabt.

Sie machte sich auch Notizen über das Dorf – etwa neunzig Familien, hatte Wahid gesagt, die meisten davon groß, was rund tausend Einwohner ergab. Im Tal gab es ein Dutzend oder mehr ähnliche Dörfer, keins in Sichtweite der anderen. Aber ohne ihre Professorin, die nachprüfte, ob sie diese Informationen auch richtig wertete, fühlten sie sich leblos an. Sie langweilten sie.

Am dritten Abend blieb Parvin nach dem Essen bei Wahid und Dschamschid im großen Zimmer sitzen, während die Frauen und Mädchen abräumten und den Abwasch machten. Das Radio lief, eingestellt auf BBC-Persien, so wie jeden Abend. Es war das einzige Medium, über das Neuigkeiten aus der Außenwelt ins Dorf gelangten. Ein Air France-Flugzeug mit zweihundertachtundzwanzig Menschen an Bord war verschwunden; eine Südafrikanerin, die angegeben hatte, hundertvierunddreißig Jahre alt und damit der älteste Mensch der Welt zu sein, war gestorben; General Motors hatte Insolvenz angemeldet. Alles wurde mit der gleichen Feierlichkeit aufgenommen.

»Es ist der schlimmste Flugzeugabsturz seit 2001«, sagte Dschamschid zu seinem Vater. Parvin sah ihn überrascht an. »Ich weiß, was in New York passiert ist, war viel schlimmer«, murmelte er fast entschuldigend. »Aber es hat seitdem wirklich keinen so großen Absturz mehr gegeben.«

»Ihr habt von den Anschlägen gehört? Von denen vom 11. September? Das heißt, natürlich habt ihr.« Parvin kam sich lächerlich vor. »Ich meine, habt ihr es im Radio gehört?«

Ja, hatten sie, sagte Dschamschid. Er war damals sieben und hatte lange von berghohen Gebäuden geträumt, die über ihm zusammenbrachen. So viele unschuldige Afghanen waren in den jahrzehntelangen Kriegen ums Leben gekommen, viel, viel mehr als in New York. Es hatte die Dorfbewohner mitfühlender gemacht.

»Wir konnten nicht glauben, dass so etwas einer Supermacht passiert«, sagte Wahid. »Derselben, die das Ende der Sowjetunion herbeigeführt hatte. Und wir wussten, es würde die Amerikaner nach Afghanistan bringen.« Aber im Augenblick war Wahid mehr daran interessiert, über die demnächst stattfindenden Wahlen im Iran zu sprechen. Ob Parvin glaube, dass sie ehrlich ablaufen würden? Ob der Iran demokratischer sei als Afghanistan oder nicht?

Sie konnte seine Fragen nicht beantworten. Sie wusste weniger über das Thema als er.

Hatte sie wenigstens Bilder von Ahmadinedschad gesehen? War er so klein, wie es immer hieß?, wollte er wissen und gluckste, als sie die Hand vor ihre Brust hielt, um zu zeigen, bis wohin er ihr reichen würde.

Der Rest der Nachrichten drehte sich um Afghanistan, um

die Politik, den Krieg. Berichte darüber schwebten durch das Radio zu ihnen wie Asche von einem fernen Feuer. In jeder anderen Hinsicht fühlte sich der Krieg weit weg an, als fände er in einem anderen Land statt. Für Parvin war das eine Erleichterung, denn in Kabul hatte er beängstigend nah gewirkt, wie in den Stoff der Stadt eingewebtes Metall – eine harte, kalte Präsenz, auf die man im normalen Leben immer wieder stieß. Wenn ihre Verwandten sie zu Museen und Palästen kutschierten, einem Mogulengarten, zum britischen Friedhof, zum Zoo, ganz zu schweigen von Internet-Cafés, Kebab-Restaurants und den Wohnungen vieler entfernter Verwandter, mussten sie oft an den Rand fahren, um Militärkonvois vorbeizulassen, die die Straßen vereinnahmten. Sie zeigten ihr Bombentrichter, die nach Anschlägen der Taliban zurückgeblieben waren, und manövrierten sich um Barrikaden und Mauern herum, die vor diesen Anschlägen schützen sollten. Westliche Botschaften und afghanische Regierungsgebäude hatten zu ihrem Schutz derart viel Gelände an sich gerissen, dass die Stadt sich für Parvin anfühlte wie eine Ansammlung von Hochsicherheitsgefängnissen. Ein Ausflug, den ihre Cousins geplant hatten – ein Picknick in Istalif, einem für seine Schönheit berühmten Fleck nördlich von Kabul –, konnte nicht stattfinden, weil ein Selbstmordattentäter genau auf der dorthin führenden Straße einen NATO-Konvoi angegriffen hatte. Derartige Störungen waren keine Routine, weil sie nicht vorhersehbar waren, aber auch nicht überraschend. Für die Bewohner Kabuls war der Krieg wie ein riesiges Schlagloch, um das man so lange herumkurvte, bis man schließlich doch hineinrutschte.

Jeden Abend versammelten sie und die Verwandten sich im Wohnzimmer, um sich die Nachrichten anzusehen, wo ein noch beunruhigenderes Bild des Krieges gezeichnet wurde. Mehrere Wochen vor Parvins Ankunft in Afghanistan waren bei einem Luftangriff in der westlichen Provinz Farah, etwa fünfhundertfünfzig Meilen von Kabul entfernt, mehr Zivilisten ums Leben gekommen als bei jedem ähnlichen Vorfall seit 2001. Sogar in den amerikanischen Nachrichten war darüber berichtet worden, aber Parvin, die mit Prüfungen und Reisevorbereitungen beschäftigt war, hatte kaum darauf geachtet. Jetzt kam sie nicht mehr darum herum. Allen Vermutungen zufolge waren hundert oder sogar noch mehr Menschen ums Leben gekommen, die meisten davon Kinder, und die meisten von ihnen Mädchen. Ihre Körper waren derart zerfetzt, dass nicht alle Teile geborgen werden konnten, was dem Begriff *sterbliche Überreste* eine neue und erschreckende Dimension verlieh. Dann waren da die verletzten Kinder in ihren Krankenhausbetten, darunter drei Schwestern, die Parvin einfach nicht vergessen konnte. Ihre Haare waren versengt, ihre verbrannte Haut war mit einer gelben Salbe eingecremt worden. Die jüngste, vielleicht gerade einmal fünf, umklammerte ein Glas Milch.

»Wieso verschärft euer neuer Präsident den Krieg?«, fragte ihre Tante. »Wir hatten gehofft, er würde einen Weg finden, ihn zu beenden.«

Die Höflichkeit ihrer Stimme überdeckte ihre Gefühle. Pessimismus? Resignation? Unterdrückte Wut? Als einzige Amerikanerin im Haus ihrer Verwandten fühlte Parvin sich schuldig. Sie erinnerte sich daran, wie ihre Freunde in Berkeley über das Militär hergezogen waren. Wie sollte sie jetzt argumentieren? Sie hatte erwartet, in Afghanistan mehr Klarheit über den Krieg zu gewinnen. Stattdessen war alles noch verschwommener geworden.

Jetzt brachte das Radio, das Wahid vom Regal geholt und wie ein kleines Haustier dicht neben sich gestellt hatte, eine

Diskussion über den Luftangriff von Farah. Die US-Regierung hatte endlich gravierende Fehler eingestanden. Fast gegen ihren Willen fing Parvin an, darüber zu sprechen und so gut es ging auf Dari zu erklären, was sie in Kabul im Fernsehen gesehen hatte. Die Mädchen im Krankenhaus. Die Männer, die auf der Suche nach Angehörigen im Geröll herumscharrten. Ein Massengrab.

Die Frauen und Mädchen hatten sich inzwischen zu ihnen gesellt, und Parvin sah, dass die Zwillinge, Adeila und Aakila, sie verängstigt anstarrten und sich an den Händen fassten. Entsetzt erkannte sie, dass sie, als sie über die Schwestern sprach, auch die beiden hätte beschreiben können. Sie hatte ihnen, vielleicht sogar der ganzen Familie, ein neues Bild davon gezeichnet, wie angreifbar und verletzlich sie waren, und wünschte, sie könnte es rückgängig machen. Obwohl sie anders als die Radioreporter nur Bilder im Fernsehen oder im Internet gesehen hatte, reagierte die Familie, als habe sie aus erster Hand über den Luftangriff berichtet, vielleicht weil das Dorf ein Ort ohne Bildschirme war, wo keine Bilder hingelangten. Oder vielleicht war die Familie auch so fasziniert, weil sie Schuld eingestanden hatte – ein Eingeständnis, das ihr peinlich war. Es schien so amerikanisch, so zu tun, als drehe sich alles um ihre eigenen Gefühle, und so schockiert zu sein über die Barbarei eines Krieges in einem Land, das drei Jahrzehnte lang nichts anderes gekannt hatte. Andererseits hätte sie gern – wenn das nicht überheblich geklungen hätte – betont, dass es nichts mit Naivität zu tun hatte, wenn man von seiner eigenen Regierung erwartete, dass sie sich anständig verhielt, und am Boden zerstört war, wenn sie es nicht tat.

Die Familie wartete darauf, dass Wahid, der Patriarch, etwas sagte. Er drehte das Radio leiser und fing an zu sprechen, wobei er sich gelegentlich über den Bart strich. Im

Dorf gebe es einen großen Kommandanten, sagte er, der mit den Mudschaheddin gegen die Sowjets gekämpft hatte. Dieser Mann, Amanullah, habe jahrelang in den Bergen gelebt, weil die Russen ihn suchten, und sich von Wurzeln, Nüssen und Maulbeeren ernährt. Er habe im Kampf eine Hand verloren und sich einen großen Namen gemacht. Wegen seiner Heldenhaftigkeit, fügte Wahid fast wie nebenbei hinzu, verzieh das Dorf ihm seine Sünden.

Parvin wusste von dem Kommandanten, weil er in Cranes Buch eine bedeutende Rolle spielte. Sie wusste auch von seinen Sünden. In den späten 1990er Jahren hatte er sich den Taliban angeschlossen, war einer ihrer Kommandanten geworden und hatte die Region eine Zeit lang terrorisiert. Er hatte Frauen ausgepeitscht, Männer geköpft und einen eigenen Kerker gehabt. Und er hatte Crane während seines Aufenthalts im Dorf gekidnappt.

Wahid erwähnte nichts davon. Wie schmerzlich es für die Dorfbewohner gewesen sein musste, dass ihr Held sich den Taliban anschloss, dachte Parvin; zu schmerzlich, um darüber zu sprechen. Nein, Wahid sprach ausschließlich von Amanullahs Heldentaten im Kampf gegen die Russen, bis er an dem Punkt angelangt war, auf den er hinauswollte, nämlich dass Amanullah, sollte er zu dem Schluss kommen, dass die Amerikaner Feinde waren, wieder zu den Waffen greifen und gegen sie kämpfen würde, und viele Dorfbewohner würden sich ihm anschließen. Nicht etwa, dass irgendjemand das wolle. Sie alle wollten einfach nur ihre Felder bestellen. Auch für die Dorfbewohner fühle dieser Krieg sich an, als finde er in einem anderen Land statt. Es gebe nicht einmal jemanden, der in die afghanische Armee eingetreten war, obwohl das größtenteils daran lag, dass fast niemand lesen und schreiben konnte, was eine Grundvoraussetzung für Soldaten war.

»Die Amerikaner sollten sich aber bewusst sein«, sagte Wahid, »dass dieser Boden Fremde noch nie willkommen geheißen hat.«

Um ein Haar hätte Parvin die Augen verdreht. Dieses Klischee über Afghanistan schien fast jeder Amerikaner zu kennen.

Am nächsten Nachmittag kam Wahid von den Feldern zurück und verkündete, sie würden zur Klinik gehen. Parvin fragte sich, ob sie irgendeinen Test bestanden hatte. Wahid griff sich einen Ring mit zwei schweren, verschnörkelten Schlüsseln von einem Haken neben der Tür. Daneben hingen mehrere smaragdgrüne Tschaderis, in anderen Teilen der Welt Burka genannt: Ganzkörperschleier mit einem Netzeinsatz vor den Augen, die die Frauen trugen, wenn sie das Haus verließen. Parvin nahm sich keine – ihre Kabuler Verwandten hatten gesagt, da sie nicht aus dem Dorf stamme, müsse sie sich nicht dazu verpflichtet fühlen –, aber allein die Tatsache, dass es sie gab, folgte ihr wie ein Schatten in den Hof. Sie brannte darauf, das Kloster zu verlassen, in dem sie die letzten Tage verbracht hatte. Die Frauen und Mädchen sahen ihr nach.

Sobald sie durch die Tür trat, fühlte sie sich frei. Zum ersten Mal sah sie ihre Umgebung, die bisher hinter Mauern verborgen gewesen war. Das Dorf lag in einem langgestreckten, grünen Tal zwischen den Ausläufern der Berge. Die Talsohle, flach und fruchtbar vom angeschwemmten Schlamm, war Feldern vorbehalten, die ein Muster aus säuberlichen Rechtecken und geschwungenen Sicheln bildeten. Weizen und Mais, Roggen und Gerste, Reis – alle hatten einen ganz eigenen Grünton. Das Land war terrassiert, und auf den höheren Ebenen befanden sich Obstgärten: Mandeln, Aprikosen, Maulbeeren, Pfirsiche, viele der Bäume eingehüllt in Schwaden hellrosafarbener Blüten. Die aus gelbbraunen Lehmziegeln bestehenden Häuser mit ihren Innenhöfen und Nebengebäuden zogen sich einen niedrigen, steinigen Kamm hinauf, ihre komplizierte Struktur hütete die Privatsphäre jeder Familie. Und ringsum erhoben sich die Berge.

Während Parvin ihren ersten Eindruck vom Tal gewann, gewannen die Dorfbewohner ihren ersten Eindruck von ihr. Kaum dass sie und Wahid sich ein paar Schritte von der Tür entfernt hatten, waren sie von Scharen von Jungen und von mehreren Männern umgeben, als hätten sie die ganzen letzten Tage darauf gewartet, dass sie zum Vorschein kam. Ihre Haare waren verhüllt, nicht jedoch ihr Gesicht, und eben das starrten alle an, als wollten sie sie mit ihren Blicken an Ort und Stelle festnageln. Ihre wenigen Sekunden der Freiheit waren vorbei.

»Habt ihr noch nie das Gesicht einer Frau gesehen?«, schrie Wahid sie an. »Habt ihr keine Mütter?«

Dass er so vehement für sie eintrat, überraschte sie, obwohl sie auch das Gefühl hatte, ein Teil seiner Entrüstung sei gegen sie gerichtet, weil sie ihn in diese Situation gebracht hatte. Die Jungen bewegten sich erst, als Wahid einen Schritt auf sie zutrat und mit seinen großen Schlüsseln rasselte. Da spritzten sie auseinander und verschwanden hinter Mauern und Ecken, von wo sie Parvin auch weiterhin beäugten. Als sie und Wahid den Basar erreichten, machten die Jungen sich nicht mehr die Mühe, sich zu verstecken, und beglotzten sie aus ein paar Schritten Distanz.

Der Basar war eine simple Angelegenheit: zwei gegenüberliegende Reihen von Ständen, insgesamt etwa fünfzehn, bestehend aus entrindeten Ästen mit Wellblechdächern darüber. Der Weg dazwischen war feucht, weil die Händler immer wieder Wasser darauf kippten, um den Staub zu binden. Wahid lieferte ihr eigentlich überflüssige Ein-Wort-Erklärungen für jeden Stand, an dem sie vorbeikamen: Metzger (ein gehäutetes Schaf hing an einem Haken, das nackte, rosige Fleisch umwimmelt von schwarzen Fliegen), Bäcker (Brotlaibe stapelten sich für jene, die zu arm waren, um sich einen Ofen leisten zu können), Blechschmied (Töpfe und Pfannen). Es gab einen Laden mit einem zusammengestückelten Sammelsurium aus Keksen, Zigaretten, abgelaufenen Medikamenten und raubkopierten DVDs (obwohl niemand im Dorf einen DVD-Player hatte) von *2 Fast 2 Furious* und Bollywood-Filmen, die wahrscheinlich zwischen Kabul und hier zigmal die Besitzer gewechselt hatten, bis sie schließlich hier angeschwemmt wurden wie Plastik von einem Ozean.

»Ein paar der Sachen waren schon hier, als ich noch ein kleiner Junge war«, witzelte Wahid.

Der Ladenbesitzer lachte eine Spur zu laut. Die Leute grüßten Wahid ehrerbietig, als sei er eine wichtige Persönlichkeit, und Parvin fragte sich, ob sie der Grund dafür war? Er wechselte mit allen ein paar Worte, stellte sie aber nicht vor.

Der Schmied arbeitete im Freien, neben einer Esse aus Lehm. Die Kohlen darin glühten orange, ein großer Kessel stand darauf. Er war ein neugieriger alter Graubart mit schweißüberströmtem Gesicht, aber es war der Mann neben ihm, der Parvin auffiel. Sein Bauch war so dick wie seine Schultern breit waren, sein Bart war mit Henna gefärbt, ein grauer, aufwendig gewickelter Turban wand sich um seinen Kopf, und anstelle der einen Hand hatte er einen Metallhaken. Mit der intakten anderen Hand warf er sich Pistazien in den Mund und zerbiss sie mit einem Geräusch wie knackende Knöchel. Die Schalen spuckte er mit einem clownesken *Pfft* aus. Es war Kommandant Amanullah.

Vergeblich suchte Parvin nach Anzeichen des Schreckens, den er überall verbreitet hatte, oder nach Spuren seines gerühmten Mutes, sah aber nur einen in die Jahre gekommenen Mann, der ganz sicher nicht mehr kampffähig war. Wahids Bemerkung, er könne eine Armee gegen die Amerikaner anführen, erschien ihr einfach nur lachhaft, hatte etwas von einer Drohgebärde. Wenn sich jemand vor den eigenen Augen langsam verändert, dachte sie, kann es schwer sein, die Veränderung zu erkennen.

»Sie sind die amerikanische Doktor-Lady?«, fragte der Kommandant, als Wahid Parvin vorgestellt hatte.

Nein, sie sei keine Ärztin, stellte sie klar.

»Was dann? Wir brauchen hier aber eine.«

»Gibt es denn keine in der Klinik?«

»Die Arzt-Lady kommt nur einmal die Woche. Wir haben unseren Frauen schon gesagt, dass sie nur mittwochs krank werden oder Kinder kriegen dürfen, aber sie hören nicht immer.«

Die Männer, die sich um sie geschart hatten, lachten; Parvin fand die Bemerkung nicht sonderlich lustig und wollte schon etwas sagen, aber Wahid war inzwischen verschwunden, daher verkniff sie sich ihre Entgegnung und fragte nur: »Ich dachte, Gideon Crane hätte eine Ärztin eingestellt?«

»Ich weiß nicht, was Dr. Gideon gemacht hat.« Wie Issa nannte auch er Crane »Dr. Gideon«, wie anscheinend alle im Dorf.

Parvin sagte, sie würde Cranes Stiftung darüber informieren.

»Sie arbeiten für Dr. Gideon?«

»Ich bin hier, um ihm zu helfen.« Ihr war nicht ganz wohl bei dieser Halbwahrheit, andererseits wusste sie nicht, was sie sonst hätte sagen sollen.

Dann wollte der Kommandant wissen, ob Parvin Englisch spreche. Die Frage kam ihr absurd vor, bis ihr einfiel, dass die Leute natürlich nicht wissen konnten, welche Sprache, außer Dari, sie noch beherrschte. »Ja«, lächelte sie.

»Sagen Sie was«, befahl der Kommandant auf Dari.

Sie stotterte ein »Hallo, wie geht es Ihnen?«, und war überrascht, wie fremd das Englische auf einmal für sie klang.

»Ja, sie kann Englisch«, versicherte der Kommandant seinen Lakaien, die lachten, weil er kein Englisch sprach und folglich nicht wissen konnte, was Parvin gesagt hatte. Dann fragte er, ob sie ihr Dari in der Schule gelernt habe.

Nein, von ihren Eltern, antwortete sie. Ihre Familie stamme aus Afghanistan, aus Kabul, wo sie geboren worden sei. Ihre Eltern seien 1988 weggegangen.

»Also mit den Russen. Waren sie Kommunisten?«

»Nein! Sie haben so lange auf ihre Visa gewartet. Sie wollten von den Sowjets weg. Niemand wusste, dass sie sich zurückziehen würden –«

»Das kleine Vögelchen hat einen scharfen Schnabel«, amüsierte er sich über Parvins Empörung.

Ihre Eltern hätten alles zurückgelassen, fuhr sie fort, und in Amerika mit nichts angefangen. Ihr Vater hätte jahrelang einen Eiscremewagen gefahren. Wie demütigend das für Ashraf gewesen war, kam bei den Dörflern offenbar nicht an. Für sie war ein Eiscremewagen so märchenhaft wie ein Einhorn. Und Lastwagenfahrer verdienten gutes Geld.

»Das Leid derer, die gegangen sind, kann sich nicht mit dem Leid derer vergleichen, die geblieben sind«, sagte Amanullah, und Parvin verstummte. »Ich habe zwei Söhne an den Krieg verloren. Und das.« Er bewegte seinen Haken.

»Das mit Ihren Söhnen tut mir leid«, sagte sie, unsicher, ob sie ihm auch wegen der Hand ihr Beileid aussprechen sollte.

»Es ist eine Gnade, im Kampf für Gott Söhne zu verlieren«, sagte er.

»Natürlich«, pflichtete sie ihm bei und schüttelte innerlich den Kopf über sich selbst. Sie hätte sich denken können, dass er es so sehen würde.

Es folgte ein unbehagliches Schweigen. Der Schmied griff nach seinem Hammer und schlug wieder auf seinen Amboss ein. Kommandant Amanullah wandte den Kopf ab, als sei er mit Parvin fertig.

Vom Basar aus konnte sie die Klinik sehen. Sie *nicht* zu sehen, wäre so gut wie unmöglich gewesen, da sie zwei Stockwerke hoch und in einem so grellen Weiß gestrichen war, dass man Angst haben musste, sie würde einen Sonnenbrand bekommen. Weder Größe noch Charakter passten zum übrigen Dorf. Hätte sie es nicht besser gewusst, hätte sie das Gebäude für einen von einem größenwahnsinnigen Provinzler errichteten Festsaal gehalten. Es ähnelte dem Foto, das in Cranes TED-Talk gezeigt worden war, war aber viel größer als das Foto im Buch, in dem sie noch vor Kurzem geblättert hatte.

Wahid lachte, als sie ihn darauf ansprach. Im Buch sah die Klinik kleiner aus, weil sie zuerst kleiner *war*. Ursprünglich hatte sie nur ein Stockwerk und nur ein paar Räume, sagte er. Aber nach der Veröffentlichung des Buchs gingen so viele Spenden ein, dass diese Klinik abgerissen und durch die neue ersetzt wurde, die drei- oder viermal so groß war.

Issa habe ihm erzählt, in Dubai gäbe es drei mit ungenutzten Sachen vollgepackte Lagerhäuser, sagte Wahid. »Die Spenden flossen immer weiter, also musste die Klinik weiterwachsen.« Er klang fast bedauernd, aber um seine Augen herum zeigten sich Lachfältchen, als wisse er, wie unlogisch das war. Immer wieder würden Sachen hergebracht, manchmal mit Hubschraubern, fuhr er fort. Eine hohe Mauer, ebenfalls weiß, umgab die Klinik. Sowohl Mauer als auch Klinik wurden mindestens zweimal im Jahr frisch gestrichen, wegen des Staubs, gegen den man einfach nicht ankam.

»Dr. Gideon möchte wahrscheinlich, dass die Klinik hygienisch aussieht«, versuchte Parvin es mit einer Rechtfertigung.

Mit einem der großen Schlüssel öffnete Wahid die Stahltür, die auf den Hof der Klinik führte. Von den Kindern, die ihm und Parvin gefolgt waren, durften nur seine eigenen mit hinein. Der Rest wurde weggescheucht. Der Hof war groß und staubig und völlig kahl, bis auf einen einzelnen Baum nicht ganz in der Mitte. Im Licht des späten Nachmittags breitete sich sein Schatten diagonal über die leere Fläche.

»Die Ärztin kommt also einmal die Woche? Sonst ist die Klinik nicht geöffnet?«

Wahid benutzte den zweiten großen Schlüssel, um das Gebäude zu öffnen. »Wenn kein Arzt da ist, bleibt sie geschlossen«, sagte er. »Die Ausstattung ist mehr wert als alle Felder im Dorf zusammengenommen. Und was würde eine Klinik ohne Doktor schon nutzen?«

Parvin fand die Frage unbeabsichtigt tiefgründig, tiefgründiger als alles in Foucaults *Die Geburt der Klinik*, das sie in Professor Banerjees Kurs gelesen hatten. Parvin hatte sich insbesondere für den »ärztlichen Blick« interessiert, die Art, wie Ärzte, die damit zu weisen Männern erhoben wurden, Foucault zufolge Patienten auf nichts als den Körper reduzierten. Sie war neugierig gewesen, wie sich das hier, in einem sich entwickelnden Land, darstellen würde. Nie wäre ihr in den Sinn gekommen, dass es nicht einmal einen Arzt gab, der den medizinischen Blick aufsetzen konnte.

Die Klinik an sich war großartig, geradezu überwältigend,

dachte Parvin. Die Innenwände waren in einem beruhigenden Weiß gestrichen, es gab einen Aufnahme- und Wartebereich mit mehreren Reihen stabiler, am Boden festgeschraubter Metallstühle. Die chemischen Gerüche – Ammoniak, Bleiche, Farbe – waren so intensiv, dass es fast wehtat. Im ganzen Dorf hatte sie nichts Chemisches gerochen, bis auf den Diesel für Wahids Generator. Es gab Oberlichter und – das kam ihr fast wie ein Wunder vor – einen Lichtschalter. Parvin drückte darauf. Nichts geschah.

Der Generator werde nur angemacht, wenn die Ärztin komme, erklärte Wahid. Sie konnten ihn nicht die ganze Zeit laufen lassen. Er zündete eine Laterne an und führte Parvin durch die Räume, angefangen bei der Wöchnerinnenstation im oberen Stock, in der es zehn Betten gab, und dem angrenzenden Säuglingssaal mit drei leeren Brutkästen. Unten leuchtete er mit der Laterne in mehrere fensterlose Räume, die auf Englisch und Dari als UNTERSUCHUNGSZIMMER, KREISSSAAL, OP und AUFWACHRAUM ausgewiesen wurden. Alles schien auf dem neuesten Stand der Technik zu sein. Dass es ausgerechnet in diesem Dorf einen so vorbildlich in Schuss gehaltenen Gesundheits- und Modernitätstempel gab, rührte Parvin. Auf dem Weg zur Klinik hatte sie den Kopf über die Maßlosigkeit geschüttelt, mit der sich Crane über den dörflichen Kontext hinweggesetzt hatte, jetzt jedoch beglückwünschte sie ihn zu seiner Weigerung, die Möglichkeiten der Klinik durch die Geschichte des Dorfes, oder seine Isolation, einschränken zu lassen. Die scheinbare Maßlosigkeit verkündete, dass diese ärmlichen Dorfbewohner dieselbe medizinische Versorgung verdienten wie Amerikaner, eine Botschaft, die fast so bedeutungsvoll schien wie die Behandlung an sich.

5. Kapitel

Die Welt bewegen

Der nächste Tag, ein Mittwoch, war hell und warm. Nach dem Frühstück rannte Parvin praktisch zur Klinik, so gespannt war sie darauf, die Ärztin kennenzulernen. Außerdem war sie glücklich, erneut aus dem Haus zu kommen, auch wenn sie deswegen ein schlechtes Gewissen hatte. Denn letztendlich war das Recht, wann immer sie wollte aus einem Gefängnis auszubrechen, das andere nicht verlassen konnten, nichts anderes als ein Privileg. Weder Shokooh noch Bina waren je in der Klinik und bei der Ärztin gewesen. Bina sagte, sie sei eben noch nie krank gewesen.

»Sie waren nicht einmal während Ihrer Schwangerschaften da?«, fragte Parvin.

»Seit wann braucht man einen Arzt, um schwanger zu sein?«, hatte sie geantwortet.

Diesen Stoizismus, wenn es denn Stoizismus war, sollte sie genauer untersuchen, fand Parvin. War Bina tatsächlich so bemerkenswert gesund, oder verbot sie sich jedes Kranksein, weil es niemanden gab, der ihre Arbeit übernehmen könnte? Sie notierte sich die Frage in ihr Arbeitsheft, das noch größtenteils leer war.

Aakila und Adeila bestanden darauf, Parvin zu begleiten, damit sie sich nicht verirrte, und schnatterten den ganzen Weg wie zwei kleine Vögelchen. Als sie ankamen, war die

Stahltür zum Hof schon offen, und mehrere Frauen hatten sich bereits versammelt, aufgeregt über das bisschen Freiheit von Haus und Pflichten. Sie hatten die Tschaderis vorne hochgeschlagen und auf ihren Köpfen aufgetürmt, begrüßten sich mit Umarmungen und erzählten sich gegenseitig die neuesten Neuigkeiten, bis gegen zehn Uhr ein Auto vor der Mauer vorfuhr. Die Tschaderis waren an Ort und Stelle, bevor die Autotüren zufielen.

Überschwängliche Grüße rufend betrat die Ärztin den Hof. Sie hieß Jasmin Wafa, wurde aber fast ausnahmslos »die Arzt-Lady« oder Dr. Jasmin genannt. Ein junger Mann, der die Erklärung für die hastig verhüllten Gesichter war, folgte ihr: Nasir – ihr Assistent, ihr Fahrer, ihr Sohn. Dr. Jasmins volles, offenes Gesicht, das unter einem beigefarbenen Kopftuch hervorlugte, machte sie Parvin auf Anhieb sympathisch. Bekleidet war sie mit einem Salwar Kamiz, bestehend aus weit fallendem Oberteil und weit geschnittener Hose. Ihr rundlicher Körper strahlte Energie und Gesundheit aus. Sie hatte einen großzügig geschnittenen Mund und ein breites Lächeln, das gute Zähne sehen ließ. (In diesem Dorf, in dem sie eher selten waren, fielen gute Zähne auf.) Nasir war ihr ernsthafteres Gegenstück; er hatte denselben vollen Mund – in seinem Fall verziert von einem Anflug von Schnurrbart –, war mit dem Lächeln aber zurückhaltender. Seine Haut war dunkler, seine Haare wellig und schwarz, und seine buschigen Augenbrauen trafen sich fast in der Mitte. Parvin schätzte ihn auf ungefähr zwanzig.

Die Frauen umdrängten Dr. Jasmin und redeten alle gleichzeitig mit vor Aufregung schrillen Stimmen auf sie ein. Nasir versuchte, sie dazu zu überreden, in die Klinik zu gehen, aber sie hörten nicht auf ihn. Erst als sich die Ärztin in Bewegung setzte und über den Hof zur Tür ging, folgten sie ihr, beziehungsweise klebten an ihr wie Kletten. An der Tür versuchten alle, sich gleichzeitig mit ihr hineinzudrängen, um die Nähe zu ihr nicht aufgeben zu müssen.

Da Nasir draußen auf dem Hof blieb, nahmen die Frauen die Tschaderis wieder ab, legten sie auf die Stühle des Wartebereichs und setzten sich auf den Boden. Das Licht war an.

Parvin folgte der Ärztin zum Untersuchungszimmer, blieb eine Weile unschlüssig in der Tür stehen, ging dann hinein und stellte sich als Collegeabsolventin vor, die gekommen war, um den Frauen im Dorf zu helfen. Dr. Jasmin sah sie mit großer Wärme an. Das war die Art von Empfang, die Parvin sich von Wahids Familie erhofft, aber nicht bekommen hatte.

»Ich dachte mir schon, dass Sie nicht von hier sind«, sagte die Ärztin. »Aber dass Sie aus Amerika kommen! Nasir wird begeistert sein.«

Auf Dari, weil ihr Englisch zu schlecht sei, wie sie sagte, erkundigte sich Dr. Jasmin, wie lange Parvin für ihr Medizinstudium gebraucht habe.

Als Parvin ihr gestand, dass sie keine Medizinerin war, zeichnete sich ein Hauch von Enttäuschung auf dem Gesicht der Ärztin ab.

»Wie wollen Sie uns dann helfen?« Die Frage wurde ganz pragmatisch gestellt, ohne zu urteilen, brachte Parvin aber trotzdem in Verlegenheit, wie auch die Tatsache, dass Dr. Jasmin, während sie sich unterhielten, Dutzende von Vorbereitungen traf – ihren weißen Kittel anzog, sich die Hände wusch, Instrumente bereitlegte, Papier über den Untersuchungsstuhl breitete und so weiter.

Parvin erklärte, sie wolle die Nutzung der Klinik und die Reproduktionsgeschichte der Frauen sowie nach wie vor bestehende Gesundheitsprobleme dokumentieren.

»Und wer wird diese Dokumentation lesen?«, fragte Dr. Jasmin. »Und was wird anschließend geschehen?«

Obwohl die Ärztin nicht abwertend klang, ging Parvin in die Defensive. »Ohne Informationen kann Dr. Gideons Stiftung keine Verbesserungen vornehmen«, sagte sie.

»Ich bin mir nicht sicher, ob mangelnde Informationen der Grund dafür sind, dass es an dieser Klinik an den meisten Tagen keine Ärztin gibt.«

»Und was ist der Grund?«, fragte Parvin, aber Dr. Jasmin hatte keine Zeit mehr. Sie reichte Parvin die Seife und sagte, sie solle sich die Hände waschen. »Nein, nicht so. Gründlicher, auch zwischen den Fingern.«

»Aber ich kann doch nicht –«

»Man sollte immer auf alles vorbereitet sein«, lächelte die Ärztin. »Wir reden später weiter. Die Frauen warten.«

Obwohl es, wie Parvin im Laufe der Zeit mitbekam, oft die jüngeren Frauen waren, die die gravierenderen körperlichen oder sonstigen Probleme hatten, rief die Ärztin erst die älteren Frauen herein. Ihre verwüsteten Körper schockierten Parvin – pergamentene, von Alters- und blauen Flecken überzogene Haut; spitz vorstehende Schulterblätter; schlaff herabhängende Brüste. Und die Mehrheit dieser Frauen war unter sechzig, ein Alter, über das die meisten von ihnen nicht hinauskommen würden.

Eine Frau, deren schwarze Haare fast vollständig von Grau durchzogen waren, kam weinend herein. Zu Parvins Überraschung nahm Dr. Jasmin eine eher abwehrende Haltung ein – vor der Brust verschränkte Arme, hochgezogene Augenbrauen – und fragte mit der müden Stimme einer Schauspielerin, die ihren Text schon zu oft heruntergebetet hat: »Saba, geht es Ihnen gut?«

»Wie kann es mir gut gehen?«, schluchzte Saba. »Sie wissen doch, was mir fehlt.«

Saba hatte elf Kinder zur Welt gebracht, teilte die Ärztin Parvin auf Dari mit, während Saba zustimmend nickte. Sieben davon waren noch am Leben, die ältesten hatten bereits eigene Kinder, aber Saba selbst wünschte sich weitere Nachkommen. Allerdings wollten ihre alternden Eierstöcke dabei nicht mitspielen.

Unter Tränen sagte Saba, sie habe die Pillen genommen, die die Ärztin ihr gegeben habe, sie hätten aber nicht geholfen.

»Es waren *Vitamine*!«, rief Dr. Jasmin. »Das Ende der Menstruation ist nichts, was sich heilen lässt. Sie haben doch selbst gesehen, wie Ihre Mutter, Ihre Großmutter und alle anderen Frauen im Dorf immer älter wurden. Ist auch nur eine von ihnen je wieder jung geworden? In ein paar Jahren werde ich dieselben Veränderungen durchmachen, Saba. So sieht Gottes Plan für uns aus. Und es steht uns nicht zu, ihn ändern zu wollen.«

Die Andeutung, sie wolle sich Gottes Willen widersetzen, brachte Saba für den Augenblick zum Schweigen. Wie viele der Dorffrauen war sie gläubig, oder wollte zumindest so erscheinen. Plötzlich ernüchtert, berichtete sie, eine andere Frau aus dem Dorf verkaufe die Pillen, die Dr. Jasmin ihr gegeben habe.

»Tatsächlich«, kam es in neutralem Ton von der Ärztin.

Das, sagte Dr. Jasmin später zu Parvin, sei nichts Ungewöhnliches. Die Dorfbewohner erhöben oft alle möglichen Anschuldigungen gegen andere, teils für Vergehen, die sie selbst begangen hatten. Da Saba nun wusste, dass die Vitamine ihre Fruchtbarkeit nicht zurückbringen würden, würden auch sie bald auf dem Basar auftauchen.

Wie es schien, hätte Saba gern noch länger geredet, aber Dr. Jasmin komplimentierte sie hinaus und rief die nächste Patientin herein. Insgeheim warf Parvin ihr mangelndes Mitgefühl vor. Doch im Lauf der nächsten Stunde, in der die Ärztin ein Dutzend Patientinnen empfing – wegen Beschwerden wie Bronchitis, Durchfall, Bluthochdruck, Nervosität und Epilepsie –, ging Parvin auf, dass sie sich keine Plaudereien leisten konnte. Sie musste den Balanceakt schaffen, den Frauen einerseits die Gelegenheit zu geben, ihr von ihren Sorgen zu erzählen, andererseits aber auch möglichst alle zu sehen. Dazu kam, dass viele der Mütter auch ihre Kinder in die eigentlich für Frauen gedachte Klinik brachten, weil es keine andere Behandlungsmöglichkeit für sie gab, was bedeutete, dass auch Kinder mit Husten, Ausschlag oder Durchfall in den Tagesablauf hineingequetscht wurden. Andere Kinder wurden einfach an Parvin übergeben, bevor ihre Mütter sich entkleideten, als wäre sie extra aus Amerika angereist, um die Babysitterin zu spielen. Tatsächlich hatte sie sich in ihrer ganzen bisherigen Zeit im Dorf noch nie so nützlich gefühlt. Aber als eine junge Frau namens Anisa hereinkam und Parvin ihren kleinen, kaum einjährigen Jungen überreichte, fing er an zu weinen.

»Schaukeln Sie ihn, singen Sie ihm etwas vor«, wies Dr. Jasmin sie eine Spur ungeduldig an, als habe sie noch nie jemanden gesehen, der sich so ungeschickt anstellte. Dabei hatte Parvin viel Zeit mit ihrem Neffen verbracht, allerdings hatte der sie nie so nervös gemacht wie diese Kinder.

Irgendwann beruhigte sich Anisas Baby durch Parvins Geschaukel und Gegurre. Sie schmiegte die Wange an den weichen Kopf des Kleinen, atmete seinen süß-säuerlichen Geruch ein und dachte an Ansar. Als sie wieder hochsah, konnte sie beim Anblick der nackten Haut der Mutter ein

Ächzen nicht unterdrücken. Bleich wie Papier, war sie von blauen Flecken übersät, deren kränklich grelle Farben – Violett, Gelb, Dunkelrot – das Lebhafteste an ihr waren.

»Mir ist schwindlig, ich bin ständig müde, ich kann nicht richtig atmen«, klagte Anisa.

»Anämie, Blutarmut«, sagte die Ärztin und reichte Parvin das Stethoskop, damit sie hören konnte, wie hektisch das Herz schlug. Blutarmut sei fast unvermeidlich, fuhr die Ärztin fort, wenn man bedachte, wie unzulänglich die Frauen sich ernährten, selbst die, die noch stillten. Hauptsächlich von Tee, Joghurt und Brot, vielleicht in etwas Fleischbrühe getunkt. Sie fragte Anisa, wann sie das letzte Mal Fleisch gegessen habe.

»Vor Wochen. Ich weiß es nicht mehr«, antwortete sie mit hoher Stimme. »Wir sind nun einmal arm.«

»Und Ihr Mann? Hat der auch wochenlang kein Fleisch gegessen?« In Dr. Jasmins Ton lag keine Spur von Sarkasmus.

»Nicht viel. Aber wenn ich Fleisch kaufen kann, gebe ich es ihm«, sagte Anisa. »Er braucht die Kraft für die Arbeit auf den Feldern.«

»Und Sie brauchen sie für die Arbeit im Haus und um das Baby zu stillen«, sagte die Ärztin, dieses Mal mit strenger Stimme, und versuchte, dieser geschwächten jungen Frau ähnlich einer Bluttransfusion Kraft einzuflößen. Sie wandte sich an Parvin. »Es ist überall dasselbe. Sie geben ihren Männern das beste Essen, und die halten ihnen dann ihre Müdigkeit vor, oder dass sie die Hausarbeit nicht schaffen. Das Ergebnis sehen Sie ja selbst«, fügte sie hinzu und deutete auf die blauen Flecken.

»Ich bekomme schnell blaue Flecken«, unterbrach Anisa. »Er ist kein schlechter Mann.«

Menschen mit Blutarmut bekämen tatsächlich schnell

blaue Flecken, räumte die Ärztin ein, was es schwieriger machte, die Wucht hinter dem Zorn von Anisas Mann einzuschätzen. Aber ganz unverkennbar war er zornig genug gewesen.

Gegen Mittag verließen die Frauen die Klinik, und Nasir kam herein und breitete im Wartebereich eine Matte aus, auf die er Kebabs, Naan und Gurken stellte. Parvin, die sicher war, dass sie diesem Fleisch vertrauen konnte, aß mehr als ihren Anteil.

Nasir, sagte die Ärztin, chauffiere sie jede Woche ins Dorf. Sie machten sich bei Tagesanbruch auf den Weg und versuchten, vor Anbruch der Dunkelheit wieder auf der Hauptstraße zu sein. Die Fahrt ins Dorf sei zwar eine Quälerei, aber sie nutzten die Stunden, um über ihre Fälle und ihre Patientinnen zu sprechen. Das größte Ärgernis sei, dass Nasir, als Mann, ihr nicht in der Klinik helfen dürfe, obwohl er schon seit zwei Jahren Medizin studierte.

Er wolle Kardiologe werden, wie sein Vater, erzählte Nasir, und er hoffe, in Amerika studieren zu können.

»Das ist seine Art, Sie durch die Hintertür zu fragen, ob Sie ihm vielleicht helfen können«, schmunzelte Dr. Jasmin.

»Ich werde es gern versuchen, aber nur, wenn Sie versprechen, danach nach Afghanistan zurückzugehen«, sagte sie zu Nasir und bedauerte ihre Worte auf der Stelle. Mit welchem Recht maßte sie sich an zu bestimmen, wo er seine Fähigkeiten einsetzte. »Das war nur ein Witz«, fügte sie hinzu.

»Das hier ist meine Heimat, und hier werde ich gebraucht«, antwortete er mit großem Ernst. »Natürlich komme ich zurück.«

»Vielleicht könnten Sie ja sogar hier arbeiten«, schlug Parvin vor.

Nur jemand wie er, jung und begierig auf Erfahrungen, würde hier leben wollen, stimmte Dr. Jasmin ihr zu. Aber die Frauen brauchten eine Ärztin, und es gab viel zu wenig Frauen, die Medizin studierten, und selbst wenn eine von ihnen bereit wäre, hierherzukommen, würde die afghanische Kultur nicht akzeptieren, dass sie allein hier lebte. Außerdem sei nicht klar, ob es überhaupt ein Gehalt für eine Ärztin gäbe, da sowohl Gideon Cranes Stiftung als auch die Regierung darauf beharrten, der jeweils andere müsse dafür aufkommen. Sie selbst sei ehrenamtlich hier. »Deshalb hatte ich gehofft, Sie wären Ärztin, oder zumindest Medizinstudentin«, sagte sie zu Parvin.

Parvin bedauerte, die Ärztin enttäuscht zu haben, und versuchte zu erklären, wieso sie sich nicht auf die Medizin verlegt hatte. Das Problem sei, dass ihr von Blut und Körperflüssigkeiten übel wurde, sagte sie. Als Kind sei sie zweimal ohnmächtig geworden, als ihr Blut abgenommen wurde. Sie denke lieber über Menschen nach, als sie zu behandeln. In der biologischen Anthropologie, sagte sie, hatten sie Fotos von neolithischen Knochen studiert, die Anzeichen von Tuberkulose, wie eingebrochene Wirbelkörper oder Rippenläsionen, aufwiesen. Die lange Geschichte derartiger Krankheiten fasziniere sie, die aussagekräftigen Spuren, die selbst nach Tausenden von Jahren zurückblieben. Wie war Tuberkulose entstanden? Wie hatte sie sich ausgebreitet? Tatsächliche Krankheiten interessierten sie nur insofern, als sie Fragen wie diese aufwarfen. Die eigentliche Behandlung überließ sie lieber anderen.

»Beispielsweise Nasir«, versuchte sie, das Thema zu wechseln.

Vielleicht aus Verlegenheit darüber, dass sie von ihm sprach, griff Nasir so ungeschickt nach seinem Tee, dass er etwas davon verschüttete, und machte das kleine Malheur noch schlimmer, als er aufsprang, um einen Lappen zu holen.

»Ich habe doch schon gesagt, dass Nasir hier nicht helfen kann!« Dr. Jasmin klang leicht gereizt. Sie verstummte, fand dann jedoch zu ihrer guten Laune zurück und sprach darüber, wie ungewöhnlich es für die Dorfbewohner sei, eine alleinreisende Frau unter sich zu haben. »Sie werden noch Generationen später in ihren Geschichten vorkommen«, fügte sie mit dem Zusatz hinzu, dass diese Geschichten nicht unbedingt immer der Wahrheit entsprechen würden. Sie selbst sei, als sie von Parvins Kommen hörte, davon ausgegangen, sie sei eine weitere Braut für Wahid. »Aber inzwischen weiß ich ja, dass Sie einen Verlobten in Amerika haben.«

Parvin hatte selbst gehört, wie eine der Frauen – die es von Bina oder Shokooh haben musste – der Ärztin genau das mit großer Bestimmtheit mitteilte, als stehe Parvin nicht direkt neben ihr. Es gab keinen Verlobten, gestand sie Dr. Jasmin und Nasir, sie habe ihn nur erfunden. Als sie die Verwunderung der beiden sah, kicherte sie nervös. »Ich habe ihn erfunden, damit mich die Männer hier in Ruhe lassen.«

Eine eigenartige Stille trat ein, in der die beiden vermutlich überlegten, ob sie ihr unter diesen Umständen noch trauen konnten, was sie dazu brachte, sich diese Frage selbst zu stellen.

Dr. Jasmin stand auf und fing an, das übrig gebliebene Essen zusammenzupacken. »Wahrscheinlich ist es das Beste«, sagte sie. »Dann versuchen die Männer aus dem Dorf erst gar nicht, sie zu heiraten. Sagen Sie ihnen, Ihr Verlobter sei ein furchteinflößender Kerl mit einer eigenen Miliz.«

»In Amerika gibt es keine Milizen. Na ja, so gut wie keine.«

»Das wissen die Dorfbewohner doch nicht.«

Machen Sie sich ihre Unkenntnis zunutze, schien sie damit zu sagen. Parvin fand das den Dorfbewohnern gegenüber zwar ein bisschen herablassend, wollte den Rat der Ärztin aber nicht von vornherein ausschlagen.

Nach dem Essen kamen weitere Frauen. Gasal, eine Frau in mittleren Jahren mit einer so großen, auffallenden Nase, dass sie ihr vorauszueilen schien, küsste sowohl die Ärztin als auch Parvin überschwänglich. Sie sei absolut gesund, sagte sie und tätschelte ihren Bauch, und tatsächlich hatte Parvin im ganzen Dorf keine robustere Frau gesehen; es war, als sei alles Fett und Fleisch von den anderen Frauen auf sie übergegangen. Ihr Problem sei ihr Mann, sagte sie. Seit einiger Zeit schwächele er wie eine welkende Blume und habe keine Kraft mehr für die Liebe. Sie veranschaulichte sein Problem, indem sie langsam einen Finger nach unten abknickte. »Er sagt, er ist müde von der vielen Arbeit, aber ich arbeite auch, und ich bin nicht müde. Wenn sich das nicht ändert, muss ich zu seinem Bruder oder zu einem Nachbarn gehen.«

»Ich bin auf die Körper von Frauen spezialisiert, nicht auf die von Männern«, sagte Dr. Jasmin und versuchte, ein Lächeln zu unterdrücken.

»In Amerika gibt es eine Medizin, die Männern bei so etwas hilft«, warf Parvin ein und wünschte, sie hätte den Mund gehalten. Sie wollte nicht den Anschein erwecken, Amerika habe all seine Probleme, bis hin zu Erektionsstörungen, gelöst.

»Dann machen die Amerikaner also nicht nur Bomben, sondern auch Raketen«, witzelte Gasal mit einem spitzbübischen Grinsen. »Können Sie Ihre Familie bitten, Ihnen diese Medizin zu schicken?«

Latifa, die als Nächste hereinkam, hielt ein kaum einjähriges Mädchen im Arm. Ein zweites, vielleicht ein Jahr älteres Mädchen, zockelte hinter ihr her, gefolgt von einem dritten, das etwa vier Jahre alt war. Außerdem war Latifa im dritten Monat schwanger. Als sie Parvin die Mädchen übergab, sahen die beiden älteren sie skeptisch an, als spürten sie, dass Parvin eine Fremde war.

Latifa wusste nicht, ob das ungeborene Kind ein Junge oder ein Mädchen würde, erzählte sie Parvin, während die Ärztin sie untersuchte, aber sie bete um einen Jungen, weil ihr Mann mehr als einmal gesagt hatte, sie müsse so lange mit dem Kinderkriegen weitermachen, bis sie einen Sohn bekam, und sie sei nicht sicher, ob das als Scherz gemeint sei. »Wie Sie sehen, habe ich bis jetzt nur Mädchen zustande gebracht«, sagte sie mit einem schiefen Lächeln in Richtung ihrer Brut.

Die Ärztin versuchte es mit einem Sprichwort: »Mit der einen Hand bewegen Mütter die Wiege, mit der anderen die ganze Welt.«

»Wollen wir es hoffen«, seufzte Latifa, klang aber nicht überzeugt.

»Ihre Mutter muss sich große Sorgen um Sie machen!«, sagte Dr. Jasmin zu Parvin, als Latifa gegangen war.

Eigentlich wollte Parvin nicht über ihre Mutter sprechen und nickte nur, spürte aber, dass ihr die Tränen in die Augen stiegen. Als sie dann über ihre Wangen liefen, zog Dr. Jasmin sie fest an sich, ohne ihr Fragen zu stellen, und Parvin ließ sich in ihre rundlichen Arme sinken und atmete ihren Duft nach Seife, Rosen und Desinfektionsmittel ein. Dann erzählte sie vom Tod ihrer Mutter. Die Ärztin drückte sie noch einmal an sich, wischte Parvins Tränen mit den Daumen weg, so wie ihre Mutter es immer getan hatte, und wies sie an, ihrem Vater oft zu schreiben, sie könne die Briefe gern fotografieren und ihrem Vater mailen. Die afghanische Inlandspost sei zwar besser, als man vielleicht meinte, aber internationale Briefe könnten durchaus problematisch sein. Sie würde die Antworten ausdrucken und Parvin mitbringen.

Hinterher hatte Parvin das Gefühl, ein Raum habe sich in ihrem Kopf geöffnet, eine Blockade sei weggeräumt worden.

Die nächste Frau hörte Parvin, bevor sie sie sah. Ein ungewöhnliches, fiependes Atemgeräusch ging ihr voraus. Anders als die anderen Frauen wartete sie, bis sie im Untersuchungszimmer war, bevor sie ihre Tschaderi ablegte. Eine große Beule, eine Art Ballon aus Fleisch, verunstaltete ihren Hals. Ein Kropf, eine krankhafte Vergrößerung der Schilddrüse, sagte Dr. Jasmin, im Dorf nichts Ungewöhnliches. Das gleiche gelte für Fehl- und Totgeburten, Taubheit und Kretinismus (ein Kind, das damit geboren wurde, wurde *diwana* genannt, »das Verrückte«). Alles zurückzuführen auf Jodmangel. In Afghanistan hatte man einen Namen dafür, »Traurigkeitskrankheit«, und tatsächlich wurde diese Frau, die Nadia hieß, von Traurigkeit umhüllt. Da sie kaum schlucken konnte, ernährte sie sich hauptsächlich von Joghurt und Brühe. Sie wirkte freudlos, und ihre Rippen zeichneten sich deutlich ab. Nach der Untersuchung sackte sie auf einen Stuhl, nackt bis auf das Kleid, das sie vor sich hielt.

»Wie schon mehrmals gesagt, müssen Sie sich unbedingt operieren lassen«, sagte Dr. Jasmin mit sanfter Stimme.

Nadias fiepender Atem wurde lauter.

»Aber Sie wollen das Dorf nicht verlassen.«

»Nein«, bestätigte Nadia im Flüsterton.

Parvin fragte, wieso sie nicht hier in der Klinik operiert werden könne.

Weil sie das nicht könne, antwortete Dr. Jasmin. Nadia

brauche einen Facharzt, der auf so etwas spezialisiert sei. Dann fragte sie Nadia, was ihr Mann dazu sagte.

»Dass Gebete und Zauber helfen werden«, antwortete sie. Der Ballon wackelte ein wenig, wenn sie sprach. Es war schwer, ihn anzusehen, aber auch schwer, den Blick davon abzuwenden.

»Sie ist mit dem Mullah verheiratet«, erklärte die Ärztin, kauerte sich vor Nadia und sah ihr in die Augen. »Wenn ich mit ihm spreche, erlaubt er Ihnen dann, sich operieren zu lassen?« Nadia nickte.

Die Ärztin veränderte ihre Haltung, kniete sich vor ihre Patientin und ergriff ihre Hand, als wolle sie ihr einen Heiratsantrag machen. »Und? Würden Sie fahren?«

Nadia schüttelte den Kopf.

So war es oft, erklärte Dr. Jasmin. Die Frauen wollten ihre Männer, Kinder und Häuser nicht verlassen. Sie fürchteten die lange Reise und dass ihre Ehre Schaden nehmen könne.

»Ich habe Angst, nicht lebend zurückzukommen«, rasselte Nadia.

»Die meiste Zeit fühle ich mich einfach nur hilflos«, sagte die Ärztin, als Nadia gegangen war, und erzählte Parvin von einer schwangeren Frau im Dorf, die sie wegen ihrer Präeklampsie, einer Vorstufe der Schwangerschaftsvergiftung, regelmäßig herbestellt hatte. Sie zeigte alle typischen Symptome: hoher Blutdruck, plötzliche Gewichtszunahme, Wasseransammlungen im Gewebe, Eiweiß im Urin. Dann fing sie zwischen den wöchentlichen Besuchen der Ärztin an zu krampfen, Anzeichen dafür, dass die Präeklampsie in eine Schwangerschaftsvergiftung übergegangen war, was die Plazenta in Mitleidenschaft ziehen und sowohl für sie selbst als auch für das Baby extrem gefährlich werden konnte. Aber da die Ärztin nicht da war, um diese Diagnose zu stellen, glaubte ihre Familie, die Krämpfe seien ein Zeichen für Besessenheit.

Parvin öffnete den Mund, um etwas zu sagen, aber Dr. Jasmin hielt sie mit einer Handbewegung davon ab. Selbst wenn sie gewusst hätten, was das Problem war, was hätten sie schon tun können? Sie brachten sie zum Mullah, Nadias Mann. »Er hat sie gewürgt«, fuhr die Ärztin aufgebracht fort, »und mit einer kleinen Peitsche geschlagen, um die Dämonen auszutreiben, die Dschinns.« Die Ärztin verstummte kurz. »Geschlagen! Eine kranke, schwangere Frau!« Ihn, fuhr sie fort, verurteile sie. Als die Frau das nächste Mal zu Dr. Jasmin kam, hatte sie Würgemale am Hals und blaue Flecken an Beinen und Händen. Die Krämpfe hörten nicht auf. In ländlichen Gegenden starben viele Frauen an Eklampsie, deshalb hätten sie und Nasir die Frau in ihr Auto gesetzt, um sie in ein Krankenhaus zu bringen, wo man die Geburt einleiten oder das Kind mit Kaiserschnitt holen konnte. Da war sie schon in einer so schlechten Verfassung, dass die Familie Dr. Jasmin und Nasir erlaubte, sie mitzunehmen.

»Wieso konnten Sie das Baby nicht hier holen?«, fragte Parvin. »In diesem wunderbaren OP?«

»In diesem wunderbaren OP, der noch nie benutzt wurde«, antwortete Dr. Jasmin.

Parvin schüttelte den Kopf. »Das stimmt nicht. Es wurden Kaiserschnitte durchgeführt und Dammrisse vernäht und ich weiß nicht was noch alles.«

»Von wem?«

»Das weiß ich nicht, von der Ärztin, die vor Ihnen hier war? Gideon Crane hat es gesagt.«

Dr. Jasmin zuckte mit den Schultern. »*Ich habe hier jedenfalls noch keine Operation durchgeführt, und zwar, weil es nicmanden gibt, der die Narkose machen könnte, nicht einmal eine Spinalnarkose. Dazu kommt, dass es auch niemanden gibt, der die Patientinnen anschließend versorgen könnte. Was wäre, wenn ein Schnitt sich öffnen oder es zu einer Infektion kommen würde?« In ganz Afghanistan seien Kaiserschnitte sehr selten, fuhr sie fort, selbst in Kabul. In den Dörfern würden sie fast nie gemacht. Übrigens sei diese Frau weder die erste noch die einzige gewesen, die sie und Nasir von hier fortgebracht hatten, damit sie in einem Krankenhaus behandelt werden konnte. »Mein Sohn hat mehr als einmal Blut vom Rücksitz geschrubbt.«

Parvin war verwirrt, aber die Ärztin hatte noch mehr zu berichten. Ihr Gesicht wirkte bedrückt, und sie stützte sich die ganze Zeit mit einer Hand auf dem Untersuchungstisch ab. Zwei Stunden nachdem sie losgefahren waren, gerade als sie die Hauptstraße erreichten, starb die Frau. Parvin drückte die Hände an die Schläfen und versuchte, diese Information zu verarbeiten. Das war acht Monate her, sagte Dr. Jasmin, und wie Fereschta ließ auch diese Frau mehrere Kinder zurück. Aber außerhalb des Dorfs hatte niemand ihren Tod auch nur wahrgenommen.

All diese sterbenden Frauen, dachte Parvin, die ihre Geschichten mit ins Grab nahmen. Ein Leben verlöscht, und die Dunkelheit hält Einzug.

»Wir mussten umkehren und sie zurückbringen. Zwei weitere Stunden im Auto, auf dieser Straße, mit einer toten Frau, die wir nicht retten konnten«, beendete die Ärztin ihre Erzählung. »Ich glaube nicht, dass wir auch nur ein Wort sprachen. Was gibt es, wenn die Gebete gesprochen sind, zu so einem Ende schon zu sagen? Wir verbrachten die Nacht in der Moschee. Am nächsten Morgen wurde sie beerdigt.«

6. Kapitel

Zwei Melonen

Dr. Jasmin und Nasir waren schon dabei, alles aufzuräumen, um loszufahren, als die Tür aufging und eine kleine Gestalt in einer grünen Tschaderi hereinglitt. Als der Schleier gehoben wurde, kam zu Parvins Überraschung Shokooh zum Vorschein. Ihr stoßweiser Atem verriet, dass sie gelaufen war. So störrisch sie zu Hause auch wirkte, so schüchtern war sie hier, aber es gelang der Ärztin schnell, ihr die Schüchternheit zu nehmen. Als Parvin erklärte, wer Shokooh war, schaltete die Ärztin einen Gang zurück, obwohl ihr daran gelegen war, sich auf den Weg zu machen, und erkundigte sich im Plauderton, wie es für Shokooh sei, eine neue Freundin im Haus zu haben.

Die drehte sich zu Parvin um, und ihr Gesichtsausdruck veränderte sich. Ihre Augen schienen größer und strahlender zu werden. Ein scheues Lächeln umspielte ihre Lippen und verschwand gleich wieder, aber es galt nicht Parvin, sondern Nasir, der seinerseits Shokoohs unverhülltes, zart geschnittenes Gesicht anstarrte. Sie machte keinen Versuch, es wieder zu verhüllen. Ihr direkter, verweilender Blick war wie ein radikaler Akt, als seien die im Dorf herrschenden Regeln hier in der Klinik aufgehoben. Hier waren – das Normalste und Rührendste der Welt – zwei junge Menschen, die sich zueinander hingezogen fühlten.

»Mein Sohn Nasir«, stellte die Ärztin mit neutraler Stimme vor.

Als Parvin ihn beim Mittagessen gefragt hatte, ob er eine Freundin habe, hatte er den Kopf geschüttelt und den Blick gesenkt. »Er muss erst sein Studium beenden, bevor er ans Heiraten denken kann«, hatte Dr. Jasmin eingeworfen. »Und zur Zeit hat er nur seine Bücher im Kopf. Mir tut jedes Mädchen leid, das sein Herz gewinnen möchte.«

Als sie Shokooh ins Untersuchungszimmer führte, folgte Parvin. Der Körper des Mädchens, schmal und sehnig, war weder von Krankheit, Mangelernährung, Schwangerschaft oder Geburt gezeichnet. Nur die Hände waren gebräunt und rau. Shokoohs Bauch war flach, ihre Brüste straff, und ihre milchige Haut wies nur ein paar wenige blaue Flecken an Rumpf und Beinen auf. Parvin hätte gern gewusst, ob sie von den Hufen einer Kuh oder von den Händen ihres Mannes stammten, und fragte sich, wie sie das herausfinden könnte.

Auf dem Untersuchungsstuhl strampelte Shokooh verspielt mit den Beinen und erzählte Dr. Jasmin, sie sei in letzter Zeit müder als sonst, weshalb es ihr schwerer falle, die Kühe zu melken und ihre anderen Arbeiten zu erledigen. Parvin vermutete, dass Shokooh einfach nur hoffte, die Ärztin würde sie von den Ansprüchen befreien, die Bina an sie stellte, denn die hatte sie gezwungen, Weizen zu mahlen, eine Arbeit, die sie langweilig fand. Die Ärztin überprüfte Shokoohs Puls und Blutdruck und erkundigte sich nach ihrer Ernährung und nach ihrer Beziehung zu Wahid. »So oft er will«, antwortete Shokooh resigniert. Parvin verzog das Gesicht. Gelegentlich wurde sie nachts wach und fragte sich, ob Wahid gerade auf Shokooh lag. Sie wollte es sich nicht bildlich vorstellen, konnte aber nicht anders.

Ihre Blutungen seien eher unregelmäßig, beantwortete

Shokooh eine weitere Frage der Ärztin, aber nachdem Parvin den anderen Frauen einen ganzen Tag lang zugehört hatte, wusste sie, dass das im Dorf keine Seltenheit war. Zyklen wurden schnell einmal durch unzureichende Ernährung und harte Arbeit durcheinander gebracht.

Shokooh zog sich wieder an und löcherte die Ärztin mit Fragen, unter anderem danach, wo sie lebe. In der Provinzhauptstadt, antwortete die Ärztin, und Shokooh rief, da komme sie auch her. Ob die Ärztin ihre Eltern kenne? Nein, antwortete diese lachend, die Stadt habe immerhin sechzigtausend Einwohner. Aber wenn Shokooh wolle, könne sie sie gerne kontaktieren.

Shokoohs Gesicht verzog sich, und sie murmelte, sie werde es sich überlegen.

Als Parvin die Tür des Untersuchungszimmers öffnete, unterhielt sich Nasir im Warteraum mit Wahid. »Dein Mann ist da«, flüsterte sie Shokooh zu, die ihre Tschaderi daraufhin sofort nach unten zog.

Die Ärztin ging als Erste hinaus und sagte zu Wahid, seine Frau brauche mehr Ruhe, sie sei ja fast noch ein Kind, während Shokooh stumm und reglos daneben stand, unsichtbar unter ihrer grünen Stoffhülle. Parvin war gespannt, wie Wahid die Ermahnung der Ärztin aufnehmen würde. Sowohl Bina als auch Wahids Töchter, die noch jünger waren als Shokooh, arbeiteten härter als sie, und niemand bestand darauf, dass auch sie Ruhe brauchten. Wahid nickte, wie um zu sagen, er wisse, dass der Besitz einer derart zarten Blume seinen Preis hatte.

Zusammen gingen sie zum Tor der Klinik, wo das weiße Auto der Ärztin stand, und Dr. Jasmin umarmte die in ihrer grünen Polyesterhülle steckende Shokooh. Das Netz über ihren Augen machte es schwer zu erkennen, ob die dabei

Parvin oder Nasir ansah. Das war die eine Freiheit, die die Tschaderi einem gewährte: eine Frau konnte hinsehen, wohin sie wollte.

Hinter ihr stand der ahnungslose Wahid. Da das Gespräch beendet war, drehte er sich um und machte sich in dem Wissen, dass Shokooh ihm folgen würde, auf den Weg nach Hause.

Dr. Jasmin öffnete die Autotür, warf einen Blick ins Innere und seufzte, als sei sie dabei, in ihren eigenen Sarg zu steigen. Sie hasste diese Fahrten, und doch unternahm sie sie immer wieder, was Parvin geradezu heldenhaft fand. Sie umarmte die Ärztin und lief los, um Shokooh einzuholen, deren Hand unter der Tschaderi nach ihrer tastete.

Es sei das erste Mal, dass sie die Klinik aufgesucht hätte, flüsterte Shokooh. Sie habe Bina drohen müssen und gesagt, wenn sie sie nicht gehen lasse, werde sie es Parvin erzählen, die es Dr. Gideon erzählen werde, der dann sehr ärgerlich wäre. Und Bina hatte Angst bekommen und nachgegeben. Darüber war Parvin in erster Linie froh. Wie erhofft motivierte sie die Frauen, mehr Freiheiten zu fordern. Sie wünschte nur, die Forderung wäre nicht ausgerechnet an Bina gestellt worden.

Am Morgen nach ihrem Besuch in der Klinik saß Shokooh im großen Zimmer an der Wand und zog an dem Seil, das die Wiege in Bewegung setzte. Ihre Augen hatten etwas Abwesendes, ein Lächeln umspielte ihre Mundwinkel. Die Wiege hätte sich überschlagen und Binas Baby herausschleudern können, ohne dass sie es gemerkt hätte. Parvin war sicher, dass sie von Nasir träumte.

Trotz ihrer unermüdlichen Geschäftigkeit entging Bina nichts. Sie konnte sich Shokoohs neue Selbstversunkenheit nicht erklären, bemerkte sie aber. »Heute bist du zu noch weniger zu gebrauchen als sonst!«, sagte sie, beugte sich vor und zwickte das Mädchen in den Arm. »Lass die Wiege. Geh Wasser holen.«

Shokooh zögerte. Parvin vermutete, dass sie das Haus nur allzu gern verlassen hätte, aber nicht zu dem Preis, den schweren Wasserkrug zurückschleppen zu müssen. Als Parvin sich erbot, sie zu begleiten, sprang sie so hastig auf, dass das Seil der Wiege wild hin und her schwang. Die Wiege wurde langsamer, das Baby fing an zu weinen, und die immer hilfsbereite Sahab beeilte sich, Shokoohs Platz einzunehmen.

Die griff sich eine Tschaderi von dem Haken an der Tür und schnitt eine Grimasse, bevor sie sie über den Kopf zog. Ob Parvin vielleicht auch eine wolle?, erkundigte sie sich mit überspitzter Höflichkeit. Parvin lehnte ab, hatte aber ein schlechtes Gewissen, weil sie die Wahl hatte.

Als sie das Haus verließen, war Parvin wie zuvor fasziniert von dem Blick, der sich ihr bot. Jedes Mal entdeckten ihre Augen etwas Neues, das sie bewundern konnte – heute die in kleinen Gruppen wachsenden Pappeln, die das Tal tüpfelten und sich vor allem in die sanften Windungen des Flusses schmiegten. Ihre schlanken Stämme schimmerten weiß, ihre Blätter leuchteten in einem fast silbrigen Grün, wenn der Wind durch sie hindurchriffelte. »Wie schön es hier ist!«, rief sie.

»Nicht, wenn es das Einzige ist, was man je zu sehen bekommt«, drang Shokoohs Stimme unter dem Stoff hervor.

Parvin verstummte. Anders als sie war Shokooh nicht nur vorübergehend hier. In Afghanistan bedeutete eine Ehe lebenslänglich.

»Ich darf gar nicht daran denken, dass ich vor einem Jahr noch frei war«, fuhr Shokooh fort. »Ich habe in der Stadt gelebt und musste nicht jedes Mal, wenn ich aus dem Haus ging, dieses furchtbare Ding tragen. Ich ging zur Schule, machte Einkäufe mit meiner Mutter oder besuchte Verwandte und Freunde. Jetzt kann ich von Glück reden, wenn ich einmal die Woche aus dem Haus komme. Alle sagen, dass sie keine Taliban sind. Aber wo ist der Unterschied?«

Parvin war selbst nicht sicher. Da das Dorf nicht im paschtunischen Süden lag, dem konservativsten Teil des Landes, hatte sie nicht damit gerechnet, dass die hiesigen Frauen derart ans Haus gebunden waren, hatte nicht erwartet, dass sie sich von Kopf bis Fuß verhüllen mussten, wenn sie das Haus verließen. Davon hatte Crane nichts erwähnt. Andererseits hatte der Dorfkommandant für die Taliban gekämpft, von daher war es vielleicht doch nicht so verwunderlich.

Auf dem Weg zum Fluss, auf dem Parvin den leeren Krug trug, stießen sie auf Gasal, die Frau mit der riesigen Nase, die einen ihrer Söhne ausschimpfte, weil er mit seinen Freunden gespielt hatte, statt auf den Esel zu achten, der sich prompt davonmachte. »Der Esel hat mehr Verstand als du!«, beschimpfte sie den Jungen, der mit eingezogenem Kopf vor ihr stand. »Er ist nach Hause gekommen und hat sein Frühstück verlangt. Also habe ich ihm deins gegeben. Er hat sogar auf deinem Platz gesessen.«

Die Augen des Jungen weiteten sich, und Gasal lachte und zerzauste ihm die Haare.

»Sogar der Kommandant hat Angst vor ihr«, kicherte Shokooh.

Sie gingen weiter, und Shokooh erzählte, immer wieder innehaltend, ihre Geschichte. Wahid sei ein entfernter Cousin ihres Vaters, sagte sie. Wahrscheinlich habe er sie auf einer Hochzeit vor ein oder zwei Jahren gesehen, an der Hunderte von Verwandten teilgenommen hatten, unter denen er ihr nicht aufgefallen war. Ihr Zweig der Familie stammte ursprünglich aus diesem Dorf, war aber schon vor mehreren Generationen weggegangen und lebte seitdem in der Stadt, wo es Schulen, ein Krankenhaus und Hotels gab und die Leute nicht mit Tieren zusammenhausten.

Als ihre Mutter ihr sagte, Wahid habe um ihre Hand angehalten, hatte sie gelacht. »Ich habe doch noch mit Puppen gespielt!« In den Dörfern galten Mädchen schon früh als heiratsfähig, aber sie war Städterin, ging zur Schule! Sie wusste, was das Internet war, erzählte sie Parvin, um ihr zu zeigen, wie kultiviert sie war. Nie würde sie einen alten Knacker heiraten und in einem Dorf leben. Völlig unvorstellbar – aber nur für sie.

Denn ihre Familie hatte zwar das Dorf hinter sich gelassen, nicht jedoch die Armut. Dreißig Jahre Krieg hatten dafür gesorgt. Ihr Vater arbeitete für die Regierung, aber sein Gehalt war niedrig und die Familie groß: Shokooh, drei jüngere Geschwister, ihre Mutter, die Familie eines arbeitslosen Onkels, die Großeltern. Oft wurde das Gehalt ihres Vaters monatelang nicht ausgezahlt. Wahids Vorschlag kam zwar unerwartet, war aber mit einem unerwartet großzügigen Brautpreis verbunden, und obwohl er weniger gebildet und mehr als doppelt so alt war wie Shokooh, war das Angebot verlockend. Shokoohs zwölfjährige Schwester konnte der Mutter an ihrer Stelle im Haushalt helfen. Wie Shokooh es ausdrückte, hatte ihr Vater sie an ein Leben verkauft, in dem es keine Bücher zum Lesen, kein Papier zum Schreiben und keine Stifte gab, die man in die Hand nehmen konnte. Das Einzige, was sie hier in die Hand bekam, waren die Zitzen der Kühe. Sie war mit einem Mann verheiratet, der nicht nur zu alt für sie, sondern auch ungebildet und schmutzig war, nach Feldarbeit stank und ständig seinen Maiskolben in sie stecken wollte.

»An dem Tag, an dem ich hierherkam«, sagte Shokooh mit einer Handbewegung, die das ganze Tal einschloss, »sind meine Träume gestorben.«

Parvin fragte, ob ihre Mutter mit der Verheiratung einverstanden gewesen sei.

»Das hat keine Rolle gespielt.«

»Aber deine Eltern haben dich doch sicher geliebt?«

Vielleicht, vielleicht auch nicht. Auch das spielte keine Rolle. Jetzt verstand Parvin, wieso Shokooh so zwiegespalten ausgesehen hatte, als die Ärztin ihr anbot, sich mit ihren Eltern in Verbindung zu setzen. Wie Parvin von Bina erfahren hatte, sahen afghanische Mädchen ihre Eltern nach der Heirat oft niemals wieder, weil sie dahin zogen, wo ihr Mann lebte. Auch Shokooh hatte ihre Eltern seit der Hochzeit nicht wiedergesehen. Die Entscheidung, ob und wann es dazu kommen würde, lag allein bei Wahid. Parvin hätte gern gewusst, wie sich diese Geschichte aus dem Mund von Shokoohs Eltern anhören würde.

Es war Winter, als sie ins Dorf kam, fuhr Shokooh fort, und sie dachte, sie würde diesen Winter nicht überleben. Tag und Nacht saß sie weinend am Ofen, während das Leben der Familie rund um sie herum weiterging und der Schnee vor den Fenstern immer höher wurde. Insgeheim hoffte sie, dass man sie, wenn sie zu viele Probleme machte, nach Hause zurückschicken würde, aber das passierte nicht. Ihr war ständig kalt, die Luft war immer voller Rauch, und sie hatte das Gefühl, nicht nur ihre Lunge, sondern auch ihre Seele würden immer schwärzer. Bald wurde sie krank und sehnte sich nach ihrer Mutter, nach irgendwem, der sie umsorgte, aber das tat niemand. Falls es den Anschein hatte, Bina sei jetzt gemein zu ihr, war das nichts im Vergleich zu dieser ersten Zeit. »Zwei Melonen passen nicht in eine Hand«, hatte Bina mehr als einmal leise vor sich hingemurmelt und dem allgemein gebräuchlichen Sprichwort eine dunkle Bedeutung verliehen. Sie beschuldigte Shokooh, ihre Krankheit nur vorzutäuschen. Wenn es ganz schlimm wurde, sagte Shokooh, hatte sie gebetet, sie möge an dieser Krankheit sterben. Das Leben, das hinter ihr lag, und das in diesem Dorf hatten so wenig gemeinsam, dass sie überzeugt war, nur eins davon könne wirklich existieren; das andere konnte nur ein Traum sein. Aber welches?

Das einzig Gute war, dass Wahid sie nie geschlagen hatte, nicht einmal, wenn sie ihn anschrie oder nachts zurückwies. (Das machte sie nicht mehr, sagte sie, es war einfacher, es hinter sich zu bringen.) Das unterschied ihn von vielen anderen Männern im Dorf, die ihre Frauen beim kleinsten Anlass schlugen. Wahid war bereit, abzuwarten.

Aber er unterschied sich längst nicht so sehr von den anderen Männern im Dorf, wie Shokoohs Vater gedacht hatte. Wahid hatte ihm »Dr. Gideons Buch« mit dem Foto von ihm und Crane gezeigt, weswegen Shokoohs Vater gedacht hatte, er sei ein wichtiger Mann. »Schön dumm von ihm«, lautete Shokoohs Kommentar. Ihr Vater konnte kein Englisch und wusste natürlich nicht, was in dem Buch stand.

Wahid hatte auch damit geprahlt, als Einziger im ganzen Dorf einen Generator zu haben. Deshalb hatte Shokoohs Vater auch geglaubt, sie könne abends weiterlernen. Aber abgesehen von Dr. Gideons Buch und dem Koran gab es im Dorf praktisch überhaupt keine Bücher, und im Haus schon gar nicht, und natürlich gab es auch keine Schule für Mädchen ihres Alters. Und überhaupt, wann sollte sie lernen, wenn sie die ganze Zeit arbeiten musste?

Sie erreichten den Fluss, wo es kühler war. Das Wasser war so klar, dass jeder Stein sich klar und deutlich abzeichnete. Shokooh kniete sich hin, um den Krug zu füllen.

»Wenn ich im Dorf bin«, sagte sie, »sehe ich mir durch den Schleier die Gesichter der anderen Männer an und überlege, wie sie wohl als Ehemänner wären. Ein paar sind vielleicht ein bisschen weniger hässlich, andere dicker, wieder andere jünger. Aber abgesehen davon sind sie alle wie Wahid.«

Parvin ahnte, was kommen würde.

»Der Sohn der Ärztin – er ist gebildet. Und er lebt in der Stadt. Als ich ihn gesehen habe, hatte ich das Gefühl...«

Nur dieses: *Hatte ich das Gefühl.* So eine Tschaderi, dachte Parvin, scheint dazu zu führen, dass man leichter über persönliche Dinge spricht. Leidenschaft, Scham, Begierde – alles ließ sich unter dem Stoff verstecken.

Dann wollte Shokooh wissen, ob Nasir eine Frau habe, und als Parvin verneinte, bestand sie darauf, alles über ihn zu erfahren. Und Parvin berichtete, er habe vor, in Amerika zu studieren, liebe Technik und Maschinen und habe auch keine Freundin. Trotzdem schien es ihr gefährlich, einer Verliebtheit Vorschub zu leisten, die nur vor sich hinschwären, sich aber niemals weiterentwickeln konnte. Vielleicht sollte sie lieber versuchen, Shokooh dazu zu bringen, ihr trauriges Schicksal zu akzeptieren.

Aber plötzlich war sie selbst wieder sechzehn und linste aus ihrem Fenster. In der Gasse hinter dem Haus tauschte Omar, ein Nachbarsjunge, außer Sichtweite der missbilligenden Augen seiner Eltern sein konservatives Polohemd und die brave Khakihose gegen die Motorradkluft aus, die er viel lieber trug. Omar war achtzehn. Parvin fand die Motorradkluft toll, noch toller fand sie den Jungen selbst – sie konnte sich noch gut daran erinnern, wie atemlos sie jedes Mal war, wenn sie miteinander redeten (auch wenn sie, wie sie später erfuhr, für ihn nur die Einserschülerin von nebenan war). Wie würde sich dieses Prickeln und das zwanghafte Bedürfnis, den Namen des Jungen zu sagen oder zu hören, wohl anfühlen, wenn man mit einem doppelt so alten Mann verheiratet war und nicht die geringste Chance hatte, je aus dieser Situation herauszukommen? Überwältigt von Mitleid mit Shokooh wünschte Parvin, sie könnte sie aus dem Dorf herausbeamen, und wunderte sich dann über ihren Wunsch, die Retterin zu spielen.

»Nasir ist sehr nett zu seiner Mutter«, sagte sie abschließend. »Und sehr tollpatschig.« Sie spielte nach, wie er seinen Tee verschüttet hatte, was Shokooh zum Lachen brachte.

Dann beugte sie sich vor, um sich Wasser ins Gesicht zu spritzen; es kam von den hohen, verschneiten Bergen und war herrlich erfrischend. Shokooh schlug ihren Schleier zurück und benetzte sich ebenfalls das Gesicht, obwohl Männer in der Nähe vorbeigingen. Als sie Parvins Überraschung sah, lächelte sie verschmitzt. »Das Dorf ist lange nicht so streng, wie alle einem weismachen wollen«, sagte sie, achtete aber darauf, den Blick auf Parvin und nicht auf die Männer zu richten. »Übrigens glaube ich, dass die Frauen hier keine Tschaderis trugen, bevor Fremde anfingen, die Klinik zu bauen.«

Das ließ sich Parvin später von Bina bestätigen. Als sie ins Dorf gekommen war, sagte Bina, verhüllten die Frauen höchst selten ihre Gesichter, nicht einmal in Gegenwart von Männern, mit denen sie nicht verwandt waren. Aber als die Fremden kamen, um beim Bau der Klinik zu helfen oder sie zu besuchen, sagte der Mullah, oder vielleicht war es auch der Kommandant, diese Leute sollten die Gesichter der Frauen nicht sehen. Der Schneider legte sich mehr Tschaderis zu und machte gute Geschäfte. Und jetzt behauptete die Hälfte der Männer, es sei schon immer so gewesen.

Deshalb also hatte Crane die Tschaderis nicht erwähnt. Sie

waren nicht gebräuchlich gewesen, als er hier war. Sein Versuch, den Frauen im Dorf zu helfen, hatte dazu geführt, dass sie auf einmal viel größeren Einschränkungen unterworfen waren, dachte sie konsterniert. War Idealismus ein Experiment, dessen Variablen sich nicht kontrollieren ließen? Sie hatte darüber nachgedacht, welche Veränderungen das Dorf in ihr bewirken könnte, aber keinen Gedanken daran verschwendet, ob umgekehrt sie das Dorf verändern würde.

Jetzt bemerkte sie, dass auch die anderen Frauen am Fluss ihre Tschaderis zurückgeschlagen hatten. Und dass sie sie beobachteten – sie war immer noch eine Neuheit. Als sie ihnen zulächelte, kamen sie näher.

Unter ihnen war eine alte Frau, die Parvin schon am Tag zuvor kurz gesehen hatte. Da war sie auf den Hof der Klinik gehumpelt und hatte sich unter den einzigen Baum gesetzt, den Rücken gegen den Stamm gelehnt. Ein bisschen sah sie selbst aus wie ein alter, knorriger Baum, das Rückgrat verkrümmt, die Finger angeschwollen, die Hände übersät von braunen Altersflecken, die an von einem Pilz befallene Baumrinde erinnerten. Es war die *Dai*, die »traditionelle Geburtshelferin«. Ein halbes Jahrhundert lang hatte sie die Dorfkinder auf die Welt geholt. Ihren Namen erfuhr Parvin nicht. Alle nannten sie nur »die Dai«.

Bei wie vielen Geburten die Dai geholfen hatte, würde für immer ein Rätsel bleiben, da sie sich als Analphabetin keine Aufzeichnungen gemacht hatte. Es bedeutete auch, dass nicht zu sagen war, wie viele Mütter oder Babys dabei gestorben waren. Ob die Dinge ein glückliches oder ein tragisches Ende nahmen, war Schicksal, glaubte sie, weshalb sie sich störrisch gegen alle Versuche Dr. Jasmins verwehrte, ihr Wissen mit ihr zu teilen oder ihr Medikamente zur Verfügung zu stellen, die den Frauen helfen könnten. Für die Dai war die

Ärztin eine Konkurrentin, aber sie würde den Sieg davontragen, denn Tradition, Aberglauben und vor allem Ausdauer waren auf ihrer Seite. Die vielen Jahre ihrer Tätigkeit waren der Beweis dafür. Die Ärztin kam und ging. Die Dai blieb.

Abgesehen davon, dass sie Dr. Jasmin mit spröder Stimme, in der Spott mitzuschwingen schien, begrüßt hatte, hatte sie kaum mit ihr gesprochen. Jetzt jedoch, am Fluss, sprach sie mit Parvin und erzählte ihr, sie sei als Mädchen verheiratet worden, hätte fünf Kinder geboren und ihren Mann dann an eine Krankheit verloren. Da er keine Brüder hatte, gab es niemanden, der sie heiraten und für sie und ihre Kinder sorgen konnte. Folglich hatte sie selbst arbeiten müssen, und sie war überzeugt, die Gabe zu besitzen, Kindern durch die Passage und auf die Welt zu helfen. Sie wusste, welchen Zuspruch Frauen brauchten, sie kannte die Wirkungen ihrer Kräuter und die Stellen, wo sie wuchsen; sie kannte die Zaubersprüche. »Die Arzt-Lady könnte den bösen Blick nicht mal abwenden, wenn er ihr direkt ins Gesicht starren würde«, sagte die Dai, obwohl Parvin Dr. Jasmin gar nicht erwähnt hatte, und fing an, sich gegen die eingebildete Kritik der Ärztin zu verteidigen. Wer außer ihr sei denn für die Frauen da, Tag und Nacht, Jahr für Jahr, im Winter wie im Frühling?, fragte sie, ohne eine Antwort abzuwarten. Sie könne schließlich nichts dafür, dass es für sie keine Bildung gegeben habe. Und die Klinik hatte nichts im Dorf verändert. In den einsamen Stunden, wenn die Wehen einsetzten, oft mitten in der Nacht, wenn die Dunkelheit wie eine Decke über dem Dorf lag, war die Dai immer noch die Einzige, die für die Frauen da war. Das einzige Licht, wie sie es ausdrückte.

Aber die Klinik hatte vielen Frauen das Leben gerettet, sagte Parvin.

Nenn mir ihre Namen, sagte die Dai mit einem Lächeln,

das ein Schachbrettmuster aus gelben Zähnen und schwärzlichen Zahnlücken enthüllte. Zu ihrer eigenen Verärgerung konnte sich Parvin nicht an Namen erinnern, falls Crane überhaupt welche genannt hatte. Aber es hatte Kaiserschnitte gegeben, sagte sie, und Bluttransfusionen, und –

»Wenn du mir auch nur eine Frau findest, die sagt, die Klinik hätte sie gerettet«, kam es herausfordernd von der Dai, »glaube ich dir.« Nein, die Klinik habe nie etwas getan. Cranes Stiftung hätte erst einen männlichen Arzt geschickt, den die Männer aus dem Dorf gern aufgesucht hätten, der den Frauen aber nichts genutzt habe. Er war nicht lange geblieben. Danach sei nur Issa gekommen, um sich um die Geräte zu kümmern. »Die Maschinen haben einen Doktor«, witzelte die Dai, »die Frauen nicht.« Immerhin kam Dr. Jasmin inzwischen regelmäßig einmal die Woche – das musste die Dai ihr zugestehen.

Es gefiel Parvin nicht, von dieser ungebildeten Frau herausgefordert zu werden, und sie war entschlossen, Frauen zu finden, die durch die Klinik gerettet worden waren. Was die Dai sagte, konnte nicht stimmen. In seinem TED-Talk hatte Crane die Leistungen der Klinik doch überzeugend aufgelistet. Aber die Dai klang genauso überzeugt, und auch Dr. Jasmin hatte etwas Ähnliches angedeutet. War es möglich, dass Cranes Mitarbeiter – allen voran wahrscheinlich Issa –, hinsichtlich dessen, was in der Klinik geschah, übertrieben oder gar gelogen hatten? Crane brauchte Augen und Ohren im Dorf. Parvin würde sie ihm liefern. Zumindest musste er erfahren, dass die Ärztin nicht bezahlt wurde und immer noch Frauen starben. Das war für Parvin der größte Schock.

Bis dahin aber würde sie Crane verteidigen, als stünde ihr eigener Ruf auf dem Spiel. »Dr. Gideon hat so viel für die

Frauen Afghanistans getan«, sagte sie zur Dai. »Machen Sie sich nicht über seine Arbeit lustig, solange Sie nicht genauso viel geleistet haben.«

»Vorsicht«, warnte Gasal. »Sonst belegt sie Sie mit einem Fluch.«

Unsicher, ob das ein Witz sein sollte, sagte Parvin zu Shokooh, sie müssten gehen, und griff sich den Wasserkrug, der aber schwerer war, als sie gedacht hatte. Schon bald war sie außer Atem, und als Shokooh anbot, ihr den Krug abzunehmen, erhob sie keine Einwände.

7. Kapitel

Eine Blume ist von allen Seiten schön

Am folgenden Tag, ihrem ersten Freitag im Dorf, ging Parvin zur Zeit des Gebets zur Moschee, blieb aber davor stehen. Das Freitagsgebet sei nur für die Männer, hatte Wahid deutlich gesagt, als sie ihn danach gefragt hatte. Wie immer der »drittes Geschlecht«-Status aussehen mochte, den sie im Haus oder im Dorf haben mochte, er galt nicht für die Stätten der Anbetung. Trotzdem bewegte sie sich auf die Tür zu, als die Männer alle drinnen waren. Sie war nicht besonders religiös und ging zu Hause nie in die Moschee, aus Protest gegen die dort herrschende Geschlechtertrennung. Hier hätte sie aus eben dieser Protesthaltung gern versucht, hineinzukommen, obwohl es sicherlich riskanter wäre. Nachdem sie bis jetzt mehr oder weniger wie die Männer behandelt worden war, wollte sie all ihre Rechte.

Verglichen mit der Klinik wirkte die Moschee fast lächerlich bescheiden, ein einstöckiges, von einer niedrigen Mauer umgebenes Gebäude aus Lehmziegeln mit einem gedrungenen Minarett, von dem der Mullah fünfmal am Tag den Ruf zum Gebet erschallen ließ. Jetzt tauchte er von irgendwoher auf: Ein kleines Männchen mit einem hoch aufgetürmten schwarzen Turban und einer dicken Narbe, die sich glänzend wie eine Schneckenspur über seine Wange zog. Er vermied es, Parvin in die Augen zu sehen, auch als er sie anherrschte, wo sie hinwolle. Trotz seiner Grobheit grüßte sie ihn mit ausgesuchter Höflichkeit und stellte sich ihm vor.

»Ich weiß, wer Sie sind«, sagte er und fragte noch einmal, wo sie hinwolle.

»In die Klinik«, log Parvin.

»Es ist Freitag, da ist sie geschlossen«, sagte er. »Alles ist geschlossen. Ich denke, Sie sollten zu Wahids Haus gehen.« Er deutete in die entsprechende Richtung und wartete darauf, dass sie sich umdrehte.

Innerlich kochend tat sie so, als gehorche sie, und ging langsam davon, sah aber mehrmals über die Schulter zurück. Er beobachtete sie immer noch. Während des Gesprächs hatte sie ständig daran denken müssen, wie er die schwangere, an Eklampsie leidende Frau misshandelt hatte, und nicht aufhören können, seine Hände anzustarren – klein, blass, knorrig – und sich vorzustellen, wie sie sich um den Hals der Frau legten. Die Doppelmoral empörte sie: Er durfte eine Frau berühren, um sie zu würgen, aber Crane hatte Fereschta nicht berühren dürfen, um ihr zu helfen!

Sie wartete im leeren Basar, bis der Mullah in der Moschee verschwunden war, und ging dann zurück, um zu lauschen, wobei sie sich ein bisschen lächerlich vorkam. Der Mullah gehörte zu den Mächtigen im Dorf, der die Frauen niederhielt, war vielleicht sogar die treibende Kraft. Sie musste unbedingt wissen, was er sagte.

Ihn zu hören war kein Problem, es war, als habe er seine Stimme verstärkt, um seine geringe Größe wettzumachen. Unter anderem sprach er in seiner Predigt von Fremden, die eine ansteckende Krankheit in ein Dorf einschleppten, sodass alle krank wurden. Parvin, die erst dachte, er meine die Europäer, die die Pocken in die Neue Welt gebracht hatten, war beeindruckt von seiner Weltkenntnis. Dann jedoch ging ihr empört auf, dass sie selbst gemeint war. Die fragliche Krankheit war die Unmoral, die von Frauen in »westlicher Kleidung« verbreitet wurde (er sollte einmal sehen, was in Berkeley als westliche, oder überhaupt als Kleidung galt.) Die Gefahr, sagte er, bestand darin, dass die Frauen des Dorfes an dem Wunsch nach Freiheit erkranken würden, dem Glauben, dass es in Ordnung war, ihre Familien zu verlassen und unter Fremden zu leben.

Als die Gebete dem Ende zugingen, huschte sie zum Basar. Dort fanden Wahid und Dschamschid sie vor dem Schneiderladen. Als hätte sie während des ganzen Freitagsgebets darüber nachgedacht, sagte sie, sie wolle sich ein paar Kleider machen lassen. »Wie die von Bina und den anderen«, fügte sie hinzu, ohne die Predigt des Mullahs zu erwähnen.

Ein bisschen verlegen dachte sie an eine frühere Verwandlung während ihres ersten Seminars bei Professor Banerjee zurück. Damals hatte sie das Gefühl gehabt, von der Professorin abschätzig gemustert zu werden, und geglaubt, einen Anflug von Enttäuschung in ihrem Blick wahrzunehmen. Parvin befand sich gerade auf dem Höhepunkt ihrer »California Girl«-Phase bzw. richtete sich an der Klischeevorstellung eines »California Girl« aus: helle Strähnchen in den Haaren, künstliche Risse in der künstlich gebleichten Jeans, grellrosa geschminkte Lippen. Nichts davon wäre in Union City aufgefallen. Aber die neuen Freunde, die sie kennenlernte, und die Menschen, die sie bewunderte, so wie ihre Professorin, kleideten sich eher minimalistisch, fast nüchtern. Im Lauf des Semesters ließ sie die Strähnchen auswachsen, bis ihre Haare wieder ihre natürliche tiefdunkle Farbe erreicht hatten, verkaufte ihre zerrissene Jeans und tauschte sie gegen eine normale schwarze aus, dämpfte die Farbe ihres Lippenstifts und erstand in einem Secondhandladen eine schwarze Kunstlederjacke (echtes Leder hätte ihr Budget überstiegen), um von Professor Banerjee und den anderen im Kurs ernst genommen zu werden. Schon damals ging ihr auf, dass es kein eigenständiges, *nicht* von anderen geformtes Ich gab, dass man von dem Augenblick an, in dem einem bewusst wird, dass andere einen sehen, geprägt wird. Jetzt wurde sie erneut daran erinnert.

Als der Schneider seinen Laden wieder öffnete, suchte sie unter mehreren Stoffballen, die an einem Regal lehnten, einen terrakottafarbenen Stoff mit schwarzem X-Muster aus, ehe ihr einfiel, dass sie kein Geld bei sich hatte. Wahid sagte, er werde das übernehmen – anscheinend gab Parvins Vorauszahlung für drei Monate ihm das Gefühl, reich zu sein – und Bina bitten, ihr die Kleider zu nähen. Parvin verzog das Gesicht, weil das für Bina nur ein weiterer Grund wäre, sie zu hassen. Nein, beharrte sie, sie werde ihm das Geld natürlich zurückzahlen, und der Schneider solle die Kleider nähen.

»Gut«, sagte Wahid. »Dann muss er aber Maß nehmen.«

Sobald er es gesagt hatte, war Parvin klar, dass sie einen Fehler begangen hatte und es absolut unüblich war, dass ein männlicher Schneider bei einer Frau Maß nahm. Aber es war zu spät. Mit gespielter Nonchalance stand sie ganz still, während der verlegene Schneider das Maßband so lose anlegte, dass er sie nicht berühren musste.

Auf dem Heimweg gestand sie Wahid, dass sie die Predigt des Mullahs belauscht hatte und wusste, dass er über sie gesprochen hatte.

Wahid lachte. »Über mich zieht er auch gern her. Wenn es um Bettler geht, die zu Königen werden, bin ich gemeint.« In seiner Stimme schwang so etwas wie Stolz mit.

Parvin fragte, was der Mullah damit sagen wolle?

»Dass ich nicht mehr so arm bin wie früher«, antwortete Wahid. »Und das gefällt nicht jedem.«

Im Haus angekommen, ging Wahid gleich nach oben, sodass Dschamschid und Parvin, die gleich als Erstes das Klohäuschen aufsuchte, allein zurückblieben. Als sie wieder zum Vorschein kam, stand Dschamschid, mit den Füßen scharrend, immer noch da. Frisch geschlüpfte Küken, winzige, daunige Wölkchen, trippelten hintereinander her. Er nahm eins davon hoch und hielt es ihr hin. Der Esel wälzte sich im Staub, ein leiser Wind bauschte die zum Trocknen aufgehängte Wäsche. Parvin streichelte das weiche Küken und war einen Moment lang vollkommen zufrieden. Bilal und er, sagte Dschamschid, würden die Tiere zum Grasen auf die Weide bringen. Ob Parvin vielleicht mitkommen wolle? Er sah sie bei dieser Frage unsicher an, die Schultern bis an die Ohren hochgezogen.

Sie fragte sich, ob sie Wahid um Erlaubnis bitten musste? Aber er war weder ihr Vater, noch der Gebieter über das, was im Dorf erlaubt war. »Liebend gern«, sagte sie, mit einem leise unbehaglichen Gefühl, gleichzeitig aber auch aufgeregt über dieses möglicherweise verbotene Unternehmen.

Gefolgt von dem Esel führten die agilen Ziegen den kleinen Trupp an, während die Kühe das Schlusslicht bildeten. Sie ließen die Häuser hinter sich und schlugen einen schmalen, bergauf führenden Pfad ein. Hoch über ihnen änderte ein Falke seine Richtung, um sie im Auge zu behalten. Der Pfad löste sich in nichts auf – die Tiere verschwanden hinter Felsen –, kam dann wieder zum Vorschein und schlängelte sich den Berg hinauf. Die Pflanzen wurden immer genügsamer, je höher sie kamen, klammerten sich an winzige Fleckchen Erde oder sprossen aus Spalten in den Felsen, die von Rosenquarz und Grünspan geädert waren.

Es war Nachmittag, die größte Hitze des Tages war vorbei, aber obwohl die Luft mit zunehmender Höhe immer kühler wurde, war Parvin vom Aufstieg erhitzt, und sie merkte, wie sehr sie es, eingepfercht in Wahids Haus, vermisst hatte, sich zu bewegen. Ihre Yogamatte war nur dazu benutzt worden, ihr Bett vor den Hinterlassenschaften von Ziegen und Hühnern zu schützen.

In der Zeit am College war sie mindestens dreimal die Woche in den Berkeley Hills gelaufen, in einer Landschaft, die für sie exotisch war. Am Wegrand wuchsen silbriger Salbei, Bärentraube, Beifuß und Wollmaultierohren und auf einem schattigeren Teilstück eine Reihe von Eukalyptusbäumen mit jenem durchdringenden, würzigen, intensiven Duft, der alle Momente ihres Lebens, in denen sie ihn gerochen hatte, nebeneinander wie auf eine Halskette auffädelte. Hier oben hatte sie das Gefühl, wirklich atmen zu können. Aber die Berkeley Hills, die formal gesehen zwar Berge waren, erreichten nicht einmal sechshundert Meter. Das Dorf lag dagegen fast doppelt so hoch, und die Berge ragten zwei- oder dreimal so hoch auf. Sie waren geologische Epen, die über Jahrtausende hinweg geschrieben worden waren. Nach einer halben Stunde Aufstieg kamen sie an eine Lücke in den Felsen. Dahinter lag eine Wiese aus Wildgräsern und Wildblumen, die in einen gewaltigen, hellblauen Himmel überging, der in der Ferne von Bergen eingegrenzt wurde. Hingerissen breitete Parvin die Arme aus, als wollte sie die Aussicht umarmen.

Die Tiere fingen an zu grasen. Parvin setzte sich auf einen flachen Felsen, der noch die Wärme des Tages speicherte, während sich Dschamschid im Gras ausstreckte und die Ellbogen hinter sich aufstützte. So verharrten sie eine Weile, ohne etwas zu sagen.

Bilal trottete davon, und Parvin fragte Dschamschid, was mit seiner Hand passiert sei. Ein Unfall, vor zwei Jahren, antwortete Dschamschid. Bilal hatte bei der Ernte helfen wollen und sich eine Sichel in den linken Unterarm gerammt, so übel, dass ein Stück des Arms amputiert werden musste. Übrig blieb ein vernarbter Stumpf. Parvin erschauderte beim Gedanken daran, welche Schmerzen der arme Junge, dem sie jetzt schon zugetan war, ausgestanden haben musste. Seine großen sanftbraunen Augen beherrschten sein Gesicht. Er lächelte nur selten, was dieses Lächeln umso bezaubernder machte, und war aufmerksam und still, ohne die ungestüme Wildheit selbst der kleineren Kinder.

»Man gewöhnt sich an den Anblick«, sagte Dschamschid. »Wir alle haben uns daran gewöhnt. Für unseren Vater war es am schlimmsten. Er liebt Bilal zu sehr.«

Parvin dachte über diese Formulierung nach. War es gefährlich, zu sehr zu lieben? »Deine Familie hat viel gelitten«, bemerkte sie.

»Jede Familie leidet viel, zumindest in Afghanistan. In Amerika vielleicht nicht.«

Nicht ganz so viel, antwortete sie. Es gebe dort keinen Krieg und viel weniger Hunger. Aber Verlust und Trauer, die gebe es überall. Auch ihre Mutter sei gestorben, an Krebs, vor drei Jahren. Mutterlose Kinder waren eine schwermütige, aber eng verwobene Sippschaft, hatte sie festgestellt, und sie hoffte, ihre Offenheit würde ein Band zu Dschamschid knüpfen. So wie er sie ansah, als nähme er sie zum ersten Mal wirklich wahr, tat sie das wohl.

»Das tut mir leid. Möge sie in Frieden ruhen«, sagte er.

Sie fragte ihn, was ihm von seiner Mutter in Erinnerung sei.

»Dass wir den einen Tag eine Mutter hatten, den nächsten nicht. Ich hatte nicht einmal Zeit, sie mir einzuprägen.« Parvin dachte über seine Worte nach. Sie selbst hatte immerhin viele Monate Zeit gehabt, sich ihre Mutter »einzuprägen«, aber hatte es funktioniert? Die Bilder, die sie gehortet hatte, veränderten sich ständig.

»Sie hat diese Weide geliebt«, sagte Dschamschid.

Parvins erste Empfindung, die sie unterdrückte, war Erregung über diesen neuen Blick auf die tote Fereschta. »Ist sie oft hergekommen?«

Dschamschid lachte. Wie hätte sie das tun können? Sie hatte doch viel zu viel zu tun. Aber nachdem er laufen konnte, seien sie ab und zu hierhergegangen, obwohl seine kleine Schwester Hamdija noch getragen werden musste. Meistens hatten sie die Tiere dabei. Aber manchmal hatten sie auch einfach nur alle zusammen gepicknickt. »Es gab nichts Besonderes. Nur Brot und Lauch. Oder Walnüsse und Maulbeeren. Wie bei den Mudschaheddin in den Bergen.« Bei diesem Versuch, abgebrüht zu klingen, unterdrückte Parvin ein Lächeln. »Wir hatten damals nur sehr wenig zu essen, viel weniger als jetzt. Aber hier oben haben wir nie an unseren Bauch gedacht.«

Auf der anderen Seite der Wiese bückte sich Bilal, ging ein paar Schritte und bückte sich erneut, pflückte einhändig Blumen. Dschamschid beobachtete ihn ebenfalls.

»Ich war der Älteste. Ich habe meiner Mutter geholfen, wenn ich sie nicht gerade geärgert habe. Ich konnte sehr unartig sein«, sagte er fast entschuldigend, beharrte aber darauf, seine Mutter habe ihn nie ausgeschimpft. Parvin fragte sich, ob das stimmte oder ob der Nebel des Verlusts alles weicher erscheinen ließ. »Ich musste immer auf die Kleinen aufpassen. Meistens habe ich sie einfach nur im Dreck spielen lassen.« Er lächelte über sich selbst. »Sie hat Blumen geliebt. Das hat Bilal von ihr.«

»War sie wie Bina?«, fragte Parvin, weil auch Bina Blumen liebte.

Dschamschid schüttelte abfällig den Kopf. Manchmal könne er kaum glauben, dass sie Schwestern seien, sagte er.

Parvin hatte selbst mitbekommen, dass er sich gegen die Art verwehrte, wie Bina Shokooh behandelte, allerdings nur, wenn Wahid nicht da war. Erst an diesem Morgen hatte Bina Shokooh angefahren, weil die vergessen hatte, auf eins ihrer Kinder aufzupassen, und Dschamschid hatte protestiert, es sei schließlich nicht Shokoohs Kind.

»Und Shokooh ist nicht meins«, hatte Bina entgegnet. »Trotzdem muss ich mich kümmern.«

»Du bist ja nur eifersüchtig!«, war es aus Dschamschid herausgeplatzt.

»Ja, natürlich! Ich bin eifersüchtig, weil ein bartloser Junge in sie verliebt ist«, konterte Bina, und Dschamschid hatte verlegen die Flucht ergriffen.

»Du hast nicht gewollt, dass dein Vater Bina heiratet?«, wagte Parvin sich vor. Unerwarteterweise tat Bina ihr ein bisschen leid.

»Was ich will, hat für meinen Vater noch nie eine Rolle gespielt«, sagte er. »Für ihn sind Gefühle im Vergleich zu Erde wie Luft. Nichts Solides. Sie stellen kein Essen auf den Tisch.« Aber für seine Schwestern, fügte er hinzu, sei es gut gewesen, dass Bina gekommen sei, weil vorher sie die ganze Hausarbeit machen mussten.

Parvin stand von ihrem Felsen auf und legte sich ins Gras. Auf einem Grashalm herumkauend schloss sie kurz die Augen, eingelullt vom sanften Streicheln der Luft und vom weichen Licht des Nachmittags. Wie lange waren sie schon hier? Zeit hatte jede Bedeutung verloren. Als sie noch klein war, waren ihre Eltern mit Taara und ihr manchmal für einen Tag ans Meer gefahren. Sie hatte das Donnern und Glitzern des Ozeans aufregend gefunden, seine Monotonie und seine

Endlosigkeit hatten ihr aber auch Angst gemacht. Die Größe und Majestät der Berge war für sie bedeutsamer, berauschender. Trotz aller Armut waren diese beiden Brüder auf eine Parvin bis jetzt unbekannte, beneidenswerte Weise reich.

»Ich war da, als sie starb«, sagte Dschamschid unvermittelt. »Ich habe alles gehört.«

Parvin fuhr hoch. Er war nicht einmal in Fereschtas Nähe gewesen, als sie starb, da Crane sie aus dem Dorf weg und ins Krankenhaus gebracht hatte. Wahrscheinlich hatten sich die Schmerzen, die Fereschta vorher durchlitten hatte, in Dschamschids Hirn eingebrannt, und es war nicht verwunderlich, dass ein neunjähriger Junge, der verstehen wollte, was mit seiner Mutter geschehen war, und der versuchte, sich auf jede nur erdenkliche Weise an ihre Erinnerung zu klammern, Dinge durcheinanderbrachte. Das bekümmerte Parvin, trotzdem sah sie keinen Grund, ihn zu korrigieren. Außerdem stand es ihr nicht zu. Die Arme um die Knie geschlungen saß Dschamschid da, beobachtete Bilal und sah aus, als habe er eine Umarmung bitter nötig, schien aber zu alt für eine von Parvin, was sie ebenfalls traurig machte.

»Es tut mir so leid«, sagte sie. »Du warst zu jung, um die Mutter zu verlieren.« Als ihre eigene Mutter gestorben sei, fügte sie hinzu, habe sie oft Träume gehabt, in denen sich Realität und Fantasie mischten. In einem dieser Träume habe ihre Mutter ihr und ihrer Schwester erklärt, wie sie ihren Krebs heilen sollten, als gebe es ein Rezept, an das sie sich nicht gehalten hätten. Als er immer noch bedrückt nur nickte, versuchte sie, ihn ein bisschen aufzumuntern. »Du musst froh sein, dass die Klinik nach ihr benannt ist.«

»Ja, sicher. Meine Mutter ist tot, und ich muss dem Amerikaner dankbar sein«, antwortete er unerwartet hitzig.

Sanft sagt Parvin: »Es ist nicht Gideon Cranes Schuld, dass

sie gestorben ist.« Aber für ein Kind war es wohl so einfach: Ein Amerikaner hatte seine Mutter weggebracht, und sie war nie wiedergekommen. Er konnte nicht wissen, welche Rolle die Männer im Dorf gespielt hatten oder dass sein eigener Vater ihren Tod zugelassen hatte. Ob sie ihm irgendwann erklären sollte, wie sich alles abgespielt hatte? Er wäre dann sicher wütend auf Wahid. Wollte sie das? Jedenfalls war es nicht fair, dass er Crane die Schuld gab.

Der Himmel verfärbte sich rosa, die Wolken wurden von hinten zinnoberrot überhaucht. Bilal kam mit einem Strauß zurück, einer zerrupften, aber wundervollen Mischung aus Scharlachrot, Gelb, Rosa und Blau, und überreichte ihn Parvin. Ihn konnte sie umarmen, und als sie es tat, lächelte er schüchtern. Später, in ihrem Zimmer, legte sie die Blumen zum Pressen zwischen die Seiten von *Mutter Afghanistan* und drehte das Buch dann um, um Cranes Foto zu betrachten. Seine hellblauen Augen erwiderten ihren Blick. Erst jetzt fiel ihr auf, dass sie nicht ganz gleich ausgerichtet waren. Das linke blickte eine winzige Spur ins Abseits, in die Ferne, während das rechte einen gerade ansah. Es war eine Unvollkommenheit, die ein Vorteil zu sein schien, als besitze er einen weiteren Blickwinkel als alle anderen. An diesem Abend schrieb sie ihm einen ausführlichen Brief, in dem sie ihm alles mitteilte, was sie über die Klinik erfahren hatte.

Der Ausflug zur Weide machte Parvin mutiger, und in den nächsten Tagen fing sie an, sich auch allein weiter vorzuwagen. In einem Haus mit einem Dutzend Bewohnern musste sie gelegentlich die Flucht ergreifen können. Obwohl sie viele Annehmlichkeiten klaglos aufgegeben hatte, bestand sie darauf, auch allein sein zu können, aber wegzugehen fühlte sich immer eigenartig an. Die ersten Male hatten Bina oder

Shokooh gefragt, wo sie hinwolle. »Spazieren«, hatte sie geantwortet und nicht gewusst, ob sie sie auffordern solle mitzukommen. Aber sie konnten nicht so weit gehen wie sie; konnten ihre Pflichten nicht so lange vernachlässigen. Sie fühlte sich deswegen schlecht, aber nicht schlecht genug, um zu bleiben.

Sie fing an, regelmäßig durchs Dorf zu spazieren, hinunter zu den Feldern und Obstgärten, oder die Hänge hinauf, wagte sich allein allerdings nie bis ganz oben zur Weide. Jeder Spaziergang machte ihr Gesicht für die Dorfbewohner vertrauter, machte es zu einem Bestandteil der Umgebung, sodass man sie irgendwann ganz in Ruhe ließ. Ihre Beobachtungen wurden mikroskopisch. Wenn sie den Berg hinaufging, bemerkte sie winzige rosa Blumen, die aus einem Felsspalt sprossen, der noch vor wenigen Tagen kahl gewesen war, oder lila Blüten, die in Schwaden übers Geröll schäumten. Wilde Schwertlilien in einem dunklen Magentarot. Violetten oder hellrosa Storchschnabel. Pflanzen, deren Namen sie nicht kannte, versah sie mit einer Liste von Adjektiven: stachelig, flaumig, dornig, protzig. Blätter gezahnt, gezackt oder nicht. Stiele dick oder dünn, behaart oder glatt. Pflanzen, die wie ein ungekämmter Haarschopf aussahen oder sich mit ihrem auffälligen Rot frech in Weizenfeldern breitmachten. Sie vergeudete – nein, verbrachte – zahlreiche Minuten damit, Vogelmütter zu beobachten, die ihre Jungen fütterten oder weiße Kotkügelchen aus dem Nest hinausbeförderten. Ohne den Druck, Momente und Erinnerungen zu konservieren und sie Freunden zur Begutachtung vorzulegen, verlangsamte sich die Zeit, wurde sinnlicher.

Fast über Nacht war sie in ein prädigitales Leben zurückgeworfen worden, als sei sie ins Jahr 1990 oder sogar 1930 zurückgereist. In der ersten Woche hatte es eine Entzugsphase gegeben, in der sie sich permanent nach ständiger Berieselung mit Neuigkeiten aus dem Leben anderer, nach Abwechslung, verzehrte. Es war eine körperliche Empfindung, eine unterschwellige Gereiztheit, ein Sehnen nach etwas anderem als dem, was die Gegenwart enthielt, nach Ablenkung von der Langeweile eines beliebigen Augenblicks. Aber der gegenwärtige Augenblick, die Menschen, mit denen sie zu tun hatte, das, was sie gerade erlebte, ihre eigenen Gedanken, ihre Fantasievorstellungen – waren alles, was sie hatte, und langsam gewöhnte ihr Gehirn sich daran. Alles um sie herum nahm zunehmend eine erstaunliche Lebendigkeit an. Gleichzeitigkeit und Multitasking, jene grundlegenden Tatsachen des amerikanischen Lebens im einundzwanzigsten Jahrhundert, waren nicht mehr möglich. Alle Kanäle waren abgeschaltet, bis auf die ihrer eigenen fünf Sinne und ihres eigenen Gehirns.

In ihrem Geist wurde es still, eine Ruhe trat ein, die sich hauptsächlich von dem ableitete, was es im Dorf nicht gab: Autos, gellende Hupen, plärrende Radios, fluchende Fahrer, Fehlzündungen, Verkehrslärm, Abgase. Hier klang eine zuschlagende Tür wie eine Explosion. Es gab auch keine Musik. Einmal, als sie hinter einem Teenager hergingen, aus dessen Kopfhörern Musik quäkte, hatte Parvins Mutter zu ihrem Vater gesagt: »Erinnerst du dich an die Zeit, als man beim Gehen nur dann Musik hören konnte, wenn man ein Instrument in der Hand hatte?« Das Dorf lebte noch in dieser Zeit.

Auf dem Rückweg zu Wahids Haus ließ sie die Hand über Wände gleiten, die sich ebenso trocken und glatt anfühlten wie ihre Hände, und stellte sich vor, wie es wäre, in Gebäuden zu leben, die von den eigenen Vorfahren errichtet worden waren und unter zahlreichen Reparaturschichten immer noch Spuren ihrer Berührungen bewahrten. Tagsüber zeigten sich die Mauern durch die unterschiedlichen Sonnenstände in immer anderen Farben – erst warmer Sand, dann Ocker, dann Bernstein. Sie waren für das Auge so glatt wie für die Hand. Es gab im Dorf auch kein visuelles Gerümpel. Keine Plakattafeln, keine Werbeflächen, keine Graffitis. Keine Straßenschilder, keine Hausnummern. Das Dorf war wie von jeder Schrift reingewaschen. Welche Verwendung hätten die Dorfbewohner für Beschriftungen gehabt? Die meisten von ihnen konnten nicht lesen, und abgesehen davon brauchten sie keine derartigen Hinweise in einem Ort, in dem sie ihr ganzes Leben verbracht hatten. Die Karte des Ortes, die Lage jedes Wohnhauses, war in der Kindheit in jeden Kopf eingezeichnet worden, womöglich um dieselbe Zeit herum, in der die Sprache erlernt wurde. Sie konnten genauso wenig vergessen, wie das Dorf angelegt war, wie sie das Sprechen verlernen konnten.

Für Parvin war das Fehlen geschriebener Worte zuerst ein Schock gewesen. Seit sie lesen konnte, hatte sie alles gelesen, was ihr unter die Augen kam. Tat das nicht jeder? Es war keine bewusste Entscheidung. Lesen war vielleicht das einzige angelernte Verhalten, das so unwillkürlich wurde wie Atmen. Man konnte es nicht verlernen oder abschalten. Sie konnte nicht *nicht* lesen, was ihr vorgesetzt wurde. Slogans auf den T-Shirts anderer Leute. Schriftzüge auf LKWs. Die meiste Zeit merkte sie nicht einmal, dass sie las. Ihre Augen huschten und zuckten automatisch dahin, wo die Worte waren, leiteten sie an ihr Gehirn weiter, wo sie sortiert und größtenteils verworfen wurden. Wenn sie an einem Zeitungs- oder Zeitschriftenständer vorbeikam, las sie die Schlagzeilen und Überschriften. Sie las, wenn sie eine Toilette aufsuchte: HYGIENEARTIKEL IN DEN DAFÜR VORGESEHENEN BEHÄLTER WERFEN. HÄNDEWASCHEN NICHT VERGESSEN. Sie las, wenn

sie eine Straße entlangging: STOP. SCHRITTTEMPO. NICHT-
RAUCHER. BITTE ANDERE TÜR BENUTZEN. DREHTÜR BENUT-
ZEN. NUR FÜR MIETER. NUR FÜR MITARBEITER. BETRETEN
VERBOTEN. PARKEN VERBOTEN. ZUWIDERHANDELNDE WERDEN
ABGESCHLEPPT. Sie las in Restaurants, Supermärkten, Kinos,
Kursen, Zügen. Sie las die Werbung auf Plakatwänden und
Bussen und die Zettel an Laternenpfählen (in Berkeley insbesondere die Zettel an Laternenpfählen). Das meiste davon war
Blödsinn. Wortmüll. Sie las es trotzdem. Ihre Augen gehörten
nicht ihr selbst, weswegen sie erst jetzt erkannte, welcher Flut
aus Buchstaben und Ziffern sie zu Hause ausgesetzt gewesen
war, welch konstantem Trommelfeuer aus Informationen
und Bildern, die umgewandelt, ignoriert, verarbeitet oder
verworfen werden mussten. Erst jetzt, beim Ausbleiben dieser unaufhörlichen Attacken, spürte sie, wie viel Arbeit ihr
Gehirn geleistet und was es alles gefiltert und gesiebt hatte,
um dem standzuhalten. Ganz zu schweigen vom Internet,
diesem endlosen virtuellen Basar, gleichzeitig seicht und
bodenlos.

Sie schickte eine gekürzte Version dieser Überlegungen an
Professor Banerjee. Die Antwort, die Dr. Jasmin ihr zwei
Wochen später überbrachte, war in der schräg geneigten
Schrift abgefasst, die Parvin von Seminararbeiten kannte, wo
sie ihr Spitzfindigkeit, unzulängliche Infragestellung der
Hegemonie des Blicks und andere intellektuelle Verbrechen
vorgeworfen hatte. Jetzt fürchtete Professor Banerjee, Parvin
romantisiere den präalphabetischen Zustand des Dorfes.
(Wie eine ertappte Sünderin erinnerte sie sich daran, wie sie
beim Anblick der DVDs auf dem Basar zusammengeschaudert
war, weil sie ihrer Meinung nach nicht hierhergehörten.) Wer
im Dorf *konnte* denn lesen?, wollte Professor Banerjee wissen. Und wem kam das Analphabetentum der anderen zu-

gute? Welche Strukturen wurden durch den Mangel an Wissen einzementiert wie Steine von Mörtel?

Sie erhielt noch einen weiteren Brief, zu ihrer großen Freude von Gideon Crane. Ihr Bericht, schrieb er, habe ihn sehr betroffen gemacht, aber soweit er sich nach all den Jahren erinnere, sei die Dai nicht unbedingt die zuverlässigste Zeugin. Was immer im Augenblick vor sich gehe, er wisse genau, dass die Klinik in der Vergangenheit viele Frauen gerettet habe. Da er ständig mit dem Bau anderer Kliniken und der Beschaffung der Mittel dafür beschäftigt sei (er sei seit fast sechs Monaten ununterbrochen unterwegs und habe nicht nur den Geburtstag seiner Frau, sondern auch den seiner Tochter verpasst), habe die ursprüngliche Klinik vielleicht nicht die nötige Aufmerksamkeit erhalten. Er werde jemanden schicken, der sich der Sache annehmen würde, oder vielleicht werde er sogar selbst kommen. Bis dahin solle Parvin ihm bitte weiterschreiben. »Ihr Idealismus ist mir Inspiration«, beendete er seinen Brief.

Sein Lob wärmte ihr das Herz. Sie stellte sich vor, er würde kommen, um sich selbst ein Bild zu machen und um die junge Frau kennenzulernen, die sich so für den Erhalt seiner Mission engagierte. Ein Klemmbrett in der Hand, sah sie sich für Crane dolmetschen, wenn er mit Dr. Jasmin und den Dorffrauen über die Geschichte der Klinik sprach. Sie hörte, wie er sie, wieder zu Hause, in seinen Vorträgen und Interviews lobte, weil sie ihn vor der Verlogenheit seines Stellvertreters vor Ort gerettet hatte, dem er dummerweise vertraut hatte. Vielleicht würde er sie sogar in einer Neuauflage von *Mutter Afghanistan* erwähnen. Ihr Glaube war wieder hergestellt.

8. Kapitel

Noch weiter weg von zu Hause

Etwa zwei Wochen nach Parvins Ankunft fing Shokooh an, sich zu übergeben – meistens, aber nicht immer, morgens. Parvin vermutete den Grund und war sicher, dass auch Bina wusste, was los war, obwohl sie nicht darüber sprachen, abgesehen davon, dass Parvin vorschlug, Shokooh solle noch einmal in die Klinik gehen, und Bina ihr beipflichtete. Nur Shokooh schien nicht die geringste Ahnung zu haben.

Wieder kam sie erst, als die anderen Frauen schon weg waren, und wieder enthüllte sie ihr Gesicht im Beisein von Nasir, der auch dieses Mal wehrlos gegen ihre Schönheit schien. Strahlend, berauscht von der Wirkung, die sie auf ihn hatte, betrat sie das Untersuchungszimmer. Dr. Jasmin begrüßte sie, hörte sich ihre Symptome an und forderte sie auf, in einen Becher zu urinieren. Shokooh, die das für einen Witz hielt, lachte. Die Ärztin zog die Augenbrauen hoch, bat Parvin, Shokoohs Kleid hochzuhalten und zeigte ihr, was sie tun musste. Als sie fertig war, überreichte Shokooh der Ärztin den Becher mit feierlicher Geste, einen belustigten Ausdruck in den Augen. Doch ein paar Minuten später, als Dr. Jasmin den Schwangerschaftstest durchgeführt hatte und Shokooh die Neuigkeit mitteilte, wurde sie totenbleich und sah absolut niedergeschmettert aus.

Das Baby würde im Winter kommen, sie sei im dritten

Monat, sagte die Ärztin und sah so bedrückt aus, wie Parvin sich fühlte. Ein Kind würde Shokooh endgültig an Wahid, das Haus und das Dorf binden. Und wie bei jedem jungen Mädchen, dessen Beckenknochen noch nicht voll entwickelt waren, würde die Geburt eine Tortur werden.

»Wahid hat meinem Vater doch gesagt, dass ich weiter lernen kann«, flüsterte Shokooh. Ihre Naivität – ihr Glaube, eine solche Versicherung hätte eine irgendwie verhütende Wirkung – zerriss Parvin das Herz. Wie auch ihre hoffnungsvolle nächste Frage: »Darf ich dann keine Hausarbeit mehr machen?« Als würde Bina ihr irgendetwas erlassen.

Die Ärztin erklärte, für den Augenblick könne sie all ihren üblichen Tätigkeiten nachgehen, solange sie darauf achtete, ausreichend zu essen und zu schlafen.

»Und Sie sollten Ihren Eltern schreiben«, fügte die Ärztin hinzu.

Shokooh, deren Augen feucht waren, schüttelte den Kopf, nickte, schüttelte ihn erneut. Nach einer kurzen weiteren Untersuchung zog sie ihre Tschaderi wieder an. Dr. Jasmin bedeutete Parvin, Shokooh zu begleiten, die mit hängendem Kopf durch den Wartebereich schlurfte und Nasir nicht einmal ansah. Es war, als gehöre sie nun zu diesem Ort, diesem Dorf, und könne sich nicht länger für etwas Besseres halten. Sie legten fast den ganzen Heimweg schweigend zurück.

Etwa hundert Meter vom Haus entfernt blieb Shokooh stehen und sagte mit zittriger Stimme: »Jetzt wird es mir so gehen wie Fereschta und Bina, oder? Ein Kind nach dem anderen, bis ich tot bin.«

Alle tröstlichen Worte, die Parvin einfielen, klangen falsch. Wieder hatte sie die Vorstellung, Shokooh bei der Flucht von hier zu helfen, eine Vorstellung, die ebenso absurd wie verlockend war.

Da Shokooh anscheinend kein Wort herausbrachte, blieb es Parvin überlassen, es Wahid zu sagen. Er freute sich so über die Neuigkeit, als handele es sich um sein erstes Kind, nicht sein zehntes. Anscheinend gab es keine Obergrenze für die Zahl der Kinder, die er sich wünschte. Aus Solidarität mit Shokooh fürchtete Parvin Binas Reaktion und fragte sich, zu welchen neuen Gemeinheiten die Eifersucht sie treiben würde. Aber Binas Gesicht wurde so weich, wie Parvin es noch nie gesehen hatte. Sie küsste Shokooh drei Mal und sagte, von jetzt an würde sie Vieles besser verstehen. Jetzt würde sie verstehen, wie es sich anfühlte, ein anderes Leben über das eigene zu stellen.

An diesem Abend schrieb Shokooh im Licht der Glühbirne dann doch, aber in einer so winzigen Schrift, dass niemand hätte mitlesen können. Die Kinder beobachteten sie, aber sie erlaubte nur Bilal, ihrem Liebling, die Stifte zu benutzen, die sie von zu Hause mitgebracht hatte und wie ihren Augapfel hütete. Parvin tat es vor allem für Hamdija leid, die versuchte, näher an Shokooh heranzurücken, aber mit einem bösen Blick zurückgescheucht wurde. Hamdija, die nur zwei Jahre jünger war als Shokooh, hätte sie unverkennbar gern als große Schwester oder Freundin gehabt. Es schien in dieser Familie so viele mögliche Konfigurationen des Unglücks zu geben.

Mit seiner einen Hand, der rechten, zeichnete Bilal Vögel, Vögel, Vögel. Um das Papier zu sparen, das Shokooh ihm gab, zeichnete er in sehr kleinem Maßstab. Das Ergebnis waren Blätter, auf denen sich die Vögel auf beiden Seiten dicht an dicht drängten. Wenn er und Parvin im Dorf oder in den Bergen unterwegs waren, zeigte er ihr einige seiner Lieblinge in echt – golden oder azurblau, mit roten Schwänzen oder weißen Kehlen – und imitierte ihre Rufe. Andere hatte er sich ausgedacht. Vögel waren das Einzige, was er je zeichnete.

Am nächsten Tag, als Shokooh die Kühe molk, fragte Parvin, was sie geschrieben habe.

Gedichte, antwortete Shokooh, vergewisserte sich, dass Bina nicht in der Nähe war und rezitierte Auszüge:

Ich lasse mir nicht anmerken
Dass Disteln meine Seele säumen

Nur wenn das Licht schwindet und
Die Nacht kommt, bin ich zu Hause

Diese Mauern sind Berge
Zu hoch, um sie zu erklimmen

Der Falke verschluckte mich
Ich flog im Dunkeln

Die Stunde meiner Heirat war lang genug
Um die Schwelle von Kind zu Frau zu überschreiten

Und dieses, am gestrigen Abend geschrieben:

In meinem Innern
wächst mein eigener Käfig.

Anders als bisher molk Shokooh beim Sprechen weiter. Ihr Gesicht war abgewandt, ihre Stimme ausdruckslos. Parvin war hingerissen von den Zeilen – ihrer nackten Emotionalität, ihrem Spiel mit Bildern und Sprache, ihrer Subversivität. Diese Gedichte, sagte sie, müssten veröffentlicht werden, damit andere sie lesen konnten, und stellte sich eine gemeinsame Lesereise vor. Sie würde Interviews geben und darüber sprechen, wie sie das Talent des Mädchens sofort erkannt hatte, und als Entdeckerin der afghanischen Emily Dickinson gefeiert werden. Vielleicht könnte ihr Vater die Einleitung zum Buch schreiben, was gut für seine Karriere und sein Selbstbewusstsein wäre. Shokooh war in dieser Fantasie anwesend, aber verschwommen und still, außer wenn Parvin für sie dolmetsche.

»Sicher. Sicher wollen eine Menge Leute alles über ein Leben wie dieses wissen«, sagte Shokooh und deutete mit dem Kopf auf ihre Hände, die das Euter bearbeiteten.

Vor Parvins innerem Auge erschien eine Gruppe von Collegejungen, die Videospiele spielten. Derartige Bilder tauchten immer ganz plötzlich und unerwartet auf, als versuche ihr Unterbewusstsein immer noch, sich an die Versetzung in dieses Dorf zu gewöhnen. Sie verdrängte das Bild.

Jede Menge Leute würden sich dafür interessieren, beharrte Parvin. Zum Beispiel alle, die Gideon Cranes Buch gelesen hatten. Sie interessierten sich für das Dorf und würden gern mehr über seine Bewohnerinnen erfahren, und zwar nicht erst, wenn sie tot waren. Die Worte ihrer Professorin fielen ihr wieder ein: *Fereschtas von ihr selbst erzählte Geschichte würde ich jederzeit lesen.*

Shokooh habe Talent, betonte Parvin. Sie müsse unbedingt daran arbeiten, es nutzen.

»Wir sind hier nicht in Amerika«, gab Shokooh zurück, »sondern in Afghanistan. Hier können Frauen fast nichts tun – sie können nicht zum Mond fliegen oder was auch immer. Ich kann kaum allein zum Fluss gehen. Für uns ist das hier ein Gefängnis ohne Gitter, und was habe ich davon, wenn du hierherkommst und so tust, als wäre es anders? Ich sollte diese lächerlichen Gedichte einfach zerreißen.«

Bestürzt über diesen Ausbruch wog Parvin ihre nächsten Worte sorgfältig ab, da sie Shokooh nicht noch mehr provozieren wollte. *Finde dich mit unserer Realität ab*, das wollte Shokooh ihr damit sagen, aber genau das kam für Parvin nicht infrage. Sie wollte Shokooh davon überzeugen, dass mehr möglich war, dass ihr Leben eine Bedeutung hatte. Wieder griff sie auf *Mutter Afghanistan* zurück und fragte, ob Shokooh etwas über das Buch wisse.

Sie habe es gesehen, als Wahid es ihrem Vater zeigte. Hier wurde es in dem großen Aluminiumkoffer verwahrt, und Bina hatte Shokooh und den Kinder verboten, es auch nur anzurühren. »Als würde ich das wollen«, schnaubte Shokooh.

Parvin sagte, sie habe auch ein Exemplar, und ging in ihr Zimmer, um es zu holen.

Als sie damit zurückkam, unterbrach Shokooh ihre Melkerei und wischte sich die Hände am Kleid ab. Dann nahm sie das Buch, fächerte es geschickt von vorn bis hinten und wieder zurück durch und besah sich die Fotos im Mittelteil: Crane als Junge in Afrika, dann als Teenager in Amerika; als junger Medizinstudent, als Ehemann, als Arzt, der Untersuchungen durchführte; reißerisch aufgemachte Zeitungsartikel über seine Verhaftung; Crane, der die Augen von Männern, Frauen und Kindern in Kabul untersuchte; Crane mit seinen afghanischen Kollegen im Krankenhaus; Crane neben einem Esel, in traditioneller Kurta, dem landesüblichen langen, weiten, am Hals und an den Seiten geschlitzten Hemd und weit geschnittener Hose, eine Decke um die Schultern gehängt.

Über dieses Foto musste Shokooh kichern, Parvin aber lief ein Schauder über den Rücken. War das der Esel, der Fereschta in die Klinik gebracht hatte?

Während sie sich unterhielten, tauchte Bina immer wieder am Rand von Parvins Blickfeld auf. Allem Anschein nach war sie damit beschäftigt, den Dung auf dem Hof einzusammeln, aber Parvin vermutete verärgert, dass sie einfach nur lauschen wollte. Dann verschwand sie. Als sie wieder auftauchte, hielt sie, vielmehr schwenkte sie, die gebundene Ausgabe von *Mutter Afghanistan*.

Es war die wie ein Schatz gehütete Ausgabe, die Dr. Gideon Wahid geschenkt hatte, sagte Bina. Aber niemand in der Familie konnte das Buch lesen. Bevor Parvin kam, hatten sie nicht einmal jemanden gekannt, der es gelesen hatte. Jetzt wollte Bina wissen, was es über ihre Schwester sagte.

»Oh, wie wundervoll sie war«, antwortete Parvin. »Wie besonders.«

Bina sah verwirrt aus. Ohne jede Bosheit und ohne Betonung sagte sie: »Aber sie war nicht besonders. Sie hat getan, was wir alle tun. Kinder bekommen, kochen, putzen, schlafen, aufstehen, beten. Sterben.« Sie klang fast gelangweilt; für sie, vermutete Parvin, war das, was sie gesagt hatte, einfach nur eine Tatsache. Dann deutete sie auf den Einband des Buchs, auf das Foto der Frau mit dem Kopftuch vor dem Umriss Afghanistans. »Und das da ist nicht meine Schwester.«

Parvin gab ihr recht. Wie könnte es Fereschta sein, wenn sie tot war und es keine Fotos von ihr gab? Der Verleger habe einfach irgendein Foto für den Umschlag ausgesucht.

Aber wer war die Frau, wollte Bina wissen.

Parvin musste zugeben, dass sie es nicht wusste, und versuchte zu erklären, dass es keine Rolle spielte. Aber sie war jetzt selbst neugierig. War die Frau überhaupt Afghanin, oder vielleicht Saudi, Inderin, Indonesierin? Einfach irgendein Fotomodell, das als Afghanin durchging? Spielte es eine

Rolle? Parvin musste Bina zugutehalten, dass sie die Fragwürdigkeit des Fotos und der Gepflogenheiten von Verlegern erkannt hatte.

»Geht es in dem Buch um diese Frau oder um meine Schwester?«, ließ Bina nicht locker. »Wahid hat gesagt, es handelt von meiner Schwester, aber woher will er das wissen, wenn er nicht lesen kann?«

Parvin versicherte ihr, dass es von ihrer Schwester handelte. Dann sah sich Bina zusammen mit Shokooh das Foto von Crane und Wahid an, dasselbe Foto, das Parvin in den verschiedensten Artikeln über die Klinik gesehen hatte, das Foto, auf dem der größere Crane den Arm um Wahid gelegt und Wahid die Augen halb geschlossen hatte. Die beiden Frauen betrachteten es lange, als saugten sie das Bild ihres gemeinsamen Mannes durch einen sehr dünnen Strohhalm in sich ein.

»Können Sie es mir vorlesen?«, fragte Bina abrupt und sah dabei so trotzig aus, so finster, dass Parvin die Frage erst für eine Herausforderung hielt. Aber als Bina den Blick abwandte, sich auf die Unterlippe biss und die Hände ineinander verkrampfte, erkannte Parvin, dass es eine ehrliche Bitte war.

»Natürlich, gern«, antwortete sie. »Ich muss es aber erst übersetzen. Und ich möchte, dass Shokooh dabei ist.«

»Ist gut«, sagte Bina ungewohnt nachgiebig, als habe die Macht, irgendetwas gewähren zu können, sie großmütiger gemacht.

9. Kapitel

Ein Eselsschwanz

Voll Erwartung ging Parvin über den Hof zum Weinstock. Die letzten beiden Tage hatte sie damit verbracht, einen Teil von *Mutter Afghanistan* zu übersetzen, und sich dabei ausgemalt, wie die Lesung verlaufen würde. Sobald sie die Schlüsselszene, Fereschtas Tod, vorgelesen hätte, würde sie Bina und Shokooh bitten, in ihren eigenen Worten zu erklären, was geschehen war. Wieso war Fereschta gestorben? Wer war dafür verantwortlich? Sie vermutete, dass sie es wussten, aber es zu artikulieren und die Kräfte zu benennen, die sie unterdrückten, war der erste Schritt hin zu einer Veränderung. Für sie war dieses Vorlesen zu einem politischen Projekt geworden, das Professor Banerjee mit Sicherheit gutheißen würde. Sie würde Bina und Shokooh nicht einfach nur Wissen vermitteln; sie würden es sich gemeinsam erarbeiten.

Mutter Afghanistan, 1. Kapitel

Einen bösen Vater zu haben ist schlimm. Möglicherweise noch schlimmer ist ein Heiliger als Vater, weil man nie an sein Vorbild heranreichen kann. Genau das war die Geschichte meiner Kindheit.

Als ich zwei Jahre alt war, zogen wir nach Südafrika, in eine Missionsstation in KwaZulu-Natal, einer hügeligen Region, so grün und sanft wie Irland. Dort gründete und leitete mein Vater zusammen mit meiner Mutter, die sich auch um uns fünf Kinder kümmern musste, eine Klinik. Er erhielt dafür kein Gehalt und nahm auch keine wirkliche Bezahlung von seinen Patienten an. Wir lebten von dem, was sie uns brachten (häufig ein Huhn, einmal sogar ein Kalb) und was wir selbst anbauten. Meine Spielsachen wurden aus Stöcken und Schoten zusammengebastelt, meine Freunde waren die afrikanischen Kinder, die rund um den Compound lebten oder, wenn ihre Familien Hilfe oder Zuflucht brauchten, im Compound selbst.

Für mich war mein Vater wie der Mount Rushmore: beeindruckend, aber unberührbar. Wir neigten uns ständig und unablässig in Ehrfurcht vor seiner Selbstlosigkeit, verzehrten uns ständig und unablässig nach seiner Liebe. Wie er es sah, waren wir gesegnet, weil wir ausreichend zu essen und ein Dach über dem Kopf und Gott an unserer Seite hatten. Wir brauchten keine Liebe. Die Afrikaner schon ...

Albert Schweitzer, der Arzt und Theologe, der die Bequemlichkeiten eines europäischen Lebens aufgegeben hatte, um im Dschungel von Gabun zu wirken, war für uns ein Held, ein Mann, gegen den alles, was wir taten, armselig wirkte. Ich durchblätterte das Life Magazine *mit den dramatischen Schwarz-Weiß-Fotos von ihm, auf denen sein Schnurrbart schneeweiß leuchtete, bis die Druckerschwärze meine Finger verfärbte, und beschloss, ein zweiter Albert Schweitzer zu werden. Zur Übung tat ich so, als sei ich er. Beschämt muss ich gestehen, dass ich meine afrikanischen Freunde zwang, sich hinzulegen und so zu tun, als hätten sie Lepra oder sonst eine fürchterliche Krankheit, die ich dann heilte.*

Ich versuchte sogar, sie gegen Würmer zu behandeln. Als meine Schwester meinem Vater erzählte, was ich trieb, versohlte er mir den Hintern mit einer Gerte, weil ich medizinische Kenntnisse vorgetäuscht hatte. Das zumindest war das Vergehen, das er mir vorwarf, allerdings vermutete ich, dass mein wahres Vergehen darin bestand, Größe vorgetäuscht zu haben, ohne sie zu besitzen.

Also würde ich wahre Größe erreichen. Nachdem ich meinen besten Freund, Kumbalu, vor dem Ertrinken gerettet hatte, brachte ich ihm das Schwimmen bei, dann auch allen anderen Dorfjungen, trotz ihrer Angst vor Krokodilen. Als ich meinem Vater eines Abends beim Essen aufgeregt davon erzählte, warf er mir Angeberei vor und zitierte den Heiligen Petrus: »Gott widersteht den Hochmütigen, aber den Demütigen gibt er Gnade.«

Als ich eines Tages nach Hause zurückging, entdeckte ich im Busch eine Frau, die in den Wehen lag – sie war auf dem Weg zu unserem Krankenhaus gewesen. Ich rannte nach Hause, um Hilfe zu holen. Mein Vater kam sofort mit und kümmerte sich um sie, ließ mir aber kein einziges Wort des Lobes zukommen. Sein einziger Kommentar lautete: »Ich hätte nichts anderes von dir erwartet.« Ich war wie am Boden zerstört, weil ich mich so sehr nach seiner Anerkennung sehnte, und fing an, meine guten Taten aufzubauschen oder sogar welche zu erfinden, obwohl ich wusste, dass ich seinen Zorn auf mich ziehen würde, weil ich geprahlt oder gar gelogen hatte. Ich erfand Geschichten, in denen ich Schlangen vertrieb, die das Vieh bedrohten, oder einen Löwen verjagte, der sich an Kumbalu anschleichen wollte. War das eine Art Rebellion? Ich schwor, eines Tages etwas so Bedeutsames und Großes zustande zu bringen, dass ihm nichts anderes übrig bleiben würde, als es anzuerkennen.

Und dann war er von einem Tag auf den anderen nicht mehr da. Mein Vater, der so vielen Menschen das Leben gerettet hatte, hatte niemanden, der ihn rettete, auch wenn meine Mutter es versuchte. Sie fand ihn in sich zusammengesunken an seinem Schreibtisch, wo er nach dem Abendessen noch Papierkram erledigen wollte. Er war dabei gewesen, die Krankenhausabrechnungen zu überprüfen, als ihn ein massiver Schlaganfall binnen eines Augenblicks dahinraffte. Natürlich war ich zutiefst bekümmert, aber auch wütend. Er war dahingegangen, während meine Kehrseite noch schmerzte, ehe ich die Gelegenheit gehabt hatte, mich zu rehabilitieren oder etwas zu leisten, was mir seinen Respekt eingebracht hätte, oder aufzuhören, wütend auf ihn zu sein, oder ihm die Frage zu stellen, die mir erst später einfiel: War es nicht auch Angeberei, wenn Schweitzer für diese Fotos posierte und über seine Arbeit sprach? Ich glaubte nicht, dass mein Vater vom Himmel auf mich herabblickte, war aber immer noch entschlossen, vielleicht mehr denn je, etwas zu leisten, das mir seine Wertschätzung einbringen würde.

Nicht lange danach kehrten wir nach Amerika zurück – wir hatten keine andere Wahl, meine Mutter konnte das Krankenhaus nicht allein leiten. Ein anderer Missionar und Arzt mit Frau und vier Kindern löste uns ab, und wir zogen nach Nord-Dakota, wo meine Mutter aufgewachsen war und ihre Familie ihr helfen konnte, uns durchzubringen. Sie fand Arbeit als Krankenschwester, und meine Geschwister und ich besuchten die örtlichen Schulen.

Ich war dreizehn, ein Alter, in dem man für alles empfänglich ist, ein »Missionarskind«, das sich in einen aufsässigen, rebellischen Teenager verwandelte. In Afrika hatte ich nichts von materiellem Wert besessen, aber keine Wünsche gehabt, weil ich nicht wusste, was ich mir hätte wünschen können.

Erst nach unserer Rückkehr nach Amerika sah ich, was mir alles entgangen war – die Spiele, Bücher, Kleider, Autos, Leckereien, Plastik- und Elektroniksachen und Drogen, die für amerikanische Kinder Standard waren, zumindest für die, die es sich leisten konnten, was bei uns meistens nicht der Fall war. Ich kam mir benachteiligt vor und fing an, mich nach all dem zu verzehren: Mädchen. Autos. Kleidung. Geld. Und nach der Freiheit, die damit verbunden war. Für einen Heranwachsenden gab es endlose Versuchungen. An der Highschool trank und kiffte ich. Ich schlief mit Mädchen und schwänzte die Schule. Ich dachte, ich hätte es aufgegeben, meinen Vater beeindrucken zu wollen. In Wahrheit hatte ich mich selbst aufgegeben.

Nach der neuerlichen Lektüre dieses ersten Kapitels hatte Parvin entschieden, dass eine wörtliche Übersetzung nicht nur zu aufwändig, sondern auch überflüssig war. Es enthielt einfach zu viel, was die Frauen nicht verstehen würden. Also hatte sie sich eine Kurzfassung notiert, die sie ihnen vortragen wollte. Als Wahid das Haus verlassen hatte, setzten sich Bina und Shokooh zu ihr unter den Wein, Shokooh interessiert, Bina eher widerstrebend, obwohl sie diejenige war, die darum gebeten hatte, dass Parvin ihr das Buch vorlas. Die Kinder waren bei ihr. Auf dem Hof gab es neuerdings eine Schaukel, die Parvin und Dschamschid zusammengebastelt hatten, indem sie Parvins Springseil und ein Stück Stoff mehrfach um ihren Übungsball wickelten und verknoteten und das Ganze dann an einen Ast hängten. Der vierjährige Harun wollte, dass Bina ihn anschubste, was sie auch tat, bis Parvin Hamdija und Sahab bat, sich um die Kinder zu kümmern.

Die drei Frauen saßen unter dem Weinstock, der dort schon seit Jahrzehnten wachsen musste, denn die Reben waren wie dicke, graue, ineinander verflochtene Taue, die den alten Maulbeerbaum um- und überrankten und eine Laube bildeten. Die großen, gelappten Blätter, die übereinandergelegten Händen ähnelten, warfen zauberische Schatten. Parvin legte *Mutter Afghanistan* zwischen sich und die beiden Frauen, allerdings mit der Vorderseite nach unten, da es sich merkwürdig angefühlt hätte, wenn diese Fremde – diese Nicht-Fereschta – sie angestarrt hätte.

»Ist es eine lange Geschichte?«, fragte Bina. »Wir haben eine Menge Arbeit zu erledigen, auch wenn die hier« – sie piekste einen Finger in Shokoohs Seite – »was anderes erzählt.« Parvin fragte sich, ob Shokoohs Schwangerschaft die Spannung zwischen den beiden milderte.

Bina, nicht an Mußezeit gewöhnt, war zappelig, während Shokooh offenbar kein Problem damit hatte, einfach nur stillzusitzen. An die Rebe gelehnt, das Gesicht gesprenkelt von Licht und Schatten, streckte sie die Hand aus, zupfte Blätter ab und zerrupfte sie zu immer schmaleren Streifen.

Bina runzelte die Stirn. »Wenn du so weitermachst, ist die Rebe bald kahl.«

Shokooh sah Parvin an, lachte und machte weiter. Die beiden waren wie Schwestern, dachte Parvin in Erinnerung daran, wie gern sie Taara gelegentlich wegen ihrer Eitelkeit, ihrer Gewohnheiten oder ihres Verlobten aufgezogen hatte. Nach nur sechs oder sieben gemeinsam verbrachten Monaten wussten Bina und Shokooh ganz genau, wie sie sich gegenseitig quälen konnten.

Parvin begann: »Es war einmal ein Junge, der in Afrika aufwuchs. Afrika ist –«

»Wir wissen, was Afrika ist«, unterbrach Bina trocken.

Parvin hatte vergessen, dass sie jeden Abend von der BBC über die Welt informiert wurden. »Natürlich«, sagte sie. »Es war in Südafrika. Wo diese sehr alte Frau gestorben ist.« Dann fuhr sie fort: »Die Menschen dort waren sehr arm. Sogar noch ärmer als die in Afghanistan.« Sie wusste nicht genau, ob das stimmte.

»Essen sie Dreck?«, wollte Bina wissen. »In Südafrika?«

»Nein«, antwortete Parvin verunsichert.

»Dann können sie nicht ärmer sein als wir.«

»Ärmer oder nicht ärmer, ich weiß es nicht so genau«, gab Parvin zu. »Und ihr esst schließlich auch keinen Dreck. Jedenfalls waren sie sehr arm, mehr braucht ihr nicht zu wissen.«

Sie erzählte ihnen, Dr. Gideons Eltern, ebenfalls Ärzte, seien sehr gute Menschen gewesen und sein Vater habe ein Krankenhaus geleitet. Dass sie auch Missionare waren, ließ sie weg. Stattdessen zeichnete sie seine Mutter als eine andere Art von Bekehrerin, die den Frauen beibrachte, wie man mehr Abstand zwischen die Kinder legte, damit sie gesünder aufwachsen konnten und die Frauen weniger Gefahr liefen, bei der Geburt zu sterben. Parvin empfand das als kleine, aber gerechtfertigte Änderung der Wahrheit. Crane hatte zwar nichts von Verhütung geschrieben, aber Parvin fand, es sei angebracht, davon zu sprechen, denn wenn Frauen weniger Kinder bekamen, war das die einfachste Art, die Zahl der bei Geburten sterbenden Frauen zu verringern.

Sie fuhr mit Cranes Biographie fort. Als sie davon sprach, wie sehr er seinem Vater gefallen wollte, während er gleichzeitig gegen seine Autorität rebellierte, sagte Bina: »Wie bei Wahid und Dschamschid.« Parvin sah sie an und wartete auf mehr, aber Bina ließ sich nicht weiter darüber aus. Als Crane dreizehn war, fuhr Parvin fort, starb sein Vater und die Familie zog zurück nach Amerika, wo Cranes Mutter als Krankenschwester arbeitete. Obwohl seine Eltern Amerikaner waren, hatte er praktisch nicht in diesem Land gelebt und fand es schwer, sich einzugewöhnen. Aber allmählich gelang es ihm.

Parvin versuchte, den beiden zu erklären, wieso sie Cranes Schwierigkeiten nach der Rückkehr nach Amerika nachvollziehen konnte, obwohl sie viel kleiner gewesen war, als sie nach Amerika kam. Bücher besäßen diese Macht, sagte sie zu den beiden. Sie konnten einen dazu bringen, sich in jemand widergespiegelt zu sehen, der ganz und gar nicht wie man selbst war. »Ich weiß, ihr seid noch nie in ein anderes Land gezogen, aber ...« Sie verstummte, unsicher, was sie sich erhoffte.

»Von der Familie wegzugehen und woanders ein neues Leben anzufangen«, sagte Bina, »mit einem Mann, der ein Fremder ist, in einem Dorf, das man nicht kennt, ist genau dasselbe.« Dann fügte sie zu Parvins Überraschung an Shokooh gewandt hinzu: »Findest du nicht auch?«

Shokooh nickte unglücklich. »Schlimmer«, sagte sie. »Weil man nicht mit den Eltern zusammen geht, sondern allein.«

Wenn Wahid mit Parvin sprechen wollte und sie in ihrem Zimmer war, schickte er eins der Kinder, um sie zu holen, statt sie selbst in ihrem privaten Bereich aufzusuchen. Am Tag, nachdem Parvin Bina und Shokooh vorgelesen hatte, kam Sahab, um ihr zu sagen, ihr Vater wolle sie sprechen. Parvin war sicher, dass er ihr Vorhaltungen machen würde, weil sie seinen Frauen vorgelesen hatte. Sie wusste, dass es im Haus keine Geheimnisse gab, zumindest keine vor ihm, und sie fing an, sich ihre Argumente zurechtzulegen, weil sie die Situation als Gelegenheit sah, das Patriarchat herauszufordern. Als sie ihr Zimmer verließ, hatte sie sich ziemlich in ihre Empörung hineingesteigert. Sie würde Wahid sagen, dass er kein Recht hatte zu bestimmen, was seine Frauen hörten oder lernten.

Aber als Parvin im Hof auf ihn traf, fragte er nur, ob sie den beiden noch einmal vorlesen würde.

Ja, antwortete sie, sobald sie sich von ihrer Überraschung erholt hatte, das würde sie.

»Gut«, sagte er. »Es ist die einzige Art, wie sie je reisen werden.«

Parvin warf ihm einen verstohlenen Seitenblick zu. »Sie könnten doch mit ihnen irgendwohin fahren.«

»Wohin denn?«

»Egal wohin«, antwortete Parvin. »Zu ihren Familien. In die Stadt. Wo immer Sie hinfahren. Sie haben Shokooh doch auf einer Hochzeit gesehen – kennengelernt. Wo war das?«

In dem Ort, wo sein Cousin wohnte, der auch ihr Cousin war. Auf halbem Weg zwischen Dorf und Provinzhauptstadt.

»Dann fahren Sie doch dahin. Es gibt keinen Grund, weshalb sie nicht reisen sollten.«

Wahid sah aus, als wäre ihm dieser Gedanke noch nie gekommen. »Die Frau des Khan geht auf Reisen«, gestand er ein. Der Khan war der größte Landbesitzer im Dorf, und er und seine Familie lebten teils in der Provinzhauptstadt, teils im Dorf.

»Wenn die Frau des Khan reisen kann, wieso dann nicht Ihre? Er ist doch nichts Besseres.«

Wahid nickte langsam und streichelte die Nüstern des Esels, der herübergekommen war.

»Ich könnte ja mitkommen«, bot Parvin an und sah sie vier – sich selbst, Wahid, Bina und Shokooh – auf Reisen. Aber er wirkte eher irritiert als erfreut über ihren Vorschlag, und sie fragte sich, ob sie ihn zu sehr bedrängt hatte. »Wo haben Sie eigentlich Fereschta kennengelernt?«, fragte sie, um das Thema zu wechseln.

Ihre Ehe sei arrangiert worden, sagte er. »An unserem Hochzeitstag haben sie den Spiegel hochgehalten, und da habe ich sie zum ersten Mal gesehen.«

Es war eine afghanische Tradition, die Parvin vertraut war: Braut und Bräutigam lasen gemeinsam eine Passage aus dem Koran, danach wurde ihnen ein Spiegel vorgehalten, damit sie sich zum ersten Mal als Ehepaar sehen konnten. Das Ritual wurde – rein symbolisch – selbst von städtischen Afghanen eingehalten, die schon vor der Ehe miteinander ausgegangen waren, sogar von afghanisch-amerikanischen Paaren, die vorher miteinander geschlafen hatten. Aber bei Wahid und Fereschta war es wirklich das erste Mal, dass sie sich sahen.

»Wie haben Sie sich dabei gefühlt?«

Er schnaubte, als sei die Frage zu lächerlich, um sie zu beantworten.

Ehe sie sich trennten, fragte Parvin, ob Bina und Shokooh gesagt hätten, sie wollten mehr aus *Mutter Afghanistan* hören. Ja, hatten sie, antwortete Wahid. Sie wollten wissen, wieso Gott Dr. Gideon in dieses Dorf geschickt hatte.

Mutter Afghanistan, 2. Kapitel

... Die Art von Armut, die mein Vater lebte, sein Verzicht, seine Selbstlosigkeit, war eine Leistung, eine Askese und Entsagung, die ihn mit Gandhi und Mutter Teresa auf eine Stufe stellte. Sie hätte ihm das Recht gegeben, selbst dem reichsten Menschen in unserer Stadt mit hoch erhobenem Kopf gegen-

überzutreten, wäre er je dorthin zurückgekehrt. Ich glaubte nicht, zu dieser Art von Selbstlosigkeit fähig zu sein, daher beschloss ich, die Leute damit zu beeindrucken, dass ich Reichtümer anhäufte. Heute blicke ich voller Bedauern auf mein haarsträubendes Verhalten zurück. Ich verdiente gutes Geld, aber es fühlte sich nie genug an. Heute weiß ich, dass ich verzweifelt nach Anerkennung suchte. Wenn ich nicht der Beste sein konnte, wollte ich zumindest das Meiste haben.

Was mich zum Betrüger machte. Ich ließ mir Leistungen erstatten, die ich nicht erbracht hatte, stellte Dinge doppelt in Rechnung, ordnete unnötige Untersuchungen an – ich machte einfach alles, und Medicare erstattete alles ohne jede Nachfrage. Manchmal hätte man meinen können, die Regierung wolle geradezu, dass ich sie betrog.

Mein Vater hatte oft gesagt, dass jede Sünde weitere Sünden nach sich zieht. Sobald man die ersten moralischen Bedenken verworfen hat, schließen sich die anderen an wie bei einer Papiergirlande. Immer noch damit beschäftigt, das nachzuholen, was mir als Kind entgangen war (zu diesem Zeitpunkt hatte ich meine Kindheit schon länger kompensiert, als sie gedauert hatte), glaubte ich, ein Recht auf alles zu haben, was sich gut anfühlte. Unglaublich, wie viel man mit Selbstmitleid rechtfertigen kann.

Ich fing an, zu viel zu trinken. Ich betrog meine Frau und begann erst eine und dann noch eine Affäre mit Krankenschwestern, mit denen ich arbeitete. Im Bett sagt man Vieles. Ich prahlte mit meinem unrechtmäßig erworbenen Reichtum, den ich teils darauf verwendete, diesen Krankenschwestern Geschenke zu machen. Eine von ihnen ließ mich auffliegen. Ich hatte jede Vorstellung von Ethik so komplett verloren, war derart in Verderbtheit abgestürzt, dass ich nicht einmal auf den Gedanken gekommen wäre, eine Frau, die sich auf eine Affäre mit einem verheirateten Mann einließ, könne es falsch finden, die Regierung zu bestehlen.

Meine Sachen in der Klinik wurden durchsucht, meine arme Frau, Gloria, musste zulassen, dass unser Haus durchsucht wurde. Dann wurde ich festgenommen, was sowohl in den Sechs-Uhr- als auch in den Zehn-Uhr-Nachrichten gebracht wurde. Das FBI *ermittelte gegen mich. Meine Frau trug sich mit dem Gedanken, mich zu verlassen, und ich hätte ihr keinen Vorwurf daraus gemacht. Unsere dreizehnjährige Tochter schämte sich zu Tode.*

Ich fühlte mich so erbärmlich und schmutzig, wie man sich nur fühlen kann, und wollte mich reinwaschen, mich rehabilitieren. Auf der Suche nach einem Neuanfang traten meine Frau und ich einer neuen Kirche bei, Crossroads, und ich tat öffentlich Buße. Unser Pastor brachte viele gute Christen dazu, sich für mich einzusetzen. Wegen meiner Kooperationsbereitschaft wurde ich nur zu fünfhundert Stunden gemeinnütziger Arbeit verurteilt, die ich im Ausland ableisten durfte.

Der Mensch denkt, Gott lenkt. Mich lenkte er nach Afghanistan. Wo sonst hatte Amerika so starke Interessen? Wo sonst fehlte es an so Vielem? In Afghanistan konnte ich ein Soldat ohne Gewehr sein. Vielleicht konnte ich dazu beitragen, die Türen für andere zu öffnen, die dort auch in irgendeiner Weise dienen wollten.

Ich verabschiedete mich von meiner Frau und meiner Tochter. Gloria hatte mir mit der größten Loyalität, die sich ein Mann erhoffen kann, zur Seite gestanden. Aber ich hatte sie verletzt. Indem ich ins Ausland ging, ersparte ich ihr nicht nur die Demütigung eines Ehemannes im Gefängnis, sondern auch meine Anwesenheit, die für sie wie Salz in einer Wunde sein musste, die ständige Erinnerung an meine Fehltritte und

Betrügereien. Ich versprach, als besserer Mensch zurückzukommen.

Ich meinte es aus meinem ganzen verwundeten, gedemütigten Herzen, aber es war leichter gesagt als getan. Ich hatte angenommen, Kabul würde hart werden, und war nicht im Geringsten auf seine Annehmlichkeiten vorbereitet, seine Mischung aus Dekadenz und Vertrautem. In den 1970er Jahren war es eine Station auf dem sogenannten Hippie trail gewesen, dem junge Menschen aus dem Westen von Europa nach Südasien folgten. Allein der Name weckte Erinnerungen an Freizügigkeit. Jetzt, im langen Nachhall des 11. September, war es von einer neuen Generation von Expats, Mitarbeitern von Hilfsorganisationen und Profiteuren bevölkert.

Jeden Tag behandelte ich zahllose Patienten, führte diverse Operationen durch und bildete afghanische Ärzte aus. Die Arbeit mit ihrem erbarmungslosen Tempo erschöpfte und reinigte mich. Ich hatte keine Zeit, zu denken oder auf Abwege zu geraten, sondern arbeitete einfach nur. Am Ende jedes Tages fühlte ich mich geläutert, aber in den Nächten gab es Partys, auf die man gehen und Bars, die man besuchen konnte, und ich beschmutzte mich aufs Neue, trank Wein, statt mich an Geistigem zu laben, weil Trinken in einem muslimischen Land den Kitzel einer Überschreitung besaß. Oder weil ich schwach war.

Dann waren meine fünfhundert Stunden abgeleistet, und ich hätte nach Hause fahren können. Aber dort erwartete mich nur die schwierige und schmerzliche Aufgabe, meine Ehe und meine Karriere zu kitten. Dazu war ich noch nicht bereit. In Kabul fühlte ich mich frei, und ich konnte mir vorstellen, dass ich außerhalb der Hauptstadt noch größere Freiheit finden würde. Ich sehnte mich nach Abenteuern. Tiefer ins Innere Afghanistans vorzudringen, würde mich tiefer in mein eigenes Inneres führen, dessen war ich mir sicher. Ich wollte einen härteren Ort, ein härteres Etwas, an dem ich mich messen konnte. Was wir als Annehmlichkeiten betrachten, sind nur Puffer, Hilfsmittel, die uns daran hindern, uns selbst kennenzulernen, zu uns selbst zu werden. Ich wollte mich von innen nach außen kehren, meine Taschen ausleeren und herausfinden, was in mir steckte.

Ich fand einen passablen Dolmetscher, A., der mich auf meiner Reise begleiten sollte, was angesichts der Tatsache, dass ich selbst nicht wusste, wohin mich diese Reise führen würde, bewundernswert von ihm war. (Seinen vollen Namen verschweige ich, um seine Privatsphäre zu schützen.) »Ich begleite Sie gern egal wohin, Sir«, sagte er. »Bei ihm klang »egal wohin« wie ein Land oder eine Stadt.

Was in mir steckte, zumindest am Anfang, waren Klagen. Der Fahrer, den A. angeheuert hatte, war nicht bereit, sich mehr als eine halbe Tagesreise von Kabul zu entfernen. Nachdem er uns verlassen hatte, waren wir darauf angewiesen, uns »Taxis« zu nehmen (schrottige Autos oder Lastwagen, deren Fahrer Geld verlangten) oder zu trampen (schrottige Autos oder Lastwagen, deren Fahrer uns umsonst mitnahmen). Je uninteressanter ein Ort war, desto nachdrücklicher betonte A. seine Bedeutung. Ich langweilte mich zu Tode. Und als wir eines Tages auf einer Hauptstraße unterwegs waren und ich eine unbeschilderte, unbefestigte Nebenstraße entdeckte, die in die Berge führte, wies ich A. an, den Fahrer anhalten zu lassen. Der Staub der Nebenstraße glitzerte im Licht; ihr steiler Anstieg faszinierte mich. Sie winkte mir zu, weckte in mir eine unerklärliche Neugier. Eine Stimme in meinem Inneren sagte, dies sei die Straße, die ich einschlagen müsse. Ich wusste nicht, dass sie mich auf eine Mission führen würde, die mein

Leben und das vieler anderer von Grund auf verändern und mich dazu bringen würde, endlich etwas zu tun, was die Billigung meines Vaters gefunden hätte.

Aber erst mussten wir dorthin kommen. Der Fahrer weigerte sich, uns zu fahren, weil er seine Fuhre Melonen nicht auf einer Straße ins Nirgendwo aufs Spiel setzen wollte. Auch A. war skeptisch. »Ich bin sicher, dass niemand da oben lebt«, sagte er. »Höchstwahrscheinlich wird die Straße nur dazu benutzt, Tiere auf Weiden zu bringen. Möglich, dass es ein ärmliches Dorf gibt, aber wahrscheinlich gibt es gar nichts.«

»Genau das will ich sehen«, erwiderte ich, zunehmend überzeugt, dass dies mein Weg war. Wir diskutierten eine Weile, und als A. merkte, dass ich meine Meinung nicht ändern würde, stiegen wir aus dem Lastwagen aus. Ich setzte mich in den Schatten eines überhängenden Felsens, während A. loszog, um uns zwei Esel zu besorgen. Die Wartezeit, die sich lange hinzog, machte mir nicht das Geringste aus, so begeistert war ich von der Aussicht auf ein echtes Abenteuer. Während ich unter meinem Felsen saß, hielten mehrere Fahrer an, um sich in aller Freundlichkeit zu erkundigen, ob alles in Ordnung sei. Einem Schäfer, der bei mir stehen blieb, versuchte ich durch Zeichensprache zu erklären, dass wir zwei Esel brauchten. Er nickte und hielt einen Finger hoch. Ich hielt zwei hoch, er einen, ich zwei, dann ging er. Irgendwann kam A. beschämt und ohne Esel zurück. Ein paar Minuten später tauchte mein Fingerzeichen-Freund mit zwei Eseln auf. Er hatte versucht, mir klarzumachen, er käme in einer Stunde zurück...

Sieben Stunden später stolperten A. und ich in ein Dorf. Unsere Esel waren so erschöpft, dass wir sie praktisch tragen mussten. Ein Tal, so grün und fruchtbar und harmonisch wie kaum etwas, was ich bis dahin gesehen hatte, breitete sich vor uns aus. Die Sonne küsste die von Wolken umringten Gipfel der Berge.

Wir fanden den Basar. Vor mir war noch nie ein Ausländer hier gewesen, wie ich erfuhr. Bald hatten sich sämtliche Dorfbewohner versammelt, kletterten auf Bäume oder drängten sich auf Dächern, um mich anzustarren. Da sah ich Fereschta zum ersten Mal. Unverkennbar schwanger trat sie aus der Menge hervor, um mir Wasser zu reichen. Ich war fasziniert von ihrer Schönheit – schwarze Augen mit langen Wimpern, rosige Wangen, cremeweiße Haut, zierliche Nase und ein kleiner, perfekt geschnittener Mund. Eine strahlende, ländliche afghanische Rose voller Anmut. Sie forderte ihren Mann, Wahid, auf, mich in ihr Haus einzuladen. Er tat es.

Ich verbrachte viel Zeit in diesem Haus. Wahid war ein bärtiger Schwächling, ein schüchterner, nervös-redseliger, vom Leben gebeutelter, hart arbeitender Reisbauer, der Mühe hatte, seine große Familie durchzubringen. Fereschta war das Herz der Familie. Die Kinder umdrängten sie wie Blütenblätter die Mitte einer Blume. Es herrschte Freude in diesem Haus, Lachen. Die hochschwangere Fereschta ließ mir oft durch einen Sohn oder eine Tochter Tee bringen oder kam gelegentlich auch selbst mit ihrem träumerischen, watschelnden Gang. Sie sorgte dafür, dass es mir an nichts fehlte, und war eine wundervolle Köchin. Ihr Lamm war immer zart, ihr Spinat ließ einem das Wasser im Mund zusammenlaufen, ihre Bohnen waren unglaublich schmackhaft…

Bina und Shokooh hörten Parvin schweigend zu, wohl weil sie versuchten, das alles aufzunehmen. Sie hatte ihnen eine vereinfachte Version von Cranes eigentlichem Kapitel erzählt und Cranes schäbige Vorgeschichte weggelassen, da sie sie für zu kompliziert hielt und man sie leicht missverstehen konnte. Als sie Cranes Ankunft im Dorf beschrieb, musterte sie die Gesichter der beiden auf der Suche nach Anzeichen von Gefühlsregungen oder Wiedererkennen. War es angesichts der Tatsache, dass sie nicht oft aus dem Dorf herauskamen, nicht seltsam, dass ein Fremder seine Ankunft hier beschrieb? Parvin hatte erwartet, dass Bina gerührt auf die Beschreibung Fereschtas reagieren würde, und tatsächlich unterbrach sie sie an dieser Stelle.

»Fereschta war nicht schön«, sagte sie im selben sachlichen Ton, in dem sie gesagt hatte, sie sei nichts Besonderes gewesen. Parvin, die damit nicht gerechnet hatte, gab ein tadelndes Ts-ts-ts von sich, um Bina zu verstehen zu geben, dass ihre Eifersucht nicht angebracht war.

»Wieso darf ich das nicht sagen?«, fragte Bina. »Sie war nicht schön! Sie hat ausgesehen wie ich.«

Shokooh lachte ein bisschen zu genüsslich, während Parvin Binas ehrliche Einschätzung ihrer eigenen Unscheinbarkeit vielsagend fand.

»Wahid war sehr arm«, fuhr Bina fort. »Er konnte sich nicht einmal einen Eselsschwanz leisten. Wie hätte er da eine große Schönheit heiraten können?«

Das gab Parvin zu denken. Bina hatte damit eine sozusagen universelle Wahrheit ausgesprochen: Je höher der Status des Bräutigams (definiert durch Reichtum, Bildung, Karriereaussichten und Familienstammbaum), desto hübscher die Braut. Parvin hatte dieses Phänomen oft genug in Union City erlebt und kritisiert.

»Vielleicht hat er vergessen, wie sie ausgesehen hat«, sagte Shokooh. Ihre langen Wimpern warfen Schatten auf ihre von der Hitze rosigen Wangen.

Shokoohs Gesicht hätte es nicht nötig, in einem Buch verschönert zu werden, und Parvin fragte sich, wie Wahid, ein kleiner Bauer, der nicht viel Land besaß, die Mittel aufgebracht hatte, sie ihrer Familie zu entlocken. Welche Änderung seiner Verhältnisse seit seiner Heirat erst mit Fereschta und dann mit Bina hatte das möglich gemacht? Parvin, die von Anfang an eher dazu tendiert hatte, ihn nicht zu mögen, fing nun an, ihn mit Misstrauen zu betrachten.

Was Crane anging, so machte Parvin ihm keinen Vorwurf daraus, Fereschta attraktiver gemacht zu haben, als sie es war, falls er es denn tatsächlich getan hatte. Er kannte seine Leser vielleicht besser, als sie sich selbst kannten. Wenn man Menschen über den Tod einer tragischen Heldin zum Weinen bringen wollte, durfte sie nicht hässlich sein. Sie musste strahlen.

Parvin war noch nicht mit Vorlesen fertig, aber Bina bestand darauf, sie müsse zurück an die Arbeit.

»Nur noch ein paar Minuten, dann sind wir mit diesem Kapitel durch«, sagte Parvin. Sie wollte zumindest den Teil hinter sich bringen, in dem Crane im Haus von Fereschta und Wahid lebte, obwohl sie fürchtete, die schmeichelhafte Darstellung von Fereschtas Fähigkeiten als Köchin und Mutter könne Bina ärgern. Wollte sie das vielleicht? Wenigstens ein bisschen?

»Meine Arbeit macht sich nicht von allein, während ich hier sitze und zuhöre«, sagte Bina. Parvin faltete die Hände und betrachtete schweigend die vom Wind bewegten Blätter. Dann sagte sie, die beiden könnten jederzeit in ihr Zimmer kommen, wenn sie sich das Buch ansehen wollten.

Diese Worte verbreiteten sich wie ein Lauffeuer in der ganzen Familie, und mit Ausnahme von Wahid und Dschamschid kamen sie alle. (Bis dahin hatte Wahids Verbot sie davon abgehalten, wie Parvin wusste.) Jetzt kehrte sie von ihren

Spaziergängen zurück und sah auf den ersten Blick, dass ihre Tür – die Wahid nach mehreren eher unsanften Erinnerungen aus Pappelholz gezimmert hatte – offen stand, was bedeutete, dass eine weitere Plünderung im Gange war. Adeila und Aakila probierten ihren Lippenstift (nicht nur auf den Lippen, sondern auch auf Wangen und Nasen) oder dröselten ihre Tampons auf. Shokooh verschüttete ihre Körperlotion, deren Lavendelduft immerhin den Geruch im Raum verbesserte. Parvin reagierte auf die einzig vernünftige Weise – sie hörte auf, auf ihre Sachen zu achten. Die meisten brauchte sie sowieso nicht. Sie trug kein Make-up mehr, benutzte kaum noch Sonnencreme, badete seltener, bürstete sich oft nicht einmal die Haare und ließ ihre Augenbrauen wachsen, wie sie wollten, was nach Jahren des Kampfes eine Erleichterung war. Wenn sie sich an der stillsten Stelle des Flusses im Wasser betrachtete, wie es auch die Dorffrauen taten, von denen nur die wenigsten einen Spiegel besaßen, war sie jedes Mal überrascht über ihr Aussehen. Sie sah frei aus. Ungezügelt.

Shokooh fing an, sich Papier zu nehmen, riss achtlos Seiten aus Heften und beschrieb sie in Parvins Beisein. Das Ganze hatte etwas von einer stummen Herausforderung, dachte Parvin. Es war Shokoohs Art, ihr zu sagen: *Du willst, dass ich schreibe? Schön. Dann mach es möglich.* Gelegentlich schrieb sie Gedichte direkt in eins der Hefte. Parvin entdeckte darin Anzeichen eines neuen Optimismus:

Das Morgenlicht weckt mich.
Ich schlage die Augen auf und träume.

Sie war jedes Mal froh, wenn sie egal wen beim Durchblättern ihrer Bücher ertappte. Der Liebling der Kinder war Louis Duprees umfassende Studie Afghanistans mit den körnigen grauen Fotos von teils bekannten, teils unbekannten Dingen. Parvin hatte es im Zuge ihrer hastigen Informationssuche über Afghanistan vor ihrer Reise überflogen. Das Buch war über fünfunddreißig Jahre alt, aber in der neueren Literatur gab es kaum etwas. Kein Wunder. Immerhin herrschte seit drei Jahrzehnten, seit der Invasion der Sowjets, fast ununterbrochen Krieg, weswegen sich das Land nicht gerade für kulturanthropologische Untersuchungen anbot. Sie hatte Duprees Buch faszinierend und nützlich gefunden. Allerdings unterstrich es auch die allgemeine Anziehungskraft von Cranes Buch, was sie jedoch Professor Banerjee gegenüber nie äußern würde. Wir sind versessen auf Geschichten, dachte sie, vor allem auf welche mit Protagonistinnen, zu denen wir einen Bezug herstellen können. Crane stand stellvertretend für seine Leser.

Eines Tages kam Parvin von einem ihrer Spaziergänge zurück, bemerkte eine leise Bewegung, als sie um die Ecke zu ihrem Zimmer bog, und beschloss übermütig, den oder die Besucher – wahrscheinlich eins oder mehrere der Kinder – zu erschrecken. Sie schlich zur Tür, blieb aber ein paar Schritte entfernt wie angewurzelt stehen. Es war Bina, die, abgesehen von dem einen Mal ganz am Anfang, noch nie in ihrem Zimmer gewesen war. So vertieft, dass sie Parvins Anwesenheit nicht bemerkte, bewegte sie den Finger über die Seite eines Buchs, als lese sie es, was sie natürlich nicht konnte. Parvin reckte den Hals, um besser sehen zu können. Es handelte sich um *Mutter Afghanistan*. Binas Finger zeichnete die Fotos nach, als seien es Zeilen von einem Geliebten. Langsam und lautlos zog Parvin sich zurück. Binas Versunkenheit zu stören erschien ihr schlimmer als Binas Eindringen in ihre Privatsphäre. Dabei ertappt zu werden, wäre ihr zweifellos mehr als peinlich, vielleicht würde sie sich auch in die Defensive gedrängt fühlen. Also ging Parvin die Treppe hinauf in den Hauptraum, und als Bina wenige Minuten später nachkam, tat sie so, als sei sie damit beschäftigt, die Wiege zu schaukeln.

»Das Baby ist nicht drin«, sagte Bina.

»Oh, wie dumm von mir.«

Das Buch enthielt kein einziges Foto von Binas Schwester, weil es keins gab; es war, als sei Fereschta aus der Geschichte ausgelöscht worden, dachte Parvin. Die Worte jedoch bewahrten ihr Andenken. Parvin fand es, zumindest meistens, immer noch bewundernswert, dass Crane Fereschtas Geschichte am Leben gehalten hatte. Vielleicht konnte nur jemand, der in den Augen der Welt so tief gesunken war wie er, das Besondere in ihr erkennen. Im Dorf waren Fereschtas Besonderheit und ihre spezifischen Eigenheiten so schwer zu fassen und so undeutlich, dass Parvin allmählich bezweifelte, dass ein amerikanischer Mann sie erkannt hatte. Inwieweit war es legitim, die Leerstellen im Leben einer afghanischen Frau auszufüllen, und wie weit war Crane dabei gegangen? Parvin hatte das Gefühl, dass es sich mit Fereschta ähnlich verhielt wie mit dem Krieg – je näher sie kam, desto verschwommener wurde alles.

10. Kapitel

Der Hund und der Schuster

An einem Morgen gegen Ende Juni ging Parvin schon sehr früh zum Fluss hinunter. Sie liebte diese Tageszeit, zu der sich die meisten Familien noch nicht aus ihren Häusern rührten und die Sonne, mehr Andeutung als sichtbare Tatsache, blaue und rosa Streifen an den Himmel malte. Die Felder waren feucht von Tau und der Gesang der Vögel hatte einen einsamen Klang, den Parvin eigenartig schön fand.

An diesem Morgen jedoch versperrte Gasal ihr den Weg. Normalerweise brachte Gasal sie zum Lachen mit ihren Geschichten über die Impotenz ihres Mannes oder ihre eigenen sexuellen Gelüste, die im ganzen Dorf bekannt und legendär waren, obwohl die Sympathien der Dorfbewohner eher bei dem Ehemann lagen. Bis jetzt war Gasal die einzige Frau, die sich bereit erklärt hatte, Parvins Fragen zu beantworten. Die anderen hatten entweder abgelehnt oder gesagt, Parvin müsse mit ihren Ehemännern sprechen. Während Parvin sich Notizen machte, hatte Gasal ihr Sexualleben zu Zeiten, da sie noch eins hatte, mehr als anschaulich geschildert; ihre Schwangerschaften samt Inkontinenz, Verstopfung, Sodbrennen und Blähungen; ihre Geburten und den Zustand ihrer Vagina danach. Da Gasals jüngstes Kind bereits zehn war, staunte Parvin, die kurz vor einem Schreibkrampf stand, über Gasals unglaubliches Gedächtnis für Einzelheiten. Als sie vorschlug, ein andermal weiterzumachen, wunderte sich Gasal: »Waren das schon alle Fragen?«

An diesem Morgen jedoch war Gasal richtiggehend aufgebracht. Anscheinend hatte Shokooh damit geprahlt, dass Parvin ihr und Bina vorlas, und Gasal wollte wissen, wieso nicht auch ihr und den anderen Frauen. »Sind wir vielleicht nicht gut genug? Dürfen wir nicht auch etwas lernen?«, wollte sie wissen. Schlimm genug, dass Parvin in Wahids Haus lebte, jetzt hatten seine Frauen auch noch einen weiteren Grund, sich für etwas Besseres zu halten.

Parvin entschuldigte sich, nicht einmal daran gedacht zu haben, und versuchte zu erklären, wieso es nicht möglich sei, aber die Enttäuschung auf Gasals Gesicht ließ sie innehalten. »Stimmt«, sagte sie. »Ich sollte allen vorlesen.« Und ohne genauer darüber nachzudenken, wie sie es ermöglichen sollte, versprach sie es.

Gasal drückte ihr hocherfreut die Hand, und gemeinsam gingen sie zurück ins Dorf.

Bei Brot, Eiern und Tee informierte Parvin Wahid, sie wolle auch den anderen Frauen im Dorf vorlesen, nicht nur Bina und Shokooh. Die beiden sahen ein bisschen verschnupft aus, aber Parvin ließ sich dadurch nicht beirren. Wieso sollte sie nur ihnen ihre Aufmerksamkeit widmen?, dachte sie und weigerte sich, sich ein schlechtes Gewissen einreden zu lassen.

Wahid trank einen großen Schluck Tee, was sie dahingehend interpretierte, dass er keine Einwände erhob. »Der Mullah wird das größte Hindernis sein«, sagte er und lachte, weil der Mullah ein so winziges Männchen war. Er wäre ganz sicher dagegen, und obwohl die Männer im Dorf ihn nicht wirklich mochten und erst recht nicht respektierten, würden sie sich nicht gegen ihn stellen.

Ich weiß, dachte Parvin. *Du hast dich ja auch nicht gegen ihn gestellt, als er sagte, Crane dürfe deiner Frau nicht helfen.* Trotzdem war sie froh, dass Wahid keine Einwände gegen ihren Plan geltend machte, und bat ihn, sie zum Mullah zu begleiten. »Das würde nichts nützen«, antwortete er. »Er ist neidisch auf mich. Deshalb ist es besser, allein zu gehen.«

Sie band das dunkelblaue Kopftuch straff um ihren Kopf und brach zum Mullah auf. Im Vergleich zu den anderen Häusern im Dorf war seins winzig, seine Hühner dürr, seine Kuh knochig. Er war unübersehbar arm; Korruption zählte also nicht zu seinen Fehlern. Parvin wusste, dass afghanische Mullahs oft Wandermullahs und darauf angewiesen waren, dass die Dorfbewohner für ihre Unterkunft und ihren Lebensunterhalt aufkamen. »Wenn sich der Mullah zum Essen einlädt, muss man akzeptieren«, lautete ein landläufiger Witz, einer von vielen über Dorfmullahs, deren Autorität in geistlichen Fragen dadurch eingeschränkt wurde, dass sie bedauerlicherweise auch essen mussten.

Den Koran in der Hand, zweifellos, um seine Belesenheit zur Schau zu stellen, öffnete der Mullah die Tür und rief nach seiner Frau. Als Parvin sagte, sie sei gekommen, um mit ihm zu sprechen, errötete er. Nadia, die dazukam, begrüßte Parvin voller Wärme, und Parvin registrierte bestürzt, dass sie ihren Kropf selbst in ihrem eigenen Zuhause bedeckt hielt; ein fast elegant geschlungenes Tuch verdeckte ihren Hals.

Während Nadia Tee machte, berichtete Parvin von ihrem Vorhaben. Der Mullah fand es verstörend. Die Männer des Dorfes wüssten nicht, was in Cranes Buch stand, sagte er. Wieso sollten die Frauen es wissen? »Das einzige Buch, das Frauen kennen sollten, ist der Koran.«

»Wieso dürfen sie nicht beides kennen?«

Er reagierte empört. Wollte Parvin etwa sagen, die beiden Bücher seien gleichwertig?

Selbstverständlich nicht, versicherte Parvin und suchte nach Analogien. War die Ameise vergleichbar mit dem Yak? Der Kieselstein mit dem Berg? Doch da Cranes Buch im Vergleich zum heiligen Text des Islam derart unbedeutend war, sprach doch eigentlich nichts dagegen, dass die Frauen ein bisschen etwas davon hörten?

Das Buch sei aber nicht unbedeutend, sagte der Mullah. Es habe Vieles, zu Vieles, im Dorf verändert. Durch den Bau der Klinik habe Crane die Heilung des Körpers über die Rettung der Seele gestellt. Die Klinik sei buchstäblich doppelt so groß wie die Moschee. Wieso hatte Crane kein Geld für etwas gegeben, das sowohl den Dörflern als auch Gott wichtiger war?

Weil du Fereschtas Blut an den Händen hast, dachte Parvin, sagte aber: »Immerhin hilft die Klinik auch Ihrer Frau. Die Arzt-Lady behandelt sie wegen ihrer Traurigkeitskrankheit.«

»Meine erste Frau hat die Klinik nicht gerettet. Auch sie ist bei der Geburt gestorben.«

»Aber nicht in diesem Dorf«, wagte Nadia zu flüstern, als sie mit dem Teetablett hereinkam und sich hinkniete.

Parvin fürchtete, der Mullah würde Nadia dafür bestrafen, dass sie ihn korrigiert hatte, aber er beachtete sie nicht einmal. »Zwei Jahre lang«, sagte er, »bis zu meiner Wiederheirat, war ich für meine weinenden Kinder Mutter und Vater in einem.« Fast wie in Klammern fügte er hinzu: »Es ist für einen Mullah mit seinen beschränkten Mitteln nicht leicht, eine Frau zu finden, geschweige denn zwei.« Dann kehrte er zu seiner verstorbenen Frau zurück. »Über sie hat niemand in einem Buch geschrieben. Keine Ausländer kamen, um mir ihr Beileid auszudrücken.«

»Es tut mir leid«, sagte Parvin.
»Diese Klinik hat Bettler zu Königen gemacht.«
Wieder dieser Ausdruck. »Ist das nicht besser, als Frauen sterben zu lassen?«, fragte sie, selbst überrascht über ihre Geistesgegenwart und Kühnheit. »Außerdem, wer hier ist ein König?«
»Sie leben in seinem Haus.«
»Man kann kaum sagen, dass Wahid wie ein König lebt.«
»Wie kommt es dann, dass der Mond nur für ihn scheint?«
Parvin hatte keine Ahnung, was er damit meinte, und sagte das auch.
»Der Hund und der Schuster wissen, was im Sack ist«, antwortete er.
»Der Mullah doch sicher auch«, gab Parvin in der Hoffnung zurück, ihn dazu zu bringen, sich zu erklären.
Es funktionierte nicht. Vielmehr fing er an, ihr einen Vortrag zu halten, und geriet dabei derart in Wallung, dass er völlig vergaß, ihr nicht ins Gesicht zu sehen. Ausländern gehe es nur darum, das Leben ein klein wenig zu verlängern, sagte er. Das jedoch liege allein in Gottes Hand. Am Tag des Gerichts aber sei es einzig die Seele, die zähle. Was waren denn schon ein paar Wochen Leben im Vergleich zu einer Ewigkeit im Höllenfeuer? »Sie sehen eine Frau, und sehen nur einen Körper«, warf er Parvin vor. »Ich sehe eine Seele und die bösen Geister, die versuchen, von ihr Besitz zu ergreifen. Es gibt Kräfte. Eine viel größere Schlacht ist im Gange. Nicht alle Antworten, nicht einmal die meisten, lassen sich in Ihrer Wissenschaft finden.«
Während er vor sich hin schwadronierte, schweiften Parvins Gedanken ab. Echos von Dingen, die sie in ihrem Studium gelernt hatte, schwangen in seinen Worten mit: Dass die Medizin nicht alle Antworten kannte, sondern nur

so tat, weswegen es wichtig war, Ärzte zu hinterfragen, die nie einen Zweifel eingestehen würden und deren schlüssige Darstellungen nur dazu dienten, ihre Autorität zu untermauern. Es war nur natürlich, dass Menschen angesichts des Unerklärlichen mit Jargon überfrachtete, komplexe Theorien postulierten und dann bequemerweise vergaßen, dass es nur Theorien waren. Vor nicht allzu langer Zeit hatten Chirurgen bei der Behandlung von Brustkrebs noch an den Brustmuskeln von Frauen herumgehackt. War es chauvinistischer zu glauben, dass man eine Krankheit aus einer Frau herauspeitschen konnte? Immerhin gestand der Mullah die Macht dessen ein, was man nicht sehen oder wissen konnte. Hier war ein immerhin bescheidener Anhänger Foucaults, und Parvin ermahnte sich, aufmerksam zuzuhören, um seine Sicht der Welt herauszufinden.

Das Problem dabei, in den Kopf des Anderen eindringen zu wollen, lag darin, dass der Andere immer mehr als einer war. Kaum hatte sie versucht, die Welt durch seine Augen zu sehen, sah sie sie auch schon durch die Augen der an Eklampsie leidenden schwangeren Frau, die er gepeitscht und gewürgt hatte, um die bösen Geister auszutreiben. Hatte sie sich zusammengeduckt, als er sie schlug? Nach Luft geschnappt, als er sie würgte? Er hatte trotz ihrer Schmerzen weitergemacht. Sie musste geschrien haben, musste um das Leben ihres Kindes gefürchtet haben. Und um ihr eigenes. Oder hatte er auch sie davon überzeugt, dass sie besessen war? Zweifellos wäre jeder Widerstand als weiterer Beweis dafür verstanden worden, dass sie immer noch besessen war. Ihre Unfähigkeit, einen absurden Unschuldstest zu bestehen, hätte diese Besessenheit bestätigt. Sein Bild von diesem großen, spirituellen Kampf war für ihn realer gewesen als die Frau, die er vor sich hatte. Er war ein abergläubischer Einfaltspinsel, so arrogant und machttrunken wie alle westlichen Ärzte, ein weiterer Mann, der am Körper einer Frau herumexperimentierte, so wie Männer es immer getan hatten. Wenn die westliche Medizin nur allzu bereit war, Krankheit ausschließlich auf den Körper zu reduzieren, war hier die gegensätzliche und sogar noch gefährlichere Reduzierung auf den Geist am Werk. Sie verlieh einem Mann die Macht, die Angehörigen einer Frau dazu zu bringen, tatenlos zuzusehen, wie er sie im Namen Gottes würgte.

Der viele Tee, den Parvin getrunken hatte, drückte auf ihre Blase, und sie wollte, dass das Treffen vorbei war. Sie versuchte, dem Mullah zu schmeicheln, indem sie sagte, wie viel sie von ihm lernte, wie viel sie noch lernen musste. Dann hatte sie eine andere Idee. Sie versprach, Cranes Stiftung anzuschreiben und zu fragen, ob sie nicht auch Gelder für die Moschee zur Verfügung stellen könne. Das würde Crane zwar nie tun, wie sie genau wusste, erweckte aber trotzdem den Anschein, sie könne es bewirken. Und obwohl es ihr niederträchtig vorkam, dem Mullah etwas vorzulügen, tat sie es.

Während er nachdachte, betrachtete Parvin ihre schmutzigen Fingernägel. »Sie können den Frauen vorlesen«, sagte er dann. Und befahl seiner Frau, ihm in ein Nebenzimmer zu folgen.

Parvin, die allein zurückblieb, hörte sie flüstern und fragte sich, ob von ihr erwartet wurde, dass sie einfach ging? Aber sie kamen zurück.

»Wir möchten Ihnen etwas geben«, sagte der Mullah.

Mit plötzlicher Formalität bedeutete er seiner Frau, Parvin zu überreichen, was sie in den Händen hielt – ein zusammengefaltetes, selleriefarbenes Tuch. Parvin breitete es auseinander. Es war eins von Nadias Tüchern, vom vielen Gebrauch angeschmuddelt und stellenweise völlig ausgebleicht. Parvin schluckte schwer, bevor sie ihnen dankte. Sie hatten so wenig zu geben.

Erfüllt von einem Triumphgefühl lief Parvin nach Hause. Sie konnte es kaum erwarten, Wahid von ihrem Erfolg zu erzählen, und erkannte dabei, dass sie sich fast gegen ihren Willen für ihn erwärmte. Schon mehrmals hatte er sich anders verhalten, als sie es erwartet hatte, erst als er keine Einwände dagegen erhob, dass sie seinen Frauen vorlesen wollte, und jetzt, indem er ihr half, auch den anderen Frauen vorzulesen. Trotzdem musste sie wachsam bleiben. Vielleicht wurde das Patriarchat genau so aufrechterhalten, durch kleine Zugeständnisse, die aber nichts daran änderten, dass die Männer nach wie vor das Sagen hatten.

»Und wo soll das alles stattfinden?«, fragte er, als sie ihm von der Erlaubnis des Mullahs erzählte.

Darüber hatte sie noch nicht nachgedacht. Sich für ein Haus zu entscheiden, das von Wahid eingeschlossen, würde die anderen neidisch machen, und sie lernte allmählich, dass Neid eine Kraft war, die man respektieren musste. Der Hof der Klinik wäre eine Möglichkeit, aber von dem einen, einsamen Baum abgesehen, der eher wie ein zufälliges Requisit wirkte, gab es dort keinen Schatten.

Wahid schlug vor, den Khan zu fragen, den größten Landbesitzer im Dorf, der als Einziger vielleicht eine ungenutzte Fläche hatte, die er zur Verfügung stellen könnte. Er bestimmte auch über die Wasserrechte und saß in der Bezirksverwaltung. Diese Privilegien hatte er zusammen mit dem größten Teil des Landes von seinem Vater geerbt, der beides wiederum von seinem Vater geerbt hatte, und der von seinem, und so weiter und so weiter. Der distinguiert aussehende Khan mit seinem Löwenhaupt und dem säuberlich gestutzten grauen Bart besaß das herablassende Auftreten eines Menschen, der meint, all seine Privilegien aus eigener Kraft erreicht zu haben. Dabei stammte sogar die goldene Uhr, die er trug, von seinem Vater.

Der Khan lebte die meiste Zeit über in der Provinzhauptstadt, kam aber oft an den Wochenenden ins Dorf. Nach dem Freitagsgebet ging sie zu seinem Haus, wo sich bereits zahlreiche Männer – Freunde, Höflinge, Bittsteller – im geräumigen Empfangszimmer drängten.

»Das amerikanische Mädchen ist gekommen, um mehr über mich zu erfahren«, sagte er zu ihnen. »Oder vielleicht sucht die junge Dame ja auch eine Unterkunft, die bequemer ist als ein Schuppen.«

Sein Publikum lachte, als würde es dafür bezahlt. Später sollten Parvin schnelle, vernichtende Retourkutschen einfallen, aber jetzt stand sie einfach nur stumm da, ein eingefrorenes Lächeln auf dem Gesicht. Der Khan entließ die anderen und lud sie ein, mit ihm und seiner Frau Tee zu trinken.

Im Vergleich zum Rest des Dorfes war sein Haus ein Palast – luftig, gut proportioniert, durch mehrere stattliche Pappeln vor der Sonne geschützt. Die Fenster waren sauber, der Teppich, auf dem sie saßen, samtweich. Mit schiefgelegtem Kopf, ein möglicherweise lüsternes Funkeln in den Augen, hörte sich der Khan an, was Parvin zu sagen hatte.

Ihr Vorhaben amüsierte ihn, interessierte ihn aber nicht sonderlich, da es für ihn nichts zu gewinnen gab. Aber er hatte einen Obstgarten, den sie nutzen könne, bis die Aprikosen reif seien, sagte er. Sie fragte nicht, wie viel Zeit ihr bis dahin blieb.

Sie hätte sich denken können, dass der Khan nicht zu denen gehörte, die etwas umsonst hergaben. In ihrem Fall verlangte er als Erstes Informationen. So zum Beispiel wollte er wissen, wie viel Miete sie Wahid zahlte.

Einen absoluten Wucherpreis, schloss sie aus seinem Ausdruck, als sie ihm die Summe nannte. In Berkeley war sie ihr nicht hoch vorgekommen.

»Für Wahid war es ein Glück, die Frau zu verlieren«, sagte der Khan.

»Und für sechs Kinder war es ein Glück, die Mutter zu verlieren?«

»Nein, nein, natürlich nicht«, lenkte er zerknirscht ein. Zumindest hielt Parvin es für Zerknirschung. Doch dann fügte er hinzu: »Immerhin haben sie jetzt das Glück, nicht nur eine neue Mutter zu haben, sondern gleich zwei.«

Innerlich knirschte Parvin mit den Zähnen. Gehässigkeiten waren schlimmer, wenn sie der Wahrheit entsprachen.

Der Khan wies seine Frau an, etwas zu essen vorzubereiten, obwohl Parvin protestierte, sie sei nicht hungrig.

»In unserer Kultur ist es unhöflich, Gastlichkeit abzulehnen«, sagte er.

»Ich weiß. Schließlich ist es auch meine Kultur«, erwiderte sie. »Natürlich esse ich mit Ihnen.«

Schweigend saßen sie beieinander. Der stete Blick, mit dem er sie musterte, war ihr unangenehm. Dann sagte er abrupt: »Sehen wir uns den Obstgarten an.« Ohne sich die Mühe zu machen, seiner Frau Bescheid zu sagen, führte er Parvin aus dem Haus.

»Und was ist mit dem Essen?«, fragte sie, bekam aber keine Antwort.

Auf ihrem Weg durch das Tal deutete sein langer Zeigefinger unermüdlich auf Felder, die ihm gehörten. Dann erreichten sie den Obstgarten. Die Lehmmauer, die ihn umgab, bröckelte wie ein ausgetrockneter Kuchen, aber drinnen war es wunderschön, kühl, still. Die knorrigen Aprikosenbäume neigten sich schräg aus dem Raster heraus, in dem sie einst gepflanzt worden waren, ihre Zweige bewegten sich so anmutig wie die Arme von in leuchtendes Grün gekleideten Tänzerinnen. Schatten und Licht sprenkelten den Boden, auf dem Gras und Klee oberschenkelhoch standen. Ein süßlich-fruchtiger Duft hing in der Luft und machte die umhersummenden Bienen trunken.

»Und? Würde das gehen?«

Parvin bejahte kurz angebunden, da sie sich nicht anmerken lassen wollte, wie aufgeregt sie war.

»Das freut mich«, sagte er.

Als er ihr die Hand hinhielt, ergriff sie sie einem Reflex folgend, ohne zu bedenken, wie unüblich es für einen afghanischen Mann war, einer Frau die Hand zu bieten. In einer einzigen Bewegung zog er sie an sich, legte die andere Hand an ihren Hinterkopf, neigte ihr das Gesicht entgegen, zwang seine Zunge in ihren Mund und stieß den Unterleib gegen sie. Sie spürte, wie er hart wurde, zuckte zurück, rebellierte so heftig gegen seine Hand in ihrem Nacken, dass ein stechender Schmerz durch ihren Kopf zuckte. »Wenn Sie das noch einmal machen, verrate ich es«, stotterte sie.

»Wem?«

Die Frage wurde in aller Unschuld gestellt, erkannte sie, nicht, um sie zu reizen. Ihre Drohung, ihn bloßzustellen, bedeutete ihm nichts, weil er recht hatte: Wem wollte sie es sagen? Seiner Frau, die nichts tun konnte? Den Männern im Dorf, die höchstens denken würden, wenn jemand etwas falsch gemacht hatte, dann Parvin, weil sie allein ins Dorf gekommen und dann auch noch allein mit dem Khan in den Obstgarten gegangen war. Ihr einziger Schutz waren ihre Instinkte, die dringend nachgebessert werden mussten.

Das Erlebnis brachte sie derart aus der Fassung, dass sie mit dem Gedanken spielte, das ganze Vorhaben aufzugeben und den Frauen doch nicht vorzulesen. Sie konnte froh sein, dass sie nicht vergewaltigt worden war, und wollte dem Khan in keiner Weise zu Dank verpflichtet sein. Aber wenn sie ihre Meinung änderte, würde sie Wahid den Grund dafür nennen müssen. Und die Stärkung der Frauen war jetzt sogar noch wichtiger. Sie mussten Ungerechtigkeiten erkennen, wenn sie geschahen, damit sie das nächste Mal, wenn ein Mann sie ausnutzte oder ihnen medizinische Behandlung verweigerte, kämpfen würden. Sie musste an das griechische Stück *Lysistrata* denken, in dem die Frauen sich zusammentun und ihren Männern jeden Sex verweigern, um einen Krieg zu verhindern. Vielleicht könnte sie nach und nach ähnliche kollektive Aktionen bewirken.

Und so ließ Parvin die Frauen wissen, dass sie ihnen vorlesen würde, wobei sie hervorhob, dass Gasal sie auf die Idee gebracht hatte. Sie sprach auch mit den Ehemännern und versicherte ihnen, dass der Mullah einverstanden war. Doch dann kam Wahid eines Tages nach Hause und berichtete, Kommandant Amanullah versuche, die Männer gegen ihren Plan aufzubringen. Er erklärte sich bereit, Parvin zu einem Gespräch mit ihm zu begleiten. Wie üblich fanden sie ihn beim Schmied, wo er Tee aus einer Blechtasse trank. Mehrere Männer sammelten sich um sie, als sie anfingen zu reden.

»Es wäre nur für jeweils eine Stunde«, sagte Parvin. »Die Frauen könnten ein bisschen in der Sonne sitzen und etwas Neues erfahren, und schon wären sie wieder zu Hause.«

»Die Ehre unserer Familie, meine Ehre, ist wichtiger als ein bisschen Sonne auf dem Gesicht meiner Frau«, blaffte Amanullah. Die Männer um ihn herum nickten.

Parvin fragte sich, wieso er nur von einer Frau sprach. Aus *Mutter Afghanistan* wusste sie, dass er drei hatte.

»Wenn wir unsere Ehre verlieren ist das, als würden wir auf ewig im Schatten leben. Außerdem kann sie auch auf unserem Hof in der Sonne sitzen.«

»Dann behalt sie eben zu Hause.«

Parvin schluckte. War *ihr* diese Unverfrorenheit herausgerutscht? Aber nein, Wahid, der neben ihr stand, hatte es mit absolut ruhiger Stimme zu diesem Bullen von einem Mann gesagt.

»Dann behalt sie eben zu Hause«, wiederholte er. Die Bedeutung war klar: *Mach, was du willst, aber du wirst nicht für uns andere entscheiden. Die Lesestunde wird mit oder ohne deine Zustimmung stattfinden.*

Alles in Parvin verkrampfte sich. Sie war sicher, dass Amanullah nicht oft derart herausgefordert wurde.

»Aber woher soll ich denn dann wissen, was alles gesagt wird?«, fragte er verdutzt und erntete Gelächter. Aber es war kein Witz. Er schien ehrlich verwirrt. Als er dann verkündete, seine Frau würde teilnehmen, sahen die anderen Männer Wahid mit neuem Respekt an.

Auf dem Heimweg bedankte sich Parvin bei ihm.

»Was donnert, regnet nicht«, antwortete er. Es habe eine Zeit gegeben, fuhr er fort, da sei er selbst »kleiner« gewesen und hätte sich so etwas nie getraut. Er brauchte nicht näher auszuführen, was er meinte, nämlich dass Gideon Crane ihn wichtiger gemacht hatte.

Parvin fragte sich, ob er sie nur begleitet hatte, um das zu demonstrieren. Wenn man darüber nachdachte, war seine Geschichte wirklich außergewöhnlich. Das Dorf war ein statischer Ort. Das Ansehen einer Familie konnte leicht geschmälert werden, aber abgesehen davon, eine Möglichkeit zu finden, vom Krieg zu profitieren, gab es kaum etwas, was dieses Ansehen aufwerten konnte. Sie war sicher, dass es nie jemanden gegeben hatte, der so wie Wahid über seine niedrige Stellung hinausgewachsen war. Er war nicht unversehens zu Land gekommen, hatte keine Ausbildung gemacht und sich weder in der Landwirtschaft, in der Geschäftswelt, in der Politik oder im Kampf hervorgetan. Er baute kein Opium an, nannte keine Miliz sein Eigen und hatte auch keine Abreden mit den Taliban getroffen. Nein, er war einfach nur zu einer Berühmtheit geworden, was seine Geschichte zu einer sehr amerikanischen Geschichte machte – einer, die bezeichnenderweise von dem Amerikaner Crane überliefert worden war.

11. Kapitel

Der Obstgarten

Mutter Afghanistan, 8. Kapitel

Eines Morgens wurde ich von einem lauten Klopfen geweckt. Zwei Männer standen vor der Tür, und ihre umgehängten Kalaschnikows machten mir unmissverständlich klar, dass ich keine Wahl hatte, als sie »Mitkommen« sagten. Draußen packte der eine meine Arme, während der andere mir einen schwarzen Sack über den Kopf stülpte. In so einem Moment muss man nicht nur gegen das Ersticken ankämpfen, sondern auch gegen die Angst vorm Ersticken. Denn die Panik ist eine ebenso große Gefahr wie der Sack an sich. Es war diese Panik, die den Stoff an meine Nase zog und mir die Luft nahm, woraufhin ich noch panischer wurde, bis ich mich zwang, mich zu beruhigen. Da konnte ich wieder atmen.

Sie stießen mich auf die Ladefläche eines Pick-ups, vermutete ich zumindest, denn ich spürte kaltes Metall unter mir, Luft über mir.

»Wo bringt ihr mich hin?«, rief ich durch den Sack.

»Zu Kommandant Amanullah«, lautete die Antwort, und ich fing an, vor Angst zu zittern.

Amanullah war der örtliche Taliban-Kommandant. Folgendes wurde über ihn gesagt: Dass er Frauen ausgepeitscht hatte, die es wagten, ihre Häuser zu verlassen. Dass er jeden köpfte, der sich ihm widersetzte oder ihn verriet. Dass er einen eigenen Kerker besaß, in dem Menschen, die er wegen irgendwelcher Bagatellvergehen festsetzte, an den Ellbogen aufgehängt wurden, bis ihre Familien für ihre Freilassung zahlten. Dass er eigentlich nach Guantanamo geschickt werden sollte, jedoch durch die Bestechung afghanischer Beamter entkommen konnte. Dass er mit seiner Freiheit protzte, die Dorfbewohner terrorisierte und seine drei Frauen misshandelte.

Ich hatte ihn noch nie gesehen, wusste aber, dass er den Mullah seit meiner Ankunft im Dorf unter Druck setzte, eine Fatwa auszustellen, die meinen Tod forderte, obwohl er mich jederzeit selbst hätte umbringen können. Aber er war ein Talib – was zumindest in der Theorie bedeutete, dass er den Koran studierte oder studiert hatte –, und vielleicht brauchte er, wenn er sein Ansehen unter den Dorfbewohnern wahren wollte, rechtliche Rückendeckung für seine Sünden. Der Mullah, ein normalerweise ängstlicher und feiger Mann, hatte sich bislang geweigert.

Jetzt jedoch sah es so aus, als habe Kommandant Amanullah beschlossen, die Sache selbst in die Hand zu nehmen. Meine Beine zitterten, meine gefesselten Hände waren völlig taub. Ich betete und versuchte, mir Argumente einfallen zu lassen, die meinen Tod vielleicht abwenden könnten. Der Pick-up rumpelte über grauenhafte Straßen, und da meine Hände gefesselt waren, wurde ich auf der Ladefläche hin und her geschleudert wie eine Murmel, bis es mir gelang, mich zusammenzurollen und mit den Füßen abzustützen. Dann kam der Wagen mit einem Ruck zum Stehen.

Sie holten mich herunter und führten mich ein kurzes Stück, wobei sie mich rechts und links stützen mussten, weil ich sonst zusammengebrochen wäre. Als sie mir den Sack abnahmen, befand ich mich in einem von hohen Mauern umgebenen Innenhof. Was für ein nichtssagender, trauriger Ort, um zu sterben, dachte ich unsinnigerweise. Sie würden sich ja wohl kaum die Mühe machen, meine Leiche nach Hause zu schicken. Ob ich sie trotzdem darum bitten sollte? Schon seltsam, dass sich das Denken in derartigen Augenblicken ganz praktischen Dingen zuwendet. Ich kam nicht einmal auf die Idee, um mein Leben zu betteln, sondern wünschte mir nur die kleine Würde, selbst von Kugeln durchsiebt, selbst mit abgetrenntem Kopf – an dieser Stelle erschauderte ich – zu meiner Frau zurückgeschickt zu werden. Dann dachte ich an meine Tochter, die keinen Vater mehr haben würde. Was mir jedoch fast die Tränen in die Augen trieb, war die Erkenntnis, dass sie sowieso praktisch keinen Vater hatte, dass ich abwesend gewesen war, selbst wenn ich anwesend war, erst vollauf mit meinen Affären und meinen Betrügereien beschäftigt (von denen ich mir eingeredet hatte, ich hätte sie für sie begangen, für ihre Zukunft), dann zerfressen von meiner Bloßstellung und Demütigung. In jener Zeit hatte ich sie nur verschwommen wahrgenommen. Ich glaube, die meiste Zeit verkroch sie sich in ihrem Zimmer, weil sie sich schämte, sich bei ihren Freunden blicken zu lassen. Dann verschwand ich nach Kabul und hatte seitdem kaum mit ihr gesprochen. Würde mein Tod für sie etwas ändern? Sollte ich durch irgendein Wunder lebend aus dieser Sache herauskommen, schwor ich mir, würde ich ihr ein viel besserer Vater sein.

Man führte mich in ein langes, schmales Zimmer mit mehreren Tischen und Stühlen, aber nur einem Fenster. Zwei halbwüchsige Jungen kamen herein und fotografierten mich mit ihren Handys, was mir noch mehr Angst einjagte. Ich hatte Fotos hingerichteter Ausländer gesehen, die nach ihrem

Tod im Netz kursierten. Nie hätte ich gedacht, Kinder könnten die Fotografen gewesen sein.

»Könnt ihr mir helfen?«, fragte ich. »Ich habe nichts getan, und ich habe eine Tochter etwa in eurem Alter. Sie würde ihren Vater gern behalten.«

Sie tauschten einen Blick, kicherten und machten weitere Fotos, bevor sie verschwanden. Schließlich wurde ich zu Kommandant Amanullah geführt. Fast hätte ich mir in die Hose gemacht, als ich ihn sah: gigantischer Körperbau, schwarzer Turban, schwarzer Bart, schwarze Augen. Seine Fingernägel waren ebenfalls schwarz, seine Zähne gallegelb. Das heißt, nur die Fingernägel seiner einen Hand waren schwarz. Anstelle der anderen hatte er eine Klaue aus Metall. Als einziger von seinen Männern trug er keine Waffe. Das ängstigte mich am meisten.

»Ich habe drei Frauen«, fing er ohne Einleitung an. »Gulab ist die neueste, aber sie verliert ihr Augenlicht. Du bist Augenarzt. Du wirst sie behandeln. Wenn du sie heilst, bleibst du am Leben.«

Auf dieses Szenario war ich nicht vorbereitet. »Ich – ich werde mein Bestes tun«, stotterte ich. »Wann kann ich sie untersuchen?«

»Überhaupt nicht!«, donnerte er. »Du bist ein Mann, ein Ausländer, ein Ungläubiger. Du darfst sie auf keinen Fall sehen.«

»Dann kann ich ihr auch nicht helfen, was bedeutet…« Ich führte den Satz nicht zu Ende.

Ich solle ihm ohne sie zu sehen sagen, wie man ihr helfen könne, sagte der Kommandant.

Völlig unmöglich, entgegnete ich. Er müsse eine Ärztin finden.

Ob ich eine Vorstellung hätte, wie viele Ärztinnen egal

welcher Art es in Afghanistan gab?, fuhr er mich an. »Und wie viele von denen wären wohl bereit, hierherzukommen? Ihr Amerikaner habt die beste medizinische Ausbildung. Alle von uns, die in Guantanamo waren, wurden dort von den meisten ihrer gesundheitlichen Probleme geheilt, auch wenn sie sich dafür neue zuzogen. Eure Ärzte und eure Folterknechte scheinen auf demselben hohen Niveau tätig zu sein.«

Unter erfreulicheren Umständen hätte ich seinen Witz vielleicht zu würdigen gewusst. Aber mein Leben stand auf dem Spiel. Ich musste geschickt vorgehen, und ich musste Zeit schinden. Ich bat ihn, mir das Problem zu schildern, wann es angefangen hatte, wie es weitergegangen war. Je mehr wir redeten, hoffte ich, desto schwerer würde es ihm fallen, mich umzubringen. Ich konnte keine exotischen Tausendundeine Nacht-Geschichten erzählen, aber ich konnte ihn jahrelang mit knochentrockenen Nebensächlichkeiten aus medizinischen Handbüchern langweilen.

Stattdessen fing er an, mir eine Geschichte zu erzählen, von dem schönen jungen Mädchen – wahrscheinlich kaum älter als meine Tochter –, das er als seine dritte, seine liebreizendste Frau, genommen hatte. Doch dann fingen ihre Augen an zu schmerzen. Helles Licht ließ sie aufschreien, nicht einmal Opium konnte ihre Qualen lindern. Sie sah immer weniger, konnte ihre Arbeit kaum noch erledigen. Seine beiden anderen Frauen, sowieso neidisch auf die bevorzugte Stellung der Neuen, fingen an, sich über sie zu beklagen. Kommandant Amanullah wollte sie schützen, heilen, von ihren Schmerzen befreien. Er konnte seine beiden anderen Frauen nicht bitten, für sie zu sorgen, sollte sie nicht wieder gesund werden. Und das bedeutete, dass er sie zu ihrer Familie zurückschicken müsste, was eine Schande für die Familie, für sie und auch für ihn selbst wäre.

»Mach sie gesund«, befahl er. »Mach ihre Augen gesund.«
Nach allem, was er gesagt, vor allem aber, wie er es gesagt hatte, war klar, dass er sie liebte. Dieser Gedanke flackerte hell durch das Dunkel meiner Notlage und machte es mir schwerer, ihn zu hassen. Liebe unter denen, die wir für Barbaren halten, sollte uns nicht überraschen. Sie sind so menschlich wie wir, erkannte ich und merkte, dass meine Augen feucht geworden waren.

»Ich möchte ja helfen«, sagte ich nach einer Weile, »und habe sogar eine Vermutung, was das Problem sein könnte, aber ich kann keine Behandlung in die Wege leiten, ohne ihre Augen gesehen zu haben. Alles andere könnte mehr schaden als nutzen, und das würde ich mir nie verzeihen. Wenn ich sie nicht sehen darf, kann ich nichts tun, und Sie können mich genauso gut gleich umbringen.«

Er schwieg lange. Dann äußerte er ein paar Worte und machte eine Handbewegung. Zwei Männer packten mich und brachten mich in den kleinen Raum zurück. Meine letzten Minuten waren angebrochen, und da kam auch schon meine Henkersmahlzeit – ein riesiger Brocken hellbraunes, ungeschickt abgesäbeltes Fleisch. Wenn Kommandant Amanullah mich nicht umbrachte, würde dieses Fleisch es tun. Ich beäugte es misstrauisch, als würde es sich jeden Augenblick bewegen. Dann aß ich. Meine Hand streckte sich wie von allein aus, riss ein Stück Fleisch ab und führte es an meinen Mund. Es war so zäh und geschmacklos wie Leder, trotzdem kaute ich. Wieso sollte ich hungrig sterben? Ich konnte einfach nicht anders. Und während mein Blutzuckerspiegel anstieg, überkam mich eine große Ruhe, wie nach einem Migräneanfall. Ich war plötzlich so entspannt, dass ich hätte schlafen können.

Da öffnete sich die Tür. Meine Wärter befahlen mir, mich in Bewegung zu setzen.

»Wieso?«, rief ich. »Wo bringt ihr mich hin? Kann ich nicht erst fertig essen?« So lächerlich es war, hatten die wenigen Bissen mich heißhungrig gemacht. Auf der Schwelle des Todes konnte ich nur an dieses Fleisch denken.

Ich wurde in einen pechschwarzen Raum geführt. Ein Rascheln war zu hören – ob von Ratten oder Menschen, konnte ich nicht sagen. Mir war schlecht – vor Angst, und wegen des Gestanks nach Mist, der mich würgen ließ. Allmählich gewöhnten sich meine Augen an die Dunkelheit, dann wurde eine Kerze angezündet und zeigte mir den schimmernden Polyesterstoff einer Burka und die Hakenhand von Kommandant Amanullah. Sonst war niemand im Raum.

»Das ist Gulab«, sagte der Kommandant. »Du untersuchst ihre Augen, sonst nichts, und dann machst du sie gesund.« Er hielt die Kerze höher, und ich sah, dass das Netzgewebe der Burka, durch das die Frauen sehen konnten, herausgeschnitten worden war. Ich hatte ein kleines Rechteck, mit dem ich arbeiten konnte.

»Ich brauche mehr Licht«, sagte ich. »Ich sehe nicht genug.«

Er hielt die Kerze höher, so nah, dass ich fürchtete, der billige Stoff der Burka oder meine Haare würden Feuer fangen. Die Hitze versengte mir die Wange. Wachs tropfte auf den Boden. Ich hörte unseren vermischten Atem und das Rascheln von Stoff, wenn Gulab sich bewegte, roch schlechten Atem, Fleisch, Schweiß, vor allem aber den Eiter, den ihre Augen absonderten. Als die Kerze angezündet wurde, hatte Gulab vor Schmerzen aufgeschrien, aber als ich es wagte, ihr in die Augen zu sehen, spiegelten sie nur die Kerzenflamme und eine Miniaturversion meines völlig verängstigten Selbst.

»Es tut mir leid, aber ich kann immer noch nichts erken-

nen«, sagte ich zum Kommandanten. »Ich brauche meine Tasche und mehr Licht.«

Zu meiner Überraschung erhob er keine Einwände, sondern ging zur Tür, rief einem seiner Männer etwas zu und kam eine Minute später mit meiner Arzttasche zurück, die zusammen mit mir gekidnappt worden war. Laternen wurden gebracht. Ich holte meine Binokularlupe und das Ophthalmoskop aus der Tasche und untersuchte erst Gulabs Lider, dann die Hornhäute, die leicht milchig waren. Bindehautentzündung, vermutete ich, aber um meine Vermutung zu bestätigen, musste ich ihre Lider umstülpen. Ich musste sie berühren.

Als ich das dem Kommandanten sagte, zögerte er und nickte dann: »Also gut. Aber nur die Augen.« Ich fragte mich, ob er mich hinterher töten lassen würde, damit niemand erfuhr, dass ich sie berührt hatte.

Ich ließ mir Zeit, die sterilen Handschuhe anzuziehen. Im Lauf meiner beruflichen Tätigkeit hatte ich Hunderte, vielleicht Tausende von Augenlidern umgestülpt, aber noch nie mit derart zittrigen Händen, und nie an einer Patientin, die bei meiner Berührung derart dramatisch zusammenzuckte.

»Ganz ruhig«, murmelte ich ebenso sehr mir selbst wie ihr zu.

Normalerweise ist die Bindehaut, die das Innere des Lids auskleidet und sich mit der weißen Augenhaut verbindet, von einem glatten, transparenten Rosa. Bei Gulab war sie so verdickt und entzündet, dass sie mit weißen Bläschen, ein bisschen wie Tapiokaperlen, übersät und von glänzendem, faserigem, ebenfalls weißem Narbengewebe überzogen war. Eindeutig ein Trachom, was sich vom griechischen Wort für »rau« ableitet. Zum Glück für mich, und natürlich für Gulab, war ihre »ägyptische Körnerkrankheit«, die zu vollständiger

Erblindung führen kann, in einem noch behandelbaren Stadium. Hätte man mich später gerufen, hätten ihre Lider sich nach innen gedreht, sodass die Wimpern über den Glaskörper schabten, was extrem schmerzhaft und nur durch eine Operation korrigierbar gewesen wäre.

»Ich kann sie behandeln«, sagte ich zu Kommandant Amanullah und sah, wie ihm Tränen der Erleichterung in die Augen stiegen. Seine Liebe war so groß, dass sie sich anfühlte wie eine weitere Präsenz im Raum.

Eine Einzeldosis Azithromycin, bestehend aus zwei 500 mg-Tabletten, würde sie heilen. Zum Glück hatte ich ein paar dieser Tabletten aus der Augenklinik in Kabul mitgehen lassen und gab Kommandant Amanullah zwei davon. Er verlangte mehr. Wie viele unwissende Menschen dachte er, mehr Medizin würde mehr Krankheit heilen. Inzwischen mutiger geworden, weigerte ich mich. Dann bestand ich darauf, seine Männer, seine beiden anderen Frauen (auf dieselbe Weise wie Gulab) und seine Kinder zu untersuchen, um mich zu vergewissern, dass sie nicht auch erkrankt waren. Ich träufelte den Kindern Tropfen gegen Infektionen in die Augen und schärfte allen ein, sie müssten ihre Augen, Gesichter und Hände sauber halten. Außerdem müssten sie mehr gegen die Fliegen tun, die Bakterien übertrugen. Und die Frauen dürften die Gesichter der Kinder nicht mehr mit ihren Burkas oder irgendwelchen schmutzigen Lappen abwischen.

Schon einen Tag später ließen Gulabs Schmerzen nach. Zur Feier ihrer Heilung wurde ein Fest veranstaltet und mir zu Ehren ein Schaf geschlachtet. Der Kommandant und ich saßen nebeneinander und unterhielten uns von Mann zu Mann darüber, was es bedeutet, seine Frau zu lieben. Ich dachte an Gloria, an meine Seitensprünge und Fehltritte. Kommandant Amanullah war nicht der Einzige, der verän-

dert aus unserer Begegnung hervorging. Gloria besaß zwar alle Freiheiten, aber konnte ich wirklich sagen, dass der Kommandant seine Frauen schlechter behandelte als ich meine? Das Problem waren meine, nicht Glorias Freiheiten. Diese Freiheiten hatte ich missbraucht, und damit auch Gloria. Ich war nicht an ihrer Seite...

Hinterher war ich drei Tage krank. Ich weiß nicht, ob es am Fleisch, am Fest oder am Stress lag, aber es war es wert, denn ich hatte eine Lektion gelernt: Wie leicht wir diese Menschen für uns gewinnen können, wenn wir unsere gemeinsame Menschlichkeit anerkennen, in ihnen auch uns selbst sehen, unsere Macht und unsere Fähigkeiten darauf verwenden, ihre Probleme zu lösen, statt Bomben auf sie zu werfen, wenn wir den Männern helfen, ihren Frauen zu helfen. Was kostet schon eine Dosis Azithromycin im Vergleich zu einer Cruise-Missile? Liebe ist universell. Das vergessen wir – zu ihrem und zu unserem Schaden.

Parvin hatte dieses Kapitel über Cranes Zusammentreffen mit Amanullah für die erste Lesestunde mit den Frauen in Khans Obstgarten ausgewählt, weil es eine anrührende Mischung aus Dramatik und Gefühl war und fast an ein Märchen erinnerte – bunt, manchmal komisch, mit einer Moral am Ende der Geschichte. Crane, der Protagonist, zeigte sich sowohl gerissen als auch verletzlich, wie er sich Kommandant Amanullah erst unterwarf, ihn dann zum Nachgeben brachte und zum Schluss als Freund gewann. Vielleicht hätte sie sich nicht ausgerechnet den vehementesten Gegner des ganzen Lese-Unterfangens als erstes Thema aussuchen sollen, aber Wahids Kühnheit hatte auch sie mutiger gemacht. Wieder notierte sie sich eine vereinfachte Version der Geschichte in einem Heft. Nur die Jungen mit den Handys kamen ihr merkwürdig vor, da, soweit sie wusste, niemand im Dorf eins hatte.

Sie sorgte sich, ob außer Bina und Shokooh, die es versprochen hatten, an diesem ersten Morgen überhaupt jemand kommen würde, aber schon bald trafen die Frauen, alles in allem vielleicht fünfzig, in kleinen Gruppen im Obstgarten ein. Sie legten ihre grünen Tschaderis ab, die im hohen Gras kaum noch zu sehen waren, und schlenderten anschließend mit inspizierendem Blick durch den Obstgarten. Als sie sich auf Parvins Bitte hin endlich setzten, waren sie nach wie vor zu aufgeregt, um still zu sein.

»Wir müssen jetzt anfangen, sonst reicht uns die Zeit nicht«, rief Parvin. »Wir können diesen Obstgarten nur benutzen, bis die Aprikosen so weit sind, und wenn wir das ganze Buch durchgehen wollen, müssen wir uns mehrere Male treffen.«

Erst Stille, dann schallendes Gelächter.

»Was ist so lustig?«, wollte sie wissen.

»Der Khan hat Sie auf den Arm genommen«, rief Gasal. »Die Bäume hier tragen schon seit Jahren nicht mehr. Zwanzig oder fünfundzwanzig Jahre lang haben sie die süßesten Früchte hervorgebracht –«

»Dann sind sie müde geworden«, beendete die Dai den Satz.

»Wollen Sie uns alle unfruchtbar machen, indem Sie uns in einen Obstgarten rufen, der keine Früchte mehr trägt?« Das kam von Saba, die wegen ihrer Wechseljahre so verzweifelt war. Ihr Tonfall war spitz.

»Ich werde meinem Mann erzählen, dass hier alles voller Früchte hängt«, sagte Gasal, als habe sie das Aphrodisiakum gefunden, nach dem sie gesucht hatte.

»Voller saftiger Früchte –«

»Praller Früchte –«

»Süßer, wohlschmeckender Früchte«, ergänzte Anisa, die anämische Frau, die in der Klinik so erschöpft gewirkt hatte. Jetzt leckte sie sich genüsslich die Finger, und die anderen lachten.

In der Klinik hatte Parvin Anisa und viele der anderen nackt und teils voller blauer Flecke auf dem Untersuchungsstuhl liegen sehen. Hier und jetzt, an einem seltenen Vormittag der Freiheit und der Muße, an dem sie nicht im Schatten ihrer Männer standen, waren sie weder Patientinnen noch Opfer, sondern Königinnen.

»Aber wenn der Khan hört, dass hier Früchte wachsen, lässt er uns bestimmt nicht wiederkommen«, rief Latifa besorgt. »Was sind wir denn schon im Vergleich zu einem Scheffel Aprikosen?«

Mit »wir« meinte sie alle Frauen, was Parvin aus dem Mund einer Mutter dreier Mädchen, die möglicherweise ein viertes unter dem Herzen trug, besonders schmerzlich fand.

»Wahid sagt, der Khan ist zu gierig geworden«, warf Shokooh mit einem herausfordernden Blick in Binas Richtung ein. »Und hat Klee angepflanzt, der zu viel Wasser verbraucht. Deshalb wachsen die Früchte nicht mehr.«

»Der *Khan* soll gierig geworden sein?«, rief Saba mit gespielter Unschuld, und alle außer Bina lachten.

»Früchte hin oder her«, mahnte Parvin, »wir sollten jetzt anfangen.«

Sie bat die Frauen, einen Halbkreis zu bilden. Manche hielten sich an den Händen, andere stillten ihre Babys, einige nähten. Kinder liefen hin und her, waren aber stiller als sonst, als stünden auch sie unter dem Bann des Obstgartens.

Parvin warf einen Blick in ihr Heft. Sie würde eine Geschichte erzählen, die Dr. Gideon im Dorf widerfahren war, erklärte sie den Frauen. Das Ganze sei sechs Jahre her, aber vielleicht hätten einige von ihnen davon gehört. »Eines Morgens, als Dr. Gideon noch schlief«, fing sie an, »klopfte es an der Tür. Zwei Männer mit Gewehren standen davor, und sie verbanden ihm die Augen, zwangen ihn, in ihren Pritschenwagen zu steigen und brachten ihn zu Kommandant Amanullah, dem Anführer der Taliban im Dorf, einem furchterregenden Mann mit einer Hakenhand, der einen eigenen Kerker hatte und von dem es hieß, er hätte Leute gefoltert und sogar geköpft –«

Laute Proteste hallten durch den Obstgarten. Parvin hielt erschrocken inne. Die Frauen redeten alle gleichzeitig, sodass sie kein Wort verstehen konnte. Schließlich entschieden sie, dass Saba für sie alle sprechen solle, und Saba fragte Parvin, ob »ihr« Amanullah gemeint sei.

Ja, antwortete Parvin mit leise unbehaglichem Gefühl.

»Aber er ist kein Taliban«, sagte Saba. »Hier hat es noch nie Taliban gegeben.« Die anderen Frauen stimmten laut zu. »Er war ein Mudschahed.«

»Ja, schon«, lenkte Parvin ein. »Aber dann, sagt Dr. Gideon, hat er sich verändert und …« Sie ließ den Rest des Satzes in der Luft hängen.

»Amanullah hat gegen die Sowjets gekämpft –«

»Dabei hat er die Hand verloren.«

»Und dann ist er weggegangen, um gegen die Taliban zu kämpfen –«

»Hier gibt es keine Taliban!«

»Wenn Sie so reden, fangen die Amerikaner noch an, Bomben auf uns zu werfen!«

Parvin holte tief Luft und sagte, von den amerikanischen Soldaten sei nichts zu befürchten. Sie seien weit weg und würden nie in dieses winzige Dorf kommen. Außerdem habe nicht sie behauptet, dass es hier Taliban gebe, sie wiederhole nur, was Dr. Gideon in seinem Buch geschrieben habe. Gab es vielleicht einen anderen Kommandanten, den er gemeint haben könnte?

»Es gibt hier nur einen einzigen Kommandanten mit einer Hakenhand«, sagte die Dai. »Frag Amina, wie oft ihre kalte Berührung sie nachts geweckt hat!« Sie deutete auf eine hagere Frau, die Parvin noch nie gesehen hatte.

»Inzwischen wäre ich froh, sie würde mich öfter wecken!«, rief Amina, sichtlich stolz auf ihre schnelle Reaktion. Die Frauen lachten beifällig.

Parvin fragte sie, ob Dr. Gideon je ihre Augen behandelt habe.

»Ich habe es mit dem Magen«, antwortete sie. »Wieso sollte ich einen Augendoktor brauchen?«

»Weil du blind bist, wenn deine Schwiegermutter mit den Armen wedelt, damit du ihr den Tee bringst.« Diese Bemerkung Gasals wurde mit weiterem Gelächter belohnt.

»Stimmt«, korrigierte sich Parvin. »Es war eine seiner anderen Frauen. Gulab?«

»Wer soll denn das sein? Er hat keine andere Frau!«, brauste Amina auf.

»Oh«, machte die völlig verwirrte Parvin. »Oh, ach, tut mir leid.« Und fragte sich, ob Crane die eher unscheinbare Amina ebenso wie Fereschta glamouröser dargestellt hatte. Falls ja, fing diese Angewohnheit allmählich an, ihr gegen den Strich zu gehen, bedeutete sie doch, dass die Frauen ihm so, wie sie waren, nicht gut genug waren. »Hatten Sie vielleicht früher Augenprobleme?«, versuchte sie es noch einmal. Das Leben der Frauen hatte etwas Zeitloses, nicht Chronologisches. Für sie zählte nur, was sie im Moment quälte. Seit Cranes erstem Besuch war er mehrmals zurückgekommen, erst um die Klinik zu errichten, dann um die neue zu bauen. Warfen die Frauen das durcheinander? Deshalb hakte sie noch einmal bei Amina nach. »Hat Dr. Gideon Ihnen Pillen für Ihre Augen gegeben, als er das erste Mal hier war?«

»Ich habe Dr. Gideon noch nie gesehen«, beharrte Amina. »Und ich hatte noch nie Probleme mit den Augen.«

So durcheinander, wie sie war, wollte Parvin die Frauen loswerden, damit sie nachdenken konnte. Sie würden für heute Schluss machen, sagte sie, und sie würde Dr. Gideon schreiben und ihn nach dieser Sache fragen. Bis dahin, fügte sie hinzu, sei es vielleicht besser, ihren Männern nichts von dem heutigen Vormittag zu sagen. Sie wolle keine Unruhe ins Dorf bringen.

Als die Frauen gegangen waren, blieb Parvin noch eine Weile in dem stillen Obstgarten sitzen, um zu analysieren, was geschehen war. Bina und Shokooh warteten vor der Mauer auf sie. Verlegen und verunsichert sagte sie zu ihnen: »Ich bin sicher, das alles lässt sich erklären.«

»Was gibt es da zu erklären?«, fragte Bina. »Es ist einfach nur eine Geschichte, die sich Dr. Gideon ausgedacht hat.«

»Er hat aber gesagt, dass es eine wahre Geschichte ist.«

»Wieso ist das wichtig?«, fragte Shokooh.

»Weil es das ist«, gab Parvin ungeduldig zurück und versuchte zu erklären: »Im Leben, in allem Geschichtlichen, ist es wichtig zu wissen, was genau geschehen ist.«

»Aber wir wissen doch, was geschehen ist«, bemerkte Bina. »Ob eine Geschichte, die man erzählt, wahr oder nicht wahr ist, ändert nichts an dem, was passiert ist.«

Parvin suchte nach einer Entgegnung. »Aber wir treffen Entscheidungen für die Zukunft auf der Grundlage der Geschichten, die wir über die Vergangenheit erzählen.«

»Wir sind Frauen«, antwortete Shokooh. »Wir haben nicht das Recht, Entscheidungen zu treffen.«

Wieder im Haus, setzte sich Parvin in ihr Kabuff und nahm sich *Mutter Afghanistan* noch einmal vor. Was Crane über den Kommandanten geschrieben und somit für die Nachwelt festgehalten hatte, war unmissverständlich. Schrieben Menschen, um andere Versionen der Vergangenheit auszulöschen? Aber während es durchaus möglich war, dass die Frauen verbergen wollten, dass es in ihrer Mitte Taliban gegeben hatte, konnte sie sich keinen Grund denken, weshalb Crane gelogen haben sollte.

Plötzlich hämmerte es gegen die Außentür, und sie hörte Kommandant Amanullah brüllen. Da Wahid auf den Feldern war, konnte Parvin ihn nicht einlassen, selbst wenn sie es gewollt hätte. Völlig verängstigt trat sie auf die Gasse, um mit ihm zu sprechen.

»Ich bin kein Taliban!«, brüllte er in einer Lautstärke, die ausgereicht hätte, um eine ganze Kompanie von ihnen in die Flucht zu schlagen.

Sein Erfolg auf dem Schlachtfeld war für Parvin plötzlich nachvollziehbarer. Spucketröpfchen schossen auf sie zu. Sie schloss die Augen, als sie auf ihrer Stirn, ihren Lidern und ihren Wangen landeten.

»Ich habe gegen die Taliban gekämpft, so wie ich gegen die Sowjets gekämpft habe«, tobte er. »Ich bin ein Mudschahed!«

Als Parvin die Augen wieder öffnete, hieb er mit seinem Haken auf die Luft ein, als wolle er sie daran erinnern, was dieser Kampf ihn gekostet hatte oder was ihre Verleumdungen sie kosten könnten. Die unter ihrer Tschaderi steckende Amina stand direkt hinter ihm.

»Ich weiß, ich weiß«, sagte Parvin. »Aber ich habe nur wiederholt, was Dr. Gideon geschrieben hat. Keine Ahnung, wieso er Ihren Namen benutzt hat. Wahrscheinlich war es ein Missverständnis.«

»Sie haben gesagt, mein Mann hätte einen Kerker und dass er Leute geköpft hat«, rief Amina.

»Das hat Crane – Dr. Gideon – gesagt. Nicht ich.«

»Dann sag ihm, er soll herkommen und mir Rede und Antwort stehen«, tobte Amanullah weiter. »Du kannst froh sein, dass du eine Frau bist!«

»Es tut mir leid«, sagte Parvin, die völlig durcheinander und einer Ohnmacht nahe war und am ganzen Leib zitterte. Wenn sie sich doch nur setzen könnte. Noch nie war jemand derart wütend auf sie gewesen, noch nie war sie derart angeschrien worden. Sie hatte Angst, er würde sie schlagen, und zuckte in Erwartung des Schlags vor ihm zurück.

»Hol das Buch«, sagte Amanullah. »Ich will es sehen!«

Er würde es zwar nicht lesen können, aber Parvin holte es trotzdem. Drinnen drückten sich Bina und Shokooh lauschend gegen die Wand, und Bina flüsterte ihr zu, sie habe Bilal losgeschickt, um Wahid zu holen. Parvin, die sich erst jetzt daran erinnerte, dass der Junge an ihr vorbeigeschlüpft war, als sie hinausging, um sich dem Kommandanten zu stellen, nickte dankbar.

Sie war sehr versucht, die Tür zuzuschlagen und von innen zu verriegeln, bis Wahid kam, zwang sich aber, dem Kommandanten das Buch zu bringen. Er stützte es auf seinen Haken, während er mit der anderen Hand darin herumblätterte. Auch er hielt gebannt bei den Fotos inne und betrachtete gerade das von Crane und Wahid, als dieser angerannt kam. Der Kommandant sah ihn und rief voller Erstaunen, einen ungläubigen Ausdruck auf dem Gesicht: »Das bist ja du!«

Als Wahid ihn zum Tee hereinbat, reagierte Amanullah, als sei er zu einer königlichen Hochzeit geladen worden. »Bin ich auch in diesem Buch?«, wollte er von Parvin wissen, als sie drinnen waren. Wie er darin dargestellt wurde, schien ihn nicht länger zu interessieren. Auf der Suche nach sich selbst blätterte er die Fotoseiten durch.

Parvin nahm ihm das Buch aus der Hand und suchte eine Stelle, die sich auf ihn bezog. »Hier steht auf Englisch ›Kommandant Amanullah‹«, erklärte sie. »Millionen von Amerikanern kennen Ihren Namen.«

Das war schäbig von ihr, da er in diesem Buch auf eine Weise dargestellt wurde, gegen die er sich verwehrte. Aber ihre Bestätigung beschwichtigte ihn, und er fragte mit allem Respekt, ob er das Buch behalten könne. Leider nein, antwortete Parvin, versprach aber, sie würde versuchen, ihm ein Exemplar zu besorgen.

Amina wurde weggeschickt, um Bina und Shokooh zu helfen. Beim Tee versicherte Wahid Parvin: »Amanullah war nie ein Taliban. Er hat gegen sie gekämpft, so wie er mutig gegen die Russen gekämpft hat – aber das hatte ich ja schon gesagt. Er hat viel mehr von unserem Land gesehen als ich, und sehr viel verloren. Zwei seiner Söhne sind im Kampf gegen die Taliban gefallen. Sie haben das Dorf gemeinsam mit ihm verlassen, nur er ist zurückgekommen.«

Kleinlaut sagte Parvin, sie habe angenommen, die Söhne seien im Kampf gegen die Sowjets gestorben.

»Es gibt hier viele Geschichten, die Sie nicht kennen. Und selbst wenn man sie kennt, heißt das nicht immer, dass man sie versteht.«

»Crane hat das alles geschrieben, nicht ich«, führte sie halbherzig zu ihrer Verteidigung an. Trotzdem hatte sie das Gefühl, alles sei irgendwie ihre Schuld.

Als der Kommandant gegangen war, sagte Wahid: »Es heißt, dass seine Söhne auf ganz schreckliche Weise gestorben sind.« Prompt fühlte sie sich noch schlechter.

An diesem Abend blieb sie nach dem Essen bei Wahid und Dschamschid sitzen, während Bina und Shokooh sich in der Küche zu schaffen machten. In die Kissen gelehnt, kritzelte sie einen Brief an Professor Banerjee in eins der Spiralhefte, die sie mitgebracht hatte, und schilderte ihr die Ereignisse des Tages. Jedes Mal, wenn sie auf Englisch schrieb, fiel ihr der Wechsel von der einen in die andere Sprache ein bisschen schwerer.

»Stehen da auch lauter falsche Sachen über uns?«, fragte Wahid quer durch den Raum.

»Alles, was ich schreibe, ist die Wahrheit«, versicherte Parvin, legte das Heft aber trotzdem weg.

In dieser Nacht konnte sie kaum schlafen, weil sie Angst hatte, der wacklige Waffenstillstand mit Amanullah würde nicht halten. Und weil sie nach Erklärungen suchte. Hatte Amanullah vielleicht eine Tochter, und Crane hatte das Ganze falsch verstanden und sie irrtümlich für seine Frau gehalten? Allerdings konnte Crane gar nichts verstanden oder missverstanden haben, da er kein Dari sprach. Der Dolmetscher, A., war sein Vermittler für alles, was das Dorf, dessen Kommandanten und seine Bewohner betraf. Die Fehler mussten bei ihm liegen. Aber war A. bei der Entführung überhaupt dabei gewesen? Crane hatte ihn nicht erwähnt.

Am nächsten Morgen ging sie in der Erwartung, eine Art Festung vorzufinden, da Crane die hohen Mauern so betont hatte, zu Amanullahs Haus. Es sah nicht anders aus als das von Wahid. Angst kann Wahrnehmungen verzerren, schlussfolgerte sie. Heute würde sie den Kommandanten, der ihr gestern solche Angst eingejagt hatte, wahrscheinlich wieder eher komisch finden. Aber sie fand ihn überhaupt nicht. Amina teilte ihr durch die geschlossene Tür mit, er sei zum Basar gegangen.

Parvin erbat die Erlaubnis, ins Haus kommen zu dürfen, weil sie etwas zu sagen habe. Amina ließ sie ein, hielt den Kopf aber tief gesenkt, sodass Parvin sich bei ihrem Scheitel entschuldigen musste. »Ich hoffe, Sie und Ihr Mann können mir verzeihen.«

»Er hat Ihnen verziehen«, antwortete Amina und hob den Kopf. Jetzt konnte Parvin den großen, purpurroten Fleck auf ihrer Wange sehen. Jener beängstigende Augenblick, als sie gefürchtet hatte, der Kommandant würde sie schlagen – dieser Schlag war stattdessen hier gelandet. Amanullah hatte Parvin verziehen, er hatte Crane verziehen, aber jemand hatte den Preis zahlen müssen.

Teil 2

12. Kapitel

Der Geruch von Milch

Der Weizen verlor seine grüne Farbe, bis er hoch und goldgelb und reif für die Ernte war. Unter einer sengenden Sonne kauerten die Männer mit ihren Sicheln auf den Feldern, benutzten die gleichen Gerätschaften und Bewegungen, mit denen Bauern ihre Ernte jahrtausendelang eingebracht hatten. Die Halme wurden mit der linken Hand gebündelt, dann mit der rechten dicht über dem Boden abgeschnitten, sodass die scharfe, geschwungene Klinge immer wieder auf den Körper zu zischte. Bündeln, schneiden, bündeln, schneiden. Die Männer arbeiteten endlose Stunden, bis sie völlig ausgelaugt waren, ihre Muskeln nicht mehr spürten und ihre Haut von der Spreu verklebt war, die von den goldgelben Garben aufstob. Parvin, die nicht an dieser Arbeit beteiligt war, ließ die Schönheit des Bilds auf sich wirken: die Ernte vor dem Hintergrund der purpurnen und grauen Berge und der majestätischen weißen Wolken. Das tat sie auch an dem Tag im Juli, an dem Colonel Trotter zum ersten Mal ins Dorf kam.

Drei Kinder kamen »Amerikaner! Amerikaner!« schreiend zu Wahid gerannt, als hätten sie noch nie welche gesehen, als sei Parvin nicht auch Amerikanerin. Sie legte die Hand über die Augen und sah eine kleine Gruppe, gefolgt von weiteren Kindern, durch das Tal kommen. Ihr Weg durch Hitze und Dunst des Tages schien sich ewig hinzuziehen, sodass man das Gefühl hatte, etwas Bedeutsames stehe bevor. Die Männer trugen sandfarbene Militäruniformen, was Parvin in Alarmbereitschaft versetzte, weil sie fürchtete, der Krieg sei eingetroffen.

Diese Furcht legte sich ein wenig, als die Soldaten näherkamen. Sie waren verschwitzt, ihre Gesichter waren gerötet, und der Größte von ihnen, in der Mitte der Gruppe, trug keine Uniform, sondern einen marineblauen *perahan tunban*, die übliche Bekleidung afghanischer Männer, bestehend aus knielangem Hemd und weiter Hose. Vermutlich wollte er dadurch Respekt für die Kultur des Landes ausdrücken, allerdings geriet der Versuch so augenfällig, dass es fast ein bisschen peinlich war. Mit seinem militärischen Haarschnitt und der afghanischen Kluft wirkte er wie ein Burschenschaftler auf dem Weg zu einem Kostümfest.

Er winkte und rief Wahid ein »Hallo« zu. Nachdem Parvin wochenlang nur das melodische Dari gehört hatte, empfand sie das Englische als hart. Als der Mann Wahid erreicht hatte, streckte er die Hand aus, die eher halbherzig ergriffen wurde, und stellte sich als Lieutenant Colonel Francis Trotter vor. »Frank«, fügte er im schleppenden Tonfall eines Mittelwestlers hinzu. Sein langes Gesicht war von der Sonne rotbraun verbrannt. Seine Haare, oben dicht und dunkel und hier und da von Grau durchsetzt, waren an den Seiten extrem kurz rasiert, wodurch seine großen Ohren noch weiter vom Kopf abzustehen schienen.

Der Colonel war fast einen Kopf größer als Wahid und völlig anders gebaut, mit breiten, kräftigen Schultern, das Ergebnis von Krafttraining, gelaufenen Meilen und kohlehydratreicher Nahrung. Dagegen sprach Wahids sehniger Körper von jahrelanger Feldarbeit und einer eher kargen Ernährung in der Kindheit. Parvin hielt den Colonel für etwa vierzig, also etwas älter als Wahid, der jedoch nach den vielen Jahren, die er dem Land einen kärglichen Lebensunterhalt abgerungen hatte, um Frau und Kinder durchzubringen, viel älter aussah.

Der afghanische Dolmetscher trug die gleiche Uniform wie die Soldaten. Sein Körper – schmal, aber breitschultrig – und seine dunklen Augen, sprachen Parvin auf Anhieb an. Die Art, wie er Wahid auf Dari begrüßte, ließ darauf schließen, dass sie sich bereits kannten, was Parvin überraschte. »Der Amerikaner«, sagte er zu Wahid, wolle »das Grab von Dschamschids Mutter« besuchen. Afghanen benutzten nur selten die Namen von Frauen, sondern bezogen sich im Zusammenhang ihrer Söhne auf sie, und Parvin fragte sich, woher der Dolmetscher Dschamschids Namen kannte. Der stand ein gutes Stück hinter Wahid, und er und der Dolmetscher sahen sich über die Distanz hinweg an, als seien sie durch ein straff gespanntes Seil miteinander verbunden.

Wahid deutete in Richtung Friedhof, und Colonel Trotter und die anderen setzten sich in Bewegung. Zusammen mit den Kindern folgte Parvin ihnen so dicht auf, dass sie hören konnte, was gesagt wurde. Andere Frauen waren nicht in Sicht. Über den Dolmetscher erkundigte sich Colonel Trotter bei Wahid nach den Kanälen aus ausgehöhlten Baumstämmen, die das Flusswasser auf die Felder leiteten, nach Ernten und Ernteerträgen, Weideflächen, Einwohnerzahl und Familienstrukturen und danach, was die Leute als Wintervorrat einlagerten (getrocknete Maulbeeren, getrocknete und gesalzene Joghurt-Kugeln, *kurut* genannt, Mehl, Nüsse und so weiter). Er fragte nach den politischen Strukturen im Dorf und wie die Schūrā, der Dorfrat, gewählt werde. Der

Mann saugte die Informationen geradezu in sich ein, und Parvin stellte sich vor, wie sie in seinem Hirn in die entsprechenden Rubriken einsortiert wurden: Landwirtschaft, Verwaltung, Handel.

Der Friedhof lag an der schmalen Stelle des Einschnitts, von der aus das Tal sich zwischen den Ausläufern der Berge ausweitete. Die Gräber bestanden aus aufgehäuften Steinen und Felsbrocken und sahen alle gleich aus, abgesehen von ein paar wenigen, auf denen verblichene und zerschlissene grüne Flaggen jene ehrten, die im Kampf gegen die Sowjets gefallen waren, und den winzigen Hügelchen für verstorbene Babys. Parvin war mehrere Male hier gewesen und hatte sich immer ein wenig unbehaglich gefühlt. Im Allgemeinen wurden afghanische Gräber nicht mit Namen gekennzeichnet, so wie auch nur selten Geburts- oder Sterbeurkunden ausgestellt wurden. Leben und Sterben der Dorfbewohner wurden nur im Gedächtnis verzeichnet.

Auf diesem Friedhof gab es eine Ausnahme: das Grab von Fereschta. Sie allein hatte einen marmornen Grabstein, der inmitten des grauen Gerölls wie der letzte gute Zahn in einem ansonsten bröckelnden Gebiss aussah. Der Stein mitsamt Inschrift war vor zwei oder drei Jahren ohne Vorankündigung im Dorf eingetroffen, hatte Wahid gesagt, geschickt von Gideon Crane. Seitdem war es leicht für Besucher, für Pilger, zu denen Parvin widerstrebend auch sich selbst zählte, Fereschtas Grab zu finden. Ihr Name war auf Persisch und Englisch eingraviert, allerdings hatte sich der allgegenwärtige Staub in die Lettern eingefressen. Die amerikanischen Soldaten versammelten sich um das Grab und senkten die Köpfe wie im Gebet.

Es war, als sei Fereschta eine Göttin, vor deren Altar Besucher Opferkerzen anzündeten. Sie fragte Dschamschid, der neben ihr stand, ob schon andere Ausländer am Grab gewesen seien.

Ja, antwortete er, viele seien gekommen, die meisten von ihnen mit Hubschraubern, vor allem in den ersten Jahren, nachdem Dr. Gideon sein Buch geschrieben hatte. In letzter Zeit seien es viel weniger geworden; Parvin sei die Einzige, die sie in diesem Jahr gesehen hätten. Trotzdem sei seine Mutter die wichtigste Person hier.

Parvin konnte nicht sagen, ob das sarkastisch gemeint war. Sie war sich nicht sicher, ob sie es als Ehre oder als Übergriffigkeit empfinden würde, wenn ausländische Soldaten zum Grab ihrer Mutter in Kalifornien gepilgert kämen.

»Seit sie tot ist, interessieren sich mehr Leute für sie als zu ihren Lebzeiten«, sagte Dschamschid.

Parvin glaubte nicht, dass diese Bemerkung zwangsläufig gegen sie selbst gerichtet war, schämte sich aber trotzdem. Hätte die lebende Fereschta ihr Interesse geweckt? Bina war für sie nicht annähernd so beachtenswert wie ihre tote Schwester.

»Immerhin hat er sie gekannt«, fuhr Dschamschid fort. Ganz offensichtlich meinte er den Dolmetscher, der in eine Unterhaltung mit Wahid vertieft war. Ab und zu sah er zu Dschamschid hinüber, und gelegentlich fiel sein Blick dabei auch auf Parvin. Sie spürte, dass er wusste, dass sie nicht aus dem Dorf war.

Sie erkundigte sich, wer er sei.

Asis, antwortete Dschamschid. Er sei vor Jahren als Gideon Cranes Dolmetscher ins Dorf gekommen.

»Im Ernst?« Parvin konnte ihr Glück kaum fassen. In den beiden Wochen, seit sie den Frauen Cranes Kapitel über den Kommandanten vorgelesen und dessen Zorn auf sich gezogen hatte, war sie immer mehr zu der Überzeugung gelangt, dass Cranes Dolmetscher, A., für die Fehler in *Mutter Afghanistan* verantwortlich sein musste. Aber als sie mit Wahid darüber gesprochen hatte, hatte der beharrt, der Dolmetscher sei ein anständiger Kerl. Allerdings schlossen Anstand und Inkompetenz sich nicht notwendigerweise aus. Jetzt jedoch, wo A. – Asis – hier war, konnte sie herausfinden, was schiefgelaufen war.

Nach einer kurzen Besichtigung des restlichen Friedhofs marschierten die Amerikaner durch das Tal zurück. Völlig geschafft von der Hitze erreichten sie die Klinik, wo Wahid sie herumführte und verworrene Erklärungen über die gespendeten Gerätschaften abgab, die der Dolmetscher ebenso verworren übersetzte. Für die Amerikaner schien alles einen Sinn zu ergeben. Sie äußerten Bewunderung und verzogen sich wieder nach draußen, um auf die Zusammenkunft der Schūrā zu warten, die Colonel Trotter um ein Treffen gebeten hatte.

Im Dorf geschah nur wenig auf die Schnelle – es gab keinen Grund dafür –, und der Widerstreit zwischen Höflichkeit und Effizienz war dem Colonel deutlich anzusehen. Während er sich leise mit seinen Männern unterhielt, studierte er eine Landkarte und sah alle paar Minuten auf seine Uhr. Dann endlich kam Asis, um die Soldaten zu holen. Der Rat hatte sich versammelt, und Colonel Trotter und sein Team begaben sich hinunter zum Fluss, wo die meisten Männer des Dorfes – außer Parvin war keine Frau anwesend – unter den Pappeln am Ufer saßen, die Ältesten ganz vorn. Der Mullah war ebenso anwesend wie Kommandant Amanullah, der Parvin mit seinem Haken zuwinkte. Sie tat so, als sähe sie ihn nicht.

Eine gewebte Plastikmatte war auf dem Gras ausgebreitet

worden. Die Amerikaner setzten sich auf die eine Seite. Ein Junge verteilte Gläser mit hellem, klarem Tee, während ein anderer Zuckermandeln auf Teller häufte. Die Soldaten nahmen den Schneidersitz ein, wobei sie sorgfältig darauf achteten, dass ihre Füße nicht zu sehen waren, und legten ihre Waffen neben sich oder lehnten sie gegen die Bäume. Licht tröpfelte durch die Blätter über ihnen, sprenkelte ihre Gesichter und legte sich wie Spitzengewebe über die Waffen. Afghanen waren an Waffen gewöhnt – viele von ihnen besaßen welche –, hatten sie aber nicht zu dieser Versammlung mitgebracht. Die so beiläufig zur Schau gestellten Automatikgewehre der Amerikaner schienen ein Ungleichgewicht zu bewirken, eine Störung der Atmosphäre.

Colonel Trotter nahm ostentativ seine Uhr ab und reichte sie einem seiner Soldaten, eine Geste, die ausdrücken sollte, dass er alle Zeit der Welt hatte. Ein fast zahnloser Ältester hielt eine lange, blumige Willkommensrede, in der er sowohl Gott als auch die Anwesenheit der Amerikaner in Afghanistan pries und dem Colonel dafür dankte, dass er Weisheit und Autorität der Schūrā respektierte.

»Er heißt Sie im Dorf willkommen«, sagte Asis zu Colonel Trotter.

Es sei ihm eine Ehre, hier zu sein, antwortete dieser und fügte hinzu, er komme aus einem amerikanischen Bundesstaat namens Kansas, und sein Vater sei erst Soldat und dann Bauer gewesen, daher verstehe er sehr gut, was es bedeute, dem Land einen Lebensunterhalt abzutrotzen. Wie die Ältesten sicherlich wüssten, seien die Amerikaner nach Afghanistan gekommen, weil es schlechte Menschen gab, die die Vereinigten Staaten bedrohten und dem afghanischen Volk schaden wollten, und sie seien geblieben, um beim Aufbau des Landes zu helfen und es wieder wohlhabend, stark und sicher zu machen. Sie seien hier, um den Afghanen zu dienen, ihnen zuzuhören und mit ihnen gemeinsam dafür zu sorgen, dass die Menschen bekamen, was sie brauchten. Er sei der Befehlshaber eines Bataillons von fünfhundert Mann, die bei der Ausbildung afghanischer Soldaten halfen, Aufständische bekämpften und an Entwicklungsprojekten mitarbeiteten.

Parvin fiel auf, dass er eine Menge Superlative benutzte. Seine Soldaten waren »herausragend«, der Gouverneur der Provinz, ein Mann, den die Dorfbewohner nie zu Gesicht bekommen hatten, ein »sehr guter Freund«, und wie alle wüssten, sei Gideon Cranes Buch, *Mutter Afghanistan*, »absolut großartig«.

Dieses Buch habe ihn hierhergeführt, fuhr Colonel Trotter fort. Viele Amerikaner hätten es gelesen. Der vormalige Präsident der Vereinigten Staaten, der das amerikanische Militär im Jahr 2001 nach Afghanistan geschickt hatte, habe es ebenso gelesen wie seine Frau. All diesen Lesern liege das Dorf am Herzen. Sie wüssten, dass es hier eine Klinik gab. Aber sie fragten sich, ob es vielleicht noch etwas gebe, was das amerikanische Volk tun konnte? Die Antwort sei die Straße, die ins Dorf führte. Gideon Crane habe geschrieben, wie absolut furchtbar sie sei, und seit er selbst sie heute zum ersten Mal befahren habe, könne er das nur bestätigen. »Sie ist ein Hindernis für jeden Fortschritt, ganz abgesehen davon, dass sie für meinen Rücken ein absoluter Albtraum ist.«

Dieser kleine Witz erntete, nachdem er übersetzt worden war, ein oder zwei höfliche Lacher.

Colonel Trotter wurde wieder ernst. Die Straße solle verbreitert und asphaltiert werden, sagte er, damit Autos und Lastwagen sie befahren könnten, was bedeute, dass Frauen, die ärztliche Hilfe brauchten, diese auch bekommen konnten. Deshalb sei er hier; das sei das Geschenk des amerikanischen Volkes an die Bewohner des Dorfs. Aber nicht nur die Frauen würden von der Straße profitieren, sondern auch die Bauern, denn sie würden ihre Ernten im ganzen Land verkaufen können. Straßen hätten das Leben der frühen amerikanischen Siedler verändert und sie in die Marktwirtschaft eingebunden. Das würde auch diese Straße bewirken. Sie alle würden nicht mehr tagelang brauchen, um in der Stadt Saatgut oder Gerätschaften zu beschaffen, sagte Trotter. »Nein, das alles wird sich dann an einem Vormittag erledigen lassen. Ihre Produktivität wird steigen. Ihr Einkommen auch. Das ist Fortschritt.« Er nickte zu seinen eigenen Worten.

Als Parvin den Grund für Trotters Besuch hörte, war sie erleichtert, einerseits weil er absolut nichts mit Krieg zu tun hatte, andererseits weil sie offenbar nicht als Einzige wegen Cranes Buch hergekommen war. Eine problemlos befahrbare Straße würde hier so viel verändern, dachte sie mit wachsender Erregung. Dr. Jasmin oder andere Ärzte könnten viel öfter kommen. Die Frau, die im Auto der Ärztin an Eklampsie gestorben war, wäre vielleicht noch am Leben, hätte die Fahrt über eine asphaltierte Straße nur eine halbe Stunde gedauert, statt zwei oder mehr. Fereschta wäre noch am Leben. Genau das sagte Colonel Trotter in diesem Augenblick, und Parvin war gespannt auf die Reaktion von Wahid und Dschamschid, die nebeneinander saßen. Doch Asis ließ den Teil über Fereschta unübersetzt.

Eine Weile war nur das Klicken der Gebetsperlen zu hören. Dann fingen die Ältesten an, leise miteinander zu diskutieren.

»Werden die Straßen zu den Nachbardörfern auch asphaltiert?«, fragte schließlich einer von ihnen, ein Mann mit einem Bart so weiß wie ein Leichentuch. Die anderen nickten, als sei diese Frage für sie alle von großer Bedeutung. Parvin dagegen fand sie banal und war sehr enttäuscht. Schließlich sprach Colonel Trotter davon, ihrer aller Leben zu verändern!

Sie hätten in ganz Afghanistan Straßen asphaltiert, antwortete der Colonel, aber dieses Dorf – nun, es sei etwas Besonderes. Viele Amerikaner kannten das Dorf und seine Geschichte aus Gideon Cranes Buch. Deshalb würden sie in dieser Region mit der Straße zu diesem Dorf anfangen. Weil es für viele amerikanische Menschen eine besondere Bedeutung habe.

»Der Präsident der Vereinigten Staaten möchte, dass die Straße hierher asphaltiert wird«, übersetzte Asis. Weiteres Gemurmel der Ältesten folgte.

Parvin konnte nicht fassen, wie sehr der Dolmetscher kürzte. Aber trotz seiner Kürzungen zog sich alles schier endlos hin. Für sie, die beide Sprachen beherrschte, war es, als müsse sie warten, bis ein langsamer Schüler endlich mit seiner Matheaufgabe fertig wurde. Während der Übersetzungen schweiften ihre Gedanken umher, sodass die irgendwann rückübersetzten Antworten wie aus der Vergangenheit zu kommen schienen.

Colonel Trotter schätzte, dass die Arbeiten etwa vier Monate dauern würden. Anders als in vielen anderen Teilen des Landes müsse die Region nicht erst befriedet werden, bevor die Arbeiten anfangen konnten, da alles hier bereits friedlich sei. Dann stellte er den Bauingenieur des Teams vor, der schilderte, dass Bagger und Hydraulikhämmer bei der Verbreiterung der Straße zum Einsatz kommen würden, und falls das nicht ausreiche, würden sie Löcher in die Felswände bohren und Teile davon wegsprengen. Dabei bestehe natürlich immer die Gefahr, einen Landrutsch auszulösen oder Instabilitäten zu schaffen, fuhr er fort, doch das lasse sich handhaben. Kontrollierte Gewalt, dachte Parvin. Des Weiteren beschrieb der Ingenieur, dass das dabei entstehende Geröll als Füllmaterial verwendet werden würde, um die Straße zum Fluss hin zu erweitern, sofern der Untergrund stabil genug sei. Bei ihm klang das Gelände, das Parvin als solide und dauerhaft wahrgenommen hatte, wie ein einsturzgefährdetes Haus.

»Er riecht noch nach Milch«, sagte einer der Ältesten. Die anderen lachten.

Auch Parvin lachte. Er sah wirklich kaum älter aus als ein Schuljunge.

Colonel Trotter sah zu Asis hinüber, der entschuldigend erklärte: »Die Ältesten halten ihn für sehr jung.«

»Er ist alt genug, um ein abgeschlossenes Studium vorweisen zu können, und das hier ist bereits sein dritter Auslandseinsatz«, sagte der Colonel gepresst, behielt das Wort und fügte hinzu, jeder Dorfbewohner, der am Straßenprojekt mitarbeiten wolle, sei willkommen. Die Straße werde asphaltiert, bevor der Schnee komme. Noch Fragen? Ob man ihm noch irgendetwas mitteilen wolle?

Niemand reagierte auf die Aufforderung, da Asis sie nicht übersetzte, und der Colonel entfaltete eine große Landkarte. Alle rückten auf der Matte beiseite, um Platz dafür zu machen. »Das hier ist Ihre Gegend«, sagte er.

Parvin stand auf, um besser sehen zu können. Die Karte war kyrillisch beschriftet, was darauf schließen ließ, dass sie während der Invasionszeit von den Sowjets angefertigt worden war. Da die Amerikaner hauptsächlich viel weiter südlich agierten, hatten sie die hiesige Gegend anscheinend noch nicht selbst kartographiert. Auf der sowjetischen Karte waren die Berge durch konzentrische Wellenlinien dargestellt, die Nebenstraßen waren spinnenzarte Linien, die Hauptstraße dicker. Die Amerikaner hatten das Dorf durch einen roten Stern markiert und die Nebenstraße, die hinführte, als gestrichelte rote Linie eingezeichnet.

Die Ältesten betrachteten die Karte. Wie Parvin später erfuhr, hatten einige von ihnen noch nie eine gesehen. Sie hatten sich die Gegend zu Fuß oder auf Eseln angeeignet, orientierten sich an markanten Punkten, maßen Entfernungen in Zeit und nicht in Kilometern. Sie lebten in drei Dimensionen und hatten keinen Grund, sie in zwei zu übersetzen. Karten waren dafür da, Orte aufzusuchen, an denen man noch nie gewesen war, oder welche festzuhalten, die man hinter sich gelassen hatte. Die Ältesten taten weder das eine noch das andere. Sie deuteten auf diverse Punkte, die Parvin nichts sagten, und debattierten über die Lage anderer Dörfer, die sie kannten, weil sie zu Fuß dort gewesen waren.

Wieso ausgerechnet die Straße hierher?, fragten sie den Colonel noch einmal. Wieso nicht auch die anderen?

»Stern, Stern, Stern, Stern, Stern«, sagte einer der Ältesten und zeigte, wo diese anderen Dörfer lagen.

Komisch, dachte Parvin, dass Menschen bereit sind, bis aufs Blut für einen Vorteil zu kämpfen, aber wenn man ihnen einen auf dem Silbertablett präsentiert, schrecken sie davor zurück wie vor einer scharfgemachten Granate. Diese Ältesten und ihre Vorfahren, wusste sie von Wahid, hatten frohgemut Pläne geschmiedet, anderen Sippen Land oder Wasserrechte abzuluchsen. Doch jetzt schienen sie sich gegen etwas zu sträuben, was für das Dorf ganz offensichtlich ein Vorteil wäre. Zumindest interpretierte Parvin ihre Fragen als indirekte Ablehnung.

Sichtlich bemüht wiederholte Colonel Trotter seine Erklärung. Wenn sie, die Ältesten, den Amerikanern erlaubten, die Straße zu asphaltieren, würden sie von der Subsistenz- zur

Marktwirtschaft übergehen. Sie könnten Pflüge und Traktoren kaufen. Kleider für ihre Frauen. Ein *längeres Leben* für ihre Frauen. Eine bessere Zukunft für ihre Kinder.

»Alles wird sich mit dieser Straße ändern«, informierte Asis die Ältesten.

Als Reaktion berichtete der weißbärtige Älteste von der Geschichte des Dorfes und schlug auf dem Weg von Vergangenheit zu Zukunft einen Weg ein, der ebenso kurvig war wie die Straße, um die es ging. Hirten auf der Suche nach Weideland hätten das Tal entdeckt, ihre Ziegen hätten einen Weg durch die Berge und am Fluss entlang getrampelt, der kaum breit genug für einen einzelnen Mann war. Mit der Zeit wurden Häuser erbaut und Felder angelegt, weil es reichlich Wasser gab und der Boden fruchtbar war. Hier übernahm ein weiterer Ältester. Der Pfad wurde verbreitert, sodass ein Esel passieren konnte, dann nochmals, damit er auch für einen Eselskarren geeignet war. Mehr brauchten sie nicht. Sie brauchten keine bessere Straße. Was sie brauchten, war Hilfe bei ihrem in die Jahre gekommenen Bewässerungssystem; sie brauchten eine Schule und einen Lehrer für ihre Kinder, die bis jetzt in der Moschee unterrichtet wurden. Diese Straße zu asphaltieren, die zu den anderen Dörfern aber nicht, könnte Neid und dauerhafte Feindschaft hervorrufen. Dieser Punkt erforderte natürlich eine Genealogie aller örtlichen Sippen und Untersippen...

Parvin hatte sich unauffällig auf die andere Seite der Versammlung geschlichen, um Colonel Trotters Gesicht besser sehen zu können. Seine grauen Augen wirkten intelligent. Immer wieder schaute er unauffällig zum Himmel hinauf, als fürchte er Regen – oder hoffe darauf. Aber der Himmel war klar. Die Ansprachen der Ältesten zogen sich endlos hin und wurden von Asis auf einen dreiminütigen geschichtlichen

Abriss und eine Liste der Anliegen gekürzt, die der Colonel in aller Schnelle abhakte.

Sie sollten Veränderungen nicht fürchten, dozierte er, wobei sein Knie leise auf- und abwippte. Durch den Bau von Straßen hätten die Römer ihr Reich ins Unermessliche ausgeweitet. Durch den Ausbau der Highways in den 1950er Jahren hätte Amerika seinen Status als das großartigste Land der Welt gefestigt. Und schon vor Jahrzehnten hätten die Amerikaner und vor ihnen die Sowjets zahlreiche afghanische Straßen gebaut. Was sie vorhätten, sei nichts Neues.

Asis erwähnte weder die Römer noch die Sowjets noch die amerikanischen Highways oder die Großartigkeit Amerikas. Er wiederholte, die Straße würde helfen, Waren zum Markt und kranke Angehörige ins Krankenhaus zu bringen. Wieder pflichteten die Männer ihm bei, das sei wichtig, betonten aber erneut, die Straße sei nicht ihr dringendstes Anliegen.

Allmählich vermutete Parvin, dass die wahren Gefühle der Dörfler unter ihren Worten verborgen lagen und ihre langen Reden wie ineinander verwobene Rebranken das Spalier verdeckten, das sie trug. Sie redeten um den wahren Grund für ihr Widerstreben herum – weil er nicht laut ausgesprochen werden konnte? Weil Worte ihn nicht korrekt vermitteln konnten? Weil sie ihn nicht wirklich identifizieren konnten? Parvin war sich nicht sicher. Vielleicht war der Grund einfach der, dass jede ausländische Macht, die in ihr Tal gewalzt kam und ihnen sagen wollte, was sie brauchten, ihnen Sorge bereitete. Wie das Gewehr im Gras.

»Sie stimmen Ihnen zu, dass es wichtig ist, das Leben von Frauen zu retten«, sagte Asis. »Daher werden sie vermutlich kooperieren.«

Parvin war fassungslos. Nichts, was die Ältesten gesagt hatten, ließ sich so interpretieren.

»Großartig«, rief Colonel Trotter, sichtlich erleichtert. Der heutige Tag sei ein großer Tag für das Dorf und er freue sich auf die Zusammenarbeit, die erst der Beginn der Beziehung zwischen ihnen sei. Dabei verhakte er die Zeigefinger ineinander, um zu verdeutlichen, wie eng diese Beziehung sein würde. Sobald die Straße fertig sei, gäbe es sehr viel mehr, was seine Ingenieure, diverse Nichtregierungsorganisationen und natürlich die afghanische Regierung für sie tun könnten.

Asis teilte den Ältesten mit, die amerikanischen Ingenieure würden viel für das Dorf tun und ihnen bei ihren Bewässerungskanälen und bei was immer sonst benötigt werde helfen. Jetzt sahen auch die Dörfler erfreut aus. Beide Seiten hatten das Gefühl, erreicht zu haben, was sie wollten, allerdings nur, weil der Dolmetscher die Illusion eines Einverständnisses geschaffen hatte, das es nicht gab. Und nun?

Plötzlich ergab alles für Parvin einen schrecklichen Sinn. Wenn man nach Asis' heutigem Verhalten gehen konnte, hatte er damals, als er für Crane arbeitete, nicht einfach nur Fehler gemacht, sondern Dinge bewusst verdreht oder sogar frei erfunden. Wie immer das Spiel aussah, das er spielte, sowohl Crane als auch Colonel Trotter mussten darüber informiert werden.

»Wer wird die Gerätschaften bewachen?«, fragte Kommandant Amanullah.

Als Asis übersetzt hatte, starrte der Colonel den Kommandanten an, als versuche er sich zu erinnern, wo sie sich schon einmal begegnet waren. »In Amerika heißt es: Diese Brücke überqueren wir, wenn wir sie erreicht haben. An diesem Punkt lässt sich nur schwer sagen, ob, und vor wem überhaupt, die Geräte geschützt werden müssen.«

»Darüber kann später noch verhandelt werden«, übersetzte Asis.

Nach einem weiteren Austausch von Höflichkeiten und einem kurzen Gebet lösten die Ältesten die Versammlung auf. Alle erhoben sich, um ihre eingeschlafenen Beine zu strecken und Hände zu schütteln. Colonel Trotter und sein Team gingen zurück zur Klinik, wo ihre Humvees standen. Ein paar der Soldaten berichteten dem Colonel, was sie während der Versammlung an Körpersprache beobachtet hatten – wer begeistert und wer ablehnend gewirkt hatte, wer geschwiegen hatte und was das bedeuten mochte. Niemand erwähnte die beiden Ältesten, die, wie Parvin genau gesehen hatte, hinter vorgehaltener Hand gegähnt hatten. Lauschend folgte sie den Männern. Es war wirklich erstaunlich, dachte sie, und manchmal durchaus nützlich, wie unsichtbar man als Frau sein konnte.

»Der Typ mit dem Haken ist der Talib aus Cranes Buch«, sagte der Colonel. »Hat er etwa gedacht, dass ich ihm gleich an Ort und Stelle einen Sack Geld für seinen Schutz zustecke?«

Amanullah war vielleicht fähig, Leistungen zu erpressen, aber Parvin wusste inzwischen, dass er nie bei den Taliban gewesen war. Dieses Missverständnis musste sie unbedingt aus der Welt schaffen. Deshalb lief sie auf Colonel Trotter zu, der vor ihr zurückwich. »Guten Tag, Lieutenant«, sprudelte sie hervor.

Zunächst erschrocken, fasste er sich schnell und korrigierte trocken: »Eigentlich Lieutenant Colonel, was ein oder zwei Dienstgrade höher ist.« Sie machte ein entschuldigendes Gesicht, und er lächelte, um ihr zu verstehen zu geben, dass er ihr den Fehler nicht verübelte. »Ich dachte, Sie wären – egal«, sagte er, bot ihr die Hand und fragte, wo sie herkomme. Als sie es ihm sagte, lachte er. »Eine Berkeley-Absolventin? Hier? Wollen Sie den Leuten beibringen, wie man

Rucola anbaut? Tut mir leid, das war unangebracht. Sie sind Afghanin?«

»Amerikanerin.«

»Ja, natürlich. Ich meinte – Sie sprechen die Sprache?«

»Dari? Ja.«

»Ich habe schon seit Monaten ein *Dari für Anfänger* auf meinem Schreibtisch liegen«, gestand er reumütig. »Ich müsste viel besser sein.« Dann fragte er, was sie ins Dorf geführt habe.

»*Mutter Afghanistan.*«

»Welche Macht dieses Buch hat«, sagte er voller Hochachtung. Es sei wirklich unglaublich, fuhr er fort, wie es Gideon Crane gelungen sei, den Finger auf etwas zu legen, was allen, angefangen bei Alexander dem Großen bis hin zu den Briten und den Sowjets, entgangen sei. Nämlich dass es unmöglich sei, die Afghanen zu unterwerfen, man sie aber verstehen und respektieren könne. Crane habe ihnen eine Blaupause in die Hand gegeben, mit deren Hilfe sie dort Erfolg haben könnten, wo jedes andere Reich gescheitert sei. Sie müssten sich nur daran halten. Darum gehe es bei der Straße. Um gütige Macht.

»Apropos Buch«, warf Parvin ein. Das hier war ihre Chance. Asis stand rauchend ein Stück entfernt und beobachtete sie. Seine Augen waren so schwarz und ruhelos wie Holzbienen. Sie sahen aus, als würde ihnen nicht viel entgehen.

Ja, das Buch sei wirklich unglaublich, wiederholte Trotter. Dieses Mal klang er für Parvin fast so, als wolle er sich selbst überzeugen. Seine Frau habe es in ihrem Lesekreis gelesen, sei total darauf abgefahren und habe es ihm aufgezwungen. Und zwar bevor alle Generäle anfingen, es zu lesen, fügte er bescheiden hinzu. Eigentlich sei es auch seine Frau gewesen, die ihn auf die Idee mit der Straße gebracht habe, was er seinen Vorgesetzten natürlich nicht auf die Nase binden würde. Eines Tages habe sie beim Skypen gefragt, ob das Dorf inzwischen besser zu erreichen sei als zu Gideon Cranes Zeiten. Da sei ihm ein Licht aufgegangen. Genau das wäre ein Projekt, das nicht nur den Afghanen, insbesondere den Frauen, zugutekommen, sondern auch zu Hause großen Anklang finden würde. Dank Crane sei dieses Dorf das einzige in ganz Afghanistan, das einen ganzen Haufen Amerikaner interessiere; es liege ihnen am Herzen, auch wenn das übrige Afghanistan ihnen völlig egal sei. Teufel nochmal, dieses Dorf sei für sie realer als das ganze restliche Land. Die Straße würde ihnen das Wohlwollen der Afghanen einbringen und den Amerikanern ein gutes Gefühl geben. Eine Win-Win-Situation.

»Ja, aber«, warf Parvin mit leiser Stimme ein, weil sie nicht wollte, dass Asis sie hörte.

Allerdings schien auch Trotter sie nicht zu hören. Wie lange sie im Dorf bleiben wolle?, erkundigte er sich. »Ihre Familie möchte Sie doch sicher wieder zu Hause haben.«

»Ich habe versprochen, Thanksgiving zurück zu sein«, antwortete sie, »jetzt aber würde ich gern bleiben, bis die Straße fertig ist.« Das hatte sie selbst nicht gewusst, bis die Worte aus ihr heraussprudelten. Dabei ging es ihr nicht nur darum, wie die Straße das Dorf verändern würde. Vielmehr gab ihr die Tatsache, ihren eigenen Idealismus in Trotter widergespiegelt zu sehen, das Gefühl, weniger allein zu sein. Durch ihn schien es nicht mehr so weltfremd, Veränderungen für möglich zu halten.

»Nur keine Sorge, Sie *werden* auf einer asphaltierten Straße hier rausfahren und rechtzeitig daheim sein, um den Truthahn zu braten. Oder zu essen.« Seine eigene Dienstzeit werde Anfang Dezember enden, fügte er hinzu, was bedeutete, dass er anders als letztes Jahr Weihnachten zu Hause verbringen werde.

Oh, machte Parvin. Sie habe immer gedacht, die Soldaten blieben jahrelang in Afghanistan und würden hier alt und grau und immer einheimischer.

Absolut nicht, antwortete Trotter. Einsätze dauerten ein halbes, manchmal auch ein ganzes Jahr. Inzwischen jedoch ziehe sich der Krieg schon so lange hin, dass viele Soldaten zum zweiten, dritten oder sogar vierten Mal hier seien. Er selbst sei vorher zweimal im Irak gewesen. Und natürlich gebe es sogenannte »Ausfallvermeidungen«, was bedeute, dass Soldaten, die eigentlich schon nach Hause gedurft hätten, bleiben mussten, weil es nicht genug Ersatz für sie gab. Im Allgemeinen sei es jedenfalls so, dass die Einheiten wechselten, die Ausrüstung aber blieb. Die Ausrüstung und die Dolmetscher. Für die Dolmetscher dauere der Krieg schon weitaus länger als für die Soldaten. »Stimmt's, Asis?«, schrie er.

Der immer noch rauchende Asis nickte nur. Hatte er gehört, worüber sie sprachen, oder nickte er einfach nur automatisch zu allem, was sein Boss sagte?

»Im Grunde genommen ist es nicht fair, dass er keine Dienstzeitstreifen bekommt«, sagte Trotter. »Er hat wahrscheinlich vier komplette Einsätze kommen und gehen sehen. Komm her, Mann, damit ich dich Parvin vorstellen kann«, rief er Asis zu. »Das heißt, erst wenn du damit fertig bist, dich mit dieser Zigarette umzubringen.«

Ja, dachte Parvin, *lass dir Zeit*. Sie wollte Asis noch nicht dabei haben, weil sie die Unterhaltung mit Trotter genoss. Sie wusste so wenig über das Militär, und der Colonel schien mehr als bereit, sie aufzuklären.

»Generäle werden auch ausgetauscht?«, fragte sie.

»Aber sicher. Seit 2001 haben wir den dritten Vorsitzenden des Vereinigten Generalstabs. Und den dritten Generalstabschef.« Seine Stimme klang fast sanft, als wolle er ihre Unwissenheit herunterspielen. In Vietnam habe es vier Oberbefehlshaber der Streitkräfte in Person der Präsidenten und vier Generäle gegeben, fügte er hinzu. »Wollen wir hoffen, dass dieser Krieg nicht so lange dauert.«

Also würde jemand anderes die Straße fertigstellen, wenn er Afghanistan verließ?, wollte Parvin wissen.

»*Ich* werde sie fertigstellen«, gab Trotter weniger sanft zurück. Aber ja, falls nötig, werde sein Nachfolger da weitermachen, wo er aufgehört habe. Er könne nicht so tun, als gäbe es keine gelegentlichen Komplikationen, die größte davon sei, dass jeder, der ein Kommando übernahm, seinen Vorgänger für einen Idioten hielt, ergänzte er mit einem Lächeln. Es erinnerte Parvin an Sonnenlicht auf einer Felswand, die die meiste Zeit im Schatten lag. Die Muskeln seines Gesichts wirkten jedes Mal überrascht, wenn er sie benutzte.

Das Militär war wie ein Superorganismus, dachte sie, ein riesiger Körper, der ständig Zellen abwarf und neue generierte. Laut fragte sie: »Wenn alle immerzu ausgetauscht und Soldaten ständig ersetzt werden, ist es dann, philosophisch betrachtet, noch derselbe Krieg?« Wahrscheinlich dachte er jetzt, sie stehe unter Drogen (sie hatte noch nie Drogen genommen, alles, was sie darüber wusste, wusste sie aus zweiter Hand) und sah seine Klischeevorstellungen über Berkeley bestätigt.

Im Gegenteil schien ihre Frage ihm zu gefallen. »Das Schiff des Theseus«, sagte er.

Sie nickte verstehend und sah ihn dann an. »Worum ging es dabei noch mal?«

»Theseus war ein athenischer König. Er tötete den Minotaurus in seinem Labyrinth und machte außerdem ein paar weniger nette Sachen. Das ist übrigens das Großartige an Plutarch, der in seinen Biographien der großen Griechen und Römer auch über Theseus geschrieben hat. Er beschönigt nicht, sondern schildert einem die Krieger mitsamt ihren Fehlern und allem. Jedenfalls behielten die Bürger von Athen das Schiff, mit dem Theseus nach Athen zurückkehrte, nachdem er den Minotaurus getötet hatte, zur Erinnerung im Hafen, und wenn Planken verrotteten, ersetzten sie sie durch neue. Daraus wurde ein philosophisches Rätsel: War es noch dasselbe Schiff, wenn man im Lauf der Zeit alle Planken ersetzte?«

Anscheinend machte Parvin ein überraschtes Gesicht, denn er lächelte.

»Tja, Berkeley, nicht jeder Militär ist ein Vollidiot, auch wenn Ihr College Ihnen das vielleicht eingeredet hat. Ich habe in West Point Klassische Altertumswissenschaften studiert und einiges an Philosophie belegt. Deshalb könnte ich Ihnen auch etwas über Neuraths Schiff erzählen. Otto Neurath, deutscher, nein, österreichischer Nationalökonom, der gesagt hat: ›Wie Schiffer sind wir, die ihr Schiff auf offener See umbauen müssen, ohne es jemals in einem Dock zerlegen und aus besten Bestandteilen neu errichten zu können.‹ Aber so lange genügend übrig sei, um den Rest zu stützen, könne jedes Teil ersetzt werden. Neurath meinte die Grundlagen des Wissens und argumentierte, dass es so etwas nicht gebe, weil eben jede Planke ausgetauscht werden könne. Und das lässt sich auch auf andere Zusammenhänge übertragen. Identität zum Beispiel. Wie ersetzt man die verrotteten Teile des eigenen Ich und bleibt dennoch als Person intakt? Oder Krieg.«

Während er redete, tauschten seine Männer vielsagende

Blicke, kratzten sich am Kinn, legten den Kopf in den Nacken und sahen sinnend zum Himmel auf. Trotter schien es nicht zu bemerken. Unverkennbar erlebten seine Männer nicht zum ersten Mal, dass er ins Dozieren geriet. Doch es war das erste Mal für Parvin, überhaupt war es das erste Mal, dass sie es mit jemandem vom Militär zu tun hatte, und sie war fast gegen ihren Willen beeindruckt. Fasziniert. Aufgeregt. Sogar ein kleines bisschen erregt, wie sie sich eingestand, obwohl der Colonel alt genug war, ihr Vater zu sein. Im Gegensatz zu der kaum verhohlenen Ungeduld, die er bei den Ältesten an den Tag gelegt hatte, schien ihm viel daran gelegen, ihr sein Wissen mitzuteilen.

Doch er wollte auch von ihr lernen und fing an, ihr Fragen über die Frauen des Dorfes zu stellen, bohrte immer wieder nach, wie ein Bauer, der Grundwasser sucht. Wie sah der Tagesablauf der Frauen aus? Wie stand es um ihre Bildung? War die Klinik ihnen eine Hilfe? Hatte sie Leben gerettet? Nicht mit den Frauen sprechen zu können, fühle sich an, als sei man auf einem Auge blind.

Das Problem mit der Klinik sei, dass es eigentlich keine Ärztin gebe und anscheinend niemand bereit sei, eine zu bezahlen, sagte sie. Er nickte wissend. Höchstwahrscheinlich habe Crane mit der Regierung abgemacht, dass sie das Personal stellen solle, und die halte sich nicht daran. Auch die Armee habe dieses Problem bei den von ihr errichteten Schulen und Kliniken. Die Regierung stelle einfach kein Geld für das benötigte Personal bereit.

Jetzt konnte Parvin ein bisschen angeben. Sie erzählte ihm von einem Medizinanthropologen, der in Brasilien Ursachen für Kindersterblichkeit untersucht habe und nicht verstehen konnte, wieso die Familien den Tod von Kindern fast als etwas Gegebenes hinnahmen. Ein Hauptgrund, fand der

Forscher heraus, lag darin, dass der Staat – die Bürokratie – diesen Todesfällen absolut gleichgültig gegenüberstand. Wenn eine Regierung die Tatsache, dass Kinder an Hunger oder aus welchen Gründen auch immer starben, als normal betrachtete, wurde es das auch für die Menschen. Sie nahmen dann an, die Dinge müssten so sein.

»Vor allem, wenn man einer so fatalistischen Religion wie dem Islam angehört«, stimmte Trotter ihr zu. »Ich konnte es kaum fassen, dass unser Freund Wahid in Cranes Buch ständig sagte, alles sei Gottes Wille.« Plötzlich verstummte er erschrocken. »Tut mir leid – Sie sind sicher auch muslimisch. Aber mit einer anderen Mentalität aufgewachsen.«

Parvin wusste nicht, wie sie darauf reagieren sollte.

Jedenfalls, fuhr er fort, werde es, wenn die Straße erst einmal asphaltiert sei, keine Entschuldigungen mehr geben. Dann wäre es für Ärzte leicht, täglich hierher zu kommen. Und er erkundigte sich genauer nach Dr. Jasmin.

Parvin besaß nun seine ungeteilte Aufmerksamkeit, und sie lieferte ihm alles an Informationen, was sie konnte, alles, was sie über die Beschwerden der Frauen erfahren und selbst in der Klinik gesehen hatte. Dabei vergaß sie völlig, dass es sich um vertrauliche Informationen handelte. Sie sah die Frauen weniger als Patientinnen, sondern mehr als Geschichten, die Trotter ebenso entsetzen und rühren würden wie sie. Wahrscheinlich hatte der Colonel nie zuvor so viel über weibliche Körperteile gehört, aber Parvin wollte ihm nichts ersparen, auch keine Verlegenheit. Und malte sich aus, dass er das alles bei irgendeiner Gelegenheit der First Lady berichten würde, vielleicht sogar dem Präsidenten selbst. Erst später wurde ihr klar, dass Anekdoten nicht die Kommandokette hinaufwanderten. Was jedoch nicht hieß, dass sie den Lauf der Dinge nicht verändern konnten.

Obwohl sie fürchtete, dadurch das Bild des Dorfs als rückständig und primitiv zu verfestigen, erzählte sie ihm auch, dass der Mullah die an Eklampsie leidende Frau, die später gestorben war, gewürgt hatte. Die Geschichte war einfach zu gut – zu wichtig, fand sie –, um sie nicht zu erzählen. Und sie stimmte. Vielleicht versuchte sie aber auch nur, ihre andere muslimische Mentalität zu demonstrieren, obwohl sie dabei ein ungutes Gefühl hatte. Es war wie eine Art Verrat, als sei sie wieder an der Schule und versuche, sich bei den cooleren Kids einzuschmeicheln.

Trotter schüttelte angewidert den Kopf. »Noch ein guter Grund, die Straße zu asphaltieren. Um die Macht derartiger Typen zu beschneiden.«

Dem konnte Parvin nur zustimmen. Der Mullah wäre nicht mehr in der Lage, ein Dorf, in dem die Leute kommen und gehen konnten, wie sie wollten und dadurch ganz anderen Einflüssen ausgesetzt wären, unter Kontrolle zu halten. Auch die Macht des Khans würde schrumpfen, dachte sie schadenfroh. Aber sie hatte auch das Zögern der Ältesten nicht vergessen und sprach Trotter darauf an.

»Sie haben doch eingelenkt«, antwortete der. »Wir müssen ihnen einfach nur das Gefühl geben, dass es *ihre* Straße ist. Und sie natürlich bauen. Sie sind es gewöhnt, dass Versprechungen nicht eingehalten werden.«

Aber die Ältesten hatten absolut nicht eingelenkt – Trotters Dolmetscher hatte es nur so dargestellt, und das wollte sie ihm sagen. Aber Asis hatte sich während ihres Gesprächs immer näher an sie herangeschoben – angekündigt vom Geruch von tausend Zigaretten. Er war nicht so groß wie Trotter, aber auch nicht klein, und seine Züge – dunkle Augen, römische Nase und sinnlicher Mund – ergaben ein Gesicht, das Parvin faszinierend und von daher beunruhigend fand.

Sie begrüßte ihn auf Dari.

»Ich spreche Englisch«, antwortete er auf Englisch und enthüllte dabei stark verfärbte Zähne.

»Und wahrscheinlich wollen Sie es genauso üben wie ich mein Dari«, gab sie, wieder auf Dari, zurück.

»Ich bin Dolmetscher, ich brauche keine Übung«, antwortete er erneut auf Englisch.

Sie spielte mit dem Gedanken, ihm zu sagen, dass er sehr wohl Übung brauche, ließ es dann aber doch bleiben. Unter Trotters Blick verhielten sie sich beide steif, wie Schauspieler, die nicht ausreichend geprobt hatten.

Wo Parvin her sei, wollte er wissen.

Kabul, antwortete sie auf Englisch. Sie sei in Kabul geboren.

»Und wo lebt ihre Familie jetzt?«

Parvin wollte nicht einfach nur »Kalifornien« sagen, wo es sich so viel leichter aufwachsen ließ als in einem Kabul, in dem Krieg herrschte, daher erklärte sie, ihre Familie sei 1988 weggegangen und habe es nach vielen Schwierigkeiten nach Kalifornien geschafft. Sie wusste, dass sie defensiv klang.

»Ich bin aus Kabul und habe immer dort gelebt«, sagte Asis mit Betonung auf »immer«, und sie wusste, dass er ihr damit alles unter die Nase rieb, was er durchgemacht hatte, während es ihr erspart geblieben war. Zwischen ihr und Asis lief unter dem, was Trotter hörte, eine völlig andere Unterhaltung ab.

Ohne etwas von dieser Spannung zu bemerken, warf der Colonel ein: »Parvin hat ihr Leben wegen Gideon Cranes Buch umgekrempelt, Asis. Wegen dieses Buchs ist sie aus Amerika hierher zurückgekehrt und lebt und arbeitet jetzt in diesem Dorf.«

»Sie sind A.«, sagte sie und hoffte, dass er den Vorwurf in ihrer Stimme mitbekam.

»Ich bin Asis. Es gefällt mir nicht, dass er mich A. genannt hat.«

»Er hat nur versucht, Ihre Privatsphäre zu schützen. Das sagt er im Buch.«

Sie fügte nicht hinzu, dass Crane ihm angesichts der Art, wie er ihn dargestellt hatte, vielleicht einen Gefallen getan hatte.

Wie es schien, hatte A. es im Dorf schwerer als ich. Jeden Tag begann er mit einer ganzen Litanei von Kümmernissen. Vom Schlafen auf dem Boden taten ihm sämtliche Knochen weh. Seine Nase lief ständig, weil ihm die Höhe zu schaffen machte, und seine Kehrseite schmerzte, weil das Essen ihm zusetzte. Er vermisste die Kochkünste seiner Mutter und sagte immer wieder, die ungebildeten und des Lesens und Schreibens unkundigen Dorfbewohner seien kaum besser als die Tiere, mit denen sie zusammenhausten. Umgekehrt hatten auch die Dorfbewohner nicht viel für ihn übrig. Die Leute mögen es nicht, beurteilt zu werden, schon gar nicht von einem, der ihren Männlichkeitsvorstellungen nicht entspricht. A. konnte weder Holz hacken noch Weizen ernten noch ein Tier schlachten. Er hatte weder Frau noch Kinder. Seine einzige Fähigkeit war das Dolmetschen, und es ist großzügig von mir, es als Fähigkeit zu bezeichnen. Aber ich mochte ihn. Und er schnarchte nicht.

Sie hätte gern weiter über das Buch geredet, weil sie hoffte, Asis' Fehler – oder Lügen – zumindest andeuten zu können. Aber Trotter forderte sie auf, Asis zu erklären, was sie studiert hatte. Während sie es tat, verschränkte Asis die Arme vor der Brust, sah von oben auf sie herab und gab ihr deutlich zu verstehen, wie gelangweilt er war. *Arschloch*, dachte sie und stellte sich vor, wie sie ihren Freundinnen und Freunden zu Hause von ihm erzählen würde. Sie würden sofort wissen, was für ein Typ er war: arrogant, aber unsicher, wahrscheinlich ein Frauenfeind, und nicht annähernd so gutaussehend, wie er wahrscheinlich dachte.

»Wäre ein Medizinanthropologe beispielsweise daran interessiert, wie sich die Abläufe bei der Behandlung von Kampfverletzungen entwickelt haben?«, wollte Trotter, der ewig interessierte Schüler, von ihr wissen.

»Vielleicht«, antwortete Parvin zögernd, weil sie nicht sicher war, ob das für ihr Fachgebiet tatsächlich ein legitimes Betätigungsfeld war.

Trotter vertiefte das Thema trotzdem. In diesem Krieg, sagte er, hatten sie die Letalität – die Zahl der Soldaten, die ihren Verletzungen erlagen – auf etwa 10 Prozent gedrückt. In Vietnam seien es noch 24 Prozent gewesen. »Und wenn man bedenkt, was für unglaubliche Weiterentwicklungen es auf dem Gebiet der Waffentechnik gibt«, sagte er, »und was für einen Mist die alles in ihre Sprengfallen packen, ist es noch beeindruckender. Eine wirkliche Leistung.«

Aus Höflichkeit fragte Parvin, wie es zu diesen Verbesserungen gekommen sei, woraufhin Trotter eine lange Abhandlung vom Stapel ließ. Es hatte Weiterentwicklungen bei Ausrüstung und Körperschutz gegeben, sagte er, vor allem aber sei die Weiterentwicklung der medizinischen Versorgung auf dem Schlachtfeld zu nennen. Feldlazarette folgten den Truppen direkt ins Kampfgebiet, mit allem ausgestattet, angefangen bei Anästhesievorrichtungen bis hin zu Ultraschallgeräten. Ziel sei eine umfassende Erstdiagnose, die sicherstellte, dass Verwundete schnellstmöglich in ein chirurgisches Feldlazarett kamen, meistens nach Bagram. Brauchten sie eine mehr als dreitägige Behandlung, wurden sie außer

Landes gebracht, für gewöhnlich nach Deutschland, wo es erstklassige Krankenhäuser gab. Und wenn ihre Genesung mehr als einen Monat dauern würde, wurden sie in die Staaten zurücktransportiert.

Je mehr Trotter redete, desto mehr ließ die Anziehung nach, die er auf Parvin ausgeübt hatte. Und als Asis zur Nachmittagssonne aufsah, die langsam, aber doch merklich immer tiefer sank, und sagte: »Colonel, wir sollten –«, erkannte sie, dass es eigentlich der Dolmetscher war, mit dem sie sich mehr Zeit wünschte. Irgendetwas in ihr wollte sich mit ihm abgeben, obwohl er ein Ärgernis darstellte.

»Und was ist mit den Afghanen? Wie werden die behandelt?«, fragte sie schnell, bevor Asis den Colonel zum Aufbruch überreden konnte. Sie spürte, dass seine Aufmerksamkeit sich kaum merklich, wie die minimale Drehung eines Wetterhahns, auf sie verlagerte.

»Genauso«, antwortete Trotter. »Mit dem Besten, was wir zu bieten haben.«

»Also Feldlazarett, chirurgisches Feldlazarett, dann, falls nötig, Deutschland oder was auch immer?«

»Ja«, sagte Trotter. »Das heißt, nein. Sie werden nicht außer Landes geflogen.«

»Weil?«

»Weil das hier ihr Land ist. Sie wollen hierbleiben.« Trotter sah Asis nicht an, als er das sagte. »Sie haben ihr eigenes, wenn auch entwicklungsbedürftiges, medizinisches System...«

»Wie sieht die Situation für sie denn genau aus?«, hakte Parvin so neutral wie möglich nach. »Könnten Sie mir das vielleicht Schritt für Schritt erklären?«

»Da bin ich überfragt«, sagte er und sah zu den Fahrzeugen hinüber. »Darüber sollten Sie lieber mit dem medizinischen Personal reden. Und wir sollten uns jetzt besser auf den Weg machen, damit wir die Straße nicht bei Dunkelheit befahren müssen.«

Ich habe diese Straße bei Dunkelheit befahren, hätte Parvin gern geprahlt, beharrte aber nur: »Nur noch ein paar letzte Fragen, wenn es Ihnen recht ist.« Was für Zustände herrschten in den afghanischen Krankenhäusern? Trotter war in keinem gewesen. Lag die Sterblichkeitsrate bei afghanischen Soldaten, oder Dolmetschern, auch bei nur etwa 10 Prozent? Oder galt das nur für amerikanische Soldaten? Trotter wusste es nicht. Er konnte also nicht mit Sicherheit sagen, dass sie auch nur annähernd die gleiche Behandlung erfuhren? Nein, gestand er ein, das konnte er nicht. Dann schnitt er weitere Fragen ab und sagte, sie müssten jetzt wirklich aufbrechen.

Er wirkte ein bisschen verschnupft, nicht nur über ihre Fragen, sondern auch über ihren Ton, der vielleicht zu sehr nach Verhör geklungen hatte. Einen derartigen Kurs bei einem Militärmenschen einzuschlagen, war heikel, und sie sorgte sich, Trotter könne sie für unpatriotisch halten. Doch Professor Banerjee hatte ihnen eingeschärft, radikale Kulturanthropologie bedeute, zu entfremden und entfremdet zu werden, von der eigenen Nation, Rasse und Klasse, dem eigenen Geschlecht, der eigenen Subkultur, sogar von der eigenen Familie. »Keine Loyalitäten«, lautete das Mantra der Professorin. Loyalität sei der Feind jeder Objektivität, verbaue den neutralen Blick, behindere die Suche nach Wahrheit, die Aufdeckung von Ungerechtigkeiten.

Parvin wollte Asis zeigen, dass sie um das Wohlergehen der Afghanen besorgt war. Gleichzeitig wollte sie auch ihre Professorin beeindrucken, für die sie bereits während des Gesprächs mit Trotter im Hinterkopf eine lange Zusammenfassung der Unterhaltung formuliert hatte. Professor Banerjee hatte Parvin die fundamentalsten Fragen eingeschärft, nämlich die danach, wer am Leben blieb und wer warum sterben musste. »Macht, nicht Schicksal«, hatte Professor Banerjee in ihren Kursen immer wieder gesagt. Macht diktierte, dass verwundete Amerikaner außer Landes geflogen wurden, wo ihnen eine stufenweise immer bessere Behandlung zuteil wurde, während Machtlosigkeit festlegte, dass Afghanen früher oder später an das desolate Gesundheitssystem ihres eigenen Landes überstellt wurden. Deshalb war Parvin ethisch verpflichtet, nachzuhaken. Nicht nur, damit sie selbst *wusste*, sondern auch, damit Trotter erkannte, was los war. Denn er *hatte* Macht, auch wenn er sich dessen vielleicht nicht bewusst war.

Trotzdem bedauerte sie, ihn entfremdet und ihn nicht wegen Asis gewarnt zu haben. Der vage enttäuschte Ausdruck auf seinem Gesicht machte ihr zu schaffen, und sie versuchte, die Dinge wieder geradezurücken, indem sie, als Trotter und seine Männer in die Humvees stiegen, fragte, wie die Fahrzeuge es über die schmale Straße geschafft hatten.

»Oh, wir haben ein paar Zentimeter Spielraum«, sagte Trotter mit einem weiteren, allerdings gepressten Lächeln. »Wir sind daran gewöhnt, dass es knapp werden kann.« Aber, fügte er hinzu, der Ausbau der Straße habe natürlich den zusätzlichen Vorteil, dass sie dann auch für Amerikaner leichter befahrbar sei.

13. Kapitel

Im Haus einer Ameise

An diesem Abend stieg die ganze Familie über eine Leiter auf das Dach des Hauses. Im Sommer machten sie das oft, nutzten die ebene Fläche fast wie ein weiteres Stockwerk. Hier oben war es kühler, und in der Dämmerung bot sich einem ein wunderschöner Ausblick auf das von lila Licht überhauchte Tal. Auch andere Familien waren auf ihren Dächern, der Klang ihrer Stimmen schwebte zu ihnen herüber.

Parvin fragte Wahid, was er vom Plan der Amerikaner halte. Als sei er eine Art Orakel, warteten die anderen gespannt auf seine Antwort. Sie war eindeutig: Die Ältesten hatten recht mit ihren Vorbehalten gegen den Ausbau der Straße, und die Amerikaner sollten auf sie hören.

»Aber wie kann man gegen eine bessere Straße sein?«, rief Dschamschid. Die Ältesten wollten, dass sich nie etwas änderte. Wenn es nach ihnen ginge, würde das Dorf immer »tot« bleiben. Wieso konnten sie nicht einsehen, was für ein Glück es war, dass die Amerikaner dieses Dorf ausgewählt hatten?

Bisher war Parvin nicht einmal auf den Gedanken gekommen, dass die Schūrā zwar für das ganze Dorf sprechen konnte, aber nicht unbedingt die Meinung jedes einzelnen Bewohners vertrat. Ob andere junge Leute auch so empfanden wie Dschamschid? Ob die Aussicht, leichter von hier wegzukommen, neue Erwartungen in ihnen weckte?

Trotzdem war es eine Seltenheit, dass Wahids Kinder ihm widersprachen, eine Seltenheit, dass Dschamschid derart vehement eine abweichende Meinung äußerte. Hamdija stieß ihn mahnend mit dem Ellbogen an. Wahid antwortete nicht, was ausreichte, um sein Missfallen deutlich zu machen. Eine ganze Weile wagte niemand sonst, etwas zu sagen. Dann war Parvin das Schweigen leid und berichtete, dass der Dolmetscher Trotter gesagt habe, die Ältesten seien mit dem Ausbau der Straße einverstanden, obwohl das nicht stimmte. Er habe es einfach erfunden, sagte sie, und sie vermute, dass er das auch bei Gideon Crane gemacht habe, was die Probleme in seinem Buch erklären würde.

»Asis ist kein schlechter Mann. Das habe ich doch schon gesagt«, sagte Wahid.

»Schön«, antwortete Parvin, obwohl sie nicht unbedingt der gleichen Meinung war, aber werde diese bloß vermeintliche Einigung nicht erst recht zu Problemen führen?

»Asis weiß aus Erfahrung, dass die Amerikaner sowieso machen, was sie wollen«, sagte Wahid. »Sie erzählen einem, wie sehr sie einem helfen, während sie gleichzeitig das Liebste zerstören, das man hat.«

Die Bitterkeit seiner Bemerkung überraschte Parvin, aber bevor sie darauf eingehen konnte, sagte Dschamschid mit leicht kippender Stimme – weil er in der Pubertät war? Weil seine Gefühle mit ihm durchgingen? –: »Aber wenn die Straße fertig ist, werden wir keine weitere Hilfe von ihnen brauchen.«

»Glaubst du das wirklich?«, entgegnete Wahid. »Glaubst du wirklich, sie bauen die Straße und verschwinden wieder?«

»Hör auf deinen Vater«, sagte Bina. »Er hat recht.«

Wenn es nach Bina ging, hatte Wahid immer recht, dachte Parvin aufgebracht. Wie Bina war auch sie dazu erzogen worden, Ältere zu ehren, dennoch hatte sie auch eine eigene Meinung haben dürfen. Die Mitglieder dieser Familie könnten ein bisschen mehr davon gut gebrauchen.

Wieder schwiegen alle. Gesichter verschwanden in der zunehmenden Dunkelheit, während sich die Sterne am indigofarbenen Himmel abzeichneten.

Shokooh rückte näher an Parvin heran. »Frag ihn«, flüsterte sie. »Frag Wahid, ob ich dann reisen kann.«

Shokoohs Morgenübelkeit hatte sich inzwischen größtenteils gelegt, und die Schwangerschaft machte sie lebhafter. Ihre Antriebslosigkeit – ihre Depression – war verschwunden, zumindest meistens. Sie sah vitaler und strahlender aus, klagte weniger und lachte häufiger, und nicht immer auf die sarkastische Art, die Parvin von ihr kannte. Manchmal summte sie leise vor sich hin. Keine Melodie, kein Lied, einfach nur ein glückliches Summen. Und sie redete davon, dass sie ihrem Kind Lesen und Schreiben beibringen werde. Dieses Geplapper amüsierte Wahid.

Als Shokooh am Nachmittag von dem Straßenprojekt hörte, hatte sie in die Hände geklatscht und Parvin nach den Amerikanern ausgefragt – wie sie aussahen, wie sie redeten. Dann hatte sie wissen wollen, ob Wahid nach der Geburt mit ihr und dem Baby zu ihren Eltern fahren würde, denen sie für den Augenblick anscheinend verziehen hatte. Wie leicht es durch die neue Straße wäre, nach Hause zu fahren! Wie es schien, sah sie ganze Karawanen aus Bussen, hupenden Taxen und knatternden Motorrädern, die den lebhaften Verkehr ihres alten Lebens, ihrer Heimatstadt, in dieses verschlafene Dorf brachten.

»Ich weiß nicht«, hatte Parvin vorsichtig geantwortet,

weil sie keine falschen Hoffnungen in ihr wecken wollte. Sie würden Wahid fragen müssen.

Jetzt, auf dem Dach, schubste Shokooh sie an, damit sie genau das tat. Vielleicht machte die Tatsache, dass sie Wahids Gesicht nicht sehen konnte, Parvin mutiger. Oder vielleicht wollte sie ihn auch einfach nur provozieren, weil seine kleinliche Tyrannei sie ärgerte. »Werden Sie mit Shokooh und dem Baby zu ihren Eltern fahren, wenn die Straße fertig ist?«, fragte sie ihn. In der Stille klang ihre Stimme ungewohnt laut.

»Vielleicht«, antwortete Wahid.

Da diese Antwort Shokooh sicher enttäuschen würde, hakte Parvin nach. »Die anderen Männer sehen zu Ihnen auf. Sie würden Ihrem Beispiel folgen. Also, werden Sie die Straße benutzen, auch wenn Sie nicht damit einverstanden sind?«

Nach langer Pause sagte er, wenn das Baby da und die Straße fertig sei, gäbe es keinen Grund, Shokoohs Eltern nicht zu besuchen, was, wie Parvin durchaus registrierte, nicht dasselbe war wie das Versprechen, es auch tatsächlich zu tun. Er klang mürrisch, als ginge ihm erst jetzt auf, was die Straße alles verändern würde und was die kleinen Herausforderungen seines Sohnes und seines unverfrorenen Hausgastes möglicherweise nach sich ziehen könnten. Kurz darauf ging er nach unten, und die anderen folgten ihm nach und nach, bis nur noch Parvin und Dschamschid auf dem Dach waren.

»Sehr beeindruckend, wie du deinem Vater wegen der Straße widersprochen hast«, sagte Parvin zu ihm. »Er ist keinen Widerspruch gewöhnt.«

»Jemandem zu widersprechen, dem man Respekt schuldet, ist nicht beeindruckend«, kam es unbewegt von Dschamschid. »Er ist ein guter Vater, er verdient Respekt. Ich bin oft nicht mit ihm einverstanden, sage es aber nur selten.« Er war für Parvin nur eine undeutliche Silhouette mit schräg gelegtem Kopf, und sie konnte nicht sagen, ob seine Worte eine an sie gerichtete Zurechtweisung waren. Eine gefühlte Ewigkeit schwieg er. Dann sagte er: »Manchmal sehe ich zum Himmel auf und frage mich, was alles jenseits dieses Tals liegt.«

Mit seinen Augen betrachtet, stellte Parvin sich vor, ähnelte das Muster der Sterne vielleicht der Landkarte, die die Amerikaner mitgebracht hatten, eine Topographie aus Bergen, Flüssen, Straßen. Möglichkeiten. Eine ähnliche Rastlosigkeit hatte sie hierher geführt. Inzwischen wusste sie, dass die Sterne überall gleich waren – bloß konnte man sie an den meisten Orten nicht so gut sehen wie hier. Die Welt jenseits des Tals besaß für sie keinen Reiz. Alles, was zählte, war hier, enthalten in diesem kleinen Fleckchen Erde. Es war genauso der Mittelpunkt aller Dinge wie jeder andere Ort, aber vielleicht musste Dschamschid das für sich selbst herausfinden.

Ein paar Tage später passte er Parvin ab, als sie aus ihrem Zimmer kam. Ganz offensichtlich hatte er auf eine Gelegenheit gewartet, allein mit ihr sprechen zu können. Allerdings hatte sie nicht mit der Frage gerechnet, die er ihr stellte, nämlich ob sie ihm das Lesen beibringen werde. »Ich würde es gern können, habe in der Schule aber kaum etwas gelernt. Shokooh kann lesen.«

»Ich weiß.«

»Sie hält mich für dumm. Sie sicher auch.«

»Nein, nein«, antwortete Parvin, die ihn bis zu dem Abend auf dem Dach eher für bemitleidenswert gehalten hatte, weil er so absolut im Schatten seines Vaters stand. Wenn Wahid auf die Felder ging, ging Dschamschid mit, wenn Wahid nach Hause kam, war Dschamschid dabei. Sie beteten gemeinsam, sie aßen gemeinsam. Er war ebenso in das bäuerliche Leben seines Vaters eingespannt wie ein Ochse in den Pflug.

»Ich würde gern eine schöne, gebildete Braut heiraten«, fügte Dschamschid hinzu. »So wie mein Vater.«

War er ebenso eifersüchtig auf Wahid wie Bina auf Shokooh? Eigentlich wäre Dschamschid ein passenderer Gefährte für Shokooh gewesen als sein Vater, der rund zwanzig Jahre älter war als sie. Aber Dschamschid würde sich nie den Brautpreis für eine so schöne Braut leisten können – das wollte er Parvin mitteilen. Was sie zu der Frage führte: Wo hatte Wahid das Geld hergehabt?

»Wenn ich wenigstens ein bisschen gebildeter wäre«, sagte Dschamschid, »würde ein Vater mich vielleicht eher in Betracht ziehen.«

»Willst du nur deshalb lernen?«

»Woher soll ich wissen, was ich lernen könnte, solange ich nicht einmal lesen kann? Kann ich im Winter den Boden anschauen und vorhersagen, was auf ihm wachsen wird?« Die Sonne schien ihm in die Augen und ließ kleine goldene Sprenkel rund um seine Pupillen aufleuchten – wie Zeichen eines inneren Lichts, das Parvin bisher nicht wahrgenommen hatte. Die Straße, fuhr Dschamschid fort, würde Vieles möglich machen. Wenn er lesen und reisen könnte, würde sein Leben vielleicht anders verlaufen.

In ihm herrschte Aufruhr, spürte Parvin, und zwar seit dem Besuch der Amerikaner. Waren Sehnsüchte einmal geweckt worden, ließen sie sich kaum wieder in die Flasche zurückstopfen. Sie fragte ihn, welchen Beruf er sich aussuchen würde, wenn er die Wahl hätte.

Er überlegte. »Vielleicht Ladenbesitzer?«

Er kannte nicht sehr viele Berufe, aber Parvin war klar, dass ein Laden für ihn ein Aufstieg wäre.

Oder Händler, fuhr er fort, dann könnte er viele Orte besuchen. Durch die Straße wäre das leicht.

Dschamschid, wusste sie inzwischen, war mit seinen Sehnsüchten nicht allein. Der Besuch der Amerikaner und die Aussicht auf eine bessere Straße hatten im Dorf, zumindest unter den jungen Leuten, etwas aufreißen lassen. Trotz der Abgeschiedenheit des Dorfes war den Teenagern bewusst, und zwar mehr, als Parvin klar gewesen war, dass ihnen Vieles entging. Am Fluss und in der Klinik erzählten die Frauen von ähnlichen Auseinandersetzungen zwischen ihren eigenen aufgeregten Söhnen und ihren missbilligenden Ehemännern. Die Väter, vor allem die älteren, erinnerten sich noch gut an die Sowjets, die auch damit angefangen hatten, zu »helfen«, indem sie Straßen und sogar Schnellstraßen bauten. Später dann hatten sie sich jedoch aufgeführt wie aufgebrachte Väter ihren rebellischen Söhnen gegenüber, waren einmarschiert und hatten das Land mithilfe derselben Straßen gebrochen, die sie gebaut hatten. Es war besser, unabhängig von angebotener Hilfe zu bleiben, glaubten die Ältesten, weil dafür im Gegenzug meistens Kontrolle verlangt wurde. Aber die Söhne beharrten, die Amerikaner seien anders, sie wollten nicht bleiben, wollten nicht herrschen.

Parvin war derselben Meinung. Sie fand, die alten Männer seien zu misstrauisch, und fragte Wahid, wieso es in Ordnung sei, wenn ein Amerikaner eine Klinik baute, aber falsch, wenn die Amerikaner die Straße asphaltieren wollten.

»Die Klinik hat so gut wie nichts verändert«, antwortete er.

Diesen Satz notierte sie in ihrem Heft. War die Klinik wirklich nur wie ein in den Fluss geworfener Stein? Eine kurze Störung, die vom dahinströmenden Wasser bald bedeutungslos gemacht wurde?

Sie wollte Dschamschid gern unterrichten, allerdings würde es nicht leicht werden, die Zeit dafür zu finden. Er ging schon früh auf die Felder, verbrachte den größten Teil des Tages dort und kam verschwitzt und erschöpft zurück. Auch das Wo war ein Problem. Nach Einbruch der Dunkelheit war die Glühbirne im Hauptraum die einzige Lichtquelle, und er wollte nicht im Beisein der Familie unterrichtet werden, vor allem nicht im Beisein von Shokooh, die sich bestimmt über ihn lustig machen würde.

Parvin schlug die Mittagszeit auf den Feldern vor, in der die meisten Männer sich ausruhten. Vielleicht würden sie ihn anfangs ein bisschen aufziehen, sagte sie, aber dann würden sie sich daran gewöhnen. Und vielleicht würde ja sogar der ein oder andere von ihnen auch Spaß am Lernen bekommen.

Zu Parvins Bekümmerung waren es nicht die anderen, die Dschamschid aufzogen, sondern sein eigener Vater, und das schon, bevor sie auch nur angefangen hatten. Als sie ihm an diesem Abend von ihrem Vorhaben erzählten, fragte er Dschamschid, was er mit seinem neuen Wissen anfangen wolle? Den Kühen Briefe schreiben? Wahid lachte immer gern auf Kosten anderer, war Parvin aufgefallen, aber unter seiner höhnischen Frage vermutete sie auch eine versteckte Angst – die Angst, dass Dschamschid keine Lust mehr haben würde, auf den Feldern zu arbeiten, wenn er lesen und schreiben konnte, und seinen analphabetischen Vater weniger respektieren würde.

»Was schadet es denn schon?«, fragte Parvin.

Wahid zuckte die Schultern. »Nichts. Aber was nutzt es?«

Sie nahm es als Einverständnis. Am nächsten Tag, als Bina Wahid und Dschamschid das Mittagessen brachte, ging Parvin mit, und als die Männer sich ausstreckten, um sich eine Weile auszuruhen, suchten Dschamschid und sie sich einen

Schattenplatz. Sie aßen Wassermelonenschnitze, bis nur noch die Schale übrig blieb und ihre Finger völlig verklebt waren. Die Samen fühlten sich in Parvins Mund ungewohnt an, und sie erzählte Dschamschid, amerikanische Melonen hätten praktisch keine Kerne mehr – sie seien weggezüchtet worden. Wissenschaftler arbeiteten auch daran, dasselbe mit Menschen zu machen – um Dinge loszuwerden, die die Menschen nicht wollten. Krankheiten zum Beispiel, die von den Eltern auf die Kinder vererbt wurden.

»Gott sollte Dinge verändern«, sagte er. »Nicht der Mensch.«

Darüber könne man streiten, gab Parvin zurück. Manche seien der Meinung, der Mensch maße sich göttliche Kräfte an, andere dagegen meinten, wenn der Mensch die Fähigkeit besaß, solche Dinge zu erfinden, dann weil Gott sie ihm gegeben habe. Und wieder andere – sie holte tief Luft – glaubten, dass es gar keinen Gott gebe.

Er sah sie verwundert an. »Ungläubige«, sagte er.

»Ungläubige«, stimmte sie ihm zu und fragte sich, ob er auch sie so bezeichnen würde, wüsste er von ihren Zweifeln.

Sie hatte sich die Fibel der Zwillinge ausgeliehen, die, wie sich herausstellte, schon Dschamschid in der Zeit benutzt hatte, als er den Unterricht in der Moschee besuchte. Er kannte die Grundlagen, hatte aber fast nie eine Gelegenheit gehabt, das Gelernte auch anzuwenden. Parvin ließ ihn die Buchstaben des Dari-Alphabets immer wieder abschreiben, so wie ihr Vater es früher von ihr verlangt hatte. Zuerst weigerte er sich, ihr laut vorzulesen, weil er so viele Wörter nicht kannte, aber sie ließ nicht locker, und schließlich gab er nach, sah sie beim Lesen aber nicht an.

Sie vereinbarten, sich zweimal die Woche zusammenzusetzen, in voller Sichtweite seines Vaters und aller anderen, die auf den Feldern arbeiteten und Lust hatten, sie zu beobachten. Aber nach anfänglicher Neugier interessierten sich die meisten nicht mehr für sie. Nach mehreren Unterrichtsstunden versuchte Parvin erneut, mehr über Dschamschids Hoffnungen zu erfahren, vor allem über die, die durch die Straße geweckt worden waren.

Wie zuvor sagte er, er wolle Geld verdienen, damit er um eine schöne Braut werben könne.

Parvin gab ihm so behutsam wie möglich zu verstehen, dass das Dorf vielleicht nicht der beste Ort für ein Mädchen wie Shokooh sei.

Aber die Straße würde das Dorf verändern, widersprach Dschamschid – es würde fast wie die Kreisstadt werden. Bei ihm klang diese Kreisstadt wie eine wimmelnde Metropole, obwohl sie, wie Parvin vermutete, höchstens eine armselige Kleinstadt war.

Als sie fragte, was es denn kosten würde, die Braut zu bekommen, von der er träumte, nannte er eine hohe Summe. Wie, fragte sie, sei es dann Wahid gelungen, den Brautpreis erst für Bina und dann für Shokooh aufzubringen, obwohl er doch nur ein kleiner Bauer war?

Um Binas Brautpreis zusammenzubekommen, sagte Dschamschid, habe er ihn losgeschickt, die Kühe anderer Leute zu hüten. In den Monaten nach dem Tod seiner Mutter habe er sie auf die Bergweiden gebracht. Dadurch fühlte er sich ihr näher.

»Und der Preis für Shokooh?« Wegen ihrer Schönheit und Bildung musste ihr Preis viel höher gewesen sein als der für Bina. Shokooh selbst hatte gesagt, er sei so hoch gewesen, dass ihre Familie es sich nicht leisten konnte, abzulehnen.

Dschamschid sah zu seinem Vater hinüber, der anscheinend schlafend, einen Arm über den Augen, ein Stück weiter in der Sonne lag. »Er würde sagen, dass es Gottes Wille war.«

»Du bist nicht dieser Meinung?«

»Auf die Weise kann man sich nehmen, was man will. Wenn man es bekommt, hat Gott es so gewollt.«

»Was hat das mit Shokoohs Brautpreis zu tun?«

»Gott hat ganz offensichtlich gewollt, dass er sie bekommt.«

»Schön, gut. Aber das Geld ist ja nicht einfach vom Himmel gefallen.«

Wieder sah Dschamschid zu seinem Vater hinüber. »Er würde sagen, dass Gott Gideon Crane hierhergeschickt hat.«

Verwirrt fragte Parvin, ob Crane Wahid denn Geld gegeben habe?

»Fällt dir denn wirklich gar nichts auf?«, fragte Dschamschid aufgebracht zurück. Wie es wohl komme, dass sein Vater als Einziger im Dorf einen Generator hatte, wenn nicht einmal der Khan einen besaß? Wie es komme, dass sie so reichlich zu essen hatten, wenn seine Mutter in ihrem ganzen Leben wahrscheinlich nicht öfter Fleisch gegessen hatte, als er an zwei Händen abzählen konnte?

»Crane hat Wahid den Generator geschenkt?«, fragte Parvin.

»Ich würde nicht ›geschenkt‹ sagen«, antwortete Dschamschid. Dann sah er, dass sein Vater sich regte und aufsetzte, und verstummte.

Nach dem Unterricht ging Parvin zurück zum Haus, wobei sie versuchte, sich an den Abend ihrer Ankunft im Dorf zu erinnern, an dem sie durch die Dunkelheit getappt und dann von Wahids Licht geblendet worden war. Wie es schien, tappte sie nach wie vor im Dunkeln. Die Bemerkung des

Mullahs fiel ihr wieder ein: Wie kommt es, dass der Mond nur für ihn scheint?

Als sie den Hof betrat, fiel ihr Blick auf die leeren Dieselkanister, die weiter hinten an einer Wand aufgereiht waren. Sie hatte sie jedes Mal beim Hereinkommen gesehen, sie aber nie wirklich wahrgenommen. Jetzt hob sie erst einen, dann noch einen, dann noch einen hoch. Auf jeder Unterseite befand sich ein Aufkleber, der die Kanister als Eigentum von Gideon Cranes Stiftung auswies. Wieso stellte die Stiftung Wahid Diesel zur Verfügung, wenn er in der Klinik so sorgfältig rationiert wurde?

An diesem Tag kam Wahid erst spät nach Hause. Er war verschwitzt, von oben bis unten mit Spreu verklebt und erschöpft von der Arbeit in der Hitze. Parvin musste einen Anflug von Mitleid mit ihm unterdrücken, um ihn fragen zu können, wie es kam, dass er als Einziger einen Generator hatte. Nur er, sonst niemand. Wie das komme?

»Wie es aussieht, hat mein Sohn mal wieder geschwatzt.«

Dschamschid habe gar nichts gesagt, log Parvin. Sie habe ihn gefragt, wie Wahid das Geld für Shokoohs Brautpreis aufgebracht habe, und sei dann von allein wegen des Generators ins Grübeln gekommen. Und dann seien ihr die Kanister aufgefallen, die Cranes Stiftung gehörten. »Stehlen Sie Diesel aus der Klinik?« Sie sah ihm bei dieser Frage direkt ins Gesicht.

»Wir haben ein Sprichwort, das besagt: Halt keinen Esel auf, der nicht dir gehört.«

Parvin verschränkte die Arme vor der Brust.

»Soll jeder außer mir vom Tod meiner Frau profitieren? Jeder, außer ihren Kindern?«

»Niemand sollte von einem Tod profitieren«, gab Parvin selbstgerecht zurück.

»In Afghanistan tut das in den meisten Fällen auch niemand. Sonst wären wir eine sehr wohlhabende Nation.«

»Und wie haben Sie profitiert?«, ließ sie nicht locker.

»Zum Beispiel, indem ich Ihnen ein Zimmer vermiete.«

»Ja, jetzt. Haben Sie das früher auch schon gemacht? Hat Crane bezahlt, als er hier gewohnt hat?«

»Dr. Gideon hat nicht hier gewohnt –«

»Natürlich hat er«, fing Parvin an und unterbrach sich. »Zumindest steht es so in seinem Buch.«

»In seinem Buch! In seinem Buch! Sie tun, als enthalte es die Wahrheit des Koran. Dr. Gideon hat in der Moschee übernachtet wie alle Reisenden. Ich habe nur zugestimmt, Sie bei uns aufzunehmen, weil Sie eine Frau sind. Aber Sie sind unser Gast, nicht unser Aufpasser. Ich weiß, die Amerikaner denken immer, dass die ganze Welt ihnen gehört, aber das hier ist mein Haus, nicht Ihres.«

Damit stakste er ins Haus und ließ Parvin einfach stehen. Sie war hin- und hergerissen zwischen der Höflichkeit eines Gastes und der Skrupellosigkeit einer Schnüfflerin. Nein, einer Wissenschaftlerin, korrigierte sie sich selbst. Wie sollte sie das Dorf verstehen, wenn sie seine Bewohner nicht klar und deutlich sah, um dann für sich entscheiden zu können, was sie sah?

Sie setzte sich unter den Weinstock. Nach einer Weile gesellte sich Wahid, gewaschen und wieder ruhig, zu ihr. Eine Weile saßen sie schweigend beieinander und genossen den leichten Lufthauch, wobei sie verstohlen die tiefen Falten betrachtete, die sich in sein ledriges Gesicht eingekerbt hatten.

Dann fing er an zu reden. Vielleicht halte sie seine Familie für arm, sagte er, aber als Fereschta noch lebte, seien sie viel ärmer gewesen. Er habe weit mehr Schulden als Land und nur eine einzige Kuh gehabt. An den meisten Tagen hätten ihre Mahlzeiten nur aus Brot, Joghurt und Tee bestanden. Als Fereschta starb, habe Dr. Gideon ihnen Geld für die Beerdigung gegeben, aber das habe nicht lange gereicht. Seine Kinder hätten nach allem gehungert – nach der Liebe ihrer Mutter, nach Essen. Die Zwillinge waren noch so klein, dass sie Fereschta bald vergaßen, aber sie brauchten eine Mutter, und die größeren Kinder wollten eine. Sie weinten um Fereschta, wo immer sie waren – draußen, auf den Feldern, nachts im Bett.

Parvin wurde die Kehle eng, als sie an die Wochen und Monate nach dem Tod ihrer eigenen Mutter zurückdachte, und an ihren Vater, der immer noch oft sehr allein wirkte. Wieso legte sie bei Wahid einen anderen Maßstab an?

Er brauchte eine Frau, fuhr Wahid fort. Ja, Dschamschid habe ihm geholfen, das Geld für den Brautpreis zu beschaffen, indem er Kühe hütete, aber endgültig sei es erst zusammengekommen, als Crane ein knappes Jahr nach Fereschtas Tod in Begleitung Issas ins Dorf zurückkam, um die Klinik zu errichten. Die beiden heuerten Wahid und andere Männer als Arbeiter für den Bau an. Das brachte ihm etwas Geld ein – genug für den Brautpreis – und Bina kam. Sie war eine gute Mutter für die Kinder ihrer Schwester, aber dann wurde sie selbst schwanger, und nicht einmal die beste Mutter kann aus Luft Brot backen. Sie waren ärmer denn je. Wieder ein paar Jahre später kam Issa zurück und sagte, Dr. Gideon habe ein Buch über das Dorf geschrieben und viele Spenden bekommen. Und wieder hatte Wahid Arbeit, beim Abbruch der ersten und beim Bau der viel größeren neuen Klinik. Danach war es mit Arbeit vorbei, aber in anderer Hinsicht fing sein Leben an, sich zu verändern. Wichtige Besucher kamen ins Dorf, und alle wollten Wahid kennenlernen, so wie auch Colonel Trotter. Weil Wahid und Fereschta in Dr. Gideons

Buch vorkamen, sagte Issa und zeigte Wahid das Foto, auf dem er mit Crane zu sehen war.

Wahid fühlte sich geehrt und war gerührt, aber auch verwirrt. Diese Leute hatten seine Frau nicht gekannt, trotzdem waren sie traurig über ihren Tod und hatten Mitleid mit ihm und ihren Kindern. Alle wollten ihn treffen und fotografieren. Er ließ sie die Fotos machen, ohne etwas dafür zu bekommen, höchstens irgendwelche nutzlosen Dinge, zum Beispiel Anziehsachen, die niemand von ihnen tragen konnte. Sie benutzten sie, um Löcher im Klohäuschen zuzustopfen. Währenddessen wurde der Khan immer reicher, weil er die Hubschrauber auf einem seiner Felder landen ließ. Andere profitierten ebenfalls, indem sie Medizin aus der Klinik stahlen und verkauften, was er selbst nie gemacht hätte.

Dann hatte Bilal den Unfall. Wahid brachte ihn ins Krankenhaus in der Provinzhauptstadt. Die Ärzte trennten ihm den halben Unterarm ab, retteten aber sein Leben. Die Operation war teuer. Im Haus einer Ameise ist ein Tautropfen ein Sturm, sagte Wahid. Er musste ein Stück Land an den Khan verkaufen. Bina hatte in der Zwischenzeit ein zweites Kind zur Welt gebracht und war mit dem dritten schwanger. Wann immer er alles einigermaßen in den Griff bekam, sagte Wahid, folgte ein neuer Rückschlag. An manchen Tagen war der Druck, der auf ihm lastete, so groß, dass er kaum weiterwusste. Es war eine Schande, wenn ein Mann seine Kinder nicht ernähren konnte. Je dünner sie wurden, bis sie schließlich nur noch aus Haut und Knochen bestanden, desto zorniger wurde er. Ein Mann konnte alles ertragen, solange er die Hoffnung hatte, es würde besser werden. Vielleicht war Hoffnung genauso wichtig wie Brot. Aber er hatte keine Hoffnung.

Parvin wusste nicht, wo diese Geschichte hinführen würde,

ließ ihn aber erzählen. Sie konnte nicht sagen, ob er sich die Jahre des Traumas von der Seele redete oder versuchte, ihr Urteil vorherzusehen und abzuwehren. Wann immer seine Erzählung sie weicher stimmte, meldete sich ihre Wachsamkeit, bis sie entschied, dass sie ihm gegenüber zu hart war. Wie sie ihre Gefühle richtig sortieren sollte, schien angesichts einer solchen Geschichte und auch weil sie, wenn auch nur vage, ihrer eigenen ähnelte, unmöglich.

»Die Klinik hat Bilal nicht helfen können?«, fragte sie.

Die Klinik sei fast nie geöffnet gewesen, sagte Wahid, weil es die meiste Zeit keinen Arzt gab. Zuerst sei ein Mann geschickt worden, was den Frauen überhaupt nichts nutzte, dann seien gelegentlich im Auftrag von Cranes Stiftung für einen Tag Ärztinnen gekommen, fast immer in Begleitung eines Fotografen. Dann lange gar niemand, dann Dr. Jasmin. Während Wahid berichtete, versuchte Parvin zu verarbeiten, was er gerade ganz nebenbei bestätigt hatte – dass die Klinik, wie die Dai behauptet hatte, praktisch nie funktionstüchtig gewesen war.

Deshalb, sagte Wahid jetzt, sei Issa auf die Idee gekommen, Wahid den Ersatzgenerator der Klinik und den Diesel dafür zu geben. Cranes Abrechnungssystem sei ein Witz, habe Issa zu Wahid gesagt. Die Leute gäben der Stiftung Geld, ohne je zu fragen, wofür es ausgegeben wurde. Wenn Issa sagte, die Klinik brauche mehr Diesel, schickten sie das Geld dafür.

»Und sie wussten nicht, dass die Klinik praktisch nie geöffnet war?«, fragte Parvin.

Das konnte Wahid nicht sagen.

Wieso hatte Issa der Stiftung nicht einfach gesagt, er brauche Geld für Diesel, und es dann für sich behalten? Wieso hatte er Wahid beteiligt?

Wahid wusste es nicht. »Fragen Sie Issa«, sagte er. Issa habe ihm auch Geld gegeben – in manchen Monaten Afghanis im Wert von hundert Dollar. Wahid war einfach nur dankbar und hatte nie nach dem Grund gefragt, sondern angenommen, Dr. Gideon hätte Issa gesagt, er solle Fereschtas Familie helfen. Das Geld hatte ihr Leben verändert – unter anderem hatte er mehr Land gekauft. Aber auch, dass sie Licht und Elektrizität hatten, war eine riesige Verbesserung. Abends mussten sie nicht mehr im schwachen Licht einer Laterne dasitzen und sich anstarren, um dann in die Betten zu kriechen, sondern sie hatten helles Licht, und sie hatten das Radio. Sie waren inzwischen süchtig nach beidem. »Bevor Dr. Gideon hierherkam, war ich ein einfacher Mann. Ein guter Mann«, fügte er fast hilflos hinzu, als habe Cranes Begehrlichkeitsvirus ihn angesteckt.

Parvin konnte nicht sagen, ob Wahid Absolution suchte oder sie herausforderte, ihn Crane zu melden. Wer würde dem Mann der toten Frau einen Vorwurf daraus machen, dass er ihren Kindern Essen und Licht geben wollte?

»Mit dem Diesel könnte die Klinik häufiger geöffnet sein«, sagte sie schließlich.

Aller Diesel der Welt würde den Frauen nichts nutzen, wenn keine Ärztin da sei, entgegnete Wahid. Außerdem habe er doch schon gesagt, dass der Diesel nie knapp sei. Er könne von Issa so viel bekommen, wie er wolle. Und außerdem gäbe es weder die Klinik noch den Generator, wenn seine Frau nicht gestorben wäre.

Er war ja wohl kaum der einzige Mann im Dorf, der seine Frau verloren hatte, regte Parvin sich innerlich auf, erfüllt von der Überzeugung, dass Wahid und Issa sich absolut unmoralisch verhielten. Aber wem gegenüber? »Sehen Sie denn nicht, wie falsch das alles ist?«, fauchte sie.

»Sie klingen wie Dschamschid. Ein Junge, der keine Familie ernähren muss, braucht sich nicht die Finger schmutzig zu machen. Ein amerikanisches Mädchen auch nicht. Meine Kinder essen besser als je zuvor. Soll ich mich dafür entschuldigen?«

Er habe aber nicht nur Essen gekauft, sagte sie, sondern seine unrechtmäßigen Profite darauf verwendet, Shokooh in sein Haus und in sein Bett zu holen.

»Ich habe ihrer Familie geholfen, als ich sie geheiratet habe«, beharrte Wahid. Verblüfft sagte Parvin nichts dazu, sondern ließ ihn weiterreden: »Ihr Vater war – ist – sehr krank, aber das weiß sie nicht. Wenn er stirbt, hat die Familie niemanden, der für sie sorgt. Deshalb habe ich angeboten, Shokooh zu heiraten. Hier ist sie gut untergebracht und gut versorgt. Ich habe einen sehr hohen Brautpreis bezahlt, um dazu beizutragen, die restliche Familie zu ernähren, wenn der Vater nicht mehr da ist.«

Während Shokooh glaubte, ihr Vater habe sie mehr oder weniger verkauft, hatte er anscheinend nicht nur aus monetären Gründen gehandelt. Wenn er wirklich nicht mehr lange zu leben hatte und sicherstellen wollte, dass seine Familie versorgt war, hatte Wahid der Familie seiner Version der Geschichte zufolge wirklich geholfen. Aber woher sollte Parvin wissen, ob Wahids Version der Geschichte stimmte?

»Der Brautpreis war viel höher, als ein passenderer Mann hätte zahlen müssen«, sagte Wahid. Seine Bescheidenheit erinnerte Parvin an Bina, die sich in Hinsicht auf ihre mangelnde Schönheit nichts vormachte. Die beiden gaben sich keinerlei Illusionen über sich selbst hin.

»Und wie geht es ihrem Vater?«, rief sich Parvin das Wesentliche in Erinnerung.

Wahid wusste es nicht.

»Sie wollen es ihr nicht sagen?«

»Wenn der richtige Zeitpunkt gekommen ist.«

»Wenn er tot ist?«

»Nein, vorher.«

»Aber Sie wissen doch nicht, wann es so weit ist. Und wenn ich es ihr sage?«

»Dann weiß sie es. Aber das wird nichts ändern. Außer dass sie dann weniger glücklich sein wird.«

War es möglich, dass er glaubte, Shokooh sei glücklich?

»Wenn Sie ihrer Familie helfen wollten, wieso haben Sie ihnen dann nicht einfach das Geld gegeben? Dann hätte Shokooh bleiben und weiter auf die Schule gehen können.«

»Aber was hätte sie mir dann genutzt?«

Und was nutzte sie ihm jetzt?, dachte Parvin zornig. Der Wunsch, Shokooh irgendwie von hier wegzuholen, meldete sich aufs Neue. »Sie haben sie also nicht nur aus Wohltätigkeit geheiratet«, warf sie ihm vor. »Sie haben sie gewollt.«

Er sah sie offen an. »Haben Sie etwa gedacht, hier geht es immer nur sittsam zu?« Als sie verlegen schwieg, sprach er weiter: »Ich habe praktisch gearbeitet, seit ich laufen konnte. Mein Magen war öfter leer als voll. Darf ein Mann nie an seine eigenen Wünsche denken? Ich habe Bina geheiratet, um meinen Kindern eine Mutter zu geben. Shokooh habe ich für mich geheiratet.«

Trotz aller Unterschiede zwischen Wahid und Crane erinnerten Wahids Worte Parvin an die Art, wie Crane versucht hatte, die Entbehrungen seiner Kindheit auszugleichen, und zwar viel länger, als diese Kindheit gedauert hatte. Wie Crane gesagt hatte, war Selbstmitleid ein Blankoscheck, der die Kosten von fast allem deckte. Es war keinesfalls so, dass Wahid keine Moralvorstellungen hatte. Nein, er hatte durchaus Vorstellungen von Fairness, und er glaubte, dass sein Verhalten ihnen entsprach. Bloß dass er, und damit stand er beileibe nicht allein, diese Vorstellungen haarscharf so konstruiert hatte, dass sie ihm selbst zum Vorteil gereichten. War er ein hart arbeitender, leidgeprüfter Witwer oder ein alternder Lustmolch? Konnte er beides sein? Man konnte einen Mann aus so vielen verschiedenen Blickwinkeln betrachten und ihn doch nie in seiner Gänze sehen. Parvin wollte, dass jemand ihr sagte, wie sie Wahid einschätzen, was sie über ihn denken sollte. Sie würde Professor Banerjee schreiben.

An diesem Abend machte Wahid den Generator nicht an, weil, wie er seiner Familie sagte, eine kleine Reparatur nötig sei. Dass diese kleine Reparatur Parvin war, behielt er für sich. »Sie entscheiden, wie es weitergeht«, hatte er am Ende seiner Beichte gesagt. »Vielleicht ist es Ihnen ja lieber, dass wir alle im Dunkeln sitzen.«

Ganz allmählich, als würde eine Angelschnur eingezogen, schwand das Licht des Tages und die Dunkelheit kam. Als die Laternen angezündet wurden, warfen sie ein geisterhaftes, romantisches Licht auf die vagen Gestalten der Familie. Alle bewegten sich langsamer, redeten weniger. Shokooh schrieb nicht. Bilal zeichnete nicht. Erst jammerten die Kinder, dann verstummten sie. Parvin sagte gute Nacht, um in ihr Bett zu gehen, und erschauderte, als sie sich das Dorf von oben vorstellte, überschattet von Bergen, das Licht dieses Hauses erloschen.

14. Kapitel

Der Pakt

Seit der Auseinandersetzung mit Kommandant Amanullah vor fast einem Monat hatte Parvin den Frauen nicht mehr aus *Mutter Afghanistan* vorgelesen. Jetzt fingen sie an, ihr Vernachlässigung vorzuwerfen – vielleicht weil sie Dschamschid Unterricht gab. Der Obstgarten lockte, und sie wollten wieder hin – hauptsächlich, vermutete Parvin, weil sie dadurch aus dem Haus kamen. Als sie den Khan eines Freitags auf dem Basar traf, teilte sie ihm, wohlweislich aus einer Entfernung von mehreren Schritten, mit, dass sie seinen Obstgarten noch einmal benutzen wollten. Er lächelte und machte eine Handbewegung, die zu sagen schien: *Soll mir recht sein.*

Der Tag, an dem sie sich versammelten, war warm, aber im Obstgarten, der in wässrige Grüntöne getaucht war, war es angenehm kühl. Zum Scherz hatten die Frauen Körbe voller Aprikosen aus den Obstgärten ihrer Männer mitgebracht. Wie alle Früchte, die im Tal wuchsen, waren auch die Aprikosen wunderbar: seidig anzufassen, von einem herrlichen Gelb und unglaublich süß.

Parvin griff eifrig zu, hätte sich aber fast an einer der Aprikosen verschluckt, als Gasal ihr zurief: »Und wie geht es dem Verlobten?«

»Wunderbar, wunderbar.«

»Du solltest ihn lieber bald heiraten«, fuhr Gasal fort und

sah sich augenzwinkernd um, um den besten Augenblick für ihre Pointe zu erhaschen. »Denn wenn du nicht schnell heiratest und Früchte trägst, sieht deine Gebärmutter bald so aus.« Sie hielt einen Aprikosenstein hoch und wurde mit schallendem Gelächter belohnt.

»Sehr witzig«, sagte Parvin. Sie würde es den Frauen gegenüber nie zugeben, aber sie hatte angefangen, an eigene Kinder zu denken, sogar davon zu träumen. Als Einundzwanzigjährige in einem Dorf voller halbwüchsiger Mütter zu leben, richtete das bei ihr an. Nein, als Zweiundzwanzigjährige! Ihr Geburtstag am 25. Juli war vergangen, und niemand außer ihr selbst hatte ihn zur Kenntnis genommen. Im Dorf wurden Geburtstage nicht gefeiert, weil viele sie nicht kannten.

»Ich werde nicht traurig sein, wenn meine so aussieht«, sagte Latifa, das Baby im Arm, während die beiden anderen kleinen Mädchen im Obstgarten umhertollten. Bei ihrer letzten Untersuchung bei Dr. Jasmin hatte der Ultraschall gezeigt, dass sie wahrscheinlich ein weiteres Mädchen zur Welt bringen würde, ihr viertes. Sie hatte der Ärztin und Parvin gesagt, ihrem Mann werde sie davon nichts sagen, weil sie hoffe, dass die Maschine sich irrte. Fast im fünften Monat, massierte sie ihren Bauch, und Parvin fand, dass sie unwohl aussah, vielleicht sogar elend, aber ihre Äußerung war auch mutig. Anders als einige der anderen Frauen gab Latifa nicht vor, es zu genießen, ein Reproduktionsgefäß zu sein.

»Wenn das Baby erst da ist, denkst du anders«, sagte Bina. »So ist es doch immer.« Sie streichelte den Kopf ihres jüngsten, sechs Monate alten Kindes, das sich in ihren Schoß kuschelte. Parvin musste zugeben, dass sie eine liebevolle Mutter war. Latifa neigte in halbherziger Zustimmung den Kopf.

Für heute hatte sich Parvin für Cranes Kapitel über den

Bau der Klinik entschieden, hauptsächlich weil es, soweit sie es beurteilen konnte, niemanden im Dorf in ein schlechtes Licht rückte.

Mutter Afghanistan, 11. Kapitel

Nach meiner Rückkehr nach Amerika verfiel ich, immer noch von Fereschtas Tod verfolgt, in eine tiefe Depression. Wie ein Offizier, der im Kampf Männer verloren hat, durchlebte ich die Abfolge der Ereignisse immer wieder – den Ritt auf dem Esel, die Stunden der Qual –, und fragte mich immer wieder, was ich hätte anders machen können. Ich haderte mit dem grausamen Schicksal, das den Frauen dieses Dorfes jede medizinische Versorgung vorenthielt.

Eines Nachts träumte ich von meinem Vater. Der Traum war so lebhaft, dass ich ihn tagelang nicht vergessen konnte. Mein Vater winkte mir, ihm zu folgen, und wir traten durch eine Wand in Fereschtas Dorf. Vor uns erhob sich ein großes, solides, vertrauenswürdig aussehendes weißes Gebäude. »Dein Werk«, sagte mein Vater, und zum ersten Mal hörte ich Stolz in seiner Stimme. Als ich wach wurde, vielmehr, als Gloria mich weckte, schluchzte ich. Kurz danach teilte ich ihr mit, ich würde nach Afghanistan zurückkehren, um eine Klinik für die Frauen in Fereschtas Dorf zu bauen, damit ihr Tod wenigstens einen Sinn hätte. Es war ein Pakt mit mir selbst, oder vielleicht hatte Gott schließlich doch einen Weg für mich gefunden. Mein Pastor und die Mitglieder der Gemeinde – Gottes Schäflein, würden manche sagen – sammelten Geld, damit ich nach Afghanistan zurückkehren und die Klinik bauen konnte …

... Auf dem Weg ins Dorf hielt ich an, um einen Kutschi-Nomaden nach dem Weg zu fragen. Ganz in Weiß gekleidet, einen weißen Turban um den Kopf geschlungen, führte er ein Kamel, das mit seiner Habe hoch beladen war. Allerdings stellte sich heraus, dass er gar kein Kutschi-Nomade war, sondern sich nur als einer verkleidet hatte. Issa verdiente seinen Lebensunterhalt damit, archäologische Ausgrabungsstätten auszurauben und die Antiquitäten auf dem Schwarzmarkt zu verkaufen. Er sah so nichtsnutzig aus, wie er war, mit schwarzem Schnurrbart und gewieften Augen. Aber eigentlich hatte er ein weiches Herz. Kaum dass ich ihm von meiner Mission erzählt hatte, sagte er, er werde sich mir anschließen. Seine eigene Mutter sei bei seiner Geburt gestorben. Als Junge habe er nur mit ihrem Kopftuch einschlafen können, das ihm als Einziges von ihr geblieben sei, als Mann träume er immer noch von ihrer Berührung. Wir waren zwei schwarze Schafe, die versuchten, ihr Leben ins Reine zu bringen.

Die Klinik zu bauen stellte sich als das bei Weitem Schwerste heraus, was ich je getan hatte. Nachdem Issa sein Kamel bei einem Bauern untergestellt hatte, machten wir uns auf den Weg zum Dorf und stießen auf eine von Banditen errichtete Straßensperre. Sie umzingelten den Jeep, und wir stiegen mit hoch erhobenen Händen aus. Ich hatte weniger Angst um mich selbst als um die noch nicht erbaute Klinik. Wenn sie uns das Geld abnahmen, würden wir kein Baumaterial kaufen und keine Arbeiter anheuern können. Aber Issa tat etwas Bemerkenswertes. Er erzählte den Banditen, wo wir hinwollten und weshalb. Ich sei gekommen, um eine Klinik zu bauen, damit nicht mehr so viele Frauen im Kindbett sterben mussten. Seine eigene Mutter sei bei seiner Geburt gestorben, und wie so viele afghanische Kinder sei er ohne die Liebe einer Mutter aufgewachsen. Während er sprach, stiegen

Tränen in die Augen einiger der Banditen, und sie erzählten Issa, auch ihre Mütter, Frauen oder Schwestern, seien bei einer Geburt gestorben. Und dann ließen sie uns nicht nur passieren, sondern gaben uns sogar Geld – zweifellos von anderen Reisenden gestohlen. Ich fand zwar, wir sollten es nicht nehmen, aber Issa meinte, es sei besser, sie nicht zu verärgern oder zu kränken. Und vielleicht würde dieser Akt der Großzügigkeit sie sogar auf den rechten Weg zurückführen. Und so fuhren wir weiter in Richtung Dorf...

... Damit war unsere Mühsal noch lange nicht vorbei. Ein kleinlicher Provinzbeamter – gibt es andere? – sah eine Möglichkeit, Geld aus unserem Vorhaben zu schlagen. Er und seine Lakaien fingen uns ab, als wir in der Provinzhauptstadt eine Pause einlegten, und behaupteten, für die Errichtung jeglicher Gebäude in einem Dorf sei eine Genehmigung erforderlich. Das war natürlich Blödsinn, da die Dörfler seit wahrscheinlich Tausenden von Jahren ohne Genehmigungen bauten. Aber für mich sei es anders, sagte er. Ich sei Ausländer und wolle eine Gesundheitseinrichtung errichten. Er jedenfalls war ein korrupter Beamter, der bestochen werden wollte. Die Gebühr für den »Genehmigungsantrag« würde in seine eigene Tasche wandern. Issa sagte, wir sollten einfach zahlen, damit wir weiterkonnten. Ich war aus Prinzip dagegen und fürchtete außerdem, wenn wir einem Geld gaben, hätten wir bald eine lange Schlange anderer vor uns, die ebenfalls ihr Scherflein abbekommen wollten. Früh am nächsten Morgen schlichen wir uns aus dem Hotel und fuhren weiter.

Unterwegs stießen wir auf einen üblen Haufen lokaler Taliban mit riesigen Turbanen und meterlangen Bärten, die verhindern wollten, dass ich im Dorf baute. Wieder erwies sich Issa als unverzichtbare Hilfe. Seine persönliche Tragödie, der Verlust der Mutter, bevor er sie auch nur kennenlernen konnte, nährte seine Beharrlichkeit und seinen Einfallsreichtum. Er gab einfach nicht auf. Das Ganze war für ihn nicht einfach nur ein Job, sondern eine Mission. Er fand heraus, wie viel die Taliban ihren Kämpfern zahlten, und bot ihnen die anderthalbfache Summe, wenn sie uns beim Bau der Klinik halfen. Fereschtas Klinik war vielleicht das erste Gemeinschaftsunternehmen von Taliban und Amerikanern.

Den letzten Abschnitt ließ Parvin weg, als sie sich die Geschichte in groben Zügen in ihrem Heft notierte, da sie die Frauen nicht durch eine erneute Erwähnung von Taliban provozieren wollte. Außerdem war sie nicht mehr sicher, ob die Männer, auf die Crane gestoßen war, tatsächlich Taliban gewesen sein konnten. Da sie in der Gegend praktisch nicht vertreten waren, fand sie das inzwischen eher unwahrscheinlich und vermutete, dass Issa ihm erzählt hatte, sie seien Taliban, und Crane ihm vielleicht nur allzu bereitwillig geglaubt hatte.

Es gab weitere logistische Herausforderungen, die wir überwinden mussten. Ich wollte, dass die Klinik unter der traditionellen Lehmziegelkonstruktion von einem hölzernen Gerüst getragen wurde (und ich hatte vor, sie weiß zu streichen, in der Farbe von Gesundheit und Hygiene), aber im Dorf gab es keine Bäume, deren Holz fest genug war. Wir mussten welche in der Nähe von Kabul kaufen. Lastwagen für den Transport zu mieten, hätte unser Budget gesprengt, und selbst wenn wir einen Fahrer gefunden hätten, der bereit gewesen wäre, mit seinem Lastwagen ins Dorf zu fahren, würde er wahrscheinlich von der Straße abkommen und in den Abgrund stürzen. Issa und ich wussten nicht weiter. Aber als wir auf dem Holzplatz standen, wo wir die Stämme gekauft hat-

ten, sahen wir den Kabul vorbeifließen und hatten im selben Moment den gleichen Einfall – wir sahen auf einer Karte nach. Der Fluss verlief durch drei Provinzen, dann an der Straße zum Dorf entlang und ins Tal. Wir würden die Stämme ins Dorf flößen. Wir banden sie zusammen, bugsierten sie in den Fluss, sprangen auf das Floß und drückten uns selbst die Daumen. Schon bald trieben wir dahin und ließen die Stadt hinter uns. Die Reise übertraf alles. Die Friedlichkeit des tröstlichen Wassers und die Aussicht, bald mit dem Bau der Klinik beginnen zu können, halfen mir, das Trauma von Fereschtas Tod zu verarbeiten.

Als wir das Dorf erreichten, gab es ein freudiges Wiedersehen. Wahid weinte vor Dankbarkeit, weil seine tote Frau nicht vergessen worden war.

»Ich habe Wahid noch nie weinen sehen«, sagte Bina scharf. Es war die erste Unterbrechung, und da Parvin keine höfliche Antwort darauf wusste, las sie einfach weiter.

Alle Männer aus dem Dorf halfen uns beim Bau der Klinik. Sie arbeiteten vierzehn oder mehr Stunden am Tag und weigerten sich, eine Bezahlung anzunehmen.

Hier unterbrach Parvin sich selbst, da sie sich daran erinnerte, dass Wahid explizit gesagt hatte, er sei für die Hilfe beim Bau der Klinik bezahlt worden. Sie fragte die Frauen danach. Wussten sie, ob ihre Männer für die Arbeit bezahlt worden waren?

»Natürlich wurden sie bezahlt«, sagte Saba. »Wieso hätten sie sie umsonst bauen sollen?«

»Weil sie ihren Frauen – also euch – helfen sollte«, kam es kleinlaut von Parvin.

»Ihre Frauen und Kinder mussten aber auch essen«, sagte Saba. »Es war eine gute Zeit für das Dorf«, fügte sie fast wehmütig hinzu.

Die schon damals verheirateten Frauen erinnerten sich nicht nur daran, dass ihre Männer bezahlt worden waren, sondern auch, in rührenden Einzelheiten, was sie mit dem Geld gemacht hatten: Ein Lamm geschlachtet und ein Fest veranstaltet, einen neuen Pflug gekauft, ein wassermelonengroßes Myom entfernen lassen, Medizin für ein epileptisches Kind besorgt, eine Hochzeit ausgerichtet.

Parvin wusste nicht, was sie mit dieser Ungereimtheit anfangen sollte. Natürlich war es herzergreifender, wenn die Männer umsonst arbeiteten, und sie vermutete, dass Crane diese weichgezeichnete Version der Realität bevorzugt hatte. Vielleicht aber hatten Issa oder Asis ihm auch gesagt, die Männer hätten eine Bezahlung abgelehnt, oder vielleicht hatte Crane sich selbst eingeredet, es sei so gewesen. Allmählich ging ihr auf, wie oberflächlich sein Verständnis des Dorfes gewesen war, obwohl seine zahlreichen amerikanischen Leser davon ausgingen, dass er ihnen die Afghanen, die in diesem Abenteuer sowohl Feind als auch Freund waren, erklärte und nahebrachte.

Die Afghanen waren an derart harte Arbeit gewöhnt, der verweichlichte Amerikaner bei ihnen war es nicht. Jeden Abend fiel ich in abgrundtiefen Schlaf, bis sich meine schmerzenden Muskeln umgewöhnten und kräftiger wurden. Die Frauen aus dem Dorf brachten uns jeden Tag zu essen, eine liebenswerte Geste. Alle zusammen vertilgten wir bestimmt 500 Wassermelonen. Wir sangen und scherzten bei der Arbeit – stellen Sie sich Dutzende afghanischer Männer vor, die »Mammas Don't Let Your Babies Grow Up to Be Cowboys«

schmettern. Es war wie bei einem gemeinschaftlichen Scheunenbau. Zweiundzwanzig Tage später war die Klinik fertig. Fereschtas Klinik. So und nicht anders würde sie heißen.

»Sing das Lied«, rief Gasal.
»Was?«
»Du hast gesagt, die Männer hätten mit Crane ein Lied gesungen. Sing es uns vor.«

Parvin sagte, sie könne nicht singen und habe den Text vergessen. Aber die Frauen ließen nicht locker, ihre Stimmen hallten durch den Obstgarten. Schließlich sang sie mit stockender Stimme, begleitet von Gelächter und Applaus, die wenigen Zeilen, die sie noch in Erinnerung hatte.

Mammas don't let your babies grow up to be cowboys
Don't let 'em tralala tralala
Let 'em be doctors and lawyers and tralala

Dann musste sie den Text übersetzen und erklären, was ein Cowboy war und was ein Anwalt und dass der Sänger nicht wirklich meinte, was er da sang, und so weiter. Es war richtig anstrengend. Schlimmer aber war, dass die Frauen, nachdem sie vergeblich versucht hatten, die erste Zeile nachzusingen, zu dem Schluss kamen, sie seien dumm. Wie sonst lasse sich erklären, dass ihre Männer das Lied gelernt hatten, während sie selbst offenbar nicht dazu in der Lage waren?

»Ich bin sicher, das Problem ist eure Lehrerin«, sagte Parvin, aber die Frauen wirkten nicht überzeugt. Dann diskutierten sie darüber, wann genau die Klinik gebaut worden war. Die Dai bestand darauf, es sei Herbst gewesen, was bedeutete, dass es keine Wassermelonen gegeben haben konnte. Jemand anderes fragte, ob vom Bau der ersten oder der zweiten Klinik die Rede sei? Damit löste Parvin die Versammlung auf.

Sie musste mit Issa reden und hoffte, dass er bald zurückkommen würde. Seit er sie hergebracht hatte, war er mehrmals da gewesen, aber sie hatte ihn jedes Mal gemieden und er sie umgekehrt anscheinend auch, da er nie in Wahids Haus gekommen war. Auch von Cranes Stiftung war niemand aufgetaucht, um zu überprüfen, was sie ihm über die Klinik mitgeteilt hatte, und sie glaubte nicht mehr, dass Crane persönlich kommen würde. Sie hatte auf seinen Brief geantwortet und ihm nach ihrem Zusammenstoß mit dem Kommandanten noch einmal geschrieben. Keine Antwort bisher.

15. Kapitel

Eine arrangierte Ehe

»Es ist, als stünde ich in Flammen!«, klagte die Patientin – eine blutjunge Ehefrau und Mutter. Ihre Vagina brannte, ihr Rücken schmerzte, sie litt unter Fieber, Schüttelfrost, Übelkeit und Erbrechen und hatte unerträgliche Schmerzen beim Geschlechtsverkehr, was aber nicht dazu führte, dass es seltener dazu kam. »Im Kopf«, sagte sie zu Dr. Jasmin, »schreie ich die ganze Zeit.«

Die Ärztin half ihr auf den Untersuchungsstuhl, stellte ihre Füße auf die Stützen, zog Handschuhe über und begann mit der Unterleibsuntersuchung, wobei sie sich im Voraus dafür entschuldigte, dass es wehtun würde. Sie führte einen Finger ein, zog ihn wieder heraus, zeigte Parvin, dass er mit dickem Ausfluss überzogen war und führte das Spekulum ein. Die Frau, Reshawna, schrie auf. Parvin erschauderte, da sie sich an ihre eigenen, weit weniger traumatischen, aber dennoch unangenehmen Erfahrungen mit dem kalten Metall erinnerte und daran, was sie in einem ihrer Medizin-Anthropologie-Kurse über die Ursprünge des Spekulums gelernt hatte. Erfunden hatte es ein Arzt, der zahlreiche Experimente an seinen Sklavinnen durchgeführt hatte.

Parvin hielt das Baby der Patientin, das der Mutter wie aus dem Gesicht geschnitten war – rundliche Wangen, weit auseinanderstehende Augen, winzige Stupsnase – und sie anlächelte.

Ob Parvin schon einmal eine Harnwegsinfektion gehabt habe, fragte die Ärztin.

Sie schüttelte den Kopf.

»Es fühlt sich an, als würde man innerlich verbrennen«, erklärte die Ärztin. Das, was Reshawna habe – eine Unterleibsentzündung – sei schlimmer. Und unter den jungen Frauen hier nichts Ungewöhnliches, weil sie Kinder bekamen, bevor der Uterus voll ausgebildet war, und weil man sich hier so leicht Entzündungen zuzog (so zum Beispiel glaubten die Frauen, es sei falsch, während der Menstruation zu baden, obwohl die Ärztin ihnen allmählich klarmachen konnte, dass das nicht stimmte). Wenn so eine Unterleibsentzündung nicht behandelt wurde, kam sie immer wieder, bis sie schließlich zur Unfruchtbarkeit führte. Dr. Jasmin spritzte Reshawna ein Antibiotikum und sagte, ihr Mann solle sich ein paar Tage von ihr fernhalten, damit die Entzündung ausheilen könne.

»Das wird er nicht«, sagte Reshawna.

»Ich weiß.« Die Ärztin klang müde und erschöpft. »Sagen Sie ihm trotzdem, ich hätte es gesagt.«

Parvin fragte sich, wie die Männer derartige von ihren Frauen überbrachte Ratschläge aufnahmen. Reshawnas klägliches Lachen ließ sie vermuten, dass sie diese Anweisung nicht einmal weitergeben würde. Aber sie fragte: »Soll ich damit warten, bis er die Tür geöffnet hat« – gemeint war die Penetration, erkannte Parvin mit einiger Verspätung –, »und dann sagen: ›Oh, gerade fällt mir ein, dass Dr. Jasmin gesagt hat, das sollst du nicht!‹« Trotz ihrer Schmerzen war sie eine begnadete Komikerin, schloss die Finger der einen Hand um einen unsichtbaren Penis, während sie den anderen Zeigefinger vor dem Gesicht ihres Mannes hin und her schüttelte. »Oder wollen Sie ihm schreiben, dass er mich in Ruhe lassen soll? Das heißt, er kann ja gar nicht lesen!«

Dr. Jasmin ballte die rundliche Hand zur Faust. »Kann er das hier lesen?«

Die drei Frauen lachten ein bisschen zu bemüht. Was in der Klinik gesagt oder getan wurde, durfte außerhalb nicht wiederholt werden, was die kleine Bosheit noch bissiger machte.

»Manchmal wünschte ich, ich könnte jedem vierzehnjährigen Mädchen im Dorf ein Pessar anpassen«, seufzte Dr. Jasmin, als Reshawna gegangen war. Aber die meisten Frauen wollten erst dann etwas von Verhütung wissen, wenn sie bereits sechs oder sieben Kinder hatten, und bis dahin war ihre Gesundheit längst angegriffen.

Ein Klopfen an der Tür des Untersuchungsraums. Eine Frau kam herein und überreichte Dr. Jasmin einen Zettel, eine Notiz von Nasir, in der es hieß, die Amerikaner seien draußen und wollten mit ihr sprechen.

»Was erwarten die? Dass ich meine Patientinnen einfach sitzen lasse?«, sagte sie halb zu sich selbst, halb zu Parvin und schrieb zurück, sie käme in der Mittagspause. Bis dahin war es noch mindestens eine Stunde, und Parvin hätte gern gewusst, wie oft Trotter in dieser Zeit auf seine Uhr sah.

Es war das erste Mal, dass die Amerikaner seit ihrem ersten Besuch vor mehreren Wochen wieder im Dorf waren. In der Zwischenzeit war ein afghanischer Anwerber aufgetaucht, um in ihrem Auftrag Leute für den Straßenbau anzuheuern, war aber nach mehreren Stunden wieder abgezogen, ohne dass sich ein einziger Dorfbewohner gemeldet hätte. Es sei einfach zu weit, hatte Wahid Parvin erklärt. Die Arbeiten würden am anderen Ende der Straße anfangen, an der Einmündung zur Hauptstraße.

Bagger und Presslufthämmer hatten angefangen, den Berghang zu attackieren, berichteten die Ärztin und Nasir bei ihren Besuchen. Nasirs Augen leuchteten dabei auf: Er liebte Maschinen. Wenn er die Gelegenheit hätte, mit den Ingenieuren über ihre Arbeit zu sprechen, würde Parvin dann für ihn übersetzen? Sein Englisch sei nicht gut genug für eine technische Unterhaltung.

Dr. Jasmin freute sich über das amerikanische Projekt, da sie und Nasir ganz klar davon profitieren würden. Allerdings wirkte sie auch leicht amüsiert. Eine Supermacht, die ihre Ressourcen hier zum Einsatz brachte, witzelte sie, sei so ähnlich, als würde man einen Stent in ein x-beliebiges Blutgefäß einsetzen. Auf ihre leichtherzige Art legte sie den Finger auf die Willkürlichkeit des Vorhabens der Amerikaner, die das Land ganz nach Lust und Laune ummodelten. Es war eine andere Version des »Wieso hier und nicht dort?« der Ältesten.

In ihrer Mittagspause ging Dr. Jasmin nach draußen, um mit Trotter zu reden. Dieses Mal trug er genau wie seine Männer Uniform. Sie seien mit dem Hubschrauber gekommen, sagte er, und auf einem Feld des Khans gelandet, der, wie Parvin sich mit einem angewiderten Schauder vorstellte, bereits dabei war, seine neuen Reichtümer zu zählen. Begleitet wurde der Colonel von einem Kamerateam der Public-Relations-Abteilung, die einen Beitrag über das Straßenprojekt produzieren wollte.

»Ich habe von Parvin und anderen so viel über Sie gehört«, sagte Trotter zu Dr. Jasmin, die lächelte und ihm Nasir vorstellte.

Asis, der ebenfalls da war, sah nicht annähernd so schurkisch aus, wie Parvin es sich in der Zwischenzeit eingeredet hatte, und begrüßte sie annehmbar freundlich. Währenddessen sagte Trotter zu Dr. Jasmin, sie leiste bewundernswerte Arbeit, und er wolle, dass die Amerikaner mehr darüber erfuhren, und darüber, welchen Nutzen die ausgebaute Straße für sie haben würde. Ob sie ein kurzes Interview mit ihr aufzeichnen dürften?

Ja, natürlich, antwortete sie.

Parvin, die sich sorgte, das Video könne ihrer kritischen Professorin unterkommen, verdrückt sich aus dem Bild. Das Team erkundigte sich nach Dr. Jasmins Fahrten und dem schlechten Zustand der Straße, und als Asis übersetzt hatte, sagte sie schlicht: »Wenn Sie die Straße befahren, werden Sie selbst merken, in was für einem Zustand sie ist.«

Parvin wurde unruhig. Sie wollte, dass Dr. Jasmins Heldenhaftigkeit und Mut deutlich wurden. »Zeigen Sie ihnen Ihr Auto«, schlug sie vor.

Matschverkrustet und von oben bis unten voller Staub, war das Fahrzeug das perfekte Requisit. Dr. Jasmin stellte sich daneben und sagte steif in die laufende Kamera, die erweiterte und asphaltierte Straße werde die Fahrten für sie sehr viel einfacher machen und vor allem dafür sorgen, dass Frauen, die Hilfe brauchten, leichter in ein Krankenhaus oder zu Fachärzten gebracht werden konnten. Alles, was sie sagte, war richtig, trotzdem hatte Parvin ein ungutes Gefühl, vielleicht weil die Ärztin unwissentlich zu einer Statistin gemacht wurde, nur dazu da, den Ausbau der Straße durch die Amerikaner zu rechtfertigen und gutzuheißen.

Vielleicht empfand Dr. Jasmin das auch so, denn sie fuhr fort: »Doch den meisten Dorfbewohnern wird die Straße nichts nutzen.« Viel wichtiger sei es, mehr Frauen aus Dörfern wie diesem zu Hebammen auszubilden, damit sie jederzeit zuverlässige fachliche Hilfe gewährleisten könnten.

In seiner Übersetzung für die Kamera ließ Asis weg, dass die Straße den meisten Dorfbewohnern nichts nutzen würde, was Parvin ärgerte.

Trotter signalisierte, sie hätten genug Material, und als die

Kamera ausgeschaltet war, hatte er eigene Fragen an die Ärztin, die ebenfalls von Asis übersetzt wurden. Gab es Medikamente, die ihr fehlten? Welche Impfungen verabreichte sie?

Keine, antwortete sie, weil Impfstoffe gekühlt werden müssten.

Aber die Klinik habe doch Kühlschränke, er habe sie selbst gesehen, und einen Generator. Wieso also konnten dort keine Impfstoffe und dergleichen gelagert werden?

Soweit sie es verstanden habe – sie sah Nasir bestätigungsheischend an –, würde es die Mittel der Stiftung übersteigen, genügend Diesel zur Verfügung zu stellen, um die Kühlschränke die ganze Zeit zu betreiben. Ganz am Anfang habe sie danach gefragt und gesagt bekommen, das sei nicht möglich.

Trotter fragte, ob seine Männer sich den Generator ansehen könnten. Vielleicht könne man ja auch eine Solaranlage in Betracht ziehen? Er ließ sich des Längeren über die Erfolge der Photovoltaik aus, und Asis hatte Mühe, mit ihm Schritt zu halten. Die Ärztin, deren Zeit ebenso knapp bemessen war wie die von Trotter, machte keinen Hehl aus ihrer Ungeduld und sah wiederholt zum Hof der Klinik hinüber, wo die Frauen bereits auf sie warteten. Sie würde keine Gelegenheit haben, etwas zu essen.

Nasir dagegen war hochgradig interessiert und wollte genau wissen, wie die Technologie funktionierte. Als Asis nicht auf seine Fragen einging, übernahm Parvin die Übersetzung, ohne ihrerseits die Verärgerung zu beachten, die sich auf Asis' Gesicht abzeichnete. Sie wies Trotter ausdrücklich darauf hin, dass die Fragen von Nasir kamen, und war stolz darauf, ihm zu zeigen, was für ein intelligenter, wissensdurstiger junger Mann Nasir war. Hatte man die Besonderheit eines Menschen einmal erkannt, ließ sie sich nicht so leicht wieder vergessen.

Alle gingen zur Rückseite der Klinik, wo der Generator stand. Trotter war überrascht, dass es nur einen gab. Was, wenn dieser ausfiel? Sie brauchten einen Reservegenerator.

Parvin wurde rot. Sollte sie Trotter sagen, wo der Ersatzgenerator war? Sie sah zu Boden, weil sie Zeit zum Nachdenken brauchte, Zeit, um ihre Verpflichtung zur Ehrlichkeit gegen die möglichen Auswirkungen abzuwägen.

Trotter redete immer noch über die notwendigen Schritte zur Installation eines Sonnenkollektors und dass das Dorf eine so fortschrittliche Klinik wie diese viel mehr nutzen müsse. »Ich habe von der Frau gehört, die in Ihrem Auto gestorben ist«, sagte er zur Ärztin. »Die, die der Mullah gewürgt hat.«

Urplötzlich war Parvin nicht mehr mit Wahids Sünden beschäftigt, sondern mit ihren eigenen. Dr. Jasmin hatte ihr am ersten Tag ihrer Bekanntschaft gesagt, alles, was in der Klinik besprochen werde, müsse vertraulich behandelt werden. Es war eine Bedingung für Parvins Anwesenheit gewesen, damit die Frauen sich sicher fühlen konnten, wenn sie über die intimsten Einzelheiten ihres Lebens sprachen, und auch, damit die Dorfbewohner nicht denken konnten, die Ärztin tratsche. Das hier wäre der Beweis dafür, dass sie sich über die Anweisung der Ärztin hinweggesetzt hatte. Jetzt, als Dolmetscherin, musste sie entscheiden, ob sie ihr Vergehen gestehen oder vertuschen sollte. Sich innerlich windend übersetzte sie Trotters Worte als: »Ich weiß, dass es nicht leicht ist, die Frauen rechtzeitig in ein Krankenhaus zu schaffen.« Dabei sah sie verstohlen zu Asis hinüber. Sie hatte sich immer für ehrlich gehalten, jetzt jedoch hatte sie zweimal kurz hintereinander etwas Unehrliches getan. Vielleicht war es an der Zeit, nicht mehr über ihre eigenen Ausflüchte überrascht zu sein.

Trotter bat Asis, der Ärztin zu sagen, die Straße werde gelegentlich unpassierbar sein, wenn sie mit den Sprengungen anfingen. Da er nicht wolle, dass ihre Besuche im Dorf auch nur im Geringsten eingeschränkt würden, werde man sie in diesen Fällen mit dem Hubschrauber hinfliegen.

Sie wurde blass. Sie sei noch nie geflogen. Weder in einem Flugzeug noch in einem Hubschrauber. Sie habe Angst.

»Du brauchst doch keine Angst zu haben«, sagte Nasir, der wie wohl jeder junge Mann begeistert war, mitfliegen zu dürfen. Außerdem war er derjenige, der diese furchtbare Straße bewältigen musste. Parvin konnte es ihm nicht verdenken, dass er sich über eine Pause freute. »Die Amerikaner haben die besten Ingenieure«, fuhr er fort. »Die beste Ausrüstung.«

»Trotzdem gibt es Abstürze.«

Asis sagte Trotter nichts von den Bedenken der Ärztin, und Parvin beschloss, es auch nicht zu tun. Wenn die Straßenarbeiten erst einmal in vollem Gang waren, würde es keinen anderen Weg ins Dorf geben, und die Frauen brauchten Dr. Jasmin, so wie auch Parvin sie brauchte. Sie schlug Trotter sogar vor, die Ärztin auch in andere Dörfer zu fliegen.

Er schüttelte den Kopf. Seine Aufgabe sei nur, dafür zu sorgen, dass sie einen ganz bestimmten Ort erreichte, nämlich diesen hier.

Am Nachmittag fragte Parvin die Ärztin, was sie von den Amerikanern halte. Die Sprechstunde war vorbei. Dr. Jasmin sterilisierte ihre Instrumente, Nasir wischte den Fußboden so systematisch, als habe er ihn in Rechtecke aufgeteilt. Er musste ein sehr organisierter Mensch sein, dachte Parvin, deren Mutter immer gesagt hatte, an der Art, wie Menschen ganz alltägliche Aufgaben erledigten, könne man viel über sie erfahren.

»Was ich von ihnen halte?«, lächelte die Ärztin. »Genauso gut könnte man eine Braut an ihrem Hochzeitstag fragen, was sie von dem Bräutigam hält, den ihre Eltern für sie ausgesucht haben.« Was, wie sich Parvin ein bisschen verlegen erinnerte, ungefähr das war, was sie Wahid bezüglich seiner Hochzeit mit Fereschta gefragt hatte. »Die Ehe zwischen uns und den Amerikanern wurde arrangiert, meine Gefühle spielen dabei keine Rolle«, fuhr Dr. Jasmin fort. »Natürlich war ich froh, als sie damals kamen. Ich saß in einem Gefängnis, und sie haben mich befreit.«

Das Gefängnis, das sie meinte, war ihr Haus. Als die Taliban die Macht übernahmen, sagte sie, sei sie dort praktisch eingesperrt gewesen, während ihr Mann weiterarbeitete. Sie habe nach Nasirs Geburt mit dem Medizinstudium angefangen und sei gerade fertig gewesen, als die Taliban kamen und ihr verboten, ihren Beruf auszuüben. Nur wenn ein mächtiger Talib eine Ärztin für seine Frau brauchte, durfte sie arbeiten.

»Sie können sich also vorstellen, wie dankbar ich war, als die Amerikaner kamen. Aber anders als bei Afghanen und Amerikanern hatte ich mir meinen Ehemann selbst ausgesucht. Unsere Ehe war nicht arrangiert worden.«

Parvin, die nicht richtig verstand, fragte, ob sie wolle, dass die Amerikaner wieder gingen.

»Ich möchte nicht, dass sie für immer bleiben, was etwas anderes ist. Zumindest sage ich mir das. Andererseits ist es einfach, uns zu unserem eigenen Mut zu gratulieren, wenn wir in Wahrheit nichts anderes getan haben als zu überleben.«

»Ich verstehe nicht.«

Es sei nicht klar, was passieren würde, wenn die Amerikaner aus Afghanistan abzogen. Alles sei unsicher. Selbst wenn die Oberfläche glatt aussehe, gebe es darunter große Tumulte. »Wenn man seine Freiheit, sein Zuhause, seine Stabilität einmal verloren hat, hält man nie wieder irgendetwas für selbstverständlich. Ihre Eltern müssen das auch so empfunden haben.«

Parvin wusste nicht, was ihre Eltern empfunden hatten, da ihre Gefühle über die Vergangenheit oder die mögliche Unsicherheit der Zukunft nie Gesprächsthema gewesen waren. Sie hatten ihr das Geschenk der Unschuld gemacht. Manchmal hatte sie eine verschwommene Ahnung von den Schwierigkeiten der Erwachsenen gehabt, so wie ein Kind am Strand vielleicht ein Schiff am Horizont wahrnimmt und sich dann wieder seinem Spiel zuwendet. Aber weil die Lebensumstände ihrer Familie so unveränderlich wirkten – als sie klein war, war sie sicher gewesen, dass ihre Eltern und möglicherweise auch ihre Schwester und sie bis in alle Ewigkeit über dem Ein-Dollar-Laden leben würden –, vergaß Parvin oft, dass sie je woanders gelebt hatten. Als ihre Mutter starb, erkannte sie natürlich, dass nichts unveränderlich ist, dass Veränderungen Invasoren sind. Tod oder Krieg kamen meistens, wenn man gerade nicht hinsah.

Und doch, fuhr die Ärztin fort, sei ein Land nie wirklich gesund, solange es von anderen Ländern abhängig war. Mit der ganzen Hilfe und dem ganzen Geld sei auch schrecklich viel Korruption ins Land gekommen. »Hier merkt man das nicht so«, sagte sie, »aber in den Städten –«

Parvin holte tief Luft und sprudelte hervor: »Ich weiß, wo der zweite Generator ist.«

Nasir hörte auf zu wischen. Seine Mutter sah zu ihm hinüber, als wolle sie sich von ihm bestätigen lassen, was sie gerade gehört hatte. Dann sahen beide Parvin an, die sich vorkam wie damals, als sie ihnen den erfundenen Verlobten gestanden hatte.

Sie erzählte ihnen die ganze Geschichte. »All die Mühe und all die Risiken, die mit dem Bau der Klinik verbunden waren«, sagte sie, die ganze Geschichte noch frisch in ihrer Erinnerung, weil sie den Frauen das betreffende Kapitel gerade erst vorgelesen hatte. »Und dann tun Wahid und Issa so, als sei sie ein Selbstbedienungsladen.« Sie erzählte von den zahllosen idealistischen Amerikanern, manche von ihnen so jung oder sogar noch jünger als Shokooh, die Geld gesammelt hatten, um afghanischen Müttern zu helfen. Wie würden sie sich fühlen, wenn sie erfuhren, dass ein Teil ihrer Spenden Wahid geholfen hatte, Shokooh aus ihrer Schule und von ihrer Familie wegzuholen? Sie wolle sich gar nicht erst vorstellen, was Issa mit seinen Profiten gemacht habe.

Dr. Jasmins Stirn runzelte sich immer stärker, und als Parvin fertig war, drängte sie sie, Wahid zu sagen, er müsse den Generator zurückgeben.

Aber wenn sie das tat, protestierte Parvin, warf er sie vielleicht aus dem Haus oder sogar aus dem Dorf.

Das wolle sie natürlich nicht, sagte die Ärztin, aber das größte Problem dieses Landes – vielleicht noch größer als der Krieg – sei, dass niemand die Korruption ernst nehme. Wahids unrechtmäßig erworbener Reichtum habe ihm vielleicht ein höheres Ansehen eingebracht, in Wahrheit aber sei er dadurch herabgewürdigt worden. »Das kann man ihm sicher verständlich machen«, fügte sie hinzu, denn sie habe den Eindruck, dass er zwar ein einfacher, aber keinesfalls ein gieriger Mensch sei.

Mit Issa dagegen hatte Dr. Jasmin ihre eigenen Erfahrungen gemacht, keine davon angenehm. Sie hatte angefangen, ins Dorf zu kommen, nachdem die Frau des Khans, die sie in ihrem Krankenhaus behandelt hatte, ihr von einer wunderbaren Klinik erzählt hatte, in der es seit Jahren keinen Arzt gab. Aus Neugier war Dr. Jasmin in der Erwartung hingefahren, eine Ruine vorzufinden, aber die Klinik war in einem guten, praktisch perfekten Zustand. Eine Geisterklinik. Irgendwie unheimlich. Sie hatte sich bereit erklärt, einmal die Woche zu kommen und die Frauen des Dorfes zu behandeln. Eines Tages war dann Issa aufgetaucht und hatte gesagt, sie solle verschwinden. Wie sich herausstellte, hatte er Angst, sie würde eine Bezahlung verlangen. Als sie sagte, Geld sei ihr egal, sie wolle einfach nur den Frauen helfen, fing er an, mit ihr darüber zu feilschen, wie viel Treibstoff und Material sie verbrauchen dürfe. Schließlich griffen die Dorfbewohner ein – sie wollten, dass sie blieb.

Crane hatte sie nie kennengelernt. »Manchmal bezweifle ich, dass er überhaupt existiert.« Jedenfalls solle Parvin ihn über Issas Betrügereien informieren, da es auch sie herabwürdigen würde, sein Geheimnis zu wahren.

Professor Banerjee vertrat einen anderen Standpunkt. In einer E-Mail, die Dr. Jasmin ausgedruckt, zusammengefaltet und (ohne sie zu lesen, wie sie betonte) in einen Umschlag gesteckt und Parvin überbracht hatte, tat die Professorin Parvins Entdeckung in Bezug auf Wahid als belanglos ab. Wie Dr. Jasmin sah auch Professor Banerjee die Sache als typisch für das Afghanistan nach den Anschlägen vom 11. September, eine Zeit, in der die amerikanische Hilfe Abhängigkeiten schuf und Begehrlichkeiten weckte, aber die beiden unterschieden sich in der Frage, ob Wahid dafür zur Verantwortung gezogen werden solle. Aus Professor Banerjees Sicht war ein derartiger »amoralischer Familismus« eine weit verbreitete, und wichtige, Überlebensstrategie der Armen. Korruptes Verhalten der Armen sei notwendig, da Staat und Eliten ihnen so wenig Möglichkeiten des Vorankommens boten. *Natürlich*, schrieb sie weiter, *ist amoralischer*

Familismus ein umstrittenes Konzept, das in der Anthropologie auf eine lange Geschichte zurückblicken kann... Blablabla.« Zum ersten Mal empfand Parvin die gelehrten Ausführungen ihrer Professorin als wenig tröstlich und noch weniger nützlich und packte den Brief beiseite.

Ein paar Tage später kam Bilal zu Parvin und sagte, Issa sei in der Klinik. Normalerweise wäre das für sie ein Grund gewesen, zu Hause zu bleiben, bis er fort war, aber dieses Mal beeilte sie sich, in die Klinik zu kommen. Dort saßen er und Wahid auf den Stühlen des Wartebereichs, die die Frauen nie benutzten. Mehrere Dieselkanister standen ordentlich aufgereiht vor ihnen.

Issa winkte sie herein, als gebe es nichts zu verbergen. »Gerade habe ich zu Wahid gesagt, dass ich wegen der Straßenarbeiten wahrscheinlich eine Weile nicht kommen kann.« Falls irgend möglich, werde er versuchen, einen Mitflug in einem amerikanischen Hubschrauber zu organisieren – schließlich müsse sich ja jemand um die Klinik kümmern –, aber wahrscheinlich werde er keinen Diesel mitnehmen dürfen. Und wenn es ihm gelänge, Soldaten dazu zu überreden, Kanister – natürlich für die Klinik – über die Straße herzubringen, könne er nicht zu viele schicken, damit sie nicht misstrauisch wurden.

Als Vorbereitung auf eine moralische Auseinandersetzung ballte Parvin die Fäuste. Die Menschen in Amerika hätten das Geld nicht gespendet, damit Issa es Wahid gab und der sich eine neue Frau zulegen konnte, sagte sie.

In Issas kalten Augen zeigte sich ein kaum merkliches Flackern der Überraschung, und einen kurzen Augenblick lang fürchtete Parvin, er könnte ihr etwas tun. Aber der Gedanke fühlte sich an wie etwas aus einem schlechten Film, teils, erkannte sie, weil sie darauf vertraute, dass Wahid sie beschützen würde – Wahid, den sie gerade abgeurteilt hatte und der Issa nun entschuldigend ansah. Vielleicht musste Wahid vor ihr geschützt werden?

Issa blieb absolut ungerührt. Wäre es ihr vielleicht lieber, Wahids Generator würde unter Spinnweben und Staubschichten vergammeln, weil er nie benutzt wurde? Und war es hier, in Fereschtas Klinik, eine Sünde, Fereschtas Mann zu helfen? Wenn überhaupt, war es eine Sünde, wie wenig Dr. Gideon und seine Stiftung darauf achteten, was aus ihrem Geld wurde. Es war geradezu ein Vergnügen, es ihnen wegzunehmen.

Aber wieso half er Wahid, wollte Parvin wissen? Aus reiner Herzensgüte?

Er würde nicht unbedingt behaupten, Parvin wahrscheinlich auch nicht, ein gutes Herz zu haben, antwortete Issa, und Wahid nickte in weiser Zustimmung. Wahid sei ihm einfach eine Hilfe. Dann nannte er Einzelheiten: Er beantrage bei der Stiftung viel mehr Dieselgeld, als eine Klinik je verbrauchen könne, und nie komme auch nur die kleinste Rückfrage. »Die werfen mit dem Geld nur so um sich.« Dieses Extra-Geld gehe an ihn selbst oder an Wahid. Gelegentlich frage ein neuer Mitarbeiter – sie schienen sich nie lange zu halten – nach Quittungen für den Diesel, den Issa angeblich kaufte, was lästig war, weil er dann tatsächlich welchen kaufen und wieder verkaufen müsse, wenn er an Bargeld kommen wolle. Einen Teil des Diesels bekam Wahid für seinen Generator. Im Dorf hätte sich seit Jahren weder ein Buchprüfer noch sonst ein Stiftungsmitarbeiter blicken lassen, aber immerhin habe Issa so genügend leere Kanister vorzuweisen, falls doch mal einer käme.

Das alles erzählte er ganz freimütig, ohne jede Angst, Parvin könne ihn verraten. Lag es daran, dass er dachte, in der Stiftung würde es sowieso niemanden interessieren?

Das alles klinge furchtbar kompliziert, sagte sie, und Issa gab ihr Recht. Vielleicht vermisse er einfach die Herausforderungen seines alten Lebens, fügte er fast wehmütig hinzu und schilderte Parvin, wie viel Improvisation es verlangte, Antiquitäten zu beschaffen und zu transportieren. Ob sie sich auch nur annähernd vorstellen könne, was er alles über alle möglichen Zivilisationen wisse – das Griechisch-Baktrische Königreich, die Kuschan, die Ghaznawiden, die Ghuriden, er könne endlos weitermachen –, mit deren Töpferwaren er handelte? Von den Komplexitäten des Schwarzmarkts ganz zu schweigen. Artefakte auf teils unglaubliche Weise zu schmuggeln, unter anderem in Honigkrügen, erfordere wirkliche Klugheit. Für Crane zu arbeiten sei dagegen ein Kinderspiel.

Wieso er Wahid von dem Geld abgebe? Teils weil Wahid bei der Dieselgeschichte eine Hilfe sei. »Aber auch, weil mehr Geld da ist, als ich selbst brauche. Viel mehr. Und ich mag ihn.« Er erzählte, wie er mit Crane hierhergekommen war, um die erste Klinik und später dann die neue Klinik zu bauen, und die Dorfbewohner kennengelernt hatte. »Wahid hatte so wenig, trotzdem verlangte er nie etwas, im Gegensatz zu allen anderen. Der Mullah wollte Geld für die Moschee, der Kommandant wollte Geld für den Schutz, den er bot, und der Khan – nun, der wollte Geld für alles: das Land, das Wasser, die Vermittlung von Arbeitern, die Benutzung seines Felds als Hubschrauberlandeplatz. Aber Wahid, dessen Frau, möge sie in Frieden ruhen, der Grund dafür war, dass dieses ganze Geld ins Dorf geflossen kam, der verlangte nichts. Deshalb habe ich ihm gegeben. Ich habe ihn nicht reich gemacht, aber reicher. Und das treibt den Khan fast in den Wahnsinn.« Issa lachte. »Er versteht nicht, wo Wahids

Geld herkommt und wieso er nicht mehr arm ist. Und er ist stinksauer, dass Wahid einen Generator hat.«

Gegen ihren Willen musste auch Parvin lachen.

Es sei zwar nicht ausschlaggebend, aber ein netter kleiner Nebeneffekt, den Khan ins Grübeln zu bringen und zu ärgern. Noch netter sei es, einem bescheidenen Mann zu einem kleinen Aufstieg zu verhelfen.

Issa war, beziehungsweise sah sich, als Sozialingenieur, dachte Parvin, als Robin Hood, der den Reichtum einer nachlässigen Stiftung umverteilte. Sie erinnerte sich an die Worte des Mullahs: *Diese Klinik hat Bettler zu Königen gemacht.* Das war nicht Cranes Werk, sondern das von Issa.

Seit Wahid von Parvin Miete bekam, brauchte er Issas Geld nicht mehr so dringend. Eigentlich, argumentierte Issa, müsse Wahid ihm nun einen Teil seiner Einkünfte abgeben, als eine Art Kommission. »Aber du brauchst es doch nicht«, sagte Wahid.

»Stimmt, aber sollten Brüder nicht alles miteinander teilen?«

»Du bist zu hässlich, um mein Bruder zu sein.«

»Auch deshalb traue ich ihm«, sagte Issa zu Parvin. »Alle anderen erzählen mir, wie gut ich aussehe.«

Sie probierte die Worte der Ärztin an ihm aus, dass die Korruption Afghanistans größtes Problem sei, dass dieses Verhalten Wahid herabwürdige, und merkte, dass sie über ihn redete, als sei er nicht anwesend.

Issa zuckte mit den Schultern. Die Korruption in Afghanistan sei nicht seine Erfindung und nicht sein Problem. Sollten andere diesen Dschihad führen. Und Wahid – an dieser Stelle legte er ihm die Hand auf die Schulter und ließ sie ein paar Herzschläge lang liegen – sei kein Kind mehr. Er könne seine eigenen Entscheidungen treffen. »Wie wir alle wird er am Tag des Gerichts Gott gegenübertreten.« Er drehte sich zu Wahid um. »Vielleicht wirst du ein Gespräch wie dieses mit ihm führen, wobei ich hoffe, dass es sich nicht anhören wird wie eine der Predigten des Mullahs. Und wenn er sich eine neue Frau genommen hat« – hier sah er Parvin an –, »ist das allein seine Sache. Ich persönlich bleibe lieber unverheiratet. Frauen machen alles so schwierig.«

Seine Frauenfeindlichkeit war so unverblümt, dass es paradoxerweise fast schwer war, daran Anstoß zu nehmen. Eigenartig war jedoch, dass Crane ausgerechnet ihn für seinen Kreuzzug gegen die Müttersterblichkeit ausgewählt hatte. In *Mutter Afghanistan* klang es, als sei es für Issa ein persönliches Anliegen gewesen, Frauenleben zu retten, dabei schien er fast nichts ernst zu nehmen. Obwohl sie inzwischen eigentlich klüger sein sollte, war Parvin überrascht, wie wenig Gefühl, wie wenig Engagement – vom Finanziellen einmal abgesehen – er für Cranes Arbeit an den Tag legte. Er hatte seinen Spaß, das war klar. War das – so ganz anders als ihre eigene Ernsthaftigkeit in allen Dingen – vielleicht eine bessere Art des Seins? »Ich mag den Khan auch nicht«, sagte sie.

»Wenn der Feind meines Feindes mein Freund ist, wie es so schön heißt, wären wir damit ja Freunde«, sagte Issa. Andererseits aber, fuhr er fort, sei eine Allianz, die sich auf einem gemeinsamen Feind gründe, vielleicht doch nicht immer der beste Ansatz. Er meinte die unbeliebten, zwielichtigen Warlords, die vom amerikanischen Militär unterstützt worden waren, damit sie beim Kampf gegen die Taliban halfen. »Man muss vorsichtig bei der Wahl seiner Freunde sein.« Und jetzt müsse er gehen. Dr. Gideon werde in einer Woche nach Kabul kommen (habe er zumindest verlauten lassen, aber er sage diese Reisen oft wieder ab), und er müsse Vorbereitungen treffen.

»Wird er auch ins Dorf kommen?«, fragte Parvin, der erst jetzt wieder einfiel, dass sie eigentlich vorgehabt hatte, Issa alle möglichen Fragen über das Buch zu stellen.

»Wieso denn das?«, fragte Issa zurück. Hier gebe es doch nichts für ihn.

Issa fuhr rechtzeitig genug in seinem Land Cruiser los, um die Hauptstraße vor Einbruch der Dunkelheit zu erreichen. Ein oder zwei Tage später hörte Parvin Explosionen in der Ferne. Die Amerikaner hatten mit den Sprengungen angefangen.

16. Kapitel

Ein halber Laib Brot

Als Trotter Mitte August das nächste Mal ins Dorf kam, trug er nicht nur die Uniform, sondern auch Helm und Schutzweste, was es für ihn unbequemer machte, mit der Schūrā zusammenzusitzen. Aber er schaffte es, den Schneidersitz einzunehmen, auch wenn er dabei aussah, als leide er unter Verstopfung. Der Soldat ihm gegenüber hatte zusätzlich noch einen Rucksack auf, aus dem Antennen ragten, was ihm Ähnlichkeit mit einem Insekt mit Exoskelett verlieh. Die anderen Soldaten setzten sich dieses Mal nicht und stellten auch ihre Gewehre nicht ab, sondern verteilten sich rund um die Versammlung, den Rücken zur Schūrā, Blick und Gewehre nach außen gerichtet. Asis, der neben Trotter kauerte, hatte seine Augen hinter einer dunklen Rundum-Sonnenbrille versteckt.

Der Tag war selbst im Schatten ungewöhnlich heiß. Schweiß sammelte sich auf Parvins Rücken und durchnässte ihr Kleid. Fliegen schwärzten die Schalen mit den Zuckermandeln, die in der Hitze immer klebriger wurden. Reizbarkeit hing in der Luft wie ein Allergen.

Trotter, der seinen Tee größtenteils unberührt ließ, fing an zu reden. Der Bau der Straße gehe gut voran, sagte er und ließ eine Liste statistischer Angaben folgen: abgetragenes Geröll in Tonnen, eingeebnetes Gelände in Kubikmetern,

Zahl der eingesetzten Arbeiter, verwendete Gerätschaften und Maschinen und dergleichen mehr. Dann sagte er fast beiläufig, bedauerlicherweise habe es ein Problem gegeben, mit dem sie in dieser friedlichen Gegend nicht gerechnet hätten. In der vergangenen Woche seien die Straßenarbeiter angegriffen worden – wie genau, ließ er offen. Das Gleiche gelte für die Soldaten, die ihnen zu Hilfe eilten.

Als Asis übersetzte, malte sich auf den Gesichtern der Ältesten keinerlei Überraschung ab. Auch keine anderen Empfindungen.

Diejenigen, die für den Angriff verantwortlich waren, fuhr Trotter fort, seien Feinde Afghanistans, die den Fortschritt verhindern wollten. Aber sie würden scheitern; sie würden besiegt werden. Die Dorfbewohner könnten dazu beitragen, indem sie alles, was sie gesehen oder gehört hatten, alles, was Aufschluss darüber geben könne, wer hinter den Attacken steckte, an ihn weitergaben. Er sprach ganz ruhig, ohne Zorn oder Erregung, und vermittelte dadurch seine Überzeugung, dass jeder Widerstand gegen die Straße gebrochen werden würde, weil die, die sich widersetzten, auf der falschen Seite standen. Er klang nicht wie ein Prediger – sein schleppender Tonfall des Mittleren Westens und sein Gleichmut ließen das nicht zu –, doch die Dorfbewohner lauschten erst ihm und dann Asis' relativ korrekter Übersetzung mit der gebannten Konzentration, die ein guter Prediger bewirken kann.

Aber als dieser Bann, diese abgrundtiefe Stille, auch noch anhielten, als Asis fertig war, wirkte das Ganze weniger wie Aufmerksamkeit, sondern vielmehr, als hielten die Ältesten etwas zurück. Während Trotter die Gesichter eins nach dem anderen musterte, stieg das Schweigen an, bis es überzuquellen schien.

Endlich ergriff einer der Ältesten das Wort. Niemand im Dorf wisse etwas, sagte er. Sie bestellten einfach nur ihre Felder, das sei alles. Allerdings hätten sie ihm gesagt, dass es böses Blut geben könne, wenn nur dieses Dorf eine neue Straße bekam, die anderen aber nicht. Und er wiederholte, was die Schūrā damals gesagt hatte: Fortschritt sei wichtig, Friede aber auch, und wenn man einem Sohn den Vorzug vor dem anderen gebe, könne das zu Spaltungen innerhalb der Familie führen.
»Andere Stämme und Unterstämme, andere Dörfer, könnten neidisch sein, weil nur dieses Dorf eine Straße bekommt«, übersetzte Asis. »In Afghanistan gibt es ein Sprichwort: Nur ein halber Laib Brot, aber ein friedlicher Körper. Das haben sie zitiert.«
»Ich verstehe«, sagte Trotter mit einem Anflug von Ungeduld und fuhr fort, die Armee sei bereits dabei, sich mit den Ältesten anderer nahegelegener Dörfer und Stämme in Verbindung zu setzen, um ihnen zu versichern, dieses Projekt sei ein Anfang, kein Ende. Die Amerikaner wollten ganz Afghanistan miteinander verbinden. Allerdings werde jeder, der diese Straße aus welchem Grund auch immer sabotiere, für seine Taten zur Rechenschaft gezogen werden. Außerdem – die Ältesten erinnerten sich doch, dass er dem ganzen Dorf Beschäftigung angeboten und gesagt habe, jeder Mann könne beim Bau der Straße Arbeit finden?
Ja, sie erinnerten sich.
Und trotzdem habe kein Einziger das Angebot angenommen. Kein Einziger! Das überrasche ihn. Es seien gute, gut bezahlte Jobs, wie sie sicher wüssten. Aus der ganzen Region kämen Männer auf der Suche nach Arbeit und würden eingestellt. Bloß aus dem Dorf sei niemand gekommen. Trotter wartete kurz. »Ich hoffe, es liegt nicht daran, dass jemand

hier wusste, dass es zu Angriffen kommen könnte, und vertraue darauf, dass sich jeder im Dorf, der etwas weiß, mit uns in Verbindung setzt.«

Der Colonel hoffe, die Dorfbewohner würden ihm alles mitteilen, was sie erfuhren, übersetzte Asis.

Energisches Nicken allerseits.

»Gut«, sagte Trotter. »Gut. Ich möchte Ihnen noch Folgendes zu bedenken geben: Sobald die Straße fertig ist, wird es hier weitere Neuerungen geben, alle möglichen Entwicklungen. Schulen. Hilfen bei Landwirtschaft und Bewässerung, was, wie ich weiß, Ihr Wunsch ist. Sollte die Straße jedoch nicht fertig werden, wird das alles nicht geschehen.«

Asis bemühte sich, die Drohung aus Trotters Worten herauszuhalten, und plötzlich hatte Parvin einen ganz neuen Einblick in die Arbeit des Dolmetschers, in die geistige Abschottung, die man als Überbringer unangenehmer Nachrichten vornehmen musste. Man wurde dafür bezahlt, als Bauchrednerpuppe zu agieren, obwohl man eigene Gedanken und Gefühle hatte. In ihr entwickelte sich ein neues Mitgefühl mit Asis.

Als sich die Versammlung aufgelöst hatte, blieben die Ältesten in kleinen Grüppchen beieinander stehen. Trotter begrüßte Parvin, machte dabei aber einen eher distanzierten Eindruck. Ein Gewicht schien seine Gesichtsmuskeln nach unten zu ziehen, obwohl sein vielgeübter Optimismus dagegen ankämpfte. Er informierte Parvin über die furchtbaren Einzelheiten. Ein selbstgebauter Sprengsatz voller Kugellager, Nägel und Steine habe einen der Straßenarbeiter in blutige Stücke gerissen. Als Trotters Soldaten hinliefen, um zu helfen, seien auch sie unter Beschuss geraten. Einer von ihnen habe eine Kugel in die Hüfte abbekommen. Er sei in ein Feldlazarett geflogen worden, sein Zustand sei stabil. Der

Arbeiter, der mit demselben Rettungshubschrauber ausgeflogen wurde, habe nicht überlebt.

»Wir haben Explosionen gehört«, sagte Parvin, »dachten aber, es wären Ihre Sprengungen.«

»Gut möglich«, kam es grimmig von Trotter. »Oder es war der Sprengsatz, ein wirklich fettes Ding.« Doch das sei ein Zeichen für den Erfolg der von Amerika angeführten Koalition. Da die Aufständischen anderswo in die Enge getrieben würden, seien sie hierhergekommen. Er hielt inne und blickte zu den Bergen hoch, dann auf das ländliche Tableau aus Feldern und Obstgärten, als sei die Vegetation nichts als ein Versteck für Aufruhr jeglicher Art. »Wenn Afghanistan als schwieriges Gelände bezeichnet wird, sind meistens die Berge gemeint. Dabei sind eigentlich die Täler das Problem. Die heftigsten Kämpfe, die schlimmsten Todeszonen – alles Täler.« Er leierte eine Liste von Namen herunter, von denen Parvin noch nie gehört hatte: Pech, Shok, Korengal, Ganjgal, Tangi. »Richtige Todesfallen. Es liegt an der verdammten Geographie.«

»Sind nicht eher die verdammten Leute das Problem?«, versuchte Parvin es mit einem Scherz. »Schließlich sind sie es, die die Bomben legen.«

Trotter ging nicht darauf ein. »Es gibt hier viele gute Menschen. Sie müssten einfach nur Rückgrat zeigen.« Er habe Asis gebeten, sich unter die Leute zu mischen und sie behutsam zu ermutigen, keine Angst zu haben und sich ihm oder seinen Männern anzuvertrauen, sollten sie etwas wissen.

»Aber haben sie nicht allen Grund, Angst zu haben, wenn der Feind« – das Wort klang aus ihrem Mund fremd – »in der Nähe ist?«

»Die Tage des Feindes sind gezählt«, antwortete Trotter voller Überzeugung.

Damit wandte er sich einem wartenden Mechaniker zu. Dieses Mal waren die Amerikaner nicht in Humvees gekommen, sondern in minengeschützten Geländefahrzeugen – M-ATVs, in Trotters Jargon. Sie waren klobig und sandfarben und – obwohl einschließlich Fahrer nur fünf Personen hineinpassten – riesig, höher und auch etwas breiter als die Humvees, was bedeutete, dass die Straße stellenweise schon verbreitert sein musste, sonst hätten sie sie nicht befahren können. Ihre Panzerung sollte vor Sprengsätzen schützen, ihr Rumpf die Wucht von Explosionen ableiten. Allein ihr Anblick löste in Parvin Platzangst aus. Die Dinger sahen aus wie Särge auf Rädern.

Einer der M-ATVs war auf dem Weg ins Dorf heiß gelaufen, was Parvin nicht überraschte. Sie fand es nicht weiter verwunderlich, dass diese schwerfälligen Monster, ähnlich wie übergewichtige Wanderer, mit schöner Regelmäßigkeit schlappmachten. Der Mechaniker teilte Trotter mit, möglicherweise müsse das Fahrzeug von einem anderen M-ATV abgeschleppt werden.

Dasselbe Problem, sagte Trotter geradezu befriedigt, hätten auch die Briten gehabt, als sie ihre Panzerhaubitzen in diese Dörfer schaffen wollten.

Parvin beschloss, Asis zu suchen. Noch hatte sie ihn nicht auf die Unwahrheiten in *Mutter Afghanistan* angesprochen, obwohl sie oft, vielleicht zu oft, daran gedacht hatte. Fast gegen ihren Willen war ihr Blick während des Treffens mit der Schūrā immer wieder zu ihm hinübergehuscht, allerdings hatte sie nicht erkennen können, ob er sie hinter seiner Sonnenbrille ebenfalls beobachtete.

Er war nicht im Basar, um die Dorfbewohner zu Mitteilungen zu ermutigen oder was immer Trotter ihm aufgetragen hatte. Zwei Männer schickten sie hinunter zum Fluss, wo er allein am Ufer saß und rauchte. Seine kugelsichere Weste und der Helm lagen neben ihm, die Sonnenbrille hatte er sich auf den Kopf geschoben. Stumm betrachtete er sein Bild im Wasser, und als Parvin sich neben ihn setzte, saßen auch ihre Spiegelbilder Seite an Seite. Es erinnerte sie an den Moment, in dem sich ein afghanisches Brautpaar zum ersten Mal im Spiegel sieht.

Er drehte sich nicht zu ihr um, sondern nickte ihrem Wasser-Avatar zu. Keiner von ihnen sagte etwas. Rauch kräuselte sich von der Zigarette in seiner rechten Hand. Sie betrachtete ihr eigenes Gesicht, das sich seit ihrer Ankunft im Dorf sehr verändert hatte – buschige Augenbrauen, gebräunte Haut, deutlich hervortretende Wangenknochen, weil sie dünner geworden war –, dann, unauffälliger, das von Asis. Seine Gegenwart hatte etwas Tröstliches. Er sah aus wie die Hälfte der Jungs, mit denen sie aufgewachsen war.

Plötzlich grinste er, ein breites Grinsen, das sich über sein Gesicht kräuselte und die Illusion weckte, das Wasser kräusele sich ebenfalls. »Unsere Hochzeit«, sagte er.

Sie lachte, verriet ihm aber nicht, dass ihre Gedanken sich überschnitten hatten. Über so etwas scherzte man nicht. Das durften höchstens Kinder, die Erwachsene spielten. Sie aber *waren* erwachsen, und beim Gedanken an die damit einhergehenden Freiheiten fing etwas in ihr an zu kribbeln. Es war eine instinktive Reaktion, und wie eine Geheimagentin in ihrem eigenen Körper versuchte sie dahinterzukommen, was dieses Kribbeln zu bedeuten hatte.

Da ihr keine passende Antwort einfiel, sagte sie, die Soldaten seien dabei, das Fahrzeug zu reparieren.

»Sie lieben es, Sachen zu reparieren.«

Wieder lachte sie, weil sie fast dasselbe gedacht hatte, nämlich dass die Herausforderung des defekten Fahrzeugs

Trotter und seine Männer nicht weiter zu stören schien, sondern ihnen im Gegenteil eher einen Energieschub versetzte. Denn anders als bei Verhandlungen mit zugeknöpften Dorfbewohnern gab es hier eine konkrete Lösung. Doch plötzlich fühlte sie sich befangen, was bei ihr nicht sehr oft vorkam. »Trotter denkt, dass Sie mit den Dorfbewohnern reden. Hoffen Sie, sie kommen hierher zu Ihnen?« Die Frage klang patzig, obwohl sie das nicht beabsichtigt hatte.

»Was hätte es für einen Sinn, mit ihnen zu reden? Selbst wenn sie alles wüssten, würden sie mir nichts sagen.«

Ohne sich abzusprechen, waren sie in die für sie perfekte Form der Kommunikation hineingeschlittert: Asis sprach Dari, Parvin Englisch, jeweils die Sprache, die ihnen am geläufigsten war, während sie den anderen trotzdem verstanden. Es war das Gegenteil ihrer ersten Unterhaltung, als Parvin darauf bestanden hatte, Dari zu sprechen, während Asis stur beim Englischen geblieben war.

Würden die Dorfbewohner Informationen über die Aufständischen oder wen auch immer weitergeben, sagte Asis, würden die Rache nehmen, sobald die Amerikaner weg seien. Das habe er dem Colonel erklären wollen, der aber habe nur gesagt, den Amerikanern nicht zu helfen sei das Gleiche, wie sich gegen sie zu stellen. Deshalb werde er so tun, als habe er mit den Dörflern geredet und festgestellt, dass sie nichts wussten. Die Leute wollten einfach nur von beiden Seiten in Ruhe gelassen werden.

Parvin überlegte, ob er das nur sagte, weil immer wieder Männer hinter ihnen vorbeigingen – allem Anschein nach, um aus dem Fluss zu trinken oder sich die Hände zu waschen, in Wirklichkeit aber, vermutete sie, um sie beide zu begaffen. Beieinander zu sitzen und zu reden, so wie sie es taten, war unter den hiesigen Männern und Frauen nicht üblich. Noch exotischer war, dass sie eine Amerikanerin und er ein Militärdolmetscher war. Das Gefühl von Freiheit, das sie noch vor wenigen Minuten empfunden hatte, verschwand ebenso plötzlich wie an dem Tag, an dem sie Wahids Haus zum ersten Mal verlassen hatte. Es gab praktisch keinen Ort, an dem sie und Asis unbeobachtet reden konnten, jedenfalls nicht, ohne sich derselben, möglicherweise gefährlichen Diskreditierung auszusetzen, die sie für Shokooh befürchtet hatte. Sie wusste nicht, ob sie sich mehr um ihren eigenen Ruf oder um den von Wahid sorgte, oder ob beides sich angesichts der Tatsache, dass sie Gast in seinem Haus war, überhaupt trennen ließ.

»Sie werden Trotter also anlügen«, sagte sie eine Spur kämpferisch, als wolle sie eine verbale, wenn schon keine physische Distanz zwischen sich und Asis legen.

Asis fischte eine neue Zigarette aus seiner Packung und sagte: »Manchmal bringt man Leute in Gefahr, indem man *nicht* lügt.«

Das war ihre Chance, ihn nach den Lügengeschichten über Kommandant Amanullah zu fragen, aber sie zögerte. Der Druck, der auf ihm lastete, die Entscheidungen, die er treffen musste, erschienen ihr schwerer als alles, womit sie je hatte fertigwerden müssen, und ließen ihre Moralapostelei unpassend oder sogar unverfroren erscheinen. Sie *würde* ihn dazu bringen, über Crane zu reden, versprach sie sich selbst, aber erst erkundigte sie sich nach seiner Vorgeschichte und wie er dazu gekommen war, für die Amerikaner zu arbeiten. Sie wollte mehr über sein schwer fassbares Leben erfahren – nicht nur über die Zwänge, denen er unterworfen war, sondern auch, wie er sich ihnen widersetzt hatte. Dieser Widerstand, erkannte sie allmählich, gehörte zu den Dingen, die das Leben zu einem kreativen Akt machten.

Er lächelte spöttisch. Als er Dr. Gideon kennenlernte, sagte er, habe der auch gewollt, dass er ihm seine Geschichte erzählte. Wie es schien, sammelten und verteilten Amerikaner sie wie Visitenkarten.

Trotz ihrer Verlegenheit darüber, seinen Erwartungen so absolut entsprochen zu haben, hakte sie vielleicht ein bisschen schroff nach: »Und? Wie geht sie? Wie geht die Geschichte?«

Keine Geschichte habe nur einen einzigen Anfang, sagte er. Er werde also vor zehn Jahren beginnen, als die Taliban seit drei Jahren an der Macht gewesen seien. Wie in allen afghanischen Städten setzten sie auch in Kabul zahllose neue Vorschriften in Kraft. Sie wollten die Stadtbevölkerung in einen ländlichen Konservatismus zurückzwingen, was so ähnlich sei, wie einen hochgewachsenen Mann in ein Zimmer mit so niedrigen Decken zu stecken, dass er sich bücken musste. Ein paar dieser neuen Regeln seien ganz in Ordnung gewesen, die meisten aber sowohl in theologischer als auch in anderer Hinsicht absolut willkürlich. Und sie wurden mit aller Brutalität durchgesetzt. Geschäfte mussten während des Freitagsgebets schließen, doch an einem Freitag, als Asis' jüngste Schwester sehr krank war, lief sein Vater zur Apotheke, um Medikamente für sie zu besorgen, und obwohl die Gebete gerade anfingen, ließ der Mann die Apotheke ein paar Minuten länger offen, um Asis' Vater zu helfen. Die Taliban verhafteten beide. Asis' Familie musste sich Geld von Verwandten borgen, um Funktionäre zu bestechen, damit er wieder freigelassen wurde, was mehrere Tage dauerte. In dieser Zeit wurde er geschlagen, verhöhnt und vielleicht Schlimmeres. Er kam als alter Mann nach Hause, redete kaum noch, sondern lächelte nur. Es war, als hätten seine Wärter, seine Folterer, ihn aufgeschnitten und ausgeweidet. Er ging nicht mehr aus dem Haus. Vorher Lehrer, arbeitete er nie mehr wieder. Asis, mit zwanzig der Älteste, mit fünf hungrigen jüngeren Geschwistern, musste sein Studium aufgeben, um die Familie zu unterstützen, was ihm damals nicht als großer Verlust erschien, da die Uni unter der Talibanherrschaft sowieso kaum etwas brachte.

»Die Uni von Kabul?«, unterbrach Parvin aufgeregt. Dort hatte ihr Vater Lyrik gelehrt. Sie war in ihrer Zeit in Kabul hingefahren und hatte nach Hinweisen auf ihren Vater gesucht, aber kaum welche gefunden. Sein Fachbereich war während der Sowjetherrschaft praktisch aufgelöst worden, die meisten seiner Kollegen aus den achtziger Jahren waren entweder tot oder hatten sich in alle Winde zerstreut. Wäre das Leben anders verlaufen, hätte Asis vielleicht auch bei ihrem Vater studiert. Zwar wusste sie nicht, ob der Dolmetscher überhaupt eine poetische Ader hatte, aber vielleicht hätte ihr Vater sie erahnt.

Als Antwort auf ihre Frage nickte Asis nur. Damals, wiederholte er, sei es ihm nicht als großer Verlust erschienen, später jedoch schon. Als er gehört habe, wie Parvin mit Trotter über ihr Studium sprach, sei es ihm wieder in den Sinn gekommen.

»Und ich dachte, Sie langweilen sich«, sagte Parvin und drehte sich zu ihm um, aber er hielt den Blick nach wie vor ins Wasser gerichtet.

Absolut nicht, antwortete er. Er sei wütend gewesen, weil es ihm unfair vorgekommen sei, dass sie so viel hatte lernen können und sich damit beschäftigen konnte, wie andere Menschen lebten, während er sich abmühte, zu überleben, seine Familie am Leben zu halten. Nach der Uni habe er für eine internationale Organisation gearbeitet, die ihn zum Minenräumer ausbildete. Während er davon sprach, malte er mit dem Finger Achten in den Schlamm. Minen zu legen sei leicht, ein Kinderspiel. Sie aufzuspüren hingegen sei extrem gefährlich. Man müsse sich sehr langsam bewegen. Entweder müsse man mit dem Detektor ganz ganz langsam über den Boden streichen, oder darüber kriechen, kriechen, kriechen, und alle paar Zentimeter ganz vorsichtig stochern. Er ließ sich auf die Knie nieder, um es Parvin zu demonstrieren, und verzog in erinnertem Schmerz das Gesicht. Man suche nach Metall, lausche auf jedes metallische Ping. Er wechselte in die Hocke. Dabei durfte man sich keinen Moment der Unachtsamkeit erlauben, keinen einzigen. Das jedenfalls habe er jeden Tag acht Stunden lang gemacht. Sie kenne das? Dass Lastwagenbremsen auf Bergstraßen oft anfingen zu glühen? Genau das sei mit seinen Knien passiert. Und obwohl er eine Gesichtsmaske getragen habe, habe sich der Staub über alles gelegt – Wimpern, Nasenhöhlen, Luftröhre, Lunge. Seitdem huste er ständig, obwohl er natürlich zugeben müsse, dass das Rauchen nicht unbedingt hilfreich sei. Außerdem gehe er seitdem krumm, weil er den ganzen Tag in gekrümmter Haltung verbracht hatte. Sich aufrecht zu halten sei so schmerzhaft, dass er überzeugt sei, seine Muskeln hätten sich rund um sein gekrümmtes Rückgrat verformt und verhärtet. In ein paar Monaten werde er dreißig, sein Körper aber sei bereits der eines alten Mannes.

»Lassen Sie uns ein Stück gehen«, sagte er dann. »Wenn ich zu lange sitze, kann ich mich anschließend kaum noch rühren. Außerdem wäre es auch für Sie besser.«

Das war ein versteckter Hinweis auf ihr wachsendes Publikum, auf die Männer, die in ihrer Nähe am Ufer kauerten. Plötzlich kam Parvin sich vor wie an der Highschool, einer Highschool wie in *Voll daneben, voll im Leben*. Und sie wünschte, sie könnte Asis die Serie zeigen und erklären.

Sie standen auf. Asis warf sich die Kevlar-Weste über die

Schulter und behielt den Helm in der Hand. Sie schlug vor, ein Stück durch die Felder und Obstgärten und dann zurück zum Basar zu gehen. Nach ein paar Schritten sah Asis zum Himmel auf und fuhr mit seiner Geschichte fort: »Und dann war da die Sonne. Ich bekam davon Kopfschmerzen, Punkte flimmerten vor meinen Augen. Bei dieser Arbeit folgt der Tod einem wie ein Schatten. Es ist, als sähe man ständig den eigenen Sarg vor sich, als müsste man nur noch den Deckel öffnen. Die Arbeit erforderte so viel Aufmerksamkeit, dass es manchmal leichter schien, einfach aufzugeben. Ich wüsste gern, ob Soldaten, die in gefährlichen Gegenden auf Patrouille gehen, manchmal auch so empfinden. Ich habe sie nie gefragt. Nur der Gedanke an meine Geschwister hielt mich aufrecht – wer würde für sie sorgen, wenn ich nicht mehr da war? Sie waren wie kleine Vögelchen, die darauf warteten, dass ich ihnen die Würmer brachte.« Dann wechselte er das Thema. »Wieso sind Sie zurückgekommen?«, brach es aus ihm heraus. »Sie hatten das Glück, von hier wegzukommen. Wieso sind Sie zurückgekommen?«

Weil es immer noch auch mein Land ist, hätte sie fast gesagt, aber das stimmte nicht. Und doch war auch Amerika nach dem 11. September nicht mehr richtig *ihr* Land gewesen. Sie versuchte, ihm zu erklären, wie es sich damals angefühlt hatte, muslimisch zu sein, und gelangte dabei zu einer neuen Erkenntnis: War es möglich, dass dieses Gefühl, fast ein inneres Exil, sie zu ihren Wurzeln zurückgetrieben hatte? Falls ja, wäre Gideon Cranes Buch, das sie für den Auslöser gehalten hatte, nur der Funke für Zunder gewesen, der darauf wartete, entflammt zu werden.

Der 11. September habe auch für ihn viel verändert, sagte Asis. Bis dahin habe er gedacht, seine Familie könne sich trotz aller Probleme glücklich schätzen. Sein Vater war frei.

Er selbst hatte Arbeit. Sie hatten genug zu essen. Aber was man an einem Tag für ausreichend halte, könne am nächsten als zu wenig erscheinen. Genau das passierte, als die Amerikaner kamen und die Taliban verschwanden. Alles veränderte sich für alle, so schien es ihm. Alle, die er kannte, Männer und sogar mehrere Frauen, fanden Arbeit bei den Amerikanern oder den Briten, sehr gut bezahlte Arbeit, als Dolmetscher, Fahrer oder Computertechniker. Er selbst konnte das alles nicht. Aber auch er wollte weiterkommen.

Er fand einen Englischkurs, der abends stattfand, sodass er tagsüber weiterarbeiten konnte. An der Sunshine American English School, direkt über einem Kopierladen. Manchmal stieg einem der unverkennbare Geruch von Toner in die Nase. Es gab zwei Lehrer, Louisa und Caleb. Louisa, die älter war, hatte einen langen, grauen Zopf, Caleb einen dünnen Bart und einen Bauch, der wie ein kleiner Hügel vorstand. Er trug ausnahmslos hellblaue Hemden und sprach, anders als Louisa, ein bisschen Dari. Beide waren immer gut gelaunt und die ersten Amerikaner, die er kennenlernte, obwohl er natürlich schon vorher welche auf den Straßen gesehen hatte.

Nach der Arbeit wusch er sich, aß zu Abend und ging zur Schule. Aber nachdem er den ganzen Tag in der Sonne geschuftet hatte, schlief er im Unterricht oft ein. Sätze der Lehrer – *Asis geht zum Basar; Chalil ist glücklich* – schwebten durch seine Träume. Aber er ging trotzdem jeden Tag hin, weil die Schule seine einzige Hoffnung auf ein besseres Leben war.

Auf ihrem Weg an den Weizenfeldern entlang musste Asis seine Geschichte immer wieder unterbrechen, weil Leute ihnen Grüße zuriefen oder stehen blieben, um ein paar Worte zu wechseln. Die Dorfbewohner behandelten Asis ein bisschen wie sie, dachte Parvin, willkommen, aber fremd, als seien Kabul und Amerika für sie gleichermaßen fern.

Eines Tages forderten Caleb und Louisa ihn auf, nach dem Unterricht noch zu bleiben. Ihnen sei aufgefallen, dass er häufig einschlafe, sagten sie und wollten wissen, ob mit ihm alles in Ordnung sei? Amerikaner waren so ... mitfühlend. Auf Dari, durchsetzt von ein paar Brocken Englisch und ergänzt durch viel Pantomime, erklärte er den beiden Lehrern seine Arbeit und ging, so wie vorhin, auch vor ihnen auf Hände und Knie. Doch bei ihnen fing er an zu weinen. Caleb und Louisa zogen ihn hoch und hielten seine Hände, was ihn verlegen machte, weil seine im Vergleich zu ihren weichen von der Arbeit so rau und rissig waren. Außerdem fiel ihm auf, wie ähnlich sie sich sahen – die gleichen blauen Augen, die gleichen vollen Wangen, sogar der gleiche saubere Geruch. Wie sich herausstellte, waren sie Mutter und Sohn, was sie in der ersten Stunde erklärt hatten, doch das hatte er nicht verstanden. Louisa reichte ihm ihr Taschentuch, das bestickt war, woraufhin er noch mehr weinen musste, weil es ihn an seine Mutter erinnerte, die auch gestickt hatte.

»Ich weiß gar nicht, wieso ich Ihnen das alles erzähle«, sagte er zu Parvin und sah sie verstohlen an, als wollte er sich vergewissern, ob er sich ihr wirklich anvertrauen konnte. Jedes Mal, wenn er sich ihr zuwandte, roch sie seinen Raucheratem. Jedes Mal störte er sie weniger.

»Wenn ich eine schwere Tasche zu tragen habe, sage ich manchmal zu einer Freundin: ›Heb mal, wie schwer sie ist.‹ Nicht, damit sie sie mir abnimmt, sondern einfach nur, damit sie – damit *irgendjemand* – es *weiß*. Vielleicht ist das hier so ähnlich.«

»Oder vielleicht bin ich amerikanischer geworden«, lachte er. »Vielleicht habe ich von Caleb und Louisa mehr als nur

Englisch gelernt.« Sie hatten ihm Fragen gestellt, sagte er, an jenem Abend und noch oft danach, wollten wissen, wie es gewesen sei, all die Kriege zu durchleben. Für so etwas war sein Englisch bei Weitem nicht gut genug, schon nach wenigen Sätzen musste er ins Dari wechseln. Noch nie hatte er irgendwem seine Geschichte erzählt, hatte sie nicht einmal als Geschichte betrachtet. Für ihn war es einfach nur sein Leben, nicht mehr und nicht weniger. Und nicht anders als das Leben der meisten Afghanen.

»Sie haben mir meine Geschichte gegeben«, sagte er unter Verwendung des Dari-Wortes *dorogh*, das sowohl »Erzählung« als auch »Lüge« bedeuten konnte. Sie hatten ihn sogar die Worte gelehrt, die nötig waren, um sie zu erzählen. »War das, nachdem die Raketen in deinem Viertel einschlugen? Ich kann mir nicht einmal vorstellen, welche Angst du gehabt haben musst«, hatten sie gesagt. Sein englischer Wortschatz wuchs: *Angst. Depression. Trauma. Posttraumatische Belastungsstörung. Furcht. Verlust. Grauen.*

Parvin amüsierte sich ein bisschen darüber, wie sorgfältig er die Worte aussprach und stellte sich vor, wie lange er geübt haben musste, bis er *posttraumatische Belastungsstörung* sagen konnte. Dann erst ging ihr zerknirscht auf, wie beängstigend die Erfahrungen gewesen sein mussten, die hinter diesen Worten steckten.

»Ich glaube nicht, dass die beiden alles verstanden haben«, sagte Asis. Manches habe er nicht einmal zu erklären versucht. Zum Beispiel, dass seine Familie glaubte, ein Onkel habe den Taliban verraten, dass sein Vater in die Apotheke wollte, weil die beiden wegen eines winzigen Grundstücks aus dem Erbe ihrer Eltern im Streit lagen. »Jetzt gehört dieses Grundstück meinem Onkel.«

Sie waren bei den Obstgärten angekommen. Die Bäume

hingen voller Pfirsiche, Aprikosen und Äpfel, und sie spazierten hindurch und pflückten sich gelegentlich eine Frucht.

Nicht lange danach hatten Caleb und Louisa zu Asis gesagt, sie hätten einen Job für ihn gefunden, was ihn überraschte, weil er beileibe nicht der beste Schüler in der Klasse war, vielleicht nicht einmal Mittelmaß. Und er war nicht der Einzige mit einer traurigen Geschichte. Fast jeder Afghane hatte eine. Aber Caleb und Louisa wollten *ihm* helfen. Außerdem sparten sich die besten Schüler, ähnlich wie reiche oder hübsche Möchtegern-Bräute, für etwas Besseres auf – amerikanische Zeitungen, das Militär, die Vereinten Nationen. Für Jobs, in denen man richtiges Geld verdienen konnte. So einen Job würde Asis mit seinem bisschen Englisch nie bekommen. Deshalb schlugen die beiden Lehrer ihn vor, als Dr. Gideon einen Dolmetscher suchte, der bereit wäre, mit ihm durchs Land zu reisen.

Sie sagten, im Vorstellungsgespräch solle er Crane seine Geschichte erzählen. Nervös übte er immer wieder, wobei seine Geschwister das Publikum spielten. Sie konnten zwar kein Englisch, hatten aber trotzdem eine Meinung: *Du fuchtelst zu viel mit den Armen. Steh nicht so steif, du siehst aus wie ein Spielzeugsoldat. Dein Mund sieht komisch aus, wenn du dieses Wort sagst.*

Dann kam der Tag, an dem er Dr. Gideon treffen sollte. Er war beeindruckt von seiner Größe und seinen extrem langen Armen. Immer wieder strich sich Dr. Gideon die Haare glatt, die die Farbe von reifem Weizen hatten und sich, kaum dass er die Hände fortnahm, unverzüglich wieder aufrichteten. Asis konnte den Ausdruck seiner Augen nicht deuten und erzählte ihm einfach seine Geschichte mit den Worten, die Caleb und Louisa ihm beigebracht hatten. Zu seiner Erleichterung stellte Dr. Gideon ihm keine Fragen, sondern erzählte im Gegenzug seine eigene Geschichte. Dass er als Augenarzt die Regierung betrogen und deswegen Ärger bekommen hatte, was Asis überraschte, weil er noch nie gehört hatte, dass jemand Ärger bekam, weil er die Regierung betrog. Nicht in Afghanistan. Aber Dr. Gideon hatte »einen Deal herausgeschlagen« – Asis hatte keine Ahnung, was das bedeutete – und durfte in Kabul gemeinnützige Arbeit leisten, statt ins Gefängnis zu müssen, was ein Glück war, »als habe er das große Los gezogen«. Und jetzt habe er seine Zeit »abgerissen« und wolle sich »verdünnisieren«, noch mehr Begriffe, die Asis nichts sagten. Das war seine Einführung in die Seltsamkeit des Englischen mit seinen unmöglichen idiomatischen Ausdrücken. Caleb und Louisa hatten immer darauf geachtet, ihre Schüler Schritt für Schritt an die neue Sprache heranzuführen, und nie Worte oder Ausdrücke benutzt, die nicht im Wörterbuch oder in der Grammatik standen oder auf etwas aufbauten, was sie bereits gelernt hatten. Crane war da völlig anders.

Er wiederholte immer wieder, er wolle »von der Bildfläche verschwinden« – noch ein geheimnisvoller Ausdruck – und das wahre Afghanistan kennenlernen. Die Dörfer, die Berge, das Minarett von Dschām, die Nischen, in denen die riesigen Buddha-Statuen von Bamian gestanden hatten, bevor die Taliban sie zerstörten, die Yaks im Wachan. Er wolle zwei Wochen unterwegs sein, vielleicht auch länger, denn er sei auf Abenteuer aus, wie er mehrmals betonte, Abenteuer und Buße, denn er habe nicht nur die Regierung betrogen, sondern auch seine Frau. Er habe Ehebruch begangen.

»Als er das sagte«, sagte Asis, »war ich so überrascht, dass ich mich verschluckt habe.« Er unterbrach seine Erzählung, um Crane nachzuahmen, breitete die Arme aus und fuhr sich mit den Händen durch die Haare, während er sagte: »»Im

Krankenhaus habe ich mit zwei schwarzen Krankenschwestern geschlafen, Asis. Keine Ahnung, was ich mir dabei gedacht habe. Ich meine, ich weiß es natürlich, aber ich bin nicht stolz darauf.‹«

Die Imitation war fast zu perfekt, und Parvin fragte sich, wem er sie im Lauf der Jahre noch alles vorgeführt hatte. Und sie schämte sich ein bisschen für ihre Crane-Verehrung. Ganz unverkennbar besaß Asis ein ausgewogeneres, pragmatischeres Bild von Crane. Sie dagegen war ihm so – *ergeben* – gewesen, das war der richtige Ausdruck. Für Asis war Crane nur ein ganz gewöhnlicher Mensch.

Sie näherten sich dem Obstgarten des Khans, in dem sie den Frauen vorgelesen hatte. Eigentlich hatte sie ihn Asis zeigen und ihm von ihrem Projekt erzählen wollen. Aber aus unerfindlichen Gründen, die sie sich selbst nicht richtig erklären konnte, steuerte sie ihn davon weg und schlug vor, zum Basar zurückzugehen.

»Wissen Sie, was ich ihn gefragt habe?« Asis lächelte verlegen. »Wieso schwarz?« Noch nie zuvor hatte irgendjemand ihm einen Ehebruch gestanden, und er wusste nicht, welche Fragen in so einem Fall angebracht waren. Er wusste nicht einmal, was Dr. Gideon meinte, als er die Frauen als »schwarz« bezeichnete.

»Was hat er geantwortet?«

»›Wieso nicht?‹«

Darüber musste Parvin lachen.

Jedenfalls, fuhr Asis fort, sei er zu dem Schluss gekommen, dass Amerikaner durch derartige persönliche Geschichten Freundschaften schlossen, und habe diese Gewohnheit sogar übernommen. Wie sonst solle man sich erklären, dass er Parvin so viel erzählte?

Oberflächlich betrachtet könne man diesen Eindruck gewinnen, räumte sie ein. Aber was eigentlich habe Crane ihm anvertraut? Enthüllungen könnten auch Schau sein, einstudiert. Vielleicht sei es ja sogar so, dass die Überarbeitung und Darbietung von Erinnerungen diese verändere, oder zumindest entschärfe. Wenn man erzähle, was man empfand, empfinde man es manchmal gar nicht mehr. Und sie erzählte ihm von einer Biologiestunde an ihrer Junior Highschool, in der sie das hochgewürgte Gewölle einer Eule untersuchen musste, um anhand der winzigen Knöchelchen herauszufinden, welche Beute die Eule geschlagen hatte. Die Untersuchung habe das nicht eindeutig ergeben, aber das Ganze doch weniger geheimnisvoll gemacht, als es der versteckte Inhalt eines Magens normalerweise sei. Vielleicht sei es bei diesen anvertrauten Enthüllungsfetzen genauso?

Asis dachte einen Moment nach und sagte dann: »Vielleicht hatte ich deshalb nicht wirklich etwas zu sagen, als Dr. Gideon mit Erzählen fertig war.«

Wie sich herausstellte, brauchte er auch nichts zu sagen. Dr. Gideon entschied, dass sie gut zueinander passten, und Asis bekam den Job. Er verriet seinem neuen Auftraggeber nicht, dass er praktisch keinerlei Reiseerfahrung besaß. Abgesehen von Besuchen im nicht weit entfernten Dorf von Verwandten, war er noch nie außerhalb von Kabul gewesen. Insbesondere war er noch nie irgendwohin gereist, nur um etwas zu *sehen*, so wie Dr. Gideon es offenbar vorhatte. Aber seine Aufgaben waren simpel: Transport und Essen organisieren, bei der Planung der Reise helfen, den Dolmetscher spielen und dafür sorgen, dass der Amerikaner sicher wieder nach Hause kam. Die Bezahlung war zwar nicht hoch, aber höher als das, was er als Minenräumer verdiente, und die Arbeit an sich war weit weniger gefährlich. Er würde sich durchmogeln können, entschied er. »So wenig Ahnung, wie

Dr. Gideon hatte, hätte ich jeden alten Steinhaufen als Minarett von Dschām ausgeben können.«

»Damit hat es also angefangen«, unterbrach Parvin ihn. »Da haben Sie angefangen, Dinge zu erfinden. Wie als Sie Crane sagten, Kommandant Amanullah sei ein Taliban.« Sie hatte nicht so schroff klingen wollen, war aber erleichtert, dass es endlich heraus war.

Asis sah sie erstaunt an. »Wieso hätte ich so etwas sagen sollen? Jeder weiß doch, dass es hier damals keine Taliban gab. Und der Kommandant hat *gegen* sie gekämpft.«

Verunsichert zögerte Parvin und fragte dann, ob Asis sicher sei, dass er Crane nie etwas Derartiges gesagt habe?

Natürlich sei er sicher, verwehrte sich Asis. So etwas fälschlich zu behaupten sei furchtbar, eine furchtbare Anschuldigung, die ein ganzes Leben zerstören könne.

Ob Asis bei Crane gewesen sei, als der vom Kommandanten gekidnappt wurde?

Gekidnappt? Crane sei nicht gekidnappt worden. Jedenfalls nicht in ihrer gemeinsamen Zeit.

Wie konnte er einer Geschichte, die Crane Millionen von Menschen erzählt hatte, derart dreist widersprechen, dachte Parvin empört, erkannte aber schnell, dass ihre Empörung nicht Asis galt, sondern Crane. Sie konnte nicht länger so tun, als sei die Geschichte über seine Entführung durch einen Taliban-Kommandanten nicht schlichtweg erfunden. Vielleicht hatte er gedacht, Amanullah würde nie Wind davon bekommen. Oder vielleicht war ihm nicht klar gewesen, was es in diesem Teil der Welt bedeutete, den Ruf eines Mannes in den Schmutz zu ziehen. Egal was, die Sache nagte an ihr.

»Haben Sie Dr. Gideons Buch eigentlich gelesen?«, fragte sie Asis.

Er ließ den Kopf hängen. Sein Englisch sei nicht gut genug

gewesen, um ein ganzes Buch zu lesen. Er habe es aufgeschlagen, nach seinem Namen gesucht, festgestellt, dass er als »A.« bezeichnet wurde, und es wieder zugeklappt. Als Colonel Trotter ihm Fragen über seine Zeit im Dorf gestellt habe, habe er gesagt, es sei so gewesen, wie Dr. Gideon geschrieben habe, an mehr könne er sich nicht erinnern, da er Trotter gegenüber nicht zugeben wollte, dass er das Buch nicht lesen konnte. Denn dann hätte der Colonel womöglich seine Englischkenntnisse angezweifelt. »Aber da ich ihm gesagt habe, ich hätte es gelesen, wäre es nett –«

»So wie Sie ihm gesagt haben, die Dorfbewohner seien mit dem Ausbau der Straße einverstanden, obwohl sie es ganz und gar nicht waren?« Ihr Ton war schneidend, weil sie wütend war – auf ihn, weil er die Verantwortung für die Lügen über den Kommandanten nicht übernommen hatte. Denn dadurch konnte sie nicht mehr leugnen, dass ganz allein Crane dafür verantwortlich war, und das fand sie nahezu unerträglich.

Plötzlich huschten Asis' Augen unruhig hin und her. »Da wusste ich doch noch nicht, dass Sie alles verstehen.«

Das war zwar keine akzeptable Entschuldigung, aber wieder empfand sie Mitleid mit ihm, weil sie an ihre eigene Verfehlung denken musste. Sie erzählte ihm von dem Tag, an dem Trotter im Gespräch mit Dr. Jasmin die Frau erwähnt hatte, die an Eklampsie gestorben war. »Ich hätte natürlich nicht mit ihm darüber reden dürfen. Die Ärztin ist, absolut zu Recht, auf den Schutz der Privatsphäre ihrer Patientinnen bedacht. Deshalb habe ich nicht übersetzt, was er gesagt hat. Es war, als habe ich diese eigenartige Macht, weil nur ich wusste, was passiert war.« Sie war nicht sicher, ob sie gestehen sollte, dass sie es als berauschend empfunden hatte, als sei sie diejenige, die die Frucht vom

Baum der Erkenntnis verteilen konnte. »Sie haben diese Macht auch.«

Bloß wolle er sie nicht, sagte Asis. Die Konsequenzen lasteten zu schwer auf ihm.

Sie hatten den Basar erreicht, und Asis war durstig. Parvin schlug vor, zur *chai khana* zu gehen, einem Stand, der auch als Teehaus diente. Sie ging nie allein hin, weil es zu offensichtlich ein Bereich für die Männer war, aber heute folgte sie Asis wie selbstverständlich ins dunkle Innere. Weil der Raum so klein war, konnten die wenigen anderen anwesenden Männer alles hören, was sie sagten, und instinktiv fing Asis an, viel mehr Englisch in sein Dari einzuflechten, sodass nur Parvin ihn verstehen konnte.

Zu Beginn seiner Arbeit für die Amerikaner habe er versucht, jedes Wort zu übersetzen, aber das sei unmöglich gewesen, sagte er voller Bedauern über seine Unfähigkeit. Die Amerikaner redeten so schnell, wie Maschinengewehrfeuer. Er sei einfach nicht mitgekommen und habe gefürchtet, wenn er sie zu oft bat, etwas zu wiederholen, werde er seinen Job verlieren, denn zu diesem Job gehöre auch, bei den Zusammenkünften der Amerikaner mit den Ältesten oder wem auch immer Autorität auszustrahlen. Er habe sich keine Unsicherheit anmerken lassen dürfen. Aber nachts habe er oft nicht schlafen können und sei im Kopf immer wieder durchgegangen, was er vielleicht falsch gemacht hatte und ob es deswegen zu irgendeiner Katastrophe kommen könne. Dann jedoch habe er gemerkt, dass es keine Rolle spielte, was ihm entging, weil das Leben – die Ereignisse – sich einfach um das herum formten, was er ausgelassen habe. Es sei so ähnlich wie an einer Straßengabelung. Der eine Weg folge der kompletten und korrekten Übersetzung, der andere der Übersetzung, die er zustande gebracht hatte, und er schicke sie auf diesen zweiten Weg, dem sie dann folgten, wo immer er hinführte.

Während er sprach, spürte Parvin, dass seine Vorsicht in Erleichterung überging. »Ich habe noch nie – ich hatte noch nie jemanden, mit dem ich über das alles reden konnte«, sagte er. Das andere Problem sei, dass die Amerikaner – vor allem die Soldaten, und ganz besonders Colonel Trotter – sehr effizient und oft in Eile seien. »Eigentlich wollen sie gar nicht jedes Wort hören, sondern immer und bei allem den direkten Weg. Afghanen dagegen erzählen oft Geschichten, um zu erklären, was sie meinen. Und wir sind extrem höflich. Ein Ältester möchte niemanden beleidigen, nicht einmal einen Feind, und manchmal kann zu große Direktheit eine Beleidigung sein oder wie eine klingen.« Doch diese umständliche Art zu sprechen frustriere die Amerikaner, deshalb habe er geglaubt, so schnell wie möglich auf den Punkt kommen zu müssen. Gleichzeitig habe er den Eindruck gehabt, je mehr jede Seite rede, desto weniger verstehe die andere. Oder desto unglücklicher sei sie mit dem, was die andere sagte. Und so habe er angefangen – Entscheidungen zu treffen, Änderungen vorzunehmen, von denen er meinte, sie würden Verwirrung vermeiden, Konflikte verhindern und beide Seiten glücklich machen. Mit der Zeit sei diese »Bearbeitung« zur Gewohnheit geworden. »Manchmal kann ich kaum glauben, dass ich ihre einzige Möglichkeit bin, einander zu verstehen.«

»Aber wäre es nicht besser, sie wüssten, dass sie sich nicht einig sind?«, fragte Parvin.

»Wenn sie *denken*, dass sie sich einig sind, bewegen sie sich vielleicht harmonisch voran.« Aber letztendlich, gestand er ein, seien seine Gründe nicht wirklich edelmütig gewesen. »Das Wichtigste für mich ist, dass der Colonel glücklich ist. Ich brauche diesen Job.«

Das schien ihn an Trotter zu erinnern, denn er stand abrupt auf, wobei er den Kopf einziehen musste, weil die Decke so niedrig war – für sie eine Versinnbildlichung der rätselhaften Dynamik, in der der Arbeitgeber die finanzielle und der Dolmetscher die sprachliche Macht besaß. Sie war sicher, dass die meisten Übersetzer ehrlich waren – dass sogar Asis es meistens war. Trotzdem schien es ihr eine brüchige Arbeitsbasis.

»Ich hätte mich gern noch länger unterhalten«, sagte Asis, während sie durch den Basar in Richtung der M-ATVs gingen.

Das hätte sie auch gern. In der *chai khana* hatten sie sich zum ersten Mal gegenübergesessen, statt nebeneinander, und sie hatte gemerkt, dass er ihr Gesicht betrachtete, wenn er sich unbeobachtet glaubte. Ihr war dabei heiß geworden, und sie hatte erst da erkannt, wie sehr ihr sexuelles Empfinden nachgelassen hatte, seit sie im Dorf war, weil es kein Objekt dafür gab, hatte jedoch keine Vorstellung, wie es weitergehen würde. Im College hätte sie genau gewusst, wo das alles hinführen würde oder sollte. Aber hier? Asis war zwar älter als sie, aber, wie sie vermutete, weniger erfahren, doch das eigentliche Problem war praktischer Natur, war die Unmöglichkeit, sich unbeobachtet zu unterhalten, geschweige denn, sich zu berühren. Sie empfand eine neue Verbundenheit mit Shokooh und ihrer Schwärmerei für Nasir.

Auf Dari, weil sie sich den Amerikanern näherten, fragte sie, was Trotter tun werde, sollte es weitere Angriffe geben.

Asis seufzte. »Ich habe keine Ahnung. Der Colonel ist frustriert. Der Ausbau der Straße hätte kein Problem sein dürfen. Der Krieg hätte nicht hierherkommen dürfen.«

»Anscheinend halten sich Kriege nicht an das, was sie dürfen.«

»Das Leben tut es nicht.«

17. Kapitel

Elvis

Wie Trotter versprochen hatte, wurde Dr. Jasmin inzwischen mit dem Hubschrauber gebracht. Mittwochmorgens fuhren sie und Nasir zum amerikanischen Stützpunkt und flogen von dort weiter. Im Dorf war es so still, dass man das Ratatat der Rotoren hören konnte, lange bevor man den Hubschrauber sah. Das Geräusch klang schnell, aber wenn Parvin den Hubschrauber dann durch die Lücke zwischen den Bergen kommen sah, wirkte er viel langsamer, als sie erwartet hatte. Insgeheim war sie jedes Mal aufgeregt. Die Landungen auf dem Feld des Khans verloren nichts von ihrer Dramatik. Nasir liebte die Flüge – von oben sei das Land sogar noch schöner, sagte er. Seine Mutter dagegen sah jedes Mal grün aus, wenn sie ausstieg.

Mehrere Wochen nach Trotters Befragung der Schūrā wegen der Angriffe auf der Straße sagte Dr. Jasmin, an diesem Morgen habe der Colonel sie gebeten, die Frauen zu fragen, ob sie wüssten, wer die Sprengsätze legte. Die Bitte, von seinem Dolmetscher übermittelt, sei ihr unangenehm gewesen, und das habe sie dem Colonel auch gesagt. Sie könne von ihren Patientinnen nicht verlangen, über andere aus dem Dorf zu reden. Abgesehen davon könne sie auch nichts von dem wiederholen, was ihre Patientinnen ihr sagten, wenn sie bei ihr in Behandlung waren. »Ich bin Ärztin, keine Geheimagentin!«

Parvin fand die Bitte des Colonels ebenfalls unangebracht, aber auch aufschlussreich. Wenn er Dr. Jasmin um Informationen bat, musste er ziemlich verzweifelt sein. Laut spekulierte sie, es müsse weitere Angriffe gegeben haben.

Ja, das habe der Dolmetscher Nasir erzählt, bestätigte Dr. Jasmin. Sprengsätze seien in Wasserdurchlässen und Leitzylindern deponiert worden. Zwei Arbeiter seien schwer verletzt worden – dem einen sei die Hand abgerissen worden, der andere habe ein schwer verletztes Bein. Andere verweigerten die Weiterarbeit, weil sie Angst hatten. Dr. Jasmin glaubte, sie und Nasir würden nicht etwa eingeflogen, weil die Arbeiten ein Durchkommen unmöglich machten, sondern weil der Colonel die Straße für zu gefährlich hielt.

Schon bald erfuhr Parvin, dass der Colonel in allen Richtungen nach Hilfe Ausschau hielt. Er wollte nicht nur Informationen, sondern auch einen Hebel, der das Dorf dazu bringen würde, sich auf die Seite der Amerikaner zu stellen, und war klug genug zu erkennen, dass es ihn nicht weiterbringen würde, vor der ganzen Schūrā um Hilfe oder Informationen zu bitten. »Was ich brauche, ist ein Bürgermeister«, sagte er immer wieder zu Asis, der jedes Mal antwortete, es gebe nicht einmal einen inoffiziellen. Die Dörfer funktionierten nun einmal nicht auf diese Weise. Natürlich gebe es Menschen, die mehr Einfluss besäßen – beispielsweise den Khan oder den Kommandanten –, und andere mit weniger Einfluss, dennoch würden Entscheidungen kollektiv und einvernehmlich getroffen.

Das war Trotter natürlich bekannt, weil er auf der Suche nach dem schwer fassbaren Schlüssel zu »Herzen und Gemütern« der Dörfler alles an Ethnographie, Kultur- und Politikwissenschaft über Afghanistan verschlungen hatte, dessen er habhaft werden konnte. Trotzdem entschied er, ein persönliches Gespräch mit dem Khan sei einen Versuch wert, da dieser so sehr davon profitierte, dass die Amerikaner eins seiner Felder als Hubschrauberlandeplatz nutzten. Parvin ging mit, weil sie hoffte, unterwegs mit Asis sprechen zu können, aber wie sich zeigte, nahm Trotter den größten Teil ihrer Aufmerksamkeit für sich in Anspruch. Er versuche, etwas Ähnliches zu erreichen wie das »Sunnitische Erwachen« im Vorjahr, in dessen Verlauf sich die Scheichs verschiedener irakischer Stämme gegen al-Qaida gestellt hatten. Und er hoffe, die Dörfler dazu zu bringen, sich ebenfalls zu erheben und ihre Straße zu schützen.

Obwohl Parvin nicht viel über den Irak wusste, hielt sie das für vergebliche Liebesmüh, da der Khan nicht die Macht eines Scheichs besaß und nicht in der Lage sein würde, eventuelle Versprechungen über die Mithilfe der Dorfbewohner auch tatsächlich einzuhalten. Sie hatte nicht die Absicht, das Haus des Khans zu betreten und zum Opfer seiner lüsternen Gedanken zu werden, und spielte in Übereinklang mit ihrer immer wiederkehrenden Fantasie, dem Khan mit der Vergeltung der Amerikaner zu drohen, mit dem Gedanken, Trotter zu erzählen, was der Khan gemacht hatte. Allerdings wusste sie, dass eine solche Vergeltung ebenso unwahrscheinlich war wie das Erwachen, das Trotter sich wünschte. Sie würden beide nicht bekommen, was sie wollten.

Der Khan versuchte natürlich, sie ins Haus zu locken, und bestand darauf, es sei unhöflich von Parvin, seine Gastfreundschaft abzulehnen.

»Ich konnte Ihre Gastfreundschaft doch bereits im Obstgarten genießen«, antwortete sie.

Asis, der wusste, wie unhöflich die Verweigerung einer Einladung war, und dem die Hochnäsigkeit ihres Dari ganz sicher nicht entging, sah interessiert zwischen ihr und dem

Khan hin und her, bevor er Trotter und zwei weiteren Soldaten ins Haus folgte.

Die restlichen acht Soldaten blieben als Wachtposten draußen. Mehrere von ihnen schlenderten in unterschiedliche Richtungen davon, hinaus ins Sonnenlicht, während sich die anderen unter die uralten Bäume setzten, die Haus und Hof beschatteten. Sie überprüften ihre Waffen und unterhielten sich leise miteinander, bis Parvin zu ihnen trat, woraufhin sie sofort verstummten. Sie suchte nach einer Möglichkeit, das Gespräch wieder in Gang zu bringen – das Wetter? Wo sie alle herkamen? –, aber alles fühlte sich falsch an, und keiner der Soldaten brach das immer länger werdende Schweigen. Wieviel einfacher es doch war, mit Trotter zu reden, obwohl sie sich lieber nicht vorstellte, wie ihre ernsthafte Unterhaltung über Theseus' Schiff für diese Soldaten geklungen haben musste, die, zumindest dem Alter nach, viel eher zu ihr gepasst hätten als der Colonel.

»Seht euch diese Wände an, nicht die kleinste Schmiererei«, sagte schließlich einer der Soldaten und deutete auf das makellose Äußere des Hauses. Er war groß und schlaksig und hatte eine ungewöhnlich blasse Haut und sehr helle Augen, die durch seine farblosen Wimpern noch heller wirkten. »Auf dem Stützpunkt wären die Mauern von oben bis unten mit Schwänzen bekritzelt.«

»Würd' aussehen wie 'ne Schwanztapete«, sagte ein anderer, dessen große Brille seinen Kopf winzig wirken ließ.

»Tapeten sind Weiberkram.«

»Meine Mama hat Tapeten«, sagte ein dritter Soldat, der einen leichten Südstaatenakzent hatte.

»Sag ich doch. Weiberkram!«

Der Südstaatler machte einen drohenden Schritt auf den anderen zu, musste dann aber lachen.

»Ich wette, *ihre* Mom hat auch Tapeten.« Der große, blasse Soldat, der aussah, als hätte er die Highschool kaum hinter sich, deutete mit dem Kopf auf Parvin, und sie vermutete, dass er bis jetzt noch nie darüber hinausgekommen war, Mädchen zu ärgern, wenn er sie auf sich aufmerksam machen wollte.

»Meine Mom ist tot«, sagte sie.

Sie erntete ein paar anerkennende Pfiffe für die Art, wie sie ihn mundtot gemacht hatte. Allerdings schienen sie zu erwarten, dass sie ein *War nur ein Witz!* folgen ließ. Als sie das nicht tat, murmelten sie Entschuldigungen.

»Sie müssen Boone entschuldigen. Er hat keine Ahnung, wie man mit Frauen redet«, sagte ein anderer Soldat, der kompakt und robust gebaut und dessen Haut fast so dunkel war wie die von Parvin.

Boone nickte, ließ zerknirscht den Kopf hängen und grinste dann. »Scheiße, Kirbys Mom ist für seine Familie tot.«

Die anderen Soldaten veränderten ihre Haltung und sahen sich nervös an. Kirby, dessen Kopf winzig wirkte, weil sein Körper so grotesk muskulös war, wie Parvin erst jetzt auffiel, warf Boone einen Blick zu, bei dem einen das Blut in den Adern gefrieren konnte. Zumindest das von Parvin gefror.

»Halt bloß deine Scheiß-Klappe, Boone«, warnte der Südstaatler und fügte, an den Dunkelhäutigen gewandt, hinzu: »Reyes, sorg dafür, dass er das Maul hält.«

Stattdessen unternahm Reyes den Versuch, die Situation zu entschärfen, und erkundigte sich bei Parvin, wo sie herkomme.

»Union City.«

»Wieso nennt der Colonel Sie dann Berkeley? Wissen Sie, dass er Sie so nennt?« Er imitierte Trotter: »»Berkeley sagt, die phänomenal phänomenologischen Ansichten der Frauen müssen zwingend in Betracht gezogen werden …«‹

Sie lachte, obwohl die Imitation sich nicht nur über Trotter, sondern auch über sie selbst lustig machte, und sagte, sie habe in Berkeley studiert, sei aber in Union City aufgewachsen.

»Wir haben erst gedacht, Sie sind aus diesem Scheiß-Kaff«, sagte Reyes und ruderte hastig wieder zurück. »Tschuldigung, war nicht so gemeint. Eigentlich ist es ein wirklich schönes Land, aber es ist beschissen, als Soldat hier zu sein.«

Sie nickte verstehend und sagte, sie sei zwar in Kabul auf die Welt gekommen, trotzdem sei Afghanistan ihr fast so fremd wie ihnen.

»Bei allem Respekt«, sagte Boone, »aber das ist doch Schwachsinn. Sie sprechen die Sprache. Wir können uns nur über Elvis verständigen.«

»Elvis?«

»So nennen manche von uns, die Blöderen« – er verdrehte die Augen in Richtung Boone – »Ihren Liebsten. Weil es einfacher ist.«

»Er ist nicht mein Liebster«, verwehrte sich Parvin.

»Entspannen Sie sich«, sagte Reyes. »Ich wollte Sie nur auf den Arm nehmen.«

»Auf den Arm nehmen ist das Höchste, was wir hier mit Frauen machen können«, sagte Kirby. »Wie kommt es eigentlich, dass wir außer Ihnen nie welche sehen? Ich bin die ewigen behaarten Gesichter so verdammt leid.«

»Das wird deine Freundin aber nicht so gern hören«, feixte Boone und fing sich einen weiteren eisigen Blick Kirbys ein.

»Beachten Sie ihn einfach nicht«, sagte Reyes zu Parvin. »Er ist nur dann ein Mensch, wenn er trainiert.«

»Asis hat gesagt, er mag es, wenn wir ihn Elvis nennen«, erklärte Boone. »Besser als wenn die Leute, denen wir die Türen eintreten, seinen richtigen Namen hören.«

»Schnauze, sie weiß doch nichts von eingetretenen Türen – haben wir hier schließlich noch nicht gemacht«, sagte der Südstaatler, dessen Namen Parvin nicht mitbekommen hatte.

»Noch nicht«, kam es betont von Kirby. »Lass uns einfach ein bisschen Zeit.«

Parvin konnte sich nicht einmal annähernd vorstellen, wie beängstigend es sein musste, wenn Männer mit derart großer körperlicher Kraft, von der Durchschlagkraft ihrer Waffen ganz zu schweigen, nachts in ein Haus einfielen. Kirbys Worte schienen die Atmosphäre zu verdüstern und erinnerten die Soldaten daran, dass das Haus des Khans zwar einen grandiosen Blick auf das wunderschöne Tal bot, die Straße aber trotzdem gefährlich war, die Einheimischen unberechenbar und der Feind ganz in der Nähe.

»Ich hab' da mal 'ne Frage, Parvenü«, sagte der Südstaatler.

»Parvin«, korrigierte sie ihn und beeilte sich anzufügen, dass die Autokorrektur ihren Namen auch immer zu ›Parvenü‹ mache. »Was für eine Einwanderin irgendwie lustig ist.«

Er sah sie verständnislos an, und Reyes erklärte: »Vance hat keine Ahnung, was ein Parvenü ist. Er hat die Schule abgebrochen. Die Army braucht so dringend Frischfleisch für die Maschine hier, dass sie die Anforderungen ständig senkt.«

»Falls ich je nach Hause komme, schlage ich es nach«, sagte Vance. »Und soweit ich weiß, College-Depp, scheißt du auf dem gleichen Scheißhaus wie ich. Immerhin hab ich meine Zeit nicht verplempert. Aber, *Parvin*, können Sie uns vielleicht erklären, wieso wir uns hier beschießen lassen müssen, wo wir doch nur helfen wollen? Fühlt sich nicht so toll an.«

»Vanceys Gefühle sind verletzt«, spöttelte Boone.

»Halt die Klappe«, unterbrach Reyes. »Lass sie antworten.«

Alle Augen richteten sich auf Parvin, die keine Antwort wusste. Seit Trotter von den Problemen an der Straße berichtet hatte, hatte sie versucht, Wahid dasselbe zu fragen. Nicht *wer* die Angreifer waren – das würde er ihr nicht sagen, selbst wenn er es wüsste – , sondern *wieso* sie so handelten.

»Sie versuchen, eine Supermacht zu besiegen«, hatte er schließlich eines Abends gesagt. »Die Straße ist für sie nur ein weiteres Schlachtfeld.«

Zu den Soldaten sagte sie nur: »Ich weiß es genauso wenig wie ihr.«

»Noch ein Grund, so schnell wie möglich hier abzuhauen«, seufzte Boone. »Noch dreiundneunzig Tage.«

»Nicht zählen«, sagte Reyes. »Dann vergeht die Zeit nur noch langsamer.«

»Soll das Physik sein, du Volltrottel?«

»Zählen oder nicht zählen«, sagte Kirby. »Wir kommen auf jeden Fall nach Hause, mit ein bisschen Glück nicht in einem Leichensack. Und wenn du dich dann vier Tage gelangweilt und angefangen hast, alle Zivilisten zu hassen, meldest du dich für den nächsten Einsatz. Du kannst mir glauben, das hier ist mein dritter Einsatz.«

»Seien Sie bloß vorsichtig, sonst geht es Ihnen genauso«, lautete Reyes' Warnung an Parvin. »Wenn Sie zu lange hierbleiben, passen Sie nirgends sonst mehr hin und kommen immer wieder zurück.«

Parvin war so in das Gespräch mit den Soldaten vertieft, dass sie es fast bedauerte, als Trotter und Asis aus dem Haus des Khans kamen. Aber auf dem Rückweg zu den M-ATVs war sie innerhalb weniger Minuten erneut damit beschäftigt, Trotter zuzuhören, und die Soldaten, die sich um sie herum verteilt hatten, sahen wieder bedrohlich aus.

Der Colonel berichtete Parvin, der Khan habe versprochen, seinen Einfluss geltend zu machen und zu versuchen, die Dorfbewohner zu mehr Kooperation zu bewegen. Als Gegenleistung habe er versprochen, einen Ingenieur zu beauftragen, Pläne für ein verbessertes Bewässerungssystem anzufertigen (was dem falschen Versprechen entsprach, das Asis bei der ersten Schūrā-Versammlung abgegeben hatte). Sie ging davon aus, dass dieses Projekt dem Khan, der die Wasserrechte kontrollierte, irgendwie zugutekommen würde, was Asis ihr später bestätigte. Der Khan, sagte er, würde ganz sicher mehr von dieser Abmachung profitieren als Colonel Trotter.

»Haben Sie Trotters Versprechen denn wirklich übersetzt?« fragte sie auf Dari, weil ihr plötzlich bewusst wurde, dass die Soldaten zuhören könnten.

Ja, habe er, antwortete Asis, teils weil er darüber nachgedacht habe, was Parvin gesagt hatte. Dass es für Afghanen und Amerikaner besser sei zu wissen, wo sie miteinander standen. Er werde nicht mehr versuchen, diesen kleinen Winkel des Krieges zu beeinflussen.

Parvin gab sich alle Mühe, sich nicht anmerken zu lassen, wie erfreut sie darüber war. Die Frotzelei der Soldaten über ihren »Liebsten« hatte sie aufmerken lassen, erkannte sie, und sie ging vorsichtiger mit Asis um.

»Was war eigentlich zwischen Ihnen und dem Khan?«, wollte er wissen.

Er hatte ihr Unbehagen also bemerkt. Der Khan habe sie im Obstgarten angegrabscht und versucht, sie zu küssen, sagte sie. Seitdem gehe sie ihm möglichst aus dem Weg.

Nach kurzem Überlegen sagte Asis: »Vielleicht hätte ich

es auch versucht. Afghanische Männer wissen nicht wirklich, wie sie mit Frauen umgehen sollen, vor allem nicht mit westlichen. Es sind eine Menge Geschichten im Umlauf –«

Nicht über sie persönlich, sondern über westliche Frauen im Allgemeinen. Das hatte auch ihr Cousin Fawad gesagt. Westliche Frauen galten als verfügbar, als leicht zu haben. Sie hatte versucht, Fawad das ein oder andere zu erklären. Das Gleiche versuchte sie jetzt bei Asis.

»Dann werden Sie mir also zeigen, was erlaubt ist, ja?«, sagte er, und sie unterdrückte ein Lächeln.

18. Kapitel

Der Kahlkopf

Die Ärztin war beunruhigt, weil die Straße aufgrund der Gefahrenlage oder der Bauarbeiten nun größtenteils unpassierbar war. Eine schwerkranke Frau aus dem Dorf hätte keinerlei Möglichkeit mehr, in ein Krankenhaus zu gelangen, selbst wenn sie dazu bereit wäre. Daher wollte Dr. Jasmin Parvin auf einen Notfall während ihrer Abwesenheit vorbereiten. Anfangen würden sie mit Latifa, der widerstrebenden Gebärerin von Mädchen, die krank aussah. Ihre Schlüsselbeine standen spitz vor, ihre Haut war gelblichgrau, nur unter den Augen schimmerte sie violett. Das letzte Mal, sagte die Ärztin, sei das Baby zu früh gekommen, zum Glück nur vier Wochen, es bedeute aber, dass auch dieses Mal die Gefahr bestand. Latifa sei etwa in der vierundzwanzigsten Woche, aber ihre Zervixlänge betrage kaum mehr als zwei Zentimeter, und das sei oft, wenn auch natürlich nicht immer, ein Anzeichen für eine Frühgeburt.

Eigentlich müsse Latifa den Rest ihrer Schwangerschaft in einem Krankenhaus verbringen, sagte Dr. Jasmin, aber natürlich werde sie bleiben und kochen und die Familie versorgen, bis die Wehen einsetzten und ihr Leben gefährdet sei. Sie habe der Dai schon oft angeboten, ihr zu zeigen, was zu tun sei, wenn es zu postpartalen Blutungen kam oder die Plazenta sich nicht löste, aber die habe sich immer geweigert und gesagt, sie habe weit mehr Erfahrung als die Ärztin. »Ihrer Meinung nach liegt alles in Gottes Hand. Und eher soll eine Frau sterben, als dass sie zugeben würde, dass sie etwas lernen könnte.« Außerdem lasse die Dai auch nicht zu, dass sie eine andere Frau aus dem Dorf ausbilde. Deshalb wolle sie Parvin zeigen, was zu tun sei, auch wenn sie keine medizinische Ausbildung habe. Als jemand von außen könne sie der Dai die Stirn bieten.

Obwohl Parvin nach wie vor protestierte, fing Dr. Jasmin während Latifas Untersuchung an, sie zu unterweisen. Wenn Latifa nach der Geburt weiter blute, müsse sie eine Misoprostol nehmen – eine Tablette, die nicht gekühlt werden musste. Aber falls sie sie nicht nahm oder sie nicht wirkte, musste Parvin die Blutung manuell stoppen. Dazu musste sie eine Hand in den Geburtskanal und den unteren Uterus einführen und mit der anderen auf Latifas Unterleib drücken.

Allein beim Gedanken wurde Parvin ganz schwummrig. »Das kann ich nicht. Es ist alles zu – klein.«

»Waren Sie noch nie beim Gynäkologen?«, fragte die Ärztin sichtlich amüsiert. »Glauben Sie mir, die Hand passt hinein.« Sie fragte Latifa, ob Parvin sie untersuchen dürfe, und als die bejahte, wies sie Parvin an, sterile Handschuhe anzuziehen.

»Ich habe keine medizinische Ausbildung, keine Erfahrung!«

»Aber Sie sind ein kluges Mädchen. Sie können lernen. Sie müssen!«, sagte die Ärztin mit unüberhörbarer Schärfe.

Parvin kannte fast niemanden, der so durchgängig freundlich war wie die Ärztin – fast konnte es einen misstrauisch machen, vor allem, seit sie wusste, wie sehr sie unter den Taliban gelitten hatte. Daher tat es eigenartig gut, ihrer Stimme Missfallen anzuhören, auch wenn dieses Missfallen ihr selbst galt. »Ich bin hergekommen, um zu lernen, um herauszufinden, wieso so viele afghanische Frauen bei Geburten sterben. Ohne die strukturellen Gründe zu verstehen« – sie wusste nicht einmal, wie sie das auf Dari ausdrücken sollte und sagte es auf Englisch – »und ohne die Machtdynamiken anzugehen, die verhindern, dass Frauen eine Stimme haben, ganz zu schweigen von einer anständigen Gesundheitsversorgung, wird sich gar nichts ändern.«

Sie war stolz auf ihre Ausführung, und die Ärztin nickte, als stimme sie ihr zu, sagte dann aber: »Parvin, nach der Geburt ist eine Frau entweder am Leben, oder sie ist tot. Das ist alles, was mich interessiert. Und jetzt – versuchen Sie es.«

Latifa, die sie beobachtete, sah furchtbar aus. Parvin versuchte sich vorzustellen, wie es sein musste, bei der Geburt auf eine Dai angewiesen zu sein, die zu störrisch war, etwas dazuzulernen, was vielleicht hilfreich sein könnte. Aber waren ihre hochgestochenen Ausflüchte nicht dasselbe? Alles lief darauf hinaus, was sie vor ihrem Gewissen vertreten konnte oder nicht. Sie war nicht im Mindesten überzeugt, dass sie selbst nach der Anleitung der Ärztin in der Lage wäre, jemanden zu retten, aber sie musste es zumindest versuchen. Vielleicht war Cranes Buch deshalb in ihr Leben getreten – weil sie, als Frau, die Hilfe bieten konnte, die er nicht hatte leisten dürfen. Bei allen Ungereimtheiten des Buchs hatte das Bestand.

Sie streifte einen sterilen Handschuh über und führte vorsichtig ihre Finger ein.

»Zart, ganz zart«, wies die Ärztin sie an. »Da drin ist ein Fötus.«

Fuck, dachte Parvin. Als wäre sie nicht auch so schon nervös genug.

Latifas Unterleib gab ein Geräusch von sich, als Parvins

Finger schmatzend tiefer in ihre Vagina glitten, bis sie den Gebärmutterhals erreichten, den Zugang zum Uterus, glitschig, aber fest, wie ein feuchter Gummiball. Parvin war völlig aufgedreht, high von der Euphorie, etwas zu tun, das sie nicht für möglich gehalten hätte. Mit einem absurden Grinsen sah sie zu Latifa hoch, die verschreckt zurückstarrte. Parvins Hand war immer noch in ihr.

»Jetzt wissen Sie, dass Sie es können«, sagte Dr. Jasmin. »Wollen wir hoffen, dass Sie es nie müssen.«

»War es in Ordnung? Habe ich Ihnen wehgetan?«, erkundigte sich Parvin mit nervöser Stimme bei Latifa, als die wieder angezogen war.

Latifas Gesicht hatte inzwischen ein noch erschreckenderes Asphaltgrau angenommen. »Es hat wehgetan«, sagte sie, »aber es war auszuhalten.«

»Wenn Dr. Jasmin nicht hier sein kann, werde ich mich kümmern«, versicherte Parvin ihr in einem Ton, von dem sie hoffte, dass er zuversichtlich und beruhigend klang.

Latifa antwortete mit einem schwächlichen Lächeln. »Wollen wir hoffen, dass Sie es, wie Dr. Jasmin gesagt hat, nicht müssen.«

Dass ein Leben von ihr abhängen könnte, war nichts, was Parvin auf die leichte Schulter nahm, und es erfüllte sie mit mehr Verständnis für Crane, der einer Frau in Gefahr nicht hatte helfen dürfen. Wie hatte sich das wohl angefühlt? Noch schlimmer war die Vorstellung, was Fereschta empfunden haben musste, als man ihm verbot, ihr zu helfen.

Sie fragte Bina, ob sie wisse, wie ihre Schwester gestorben sei.

Bei der Geburt, antwortete Bina.

Ja, schon, aber wusste sie, was genau passiert war?

Man habe ihr nur gesagt, sie sei bei der Geburt gestorben, wie so viele Frauen. Und obwohl Fereschta ihre Schwester sei, habe sie nicht nach Einzelheiten gefragt.

Als Frau blieb einem hier nichts anderes übrig, als nach Informationsfetzen zu greifen und sie zu Formen zusammenzustückeln, von denen man vermutete, dass sie der Realität entsprachen. Zu Fiktionen, angelehnt an Verzerrungen und Erfindungen. Die Frauen brauchten aber ein genaues Verständnis der Gefahr, mit der sie lebten – und der Gründe dafür. Also ließ Parvin ausrichten, dass sie sich noch einmal im Obstgarten treffen würden, wo sie ihnen das Kapitel über Fereschtas Tod vorlesen würde.

War es möglich, dass sie auch das Herz von Cranes Buch testen wollte, um zu sehen, ob es Bestand hatte? Erst später fragte sie sich, ob sie es den Frauen deshalb vorgesetzt hatte. Damit sie es beschnuppern konnten wie ein Stück Fleisch, von dem sie vermutete, dass es ranzig geworden war?

Inzwischen war es Spätsommer. Das Gras war braun geworden, die Bäume fingen an, ihre Blätter abzuwerfen. Die Erde hatte monatelang Wärme gespeichert, die nun in Wellen vom Boden aufstieg, sodass die Frauen sich selbst und ihre Nachbarinnen unermüdlich fächelten. Hin und wieder fing ein vor Hitze weinerliches Baby an zu schreien. Die Dai betrat den Obstgarten mit königlichem Humpeln und blieb zunächst stehen, sodass sie alle überragte, als seien sie Untertanen, die auf ihren Ritterschlag warteten. Dann umklammerte sie ihren Stock und vollführte eine Reihe dramatischer Verrenkungen, bis ihr arthritischer Körper endlich saß. Ganz gleich, wo Parvin hinsah, die Dai war immer da, wie ein trüber Fleck im Auge.

Parvin sagte, heute werde sie ihnen die Passagen über Fereschtas Tod vorlesen. Es fühlte sich seltsam an, den Namen in

Gegenwart der Frauen auszusprechen, wie eine Übergriffigkeit, eine Anmaßung von Vertrautheit. Wenn Parvin ehrlich war, musste sie sich fragen, ob Fereschta je mehr für sie gewesen war als ein Name? Eine von einem Esel getragene Geschichte? Eine Marionette, die sie zum Tanzen brachte? Während ihres Studiums hatte sie von Hirten gelesen, die den Piranhas ein verletztes Tier opferten, damit der Rest der Herde den Fluss unbeschadet durchqueren konnte. War das die Rolle, die Fereschta vorbestimmt war, oder war sie ihr aufgezwungen worden? Ihr Tod hatte so Vieles möglich gemacht.

Die Frauen wirkten ernst und respektvoll, was Parvin nervös machte. Sie begann mit einer Stelle in Kapitel 10.

Fereschta sagte mir, ihre bisherigen sechs Geburten seien nicht besonders schwer verlaufen, dieses Mal werde es bestimmt nicht anders sein. Wie alle Dörfler wusste auch sie nicht genau, wie alt sie war, ich schätzte sie auf Ende zwanzig. Seit sie mit Wahid verheiratet war, hatte sie mehr oder weniger alle zwei Jahre ein Kind zur Welt gebracht.

Ich machte einen Spaziergang, als bei ihr die Wehen einsetzten. Einer ihrer Söhne kam mich holen. »Meine Mutter braucht Hilfe«, sagte er. Ich lief mit ihm zurück zum Haus. Die Hebamme, eine ignorante alte Schachtel ohne jede medizinische Ausbildung, kam gerade aus Fereschtas Zimmer.

Da die Dai anwesend war, ließ Parvin den mittleren Teil des Satzes weg.

Ihr Gesicht war ernst. »Das Baby steckt fest, Dr. Gideon«, sagte sie. »Sie müssen sich das ansehen. Fereschta blutet und braucht Ihre Hilfe. Ich kann nichts mehr tun –«

»Nein, nein, das stimmt nicht«, unterbrach die Dai. »Ich war nicht bei Fereschta. Sie haben mich nicht zu ihr gelassen.«

»Oh –«

»Ich habe sie nicht gesehen, weil wir uns nicht darüber einigen konnten –«

»Die vielen Kinder, die Sie auf die Welt gebracht haben, würden vier Dörfer füllen«, warf Parvin in dem Versuch ein, sie zu beschwichtigen und zum Schweigen zu bringen. »Da können Sie sich doch wohl nicht an jede Einzelheit jeder Geburt erinnern.«

»Nicht bei jeder Geburt war ein Amerikaner dabei!« Die entzündeten Augen der Dai schienen zu glühen, ihre Stimme klang rau. »Natürlich erinnere ich mich, was mit Fereschta passiert ist. Es war die Schuld des Amerikaners. Was er mir zahlen wollte, war ein Hohn.«

»Wie bitte? Sie und Dr. Gideon haben sich über *Geld* gestritten?«

Die Frauen schwiegen, beobachteten aber alles mit wachsamen Augen.

»Weil ich eine Frau und kein Arzt bin«, sagte die Dai, »wollte er mich mit praktisch nichts abspeisen.« Seit Cranes erstem Besuch im Dorf waren sechs Jahre vergangen. Seitdem hatte sich ihre Verbitterung immer mehr angestaut. Nun trat sie über die Ufer. »Ich hatte fünf Kinder zu ernähren«, murmelte sie mehr zu sich selbst als zu den anderen, eine Kurzversion der Geschichte, die sie Parvin und den anderen Frauen schon so oft erzählt hatte. Trotzdem hörten sie mit höflicher Aufmerksamkeit zu. »Als mein Mann starb, hatte ich niemanden.«

Parvin wusste inzwischen, dass ihre Kinder längst erwachsen waren und sie unterstützten, nicht umgekehrt, aber Sympathien einzufordern war der Dai ebenso zur Gewohnheit geworden wie Bienen Nektar sammeln und Prepper Waffen horten. Hatte sie versucht, den Amerikaner übers Ohr zu hauen und ihm einen exorbitanten Betrag abzufordern? Falls ja, hatte das in ihm einen Urinstinkt geweckt, die Angst des Reisenden, betrogen oder ausgetrickst zu werden, was dazu führen konnte, dass man sich über kleine Summen aufregte, die man zu Hause bedenkenlos hinblättern würde? Es ging um Stolz, um die Demütigung, über den Tisch gezogen zu werden – Parvin hatte eine ähnliche Empörung empfunden, nachdem der Khan ihr gesagt hatte, die Miete, die sie Wahid zahlte, sei viel zu hoch. Aber wie es aussah, hatten Crane und die Dai um das Leben einer Frau gefeilscht wie um irgendeine Kleinigkeit auf einem Basar.

Die Dai verteidigte sich nicht nur Parvin, sondern auch den anderen Frauen gegenüber. Damals, sagte sie, habe Wahid nichts gehabt. Er sei einer der ärmsten Männer im Dorf gewesen und habe seine Kinder kaum ernähren können. Bei Fereschtas früheren Geburten habe er sie nicht einmal gerufen, weil er sie nicht bezahlen konnte. »Aber dieses Mal hat er mich geholt, entweder weil es Fereschta sehr schlecht ging oder weil der Amerikaner gesagt hatte, er solle Hilfe holen. Ihr kennt doch das Sprichwort: ›Wenn der Kahlkopf wirklich Arzt wäre, hätte er seinen eigenen Kopf geheilt.‹«

Parvin hatte mehr als einmal gehört, dass sie Crane als »Kahlkopf« bezeichnete. Die beiden ersten Male hatte sie sie korrigiert und gesagt: »Er ist nicht kahl!« Die Dai hatte nur gelacht. Danach hatte sie es einfach gut sein lassen und für sich gedacht, die Dai sei anscheinend ein bisschen wirr im Kopf. Jetzt jedoch wurde ihr ganz anders, weil ihr aufging, dass die Dai die ganze Zeit ihre Gründe gehabt hatte.

»Ich hätte gern geholfen«, fuhr die Dai fort. »Ich bin nicht hartherzig. Aber ich hatte fünf Kinder zu ernähren und wollte einfach nur wissen, wer mich bezahlen würde, damit sie zu essen hatten. Dr. Gideon sagte, er würde das übernehmen, aber als ich ihm den Betrag nannte, fing der Streit an.«

Die Dai war eine Witwe mit fünf Kindern, genau wie Cranes Mutter. Er hätte doch ganz sicher nicht versucht, ausgerechnet bei ihr zu knausern? Parvin sah die anderen Frauen an und fragte sie, ob es so gewesen sei. Sie schwitzte, Schweiß lief ihr über Rücken und Stirn. Mit dem Ärmel wischte sie sich das Gesicht ab. Ihre Augen brannten.

»Woher sollen sie das wissen?«, fragte die Dai amüsiert. »Sie waren nicht dabei. Nur ich und Dr. Gideon waren da.«

Es stand also ihr Wort gegen das von Crane, ihre Version der Geschichte gegen seine. Die Frauen schien das nicht weiter zu bekümmern. Leben, Vergangenheit, Erinnerung – alle boten genügend Raum für widersprüchliche Geschichten. Wie in ihren beengten Häusern war immer Platz für noch einen Neuankömmling; man rückte einfach ein bisschen enger zusammen.

»War Asis dabei?«, fragte Parvin. »Der Dolmetscher?«

»Natürlich! Wie hätten wir sonst reden können? Ohne ihn hätte der Amerikaner nicht einmal seinen eigenen Schwanz gefunden. Und ich könnte auf Englisch nicht einmal nach meiner eigenen Möse fragen.«

Einige der Frauen lachten erleichtert, weil die Spannung gebrochen war. Nicht jedoch Bina, fiel Parvin auf. Sie sah bedrückt aus. Teils deswegen fauchte Parvin: »Das ist nicht lustig.«

»Nein«, gab die Dai ihr Recht. »Aber von Asis wusste ich, dass Dr. Gideon Geld hatte und versuchte, mich zu betrügen, denn ihm zahlte er dreißig amerikanische Dollar am Tag!« In Erwartung ihrer Krone der Sympathie senkte sie den Kopf.

»Sie sind also gegangen? Sie haben Fereschta alleingelassen?«

»Ich bin gegangen. Was blieb mir anderes übrig?« Etwas später sei Dschamschid gekommen, um sie zurückzuholen, fuhr sie ohne jede Herausforderung in der Stimme fort. »Er hat gesagt, dass seine Mutter Hilfe braucht und Dr. Gideon mich bittet, zurückzukommen.«

Die Dai verstummte.

Ob sie denn mit Dschamschid mitgegangen sei, fragte Parvin nach.

Nein, sei sie nicht, antwortete die Dai, jetzt wieder abwehrend. Und zwar, weil sie immer noch wütend auf Crane gewesen sei und er nichts anderes verdient habe. Dazu, dass Fereschta durchaus etwas anderes verdient hatte, äußerte sie sich nicht. Aber sie sah Bina an und flüsterte: »Es war Gottes Wille.«

Bina reagierte nicht, sondern hielt den Blick auf ihre Hände gerichtet, die sie unsanft gegeneinander rieb. Die Dai schien nicht zu wissen, was sie tun sollte. Trotz der vielen Hautlappen an ihrem Hals sah Parvin, dass sie schluckte. Fast war es eine Erleichterung, als sie ihre übliche Kampfbereitschaft wiederfand. »Dr. Gideon war reich, ich war arm, was hätte ich tun sollen?«

Niemand antwortete. Parvin hatte dasselbe Gefühl von Unsicherheit, vom Aufwachen im freien Fall, das sie vor Monaten in Berkeley gehabt hatte, als der Gedanke an ihre Zukunft sie derart in Panik versetzt hatte. Jetzt befand sie sich in dieser Zukunft, die jedoch völlig anders war als alles, was sie sich vorgestellt hatte. Mit einem Gefühl von drohendem Verhängnis nahm sie die Geschichte wieder auf.

Ich fing sofort an, Vorbereitungen zu treffen, und verlangte abgekochtes Wasser. Aber ehe ich zu Fereschta gehen konnte sagte Wahid, der Mullah müsse sein Einverständnis erteilen. Fälschlicherweise ging ich davon aus, das sei nur eine Formalität. Der Mullah wurde geholt. Er rieb sich das Kinn, konsultierte den Koran – wobei er Fereschtas Leben mit jeder verstreichenden Minute mehr gefährdete – und teilte uns seine Entscheidung mit: Ich, ein Mann und ein Ungläubiger, dürfe Fereschta nicht behandeln. Die anderen Männer aus dem Dorf unterstützten seine Entscheidung, da sonst sowohl ihre eigenen Seelen als auch die von Fereschta am Tag des Gerichts in Gefahr seien.

»Aber sie wird sterben!«, sagte ich.

»Das liegt in Gottes Hand«, sagte der Mullah. »Ihre Tugend und die Ehre ihrer Familie sind wichtiger als ihr Leben!«

»Dann wird ihr Blut an Ihren Händen kleben!«, schrie ich – vergeblich. Ich durfte ihr nicht helfen. Weil der Mullah es nicht erlaubte, und Wahid folglich auch nicht. Ich flehte ihn an, selbst zu entscheiden, aber er wollte sich nicht gegen den Mullah stellen. Ob Fereschta lebte oder starb, sagte er, liege in Gottes Hand.

Als Nächstes versuchte ich es beim Kommandanten, der mir ja erlaubt hatte, die Augen seiner Frau zu behandeln. Auch er betonte, man dürfe sich dem Mullah nicht widersetzen, und riet uns, Fereschta in ein Krankenhaus bringen, in dem es eine Ärztin gab.

Bloß gab es keins in erreichbarer Nähe. Zwischen Dorf und Kreisstadt, wo es eins gab, lag die infernalische Straße. Und wir hatten kein Transportmittel. Im ganzen Dorf gab es, nachdem der uralte Pick-up des Kommandanten endgültig den Geist aufgegeben hatte, wie er mir vorhin gesagt hatte, kein Auto, keinen Lastwagen, nicht einmal ein Fahrrad.

»Irgendjemand muss doch trotzdem ein Auto haben!«, sagte ich immer wieder zu Wahid. Aber da wäre nur der Khan infrage gekommen, und der war nicht im Dorf. Es gab nur eine Möglichkeit, das Dorf zu verlassen – so wie Asis und ich gekommen waren: mit dem Esel. Wir hatten zwei. Wir setzten Fereschta auf den einen und wechselten uns ab, ihn zu führen. Es waren die schlimmsten Stunden meines Lebens, aber für Fereschta waren sie noch viel schlimmer. Die meiste Zeit war sie kaum bei Bewusstsein, obwohl ich versuchte, sie wachzuhalten. Ich erzählte ihr Geschichten von meiner Mutter, von mutigen, noblen Amerikanern – Paul Revere, Rosa Parks. Ich sprach über meine Tochter und über Fereschtas Kinder und meine Hoffnung, dass sie sich eines Tages vielleicht kennenlernen würden. Wahid dagegen murmelte immer wieder vor sich hin, ob sie am Leben bleibe oder sterbe, sei Gottes Wille. Sein Fatalismus machte mich wütend. Ich hatte das Gefühl, er habe sich bereits damit abgefunden, dass es für sie keine Rettung gab. Und damit, dass er selbst nicht den Mut gehabt hatte, sich mehr für sie einzusetzen.

Endlich erreichten wir das Krankenhaus, wo Ärzte Fereschta in aller Hast nach innen brachten. Wieder durfte ich als Ausländer nicht mit. Ich tigerte um das kleine Krankenhaus herum, wo sich Ziegen an Müllhaufen gütlich taten, die mit medizinischen Abfällen durchsetzt waren. Fereschtas Schreie drangen aus einem Fenster und zerrissen mir das Herz. Ich warf mich zu Boden, breitete die Arme aus und flehte Gott an, mich an ihrer Stelle zu sich zu nehmen. Noch während ich betete, hörten die Schreie unvermittelt auf. Ich dankte Gott; das Baby war da! Dann durchbrach ein Laut, ein einziger langgezogener Schrei wie nicht von dieser Welt, der immer noch in meinen Ohren nachhallt, die Stille.

Ich rannte ins Krankenhaus und durch die Flure, bis ich

durch eine offene Tür sah, wie sich Wahid über den leblosen Körper seiner Frau beugte. Ich wandte mich ab, um ihm Zeit mit ihr zu geben. Und um zu weinen. Mein Herz war zerrissen, bis Wahids erste Worte es vor Zorn entbrennen ließen: »Es war Gottes Wille!« Nein, hätte ich am liebsten geschrien, es war der Wille – oder der Nicht-Wille – von Menschen! Aber man kann einen trauernden Mann nicht anschreien. Ich mietete einen Karren, um Fereschtas Leichnam ins Dorf zurückzubringen. Gezogen wurde er von dem Esel, auf dem sie, noch lebend, ins Krankenhaus gebracht worden war.

»Meine Schwester war in keinem Krankenhaus«, sagte Bina, als Parvin innehielt. »Sie ist in Wahids Haus gestorben. In dem Zimmer, in dem wir essen und schlafen.« Sie sprach mit untypischer Intensität.

Parvin sah sie an. »Wer sagt das?«

»Wahid. Dschamschid. Alle. So war es einfach. Ich weiß nicht viel, aber das weiß ich.«

Die anderen Frauen nickten zu dem, was Bina sagte. Sie waren im Dorf gewesen, als Fereschta starb, und wussten, dass Bina die Wahrheit sagte. Resigniert wartete Parvin auf den nächsten Schlag. Er kam von der Dai.

»Nichts von dem, was du uns gerade erzählt hast, ist richtig«, sagte sie. »Niemand hat Dr. Gideon daran gehindert, Fereschta zu helfen. Er hat es versucht, konnte es aber nicht, weil er unfähig war, der Kahlkopf.«

Seine Unfähigkeit entlockte ihr ein Seufzen, das fast mitleidig klang. »Dschamschid kam zu mir, weil das Baby feststeckte und Dr. Gideon Hilfe brauchte, um es herauszuholen. Dann hat er es versucht und den Kopf des Babys zerquetscht. Und dann ist Fereschta verblutet.«

Galle stieg in Parvins Kehle; vor ihren Augen waberte und

flimmerte es, und sie griff Halt suchend nach einem Ast, der sich schuppig und schorfig anfühlte. Sie wollte der Dai nicht glauben, wollte, dass die anderen Frauen ihre Version der Geschichte als Lüge bezeichneten und sagten, nein, so sei Fereschta nicht gestorben. Aber niemand tat es. Die Dai sagte die Wahrheit und Gideon Crane war ein Lügner, was sie inzwischen nicht mehr wirklich überraschte. Schließlich hatte es überall Hinweise gegeben. Aber das Gehirn will Ordnung, es will Logik, und es tut, was immer nötig ist, um Ereignissen Sinn zu verleihen. Man konnte schier wahnsinnig werden bei dem Versuch, die Geschichte eines anderen stimmig zu machen. Das sah Parvin jetzt, aber erst jetzt.

Für die Frauen war die Aufdeckung von Cranes Täuschungen keine so große Erschütterung wie für Parvin. Sie hatten ihn nie als Wahrheitsbezeuger betrachtet, sondern als Erzähler, dessen Geschichten gelegentlich von dem abwichen, was sie selbst erlebt hatten. Aber die grausigen Einzelheiten dessen, was die Dai berichtet hatte, gingen ihnen nahe, wie Parvin sah. Einzig mit ihren eigenen Gefühlen beschäftigt, hatte sie nicht auf Bina geachtet, deren Gesicht aussah, als würde es zerfließen. Ihr Mund war weich und schlaff geworden, Tränen liefen ihr über die Wangen. Parvin hatte sie noch nie weinen sehen, hatte insgeheim gedacht, sie sei gar nicht dazu fähig, und bedauerte zutiefst, dass sie diese Tränen verursacht hatte. Binas Freundinnen drängten sich tröstend um sie. Selbst Shokooh, die bei ihnen kniete, beugte sich unbeholfen vor und streichelte Binas Rücken. Parvin ging zu ihnen, kniete sich ebenfalls hin, entschuldigte sich bei Bina und umarmte sie. Als sie spürte, wie der winzige Körper von Fereschtas Schwester in ihren Armen vor Kummer bebte, fragte sie sich, wem es etwas genutzt hatte, diese Wahrheit ans Licht zu zerren.

Später am selben Nachmittag saß Parvin im Hauptzimmer des Hauses und starrte Wände und Boden an. Ihre Gedanken kreisten um praktische Dinge: Wie hatten sie das Blut wegbekommen? Den Geruch? Wie lange hatte es gedauert, bis sie hier wieder aßen? Oder schliefen? Es gab nichts anderes, wo sie hätten schlafen können.

Als Wahid nach Hause kam, war die Atmosphäre bedrückt, und als Bina und Shokooh ihm vom Obstgarten erzählten, sah er Parvin beunruhigt an. Aber beim Essen erklärte er sich bereit, ihre Fragen zu beantworten.

Nein, Fereschta sei nicht ins Krankenhaus gebracht worden, bestätigte er. »Sie hätte es nicht einmal einen Steinwurf weit geschafft. Schon hier lag sie im Sterben. Bilal, Dschamschid – seht nach den Kühen«, befahl er barsch.

Obwohl es den Kühen um diese Zeit zweifellos gut ging, gehorchte Bilal. Dschamschid jedoch blieb, wo er war. Parvin musste daran denken, was er am Tag auf der Weide gesagt hatte: *Ich war hier, als sie starb. Ich habe alles gehört.* Statt ihm zu glauben, hatte sie sich seine Erfahrung so zurechtgebogen, dass sie zu Cranes Fantasien passte.

Sie fragte Wahid, ob sich Crane und die Dai wegen ihrer Bezahlung gestritten hätten. Als er nickte, drängte Dschamschid ihn aufgeregt, das zu erklären. Wahids Darstellung entsprach im Großen und Ganzen der der Dai, unterschied sich aber in einer Hinsicht. Als Dr. Gideon nach Fereschtas Tod gegangen sei, habe er ihm durch Asis Geld geben lassen, sagte er. »Viel mehr, als die Dai gekostet hätte. Aber es war zu spät.«

Dschamschid rieb sich die Augen, drückte sie sich fast aus, während Wahid sprach. Parvin wusste, dass er versuchte, nicht zu weinen und wünschte, er könnte die Tränen zulassen. Wo blieben Trauer und Kummer bei Männern? Wurden sie zusammengepresst wie Schießpulver, um dann auf die Zündschnur zu warten, die Freisetzung, die Explosion, die möglicherweise nie kam?

»Das Leben meiner Mutter«, sagte er erbittert, »war Dr. Gideon also keine paar Dollar wert! Was hätte ihm das Geld schon bedeutet? Die Amerikaner haben doch genug!«

»Die meisten Amerikaner hätten sich nicht so verhalten«, sagte Parvin sanft. Und fügte an Wahid gewandt hinzu: »Ich hätte gern noch gewusst, ob jemand Dr. Gideon daran gehindert hat, Fe – Ihrer Frau – zu helfen?« Nachdem sie Fereschtas Namen monatelang ständig im Mund geführt hatte, konnte sie ihn jetzt nicht aussprechen. »Hat jemand gesagt, als Mann und Ausländer dürfe er ihr nicht helfen? Der Mullah? Sonst jemand?«

»Wieso hätte jemand das tun sollen?«, fragte Wahid zurück. »Er war doch die Hoffnung.«

Er war die Hoffnung.

»Wir dachten, Gott hätte ihn geschickt, um sie zu retten. Zum ersten Mal im Leben hatte ich das Gefühl, Glück zu haben.«

Parvin fühlte sich schwindlig, fuhr aber fort: »Und was war dann? Was ist schiefgegangen?« Sie wusste, dass es ein Akt der Aggression, nicht der Empathie, sein konnte, die Erinnerungen eines Menschen abzufragen. Aber sie musste die ganze Wahrheit wissen.

»Dr. Gideon hat versucht, sie zu retten, konnte es aber nicht.« Wahids Stimme wurde eine Spur lauter. »Er wusste einfach nicht, was er tun sollte. Sie starb, das Baby starb.« Er schwieg eine Weile, um sich zu sammeln. »Es war Gottes Wille.«

Im Buch hatte Crane Wahid mit genau diesen Worten zitiert und daraus den Vorwurf der Passivität abgeleitet. Jetzt verstand Parvin, dass die Worte eine Entlastung waren – Wahid sprach Crane damit von dem Vorwurf frei, seine Frau nicht gerettet zu haben. Wahid, den sie all die Monate so scharf verurteilt hatte, hatte alles getan, was er konnte.

Ein paar Augenblicke hielt sie die Luft an und stieß sie dann wieder aus.

»Ich muss mich entschuldigen«, sagte sie zu ihm. »Die ganze Zeit habe ich Cranes Geschichte geglaubt. Ich dachte, sie sei gestorben, weil niemand ihn helfen ließ, und dass Sie damit einverstanden waren –«

Verwirrung zeichnete sich auf seinem Gesicht ab, und sie unterbrach sich. Natürlich hatte er *Mutter Afghanistan* nie gelesen, das wusste sie, aber anscheinend hatte ihm auch nie jemand erzählt, was drin stand. Er wusste nicht, wie Crane Fereschtas Tod beschrieben hatte. Parvin blieb nichts anderes übrig, als es ihm zu erklären. Während sie es tat, sackte er in sich zusammen und blinzelte mehrmals mit den bernsteinfarbenen Augen, und Parvin ging auf, wie schwer Cranes Täuschung wog, was für einen Verrat sie darstellte. Wahid war auf eine Weise geschildert worden, dass er sich selbst nicht wiedererkannte, war in einen Mann verwandelt worden, der seine Frau im Namen seiner Religion einfach sterben ließ.

»Und das ist die Geschichte, die alle Amerikaner gelesen haben?«, fragte er. »Es ist die Geschichte, die Colonel Trotter gelesen hat?«

Parvin nickte, verwundert über die Erwähnung Trotters. Aber wahrscheinlich ergab es Sinn. Er trug die Uniform Amerikas. Er besaß Macht.

»Und jetzt denken alle, dass der Islam so ist?«, sagte Wahid langsam. »Jetzt denken alle, dass wir Afghanen so sind? Wie die Taliban?«

Wahids Sorge galt nicht der Tatsache, dass Crane ihn persönlich verunglimpft hatte, sondern seine Religion, die auch

Parvins Religion war, und sein Land. Indem Crane sich als Freund der Afghanen ausgegeben und von Liebe gesprochen hatte, hatte er ein wunderschönes Gefäß für sein Gift geschaffen. Natürlich gab es Männer, die ihre Frauen misshandelten oder behaupteten, der Islam gebe ihnen das Recht dazu. Aber Crane hatte die Wahrheit ganz bewusst verfälscht. Dass so viele Amerikaner nach dem 11. September das Schlimmste von den Afghanen dachten, überraschte Parvin nicht unbedingt. Aber dass sie selbst Cranes Geschichte so bereitwillig geglaubt hatte, machte sie fassungslos. Ihre jugendliche Entfremdung in jenem Herbst 2001, als sie eine Zeit lang ihre eigene Identität verleugnet hatte, war offenbar viel tiefer in ihr verwurzelt, als sie gedacht hatte. Das verfälschte Bild vom eigenen Körper, das Magersüchtige beim Blick in den Spiegel glauben ließ, sie seien fett – war das ähnlich?

Wahid stand schwerfällig auf, ging durch das Zimmer zum Aluminiumkoffer und holte das gebundene Exemplar von *Mutter Afghanistan* hervor, auf das er so stolz gewesen war. »Hier«, sagte er und gab es Parvin. Er war damit fertig.

Als er und Parvin das nächste Mal allein waren, sagte er: »Sie haben mich einmal gefragt, ob ich mich daran erinnere, wie ich das Gesicht von Dschamschids Mutter am Tag unserer Hochzeit zum ersten Mal gesehen habe. Vor meinem Sohn wollte ich nicht darüber reden. Aber ich habe gesehen, wie meine Frau starb, und danach ist jedes Bild, das ich aus der Zeit davor von ihr im Kopf hatte, einfach verschwunden. Es war, wie wenn eine Schlange eine Maus verschluckt«, fügte er hinzu. »Eine Zeit lang kann man die Form der Maus noch erkennen, sie aber nicht mehr wirklich sehen, und weiß, dass man sie nie wiedersehen wird. Dann verschwindet auch die Form, und es bleibt nur die Schlange.«

19. Kapitel

Kismet

In den nächsten Tagen unternahm Parvin lange Wanderungen, als sei Gehen eine Buße. Die Gassen hinauf und hinunter, über die Felder, hinauf in die Berge, bis ihr die Haut von den Füßen fiel. Es fühlte sich an wie eine gerechtfertigte Strafe. Innerlich war sie einem Zusammenbruch nahe. Wie immer der Teil ihres Ichs aussah, der sich an Crane geheftet hatte, er war losgerissen worden und am Boden zerschellt.

Trotzdem wollte sie mehr in Erfahrung bringen, wollte alle Einzelheiten der Wahrheit über Fereschtas Tod, statt der Lügen, mit denen Cranes Machwerk gespickt war. Noch wusste sie nicht, was sie mit diesen Informationen anfangen würde, und schwankte zwischen der moralischen Verpflichtung, seinen Betrug aufzudecken, und Rachegelüsten. Aber das Einzige, was sie in der Hand hatte, war die düstere Schilderung der Dai, die Wahid zwar bestätigt hatte, allerdings ohne weitere Einzelheiten zu nennen, und Parvin hatte nicht danach gefragt. Es wäre ihr ungehörig vorgekommen, ihm oder Dschamschid noch mehr abzuverlangen. Folglich konnte sie nur darauf warten, dass Asis, der einzige andere Zeuge, ins Dorf zurückkam.

Als sie ihn darauf ansprach, sagte er, er wolle nicht darüber reden, wolle nicht einmal daran denken und wünschte, er könne sich nicht mehr erinnern. Schließlich aber gab er nach und erzählte Parvin, was passiert war. Dabei wurden seine Augen ganz groß und still, wie schwarzes Glas.

Er und Dr. Gideon seien seit zwei Tagen im Dorf gewesen, wo sie in der Moschee übernachteten (damit bestätigte Asis, dass sie nie bei Wahid und Fereschta gewohnt hatten), als ein Junge angelaufen kam und sagte, seine Mutter brauche einen Arzt. Er führte sie zu Wahids Haus. Die Dai war da, und Dr. Gideon bestand darauf, sie, nicht er, solle Fereschta helfen, da sie Erfahrungen mit Geburtshilfe habe. Er würde sie bezahlen. Dann jedoch fingen sie an, sich über die Höhe der Bezahlung zu streiten. Die Dai verlangte zu viel, weil sie wusste, dass er Amerikaner war, und Dr. Gideon war extrem geizig. Asis konnte die beiden nicht zu einer Einigung bewegen, was ihm bis heute zu schaffen machte. Die Dai rauschte wütend ab, und Dr. Gideon betrat widerstrebend das Zimmer. Wahid folgte ihm, was unüblich war – Väter waren normalerweise nicht bei der Geburt ihrer Kinder dabei –, aber der Ehre wegen durfte er Dr. Gideon nicht mit seiner Frau allein lassen. Das war die Bedingung, die der Mullah gestellt hatte.

»Einen Augenblick«, unterbrach Parvin. »Sonst hatte er keine Einwände?«

Asis schüttelte den Kopf. »Nicht, solange Wahid dabei war.« Er dürfe seine Frau und Crane nicht allein lassen, hatte er gesagt. Asis dagegen musste draußen bleiben und von vor der Tür übersetzen. Sehen konnte er nichts, aber alles hören, sowohl Dr. Gideons Gemurmel und seine Flüche, als auch Fereschtas Stöhnen und Schreien. Dann brüllte Dr. Gideon, er brauche einen Forzeps, Asis solle einen besorgen. Asis hatte keine Ahnung, was er meinte. »Obwohl ich Angst hatte, ihm zu sagen, dass ich nicht wusste, was das ist, blieb mir nichts anderes übrig, und er fuhr mich an: ›Verflucht noch mal, irgendwas, womit ich das verdammte Baby rausziehen kann! Eine Art Zange, wie zum Zähneziehen, bloß größer und länger.‹ Aber wo sollte ich im Dorf so etwas auftreiben?«

Asis erklärte Wahid, was er brauchte, und der sagte, er solle es beim Schmied oder beim Bäcker versuchen, vielleicht hätten sie so etwas unter ihren Gerätschaften. Asis rannte zum Basar und borgte sich Zangen vom Schmied, groß und schwer, und vom Bäcker eine mit langem Griff, mit der man das Brot aus dem Ofen zieht. Als er zurückkam, rief Dr. Gideon ihn ins Zimmer und wies ihn an, die Sachen mehrmals ins Feuer zu halten, um sie zu sterilisieren. Asis starrte dabei nur in die Flammen, um Fereschta nicht ansehen zu müssen. Dr. Gideon drängte ihn, sich zu beeilen, aber die Zangen mussten erst abkühlen. Als es so weit war, reichte er sie Dr. Gideon und ging zurück auf seinen Posten vor der Tür. Dann trug Dr. Gideon ihm auf, Wahid zu sagen, er wisse nicht, ob das Baby noch am Leben sei, der Kopf stecke im Geburtskanal fest. Es sei zu groß, um es allein zu schaffen. Er würde versuchen, es herauszuziehen, um vielleicht sowohl das Kind als auch Fereschta zu retten.

Asis übersetzte für Wahid, erhielt aber keine Antwort und konnte nur vermuten, dass er genickt hatte, denn dann kam das Furchtbare: »Crane fluchte und befahl Fereschta, zu pressen, und sie schrie so laut, dass ich nicht mehr denken konnte. Es klang, als wollte sie den Himmel aufreißen.«

Parvin fragte, ob Crane Fereschta etwas gegen die Schmerzen gegeben hatte. Eine Art Betäubung – was Chirurgen benutzten, damit die Patienten einschliefen.

»Wo hätte Dr. Gideon denn ein Betäubungsmittel herbekommen sollen?«, fragte Asis zurück, dachte noch einmal nach und fügte hinzu, gerade falle ihm ein, dass Dr. Gideon und die Dai sich nicht nur wegen der Bezahlung gestritten hatten. Davor sei es darum gegangen, Fereschta Opium zu geben, was in den Dörfern manchmal gemacht wurde, um eine Geburt zu erleichtern. Aber aus der absurden Vorstellung heraus, sie könne davon süchtig werden, sei Dr. Gideon strikt dagegen gewesen. Dann folgte der Streit über die Bezahlung der Dai, die daraufhin ging. Jedenfalls habe es nicht *geklungen*, als habe Dr. Gideon Fereschta etwas gegen die Schmerzen gegeben, sagte Asis. Eine gefühlte Ewigkeit seien ihre Schreie immer lauter geworden, bis sie irgendwann aufhörten. Dann habe jemand geweint, aber er könne bis heute nicht sagen, wer es gewesen sei, nicht einmal, ob Mann oder Frau. Dann sei Dr. Gideon aus dem Zimmer gekommen.

»Er hat furchtbar ausgesehen«, fuhr Asis fort. »Sein Gesicht – einfach furchtbar. Grau. Wie bei Leuten nach einem Bombenangriff. Die Haare standen ihm zu Berge.«

Er legte Asis ein winziges, in ein schmutziges Tuch gewickeltes Bündel in die Arme und sagte, er solle nicht hineinsehen und dafür sorgen, dass Fereschta es nicht zu Gesicht bekam. Dabei sah er weder Asis noch das Bündel an. Dann ging er zurück ins Zimmer.

»Ich hielt es in den Armen«, sagte Asis und verschränkte die Unterarme, um es Parvin zu verdeutlichen. Er vermutete, dass es das Baby war, und dachte, oder hoffte, dass es noch lebte, aber so, wie Dr. Gideon es vollständig eingewickelt und verhüllt hatte, war es wohl eher tot. Asis hatte Angst, die Decke aufzuschlagen, und versuchte stattdessen, es durch den Stoff hindurch zu streicheln. Da, wo er den Kopf vermutete, bewegten sich Stücke, wie von einer zerbrochenen Schale, unter seiner Hand. Der Stoff war an dieser Stelle feucht, als wäre der Inhalt der Schale herausgesickert. In den folgenden Jahren, ergänzte er, habe er viele schreckliche

Kampfverletzungen gesehen und viel über Medizin gelernt und glaube inzwischen, es müsse Gehirnflüssigkeit gewesen sein. Geahnt habe er es schon damals. »Wir Afghanen sind mit dem Tod vertraut«, sagte er. »Aber ein totes Baby in den Armen zu halten?« Er wollte das nicht, wollte das Bündel nicht mehr halten, konnte es aber auch nicht einfach irgendwo hinlegen.

Eine Weile blieb es still, dann hörte Asis Fereschtas Stimme. Sie stammelte Worte – die Namen ihrer Kinder, den Namen Gottes, Gebetsfetzen. Wahid versuchte, sie zu beruhigen, und Dr. Gideon rief, Asis solle die Dai zurückholen, Fereschta blute. Aber Asis wusste nicht, wo die Dai wohnte, und bezweifelte außerdem, dass sie nach dem Streit mit Crane zurückkommen würde. Deshalb schickte er Dschamschid, der, wie ihm erst da auffiel, die ganze Zeit neben der Tür gekauert und alles gehört hatte.

Die Zeit schien sich zu verlangsamen, zum Stillstand zu kommen. Im Krieg kam der Tod oft sehr schnell, hatte Asis seitdem feststellen müssen, im Kindbett nicht. Es dauerte lange. Fereschta redete immer noch, aber nicht mehr so viel, und träumerischer, wie Asis' kleine Geschwister kurz vor dem Einschlafen. Asis verstand nicht mehr, was sie sagte. Es gab Momente, da hörte er gar nichts, wie wenn ein Radio keinen Empfang mehr hat. Dann wieder stöhnte sie, nicht vor Schmerzen, sondern aus Traurigkeit. Der Traurigkeit einer Mutter, die weiß, dass sie ihre Kinder zurücklassen muss. Dann wurde sie immer stiller und stiller.

Asis verstummte. Parvin wartete darauf, dass er weitersprach, aber das tat er nicht. Immer stiller und stiller. Auch zwischen ihnen herrschte jetzt Stille.

»Was passierte dann?«, fragte Parvin nach einer Weile.

»Es gab kein Dann. Sie war tot.« Als Dr. Gideon aus dem

Zimmer kam, sah er noch schlimmer aus als zuvor. Sein Hemd war blutverschmiert, und seine Augen waren so rot, dass auch sie blutig aussahen. Er habe auch Fereschta verloren, sagte er zu Asis. Dann wusch er sich und sagte, sie sollten gehen und die Familie ihrer Trauer überlassen. Asis versuchte, ihm das Bündel zu geben – das Baby. Aber Dr. Gideon schüttelte den Kopf und wich einen Schritt zurück. Er habe gedacht, wenn er das Baby sterben lasse, könne er Fereschta retten, sagte er und fügte hinzu, Asis solle das Baby zu Wahid bringen und dabei auch gleich Dr. Gideons Arzttasche suchen und Wahid das ganze Geld aus der Innentasche für die Beerdigung geben. Asis tat, was Dr. Gideon verlangt hatte, und gab Wahid alles, bis auf ein paar Afghanis für die Fahrt zurück nach Kabul. Er wusste nicht, wie viel Geld es war, aber seine Hände zitterten, als er es vor Wahid legte. Der hatte den Kopf gesenkt, als schlafe er, und hob ihn nicht einmal, als er Asis dankte. Überall war Blut.

Dschamschid wartete draußen, um ihnen zu sagen, dass die Dai nicht kommen werde. Dr. Gideon streckte den Arm aus, diesen langen Arm, um dem Jungen die Hand auf den Kopf zu legen, aber der duckte sich weg. Vielleicht machte Dr. Gideons Aussehen ihm Angst, das Blut auf seinen Kleidern. Es blieb Asis überlassen, ihm zu sagen, dass seine Mutter tot war und seine Schwestern Frauen holen müssten, damit sie den Leichnam wuschen und einhüllten. Der Junge fing an zu weinen, rieb sich aber gleich darauf mit zornigen Bewegungen die Tränen aus den Augen. In den folgenden Jahren hatte Asis oft an ihn und insbesondere diese Geste gedacht. Er hatte Soldaten gesehen, erwachsene Männer, die sich beim Tod eines Freundes mehr Tränen erlaubten, obwohl auch sie meistens versuchten, ihre Trauer zu verbergen.

Als Fereschta begraben wurde, waren Asis und Dr. Gideon schon weg. Auf dem Weg zurück nach Kabul sprachen sie kaum ein Wort. Sie waren auf ihren Eseln bis zur Hauptstraße geritten – das mit den Eseln stimmte also, obwohl Asis, nicht Dr. Gideon, die Tiere aufgetrieben hatte, auf denen sie ins Dorf geritten waren –, verkauften sie für ein paar Afghanis an den ersten Bauer, dem sie begegneten, und trampten den Rest des Wegs. Wieder in der Stadt sagte Dr. Gideon, wegen des Geldes, das sie Wahid gegeben hätten, habe er nicht mehr genug, um Asis zu bezahlen, er solle am nächsten Tag in die Lobby des InterContinental kommen.

Parvin war in ihrer Zeit in Kabul in diesem Hotel gewesen. Der Grundstein war vor vierzig Jahren vom damaligen König gelegt worden. Es lag im westlichen Teil der Stadt auf einem Hügel über der Universität und hatte einen eigenen Swimmingpool. Eine lange, gewundene Auffahrt, auf der man mehrere Sicherheitskontrollen passieren musste, führte den Hügel hinauf.

Asis, der kein Auto hatte, ging zu Fuß hin. Unterwegs dachte er, dass er Gideon Cranes Geld eigentlich nicht haben wollte, weil er glaubte, versagt zu haben. Vielleicht war ja ein Übersetzungsfehler schuld an Fereschtas Tod. Jedes Mal, wenn er an den Moment dachte, als er nicht verstanden hatte, was Dr. Gideon von ihm wollte, empfand er Scham. Aber seine Familie brauchte das Geld, er konnte nicht darauf verzichten. Vielleicht hätte er Louisa und Caleb, seine Lehrer, die ihm zu dem Job verholfen hatten, um Hilfe bitten können, aber auch das wollte er nicht, denn sie würden fragen, wie die Reise verlaufen sei, und wenn er ihnen erzählte, was im Dorf passiert war, würden sie ihn möglicherweise verurteilen, oder, was noch schlimmer wäre, bemitleiden.

Dr. Gideon kam zu spät zum Treffen mit Asis und fing sofort an, Ausflüchte zu machen. Die Bank habe ihm nicht das ganze Geld geben können, das er Asis schulde, er habe Wahid viel zu viel gegeben, deshalb sei jetzt nicht mehr genug da. Asis war empört darüber, dass Dr. Gideon versuchte, ihm die Schuld zuzuschieben, wo er doch nur getan hatte, was er ihm aufgetragen hatte. Der Gedanke daran, wie sich Dr. Gideon mit der Dai wegen Geld gestritten hatte, machte ihn noch wütender. Der Amerikaner, ging ihm auf, behandelte ihn genauso, wie er die Dai behandelt hatte, als hätten Afghanen keine faire Bezahlung verdient. »Ich bin nicht derjenige, der so viele Kinder mutterlos gemacht hat«, sagte er betont zu Dr. Gideon.

Jetzt wusste Parvin, wieso Crane im Buch nicht den vollen Namen des Dolmetschers genannt hatte. Nicht um Asis, sondern um sich selbst zu schützen. Asis sprach Englisch, und er kannte die Wahrheit. Crane wollte verhindern, dass irgendjemand ihn aufsuchte und befragte.

Außerdem, fuhr Asis fort, habe er zu Dr. Gideon gesagt, mit sechs Kindern brauche Wahid alles Geld, das der Doktor geben könne. Der sah überrascht aus, als habe er nicht darauf geachtet, wie viele Kinder Wahid und Fereschta hatten, und schien plötzlich Angst zu bekommen, finanziell für sie alle verantwortlich zu sein. Er stellte Asis eine Menge Fragen danach, wie afghanische Gerichte arbeiteten. Es gebe zwar eine Versicherung für Fehler, die ihm eventuell in der Augenklinik in Kabul unterliefen, aber ob die auch außerplanmäßige ärztliche Tätigkeiten auf dem Land abdeckte? Asis dürfe mit niemandem darüber reden, was mit Fereschta gewesen sei, betonte er, beruhigte sich aber, als Asis sagte, von afghanischen Gerichten habe er nichts zu befürchten. Die würden selbst für einflussreiche Menschen kaum einmal tätig werden, geschweige denn für einen armen Schlucker wie

Wahid. Nie im Leben würden sie versuchen, einem Amerikaner Geld aus der Tasche zu ziehen.

Damit war die Frage von Asis' Bezahlung immer noch nicht gelöst (das sei sie bis heute nicht, fügte Asis nebenbei hinzu: Dr. Gideon schulde ihm das Geld immer noch), aber bevor Asis Forderungen stellen konnte, zog Dr. Gideon ein Empfehlungsschreiben aus der Tasche und reichte es ihm. Es schilderte seine übersetzerischen Fähigkeiten in einem sehr vorteilhaften Licht – vorteilhafter als sie es verdienten, da er doch noch ein Neuling auf dem Gebiet war. Dr. Gideon sagte, er habe einem amerikanischen Arbeitsvermittler eine Kopie des Briefs gegeben, und etwas später wurde Asis nach einem sehr kurzen Vorstellungsgespräch vom Militär eingestellt.

Cranes übertrieben enthusiastisches Empfehlungsschreiben, dachte Parvin – genauso unglaubwürdig wie alles andere, was er geschrieben hatte –, hatte Asis also zu der Einstellung als Militärdolmetscher verholfen.

Asis wurde Einheiten im Süden zugeteilt, obwohl Paschtu nicht seine Muttersprache war. Ein paar Jahre später kam er dann zu Colonel Trotter. Weder der Arbeitsvermittler, der ihn beim Colonel unterbrachte, noch der Colonel selbst wussten, dass Asis der A. aus Cranes berühmtem Buch war, und Asis hatte natürlich nicht gewusst, dass der Colonel vorhatte, eine Straße zu eben diesem Dorf zu bauen. Der Colonel, sagte Asis, habe gemerkt, dass er nicht zum ersten Mal im Dorf war, und sich alles zusammengereimt.

Kismet, hatte Colonel Trotter es genannt. »Dieses Wort gibt es auch in Afghanistan«, hatte Asis erwidert. »Es bedeutet Schicksal, was Gott für uns vorgesehen hat.« Und während sie sich einig waren, dass das Schicksal Asis ins Dorf zurückgeführt hatte, sah der Colonel es als eine glückliche Fügung, Asis hingegen nicht.

An dem Tag, an dem er Parvin kennenlernte, hatte er das Dorf, das er und Crane sechs Jahre zuvor verlassen hatten, zum ersten Mal wieder betreten. Schon als sie von der Hauptstraße abgebogen waren, hatte er eine Vorahnung gehabt. Kurz vor dem Dorf kamen sie dann an der Klinik vorbei, von der Asis wusste, weil Colonel Trotter und andere ihm von *Mutter Afghanistan* erzählt hatten. Er war beeindruckt: Dr. Gideon hatte den traurigen Anlass in etwas Gutes verwandelt.

Als er an jenem Tag mit Colonel Trotter und seinen Männern durch den Basar ging, roch er frischgebackenes Brot, und der Bäcker gab ihnen welches, frisch aus dem Tandor. »Ich musste mich abwenden, weil mir schlecht wurde«, sagte Asis. »Ich konnte nur denken, dass der Bäcker das Brot mit *der* Zange aus dem Ofen geholt hatte, und konnte nicht vergessen, wozu diese Zange verwendet worden war ...« Unfähig, den Satz zu beenden, verstummte er. Dann fasste er sich wieder. »Ich ging ein Stück beiseite, um eine zu rauchen, um den Brotgeruch loszuwerden. Dann hörte ich den Schmied hämmern und dachte an seine Zangen, wahrscheinlich auch dieselben, die ich Dr. Gideon gebracht hatte. Niemand käme auf die Idee, diese Werkzeuge wegzuwerfen. Sie überdauern Generationen. Und wieder fühlte ich die zerbrochene Schale – den Schädel des Babys – und den feuchten Stoff, und konnte nicht verhindern, dass mein Gehirn eine Straße zwischen Vergangenheit und Gegenwart baute, und hätte am liebsten endlos weitergeraucht: Es war das Einzige, was half. Colonel Trotter mag es nicht, wenn ich rauche. Er sagt, es wird mich viel zu jung umbringen, was für einen Afghanen ein Witz ist. Aber er meint es gut.«

Asis hatte nicht gewusst, ob Wahid ihn wiedererkennen würde, sagte er. Sie hatten sich praktisch nicht gekannt, ehe

Fereschta in die Wehen kam, und Asis war fast die ganze Zeit draußen vor dem Zimmer gewesen, während Wahid mit Crane drinnen war. Außerdem trug Asis jetzt eine Uniform. Aber Wahid erkannte ihn. Er bedankte sich noch einmal für das Geld, das Asis ihm gegeben hatte, und sagte, die Kinder hätten jetzt eine neue Mutter. Dann wollte er wissen, wie es sei, für die Amerikaner zu arbeiten, und wieso sie gekommen seien. Dschamschid dagegen hatte Asis angesehen, als sei er ein Todesbote.

Den Rest kenne Parvin ja, fuhr Asis fort. Sie seien zum Friedhof gegangen, um Fereschtas Grab zu sehen, und Asis habe Trotters Fragen an Wahid und Wahids Antworten übersetzt. Dann seien sie in die Klinik gegangen.

Asis hatte schon viele Menschen sterben sehen, wie er sagte. Vor und nach Fereschta. Er hatte die Gewalt in Kabul erlebt und dann, als Dolmetscher, den Krieg. Der Tod wurde nie zur Routine, jeder Tod war einzigartig, jeder lehrte einen etwas Neues. Er wünschte nur, es gäbe eine Möglichkeit, all die Dinge, die er wusste, nicht mehr zu wissen: Wie weit Körperteile fliegen können, zum Beispiel, oder wie man einen sterbenden Mann belügt und ihm versichert, dass er am Leben bleiben wird, oder dass eine Bombe einen Menschen einfach verschwinden lassen kann, oder dass ein Bein über einen Fetzen so dünn wie ein Bindfaden mit einem Körper verbunden bleiben kann.

Aber obwohl es viele neuere Todesfälle gegeben habe, konnte er an jenem ersten Tag im Dorf nur an Fereschtas Tod und ihre letzten Stunden denken. »Es war, als hätte jemand ohne mein Wissen Bilder in meinem Kopf aufgehängt. Jetzt wurden Strahler auf die Bilder gerichtet, und ich erkannte, dass sie die ganze Zeit da gewesen waren. Sie sind es immer noch. Wenn ich mich durch meinen Kopf bewege, kommt die eigenartige Müdigkeit aus meiner Zeit als Minenräumer zurück, und ich weiß nicht mehr, ob es besser ist, gegen den Tod anzukämpfen oder ihm einfach nachzugeben.« Bis jetzt habe er noch nie einen friedlichen Tod gesehen. Vielleicht verfolge der von Fereschta ihn, weil sie eine Frau sei, oder wegen des Babys. »Die Geburt hätte leicht sein müssen, sagte Dr. Gideon, als ich ihm sagte, wie viele Kinder sie hatte. ›Wenn es ihre siebte Geburt war, hätte sie leicht sein müssen.‹«

Wie falsch es von ihr gewesen war, Asis zu unterstellen, er erfinde Geschichten, wenn doch diese unerträglichen Tatsachen, diese Bruchstücke eines Todes, für immer in seiner Erinnerung verankert waren. Nach all den vielen Jahren beschäftigte Fereschtas Tod ihn immer noch. Fast wie durch ein Wunder, so kam es Parvin vor, hatte das Leid – es mitzuerleben, es auszuhalten – ihn nicht hart gemacht.

Sie empfand Entsetzen – wegen Fereschta, wegen Wahid, vor allem aber wegen Dschamschid, dem neunjährigen Jungen, der die qualvollen Schreie seiner Mutter gehört und sich unter der riesigen Hand des grauenhaften Amerikaners weggeduckt hatte. Was Crane betraf, empfand sie Abscheu, aber auch unerwartetes Mitleid. Keine noch so große Zahl guter Werke, kein Ruhm, keine Glorifizierung, konnte diese Erinnerungen auslöschen. Hatte er gelogen, weil er sich schämte?

Am folgenden Mittwoch erzählte Parvin Dr. Jasmin die Geschichte von Fereschtas Tod. Die Ärztin war nicht überrascht. Sie habe vor langer Zeit gehört, ihr Tod sei qualvoll gewesen, allerdings ohne Einzelheiten zu kennen. Komplikationen bei einer Geburt seien leider nichts Ungewöhnliches, und ohne die richtigen Hilfsmittel sei es fast unmöglich, Mutter oder Kind zu retten. An dieser Stelle unterbrach sie sich, hob einen Finger, verließ das Zimmer und kam mit einer bizarren Vorrichtung zurück, bestehend aus einem Glasgefäß mit einem Druckventil oben, einer Pumpe und einer pilzförmigen Metallschale, die mit einem Schlauch verbunden war. Ein Vakuumextraktor, auch Saugglocke genannt, erklärte die Ärztin, dazu gedacht, bei schwierigen Geburten zu helfen. Vielleicht habe Gideon Crane persönlich verlangt, dass die Klinik damit ausgestattet wurde.

Bitte, bitte zwing mich nicht zu lernen, wie man dieses Ding benutzt, dachte Parvin, aber natürlich hatte Dr. Jasmin genau das vor. Eigentlich wäre es besser, ihr die Verwendung bei einer echten Geburt zu zeigen, sagte sie, aber so müsse Parvins Faust eben als Kopfersatz dienen. Während die Ärztin die Metallschale anlegte, sagte sie, Parvin müsse sehr vorsichtig vorgehen, um den Kopf des Babys nicht zu verletzen, woraufhin Schauder des Grauens über Parvins Rücken zuckten.

Aber sie wollte beim Thema Crane bleiben. Wenn sein Versagen verständlich war, wieso hatte er dann nicht einfach die Wahrheit geschrieben?

»Vielleicht hat ihm die Wahrheit nicht gefallen«, sagte die Ärztin.

Aber wäre es nicht besser, argumentierte Parvin, die Leute wüssten, wie genau die Frauen in den Dörfern starben?

Natürlich wäre das viel besser, gab die Ärztin ihr Recht. Sie drückte jetzt auf die Pumpe, und der Becher saugte leicht an Parvins Hand. Es gebe so viele einfache Dinge, die getan werden könnten, fuhr die Ärztin fort. Sie habe schon oft vorgeschlagen, Frauen und Mädchen aus den Dörfern zu Hebammen auszubilden. Das würde ihrer Einschätzung nach eine Vielzahl von Frauen retten. Eines Tages würde sie die Zeit finden, es zu tun …

Aber Parvin hörte ihr kaum zu. Die Ärztin unterbrach sich, stellte das Gerät ab und sagte: »Auch mir sind schon Leben entglitten, genau wie Gideon Crane.« Jetzt hatte sie Parvins volle Aufmerksamkeit. Ob Parvin sich an die Frau mit den Krämpfen erinnern könne, die der Mullah gewürgt hatte? Die in ihrem Auto gestorben war? Genau so sei es gewesen, aber als sie ihr davon erzählt habe, habe sie nicht gesagt, dass sie sich seitdem oft gefragt hätte, ob es richtig gewesen sei, die Frau ins Auto zu setzen. Vielleicht wäre es besser gewesen, sie im Dorf zu lassen und zu versuchen, die Geburt einzuleiten oder ihr intravenös Magnesiumsulfat zu verabreichen, um die Krämpfe unter Kontrolle zu bringen, statt ihr diese infernalische Straße zuzumuten. Damals sei sie überzeugt gewesen, sie müsse in ein Krankenhaus, weil sie möglicherweise einen Kaiserschnitt brauchte, weil das Baby so schnell wie möglich geholt werden musste. Aber sie sei auch wütend auf den Mullah gewesen und habe die Frau von seinen Zaubersprüchen und seinen brutalen Methoden wegholen wollen. »Entscheidungen, die man im Zorn trifft, sind meistens falsch. Vielleicht war auch diese ein Fehler.«

Ihre Worte brachten Parvin an den Rand der Tränen. Hatte sie Dr. Jasmin für unfehlbar gehalten? Oder sie schlichtweg für unfehlbar halten wollen, weil sie das brauchte? »Aber Sie haben keine Geschichte erfunden«, rief sie. »Sie haben nicht behauptet, der Mullah oder sonst jemand hätte sich vor Ihr Auto gestellt, damit sie nicht wegfahren konnten, und deshalb sei sie gestorben. Sie haben nicht gelogen. Sie haben nicht *die ganze Welt* angelogen!«

»Nein, das habe ich nicht. Aber die Welt hat mich auch nie nach meiner Geschichte gefragt. Wer weiß, was ich dann gesagt hätte?« Anscheinend sah sie Parvins Frustration und ihren kindlichen Trotz und fügte hinzu: »Ich verstehe Ihre

Enttäuschung. In Ihrem Alter habe ich auch geglaubt, die Menschen seien besser, als sie es tatsächlich sind. Aber meine Erfahrung macht es schwer, mich zu sehr über etwas in einem Buch oder über die Unwahrheiten aufzuregen, die die Leute verbreiten. Denken Sie an Ihren ›Verlobten‹.«

Parvin ging nicht darauf ein. Sie stand kurz davor, etwas Grundlegendes, aber auch Schmerzliches zu verstehen, nämlich dass Erwachsensein bedeutete, Entscheidungen zu treffen und Dinge tun zu müssen, die vielleicht falsch waren, die vielleicht Schaden anrichteten. Leben hieß auch Leiden, schien die Ärztin zu sagen; daran lasse sich nichts ändern. Anders als Professor Banerjee oder Gideon Crane gab Dr. Jasmin nicht vor zu wissen, welcher Weg der Richtige war, auf welchem Weg man Fehler und Schmerzen umgehen konnte. Vielmehr schien sie skeptisch, ob es einen solchen Weg überhaupt gab.

Was sie empöre, sagte die Ärztin jetzt, sei nicht, dass Dr. Gideon über Fereschtas Tod gelogen hatte, sondern dass er diese Klinik gebaut hatte, ohne daran zu denken, dass sie vor allem Personal brauchte. »Parvin? Hören Sie mir überhaupt noch zu?«, fragte sie dann, weil sie spürte, dass die Gedanken des Mädchens wieder abschweiften. »Oder denken Sie immer noch an dieses Buch?«

20. Kapitel

Neuraths Schiff

Es war eine blutige Zeit in Afghanistan. Wahlen hatten stattgefunden, der amtierende Präsident war, wie nicht anders erwartet, wiedergewählt worden, unter anderem wegen massiver Wahlbetrügereien. Im Dorf selbst blieb alles friedlich, aber überall sonst im Land flammte die Gewalt auf, und Chaos, Angst und Misstrauen gelangten über das Radio bis in Wahids Haus. So wie zwei Wochen später die Nachricht von einem weiteren verheerenden amerikanischen Luftangriff in einer nördlichen Provinz, in der die Taliban seit Neuestem aktiv waren. Schätzungen zufolge waren dabei etwa neunzig Zivilisten ums Leben gekommen. Auch an der Straße zum Dorf nahmen die Angriffe zu.

Ein selbstgebauter Sprengsatz, der von irgendwo in den Bergen ferngezündet worden war, hatte einen M-ATV in die Luft geschleudert. Der Fahrer, Vater von vier Kindern, und der neunzehnjährige Soldat auf dem Beifahrersitz kamen dabei ums Leben, die drei anderen Soldaten im Fahrzeug wurden verletzt. Parvin drückte Trotter ihr Bedauern aus und war erleichtert, dass keiner der Soldaten, die sie kennengelernt hatte, zu den Opfern gehörte.

Zwei der Männer, sagte Trotter, hätten keine äußeren Verletzungen davongetragen, seien aber psychisch angeschlagen. Er werde ihnen eine Woche Ruhe gönnen und hoffe, dass sie sich wieder berappelten. Die Explosion habe ein riesiges Loch in einen Teil der Straße gerissen, der gerade erst asphaltiert worden sei, räumte er ein, mokierte sich aber gleich anschließend darüber, dass die Panzerfäuste, die die Aufständischen auch abgefeuert hatten, rein gar nichts getroffen hätten.

Parvin ließ sich von diesem großspurigen Gehabe nicht täuschen. Er und seine Männer waren mit auf den M-ATVs aufgebauten Geschütztürmen und vorne anmontierten schweren Walzen, die Minen zur Detonation bringen sollten, ins Dorf gekommen. Die Soldaten, unruhig und in noch schwererer Kampfmontur als zuvor, mit Helmen, Schutzwesten mit seitlichen Panzerplatten, deltaförmigen Schilden, Ober- und Unterarmprotektoren und Tiefschutz, schienen vor Parvins Augen immer unförmiger zu werden.

Im Gegensatz zu ihnen wirkten die Dorfmänner mit ihrer leichten Bekleidung und ihren Plastik-Flipflops fast gewichtslos. Exponiert. Auf Verlangen der Amerikaner versammelten sie sich an der Klinik. Alle zwischen fünfzehn und steinalt hatten sich einzufinden. Wahid kam mit Dschamschid. Etwas musste nicht unbedingt als Befehl formuliert werden, um einer zu sein, dachte Parvin. Nichterscheinen hätte Verdacht erregt, hätte zu der Frage geführt, ob man etwas zu verbergen habe. Man demonstrierte seine Unschuld, indem man der Aufforderung Folge leistete.

Asis war da, doch abgesehen davon, dass er Parvin kurz zunickte, beachtete er sie kaum. Sie konnte deswegen nicht beleidigt sein, denn er hatte alle Hände voll damit zu tun, die Männer dazu zu bringen, sich vor der Klinikmauer aufzustellen. Es waren so viele, dass die Reihe sich länger hinzog als die Mauer. Normalerweise ging Asis respektvoll mit den Dorfbewohnern um – das gehörte zu den Dingen, die Parvin an ihm gefielen –, heute jedoch klang er gereizt, als sei er übermüdet oder als habe er, was wahrscheinlicher war, keine Zigaretten mehr. Ein bulliger Captain, der die ganze Aktion leitete, deutete immer wieder auf Männer, die aus der Reihe heraustraten oder sich zu langsam eingliederten, und Asis rannte ständig hin und her, um ihnen zu sagen, sie müssten sich an die Anweisungen halten. Dann reichte der Captain ihm ein Megafon. Er beäugte es widerwillig, bevor er hineinsprach und den Männern mitteilte, die Soldaten würden sie der Reihe nach fotografieren, ihre Augen scannen und ihre Fingerabdrücke nehmen. Parvin fand es eigenartig, ihn in dieser Rolle zu sehen – nicht mehr einfach nur der Dolmetscher, sondern der Handlanger der Armee ihres Landes. Je offensiver oder sogar aggressiver die Amerikaner wurden, desto mehr musste er sich notgedrungen auch so verhalten, da von ihm erwartet wurde, nicht nur Worte, sondern auch den Tonfall zu übermitteln.

Die Männer standen reglos da, während ein amerikanischer Soldat mit einem klobigen Gerät an ihnen entlangging und ihre Gesichter fotografierte und ihre Augen scannte. Die Iris, um genau zu sein, die vergrößert auf dem Display des Geräts erschien. »Weit aufmachen, weit aufmachen«, wies Asis die Männer an, und die rissen die Augen auf. Die Fingerabdrücke jedes Mannes wurden mit Hilfe eines Pads oben auf dem Gerät abgenommen, und Name, Stammeszugehörigkeit und Beruf wurden entsprechend der Übersetzung von Asis in einen Laptop eingegeben.

Der Captain hatte zwar die Leitung der Operation, aber Trotter, der ein Stück abseits stand, behielt alles genau im Blick. Die Technologie, erklärte er Parvin, als sie zu ihm trat, nenne sich HIIDE, Handheld Interagency Identity Detection Equipment, und werde im ganzen Land eingesetzt, um die biometrischen Daten möglichst vieler Afghanen zu erfassen. Diese wurden dann in Virginia in einer riesigen Datenbank gespeichert. Die digitalisierten Gesichter, Fingerabdrücke und Augen von Männern, die nie aus diesen Bergen herausgekommen waren, würden also für alle Zeiten ganz in der Nähe von Washington weiterexistieren. Ewiges Leben der anderen Art.

Die Iris werde gescannt, erklärte er weiter, weil das Muster jeder menschlichen Iris mathematisch komplex und dazu einzigartig sei. Sogar bei eineiigen Zwillingen sei es anders, sogar das rechte und das linke Auge einer Person seien unterschiedlich. Das Muster sei im Alter von sechs Monaten fertig ausgebildet und ändere sich nie. Natürlich seien Menschen besser als ein Computer, wenn es darum gehe, Gesichter zu erkennen, bei der Erkennung von Irismustern allerdings komme der Mensch nicht an den Computer heran. Übrigens seien auch Fingerabdrücke nach wie vor wichtig; auf Sprengfallen gefundene hätten dazu beigetragen, in der Bevölkerung untergetauchte Aufständische zu identifizieren. Die Iris sei jedoch zuverlässiger, vor allem in einem Land wie Afghanistan, wo Fingerkuppen oft von lebenslanger harter Arbeit glattgescheuert seien und viele Männer zudem Gliedmaßen oder Finger verloren hätten. Ein Computer dagegen könne jede Iris mit den Scans in der Datenbasis abgleichen und feindliche Kombattanten oder wen auch immer identifizieren. Selbst die Iris einer Leiche könne binnen zwölf Stunden nach Eintritt des Todes gescannt werden, was es sowohl möglich mache, Selbstmordattentäter zu identifizieren, sofern das Auge noch intakt sei, als auch Taliban-Netzwerke zu kartographieren.

»Aber die Dörfler sind keine Taliban«, sagte Parvin.

Dann werde HIIDE den US-Streitkräften helfen, genau das

festzustellen. Auf diese Weise lasse sich zwischen Feind und Zivilbevölkerung unterscheiden. »Es ist für uns eine Möglichkeit, Boden zu gewinnen.«

Die Dörfler verhielten sich passiv. Ob sie wussten, fragte sich Parvin, wieso das alles gemacht wurde? Asis hatte ihnen zwar gesagt, was die Amerikaner tun würden, ihnen aber keinen Grund dafür genannt. Würden sie Spekulationen darüber anstellen oder sich, wie es schien, einfach still fügen? Den Amerikanern gegenüber waren sie, was ihre Frauen ihnen gegenüber waren: machtlos. Sie ließen ohne Protest zu, dass die Soldaten ihre biologischen Daten sammelten, zeigten dabei aber keinerlei Unterwürfigkeit. Das taten afghanische Männer in Gegenwart von Menschen aus dem Westen nie, hatte Parvin beobachtet. Vielleicht, weil sie nie von den Europäern kolonisiert worden waren. Es gelang ihnen immer, ein Stück ihres Ichs für sich zu behalten, ihre Unabhängigkeit zu bewahren.

Während Trotter redete, überlegte Parvin, was sie ihm über *Mutter Afghanistan* sagen sollte. Ursprünglich hatte sie ihm gar nichts sagen wollen. Das Dorf brauchte die Straße, auch wenn die Geschichte, die der Anlass für den Ausbau war, nicht stimmte. Aber von den neuen Toten an der Straße zu hören und diese HIIDE-Aktion zu sehen, veranlasste sie, ihren Entschluss infrage zu stellen. Cranes Mythen hatten die Amerikaner auf diese spezifische Abzweigung geführt, und der Krieg war ihnen ins Dorf gefolgt und hatte Gliedmaßen und Leben gefordert. Das alles würde nicht einfach mit einer glatten, problemlos befahrbaren Straße enden, das spürte sie in diesem Augenblick. Jede Seite hatte ihre Zähne in diesen Streifen Erde geschlagen, keine würde loslassen. Folglich waren die Amerikaner von Freundlichkeit auf Gewalt umgeschwenkt. Während sie erst um die Erlaubnis ersucht hatten, die Straße ausbauen zu dürfen, verlangten sie jetzt, dass sich die Männer vor der Klinik aufreihten, und die Waffen der Soldaten waren eine Erinnerung daran, dass sie im Grunde genommen nie wirklich eine Erlaubnis gebraucht hatten, egal wofür. Was, fragte sich Parvin, bedeutete es, Menschen, denen man nicht traute, Hilfe anzubieten?

»Sag ihm, er soll die Augen weiter aufmachen«, hörte Parvin einen Soldaten zu Asis sagen. »So kann ich den Scan nicht machen.«

Sie hörte es nur mit halbem Ohr, weil sie noch mit Trotter sprach.

»Weiter gehen sie nicht auf.«

Es war Dschamschids Stimme. Parvin schaute zu ihm hinüber. Er sah schläfrig aus, seine Augen waren halb geschlossen, was sie normalerweise nicht waren. Er machte sie absichtlich schmal.

»Versuch es noch mal«, drängte Asis, ohne sich anmerken zu lassen, dass er Dschamschid kannte.

Dschamschid blinzelte träge, als experimentiere er damit herum, wozu seine Augen in der Lage waren. Der Freund neben ihm fing an zu lächeln und es ihm nachzutun. »Wenn du nicht kooperierst, bekommst du Ärger«, grollte Asis.

Der Ärger hatte schon angefangen. »Colonel!«, rief der Soldat, aber Trotter war gerade mitten in einem Satz und hörte ihn nicht.

»Mach gefälligst die Augen auf!«, blaffte Wahid Dschamschid an, als rufe er seinen Sohn aus dem Erwachsenenalter zurück, in das er gerade erst eingetreten war. Und als wachte Dschamschid aus einem Traum auf, gehorchte er.

»Es kann weitergehen, alles gut«, sagte Asis zu dem Soldaten, der Dschamschids Iris wie die anderen scannte. Parvin versuchte, Trotter mit weiteren Fragen abzulenken, weil sie

Dschamschid und seine Freunde schützen wollte, da sie die Konsequenzen fürchtete, die sie sonst vielleicht zu spüren bekämen – nach der ersten Schūrā-Versammlung hatte Trotter seine Soldaten danach gefragt, was sie an Körpersprache beobachtet hatten und was das über den Widerstand sagte, auf den sie eventuell stoßen würden –, und sorgte sich, dass dieser Zwischenfall trotz Wahids Eingreifen auf sie alle zurückfallen könnte.

Das hier sei nun eine Kampfzone, sagte Trotter gerade. Es habe keinen Zweck, mit der Asphaltierung weiterzumachen, solange sie diejenigen, die sich der Mission in den Weg stellten, nicht eliminiert hätten. Sie müssten ihre Erkenntnisse auswerten. Herausfinden, ob Aufständische am Werk seien oder ob es sich um eine Stammesfehde handele. Ein kriminelles Unterfangen? Eine Erpressung? Kommandant Amanullah habe schon wiederholt vorgeschlagen, seine Miliz zur Bewachung der Straße einzusetzen. Trotters Stimme klang misstrauisch.

Parvin bezweifelte, dass Amanullah eine Miliz hatte. Schließlich saß er den ganzen Tag nur schwatzend im Basar herum. Sollten die Amerikaner ihn tatsächlich anheuern, würde er, so vermutete sie, einen Haufen Dörfler mit rostigen Kalaschnikows ausrüsten und sie Miliz nennen.

»Der Kommandant weiß, wie man sich Vorteile verschafft«, sagte Trotter. »Aber wir dürfen seine Vergangenheit nicht außer Acht lassen.«

»Welche Vergangenheit?«

Aber inzwischen war HIIDE abgeschlossen, und als die Männer aus dem Dorf sich zerstreuten, trabte Trotter davon, um sich mit Asis und ein paar Soldaten zu besprechen. Nach einer Weile verließ Asis den kleinen Kreis und ging in Richtung Basar, wieder ohne Parvin zu beachten. Sie machte Anstalten, ihm zu folgen, aber er warf ihr einen Blick zu und schüttelte den Kopf, also blieb sie, wo sie war. Er wirkte so unruhig wie bei ihrer ersten Begegnung, wie damals huschten seine Augen hektisch hin und her. Etwa zehn Minuten später kam er mit einem Päckchen Zigaretten in der Hand zurück, im Schlepptau Amanullah, der nach der HIIDE-Prozedur zum Basar zurückgegangen war.

»Anscheinend wachen die Amerikaner endlich auf!«, rief er Parvin zu. »Seit Wochen sage ich schon zu Asis-*jan*, er soll ihnen sagen, dass sie meine Miliz anheuern sollen – wir könnten den Unsinn an der Straße im Nu beenden.« Er stieg in einen M-ATV, der ihn zum Stützpunkt bringen würde, wo, wie er glaubte, Colonel Trotter und er Tee trinken und über die Konditionen für den Schutz der Straße durch seine Miliz verhandeln würden. Parvin hörte ihn halb im Scherz zu Asis sagen, er habe schon viele sowjetische Panzer zerstört, selbst aber noch nie in einem gepanzerten Fahrzeug gesessen.

»Ich hoffe, Sie sind bald wieder zu Hause«, sagte Asis zu ihm. Seine Stimme kam Parvin eigenartig gepresst vor.

Aber der Kommandant kam weder an diesem noch am nächsten Tag zurück. Einer seiner Söhne suchte den amerikanischen Stützpunkt auf, um sich nach dem Verbleib seines Vaters zu erkundigen. Kein Amerikaner kam heraus, um mit ihm zu sprechen, doch von einem mitleidigen afghanischen Wachtposten erfuhr er, Amanullah werde verhört. Er wartete einen weiteren Tag und bat immer wieder höflich, mit jemandem sprechen zu dürfen, bis Asis schließlich delegiert wurde, ihm zu sagen, die Amerikaner hielten seinen Vater für einen Kommandanten der Taliban. Er werde freigelassen, sobald er beweisen könne, dass das nicht der Fall sei. Er, der Sohn, solle lieber im Dorf warten, flüsterte Asis ihm zu, sonst kämen die Amerikaner vielleicht noch auf die Idee, auch ihn befragen zu wollen.

Es sei eine Beleidigung, seinen Vater als Taliban zu bezeichnen, empörte sich der Sohn, wo er doch heldenmütig gegen sie gekämpft habe. Es müsse sich um eine Verleumdung seitens eines afghanischen Rivalen, eines Feindes, handeln.

Nein, antwortete Asis. Es sei schlimmer. Der Amerikaner, Dr. Gideon, habe es in seinem Buch geschrieben, was bedeute, dass die amerikanischen Streitkräfte niemals daran zweifeln würden.

Im Geist spulte Parvin zurück zu dem Abend, an dem Gideon Crane im College gesprochen hatte, und ließ ihn noch einmal vor ihrem inneren Auge ablaufen. Alles erschien ihr jetzt in einem völlig anderen Licht. Sein Zuspätkommen empfand sie nun als egoistische, rücksichtslose Vergeudung der Zeit der Studenten und der Universität, die ihn bezahlte. War es möglich, dass seine Zuhörer und gar nicht er selbst die Emotionen beigesteuert hatten, die in seinem Vortrag mitschwangen und seine Worte gefühlvoller machten, als sie es waren? Und hatte er hinterher keine Fragen angenommen, weil er fürchtete, auf irgendeine Weise entlarvt zu werden? Sie dachte an die Statistiken, die er heruntergerattert hatte: In diesem Jahr auf der Straße verbrachte Tage, Anzahl der gehaltenen Vorträge, Verkaufszahlen des Buchs, Gesamtsumme der eingegangenen Spenden. Damals hatten die Zahlen ihre Hochachtung für ihn gesteigert. Als er Berühmtheiten und Würdenträger nannte, die er getroffen hatte, und seinem Publikum versicherte, niemand von all diesen Größen habe ihn so berührt, wie jetzt hier, vor ihnen allen, zu sprechen, hatte sie Bescheidenheit gespürt. Jetzt sah sie das alles als die Großtuerei, die es in Wirklichkeit war. Wie sollte sie sich erklären, dass ihre ursprüngliche Wahrnehmung derart manipulierbar gewesen war, ihre Erinnerung an einen Abend derart revidiert werden musste? Dass Wahrnehmungen so zweifelhaft und Erinnerungen so formbar waren, ängstigte sie. Konnte sie sich selbst überhaupt noch trauen? Hatte Crane gehofft, mit seinen Lügen nicht nur zu beeinflussen, wie das Publikum ihn sah, sondern auch, wie er selbst sich sah? Sie wusste, dass unsere Lügen mit der Zeit unweigerlich ebenso wahr oder sogar noch wahrer werden als die tatsächlichen Ereignisse, die sie ersetzen. Neuraths Schiff! Wenn man die Wahrheit durch Lügen ersetzte, konnte man sich Planke für Planke ein ganz neues Ich zusammenzimmern, ohne dass das Schiff unterging.

Aber das waren Spekulationen, sogar Ausflüchte, um der wahren Frage aus dem Weg zu gehen: Wenn ein Trickbetrüger den Idealismus in einem weckte, wenn er einem sagte, man solle in die Welt hinausgehen und Gutes tun, war das dann automatisch ein Trick? Wenn ein einzelner Amerikaner ein ganzes Dorf in seine Legende hineinzwang, ohne sich einen Dreck um die Konsequenzen zu scheren, hieß das dann, alle anderen sollten besser zu Hause bleiben? Im Herzen von Cranes Erzählung lag ein Rätsel, aber Parvin war sich nicht sicher, ob es von ihm handelte.

21. Kapitel

Recht und Ordnung

Als sich herumsprach, was mit Amanullah passiert war, ging Parvin zu seinem Haus. Seine Frau, Amina, weinte ohne Unterlass und zerrte an ihren Haaren. Im Zimmer drängten sich zahllose Kinder und Frauen, die Luft war von den Ausdünstungen so vieler Körper so dick, dass man kaum atmen konnte.

Als Parvin sich durch das Gedränge schob, zischte eine der Frauen: »Du bist schuld! Wie konntest du nur herumerzählen, dass er ein Taliban ist.«

»Das habe ich nicht. Und zu den Amerikanern habe ich überhaupt nie etwas gesagt, ehrlich! Sie haben es in Dr. Gideons Buch gelesen.«

»Dann sag Dr. Gideon, er soll ihn zurückholen«, fauchte sie.

Amina warf sich wehklagend vor Parvins Füße, setzte sich dann auf, fuhr sich mit der Hand über Augen und Nase und sagte mit verwirrender Ruhe, sie glaube nicht, dass Parvin, wie die anderen sagten, gewusst habe, dass die Amerikaner ihren Mann mitnehmen würden, oder es sogar verlangt habe. Aber, fuhr sie fort und wandte den Kopf ein wenig ab, vielleicht, um die Härte ihrer Worte abzumildern, Parvin *habe* diese Geschichten über ihn erzählt. Irgendwie wirkte sie plötzlich stärker – *ermächtigt*, lautete der Ausdruck, der Parvin einfiel –, und sie fragte sich schuldbewusst, ob es Aminas Selbstvertrauen vielleicht guttat, wenn der Kommandant eine Weile nicht im Haus war. Aber, rief sie sich hastig in Erinnerung, in jeder anderen Hinsicht war es eine Katastrophe.

»Ich bin noch nicht bereit, Witwe zu werden«, sagte Amina. »Und meine Familie braucht die Pension meines Mannes.« Nun kehrte ihr Blick zu Parvin zurück. »Wir wissen alle, dass du mit dem General redest.«

Parvin sah sie verständnislos an, dann ging ihr auf, dass Amina Trotter meinte.

»Die Amerikaner hören doch auf dich«, fuhr Amina fort. »Sorg dafür, dass er nach Hause kommt.«

Parvin wusste nicht, wie sie ihr klarmachen sollte, dass sie absolut machtlos war. Was konnte sie schon tun? Sich Wahids Esel leihen und zum Stützpunkt reiten? Sie versprach, sie würde »dem General« und Dr. Gideon einen Brief schreiben, obwohl sie nicht sicher war, dass das etwas nutzen würde.

Als sie an diesem Abend mit Wahid redete, erwähnte sie die Pension des Kommandanten. Mit seinem schiefen Lächeln erklärte er ihr, »Pension« sei ein schöneres Wort für eine kleine Steuer, die alle Dorfbewohner dem Kommandanten für seinen Unterhalt zahlten. Als er von seiner letzten Schlacht gegen die Taliban zurückgekehrt sei, habe er versucht, ein Stück vom Land des Khan für seine noch lebenden Söhne zu annektieren. Der gerissene Khan habe ihm eingeredet, die Dorfbewohner sollten ihrem Helden stattdessen eine Pension zahlen. Das taten sie jetzt seit fast zehn Jahren. »Ich hatte ja schon gesagt, dass wir ihm eine Menge verziehen haben.«

Das hatte Wahid also gemeint? Eine Steuer? Wie ahnungslos sie gewesen war. Schlimmer als ahnungslos: wegen Crane hatte sie geglaubt, alles zu wissen. Es gab so viele grundlegende Fragen, die sie nicht gestellt hatte.

Aber Amanullahs Sünden, sagte Wahid, änderten nichts an der Empörung der Dorfbewohner über seine Entführung durch die Amerikaner. Es sei unfair und demütigend, dass sie ihn beschuldigt, ausgetrickst und einfach mitgenommen hatten. Der Kommandant sei der mutigste Mann im Dorf, auch wenn sie ihn nicht immer liebten.

Ein paar Tage später tauchte ein Schäfer ohne Herde im Dorf auf. Er hatte sich eine schmutzige Decke umgehängt und eine Pakol-Mütze tief in die Stirn gezogen.

Es war Issa, der sich in dieser Verkleidung über die Berge geschlichen hatte. »Ich war schließlich mal Schmuggler«, erinnerte er Parvin mit einem spitzbübischen Grinsen.

Angeblich war er gekommen, um sich um die Bestände in der Klinik zu kümmern, aber Parvin vermutete halb, dass er die Wanderung nur unternommen hatte, um zu sehen, ob sie zu schaffen war. Sie bat ihn, ihr zu helfen, Crane zu kontaktieren. Crane spreche mit Generälen, berate sie, sagte sie. Sicher könne er Amanullah zurückholen.

Issa lachte. »Gideon Crane wird sich hüten, irgendwelchen amerikanischen Militärs zu sagen, wie sie ihren Krieg führen sollen. Amanullahs Kinder sollten sich lieber Arbeit suchen. Ihr Vater wird lange nicht zurückkommen. Außerdem – selbst wenn der Kommandant nicht getan hat, was sie ihm vorwerfen, hat er garantiert etwas anderes gemacht, wofür er Strafe verdient hat.«

Parvin zuckte innerlich zusammen, denn sie musste an den blauen Fleck in Aminas Gesicht denken. Aber die Amerikaner hatten Amanullah nicht mitgenommen, weil er seine Frau schlug oder die anderen Dörfler ausnahm. Er werde für frei erfundene Sünden zur Verantwortung gezogen. Und das sei ungerecht, sagte sie zu Issa.

»Die Welt ist ungerecht«, antwortete er. »Seien Sie froh, dass Sie das erst jetzt merken.«

An diesem Abend aßen sie, Issa, Wahid und Dschamschid im Besuchszimmer, in dem sie auch an Parvins ersten Abend im Dorf gesessen hatten. Dieselben Kissen, dieselben Wände, aus denen hier und da Stroh ragte. Der vom langen Weg ausgehungerte Issa schaufelte das Essen in sich hinein wie Wasser aus einem Bach, wobei sich immer wieder Reiskörner in seinen Schnurrbart verirrten.

Auch von ihm wollte Parvin Informationen. Ihr Bedürfnis, Cranes Lügen ans Licht zu zerren, fühlte sich bodenlos an. Es war keine große Überraschung für sie, als Issa sagte, er und Crane seien sich nicht auf der Straße zum Dorf begegnet, wie Crane geschrieben hatte, sondern in einem Gästehaus in Kabul, in dem Crane wohnte und das Issa regelmäßig besuchte, um Artefakte zu verhökern, die er auf Ausgrabungsstätten gestohlen hatte. Er hatte Talent für Sprachen und liebte Krimiserien. Größtenteils weil er so viele Raubkopien von *Law and Order* gesehen hatte, hatte er genug Englisch aufgeschnappt, um mit den Ausländern, die im Gästehaus wohnten, reden, scherzen und feilschen zu können. Eines Tages sei er mit Dr. Gideon ins Gespräch gekommen, der ihm von seinem Plan erzählte, in einem Dorf eine Klinik zu errichten. Er sei überrascht gewesen, dass er diesen Plan allein in die Tat umsetzen wollte, da die meisten Ausländer für irgendwelche Organisationen arbeiteten. Aber als er Dr. Gideon fragte, ob er denn das Geld dafür habe, sagte dieser, ja, habe er. Obwohl Issa noch nie etwas Derartiges gemacht hatte, erzählte er Dr. Gideon, er könne dafür sorgen, dass seine Klinik gebaut wurde, was den Amerikaner sehr zu erleichtern schien.

»Er hat mir voll und ganz vertraut«, sagte Issa. »Wie ein

Kind.« Ob die Klinik in irgendeinem Dorf stehen könne, habe er Dr. Gideon gefragt, weil das seine Aufgabe sehr viel einfacher machen würde, und schließlich gab es in Afghanistan kaum ein Dorf, das keine Klinik gebrauchen konnte. Ja, jedes Dorf sei ihm recht, habe Dr. Gideon geantwortet.

»Einen Augenblick«, unterbrach Parvin. »Es war ihm egal, wo die Klinik gebaut wurde?«

»Ja, war es«, bestätigte Issa.

Issa brachte ihn in ein Dorf, das nur eine Stunde von Kabul entfernt war. Dort heuerte Dr. Gideon Arbeiter an und kaufte Material ein. Doch ein paar Tage später änderte er seine Meinung und sagte, die Klinik müsse doch in einem ganz bestimmten Dorf stehen, und erzählte eine komplizierte Geschichte über eine Frau, die dort bei einer Geburt gestorben war. Darüber wolle er ein Buch schreiben. Man könne die tote Frau zwar nicht ins Leben zurückholen, aber ein Foto von ihrem Mann und vielleicht auch von ihren Kindern vor der neuen Klinik wäre schön. Die Amerikaner brauchten Hoffnung.

»Es macht euch zu schaffen, dass die Welt so ist, wie sie ist, nicht wahr?«, fragte Issa.

Issa war zwar ein Gauner, wie er im Buch stand, dachte Parvin, aber bis jetzt hatte sie ihn noch bei keiner Lüge ertappt. Seine Erzählung war wie eine Strömung der Wahrheit, die am Ufer des Flusses Unaufrichtigkeit nagte. Er schien geradezu ein Wahrheitsfanatiker zu sein. Cranes Zynismus dagegen ließ sie innerlich erschaudern, und das durchaus auch aus schlechtem Gewissen. Schon damals hatte er nur Berechnung gekannt und gewusst, dass seine Leser und Leserinnen genau wie Parvin, ein Ende wollen würden, das, wenn schon nicht unbedingt glücklich, so doch irgendwie erlösend war, was sie zu einer von Millionen argloser Komplizen und Komplizinnen seines Betrugs machte. Er hatte ihnen allen erzählt, was sie hören wollten. Dabei war die Klinik nicht gebaut worden, um den Frauen, sondern dem erzählerischen Bogen eines Buchs zu helfen. Kein Wunder, dass Crane sich keine Gedanken darüber gemacht hatte, wie sie funktionieren würde.

Eine potemkinsche Klinik. Die Geschichte, die Parvin am College gelernt hatte, hatte sie fasziniert: Potemkin, Helfer und Geliebter von Katharina der Großen, hatte angeblich in Neurussland falsche, tragbare Dörfer errichten lassen, um die Kaiserin über den Fortschritt der Neubesiedlung zu täuschen. Gleichermaßen fasziniert war Parvin von der weniger bekannten Theorie, diese Geschichte selbst sei eine Erfindung, in die Welt gesetzt von Neidern, um Potemkin zu verunglimpfen. Eine falsche Geschichte über falsche Dörfer, eine erlogene Lüge, Wahrheit als Boden, der unter einem wegbrach.

Issa war noch nicht fertig. Crane habe nicht gewusst, wie er das betreffende Dorf finden solle, meinte aber, vielleicht könne der Dolmetscher, der ihn damals begleitet hatte, ihnen eine Wegbeschreibung geben. Also seien sie zur Sunshine American English School gegangen, wo Crane Asis ursprünglich gefunden hatte. Mutter und Sohn, die die Schule leiteten, seien sehr an Cranes Vorhaben interesssiert und mehr als bereit gewesen, zu helfen. Es sei die Rede von Jesus und guten Werken gewesen, und er habe gleich geahnt, dass Caleb und Louisa Missionare waren. Boshaft ahmte er sie nach, ihre weit aufgerissenen Augen, ihre aufgeregt flatternden Hände, ihre fromme Ekstase. Gutmenschen schienen ihn zu amüsieren. Er habe gedacht, Crane selbst sei auch Missionar, wenn auch ein nicht ganz so augenfälliger. Aber als sie dann anfingen, miteinander zu arbeiten, habe sich dieser Eindruck geändert: Crane war ebenso ein Glücksritter wie Issa. Jesus kam nur in seinen Flüchen vor.

Telefonisch erreichten sie Asis, der mit Caleb und Louisa in Kontakt geblieben war und zu diesem Zeitpunkt im südlichen Afghanistan als Militärdolmetscher arbeitete. Von ihm erfuhr Issa, wie man ins Dorf gelangte. Er versuchte, Asis zu überreden, sie zu begleiten, aber Asis hatte kein Interesse. »Irgendwie komisch, dass er schließlich doch hier gelandet ist«, lachte Issa. »Wie es aussieht, musste die ganze US-Armee her, um das zu ermöglichen.«

Seine Witzelei ärgerte Parvin, weil es für Asis natürlich nicht lustig war.

Sie fanden das Dorf, sagte Issa, und spürten Wahid auf. Crane wollte ihn unbedingt wiedersehen und wies Issa an, ihm unverzüglich zu sagen, sie hätten vor, Fereschta zu Ehren eine Klinik zu errichten.

»Ich habe ihm dafür gedankt«, übernahm Wahid. »Ich hätte nie damit gerechnet, ihn wiederzusehen, und gedacht, er würde meine Frau vergessen, sobald er das Dorf verlassen hatte.«

Dschamschid, der schweigend zugehört hatte, bohrte die Faust in seine andere Handfläche wie einen Stößel in einen Mörser.

»Hast du Crane auch gesehen?«, fragte Parvin ihn leise.

Issa antwortete für ihn. Crane habe gesagt, es sei besser, den Jungen nicht zu sehen, da es ihn aus der Fassung bringen könne.

Parvin wandte sich erneut an Dschamschid. »Du hast bei seinen späteren Besuchen im Dorf nicht mit ihm gesprochen?«

Dschamschid schüttelte den Kopf. Aber er habe ihn von verschiedenen Stellen aus beobachtet, sagte er. Um sich ein

Bild von ihm zu machen. Ab und zu habe er den Eindruck gehabt, Dr. Gideon habe ihn auch gesehen. Er selber habe gewollt, dass der Amerikaner ihn sah. Aber sie hätten nie miteinander gesprochen.«

»Inzwischen weiß ich, wieso er es so eilig hatte, die Klinik zu bauen«, sagte Issa nur halb im Scherz. Es habe zahlreiche Probleme gegeben – er habe Parvin von einigen erzählt, wie die mit dem Khan.

»Und Dr. Gideon hat beim Bau mitgeholfen?«

Issa sah sie an, als habe sie den Verstand verloren. Nein, sagte er, Dr. Gideon habe seine Zeit damit verbracht, mit Papier und Stift im Schatten zu sitzen und zu schreiben. Wahid bestätigte das.

Die Männer hatten den Cowboy-Song also nicht gelernt, dachte sie. Ein so winziges Detail, trotzdem schien es ihr wichtig, es den Frauen zu sagen.

Crane habe Issa, der nun wirklich alle Hände voll zu tun hatte, ständig damit genervt, seine Fragen an Wahid zu übersetzen oder ihm zu helfen, sich neue Charaktere und Histörchen auszudenken, mit denen er seine Geschichte ausschmücken konnte. Das Buch brauche Taliban, beharrte er eines Tages, sonst würde es die Amerikaner nicht interessieren. Ein Buch über Afghanistan, in dem keine Taliban vorkamen, habe er ihm erklärt, sei wie eine *Law and Order*-Episode ohne Verbrecher. Wer würde sich so etwas schon anschauen wollen?

»Dann haben Sie ein Problem«, hatte Issa gesagt, »weil es hier keine Taliban gibt. Dafür sind Sie im falschen Teil des Landes.«

Doch dann hätten sie Amanullah getroffen. Seine kleine Erpressung habe Issa geärgert, Dr. Gideon jedoch sei begeistert gewesen. Amanullah, habe er gesagt, sehe aus wie ein Taliban.

Nach allem, was er gelesen habe, hätten viele von ihnen ein Auge oder eine Hand verloren. Und so sei Amanullah ohne große Umschweife zu Cranes Bösewicht geworden.

Die Absurditäten häuften sich immer weiter. Die aus Kabul ins Dorf geflößten Stämme, zum Beispiel. Parvin hatte unzählige Male am Fluss gesessen und wusste, dass er vom Dorf nach Kabul floss, nicht umgekehrt. Crane hätte die Stämme niemals, auch nicht mit seinem ganzen Enthusiasmus, auf dem Wasserweg ins Dorf schaffen, geschweige denn so mühelos hinflößen können, wie er es geschildert hatte. Als sie Issa und Wahid von diesem Teil der Geschichte erzählte, krümmten die beiden sich vor Lachen.

Wieso war ihr selbst diese Ungereimtheit, waren ihr auch die vielen anderen Ungereimtheiten bisher nicht aufgefallen? Und wieso hatte kein einziger von den vielen Millionen, die das Buch gelesen hatten, eine Landkarte hinzugezogen und gemerkt, dass die geschilderten Ereignisse so nicht hatten stattfinden können? Als sie selbst *Mutter Afghanistan* das erste Mal gelesen hatte, war sie nicht einmal auf den Gedanken gekommen, sich zu fragen, wie ein einziger Mann so viele dramatische Abenteuer und Beinahekatastrophen erleben konnte. Jetzt, als eine Täuschung nach der anderen aufgedeckt wurde, erschien ihr allein die Vielzahl der haarsträubenden Episoden als verräterisch. Dahinter konnte doch nur die überaktive Fantasie eines Mannes stecken, der zu viele Abenteuerromane gelesen hatte, eines Mannes, dem die sanfte Topografie einer normalen Existenz nicht genug war, der sich für die Landschaft seiner Lebensgeschichte Berge ersehnte, die so majestätisch und so atemberaubend waren wie die in Afghanistan. Der nie darüber hinausgekommen war, sein eigenes Tun aufzubauschen, um seinen Vater zu beeindrucken.

»Die Mantus deiner Frau sind fast so gut wie die von meiner Mutter«, sagte Issa in diesem Augenblick zu Wahid.

Wie konnte Issa die Kochkünste seiner Mutter kennen, wenn sie bei seiner Geburt gestorben war? Parvin kannte die Antwort, bevor sie die Frage mit so kleinlauter Stimme stellte, dass es ihr selbst peinlich war. »Ihre Mutter lebt noch?«

Issa, den Mund voller Rindfleischklößchen, nickte nur, und als Parvin sagte, Crane habe geschrieben, seine Mutter sei tot, hätte er das Essen fast ausgespuckt. »Falls das stimmt, ist Gott noch größer, als wir es uns vorstellen, denn Dr. Gideon hat ihre Mahlzeiten gegessen. Aber er hat ja wohl Vieles geschrieben. Manches davon stimmt vielleicht sogar.«

An diesem Abend schrieb Parvin in aller Hast einen erregten Brief an Professor Banerjee, vollgepackt mit allem, was sie in Erfahrung gebracht hatte. Den Brief wollte sie Issa mitgeben. In den letzten Monaten waren viele von Parvins geliebten Verallgemeinerungen in sich zusammengebrochen, der Einfluss der Professorin war geringer geworden. Dennoch fiel ihr niemand sonst ein, den sie um Rat fragen könnte. Wenn sie ihrem Vater von der Gewalt an der Straße erzählte, würde er sich nur um ihre Sicherheit sorgen.

Folglich schrieb sie ihrer Professorin alles über Cranes Lügen und dass die Amerikaner unter falschen Voraussetzungen ins Dorf gelockt worden waren, genau wie sie selbst. Sie klagte, sie sei manipuliert worden, und verglich ihre Situation mit der der amerikanischen Bevölkerung, die man über die Gründe für den Irak-Krieg in die Irre geführt hatte. Die Folgen von Cranes Täuschungen, schrieb sie, seien fast so katastrophal: die Verhaftung des Kommandanten, das Erscheinen von Aufständischen im Dorf, die Toten beim Straßenbau. Sie schilderte Wahids Schmerz, als er erfuhr, wie

Crane die Afghanen dargestellt hatte, und wollte wissen, was sie mit dieser Information anfangen, was sie davon halten solle.

Dann versuchte sie, an Crane zu schreiben, füllte ganze Seiten mit ihrer Wut. Aber jeder Entwurf kam ihr falsch vor, und sie zerriss sie alle. Nach einer Stunde war sie der Erschöpfung nahe, ohne einen Brief vorweisen zu können. Letztendlich wollte sie einfach nur sagen: »Fuck you!«

22. Kapitel

Junge Hirsche

Parvins Brief brauchte zwei Wochen, um nach Berkeley zu gelangen. Professor Banerjee brauchte nur zwei Stunden, um ihn abzutippen und an die *Huffington Post*, das *Journal of Medical Anthropology* und ihre »kritische Anthropologie«-Mailingliste zu schicken, von wo er sich verbreitete wie ein Lauffeuer. Da Parvin sozusagen unerreichbar war, bezeichnete Professor Banerjee sie nur als »junge College-Absolventin, die kürzlich nach Afghanistan ging, um kulturanthropologische Erhebungen durchzuführen«. Sie überarbeitete den Brief in keiner Weise. Parvins Überlegungen und Grübeleien, ihre ganze Verwirrung, waren für alle sichtbar.

Parvin war sich dieser neuen öffentlichen Existenz noch nicht bewusst, als Trotter Kommandant Amanullah ins Dorf zurückbrachte. Der Hubschrauber landete, und als sich herumsprach, dass der Kommandant ausgestiegen war, lief Parvin mit Wahid, Dschamschid und allen übrigen Männern zum Basar. Amanullah brauchte lange für den Weg vom Feld des Khans zum Basar, und als er näherkam, sah Parvin den Grund dafür. Sein Gang war unsicher, sein Bart grau geworden, sein Körperumfang geschrumpft. Vorher eher massig, wirkte er jetzt schlaff. Er blinzelte viel, wie jemand, der aus dem Dunkel ins Licht tritt, und sah mit einem ständig fragenden Ausdruck um sich. Parvin musste an Asis' Vater denken, der, von den Taliban ausgehöhlt, nie wieder derselbe war. Asis, der den Kommandanten am Ellbogen gefasst hatte, dachte sicher auch an ihn.

Trotter sah aus, als wolle er nicht hier sein. »Sag ihm, dass er frei ist«, sagte er kurz zu Asis. »Er kann gehen.«

Stattdessen führte Asis Amanullah zu den Dorfbewohnern, die am Rand des Basars, da, wo sich der Hauptweg zu den Feldern hinunterschlängelte, auf ihn warteten. Ein komplizierter Tanz folgte: Asis ließ den Arm des Kommandanten los, bevor sie den Pulk der Männer erreichten, und diese warteten, bis Asis ein paar Schritte zurückgegangen war, bevor sie sich näherten und Amanullah umringten. Als Gruppe begleiteten sie den Kommandanten nach Hause.

Der fand seine Stimme wieder, doch auch sie wirkte geschrumpft, nicht mehr vergleichbar mit dem tiefen Bass, mit dem er Parvin damals angebrüllt hatte. »Sie haben mir immer und immer wieder dieselben Fragen gestellt«, hörte sie ihn sagen. »Taliban dies, Taliban das! Was für ein Unsinn.« Er schien immer noch zu glauben, alles sei Teil der »Sicherheitsfreigabe«, die nötig war, bevor seine Miliz angeheuert werden konnte. Aber selbst wenn die Amerikaner seine Miliz haben wollten, sagte er, wolle er nichts mehr mit ihnen zu tun haben.

Keiner der Männer hatte mit Asis gesprochen. Ein Schatten der Ablehnung, der Feindseligkeit, schien sich von ihnen ausgehend über ihn zu legen, und als er sich im Krimskramsladen eine Schachtel Zigaretten kaufte, blieb auch dort das übliche Geplänkel aus. In den Augen der Dörfler war er ein Verräter, der Schuld an der Verhaftung des Kommandanten trug. Parvin hatte mehrmals gehört, dass Dschamschid und seine Freunde ihn als »Trotters Hündchen« bezeichneten. Fest entschlossen, sich dieser Ächtung seiner Person zu widersetzen, ging sie auf ihn zu und fragte ihn, wie es ihm gehe.

Er bot ihr eine Zigarette an, obwohl er wusste, dass sie nicht rauchte, und sagte: »Manchmal denke ich, der Job als Minenräumer war doch nicht so schlecht.«

»Wieso wird der Kommandant jetzt doch zurückgebracht?«, flüsterte sie.

»Das wird der Colonel Ihnen erklären«, antwortete er zu ihrer Überraschung auf Englisch.

»Das klingt ja so, als bekäme ich Ärger«, sagte sie halb im Scherz.

»Ich glaube, den bekommen wir beide. Also gehen Sie lieber zu ihm, statt mit mir zu reden. Sie kennen ja das Sprichwort: Wenn zwei durstige Männer aufeinandertreffen, sterben beide.«

Was für Ärger?, hätte sie gern noch gefragt, aber Asis deutete mit dem Kopf auf die M-ATVs, wo Trotter schon auf sie wartete, und sie wandte sich gekränkt ab und ging zu ihm hinüber. Dabei fiel ihr auf, wie sehr er sich verändert hatte. Als sie sich vor nur wenigen Monaten das erste Mal begegnet waren, war ihr seine Energie schier unerschöpflich vorgekommen. Jetzt war sein Gesicht vor Schlafmangel zerknittert, seine Augen sahen verquollen aus und seine Haare wirkten grauer. Wie immer war er glattrasiert, aber ein schwacher Schatten überzog seine Wangen.

Ohne ein Wort überreichte er ihr einen Stapel Papiere.

Sie fing an zu lesen, ihre Hände begannen zu zittern, ihr Mund wurde trocken. Was sie las, waren ihre eigenen Worte, die Worte, die sie an ihre Professorin geschrieben hatte. »Sie hat meinen Brief *veröffentlicht*?«, fragte sie fassungslos. Ihr nächster Gedanke lautete, dass es ihr lieber wäre, die Welt hätte ein Nacktfoto von ihr gesehen.

»Sie klingen überrascht?«, sagte Trotter.

»Ich bin außer mir! Ich habe ihr nur geschrieben, weil ich ihren Rat brauchte.«

»Den hat sie Ihnen ja anscheinend gegeben: Einfach alles ohne Rücksicht auf Verluste an die Öffentlichkeit geben. Sie können das Zeug übrigens behalten.«

Sie überflog die von ihm kopierten Interviews, in denen Professor Banerjee die Gründe erklärte, die sie dazu geführt hatten, Parvins Brief nicht vertraulich zu behandeln. Ihre Vorstellung von ihrem Fach erlaube keine Loyalität gegenüber Studentinnen, Freunden, Familie oder einem Land, hatte sie gesagt. Gegenüber niemandem, außer den Unterdrückten. Es war die größte Gelegenheit, diese Sicht der Dinge an die Öffentlichkeit zu bringen, die sie je gehabt hatte.

Zu lernen, dass die Mächtigen immer zur Verantwortung gezogen werden müssen, sei ein wichtiger Teil von Parvins Bildung, sagte Professor Banerjee und schrieb Parvins Solipsismus, ihre Ich-Bezogenheit, insbesondere den Vergleich ihrer eigenen Situation mit der Invasion im Irak, ihrer Naivität zu. Der wahre Preis, den Cranes Täuschung gefordert habe, betonte sie, sei nicht Parvins verratener Idealismus, sondern die Toten und Verstümmelten beim Ausbau der Straße, die Arbeiter und Soldaten, die ihr Blut an einem Ort vergossen hatten, an dem sie nicht einmal sein sollten. So wie sie es darstellte, war die Straße eine Allegorie für Afghanistan, ein Land, in dem die Amerikaner nichts zu suchen hätten. Hätte Crane die Wahrheit gesagt – dass der Tod dieser Frau die Folge seiner eigenen Pfuscherei war –, hätte das Militär sicher keine Männer zum Sterben in diese entlegene Ecke des Landes geschickt. Die Millionen dagegen, die sein Buch gekauft und ihm geglaubt oder für seine Stiftung gespendet hatten, die hätten einfach nicht so dumm sein sollen.

Trotter beobachtete sie beim Lesen. »Keine Loyalität, ja?«, hörte sie ihn sagen. »Jeder Soldat hier lebt oder stirbt dafür.«

Seine Stimme klang, als sei sein Mund voller Asche, und in diesem Augenblick teilte Parvin seinen Widerwillen gegen sie und Menschen wie sie, deren Loyalität nur ihnen selbst und ihren eigenen Wünschen galt. Sie fragte sich, wie es wohl wäre, einem Kreis wie dem Militär anzugehören, statt immer nur außen zu stehen und darüber zu urteilen. Und sie bedauerte, Trotter nicht selbst über Cranes Lügen informiert zu haben. Irgendwie hatte sie das Gefühl, das wäre sie ihm schuldig gewesen. Es konnte nicht leicht gewesen sein, zu erleben, wie Neuigkeiten von gleich nebenan wie ein Bumerang um die halbe Welt herum zu ihm geflogen kamen.

Und doch war sie auch erleichtert, dass ihre Professorin getan hatte, wozu sie selbst nicht den Mut gehabt hatte, nämlich die Wahrheit aufzudecken, denn sie war ebenfalls der Meinung, dass, wie ihre Professorin es ausgedrückt hatte, nur absolute Transparenz Menschen die Hoffnung gab, eine gerechte Welt zu schaffen und ihren Platz darin zu verstehen. Oder war sie einfach nur geschmeichelt, weil die Professorin ihren Brief als »wichtiges Dokument« bezeichnet hatte, das, ohne die Absicht der Autorin (was die Schmeichelei abschwächte) »das vollständigste und vernichtendste Porträt vom Wahnsinn dieses Krieges« geliefert habe. Dass die Professorin ursprünglich gegen Parvins Reise in dieses Dorf gewesen war, wurde praktischerweise aus dieser Einschätzung ausgelassen.

»Ich will Ihnen mal sagen, was der Preis für ›keine Loyalität‹ ist«, sagte Trotter.

Parvin hob den Kopf und sah ihm in die Augen, die ernst waren und grau wie die Steine im klaren Wasser des Flusses.

Dadurch, dass Parvin den Widerstand, auf den sein Bataillon an der Straße gestoßen war, publik gemacht hatte, sagte er, habe sie die Unterstützung der amerikanischen Öffentlichkeit für den Krieg unterminiert. Das schade der Moral der Soldaten, schlimmer sei jedoch, dass es nicht nur sie, sondern auch alle Pro-Regierungskräfte in Afghanistan in noch größere Gefahr bringe, da sich die Aufständischen dadurch bestätigt sähen. Der Aufstandsbekämpfungsguru der Armee sage immer wieder gern: ›Straßen sind nicht nur Straßen. Sie sind Symbole.‹ Vor der Veröffentlichung ihres Briefes habe diese Straße das Gute symbolisiert, das Amerika tun, und den Erfolg, den es in Afghanistan haben könne. Dank Parvin symbolisiere sie jetzt, wie falsch der Krieg lief.

Aber das tat er doch, erwiderte sie. Er lief doch falsch. Und nach allem, was die BBC berichte, nicht nur hier. Das sollte die amerikanische Bevölkerung doch auch wissen, oder?

»Jede Momentaufnahme des Krieges liefert ein falsches Bild«, gab er zurück. Im Krieg gehe es auch darum, die Geschichte, nicht nur das Terrain, zu kontrollieren. Das mache Informationen – ihre Freigabe, und gelegentlich, wenn nötig, auch ihr Zurückhalten – zu einer Waffe.

Parvin war verwirrt. Bedeutete das, dass Trotter der Meinung war, es sei in Ordnung, sogar vertretbar, zu lügen? Es lag etwas Herablassendes in seinem Vortrag über den Krieg, einem Bereich, aus dem Frauen größtenteils ausgeschlossen blieben, bloß um dann für ihre Unkenntnis verurteilt zu werden.

»Eine Herde dummer Hirsche«, zitierte Trotter sie. »Sie hätten nicht deutlicher ausdrücken können, was Sie von uns halten.«

Wie es schien, sah er Herablassung in *ihren* Worten. Wie er es sah, hatte ihr Brief nicht nur den Wahn des Krieges aufgedeckt, sondern vor allem die Kluft zwischen der kleinen Zahl der Dienenden und den Zivilisten, die über sie urteilten.

»*Junge* Hirsche«, korrigierte sie ihn. »Das habe ich geschrieben. Junge Hirsche.« Aber auch das war irgendwie unaufrichtig. Exakt hatten ihre Worte gelautet: Sie kommen mir vor wie eine Herde junger Hirsche. Getrennt von ihren Müttern stolpern sie großäugig und ahnungslos und mit Zielscheiben auf den Flanken durch den Wald.«

»Habe ich doch gesagt.«

Sie habe gemeint, führte sie näher aus, dass auch Trotter und seine Männer Opfer Cranes seien, sie seien alle verraten und verkauft worden. Der Mund des Colonels verzog sich missbilligend. Männer mochten es nicht, als Opfer bezeichnet zu werden, selbst wenn sie Opfer waren. Frauen waren daran gewöhnt.

»Ehrlich gesagt«, erwiderte Trotter, »ist es mir völlig egal, ob *Mutter Afghanistan* zu zwanzig oder zu achtzig Prozent wahr ist.« Er habe das Buch nicht gelesen, weil er Wahrheit finden wollte, sondern als Richtschnur dafür, wie dieser Krieg geführt und gewonnen werden konnte. Als Lehrstück, so wie er immer las: zur Informationsgewinnung. Welche Informationen konnte er dem Material entnehmen? Für ihn sei es eher ein Handbuch der Aufstandsbekämpfung: *So gewinnt man diesen Krieg. Indem man die Bevölkerung auf seine Seite bringt.* Ganz normaler gesunder Menschenverstand. Seine Frau habe sich eher für die Geschichte interessiert, sagte er. War es sexistisch zu sagen, das sei vielleicht eher ein Frauending?

Ja, antwortete Parvin.

Schön, gut, dann sei es eben sexistisch, aber für ihn sei es irrelevant, wie genau Fereshta gestorben war. Oder vielleicht solle er lieber sagen, dass es ihn nicht überrascht habe, wie sie gestorben war. Dass Fundamentalisten sie eher sterben lassen würden als einem Ungläubigen zu erlauben, sie zu behandeln, entsprach allem, was er gelesen hatte.

Aber so sei es nicht gewesen, betonte Parvin.

»Doch, Parvin, so *ist* es gewesen. Wenn nicht in diesem Fall, dann in vielen, vielen anderen. Vielleicht hat Crane in manchen Dingen nicht die Wahrheit gesagt, aber er hat definitiv den Finger auf eine Wahrheit über dieses Land gelegt. Dass die Frauen zu lange unterdrückt wurden.«

»Aber die Wahrheit zählt!«, rief sie wie eine verzweifelte Prophetin. »*Die* Wahrheit! Nicht irgendeine Wahrheit! Reden Sie mit Wahid, fragen Sie ihn, welchen Schaden diese Lügen angerichtet haben. Ihm liegt sehr viel daran, was Sie über ihn denken. Crane muss sich bei ihm entschuldigen.«

»Dann soll Crane das machen«, kam es kurz angebunden von Trotter. Würde Parvin ehrlich sagen, eine bessere Straße aus dem Dorf heraus werde nicht gebraucht? Wegen Crane sei das US-Militär hier, um Menschen zu helfen, die vergessen worden seien. Wegen Crane sei Parvin hier, um zu helfen – oder was immer sie tue. Helden vom Sockel zu stoßen sei leicht, doch man erreiche damit nur, dass Menschen die Hoffnung verloren, was niemand wolle. Selbst wenn ein paar Einzelheiten in Cranes Buch nicht stimmten, sei es immer noch eine nützliche Geschichte, und das da drüben sei eine nützliche Klinik. Eine feststehende Tatsache.

»Aber sie ist nicht nützlich, weil –«

Er schnitt ihr das Wort ab. Die Amerikaner erwarteten nicht, dass Crane perfekt sei, weil sie wüssten, dass er versuche, Gutes zu tun. Und wenn Parvin in die Staaten zurückkehre, werde sie wahrscheinlich feststellen, dass eine Menge Leute auf sie, nicht auf ihn, wütend seien. Anscheinend machte sie ein beunruhigtes Gesicht, denn er schien etwas weicher zu werden. »Hören Sie, ich bin nicht blind für gewisse Dinge, die – die bei unseren Bemühungen besser laufen könnten«, wählte er seine Worte mit Bedacht. Die Koalition überarbeite ständig ihren Ansatz. Aber man könne keinen Krieg führen, wenn man sich in seinen Fehlern verheddere. Das Hinterher sei dazu da, Lehren zu ziehen. »Wir verarbeiten immer noch die aus Vietnam.«

Es ging nicht so sehr darum, dass Cranes Märchen Trotter nicht beunruhigten, dachte Parvin, sondern darum, dass er es sich nicht leisten konnte, sich davon beunruhigen zu lassen. Die Projektion von Gewissheit verlangte, dass weder Verzweiflung noch Zorn, nicht der leiseste Zweifel eingestanden werden durften, zumindest nicht öffentlich. Der einzige Hinweis darauf, dass Trotter akzeptierte, dass Cranes Buch nicht der Wahrheit entsprach, war die Rückkehr des Kommandanten.

Ohne zu wissen, welche Antwort sie hören wollte, fragte sie, ob er die Arbeiten an der Straße einstellen werde.

Ein leises Zucken, wie ein winziger Herzschlag, setzte im Winkel seines rechten Auges ein. Das könne er nicht, sagte er nach einer Weile, obwohl die lange Pause darauf schließen ließ, dass er darüber nachgedacht hatte. Das Problem sei, dass der Feind nicht wisse, dass sie wegen Cranes Buch hier seien, und wenn sie sich jetzt zurückzögen, wisse der Feind nicht, dass sie auch das wegen des Buchs taten. »Die würden denken, *sie* hätten uns vertrieben. Optik«, fügte Trotter hinzu, als sei das selbsterklärend. Ganz zu schweigen davon, dass sie bereits zu viel investiert hätten. Männer unter seinem Kommando hätten den höchsten Preis gezahlt. Er könne sich nicht einfach umdrehen und gehen.

Asis hatte Parvin eine Geschichte erzählt. Im Jahr zuvor hatte er in der Wüste außerhalb von Kabul ein Grundstück gekauft, denn der Zustrom ausländischer Hilfsgelder und Einnahmen aus dem Opiumhandel hatten die Immobilienpreise in der Stadt in unglaubliche Höhen schießen lassen, und dieses kleine Stückchen Land war alles, was er sich leisten konnte. Noch gab es nichts in der Wüste, aber Funktionäre hatten versprochen, Strom und Wasser zu verlegen. Bauunternehmen würden Häuser errichten und irgendwann würden Kabul und die Gegend mit Asis' Grundstück zusammenwachsen. Wenn die Häuser fertig waren, würden er und seine Familie, die zur Zeit in einem gemieteten Haus mit undichtem Dach lebten, dorthin ziehen.

An einem seiner Wochenenden zu Hause beschloss er, sich die Fortschritte bei den Bauarbeiten anzusehen. Obwohl er zuverlässig seine monatlichen Zahlungen geleistet hatte, war er lange nicht mehr dort gewesen. Er borgte sich das Auto seines Bruders und fuhr hin. Es herrschte Smog, die Luft hatte die Farbe eines Zigarettenfilters. Das Gelände war flach, nur in der Ferne erhob sich eine Wand schokoladenbrauner, leicht lila überhauchter Berge. Die Werbetafel des Bauprojekts war noch da, umgeben von – nichts. Es gab keine Häuser, keine Baugruben, keine abgesteckten Grundstücke, keine Fundamente, keine Maschinen, keine Masten, keine Leitungen, keine Rohre. Nichts. Nur Staub, den der Wind ihm in die Augen blies.

Er stieg wieder ins Auto und fuhr zum Büro des Bauunternehmers. Das dauerte anderthalb Stunden. Der Verkehr in Kabul, hatte Parvin in ihren zwei Wochen dort gemerkt, war katastrophal. Es war schwer, so lange wütend zu bleiben, und als Asis das Büro erreichte, fühlte er sich bereits geschlagen. Drinnen lagen all die schönen Broschüren und Informationsmappen, die ihn ursprünglich verführt hatten. Wahrscheinlich, dachte er, waren sie nicht in einem von Kabuls Billigläden gedruckt worden, sondern von Profis in Dubai. Diese qualitativ hochwertigen Materialien zeigten jedes Detail des Vorhabens, inklusive Bäume. Als könne da draußen ein Setzling überleben.

Der Makler, der ihm das Grundstück verkauft und wann immer Asis vorbeikam von Fortschritten gesprochen hatte, hieß Karim. Er trug einen Anzug und hatte zwei, manchmal drei Handys bei sich, die die ganze Zeit klingelten. Er benutzte Ausdrücke wie *cul-de-sac* und *Investitionspotenzial* und setzte, als sie das erste Mal gemeinsam in die Wüste fuhren, eine riesige, blaugetönte Sonnenbrille auf, die aussah, als sei sie aus einem der Gebäude aus blauem Glas herausgeschnitten worden, die sich in ganz Kabul breitmachten. Er hatte mit weit ausholender Gebärde auf die leere Fläche vor ihnen gedeutet und mit erprobter Hochachtung von solargetriebenen Straßenlampen und Heißwassertanks und Garagen gesprochen, die größer waren als das Haus, in dem Asis' Familie zur Zeit lebte. Dann hatte er Asis geraten, schnell zu handeln, da so viele Regierungsangehörige dabei seien, sich in das Projekt einzukaufen, dass er von Glück sagen könne, dass er überhaupt davon erfahren habe (zu spät fiel Asis ein, dass er von den bunten Plakatwänden, die ihre Schatten auf das Lehmhaus seiner Familie warfen, von dem Projekt erfahren hatte), und fügte hinzu, es seien nicht mehr viele Grundstücke übrig, sie würden demnächst die Preise erhöhen, weil die Nachfrage so hoch sei. Wenn Asis kaufen wolle, solle er es lieber gleich tun. Das hatte er.

Dieser Karim sei ausgeschieden, informierte ihn eine etwas ältere Version des Mannes (nüchternere Schuhe, grauere Haare), die nun im Büro saß. Sie hätten ihn entlassen müssen, weil er falsche Versprechungen über den Zeitplan gemacht habe.

»Es gibt also einen Zeitplan?«, fragte Asis hoffnungsvoll.

Genau das sei das Problem, sagte der Mann. Karim habe fälschlicherweise behauptet, es gebe einen.

Wie sah der Plan denn aus? Wann würden sie die Wasseranschlüsse legen? Die Stromkabel?

Diesbezüglich seien sie auf die Stadt Kabul angewiesen, sagte der Mann. Sobald die Stadt für die Infrastruktur gesorgt habe, könnten sie mit dem Bau der Häuser anfangen. Bis dahin seien ihnen die Hände gebunden, könnten sie nichts tun.

»Außer mein Geld kassieren«, sagte Asis verbittert zu Parvin. Fast hätte er dem Mann gesagt, er arbeite für die Amerikaner und werde sie wegen Betrugs melden, ein Impuls, den Parvin von ihren eigenen Fantasien über den Khan nur zu gut kannte. Aber er konnte es niemandem sagen, für den er arbeitete, und außerdem hätten die Amerikaner sowieso nichts unternommen. Sie redeten und redeten über Rechtsstaatlichkeit, taten aber nichts, um sie auch durchzusetzen, was der Grund dafür war, dass er in die Wüste gehen musste, da Leute mit Macht sich in Kabul einfach jedes Stückchen Land nahmen, das sie wollten, ohne dass es irgendwelche Folgen hatte.

Aber der Mann im Büro des Bauunternehmens war älter als Asis und verdiente daher, anders als Karim, Respekt. Höflich fragte Asis, wieso sie weiter das Geld seiner Familie nähmen, wenn sie nicht bauen könnten?

Weil sie bereit sein mussten für den Tag, an dem sie bauen *konnten*, antwortete der Mann. Es stehe Asis natürlich frei, seine Anzahlungen verfallen zu lassen. Er könne ihm nur sagen, dass die Wüste eines Tages zur Stadt werden würde, dass Kabul sich bis nach dort draußen ausdehnen werde, genau wie die Bilder es zeigten, weil es bereits aus allen Nähten platze und am Überquellen sei. Es gebe keine Hügel mehr, auf denen man leben könne, folglich müsse die Stadt sich irgendwohin ausdehnen, und das würde sie. Asis solle Geduld haben, riet der Mann, und daran denken, dass überall, wo heute ein Palast stand, einmal nichts gewesen war.

»Und überall, wo Ruinen sind«, sagte Asis zu Parvin, »stand einmal ein Palast.« Er glaube nicht an die Vision, die der Mann ihm vormalte, trotzdem werde er weiterzahlen, obwohl das aller Wahrscheinlichkeit nach auf eine Enttäuschung hinauslaufen werde, weil er bereits so viel gezahlt habe.

Teil 3

23. Kapitel

Klare Sicht

Inzwischen reckten sich die Schatten der Bäume jeden Nachmittag länger und eleganter. Rot und Gelb sickerten in die Blätter ein, die Stängel der Pflanzen wurden braun, das Fell der Esel dichter. In den Bergen sammelten die Dorfbewohner trockene Pflanzen und lagerten sie als Viehfutter, und auf den Feldern säten sie mit wie zufällig wirkenden, weit ausholenden Bewegungen Weizen aus. Es war Ende Oktober. Bald würde der Bergwinter mit seinem meterhohen Schnee und den Monaten der Entbehrungen kommen; für Parvin bedeutete das: Zeit zu gehen.

Das zumindest sagte Dr. Jasmin immer wieder. Wenn sie zu lange warte, warnte die Ärztin, würden Schnee und Hochwasser die Straße womöglich monatelang unpassierbar machen und das Wetter könne so tückisch werden, dass Hubschrauber nicht mehr landen könnten. Das Dorf sei kein Ort zum Überwintern, sagte sie, außerdem mache sie sich Sorgen um Parvins Gesundheit. Während der knapp fünf Monate ihres Aufenthalts hatte sie mehr als zehn Kilo verloren. Binas Essen, immer gleich und viel zu ölig, hatte ihr nie sonderlich geschmeckt, und nicht selten hatte sie Magen-Darm-Probleme gehabt. Die Veröffentlichung ihres Briefs hatte natürlich auch nicht zu einer besseren Befindlichkeit beigetragen, durch die Aufregung war ihr selbst das letzte bisschen Appetit vergangen, das sie noch verspürte. Ständig musste Bina ihre Kleider enger machen, und Shokooh witzelte, sie selbst nehme die Pfunde zu, die Parvin abnehme. Sie fühlte sich wie ausgedörrt, ihre Haut war rau und trocken, immer wieder litt sie an Ausschlägen und wiederkehrenden Pilzinfektionen. Doch verglichen mit den Beschwerden der Dorfbewohner waren ihre unbedeutend, und sie tat die Besorgnis der Ärztin ab.

Allerdings machte ihr nicht nur der Winter Angst, sondern auch die Aussicht auf die Rückkehr nach Hause. Selbst ihr Vater, nicht gerade ein Leser der *Huffington Post*, wusste von dem Skandal, den ihr Brief verursacht hatte. Er hatte ihr über Dr. Jasmin geschrieben und sie eindringlich gebeten, nach Hause zu kommen. Vor allem beunruhigte ihn die Gewalt an der Straße, die sie in ihrem Brief an Professor Banerjee geschildert hatte. Auf seine Bitte hin hatte ihr Cousin Fawad versucht, sie zurückzuholen, doch die Amerikaner hatten ihn mit der Begründung, wegen der Bauarbeiten sei die Straße nicht passierbar, nicht durchgelassen. Afghanen dagegen hatten gesagt, sie sei zu gefährlich. Daraufhin war er nach Kabul zurückgekehrt.

Parvins Vater, selbst Lehrender, war zutiefst empört, dass Professor Banerjee das Vertrauen seiner Tochter derart missbraucht hatte. »Als Nicht-Muslima«, hatte er geschrieben, »weiß sie vielleicht nicht, dass die Auswirkungen für dich viel schlimmer sein würden.« Nach den Enthüllungen in Parvins Brief habe es ein gewisses Maß an »Aufgeregtheit« gegeben. Einige aus den Heerscharen von Gideon Cranes Anhängern hätten – zweifellos aus Wut über ihre eigene Naivität und Leichtgläubigkeit – diese Wut gegen Parvin gerichtet, weil sie ihren Helden demontiert hatte. (In dieser Hinsicht war Trotter – und Crane vielleicht auch – durchaus hellsichtig gewesen, begriff sie jetzt. Hatte er sich deshalb nicht gesorgt, dass Parvin im Dorf die Wahrheit erfahren und ihn entlarven könnte? Hatte er geahnt, dass es vielen seiner Leser einerlei sein würde? Offenbar wusste er, wie entscheidend, wie unverzichtbar der Mythos war, den er geschaffen hatte.) Einige wenige Crane-Anhänger machten Parvins afghanische Wurzeln für ihr Handeln verantwortlich und warfen ihr Illoyalität vor, als stelle sie Amerika infrage, wenn sie Crane infrage stellte. Andere beschuldigten sie, die US-amerikanischen Truppen zu gefährden, und vergaßen dabei, dass sie nie die Absicht gehabt hatte, diesen Brief zu veröffentlichen. Ihr Vater war der Ansicht, wenn die Militäroberen dieses Unterfangen wirklich für gut befunden und auf der wackligen Grundlage eines Buchs durchgezogen hätten, seien sie selbst schuld. *Ich habe den Reportern, die mich angerufen haben, gesagt, dass du lediglich eine Statue vom Sockel gestoßen hast, die niemals hätte errichtet werden dürfen.*

Bei der letzten Zeile krampfte sich in Parvin alles zusammen. Reporter hatten ihren Vater kontaktiert? Sollte sie ihm glauben, wenn er sagte, sie solle sich keine Sorgen machen, Amerikaner hätten eine kurze Aufmerksamkeitsspanne und das Ganze werde vorübergehen? Präsident Obama versuche immer noch zu einer Entscheidung zu kommen, ob der Krieg unsinnig oder notwendig sei, ob er die Truppen nach Hause holen oder zusätzliche hinschicken solle. Parvins Brief sei zur Munition für beide Seiten geworden. Viele Leute meinten, wenn eine so schlichte Geste des guten Willens auf Widerstand stoße, beweise das, dass das Engagement der Vereinigten Staaten in Afghanistan nicht so willkommen und erfolgreich sei, wie das Militär behaupte. Andere waren der Ansicht, es zeige, warum das amerikanische Engagement unabdingbar sei: Um unbescholtene Afghanen, insbesondere afghanische Frauen, im Kampf gegen den Terror zu unterstützen! Ihr Vater gestand ein, die richtige Antwort nicht zu kennen. Er wolle nur, dass sie nach Hause komme.

Beinahe stündlich musste Parvin daran denken, und jedes Mal drehte sich ihr der Magen um, dass sie, beziehungsweise die Karikatur ihrer selbst, die durchs Internet geisterte, diskutiert, in manchen Kreisen sogar verunglimpft wurde, hegte aber auch die schwache Hoffnung, dass Obama zu ihren Lesern gehörte. Sie hatte einen zornigen, zerquälten Brief an Professor Banerjee geschrieben, ihn aber nicht abgeschickt, weil sie sich nicht darauf verlassen konnte, dass diese ihn nicht ebenfalls veröffentlichte. Vergebens wartete sie auf eine Entschuldigung oder eine Erklärung ihrer Professorin, zumindest ein Anerkenntnis dessen, was sie getan hatte. Es war, als habe die Professorin vergessen, dass am anderen Ende ihrer Kommunikation eine reale Person existierte, oder als habe sie alles Brauchbare aus ihrer ehemaligen Studentin herausgepresst und sie dann fallen gelassen. Das glaubte Parvin aber nur in ihren bittersten Momenten. Häufiger rief sie sich die kurzen Augenblicke in Erinnerung, in denen sie ihre Professorin als mütterlich empfunden hatte, beispielsweise als sie in ihrem Arbeitszimmer ihr indisches Essen mit ihr geteilt hatte. Oder, fragte sich Parvin, hatte sie diese kleinen Gesten in der Trauer um ihre eigene Mutter überbewertet? Vielleicht war Professor Banerjee mehr an dem interessiert, was gut für die Welt war, als daran, was gut für Parvin war.

Das Dorf fühlte sich mittlerweile an wie eine Zuflucht, die sie nicht verlassen wollte. Wenn sie darüber nachdachte, was sie in Kalifornien tun und wer sie dort sein würde, geriet ihre Vorstellungskraft ins Stottern wie abends der Generator. Ihre Vergangenheit, alles was sie vor ihrer Ankunft in Afghanistan getan und gelernt hatte, besaß anscheinend wenig Bedeutung für ihre Zukunft. Was Shokooh über ihr eigenes Leben gesagt hatte – dass die beiden Teile so wenig miteinander zu tun hätten, dass nur einer real sein könne –, traf auch auf sie zu.

Sie hatte immer wieder darüber nachgedacht, warum Asis nicht mehr ins Dorf kam. Zuletzt hatten sie sich bei Kommandant Amanullahs Rückkehr gesehen, als Asis gesagt hatte, dass sie beide Ärger bekämen. Parvin wusste, warum Trotter wütend auf sie war, aber was Asis verbrochen haben sollte, war ihr nach wie vor ein Rätsel. Sie befürchtete, etwas in ihrem Brief könne Trotter gegen ihn aufgebracht haben. Wenn der Colonel ihn entließ und er nach Kabul zurückkehrte – was womöglich längst geschehen war –, würde sie ihn nie wiedersehen. Selbst wenn er noch bei Trotter war – was sollte sie tun, wenn sie das Dorf verließ? Sich ans Tor des Stützpunktes stellen und nach ihm fragen? Sie würde sich lächerlich und angreifbar vorkommen und konnte das Gefrotzel der Soldaten nicht vergessen. Aber wenn sie in die USA zurückging, ohne Asis noch einmal zu sehen, würde eine Frage, die sie nicht einmal in Worte fassen konnte, für immer an ihr nagen.

Immer und immer wieder las sie die Artikel, die Trotter ihr mitgebracht hatte, bis sie sie nicht mehr sehen konnte. Viele bezogen sich auf Interviews, in denen Crane sich verteidigte. Erinnerung funktioniere nicht wie eine Maschine, sagte er auf Nachfragen. Sie sei fehlbar. »Ich nenne sie den ›Nebelschleier des Lebens‹.« Er habe sein Bestes getan, selbst wenn ein paar Einzelheiten nicht ganz korrekt seien. Vielleicht liege die Schuld bei seinem Dolmetscher, auf den er sich hinsichtlich seiner Informationen verlassen habe. Oder bei seiner Frau Gloria, die an der Zusammenstellung der von ihm aus Afghanistan mitgebrachten Notizen und Aufzeichnungen mitgewirkt habe. (»Sie waren in eine Marshalls-Tasche gestopft«, erzählte sie einem Interviewer.) Aber wie dem auch sei, das wichtige Werk werde weitergeführt. Die Frauen müssten weiterhin im Fokus stehen.

Im Übrigen könnten erdichtete, aber im Dienste der Gerechtigkeit als wahr ausgegebene Geschichten auf eine lange, noble Geschichte zurückblicken, erzählte Crane einem wohlgesonnenen Gesprächspartner. Die Gegner der Sklaverei hätten Geschichten entlaufener Sklaven erfunden oder ausgeschmückt, um ihr Anliegen dramatischer darzustellen. Benjamin Franklin habe eine Ich-Erzählung einer erfundenen Frau namens Polly Baker verfasst, die angeblich bestraft worden sei, weil sie uneheliche Kinder zur Welt gebracht habe. Diesen Bericht habe er als wahr ausgegeben, um zu zeigen, wie ungerecht das Gesetz gegenüber Frauen sei. Aber statt ihn zu kritisieren, hätten die Amerikaner ihn geradezu gefeiert. Natürlich wolle sich Crane nicht mit Benjamin Franklin vergleichen und bestand nachdrücklich darauf, dass sein Buch keine Erfindung sei. Vor allem aber sei das, was seine Leser empfänden, allemal echt.

Issa, der ein paar Wochen, nachdem Trotter Amanullah zurückgebracht hatte, ins Dorf kam, berichtete von einem Crane in einer weit weniger gelassenen Gemütsverfassung. Nach der Ruchbarwerdung des Skandals in den Staaten habe Dr. Gideon ihn ständig angerufen. Offenkundig habe er vergessen, dass Parvin mit Hilfe seiner eigenen Stiftung ins Dorf gekommen sei, unaufhörlich über sie geschimpft und steif und fest behauptet, konkurrierende Organisationen oder Antikriegsaktivisten hätten sie zu ihren Enthüllungen angestiftet. Manchmal habe er sogar geweint, berichtete Issa weniger amüsiert als vielmehr verärgert, aber nur, weil die Spendengelder versiegten und Vorstandsmitglieder zurückträten. Oder weil nun die Schuld am grausigen Tod eines Kindes auf ihm laste. Er habe nicht nur ein mitfühlendes Ohr gesucht (dabei hätte er kein weniger mitfühlendes als das von Issa finden können), sondern habe ihn auch gewarnt, sie könnten sich beide »auf etwas gefasst machen«, wie er es ausdrückte. Garantiert würden Journalisten anfangen, in ihren Unterlagen, ihrer Personalausstattung, ihren Finanzen, dem, was sie tagtäglich taten, herumzuschnüffeln.

Sie würden alles unter die Lupe nehmen, hatte Dr. Gideon zu Issa gesagt, und so kam es dann auch. Dieselben Journalisten, die Dr. Gideon so bejubelt hatten, schwenkten nun so urplötzlich um wie ein Bienenschwarm und stellten Nachforschungen über ihn an. Sie hatten entdeckt, was Issa vor Langem aus *Law and Order* gelernt hatte: dass der Übeltäter selten der Hauptverdächtige ist, sondern oft der, dem man es am wenigsten zutraut. Die Reporter löcherten Issa mit Fragen und wollten sofort zu den Wirkungsstätten der Stiftung. Nur weil die amerikanischen Soldaten die Straße für nicht befahrbar erklärten, waren die Journalisten noch nicht bis ins Dorf vorgedrungen, andernfalls wären schon ganze Horden hier. Es war, als sei Parvins Brief durch ein Wurmloch geschickt worden, das seitdem implodiert war.

Crane hatte auch von Dorfältesten aus anderen Dörfern gesprochen, die ihn geradezu angefleht hätten, auch bei ihnen eine Klinik zu bauen, aber niemand, Issa schon gar nicht, wusste, wer das sein sollte. Die meisten Afghanen hatten nie von Crane oder seinem Buch gehört. Soweit Parvin wusste, war es nie ins Paschtu oder Dari übersetzt worden. Und die besagten Dorfältesten hätten auch gar nicht gewusst, wo sie Crane finden konnten. Wenn normale Afghanen Hilfe suchten oder Hoffnung – auf Kliniken, Schulen, Frieden –, setzten sie sich in die Vorzimmer und Höfe von Warlords, Provinzbeamten und weniger einflussreichen Persönlichkeiten wie dem Khan und gingen meist mit leeren Händen wieder davon. Issa erzählte, dass die Stiftung in leicht erreichbaren Dörfern ein paar weitere Kliniken gebaut habe, die meisten fast so schön wie diese hier. Aber sie seien auf Initiative der Stiftung gebaut worden, nicht die der Dorfbewohner, und es seien längst nicht so viele, wie Crane oder die Stiftungsbroschüren vorgäben. Überdies seien die meisten, wie Fereschtas Klinik, nur dann geöffnet, wenn Journalisten oder VIPs einen Besuch planten.

Das alles mache die Stiftung immer weniger glaubwürdig. Alles breche in sich zusammen, sagte Issa. Er werde sich bald wieder aufs Schmuggeln verlegen, das bereite einem weniger Kopfschmerzen. Er sei gekommen, um Wahid und Parvin zu sagen, sie sollten den Mund halten, falls es eine Untersuchung gebe. Er selbst werde alle Dieselkanister in den Bergen vergraben. Parvin warf er vor, sie habe Wahids Hoffnungen auf ein besseres Leben zunichtegemacht und sich als äußerst undankbar gegenüber der Familie erwiesen, die sie gastlich aufgenommen hatte. Issa war dankbar, dass sie ihn und Wahid nicht in dem Brief erwähnt hatte, warnte sie jedoch vor weiteren Enthüllungen. Er habe lange außerhalb des Gesetzes gelebt, ohne im Gefängnis zu landen, und das solle auch so bleiben.

So weit der Mann, mit dem Crane in Afghanistan zusammengearbeitet hatte, ein Glücksritter, dessen Hingabe Crane wie so vieles andere auch erfunden hatte. Loyal war er offenbar nur sich selbst gegenüber. Doch als er nun, im Besuchszimmer, sagte: »Ich werde das Dorf vermissen, sogar *dich* werde ich vermissen, Wahid«, dämmerte Parvin, warum er nie geheiratet hatte, und sie dachte, dass sein Leben vermutlich sehr einsam verlaufen würde.

Dieses Mal hatte er über die Straße ins Dorf kommen wollen und einen Subunternehmer bestochen, ihn als Arbeiter anzuheuern. Der einzige Grund dafür war wohl seine Vorliebe für Tricksereien, dachte Parvin, denn er hätte leicht, so wie zuvor, über die Berge kommen können.

Issa zeigte ihnen seinen laminierten Ausweis und sagte, bei derart mangelhaften Sicherheitsvorkehrungen überrasche es ihn nicht, dass die Amerikaner Prügel bezögen. Aufständische könnten die Arbeitsgruppen genauso leicht unterwandern wie er. Er habe sich vollkommen unbehelligt über die Straße bewegt, niemand habe etwas zu einem neuen Gesicht gesagt. »Nicht mal zu so einem hässlichen wie meinem«, witzelte er, um Wahid zuvorzukommen.

Parvin war seit ihrer Ankunft vor mehr als vier Monaten nicht wieder auf der Straße gewesen, und es versetzte ihr einen kleinen Schock, wie absolut sie sich auf das abgeschiedene Leben im Dorf eingelassen hatte. Nach allem, was Issa sagte, würde sie die fünfundzwanzig Kilometer, über die sie damals gerumpelt war, nicht wiedererkennen. Die Straße sei jetzt natürlich breiter und ebener, durch die Sprengungen seien farbenprächtige geologische Schichten am Berghang freigelegt worden, der ihm jetzt allerdings brüchig vorkomme. Überall wimmele es von Männern in neongrellen orangefarbenen Westen und Helmen sowie ihren Gerätschaften: Dampfwalzen, Planierraupen, Asphaltmischern und sonstigen Straßenbaumaschinen. Mittlerweile könne man sich auch nicht mehr umdrehen, ohne dass einem eine Knarre vorgehalten wurde, entweder von amerikanischen Soldaten oder von den Sicherheitsleuten, die die Baufirmen angeheuert hatten. Die Bauarbeiten hätten etwas Hektisches, denn es sei jetzt ein Wettlauf gegen den Schnee, der eine unversiegelte Oberfläche wieder aufbrechen würde. Aber sie hätten keine

Chance, rechtzeitig fertigzuwerden, zum Teil, weil der Asphalt, kaum, dass er liege, durch Sabotage wieder zerstört würde. Dutzende von Sprengkörpern seien entdeckt und entfernt worden, hätten ihm die Arbeiter erzählt. Trotzdem habe er ein halbes Dutzend Krater gesehen, die von selbst gebastelten Sprengsätzen stammten. Im Winter würden die Aktivitäten der Saboteure wahrscheinlich nachlassen, weil in dieser Zeit das Wetter die Arbeit für sie erledigen werde. Im Frühling aber werde alles wieder von vorn anfangen.

Parvins Erinnerung nach sollte Trotter Afghanistan im Dezember verlassen. Wie würde er sich wohl fühlen, wenn sein Einsatz endete, bevor die Straße fertig war? Sie war zum Symbol für beide Seiten geworden, beide reklamierten sie für ihre Darstellung des Krieges, aber an ihr – vor allem an ihr, vermutete Parvin – maß sich auch Trotters eigener Krieg. Sein Befehlsgebiet war viel größer als dieses Tal, doch das hier war das Projekt, das für ihn, für viele Amerikaner und für seine Vorgesetzten große Bedeutung besaß. Allerdings, davon war Parvin überzeugt, handelte er nicht nur aus Rechtschaffenheit und Idealismus, sondern auch aus Ehrgeiz. Man wurde kein Lieutenant Colonel, ohne ein paar Gedanken auf seine Karriere zu verwenden.

In klaren Momenten verstand sie, dass die Amerikaner das Dorf benutzt hatten, um ihre Gutmenschfantasien, ihre Sehnsucht nach Selbstvervollkommnung und dann auch ihre Herrschaftsgelüste auszuleben. Wie Trotter oder Crane hatte auch sie sich dessen schuldig gemacht. Sie hatte hier die Anthropologin spielen wollen, aber es war nie mehr als ein Spiel gewesen, weil sie irgendwann ohne groß darüber nachzudenken ihre gesamte anthropologische Arbeit beiseitegeschoben hatte. In den fast fünf Monaten im Dorf hatte sie eine Handvoll Frauen zu ihren Geburtserfahrungen interviewt und sich ein paar Notizen dazu gemacht, wie wenig die lokale Bevölkerung von der Klinik hatte. Mehr nicht. Was hatte sie bloß mit ihrer ganzen Zeit angefangen? Sie war spazieren gegangen und hatte ab und zu ein paar Stunden in der Klinik oder auf den Feldern verbracht. Sie hatte Dschamschid unterrichtet, den Frauen im Obstgarten vorgelesen, mit den Kindern gespielt und im Haus geholfen, wenn sie konnte. Und sie hatte Briefe geschrieben und sich ein paar Aufzeichnungen gemacht. Doch jetzt kam es ihr vor allem so vor, als habe sie ungehörig viele Stunden mit Tagträumen vertändelt. War sie damit nicht genauso wichtigtuerisch wie Crane?

Und doch bedauerte sie nicht, dass sie ihr angebliches Anthropologie-Projekt aufgegeben hatte. Professor Banerjees Weg würde nicht der ihre werden, nicht nachdem sie wusste, was und wen die Professorin für ihre Prinzipien zu opfern bereit war. Diese Skrupellosigkeit besaß Parvin nicht. Dr. Jasmin schien ihr sowohl durch ihr Beispiel als auch ihre Auffassungen einen weniger dogmatischen, dafür eher pragmatischen Kurs anzuraten, und während Parvin wusste, dass sie niemals Ärztin werden könnte, dachte sie allmählich über ein Leben im öffentlichen Gesundheitswesen nach. Die Ärztin hatte recht – Cranes schlimmstes Versagen war weder Fereschtas Tod noch sein Lügenbuch, sondern dass seine Klinik den Frauen aus dem Dorf in Wirklichkeit gar nicht half.

Vielleicht würde sie nach Hause zurückkehren und sich in dem neugefundenen Fachgebiet für einen weiterführenden Studiengang an der Uni bewerben. Wie sie ihre Geschichte im Dorf zu Ende führen sollte, wusste sie allerdings immer noch nicht. In ein paar Wochen war Thanksgiving, und sie hatte ihrem Vater versprochen, dann wieder zu Hause zu sein. Doch es widerstrebte ihr weiterhin, zu gehen; es fühlte sich sowohl willkürlich als auch enttäuschend an, einfach ein Datum festzusetzen und mit der Ärztin auszufliegen. So sollten die Dorfbewohner sie nicht in Erinnerung behalten. Sie war nie besonders gut darin gewesen, eine Party zum richtigen Zeitpunkt zu verlassen, immer hatte sie Angst, etwas zu verpassen, oder fürchtete, dass man über sie reden oder – am allerschlimmsten – ihre Abwesenheit gar nicht bemerken würde. Die gleichen Befürchtungen flackerten jetzt auf, vielleicht weil sie ahnte, dass die Familie und die Dorfbewohner sie keineswegs so vermissen würden, wie sie es umgekehrt tun würde.

In der Hoffnung, dass die Abreise ihr leichter fallen würde, wenn sie wenigstens eine kleine Gefühlsregung hervorlocken könnte, probierte sie es der Reihe nach bei mehreren Familienmitgliedern: »Die Ärztin findet, ich soll bald nach Hause fliegen. Auf jeden Fall vor dem Winter.«

»Gut«, sagte Wahid. »Die Ziegen und Hühner wollen das Zimmer ohnehin wiederhaben. Der Esel auch. Bald wird es draußen zu kalt für sie.« Es klang nicht, als sei es als Scherz gemeint.

Enttäuscht deutete sie an, im Frühling vielleicht zurückzukommen.

»Vielleicht um eine Schule zu bauen«, lautete die Antwort.

Niedergeschmettert begriff sie, dass sie für Wahid nur ein weiterer Crane war. Von Amerikanern erwartete er, dass sie kamen, gingen, wiederkamen und irgendwas bauten. Dass sie daran nicht einmal gedacht hatte, war ihr nun sogar peinlich. Sie hatte sich damit begnügt, sich den freudigen Empfang bei ihrer Rückkehr vorzustellen, weil diese Fantasie das Weggehen weniger unangenehm machen würde.

»Und vielleicht bringen Sie dann ja Ihren Ehemann mit«, sagte Wahid. Während sie miteinander sprachen, hackte er

Holz im Hof; er oder Dschamschid hackten dieser Tage in Vorbereitung auf den Winter ständig Holz, wie alle Männer im Dorf.

Seine Worte kamen für sie so unerwartet, dass sie zuerst dachte, er meine Asis, und das verriet ihr Einiges darüber, wo sie mit ihren Gedanken war. Aber nein, ging ihr dann auf, Wahid meinte ihren fiktiven amerikanischen Verlobten, obwohl sie den schon so lange nicht mehr erwähnt hatte, dass sie sich fragte, ob auch nur einer in der Familie noch an ihn glaubte. Da Wahid immer Fältchen um die Augen hatte, ließ sich nur schwer erkennen, wann und ob er sich über einen lustig machte. Jetzt allerdings schien er zu sagen, dass sie allein nicht genügend Wert besaß, was verletzend war. Die Aussicht, ihren erfundenen zukünftigen Ehemann kennenzulernen, bedeutete ihm offenbar genauso viel wie die, sie wiederzusehen.

Als Nächstes versuchte sie es bei Bina, die nur sagte, im Winter sei der Schnee vor den Fenstern so hoch wie sie selbst, was sie offenbar an Shokoohs Ankunft im Winter zuvor erinnerte und so bedrückte, dass sie Parvins bevorstehende Abreise völlig vergaß. Parvin musste also weiter nach Beweisen dafür suchen, dass sie bei dieser Familie überhaupt einen Eindruck hinterlassen würde.

Nur Shokooh zeigte echte Gefühle. »Du kannst nicht gehen«, flehte sie Parvin an, fasste sie an den Händen, schenkte ihr einen samtenen Blick und wiederholte ein ums andere Mal, wie viel Spaß sie mit dem Baby haben würden. Aber zuerst müsse sie die Geburt überstehen, und das schaffe sie niemals ohne Parvin oder Dr. Jasmin. »Die dumme Dai hat doch keine Ahnung.«

»Ich doch auch nicht«, sagte Parvin in aller Ehrlichkeit.

Ihr ganzer Aufenthalt im Dorf kam ihr mittlerweile absurd vor: Während die Familie in ihrem normalen Rhythmus weiterlebte und die Jahreszeiten ihren Lauf nahmen, hatte sie praktisch untätig hier herumgegangen. Selbst Aminas tränenreiche Dankbarkeit dafür, dass sie geholfen hatte, Amanullah zurückzuholen, war unverdient, denn alles war Zufall gewesen. Außerdem hatte die Dankbarkeit nicht lange angehalten, weil der Kommandant immer noch in schlechter Verfassung war. Er war immer noch klapprig, und Amina, die, wie es aussah, mehr Zeit mit Lamentieren am Fluss verbrachte als mit ihm und »die Amerikaner« mit Vorwürfen überhäufte, schloss augenscheinlich auch Parvin in diese kollektive Schuldzuweisung ein.

Amanullahs Gefangenschaft war zwar vorbei, aber nicht vergessen. Dschamschid und seine Freunde nannten Asis weiterhin »Trotters Hündchen«, schienen es zu genießen, den Ausdruck zu benutzen und geradezu Gelegenheiten dafür zu suchen. Parvin zuckte jedes Mal zusammen, überließ es aber Wahid, den dieses Gerede auch beunruhigte, das mit seinem Sohn auszufechten.

So empört Wahid wegen der Verhaftung des Kommandanten auch gewesen war, dem Dolmetscher gab er keine Schuld. Sicher habe Asis nicht gewusst, was die Amerikaner vorhatten, als sie ihn beauftragten, Amanullah vom Basar zu holen, erklärte er Dschamschid eines Abends nach dem Abendessen. Außerdem habe er nun einmal tun müssen, was sie verlangten, weil er für sie arbeitete. Was für eine Wahl habe er gehabt? Er müsse schließlich seine große Familie ernähren. »Wenn du das auch einmal tust, kannst du über ihn urteilen«, sagte Wahid. »Vorher nicht.«

»Man kann eine Familie auch anders ernähren, als an der amerikanischen Brust zu nuckeln«, gab Dschamschid erregt zurück.

Wahids Augen wurden schmal, weil klar war, was Dschamschid damit sagen wollte. »Hätte ich vielleicht weiter an einem Stein nuckeln sollen, wie die meisten armen Leute?«, fragte er mit leiser Stimme. »Die Amerikaner geben wenigstens Milch.«

»Die Amerikaner sind nicht meine Mutter.«

»Und deine neuen Freunde sind nicht dein Vater. Das bin ich, und ich sage dir: Sieh dich vor! Auch du kannst in gefährliche Situationen gelockt werden.«

Wie an ihrem ersten Abend verstand Parvin wieder nur die Hälfte, aber das lag nicht an der Sprache. »Wer sind denn Dschamschids neue Freunde?«, fragte sie. Als weder Vater noch Sohn antworteten, versuchte sie, Asis' Situation zu erklären, ihn zu verteidigen: »Zwischen allen Stühlen zu sitzen ist nicht leicht.«

Dschamschids Augen blitzten auf: »Bei anderen klar sehen, aber blind sein, wenn es um einen selbst geht?«

Ein afghanisches Sprichwort, aber es überlief sie kalt. Wenn man viel mit jemandem zusammen war, war es schwer, Veränderungen zu erkennen, so wie Wahid nicht gemerkt hatte, dass Kommandant Amanullah mit dem Alter milder geworden war. Jetzt fragte sie sich, ob Dschamschid sich verändert hatte, ohne dass sie es mitbekommen hatte. Sie versuchte, ihren Blick anders auszurichten, eine Distanz herzustellen, damit sie ihn genauer betrachten, ihn klarer sehen konnte. Er war eindeutig mürrischer als noch vor ein oder zwei Monaten, kümmerte sich nicht mehr um seine Geschwister und zeigte kein Interesse mehr an Parvins Unterricht, als sei sein Lerneifer erloschen. Aber schließlich war er ein Teenager, und sie erinnerte sich, wie launisch sie selbst in diesen Jahren gewesen war; in einem Moment hatte sie geschmollt, im nächsten war sie aufgebraust. Ob in Amerika oder in Afghanistan, es war eine Zeit der Ablösung – von den Eltern, von den Erwachsenen.

Als sie Dschamschid sagte, sie werde vor Einbruch des Winters gehen, antwortete er kurz angebunden: »Ja, tu das.« Als sie hinzufügte, vielleicht werde sie im Frühjahr zurückkommen, murmelte er: »Eine gefährliche Zeit für Amerikaner«, und verstummte.

Die Aufständischen waren für Parvin zwar unsichtbar, aber für alle anderen immer deutlicher präsent. Sie sickerten ins Dorf ein wie Farbe in Wasser. Am Fluss flüsterten die Frauen Parvin zu, nachts kämen Männer aus den Bergen und verlangten Essen und einen Schlafplatz. Geister, nannten sie diese Besucher. Schatten. Die Dorfbewohner taten, was von ihnen verlangt wurde, und ließen sich ihren Widerwillen nicht anmerken. Gerüchten zufolge gab es Warnungen, nicht mit den US-Truppen zu kooperieren, und obwohl Parvin fand, wenn es ein Haus gab, das gewarnt werden müsste, dann das von Wahid, in dem eine Amerikanerin wohnte, war bisher keine derartige Warnung gekommen. Es sei denn, Wahid hatte sie ihr verschwiegen. Nachts schreckte sie manchmal hellwach hoch und stellte sich vor, wie sich diese aufständischen Geister überall im Dorf schlafen legten.

Eines Morgens verbreitete sich die Nachricht, die Aufständischen hätten einen Dorfbewohner, der ihnen keinen Unterschlupf gewähren wollte, brutal verprügelt – einen Mann, der nach einer Hirnhautentzündung geistig nicht mehr ganz auf der Höhe war. Parvin ging ihn besuchen und war schockiert. Seine eine Gesichtshälfte war mit einem Gewehrkolben zu Brei geschlagen worden, seine Augen waren zugeschwollen, die Lippen dick angeschwollen wie bei einem Clown. Sie hätten ein Exempel an ihm statuieren wollen, sagten die Dorfbewohner, von jetzt an würde sich keiner mehr trauen, ihnen etwas zu verweigern.

Als Dr. Jasmin das nächste Mal kam, bat Parvin sie und Nasir, sich den Mann anzusehen. Die Ärztin verwendete verschiedene Salben, gab ihm ein paar Schmerzmittel und versicherte ihm, mit der Zeit würde alles abheilen. Als sie das Haus wieder verließen, drehte sie sich zu Parvin um und sagte: »Jetzt. Sie müssen jetzt gehen, meine Liebe. Nicht später. Meinen Sie, die Männer in den Bergen wüssten nicht, dass Sie Amerikanerin sind? Sie warten nur auf den richtigen Zeitpunkt, an dem Sie ihnen am meisten von Nutzen sind.«

Bei den Worten der Ärztin überlief Parvin ein Frösteln, trotzdem widersprach sie. Als Gast sei sie geschützt. So wie sie einem »dritten Geschlecht« angehöre – den üblichen Regeln hier nicht unterworfen –, gehöre sie auch einer »dritten Nation« an, weder Amerikanerin noch Afghanin. Ihr werde nichts passieren.

Den ganzen Weg zurück zur Klinik versuchte Dr. Jasmin, sie umzustimmen, obwohl Parvin weitere Gründe anführte, ihren Aufenthalt zu verlängern. So höflich wie möglich machte sie geltend, dass sie das Dorf mittlerweile besser kenne als die Ärztin. »Ich gehöre inzwischen dazu«, sagte sie.

Nun widersprach die Ärztin. »Parvin, ich verstehe, dass Ihr Herz an diesem Dorf hängt. Ich weiß, dass Sie helfen wollen. Aber vergessen Sie nicht, dass Sie in Amerika aufgewachsen sind. Sie machen sich Illusionen, wenn Sie glauben, das hier sei Ihr Zuhause, und wenn Sie darüber hinaus meinen, Sie verstünden alles, was hier abläuft, setzen Sie Ihre Sicherheit aufs Spiel. Bitte tun Sie das nicht.«

Als die Ärztin an diesem Tag ging, umarmten sie sich wie immer, aber der Abschied war verkrampft, und unter Parvins

Selbstvertrauen brodelte Unbehagen. In Wirklichkeit kannte sie nicht einmal alle Dorfbewohner vom Sehen, und unbekannte Gesichter erfüllten sie nun mit Furcht. Waren sie schon immer hier gewesen, oder waren sie neu? Wenn sie gelegentlich an Männern vorbeikam, die ihre Gesichter verhüllt hatten, fragte sie sich, ob sie sich gegen die Kälte schützen oder nicht erkannt werden wollten. Sie streifte auch nicht mehr ganz nach Belieben draußen herum, und das nicht nur wegen des Wetters.

Dass die Afghanen in diesem Krieg zwischen Amerikanern und Taliban aufgerieben wurden, war ein Klischee, doch allmählich verstand Parvin, wie sehr es zutraf. So misstrauisch die Männer des Dorfes den Aufständischen gegenüber auch waren, sie befürchteten gleichermaßen, die Amerikaner könnten ins Dorf einfallen und sie mitnehmen wie Kommandant Amanullah. Wenn der Militärhubschrauber mittwochs mit der Ärztin kam, leerten sich neuerdings, wie Parvin auffiel, Gassen und Basar. Niemand benutzte mehr die Straße, nicht einmal um Saatgut für die Winteraussaat oder dringend benötigte Medikamente zu besorgen. Der Khan hatte sich seit Wochen nicht mehr im Dorf blicken lassen; es hieß, er fühle sich in der Provinzhauptstadt sicherer.

Als Parvin eines Tages zurück in ihr Zimmer kam, fand sie die getrockneten Blumen, die Bilal damals auf der Wiese gepflückt und die sie zwischen den Seiten von *Mutter Afghanistan* gepresst hatte, zu Staub zerbröselt auf dem Boden. Nur sie waren noch übrig. Sowohl ihr eigenes Exemplar des Buchs als auch das, das Wahid ihr voller Empörung gegeben hatte, waren verschwunden.

24. Kapitel

Auge des Nichts

Parvin war nicht überrascht, dass die Aufständischen Unterschlupf suchten. Die Nächte waren mittlerweile frisch, manchmal sogar bitterkalt. Beim Abendessen saß die Familie jetzt oft rund um einen *sandali*, einen kleinen, niedrigen Tisch über einer Grube mit warmer Holzkohle, an der sie sich die Füße wärmten. Parvin schlief unter mehreren Schichten von Decken und freute sich, wenn sich Aakila und Adeila und manchmal auch Sahab und Bilal zu ihr ins Bett schmuggelten. Bisweilen lagen sie schon da, wenn sie schlafen ging; ein andermal kamen sie erst im Dunkeln heruntergeschlichen. Sie baten nicht um Erlaubnis – doch Parvin hatte nichts dagegen, selbst wenn sie zu viert bei ihr unterkrochen, pupsten, röchelten, um sich traten, sich hin und her wälzten, ihr die Füße ins Gesicht streckten, die Köpfe in ihre Armbeugen schmiegten. Sie bewegten sich wie in Wellen, brabbelten Unverständliches und rutschten auf den Boden, wo sie tief und fest weiterschliefen. Manchmal legte Parvin die Hand auf die Brust eines schlafenden Kindes und spürte den Herzschlag, oder auf den weichen Bauch unter den Rippen, die sich gleichmäßig wie ein Metronom hoben und senkten. Es fühlte sich wunderbar tröstlich an, ließ Endorphine durch sie hindurchströmen und lenkte sie zudem von der quälenden Frage ab, wer sich wohl hinter den Wänden in der Dunkelheit verbarg.

In einer besonders kalten Nacht erwachte sie von Rufen und hartnäckigem Gehämmer gegen die Außentür. Erschrocken und nach Luft japsend setzte sie sich auf. Sie waren gekommen, um sie zu holen! Als sich die Kinder ängstlich an sie kuschelten, riss sie sich zusammen. Verstecken konnte sie sich ohnehin nirgendwo im Zimmer. Wahid kam schon die Treppe herunter und rief laut, wer da sei. Reglos wartete sie. Würde er die Tür aufmachen und sie ausliefern?

Schon rief er nach ihr: »Parvin! Parvin!«

Obwohl sie wusste, dass Cranes Geschichte von der Entführung erlogen war, konnte sie nur an einen schwarzen Sack über dem Kopf und an den Horror denken, so zu sterben, weit weg von ihrer Familie. Es war, als seien ihre Fantasien und Reaktionen von Crane gesteuert, sie konnte sie nicht in andere Bahnen lenken. Aber sie zog ihren Mantel an, umarmte die Kinder und ging trotz Wahids Drängen zur Eile langsam zur Tür.

Dabei wurde sie wieder so klar im Kopf, dass sie begriff, was er eigentlich sagte. Der Mann an der Tür war ein Schwager Latifas, der sie im Notfall helfen sollte. Benommen vor Erleichterung, weil sie nicht gekidnappt und exekutiert werden sollte, hätte Parvin fast gelächelt. Doch als Wahid weiterredete, wurde sie sofort ernst. Eigentlich sei der Geburtstermin erst in sechs Wochen, und bei Latifas letzter Untersuchung sei alles in Ordnung gewesen, aber am frühen Abend hätten die Wehen eingesetzt und das Baby sei schnell gekommen. Jetzt jedoch gebe es Komplikationen.

Parvin lief in ihr Zimmer und holte die von Dr. Jasmin vorbereitete kleine Notfalltasche mit OP-Handschuhen, Rasierklingen, Watte, Seife, Sterilisationstüchern und dergleichen. Wahid reichte ihr eine Petroleumlampe, und sie folgte dem Schwager mit eiligen Schritten durch die dunklen

Gassen. Während sie die saubere kalte Luft tief einatmete, erinnerte sie sich an den Abend ihrer Ankunft. Damals war sie Issa blind gefolgt. Wie vertraut ihr dagegen jetzt alles war! Sie kannte jede einzelne Wegbiegung, wusste, wer hinter welcher Tür wohnte, und sogar, aus welchem Holz die Türen gemacht waren und wo die dafür verwendeten Bäume wuchsen. Bei den Geräuschen des Viehs schrak sie nicht mehr zusammen und ekelte sich auch nicht mehr vor ihren Gerüchen und ihrem Mist. Der Ort hatte sich ihr tief eingeprägt. In gewisser Weise war sie hier zu Hause, ein Gefühl, das durch die Erleichterung, dass ihr heute Nacht keine Gefahr drohte, noch verstärkt wurde. Warum eigentlich hatte sie Wahid misstraut? Er hätte sie nicht ausgeliefert.

In einer Ecke des Hauptraums in Latifas Haus brannte ein orangefarbenes Feuer, Schatten flackerten über rußfleckige Wände. Latifa lag auf und unter Decken und Tüchern allein auf dem nackten, ein wenig erhöhten Erdboden. Parvin hielt die Laterne näher und gab ein erschrockenes Ächzen von sich – rund um Latifas Beine war alles rot, hatte sich ein Rock aus Blut ausgebreitet. Das Blut selbst überraschte Parvin nicht; die Ärztin hatte sie gewarnt. Aber hierauf, auf diese Menge, dieses Grauen, war sie nicht vorbereitet. Wie in ihrer Kindheit beim Anblick ihres eigenen Bluts wurde ihr schwummrig. Und die abstoßende brackige Mischung von Gerüchen – Blut, Urin, Fäkalien, Stroh und Schmutz – machte alles noch schlimmer. Latifa stöhnte und wimmerte auf eine beängstigende Weise, sie war totenbleich, ihre Augen glitzerten wie im Wahn.

Aus dem Dunkel, über ein winziges Bündel gebeugt, erhob sich die Dai und sagte fast triumphierend, sie habe das Kind entbunden. Mit einem Seitenblick auf Parvin warf sie einen kleinen Gegenstand, so groß wie ein kleiner Finger, ins

Feuer. Es knallte wie Popcorn; dann quoll Rauch auf, der fremd roch, nach Kräutern. Sie sang etwas vom bösen Blick: »Auge des Nichts, Auge der Verwandten, Auge der Feinde. Wer schlecht ist, verbrenne in dieser Feuersglut.«

Meinte sie Parvin? Die war wie gebannt und verwirrt von dem Rauch, dem Geruch und den Beschwörungen. Doch sie fasste sich, betrachtete die blutigen Tücher und Decken und versuchte einzuschätzen, wie viel Blut Latifa verloren hatte. Genug, um alles um sie herum zu durchtränken, und es sickerte weiter aus ihr heraus und sammelte sich in einer dunklen Lache. Parvin verspürte kurz den Wunsch, es in einer Tasse oder sonst einem Gefäß aufzufangen, aber was nutzte solchermaßen gesammeltes Blut? Hier zerfloss das Leben selbst, und Latifa wurde mit jedem untätigen Moment schwächer. Das Perineum musste gesäubert werden. (Die von der Ärztin erlernten medizinischen Fachbegriffe auf das anzuwenden, was sie sah, beruhigte Parvin. Sie fühlte sich dadurch mit unzähligen Ärzten verbunden, die erfahrener waren als sie und seit Urzeiten auf der ganzen Welt dem gleichen Anblick gegenübergestanden hatten. Sie sah keinen Mischmasch aus geronnenem Blut, Schamhaaren, Haut und Schleim, von dem der Geruch von salzigem feuchtem Seetang ausging, sondern das Perineum.) Sie zog sich die Handschuhe über und reinigte den Dammbereich mit Sterilisationstüchern, aber er war augenblicklich wieder voller Blut.

Die Dai behauptete, sie habe auch die Plazenta entbunden, aber Parvin fürchtete, es könnten vielleicht Stücke zurückgeblieben sein, die die Blutung verursachten. Sie fragte Latifa, ob sie die Tablette genommen habe, das Misoprostol, das Dr. Jasmin ihr dagelassen hatte. Dadurch würde sich die Gebärmutter zusammenziehen, sodass übrig gebliebene Plazentastücke herausgepresst würden, hatte die Ärztin gesagt.

Latifa könne sich nicht erinnern, wo sie die Tablette hingelegt habe, erwiderte die Dai.

Parvin verbiss sich ihren Ärger und bedauerte, dass die Familie sie nicht früher geholt hatte. »Bringen Sie mir die Plazenta«, sagte sie zur Dai. »Damit ich nachsehen kann, ob Stücke fehlen.«

Die Dai ließ sich reichlich Zeit, tat aber schließlich, was Parvin wollte. Ihrer Ansicht nach wurde eine Plazenta begraben, nicht untersucht.

Sie sah aus wie ein blutiges Stück rohes, dunkles Fleisch mit ausgefranstem Rand. Erneut säuberte Parvin das Perineum und schob dann ihre Hand trotz Latifas Stöhnen hoch bis zum Uterus und verdrängte die Erinnerung daran, wie sie ihrer Mutter geholfen hatte, die Innereien aus rohen Hühnchen herauszuholen. Sie fand vereinzelte Stücke schwammiger, gallertartiger Plazenta, holte sie heraus und fügte sie wie bei einem Puzzle dort ein, wo sie gewesen waren. Das Blut floss ununterbrochen weiter. *Postpartale Hämorrhagie*, dachte Parvin. Der Uterus musste unbedingt kontrahieren.

Dann fiel ihr ein, dass Dr. Jasmin gesagt hatte, Stillen könne helfen. Sie zog die blutigen Handschuhe aus und befahl der Dai, ihr den Säugling zu geben. Widerwillig gehorchte diese.

Das Baby fühlte sich zerbrechlich an, federleicht, nur einen Atemzug davon entfernt, weggeweht zu werden wie die Samen einer Pusteblume. Selbst mit Windeln passte es in Parvins Hand, die verquetschten Gesichtszüge waren zart. Ungeschickt legte Parvin das Kind an Latifas Brust.

Von hinten zischte die Dai: »Sie ist schmutzig.«

Sie meinte die Vormilch, das Kolostrum. Wie viele Landbewohner glaubte sie, die dicke, klebrige Vormilch sei unrein, vielleicht wegen der gelblich-orangenen Farbe. Die Mütter hier gaben ihren Neugeborenen in den ersten Lebenstagen stattdessen oft Zuckerwasser oder manchmal sogar Kuhmilch, mit vorhersehbar katastrophalen Folgen. Dr. Jasmin hatte versucht, die schwangeren Frauen, die zu ihr kamen, von dieser Vorstellung abzubringen und ihnen klarzumachen, welch hohen Nährwert das Kolostrum hatte.

Jetzt aber spielte das alles keine Rolle, denn das Baby war so klein und schwach, dass es nicht saugen konnte. Es klappte nicht einmal, als Parvin ihren Stolz herunterschluckte und die Dai um Hilfe bat. Ihre Hände fingen an zu zittern. Im Raum war etwas Böses anwesend, und sie begriff, dass es der Tod war. Sie sah ihn förmlich mit untergeschlagenen Beinen auf einem Stuhl in der Ecke sitzen und sich, zufrieden vor sich hinpfeifend, die Fingernägel saubermachen. *Ich habe keine Eile*, schien seine Haltung auszudrücken. *Ich kann auf Mutter und Kind warten.* Aber wenn die Stunde kam, würde es keine Gnade geben. Auf ihrem eiligen Weg durch die dunklen Gassen hatte Parvin gesehen, wie die Wolken den Mond verschluckten. So rasch konnte auch ein Leben verschwinden.

Sie gab der Dai das Baby zurück, zog frische Operationshandschuhe über und legte, wie Dr. Jasmin es sie gelehrt hatte, die linke Hand auf die Stelle auf Latifas Bauch, unter der sie das obere Ende des Uterus vermutete. Der Geruch nach Blut war so überwältigend, dass sie ihn geradezu schmeckte. »Los geht's!«, sagte sie gekünstelt munter, schob, ohne Latifas überraschten Schmerzensschrei zu beachten, die rechte Hand wieder in das nasse, zerrissene, gedehnte Gewebe des Geburtskanals und fand den Uterus. Bei ihrer Unterrichtung in der Klinik war er fest gewesen, jetzt war er schwabbelig und schlaff. Um die Gebärmutter zum Kontrahieren zu bringen und damit die Blutung zu verlangsamen, drückte Parvin nun mit der rechten Faust von innen dagegen, während sie mit der linken Hand von außen auf den oberen Teil drückte. *Stoßen, drücken, stoßen, drücken.* Als sie die Blutung nach einer Weile kontrollierte, sie aber immer noch anhielt, knetete sie weiter. Vor lauter Anstrengung wurde ihr Kopf wieder klar. Bis dahin hatte sie, obwohl Latifas Leben an einem seidenen Faden hing, sie immer blasser zu werden schien und das Blut unaufhörlich aus ihr herausfloss, nur an sich selbst gedacht – wie sie sich halten, wie man sie beurteilen, was für sie aus all dem folgen würde. Das schob sie nun beiseite. Zwei Leben standen auf dem Spiel! Das eine versiegte unter ihren Händen, und der fragile neue Mensch kämpfte ums Überleben.

Dr. Jasmin hatte gesagt, sie müsse Latifas Neugeborenes in einen Brutkasten legen, wenn es mehr als nur wenige Wochen zu früh käme. Es war eineinhalb Monate vor der Zeit geboren, die Lungen waren womöglich noch nicht voll ausgebildet, besonders weil die Mutter so schlecht ernährt war. Nasir hatte Parvin die Benutzung des Brutkastens gezeigt, ihr die einzelnen Bedienungsschritte fast lachhaft detailliert erklärt und jede nur denkbare Komplikation mit ihr durchgesprochen. Jetzt wünschte sie, sie hätte besser aufgepasst! Außer ihr wusste hier niemand, wie mit dem Apparat umzugehen war. Sie musste das Kind selbst hinbringen, und zwar bald, aber sie konnte Latifa nicht alleinlassen. Es fühlte sich an, als säße ihr die Zeit selbst im Nacken. *Stoßen, drücken, stoßen, drücken.* Endlich spürte ihre linke Hand auf Latifas Bauch, dass sich etwas am Uterus veränderte. Allmählich wurde er fester. Als sie ganz sicher war, zog sie die rechte Hand heraus und kontrollierte die Blutung. Sie ließ nach. Dann hörte sie auf.

Parvin erlaubte sich einen einzigen Erleichterungsseufzer, dann lief sie zu Latifas vor der Tür wartendem Mann und sagte, er solle saubere, warme Decken für seine Frau bringen. Außerdem solle er Wahid Bescheid geben, damit der in der Klinik alles vorbereitete und den Generator anwarf. Das Neugeborene müsse in einen besonderen Apparat gelegt werden, in dem es warmgehalten wurde – »als wäre es noch in der Mutter« – und besser wachsen könne. Wenn Latifa kräftig genug sei, dass man sie transportieren könne, werde man sie auch in die Klinik bringen.

Parvin ging zur Dai, die an der Wand lehnte und mit schiefem Blick zu ihr aufsah, und streckte die Arme aus. Schließlich gab die Dai ihr das Bündel, wobei sich ihre Hände kurz unter dem Kind berührten, dessen Augen fest geschlossen waren. Voller Angst schlug Parvin die Decke ein wenig zurück. Ob es noch atmete? Ja, wenn auch schnell und flach. Sie schob die Hand unter die Decke und strich über den kleinen Kopf, um sich zu vergewissern, dass er heil war. »Mach dir keine Sorgen«, sagte sie zu Latifa, die erschreckend teilnahmslos dalag. »Wir kümmern uns um die Kleine.«

»Ich mache mir keine Sorgen«, flüsterte Latifa so leise, dass Parvin das Ohr an ihren Mund halten musste, um sie zu verstehen. »Entweder sie lebt, oder sie lebt nicht.«

Parvin konnte nicht sagen, ob Latifa sich einfach nur ihrem Schicksal ergab oder nach der Geburt eines vierten Mädchens gleichgültig gegenüber dessen Schicksal war. Dass auch ihr Mann sich offenbar nur um seine Frau sorgte, brachte Parvin dazu, sich umso mehr um das Kind zu bemühen. Er folgte ihr die Treppe hinunter auf den Hof und dankte ihr überschwänglich, aber auch unverhohlen beunruhigt. Wie viel ihre Hilfe und der Apparat in der Klinik kosten würden, wollte er wissen. Er werde zahlen, was er könne, aber viel habe er nicht.

Er müsse ihr gar nichts bezahlen, erwiderte Parvin, auch nicht der Klinik, die doch für Situationen wie diese gebaut worden sei. Gern hätte sie ihm gleichzeitig die Zustimmung abgeschwatzt, dass die Ärztin Latifa eine Spirale einsetzen dürfe. Eine weitere Geburt würde sie womöglich umbringen. Bestimmt war der Mann jetzt verzweifelt genug, einzuwilligen. Aber ihm ein solches Versprechen in diesem Moment abzuluchsen, wäre genauso paternalistisch wie die Männer im Dorf es waren, und er würde es vermutlich sowieso nicht einhalten.

»Ich muss aber bezahlt werden«, nörgelte die Dai im Hintergrund und erinnerte daran, dass sie das Kind entbunden hatte.

Und die Mutter hast du fast sterben lassen, dachte Parvin. Entsprach ihre Empörung über die Geldgier der Dai dem, was Crane empfunden hatte? »Gehen Sie rein und kümmern Sie sich um Latifa«, befahl sie ihr. Doch die Dai folgte ihr bis zum Hoftor, wo Parvin sie mit dem Versprechen zurückscheuchte, ihr das Geld am nächsten Tag zu bringen. »Lassen Sie jedenfalls die Familie in Ruhe«, sagte sie warnend. »Sie sollen mit dem Geld, das sie haben, lieber Fleisch für Latifa besorgen. Damit sie das Kind stillen kann.«

»Wenn das Mädchen am Leben bleibt, dann, weil Gott es will«, sagte die Dai. »Nicht wegen dir.«

Parvin rannte mit dem Bündel durch die dunklen, kalten Gassen. Die strahlend hell leuchtende Klinik sah genauso aus wie in ihrer Vorstellung, bevor sie sie gesehen hatte. Es gab ihr neuen Auftrieb, wie auch, dass Wahid drinnen auf sie wartete. Ihr Kopftuch war ihr bei Latifa heruntergerutscht, er starrte auf das getrocknete Blut auf ihrer Kleidung, ihrem Gesicht und in ihren Haaren. Sie bat ihn, sich die Hände gründlich zu waschen, und als er das getan hatte, gab sie ihm das Baby, damit sie sich selbst ein bisschen saubermachen konnte. Behutsam wie einen heißen Brotlaib nahm er das Kind entgegen. Parvin wusch sich schnell die Hände, trug den Säugling dann nach oben und stellte den Brutkasten an. Während er anfing zu blinken und sie auf das Ansteigen der Temperatur darin wartete, wickelte sie das winzige Wesen aus und legte es sich unter der Kleidung auf die Haut, um es warmzuhalten. Es öffnete kurz die schläfrigen Augen und schmiegte sich an sie, riss das Mündchen auf und suchte einem uralten Instinkt folgend nach einer Brust. Als es keine fand, gab es einen kläglichen Schrei von sich – sein erster Laut auf dieser Welt. Schließlich legte Parvin es in den warmen Brutkasten und sah, wie es in dem hellen Licht mit den winzigen Gliedern strampelte und ruderte. Eine Geburt war ein Schock, kein Übergang, sondern ein Ausgestoßenwerden. Eine Vertreibung.

Als das Baby schlief, öffnete Parvin eine Dose mit Babymilchpulver, mischte es mit abgekochtem Wasser und ließ das Ganze abkühlen. Sie hatte zwar zugesehen, wie Dr. Jasmin einem Neugeborenen mit einem Fütterungsbecher Nahrung einflößte, aber sie war nervös. Als das Baby wach wurde, nahm sie es aus dem Brutkasten und drückte es an sich. Dann hielt sie ihm ganz, ganz sacht die Tasse an die zarten Lippen und wartete, bis die winzige Zunge zu schlecken begann.

Später legte Parvin das Baby wieder in den Brutkasten, blieb aber daneben sitzen. Sie war fasziniert von der zerbrechlichen Existenz des Kindes, von dem sauberen Duft, dem rosigen Mund, den ruckartigen Bewegungen. Sie betrachtete das flaumige Köpfchen, die weiche Fontanelle, wie sich die Finger mit den zarten Perlmutt-Fingernägeln krümmten, wie wohl es sich fühlte, wenn man es aufnahm, wie die Arme dann plötzlich ruhig wurden, wie es trank wie ein Kätzchen. Bis zur Morgendämmerung redete Parvin mit ihm, schickte Geschichten, wahre und erfundene, Gedichte, sogar Lieder, in den Brutkasten, als wolle sie das Kind fester ans Leben binden. Langsam und allmählich besserte sich dessen Farbe ein winziges bisschen, zumindest bildete Parvin sich das ein. Sehnlichst hoffte sie auf ein Zeichen, dass es überleben würde.

Am Morgen kamen die Frauen aus dem Dorf in solch großer Anzahl, dass Parvin die meisten zwingen musste, unten zu warten. Sie nahm immer nur ein paar auf einmal mit hoch. Manche klopften gegen die Glaswände des Brutkastens, bis Parvin »Hört auf!« rief, denn Nasir hatte gesagt, dass jedes Geräusch innen verstärkt werde. Das Klopfen war bestimmt so durchdringend wie schrilles Telefonklingeln. Manche der Frauen langten durch die Grifflöcher und berührten das Baby, und Parvin musste sie über das Risiko einer Infektion aufklären. Umgeben von all den Gesichtern wirkte der Säugling eher wie ein Präparat unter Glas statt wie ein menschliches Wesen. Immer wieder erklärte Parvin die Funktionsweise des Brutkastens, der dem Baby Wärme biete, damit es wachsen, Ruhe, damit es schlafen könne, und Schutz, damit es vor Krankheitserregern bewahrt werde. Die Amerikaner seien einst genauso misstrauisch gegenüber diesem Apparat gewesen wie sie jetzt, versicherte Parvin ihnen. Einer ihrer Professoren habe einmal ein Foto von nebeneinander in ihren Brutkästen liegenden Babys auf der Strandpromenade von Atlantic City gezeigt, wo man sie hingebracht hatte, um die Öffentlichkeit von den Vorzügen dieser neuen Erfindung zu überzeugen.

Gegen Mittag trug Latifas Mann seine Frau in die Klinik und die Treppe hinauf auf die Wöchnerinnenstation. Sie war immer noch totenbleich, ihre Stimme extrem leise, doch als sie auf dem Krankenhausbett saß, sahen die anderen Frauen sie neidisch an. Mit Binas Hilfe wusch Parvin sie mit einem Schwamm und half ihr anschließend, sich hinzulegen. Wie benommen schaute Latifa sich um; sie hatte noch nie in einem richtigen Bett gelegen. Parvin schloss die Vorhänge vor den Fenstern mit Blick auf die hohen majestätischen Berge und schob die anderen Frauen aus dem Zimmer.

Wie sehr sie sich wünschte, Dr. Jasmin wäre hier, damit sie ihr die vergangene Nacht in allen Einzelheiten schildern und sich ebenso Lob und Anerkennung wie auch weitere Anleitungen einholen könnte. Aber bis Mittwoch waren es noch fünf Tage. Sie versuchte, alles so zu machen, wie die Ärztin es getan hätte, und überlegte, was sie sonst noch tun könnte. Essen, fiel ihr ein; Latifa musste essen, und zwar gut essen. Sie rannte nach Hause, holte das Geld, das sie in ihrem Zimmer versteckt hatte, gab es Bina, damit diese reichlich Fleisch, Gemüse und Brot kaufen konnte, und bat sie, die anderen Frauen zum Kochen zu organisieren. Vielleicht bekamen dadurch auch andere unterernährte Frauen die eine oder andere gute Mahlzeit ab, hoffte Parvin. Am zweiten Tag nach der Geburt kehrte langsam Farbe in Latifas Wangen zurück, und sie konnte sich ein wenig aufsetzen. Parvin zeigte ihr, wie sie Kopf- und Fußteil des Bettes aufstellen konnte, indem sie den Hebel bediente. Die anderen Frauen – Bina, Saba, Gasal – beäugten mit offenen Mündern das sich von allein bewegende Ding, dann kletterten sie hinauf und hielten sich an den Seiten fest, als säßen sie auf einem buckelnden Wildpferd.

»Runter da! Nehmt Rücksicht auf Latifa!«, rief Parvin trotz ihres ausgelassenen Gelächters. Dann zog sie den Stecker und versprach, sie könnten es alle einmal ausprobieren, sobald es Latifa besser gehe.

Shokooh, nun im letzten Drittel ihrer Schwangerschaft, legte sich auf ein anderes Bett, um den anderen Frauen zu zeigen, dass sie als Stadtmädchen wusste, wie man das machte. Sie werde zur Geburt in die Klinik kommen, sagte sie zu Parvin, und ihr Baby auch in den Brutkasten tun.

»Es wäre besser, wenn das nicht nötig wäre«, erklärte Parvin ihr.

»Vielleicht bleibe ich auch einfach hier, bis das Kind kommt«, sagte Shokooh zu Bina, die ihr einen schneidenden Blick zuwarf.

Latifas Milch war eingeschossen, doch das Baby war immer noch zu schwach zum Saugen, und Bina warnte, wenn es nicht bald damit anfange, würde die Milch wegbleiben. Abgesehen von dem, was sie im Dorf und bei Dr. Jasmin in der Klinik gesehen hatte, wusste Parvin kaum etwas über das Stillen. Sie erinnerte sich vage, dass ihre Schwester am Anfang mit dem »Anlegen« Schwierigkeiten gehabt hatte, und hatte sich über das Wort amüsiert. Jetzt bedauerte sie ihre damalige Gefühllosigkeit. Aber Bina und die anderen Frauen wurden wie bei so vielem anderen ihre Lehrmeisterinnen. Latifa solle die Zwillinge ihrer Schwägerin stillen, damit die Milch nicht versiege, bis ihr eigenes Kind trinken könne, schlug Bina vor. Ab da wurde alle paar Stunden eines der Babys in die Klinik gebracht.

Sie crowdsourcten das Überleben dieses Kindes, dachte Parvin, und ein Andrenalinstoß durchfuhr sie. Oft aber war sie auch todmüde, den Tränen nahe und vom Schlafmangel so erschöpft, dass sie sich nur noch fallen lassen wollte. Sie versuchte, den Puls des Babys zu messen, wusste aber nicht recht, was sie damit anfangen sollte.

Es schien, als würde der Mittwoch nie kommen, doch endlich stand der Tag bevor. Bald würde Dr. Jasmin Parvin von ihren Pflichten erlösen und sie mit Lob überschütten.

Doch in dieser Woche kam die Ärztin zum ersten Mal seit Parvins Ankunft nicht.

25. Kapitel

Tränen aus blinden Augen

Der Tag war prachtvoll und hatte gleichzeitig etwas Wehmütiges, der Himmel war von einem fast irritierenden Blau, die Felder stoppelig und grau. Die Frauen kamen in Scharen in die Klinik und fragten nach der Ärztin.

»Vielleicht haben die Amerikaner gerade keinen Hubschrauber«, meinte Parvin. »Oder Dr. Jasmin ist krank. Oder ihr Mann. Oder vielleicht hat Nasir eine wichtige Prüfung.«

Aus solch banalen Gründen würde die Ärztin sie nicht versetzen, widersprachen die Frauen. Denn nicht minder wichtig als die ärztliche Versorgung und die Beratung war ihnen, dass die Ärztin die Fahrt stets bereitwillig und zuverlässig auf sich nahm. Doch die Blicke einiger – die vielleicht mehr wussten oder weniger vertrauensselig waren – verrieten die Befürchtung, die Ärztin könne zu dem Schluss gekommen sein, sie seien die Mühe nicht mehr wert.

»Nur wenn sie tot wäre, würde sie nicht kommen«, sagte Saba, die prompt von den anderen zurechtgewiesen wurde.

Um die Frauen ein wenig zu beschwichtigen und damit es rascher ging, wenn Dr. Jasmin doch noch käme, machte Parvin eine Liste aller Patientinnen, die die Ärztin sehen wollten, und befragte sie einzeln im Untersuchungszimmer nach ihren Beschwerden. Mittlerweile vertrauten die Frauen Parvin so weit, dass sie über ihre Körper sprachen, ihre Schmerzen schilderten, den Ausfluss beschrieben, den sie hatten, und sogar die Schläge, die sie bekamen. Zumindest vertrauten sie ihr als Verbindungsperson zur Ärztin. Doch als spätnachmittags der Schatten des einzigen Baums wie ein Finger über den Hof zeigte, war klar, dass Dr. Jasmin nicht mehr kommen würde.

Am nächsten Tag warteten sie erneut, und auch am übernächsten horchten sie vergeblich auf das Geräusch des Hubschraubers, der sie bringen würde. Voller Unruhe betrachtete Parvin die Berge, an deren Hängen sich der Schnee langsam hinunterschob. War der Winter näher, als sie gedacht hatte? Wollte die Ärztin mit dem nächsten Besuch bis zum Frühjahr warten? Falls ja, hätte sie es gewiss durch die Amerikaner ausrichten lassen. Gereizt gestand Parvin sich ein, dass sie sich allein gelassen fühlte. Nach ihrem Erfolg mit Latifa wollte sie unbedingt mehr lernen, mehr probieren.

Wie üblich hörte die Familie abends BBC. Ein kurzer Bericht, in dem es um ihre Region ging, erregte ihre Aufmerksamkeit, auch weil er ungewöhnlich war: Koalitionstruppen hatten zwei mutmaßliche Aufständische, einen Mann und eine Frau, getötet. In diesem Krieg gab es aber keine weiblichen Aufständischen, zumindest hatte Parvin noch nie von welchen gehört.

»Wahrscheinlich eine neue Malalai!«, scherzte Bina. Sie meinte die mächtige Kriegerin, die 1880 afghanische Krieger gegen die Briten in die Schlacht von Maiwand geführt hatte. Selbst die ungebildete Bina wusste von ihr.

»Es war keine neue Malalai«, höhnte Dschamschid. »Wahrscheinlich nicht mal eine Aufständische. Garantiert haben sie irgendeine unschuldige Frau umgebracht. Von einer Leiche kann man behaupten, was man will.«

Mittlerweile begann der Morgen im Tal oft mit dichtem Bodennebel, in dem die Familienmitglieder verschwanden, wenn sie ihrer Arbeit im Hof nachgingen. Wie alle, die in der Bucht von San Francisco gelebt hatten, kannte Parvin Nebel, aber der hier war dichter und kälter und stahl jeden Tag mehr Licht und Wärme. Bevor er sich hob, fühlte es sich an, als schwämme man ewig darin herum.

Wie in den anderthalb Wochen seit der Geburt hatte Parvin auch die letzte Nacht in einem Bett neben Latifa in der Klinik verbracht. Latifa, immer noch nicht wieder ganz genesen, schwieg die meiste Zeit, aber Parvin teilte sich das Zimmer gern mit ihr. Es fühlte sich an, als sei sie wieder mit ihrer Schwester Taara zusammen, die sie nach deren Hochzeit und Wegzug schrecklich vermisst hatte. Theoretisch hätte sich der Aufenthalt in der Klinik wie der in einem Hotel anfühlen müssen – sie schlief wahrhaftig in einem Bett! –, aber das Gebäude war schlecht isoliert und hatte keine Zentralheizung, sondern nur ein paar Heizgeräte. Das Baby hatte es zum Glück im Brutkasten warm, und nachts häufte Parvin Decken auf Latifa und zog selbst lange Unterwäsche, Pullover und Mantel an. Doch selbst ihre wärmste Kleidung war nicht warm genug. Wenn es schon jetzt, Anfang November, so kalt war, hatte Dr. Jasmin recht: Sie würde den Winter nicht durchstehen.

Morgens machte Parvin Tee für sich und Latifa, und zusammen warteten sie, dass die Frauen, die sich damit abwechselten, ihnen warmes Brot, Eier und Joghurt brachten. An diesem nebligen Vormittag, drei Tage nach dem Fernbleiben der Ärztin, kamen die Amerikaner. Parvin war überrascht, dass sie die Fahrt auf sich genommen hatten, denn wegen der schlechten Sicht in der Schlucht wäre die Straße selbst in gutem Zustand tückisch. Zuerst hörte sie die M-ATVs, konnte sie durch den Nebel vor den Fenstern aber nicht sehen. Dann tauchten sie auf wie ein Latentbild, das allmählich sichtbar wird. Langsam wie ein Trauerzug kam der Konvoi angekrochen und hielt an der Klinik an.

Parvin sagte Latifa, sie werde die Amerikaner fragen, ob sie etwas über Dr. Jasmin wüssten. In der Kälte draußen schlug sie die Arme um sich. Aber die Sonne zwängte sich durch den Nebel, und nach Tagen der Sorgen zuerst um Latifa, dann um das Fernbleiben der Ärztin, war das bisschen Licht ein richtiger kleiner Hoffnungsschimmer. Vielleicht hatten die Amerikaner Dr. Jasmin und Nasir mitgebracht, und natürlich wäre auch Asis bei ihnen, und sie könnte allen erzählen, wie sie Latifa das Leben gerettet hatte.

Aber von dem Moment an, in dem sie sich den drei M-ATVs näherte, schien irgendwas nicht zu stimmen. Sie winkte Fahrer und Beifahrer im ersten Wagen zu, und die hoben ebenfalls grüßend die Hand, blieben aber wie alle anderen in den Fahrzeugen sitzen. Eine seltsame Minute lang wartete Parvin, dann gingen die Türen doch auf, und Soldaten stiegen aus, unter ihnen Trotter und Asis. Vor lauter Erleichterung, ihn zu sehen, grinste sie peinlich breit. Dann verkrampfte sie sich in Erinnerung an das letzte, angespannte Gespräch mit Trotter, als er ihr gesagt hatte, was aus ihrem Brief geworden war. Weder der Colonel noch Asis erwiderten ihr Lächeln. Beide sahen aus, als hätte die Fahrt ihnen zugesetzt.

Trotter nahm sie beim Ellenbogen, führte sie auf die Klinik zu und sagte zu ihrem Erstaunen, er brauche ihre Hilfe. Ob sie ihm irgendetwas über Nasir, den Sohn der Ärztin, sagen könne? Ob er Mitglied einer militanten Gruppe sei? Etwas mit Kommandant Amanullah zu tun habe? Sich mit irgendwem aus dem Dorf treffe?

»Wieso? Haben sie jetzt etwa *ihn* festgenommen?«, fragte

Parvin und blieb stehen. Das würde erklären, warum weder er noch seine Mutter ins Dorf gekommen waren. Dr. Jasmin wäre außer sich vor Sorge – und vor Wut.

Nein, sagte Trotter betreten. Nein, nicht verhaftet. Seine Männer hätten an einem Kontrollpunkt an der Hauptstraße in der Nähe des Stützpunkts Dienst getan, als ein Auto auf sie zugehalten habe. Der Fahrer sei Nasir gewesen.

»Nasir wollte sie überfahren?«, fragte Parvin. »Das ist ja absurd!«, lachte sie, doch sie spürte, dass die anderen Soldaten und Asis sie und Trotter aus den paar Metern Entfernung beobachteten. »Soll das ein Witz sein? Warum sollte er das tun?«

»Wir wissen es nicht. Ich weiß es nicht. Haben Sie je gehört, dass er Sympathien für die Aufständischen bekundet hat? Oder sich feindlich gegenüber Amerikanern oder Regierung geäußert hat?«

»Ich bitte Sie! Er will nichts sehnlicher als in Amerika studieren.«

Trotter schwieg. Das Pochen unter seinem Auge war wieder da.

»Dann *haben* Sie ihn also verhaftet«, sagte sie, misstrauisch geworden. »Wenn Sie behaupten, er hätte Ihre Männer bedroht –«

»Sie mussten sich verteidigen. Sie haben ihn mehrfach aufgefordert anzuhalten. Er hat nicht darauf gehört, Parvin.«

Trotters Worte taumelten langsam auf Parvin zu und zerfielen, bevor sie bei ihr ankamen. Es gab etwas Entscheidendes, was ihr entging, einen Zusammenhang, den sie nicht herstellen konnte.

»Seine Mutter, Dr. Jasmin, war sie bei ihm? Wahrscheinlich haben die beiden über ihre Fälle gesprochen und waren abgelenkt –«

Ja, sie habe auch im Auto gesessen, erwiderte Trotter. Das Pochen wurde schneller. Kurzzeitig wie gebannt, starrte Parvin darauf. Es schien sich durch ihr Starren noch mehr zu beschleunigen, und sie erinnerte sich, wie ihr Mathematiklehrer in der neunten Klasse durch den Klassenraum gegangen war, seine Schritte jedesmal um die Hälfte verkürzt und dabei erklärt hatte, wenn man das unendlich lang tue, sei das Unendlichkeit. Wenn das Pochen unter Trotters Auge in immer dichteren zeitlichen Abständen erfolgte, über das hinaus, was physisch möglich war, war das dann das Gleiche? War das auch Unendlichkeit? Ihre Gedanken bewegten sich im Kreis wie ein Flugzeug ohne Landeerlaubnis, bloß dass sie nicht landen wollten, sie wollten hinauf in die Wolken fliegen und verschwinden.

»Dr. Jasmin und Nasir sind nicht gekommen«, sagte sie schließlich. »Zum ersten Mal seit ich hier bin, sind sie nicht gekommen.«

»Sie konnten nicht«, sagte Trotter. »Dr. Jasmin und Nasir – sie sind beide tot.«

Es klang so normal, als seien sie einfach gestorben, dachte Parvin. »Sie meinen, sie wurden … getötet«, sagte sie und zögerte gegen ihren Willen, weil es natürlich wie eine Anklage klang.

»Meine Männer hatten keine andere Wahl. Sie mussten Maßnahmen ergreifen –«

»Maßnahmen?«

»Sie mussten schießen. Wenn man in einer solchen Situation ein Auto auf sich zukommen sieht, kann der Sekundenbruchteil, in dem man moralische Erwägungen anstellt, den Tod bedeuten. Sie haben angemessen gehandelt.«

»Sie haben sie umgebracht.«

»Aufforderungen, Handzeichen, Rufe, was auch immer,

sie haben alles versucht, aber das Auto kam immer weiter auf sie zu. Wenn jemand nicht auf unsere Anweisungen reagiert, müssen wir annehmen, dass er sich widersetzen *will*.«

»Sie haben –«, begann sie, doch dann wurde ihr schwindelig, und im nächsten Moment saß sie auf dem Boden. Zum Glück war ihr Sturz von Trotter abgebremst worden; er hatte sie gepackt, als sie ins Wanken geriet. Sie beugte den Kopf über die Knie und hörte, wie eine Frau ihr – auf Englisch – sagte, sie solle tief durchatmen. Die Frau bot ihr Wasser an, einen Energieriegel, doch das bildete sie sich bestimmt alles nur ein. Aber nein, es war real, denn als sie aufschaute, sah sie unter einem Helm das Gesicht einer Amerikanerin mit Sommersprossen auf der Nase und besorgt blickenden blauen Augen.

»Das ist Charlie, sie ist Sanitäterin«, sagte Trotter. »Wir haben zwei mitgebracht, für die Frauen hier –«

»Weil Sie ihre Ärztin umgebracht haben«, sagte Parvin mit steinerner Miene. »Die Sanitäterinnen sind hier, weil sie die Ärztin umgebracht haben!« Wut – Trauer – explodierten in ihr, und nun mischte sich auch Bedauern darunter, wegen ihres letzten angespannten Zusammentreffens, als die Ärztin sich um Parvin gesorgt hatte, obwohl ihr eigenes Leben und das ihres Sohnes so bald beendet sein würden. »Fuck you! Fuck you!«, schrie sie und begann zu weinen, begann laut und bitterlich zu schluchzen. Sollten Trotter ruhig die Ohren wehtun! Die Sanitäterin streichelte ihren Rücken wie eine Mutter, wie ihre Mutter es immer getan hatte, und unfähig mit dem Weinen aufzuhören erinnerte sich Parvin an den Tag, an dem ihre Mutter gestorben war. Während ihrer monatelangen Krankheit hatte sie ständig geweint, bei ihrem Tod aber hatte sie keine einzige Träne vergossen. Sie hatte sich leer gefühlt, wie betäubt. Manche ihrer Verwandten fanden das befremdlich, hatte ihr Taara später erzählt. Wie seltsam war es dann, dass sie hier, unter Fremden, so hemmungslos um den Verlust einer Frau weinte, mit der sie nicht einmal blutsverwandt war. Nicht blutsverwandt, aber, das begriff sie jetzt, Dr. Jasmin war für sie, so wie Professor Banerjee, zum Mutterersatz geworden. Ob sie jetzt ein für allemal die Lektion lernte, sich emotional nie wieder so eng an jemanden zu binden? Es kam ihr vor wie ein Zeichen, dass sie sich nach Asis umschaute, ihn aber nirgends entdeckte.

Als Trotter vorschlug, auf den Klinikhof zu gehen, damit sie sich dort setzen konnte, wusste Parvin, der eigentliche Grund war, dass die Männer aus dem Dorf sie beide anstarrten. Durch die Tränen sah sie Dschamschid, der mit einem kleinen Grüppchen seiner Freunde vielleicht zwanzig Meter entfernt stand und sie beobachtete, Trotter beobachtete. Sie hatte sie nicht kommen sehen, und Dschamschids Miene, kalt, aber nicht neugierig, überraschte sie. Das war nicht mehr der Junge, der sie im Hof angesprochen und gebeten hatte, ihm das Lesen beizubringen.

Gestützt auf die beiden Sanitäterinnen, ging Parvin schwankend auf den Klinikhof und setzte sich, den Rücken an die Mauer gelehnt. Vom Boden stieg Kälte auf und machte sie allmählich bewegungsunfähig.

Trotter, in voller Körperschutzpanzerung, lief hin und her, während er mit ihr sprach. Gelegentlich blieb er hoch aufragend direkt vor ihr stehen und nahm seine Wanderung dann wieder auf. Er könne ihr mehr über das Geschehen erzählen, müsse aber wissen, ob sie vorhabe, auch das an ihre Professorin oder sonst jemanden zu schreiben. Wenn die Nachricht von Dr. Jasmins Tod publik werde, könne das erhebliche Unruhe unter den Afghanen schüren und amerikanische Soldaten gefährden. Das wolle sie doch sicher nicht.

»Ich soll für Sie lügen?«, fragte Parvin. »Ihnen helfen, es zu vertuschen?«

»Wir wollen nichts vertuschen«, sagte er und blieb abrupt vor ihr stehen. Jetzt hatte sie ihn in seiner Ehre verletzt. »Es geht um das strategische Herausgeben von Informationen.«

Einen Moment dachte sie nach. »Die weibliche Aufständische, von der wir im Radio gehört haben – das war Dr. Jasmin. Das meinen Sie mit strategisch?«

Trotter zog die Nase kraus, ein fast pantomimisch komischer Ausdruck des Bedauerns. Dann verschränkte er die Arme und schaute in die Ferne. »Das wurde zu schnell herausgegeben. Es herrschte ein ziemliches Durcheinander, wie oft in solchen Situationen. Wir werden es korrigieren. Aber der Fehler hat uns wenigstens die Zeit verschafft, darüber nachzudenken, wie wir das Ganze kommunizieren wollen.«

»Sie wollen die Kontrolle über die Geschichte behalten.«

In der Annahme, auch sie finde das richtig, nickte er dankbar. Hielt er sie für so etwas wie seine Schülerin, die brav seine Kriegsregeln übernahm? Das würde sie sich zunutze machen, um zu erfahren, was sie wissen wollte, und dann schreiben, wem sie wollte.

»Sie haben Glück«, sagte sie und bemühte sich um einen freundlicheren Ton. »Dr. Jasmin hat meine Briefe für mich verschickt.«

Er verzog das Gesicht und neigte den Kopf wie bei seinem Besuch an Fereschtas Grab. Doch insgeheim war er offenbar erleichtert oder wenigstens beruhigt, denn er begann zu reden. Vier seiner Soldaten hätten am Kontrollpunkt Dienst getan, zwei davon neu im Land. Es habe Hinweise auf mögliche Selbstmordattentate gegeben, seine Männer seien über diese Bedrohung informiert gewesen. Natürlich habe es sie nervös gemacht. Wie Parvin wisse, sei die Ärztin seit Wochen zum Stützpunkt gekommen und mit dem Hubschrauber ins Dorf geflogen worden, aber da die Soldaten neu gewesen seien oder weil der Posten ein gutes Stück vom Stützpunkt entfernt lag, hätten sie das Auto möglicherweise nicht erkannt. Es sei schnell herangekommen und habe nicht angehalten. Sie hätten angenommen – hätten aufgrund ihrer Informationen annehmen müssen –, dass das Auto selbst eine Bombe sei oder man sie über den Haufen fahren wolle. Trotter hoffte, Parvin werde begreifen, dass sie unter diesen Umständen keine andere Wahl gehabt hätten, als zu handeln. Seine Soldaten seien immer noch dabei, dahinterzukommen, wer zuerst geschossen habe. Es könne auch nicht ausgeschlossen werden, dass sie selbst beschossen worden seien.

So wie er das alles darstellte, wirkte es fast, als erwarte er Mitgefühl von Parvin, weil ihm das Entwirren einander widersprechender Aussagen aufgebürdet war. Doch da war er auf dem Holzweg. »Nasir hätte nie etwas getan, das seine Mutter gefährdet hätte!«, schleuderte sie ihm entgegen. »Das ist alles, was Sie über ihn wissen müssen. Er hat ihr jede Woche das Mittagessen gemacht! Sie haben ihn gekannt! Sie sind mit ihm geflogen. Er wollte mit ihnen über Photovoltaik oder was weiß ich reden! Er war kein Terrorist, er war ein Nerd. Er war ein Teenager!«

Auf einem Kriegsschauplatz, auf dem Jungen noch vor der Pubertät anfingen zu kämpfen, gebe es keine Teenager, sondern nur Männer im kampffähigen Alter, sagte Trotter. Der Feind mische sich unter die Bevölkerung, benutze sie. Man wisse nie, wo der nächste Angriff herkomme oder in welcher Gestalt. Ein alter Mann könne einfach nur ein alter Mann sein, oder gerade frisch vom Feind angeworben. Trotter sprach, als wolle er mit seinen Worten einen Verteidigungswall errichten, und wirkte überrascht, dass er Parvin das alles erklären musste. Angesichts des Drucks, unter dem seine Männer stünden, hätten sie seiner Meinung nach bemerkenswerte Impulskontrolle bewiesen. Einige von ihnen würden am liebsten über die Straße fahren und auf alles schießen, was sich bewege. Wie konnte man von ihnen erwarten, Menschen zu respektieren, die ihnen nach dem Leben trachteten? Er bitte seine Jungs – befehle ihnen –, ihre vollkommen natürliche, ihre mehr als natürliche, Reaktion zur Gegenwehr zu unterdrücken. Schließlich seien sie zum Töten ausgebildet worden. Deswegen hätten sie sich gemeldet. Und jetzt änderten sich in diesem Krieg jeden Tag die Spielregeln, manchmal mehr als einmal am Tag. »Er hätte den Anweisungen Folge leisten sollen«, kam Trotter zum Schluss.

Parvin hätte ihm am liebsten das Gesicht zerkratzt, die einzig verwundbare Stelle in seiner Panzerung. Vor Kummer und Wut hatte sie einen so dicken Kloß im Hals, dass sie kaum noch Luft bekam. Vielleicht würde sie wieder frei atmen können, wenn sie ihrer Wut freien Lauf ließ. Zumindest wollte sie ihm auf Augenhöhe gegenüberstehen. Mühsam rappelte sie sich auf, die Glieder kältesteif, und lehnte sich Halt suchend an die Wand.

Vielleicht weil sie sich bewegte, redete er plötzlich über den Tag, an dem sie sich kennengelernt hatten. Heute wäre diese Begegnung vielleicht anders verlaufen. Damals habe sie sich Zeit gelassen zu zeigen, wer sie sei. Auf dem ganzen Weg zum Friedhof und zurück habe sie kein Wort gesagt. Er habe gedacht, sie sei Wahids Frau. Als sie dann nach der Schūrā mit einer für afghanische Frauen völlig untypischen Direktheit auf ihn zugekommen sei, habe er einen kurzen Moment lang gedacht, sie sei eine Selbstmordattentäterin. Wären seine Männer nicht so diszipliniert gewesen, hätten sie sie womöglich erschossen. Stattdessen sei sie auf ihn zugetreten, habe den Mund aufgemacht und perfektes Englisch gesprochen, was er als Allerletztes erwartet habe. Bei der Erinnerung daran brachte er ein wenig überzeugendes Lächeln zustande. Jetzt seien er und seine Männer viel nervöser. Nervöser gemacht worden. Heute gebe es in der gleichen Situation wie damals – wenn also Parvin auf ihn zukäme –, nur eine Sekunde zum Nachdenken, und er würde unweigerlich denken: *Sie oder ich.*

Dann zitierte er Clausewitz – »Krieg ist das Gebiet der Ungewissheit« – und fügte hinzu: »Der Nebel des Krieges ist real, Parvin. In jedem einzelnen Moment, jeder gegebenen Kampfsituation, kann es schwer sein zu erkennen oder zu wissen, was gerade passiert.«

»Aber es war keine Kampfsituation. Dr. Jasmin und Nasir sind nur über eine Straße gefahren.«

»Wir *dachten* aber, dass es eine ist. Und mussten entsprechend reagieren.«

Wir könnten uns den ganzen Tag weiterfetzen, dachte Parvin, und es würde nichts ändern. Die Ärztin und ihr Sohn wären immer noch tot. Hier vor den Mauern der Klinik hatte sich Dr. Jasmin auf Parvins Vorschlag neben ihr zerdelltes Auto gestellt und gesagt, die Straße habe eine Ausbesserung dringend nötig. Würde dieses Video jetzt, wo das Auto von Kugeln durchlöchert und die interviewte Frau tot war, immer noch als Werbung für diese Mission verwendet werden? Vielleicht würde Dr. Jasmin bis in alle Ewigkeit in irgendeiner dunklen YouTube-Ecke die amerikanische Initiative loben, die ihr den Tod gebracht hatte. Doch da Parvin den illusionären Waffenstillstand mit Trotter nicht gefährden wollte, äußerte sie diese Gedanken nicht laut.

Trotter wiederum versicherte ihr, er arbeite bereits daran, einen Ersatz für Dr. Jasmin zu finden, doch angesichts der

Knappheit an Ärztinnen in der Provinz könne das einige Zeit dauern. Fast kläglich fragte er: »Was können wir tun? Für das Dorf, meine ich. Wie können wir das richten? Mir ist vollkommen klar, was für ein Schaden entstanden ist. Wir sind hier, um zu helfen und dann ... Wenn Sie eine Idee haben ...« Er verstummte.

Sie hatte keine Ideen, und ihr Schweigen ließ daran keinen Zweifel. Seine Bereitschaft, sie um Rat zu fragen, würde sie nicht dazu bringen, seinen Fehler schönzufärben.

Ob sie seinen Sanitäterinnen wenigstens eine Orientierungshilfe geben und für sie übersetzen könne?, fragte er und verließ, als sie einwilligte, den Hof, damit sie mit der Arbeit beginnen konnten.

Im Kopf ging Parvin die Notizen über die Beschwerden und Bedürfnisse der Frauen durch, die sie sich letzten Mittwoch, als die Ärztin nicht gekommen war, gemacht hatte. Mira hatte Präeklampsie, ob sie ihren Blutdruck kontrollieren sollte? Storais Knöchel waren wieder elefantös angeschwollen, ob das normal sei? Anisa klagte über Schmerzen beim Sex. Reshawna verspürte beim Wasserlassen ein heftigeres Brennen als je zuvor. Nadia hatte keine Jodtabletten mehr, und der Mullah weigerte sich, in die Stadt zu fahren und welche zu besorgen, weil er Angst hatte, die Amerikaner würden ihn wie den Kommandanten festhalten. Fatimas Periode war überfällig, und sie hatte bei der Aussicht geweint, so bald schon wieder ein Kind zu bekommen. Maschal hatte Parvin von einem Knoten in ihrer Brust erzählt, der groß sein müsse, weil ihr Mann, kaum der Aufmerksamste, ihn bemerkt hatte. Was war *da* zu tun?

Die Sanitäterinnen, die ersten Amerikanerinnen, die Parvin seit ihrer Ankunft im Dorf sah, verwirrten sie. Sie hatten die Helme abgesetzt, und aus ihrem Haar – das von Charlie blond und raspelkurz, das von Mandy kupferrot und lang und im Licht schimmernd – kam ein Hauch vertrauter, fast vergessener amerikanischer Gerüche: Babyshampoo, Kokosnuss, Waschpulver. Aus irgendeinem Grund musste Parvin wieder weinen.

»Ich würde dich ja in den Arm nehmen, aber das würde sich wahrscheinlich nicht so toll anfühlen«, sagte Charlie und klopfte auf ihre Kevlar-geschützte Brust.

Obwohl der Scherz lahm war, stimmte er Parvin ein bisschen versöhnlicher. »Ich verstehe es einfach nicht«, schluchzte sie. »Seid Ihr der gleichen Meinung wie Colonel Trotter? Dass die Männer keine Wahl hatten?«

»Wir sind immer seiner Meinung«, sagte Mandy und zog eine Braue hoch. »Er ist ranghöher als wir.«

»So wie ein einfacher Soldat seinem Vorgesetzten zustimmt, wenn der sagt, das Auto sei mit hoher Geschwindigkeit angerast gekommen«, fügte Charlie hinzu. »Auch wenn er selbst findet, es sei geschlichen. Ehrlich, wenn so eine Schießerei erst einmal angefangen hat, ist es der reinste Horror dahinterzukommen, was eigentlich los war.«

Parvin fragte die Sanitäterinnen, ob sie Dr. Jasmin oder Nasir behandelt hätten, ob sie versucht hätten, sie zu retten. Charlie sagte, sie sei sofort losgeschickt worden, als klar gewesen sei, dass eine Frau im Auto saß.

»Ein männlicher Sanitäter hätte sie nicht behandeln dürfen?«, fragte Parvin ungläubig.

»Aus Rücksicht auf kulturelle Befindlichkeiten«, sagte Charlie. Manchmal kämen sich die diversen Prioritäten leider in die Quere. In Wahrheit aber hätte zunächst ohnehin keiner den beiden zu Hilfe kommen dürfen. Die Kampfmittelbeseitiger hätten das Auto und die Leichen mit Robotern nach versteckten Sprengladungen absuchen müssen. Das sei

Standardprozedur. Als Charlie sah, wie sehr das alles Parvin mitnahm, fügte sie hastig hinzu, sie sei ziemlich sicher, dass die Ärztin und ihr Sohn sofort tot gewesen seien. Es habe eine Menge Gewebe- und Organverletzungen gegeben. Sie klang, als spreche sie lediglich mit einer anderen Sanitäterin. Doch als Parvin ohne ein Wort sagen zu können einfach nur starr dastand, fügte sie hinzu: »Ich weiß, das macht es nicht besser, aber die Soldaten – ich glaube, sie fühlen sich schrecklich.«

Falls sie noch jemanden untersuchen wollten, sagten Charlie und Mandy dann, sollten sie lieber anfangen, da Trotter sicher nicht unnötig lange bleiben wolle.

Parvin sah sich um. Die Dai beobachtete sie von ihrem üblichen Platz unter dem Baum aus. Sollte sie ihr sagen, die Ärztin, ihre einstige Rivalin, sei tot? Außer der Dai war keine Frau aus dem Dorf zu sehen. Wie üblich blieben sie zu Hause, wenn die Amerikaner kamen. Wahrscheinlich wollten sie auch nicht von den Sanitäterinnen behandelt werden, die in ihrer Uniform und Körperpanzerung größer wirkten als viele ihrer Ehemänner. Im Klinikhof waren nur Kinder, die sich gegenseitig aufstachelten, zu Mandy zu rennen und ihr rotes Haar zu berühren.

Natürlich war Latifa mit ihrem Baby in der Klinik. Parvin wusste, sie sollte die Sanitäterinnen zu ihnen bringen, damit sie Mutter und Kind untersuchen konnten, aber in dem Wissen, dass die Ärztin tot war, brachte sie es noch nicht über sich, die Klinik zu betreten.

Mandy und Charlie standen eine Weile verlegen herum und sagten dann, sie hätten Stifte und Stofftiere für die Kinder mitgebracht. »Für die *Herzen und Gemüter*«, ulkte Mandy. »Wenigstens die der Kleinen.« Und während die beiden zu den M-ATVs gingen, um die Geschenke zu holen, klatschte Parvin in die Hände und rief die Kinder zusammen. »Stellt euch leise in eine Reihe«, sagte sie. »Dann kriegt ihr was.«

Mandy, Charlie und zwei weitere Soldaten kamen mit Schachteln zurück auf den Hof und stellten sie ab. Als die Männer wieder gingen und Mandy und Charlie die Schachteln öffneten, gab es für die Kinder kein Halten mehr. Sie hängten sich an die beiden Amerikanerinnen, die, derart umdrängt, Stifte und kleine Plüschtiere in jede ihnen entgegengestreckte Hand stopften. Parvin fand die Spielzeugtiere mit ihrem synthetischen Fell und den großen Plastikaugen geschmacklos und billig. Im Vergleich zu den mannigfachen natürlichen Farben des Dorfes leuchteten das grelle Pink und das Neonblau noch künstlicher. Aber die Kinder wollten die Dinger unbedingt haben. Sie balgten sich darum, Tränen flossen, die Stärkeren schnappten sie den Schwächeren weg. Kinder, die mit echten Tieren Wange an Flanke lebten und jederzeit lebendige Kälbchen und Lämmer streicheln konnten, weinten und heulten, weil sie keins aus Plüsch ergattern konnten. Im Nu waren die Sanitäterinnen sogar die Stifte in ihren Taschen los. Wie erstarrt standen sie inmitten des Chaos.

Kurz darauf kommandierten die Teenager aus dem Dorf – Dschamschid und seine Freunde – ihre jüngeren Geschwister nach Hause, scheuchten sie vom Hof oder zerrten sie sogar an den Ohren hinaus. Parvin erinnerte sich an den Tag der Identifikationsprozedur und fragte sich, ob die Jugendlichen auf diese Weise ihren Widerstand gegen die Amerikaner bekundeten oder zumindest deren Versuche unterbinden wollten, sich die Zuneigung der Kinder zu erkaufen.

»Parvin-*jan*, du solltest auch nach Hause gehen«, rief die Dai und machte sich von dannen.

Aber Parvin ging nicht zurück zu Wahids Haus. Sie musste Asis finden, weil sie Informationen und Trost brauchte. Er stand vor der Hofmauer der Klinik und rauchte wie üblich, und als er beim Anblick ihrer roten, verquollenen Augen mitfühlend den Kopf schräg legte, fing sie beinah wieder an zu weinen. Sie blieb stocksteif ein, zwei Meter von ihm entfernt stehen und beobachtete voller Neid, wie eine imaginäre andere Parvin, uneingeschränkt von Sitte, Tradition, Schicklichkeit oder Furcht, auf ihn zulief.

Dann begann Asis zu reden und hörte nicht mehr auf. Weil die Nachricht von dem Schusswechsel eingetroffen sei, als Colonel Trotter wegen eines Meetings in Kabul war, hatte Asis einen Captain zum Kontrollpunkt begleitet. Er erkannte das Auto sofort. Nasir und seine Mutter saßen drin. »Verlang nicht von mir, dass ich es beschreibe«, bat er Parvin, selbst so aufgewühlt, dass er zum Du überging. »Du willst diese Bilder nicht im Kopf haben; sie sind schlimmer, als du es dir vorstellen kannst.« Er selbst hatte diese Wahl nicht gehabt. Er steckte sich eine Zigarette nach der anderen an.

Als er den Soldaten sagte, wer die Insassen des Fahrzeugs waren, wurden sie panisch und defensiv. Alles sei so schnell gegangen, dass sie keine Zeit gehabt hätten, das Auto zu identifizieren, behaupteten sie und beharrten darauf, der Fahrer, wer immer er war, sei entschlossen gewesen, sie zu töten. Asis hörte sich an, wie ihre Geschichten Gestalt annahmen. Ihre Debatten darüber, wer dem Fahrer welche Befehle zugebrüllt oder ihm welche Handzeichen gegeben hatte, wie weit das Auto bei Eröffnung des Feuers entfernt gewesen war und welcher Soldat zuerst geschossen hatte, entwickelten sich allmählich zu einer einzigen Version, uneinnehmbar wie ein Bollwerk. Obwohl jeder von ihnen die

Momente unterschiedlich erlebt hatte, würden sie sie mit der Zeit alle gleich beschreiben.

Von den afghanischen Arbeitern holte Asis anderslautende Berichte ein. Wie oft in Afghanistan war es schwer, das unmittelbar Beobachtete von dem aus zweiter Hand zu trennen. Manche sagten, das Auto habe gebremst, andere, dass es trotz der Befehle anzuhalten, langsam weitergefahren sei. Ob die Befehle nicht nur auf Englisch, sondern auch auf Dari gegeben worden seien, wussten sie ebenso wenig zu beantworten wie die Frage, ob überhaupt Befehle ergangen seien. Ein Arbeiter behauptete, die Soldaten hätten Karten gespielt und seien von dem ankommenden Auto überrascht worden. Von dieser Möglichkeit, die ein Dienstvergehen nahelegte, hatte Asis Trotter bewusst nichts erzählt.

Die Soldaten hätten nicht aufgehört, nach Beweisen dafür zu suchen, dass sie im Recht waren. Doch bei der Untersuchung des Autos fanden sich weder Waffen noch Bomben. Nasirs Iris und Fingerabdrücke passten zu keinem bekannten Aufständischen. Es war klar, zumindest Asis, und er vermutete, einigen Soldaten ebenso, dass sie zwei absolut unschuldige Menschen getötet hatten. Natürlich waren die beiden in den Augen der Amerikaner nicht unschuldig, da sie Befehle nicht befolgt hatten. Folglich war das Ganze ein schrecklicher Irrtum, aber kein Fehler, was Asis nur schwer ertragen konnte. Wessen Land war es schließlich?

Gegen Abend, ganze acht Stunden nach der Schießerei, seien die Soldaten mit den Leichen und dem blutverschmierten Auto zum Stützpunkt zurückgekehrt. Er selbst habe nicht schlafen können, sondern immerzu an Dr. Jasmins Mann denken müssen, der sich bestimmt fragte, wo seine Frau und sein Sohn blieben. Nach muslimischer Tradition mussten sie so bald wie möglich beerdigt werden, idealerweise innerhalb von vierundzwanzig Stunden.

Sobald Trotter am nächsten Morgen zurückkam, sagte Asis ihm, seiner Meinung nach müsse man den Mann der Ärztin sofort benachrichtigen und ihm die Leichen übergeben. Es war ein unerfreuliches, verkrampftes Gespräch, denn der Colonel suchte offenbar noch immer nach Beweisen – oder hoffte vielleicht auch nur, welche zu finden –, die seine Soldaten entlasteten.

»Das hat er auch bei mir gemacht«, sagte Parvin.

Asis nickte. Die Gründe lägen natürlich auf der Hand – schlecht fürs Image, außerdem könnte es Vergeltungsschläge geben –, aber er habe auch den Eindruck gehabt, dass Colonel Trotter nicht wollte, dass seine Männer, von denen zwei erst seit wenigen Wochen hier stationiert waren, mit dieser Schuld leben mussten. Ihr Vorgesetzter zu sein bedeute unter anderem, dafür zu sorgen, dass sie ein reines Gewissen haben konnten. Wer könne ihm vorwerfen, dass er die Toten für Aufständische halten wolle? Zu rechtfertigen, dass seine Soldaten eine der wenigen Ärztinnen in der ganzen Provinz und ihren Sohn erschossen hatten, sei schwer.

Doch Asis blieb dabei, dass man die Tatsachen nicht verdrehen dürfe, weder, was den Vorfall selbst anging, noch, wer Dr. Jasmin und Nasir seien. »Sie wissen, dass Nasir kein Aufständischer war«, hatte er zu Trotter gesagt. »Sie wissen auch, dass sie keine war. Sie müssen es der Familie sagen und alles dafür tun, dass sie angemessen bestattet werden können.« So vehement hatte er Colonel Trotter noch nie Kontra gegeben, und er sah dem Gesicht des Amerikaners an, dass der das nicht unbedingt schätzte. Doch Asis erinnerte ihn daran, dass er selbst ihn immer aufgefordert habe, nicht nur die Sprache, sondern auch die Kultur zu übersetzen. Dem Mann der Ärztin die Leichen zu übergeben und einzugestehen, dass Unrecht geschehen war, würde die Situation nicht besser machen, vielleicht aber dafür sorgen, dass sie nicht noch schlimmer wurde.

Zunächst erhob Colonel Trotter Einwände, dann aber tat er das Richtige und ließ Asis den Ehemann anrufen. Für Asis war das lange Schweigen in der Leitung wie ein Schlag in die Magengrube. Als Dr. Jasmins Mann die Leichen seiner Frau und seines Sohnes abholte, erzählte Asis ihm, was er wusste. Wie Parvin erwartet hatte, war der Ehemann ein gebildeter, würdevoller Mann. Er stand offenbar vollkommen unter Schock, vor allem, als Colonel Francis Trotter sich im Namen der Vereinigten Staaten bei ihm entschuldigte.

Am nächsten Tag habe Colonel Trotter auf Rat des Provinzgouverneurs entschieden, der Familie der Ärztin eine Entschädigung zukommen zu lassen, berichtete Asis. Siebenundzwanzigtausend Dollar und drei Schafe. Asis wurde losgeschickt, die Schafe zu kaufen, was ihm sehr gegen den Strich ging. Schließlich kam er aus Kabul und hatte keine Ahnung von Vieh. Der Colonel war derjenige, der auf einer Farm aufgewachsen war.

Zwei Soldaten begleiteten Asis zum Basar. Auf dem Weg dorthin kamen sie an einem Hirten mit seiner Schafherde vorbei. Asis fragte ihn, ob es heute Schafe auf dem Basar gebe und worauf er achten solle, wenn er welche kaufte.

Beim Anblick der Soldaten bekam der Hirte leuchtende Augen. Offenbar freute er sich schon darauf, ein ganzes Bataillon mit Hammel- und Lammfleisch zu beliefern. Als er erfuhr, dass nur drei Tiere gebraucht wurden, sah er ein bisschen enttäuscht aus, fing sich jedoch schnell und sagte, Asis solle seine kaufen.

»Die Besten«, erwiderte Asis.

»Zum besten Preis«, sagte der Hirte. Und beide wussten, der würde horrend sein.

Asis erklärte den Soldaten, dieser Mann habe die besten Schafe in der Provinz, und wenn sie die Tiere gleich hier und nicht auf dem Basar kauften, würden sie billiger davonkommen, obwohl ihm klar war, dass der Preis die Soldaten nicht interessierte. Sie wollten die Sache so schnell wie möglich hinter sich bringen. Noch vor einem Monat wäre es für sie ein Spaß gewesen, übers Land zu juckeln und Witzchen über Schafe zu reißen. Aber wegen der Anschläge auf der Straße und am Kontrollpunkt, der tödlichen Gefahr, in der sie sich glaubten, waren ihre Nerven aufs Äußerste angespannt und sie wollten nur zum Stützpunkt zurück. Obwohl der Hirte mit seiner zerschlissenen Kleidung, seinen Plastikklatschen, seiner schmutzigen Pakol-Mütze und der über die Schulter geschlungenen alten Decke aussah wie die meisten afghanischen Männer, musterten sie ihn misstrauisch und stimmten dem Handel sofort zu.

Asis begutachtete die kleine Herde, fuhr mit der Hand in die schmutzig-braune Wolle, um Muskeln und Fett darunter zu ertasten, spähte in ihre Ohren und bat den Hirten, ihm die Zähne zu zeigen und die Beine der Tiere anzuheben, damit er sich die Hufe ansehen konnte. Er wusste, dass er diese Show für die Soldaten abzog, hätte aber nicht sagen können, wieso eigentlich. Die amüsierten sich offenbar ebenso darüber wie über die Feilscherei, die losging, sobald er drei Tiere ausgewählt hatte.

Als er ihnen schließlich den Preis nannte, einen Betrag, mit dem der Schäfer seine Familie drei Monate lang ernähren konnte, lachten sie. Da hatten ihre Oakley-Sonnenbrillen ja mehr gekostet. Die Schafe wurden in den M-ATV geladen. Sie stanken, wie Schafe das eben an sich haben, und als eines dann auch noch kötelte, fluchten die Soldaten wie wild.

Am selben Nachmittag wurden die Tiere samt Geld und einer formelleren Entschuldigung den trauernden Hinterbliebenen überbracht. Colonel Trotter nahm Asis nicht mit. Bis dahin hatte er seinen Dolmetscher überallhin mitgenommen.

26. Kapitel

Blut mit Blut waschen

Während Parvin sich mit Asis unterhielt, schaute sie hin und wieder zu Trotter hinüber, der neben den M-ATVS in ein hitziges Gespräch mit einem Captain und seinem Nachrichtenoffizier vertieft war. Immer wieder schweifte sein Blick unruhig über die Berge und zurück zur Klinik, dann wandte er den Kopf, um den Basar und vermutlich auch die weiter entfernten Getreidefelder und das Tal ins Visier zu nehmen. Sein Blick fiel auf alles, außer auf sie, was sie als Bestätigung der Schuldgefühle nahm, die er hoffentlich empfand. Es war ihr ein absolutes Rätsel und machte sie wütend, dass er, selbst nachdem er der Familie der Ärztin eine Entschädigung gezahlt hatte, immer noch nach Möglichkeiten suchte, seine Männer von jeder Schuld reinzuwaschen.

»Elvis, wo zum Teufel sind die alle?«, rief ein herbeikommender Soldat. »Wo sind die Dorfbewohner?«

Es war Boone, der sich damals vor dem Haus des Khans über die Tapeten ihrer Mutter mokiert hatte. Bei ihm war Reyes, der sie gewarnt hatte – hellsichtig, dachte sie jetzt –, dass es schwer werden würde, von hier wegzugehen.

Kein Einziger der Dorfbewohner war mehr da, bemerkte nun auch Parvin, und ihr wurde flau im Magen. Lediglich sie, Asis und die Amerikaner waren noch hier.

Auch Asis fiel es auf. »Sie sind alle nach Hause gegangen«, sagte er ein wenig alarmiert. »Warum sind wir noch hier? Worauf warten wir?«

»Darauf, dass sie uns fertigmachen«, sagte Boone.

Wie Trotters Augen waren auch seine in ständiger Bewegung, und Parvin verstand, dass Trotter nicht ihr ausweichen wollte, sondern nur besonders wachsam war.

Vorläufig säßen sie hier fest, erklärte Reyes. An der Abzweigung von der Hauptstraße habe es einen Anschlag gegeben, und sie müssten warten, bis die Stelle wieder passierbar sei.

»Verdammte Scheiße, wir hätten fliegen sollen«, sagte Boone.

»Bei dem Nebel?«, erinnerte Reyes ihn.

»Nebel? So ein Schwachsinn«, sagte Boone. »Die wollten den Afghanen doch nur zeigen, dass die Straße uns gehört. Dass wir der Boss sind. Aber gezeigt haben sie bloß, dass wir Vollidioten sind.«

»Was nicht weiter schwer ist«, gab Reyes zurück und schlug vor, dem Captain zu sagen, Elvis sei der Meinung, sie säßen in der Scheiße. Die beiden Soldaten schlenderten in Richtung der M-ATVs davon. »Now, that don't kill me / can only make me stronger«, rappte Reyes leise mit den Lyrics von Kanye West, aber Boone wechselte lauter, als wolle er eine Gefahr bannen, über zu Eminems: »›There's vomit on his sweater already, Mom's spaghetti / He's nervous, but on the surface he looks calm and ready ...‹«

»Mom's Spaghetti« ging Parvin immer noch im Kopf herum, als die ersten Schüsse fielen. Obwohl sie an den Anblick von Schusswaffen gewöhnt war, hatte sie noch nie einen Schuss gehört und reagierte viel zu langsam. Ihre Rettung war, dass sie dicht an der schützenden Hofmauer stand und

Asis sie zu Boden stieß und sich mit seinem im Schutzanzug steckenden Körper auf sie warf. Vage hatte sie das Gefühl, er hätte ihr die Rippen gebrochen. Sie blieben an der Mauer liegen, während die Soldaten auszumachen versuchten, wo die Angreifer steckten, das Feuer dann erwiderten und Hunderte von Schüssen auf die Klinik abgaben. Der Angriff kam vom Dach, vielleicht der einzigen Stelle, mit der Trotter nicht gerechnet hatte.

Latifa!, dachte Parvin entsetzt, während Kugeln gegen die Wände des Gebäudes prasselten und Fensterscheiben zerbarsten. Das Baby! Hoffentlich war Latifa vernünftig genug, sich das Kleine zu schnappen und sich mit ihm unter dem Bett zu verstecken. Falls die beiden diese erste Attacke überhaupt überlebt hatten.

»Wir müssen hier weg!«, schrie Asis Parvin ins Ohr. Geschosse pfiffen durch den Staub um sie herum und prallten an der Mauer über ihnen ab. »Komm!«

Er robbte weg, Parvin nicht. Sie konnte nicht. Stattdessen drückte sie sich mit dem Gesicht zur Mauer der Länge nach dagegen und betete, dass sie nicht getroffen würde. All ihre Sinne waren geschärft, doch ihre Muskeln wie gelähmt. Dann hüllte eine gelbe Rauchwolke alles ein, und jemand zog sie am Mantel weg wie einen Sandsack. Sie schloss die Augen und überließ sich widerstandslos, beinahe gelassen, dem Weggezerrtwerden, obwohl der steinige Boden ihr das Gesicht aufschürfte und durch die Kleidung hindurch sogar die Haut ihres Körpers aufscheuerte. Als sie die Augen wieder öffnete, lag sie hinter einem der M-ATVs, Asis hatte sie in Sicherheit gebracht.

Wie in einem Traum mit seinen intensiven Farben und seiner verlangsamten Zeit sah Parvin, dass sie auf einer provisorischen Krankenstation war, wo die »Patienten« nebeneinander auf der nackten Erde lagen. Links von ihr kümmerte sich Charlie um einen Soldaten, dessen Blut seine Uniform und den Boden unter ihm durchtränkte, was das gespenstische Bild der verblutenden Latifa vor Parvin wiedererstehen ließ.

»Ich verblute! Ich sterbe, ich sterbe!«, schrie der Soldat. »Verdammt, ich verblute.«

»Pssst, ganz ruhig, alles wird gut«, beschwichtigte Charlie ihn.

Rechts von sich hörte Parvin: »Morphium, Morphium!«, und als sie sich zu dem Stöhnenden umdrehte, sah sie einen Soldaten, dem ein Stück Gesicht weggerissen worden war. Ihr wurde übel, die Knie wurden ihr weich. »Morphium«, sagte er noch einmal, als wolle er sich mit dem Wort am Leben festhalten. Parvin konnte nicht glauben, dass er noch atmete, geschweige denn sprechen konnte. Sie sah ihn an, sah in die hellen Augen, die auf- und zuflatterten wie Flügel in Zeitlupe. Es war Boone.

»Du hast das Morphium bekommen, in einer Sekunde fängt es an zu wirken. Drück meine Hand!«, drängte Mandy. »Bleib hier! Bleib bei mir! Verdammt nochmal, drück, drück fester!«

Innerlich drängte Parvin mit.

Staub stob auf. Ein Soldat kam angerannt. Es war Reyes, der seinen blutenden Arm umklammerte. »Jemand, irgendjemand, muss ihm einen Druckverband anlegen!«, rief Mandy. Aber als ein Soldat es versuchte, rempelte Reyes ihn beiseite. »Boone, hörst du mich? Ich bin's!«, rief er. »Du hast nur noch sechzehn Tage, Mann. Sechzehn gottverdammte Tage! Gib jetzt bloß nicht auf. Ich hätte dir sagen sollen, warum man nicht zählen soll: Weil es Pech bringt, Pech! So eine Scheiße passiert immer kurz vor dem Ende. Aber du bist schon so gut wie zu Hause –« Er weinte inzwischen, weil er in dem, was von Boones Gesicht übrig war, das Gleiche gesehen hatte wie Mandy: Seine Augen hatten sich nach hinten verdreht. »Kämpf, Boone, wehr dich!«, sagte er durch zusammengebissene Zähne, aber Mandy, die Boone mit dem Stethoskop abgehorcht und nichts gehört hatte, rief schon nach einem Leichensack. Jetzt weinte Reyes hemmungslos. Mandy tätschelte ihm tröstend den Rücken und legte ihm dann, ohne dass er es auch nur merkte, den Druckverband um den Arm.

Parvin zitterte wie Espenlaub. Sie war dabei gewesen, als ihre Mutter starb, hatte ihre Hand gehalten, als es so weit war. Ihre Mutter hatte ein wenig rasselnd geatmet, aber das war im Vergleich zu dem hier friedlich gewesen. Sie war über eine Grenze geschritten, Boone war hinübergeschleudert worden.

In diesem Augenblick ging kaum mehr als zehn Meter von ihnen entfernt ein M-ATV mit lautem Knall in Flammen auf. Die Hitze war so stark, dass sie Parvins Augenbrauen versengte. Aus dem M-ATV drangen Schreie, der Fahrer verbrannte bei lebendigem Leib. Um sie herum schrien Männer Worte, die sie nicht verstand – »Scheiß-indirekte... Wo, verdammte Scheiße, bleiben die aus der Luft?« –, während sie zu erkennen versuchten, aus welcher Richtung die Panzerfaust gekommen war. Richtschützen in den anderen M-ATVs schossen Granaten auf die Berge ab, als Trotter aus dem Qualm auftauchte und in die vermutete Richtung deutete.

In den nächsten Sekunden verlangsamten sich Parvins Gedanken mit schmerzlicher Klarheit und voller Bedauern. Alles, was sie falsch gemacht hatte, türmte sich vor ihr auf, insbesondere, dass sie den Brief ihres Vaters ignoriert hatte, in dem er sie anflehte, nach Hause zu kommen. Warum hatte sie nicht auf ihn gehört? Sie malte sich aus, wie er und Taara die Nachricht von ihrem Tod erhielten, und das nur so wenige Jahre nach dem ihrer Mutter. Schon aus diesem Grund, beschloss sie, musste sie überleben – sie durften nicht noch einen Verlust erleiden. Schluss mit Passivsein; von wegen aufgeben!

Trotter brüllte Befehle. »Mehr Rauch! Alle Mann zur Moschee!«

»Vorsicht! Vorsicht!«, mahnten die beiden Sanitäterinnen, als sie und zwei weitere Soldaten sich anschickten, die Toten und Verwundeten fortzuschaffen.

Dann legte sich erneut gelber Qualm über alles. Eine weitere Rauchgranate. Parvin sah nichts mehr und blieb stehen. Um sie herum knallten Schüsse, riefen Stimmen. Jemand schrie ihren Namen.

»Asis?«, rief sie zurück.

»Wo ist die Moschee?«, fragte er mit einem Anflug von Panik in der Stimme. »Ich hab keine Ahnung, wo sie ist.«

»Folg meiner Stimme«, erwiderte sie, plötzlich selbstsicher. Sie kannte das Gelände zwischen Klinik und Moschee besser als alle anderen um sie herum. Durch den Rauch wurden undeutliche Formen sichtbar – andere Soldaten, aber auch Bäume, die sie kannte. Langsam krochen sie und Asis auf allen vieren zur Moschee.

Auf dem Hof davor versuchte sie, durchzuatmen, ihre Lungen brannten vor Qualm und Rauch. Vielleicht aus Respekt suchten die Soldaten, etwa ein Dutzend, plus die Sanitäterinnen mit den Toten und den zwei Verwundeten, plus Parvin und Asis, nicht Zuflucht in der Moschee selbst, sondern begnügten sich mit dem Schutz, den sie auf dem kleinen Hof mit der kläglichen Mauer fanden. Parvin, die Asis zu ihrem Beschützer erkoren hatte, hielt sich dicht an ihn. Ringsum starrten rauchgerötete Augen aus rußigen Gesichtern. Zwei auf dem Bauch liegende Soldaten richteten ihre Waffen auf den Hofeingang, bereit, jeden, der näherkam, über den Haufen zu schießen. Andere zielten über die niedrige Mauer oder versuchten, die Risse darin zu verbreitern. Die Moschee wurde zur provisorischen Festung. Bis auf gemurmelte Befehle und Flüche wurde nicht gesprochen.

Dann knatterten in der Ferne Rotorblätter, und die Soldaten lächelten vorsichtig und reckten stumm triumphierend die Fäuste. Zwei Apache-Kampfhubschrauber – kleiner, dunkler, fieser als der Hubschrauber, der die Ärztin und ihren Sohn immer ins Dorf gebracht hatte – schwebten in Sicht.

»Macht die verdammte Klinik dem Erdboden gleich«, grummelte ein Soldat.

Latifa!, erinnerte sich Parvin und schrie: »Nein!« Sie kroch das kurze Stück zu Trotter, der neben dem Funker in einer Ecke kauerte, und sagte ihm, eine Frau und ihr Neugeborenes seien in der Klinik. »Wenn Sie die Klinik beschießen, töten Sie sie. Sie können nicht noch mehr unschuldige Menschen –«

Trotter schnitt ihr mit einem so wütenden Blick das Wort ab, als wünschte er, die Apaches würden stattdessen sie umnieten. Ihr kam es vor, als überlege er ewig, dabei konnten es nicht mehr als ein paar Sekunden gewesen sein. »Negativ, die Klinik nicht«, sagte er zu seinem Funker, der nach kurzem Zögern den Befehl weitergab. Ein allgemeines »Fuck!« ertönte.

Dann kamen Schüsse aus der Moschee direkt hinter ihnen. Alle warfen sich wieder zu Boden, und Trotters Männer nahmen das Gebäude unter Beschuss. Wieder griff Asis nach Parvins Hand, und sie robbten durch den Staub des Hofs zum Tor und rannten von dort aus gebückt zum etwa fünfzehn Meter entfernten Basar, wo sie in der Schmiede, die sie als Erstes erreichten, Deckung suchten. Schüsse prasselten wie brennendes Holz, dazwischen gab es seltene spannungsgeladene Pausen. Parvin, die geradezu euphorisch war, weil sie offenbar den schlimmsten Teil des Ganzen überlebt hatten, lachte unvermittelt auf. Asis brachte sie mit einem Blick zum Schweigen.

Da kam plötzlich ein klapperdürrer junger Aufständischer mit struppigem Bart und einer AK-47 in die Schmiede gerannt. Asis trug zwar Uniform, war aber unbewaffnet. Überrascht starrten sich die beiden Männer an.

»Die Apaches werden jeden Augenblick hierherkommen«, sagte Asis auf Dari. »Wir müssen weg.«

Fast slapstickartig rannten die drei gleichzeitig los, der Aufständische in die eine Richtung, Asis und Parvin in die andere, hinunter zu den Feldern. Sie krochen darüber, von Disteln zerkratzt, von Insekten zerstochen. Spröde Stoppeln zerbröselten unter ihrem Gewicht und stachen ihnen in die Beine. Staub und Spreu kitzelten Parvin in der Nase, und sie musste niesen.

Schließlich erreichten sie die Reihe der Pappeln mit ihrem wenigen verbliebenen, gelb leuchtenden Laub und suchten dort Schutz. An einen dünnen Stamm gelehnt, saßen sie mit ausgestreckten Beinen nebeneinander. Schweißnass begann Parvin in der Kälte zu bibbern. Ihr Knöchel, den sie sich wohl verrenkt hatte, puckerte, ihre Rippen schmerzten, ihr Hals brannte vor Rauch. Sie betrachtete den silberweißen Baumstamm neben sich. Seine Astlöcher sahen aus wie wachsame Augen.

In der Ferne, ein gutes Stück den Pfad hinauf, schwebten die Apaches über dem Dorf. Dann feuerte einer von ihnen immer und immer wieder in den Basar, die Einschläge und Explosionen erfolgten im Sekundentakt. Rauch stieg auf. Das Getöse tönte durch das Tal, zerschlug die Stille. Der andere Hubschrauber jagte fliehende Aufständische. Asis und Parvin hielten sich schweigend an den Händen, während fliehende Männer auf den Feldern niedergemäht wurden, stolperten, fielen. Bald regte sich am Boden nichts mehr.

Parvin räusperte sich. Hatte sie überhaupt noch eine Stimme?

»Alles okay?«, fragte Asis.

»Ich hab totale Angst.«

»Ich auch.«

Lange saßen sie ohne zu sprechen da.

»Ist das in Ordnung?«, fragte Asis dann und drückte ihre Hand, die er immer noch umklammert hielt.

»Ja«, sagte sie.

Sie wusste nicht, wie viel Zeit verging. Sie bemaß sie einzig an den Ereignissen, die – in unregelmäßigen Abständen – folgten. Die Apaches kreisten noch eine Weile, feuerten ein paar weitere Geschosse in den Basar und zogen dann ab. Parvins innerem Auge blieben sie eingeprägt.

Sie und Asis fingen an zu reden, hielten aber oft inne, um auf Schritte oder Stimmen zu horchen. Nichts.

»Mir hat Boone oft leid getan«, begann Asis. »Er hat einfach ständig das Falsche gesagt. Aber er war so jung – vielleicht wäre er da noch rausgewachsen. Reyes musste Boone mit seinem großen Mundwerk die ganze Zeit vor Ärger bewahren, ihn vor sich selbst schützen. Und vor Kirby! Aber egal. Reyes war wie ein großer Bruder für Boone, er hat immer auf ihn aufgepasst. Sein Tod muss ihn wie der eines Bruders getroffen haben. Er fühlt sich bestimmt verantwortlich, weil er seinen Freund nicht beschützen konnte.

Das habe ich oft erlebt. Dass die Überlebenden denken, eigentlich hätten sie sterben sollen.«

Parvin dachte an den Brief, den Trotter an Boones Familie schreiben würde. Zweifellos würde er dessen Heldenmut hervorheben, das Opfer, das er für sein Land gebracht hatte. Auf eine Weise war das genauso fiktiv wie alles, was Gideon Crane geschrieben hatte. Boones Dümmlichkeit und seine dreckige Ausdrucksweise würden nicht zur Sprache kommen, auch nicht die Absurdität seines Todes, niedergestreckt, als er dahinschlenderte und mit seinem Freund rappte. In dem Brief würde auch nicht stehen, dass Boone vor seinem Tod Angst gehabt hatte, dass er gespürt hatte, was auf ihn zukam. Die Wahrheit über das Sterben in einem weit entfernten Krieg war sowohl heilig als auch geheim, dachte Parvin. So viele Zeugen – Kommandeure, Kameraden, unzählige Afghanen – trugen dieses Wissen in sich, würden es aber für sich behalten. Wie sehr wahrscheinlich auch sie.

»Wofür sind sie gestorben?«, fragte sie Asis. Egal, was Trotter den Familien der Männer erzählen würde, könne man doch schwerlich eine Verbindung zwischen dem Sterben in diesem Dorf und der Notwendigkeit ziehen, Amerika zu schützen. Waren sie also gestorben, um Afghanistan zu schützen?

Asis gab einen Laut des Verstehens von sich: »Das ist die Frage. Ich weiß, dass ich nicht für das Land eines anderen sterben möchte. Ehrlich gesagt will ich nicht mal für mein eigenes sterben. Ich bin nicht mutig.« Aber bevor die Amerikaner hier aufgetaucht seien, habe es hier nichts zu verteidigen gegeben. Das wusste Asis so gut wie jeder andere. »Wirst du jetzt gehen?«, fragte er.

Die Frage überraschte sie. »Nein«, antwortete sie.

»Weil du die Wahl hast«, sagte er, zog seine Hand aus ihrer

und kratzte sich im Gesicht. Ihre Hand fühlte sich plötzlich nackt an.

»Wie meinst du das?«

»Ich meine, dass du nicht daran denkst, wegzugehen, weil du weißt, dass du es jederzeit könntest. Ich kann das nicht, deshalb denke ich ständig darüber nach, zu gehen – weg von diesem Job, weg aus diesem Land.« Seine Worte klangen wie leicht dahingesagt, als sei das alles ein amüsantes Paradox, doch sein Gesicht, das sie im Profil sah, war ernst.

Sie schluckte. »Und wieso kannst du nicht gehen?«, fragte sie.

Weil es keinen Weg hinaus gebe, erwiderte er. Für einen Afghanen sei es nicht leicht, für irgendein Land ein Visum zu bekommen, nicht einmal für Amerika, nicht einmal, wenn man, so wie er, seit vielen Jahren für die Amerikaner arbeite. Es gebe zwar seit Neuestem »besondere Einwanderungsvisa« für Leute, die wegen ihrer Tätigkeit für die Amerikaner gefährdet seien, doch es würden nur fünfzehnhundert im Jahr ausgestellt und man brauche ein Schreiben seines Vorgesetzten, das einem »loyale und wertvolle Dienste« für die Regierung der Vereinigten Staaten bescheinigte. Und er sei sich nicht sicher, ob Colonel Trotter ihm so ein Schreiben ausstellen werde. Er sei immer noch verärgert, weil Asis ihn in dem Glauben belassen hatte, alles in Cranes Buch sei wahr: die niederträchtige Geschichte über Amanullah, selbst die Geschichte über Fereschtas Tod. Seit er habe zugeben müssen, dass er das Buch gar nicht gelesen hatte, sei das Vertrauen des Colonels in ihn gründlich erschüttert. Das also war der Ärger, von dem Asis gesprochen hatte.

Und dann habe er sich zudem wegen des Todes der Ärztin und wie der Colonel damit umging, mit ihm angelegt. Zum ersten Mal habe er Trotter nicht nach dem Mund geredet.

Auf seine Art war er also durchaus mutig gewesen, dachte Parvin. Er hatte Trotter die Stirn geboten, obwohl er wusste, was es ihn kosten konnte.

Nun fragte er, ob sie im Radio von dem Luftangriff bei Kundus gehört habe? Ja, hatte sie. Auch von dem Journalisten, der dort eigene Ermittlungen anstellen wollte und von den Taliban gekidnappt worden war?

Ja, erwiderte sie, aber der sei doch gerettet worden.

Ja, er sei gerettet worden, von der britischen Armee, weil er einen britischen Pass hatte, sagte Asis, doch sein Dolmetscher, anscheinend ein wundervoller Mensch von feinstem Charakter, aber nur mit einem afghanischen Pass, sei im Lauf der Rettungsaktion umgekommen, und man habe seine Leiche einfach liegen lassen, als sei er kein anständiges Begräbnis wert, als habe er es nicht verdient. Leute aus den Dörfern hätten den Leichnam geborgen und dafür gesorgt, dass er seiner Familie überbracht wurde.

Zum Teil wegen dieser Vorgänge, fuhr Asis fort, habe er nach dem Tod der Ärztin so heftig mit Colonel Trotter gestritten. Da habe man Dr. Jasmin und Nasir zwar nicht mehr retten können, doch selbst im Tod hätten sie es verdient, genau wie die Amerikaner als Menschen behandelt zu werden. Während des Feuergefechts eben habe er an diesen Dolmetscher denken müssen – an ihn und daran, dass Parvin nichts passieren dürfe.

Sie griff wieder nach seiner Hand und schob ihre Finger durch seine. Haltlos, brauchten sie beide festen Halt.

Vor die Frage gestellt, ob ein afghanisches Leben weniger wert sei als ein amerikanisches, würde Colonel Trotter das immer verneinen. Aber natürlich müsse er amerikanische Leben höher bewerten, genauso wie die Soldaten geglaubt hätten, im Recht zu sein, als sie auf Dr. Jasmins Auto schossen, um sich selbst zu schützen. Das liege in der Natur von Kriegen. Von Nationen. Von Besatzungen. »Wenn ich erschossen würde, würde irgendjemand daran denken, mich mitzunehmen? Oder würden sie mich einfach liegenlassen?« Das sei seine Angst, dass, wenn es hart auf hart käme, sein Leben weniger wert sein werde als das der Soldaten, von denen manche ihn Bruder nannten.

»Aber an dem Tag, an dem ich dich kennengelernt habe, hat Trotter gesagt, dass du mehr Einsätze miterlebt hast als all seine Soldaten. Dass du Streifen für Auslandskampfeinsätze bekommen müsstest. Er schätzt deine Arbeit sehr.«

»Du bist Amerikanerin, dich würden sie retten.« Mehr sagte Asis nicht. Und Parvin wusste nichts darauf zu erwidern. Sie wollte nicht, dass der Pass, den sie besaß, ihr Leben wertvoller machte.

Irgendwann landete ein Hubschrauber weit weg auf dem Feld des Khans.

»Rettungshubschrauber«, sagte Asis.

Sie verließen ihren Baum und gingen auf ihn zu. Soldaten sprangen heraus und liefen mit Tragen zum Basar und zur Moschee. Zurück kamen sie mit den Verwundeten und zwei schwarzen, anonymen Leichensäcken, Vorstufe der flaggengeschmückten Särge, in denen Boone und der tote M-ATV-Fahrer nach Hause zurückkehren würden. Die Säcke hatten Tragegriffe, und Parvin bewunderte die damit verbundene Weitsicht, wie sie es bitter formulierte, weil sie dadurch nicht an die Toten denken musste, die in den Säcken lagen. Bemerkenswert an dem, was der Krieg hervorbrachte, war, dass er dem individuellen Sterben die Bedeutung nahm, die Toten wurden Nummern. Diese Soldaten waren wie die Ärztin und ihr Sohn Staubflocken, die im wechselnden Licht verschwinden würden.

Nicht jedoch für ihre Verwandten und Freunde. Dr. Jasmin und Nasir würden niemals von ihrer Familie vergessen werden, Boone nie von seinen Freunden. Geschwächt vom Blutverlust, die Kugel noch im verbundenen Arm, bestand Reyes darauf, Boones Leichnam zu eskortieren. Auch Kirby und Vance gingen mit, spontane Sargträger ohne einen Sarg zum Tragen. Ihr Blick war leer vor Kummer, und Parvin begriff, wie viel Zuneigung hinter ihrem rauen Umgang miteinander gesteckt hatte.

Der Hubschrauber wurde mit seiner lebenden und toten menschlichen Fracht beladen. Nach ein paar Rufen, die im Rotorenlärm untergingen, hob er ab. Charlie begleitete die Verwundeten, zu denen auch Reyes gehörte, außerdem der Soldat, der gedacht hatte, er verblute, er werde sterben. Aber unfassbar für Parvin, lebte er. Bis jetzt jedenfalls hatten die Sanitäterinnen ihn am Leben gehalten.

Mandy war geblieben, um eventuell verletzten Dorfbewohnern zu helfen, aber alle wussten, dass es keine gab. Als sie Parvins Humpeln bemerkte, bot sie ihr an, sich den Knöchel anzuschauen, und sagte – nachdem sie so ausgiebig darauf herumgedrückt und daran herumgedreht hatte, dass Parvin vor Schmerzen aufstöhnte –, er sei nur verstaucht, sie solle ihn hochlegen und Eis darauf tun. Parvin war ihr zwar dankbar, hätte ihr aber trotzdem am liebsten eine reingehauen. Wo, glaubte sie, sollte sie hier Eis herbekommen?

Trotter hatte bereits den Befehl gegeben, im Dorf einen Gefechtsvorposten einzurichten. Der Krieg war gekommen, um zu bleiben. Selbst jetzt sah Parvin noch vor sich, wie Trotter zum ersten Mal unbekümmert über die Felder gestapft war und Wahid zur Begrüßung zugewinkt hatte. Wie schnell sein optimistischer Glaube an sein Vorhaben auf den Widerstand der Dorfältesten gestoßen war. Hatten sie das hier kommen sehen? Hatten sie, als sie sagten, sie wollten keine besser ausgebaute Straße, eigentlich gemeint, dass sie den Krieg nicht wollten, von dem sie wussten, dass er den Amerikanern folgen würde? Als Parvin Wahid einmal gefragt hatte, wie sich das Dorf seit Crane verändert habe, hatte seine Antwort bloß gelautet: »Bevor die Amerikaner kamen, waren wir nichts. Dieses Dorf hat niemanden interessiert.«

Binnen einer Stunde landete ein Chinook-Transporthubschrauber auf dem Feld des Khans, und ein Trupp frischer, mit Adrenalin und Angriffslust vollgepumpter Soldaten sprang heraus. Die angeschlagenen Überlebenden des Kampfs stiegen der Reihe nach ein. Sie hatten gesiegt, schleppten sich aber dahin wie Besiegte. Was bedeutete Siegen, wenn zwei ihrer Brüder ihr Leben verloren hatten und die ganze Zerstörungskraft, derer eine Supermacht fähig war, sie nicht wieder lebendig machen konnte? Man konnte das Gefecht als noch so bravourös beschreiben, die aschfahlen, schwer mitgenommenen Gesichter der beteiligten Soldaten straften diese Beschreibung Lügen.

Trotters Gesicht war verkrustet von schwarzem Ruß und weißem Staub. Nur da, wo Schweiß geronnen war, sah man rote Haut. Er war Wahid ähnlicher, als sie bisher gedacht hatte – wie ein Vater verantwortlich dafür, dass seine Schutzbefohlenen am Leben blieben. Die Chancen dafür standen allerdings schlecht, im Krieg wie in Armut. Mit tieftraurigem Gesicht sah Trotter dem abfliegenden Chinook nach. Doch nur wenige Momente später wich dieser Ausdruck etwas Härterem. Er hatte immer noch einen Krieg zu führen und schien nach den heutigen Verlusten doppelt entschlossen, ihn zu gewinnen.

»Es tut mir so leid«, sagte Parvin. »Ich habe mich mit Boone unterhalten – er war ein toller Junge, glaube ich.« Die

Bezeichnung »Junge« klang aus ihrem Mund komisch, da Boone höchstens zwei Jahre jünger war als sie. »Junger Mann«, korrigierte sie sich.

»Ja«, erwiderte Trotter. »Nicholson auch. Beides prima Jungs.« Nach einem Moment des Schweigens fügte er hinzu: »Wir sind geradewegs in ihre Falle getappt.« Ohne sie anzusehen, fragte er: »Würden Sie immer noch sagen, die Leute hier haben sich nicht für eine Seite entschieden?« Er kannte die Antwort. Selbst jetzt, da der Kampf vorbei war, ließ sich kein einziger Dorfbewohner blicken.

»Sie haben sich fürs Überleben entschieden«, sagte sie mit einem Kloß im Hals. Aber Trotter hatte sich schon abgewandt und marschierte über die Felder zum Basar, gefolgt von Asis und den frisch eingetroffenen, aufgeregten neuen Soldaten.

Als der Colonel zu den Leichen auf den Feldern gerufen wurde, humpelte Parvin hinter ihm her. Die blutigen, grässlich anzusehenden Überreste der Aufständischen waren von den Monsterkugeln der Apaches geradezu zerfetzt worden. Trotter gab Anweisung, ihnen wenn möglich die Augen zu schließen.

Parvin musste würgen. Ob der junge Mann aus der Schmiede unter den Leichen war? Sie sah fragend zu Asis hinüber, und als könne er ihre Gedanken lesen, schüttelte er unmerklich den Kopf. Nein, er war nicht hier. Wahrscheinlich hatte das Zusammentreffen mit ihnen ihm das Leben gerettet.

Sie gingen von den Feldern zum Basar. Riesige Löcher klafften in Wänden und Dächern der Läden, die noch standen. Der Rest war dem Erdboden gleichgemacht worden. Hier und da lagen weitere, seltsam verrenkte Leichen. Die Welt, die Parvin kennengelernt, die Welt, die sich, wie sie gemeint hatte, fest in ihr eingeschrieben hatte, existierte nicht mehr. Es gab nur noch Schutt und Asche.

»Die Läden«, rief sie unglücklich.

»Sie bauen sie wieder auf«, erwiderte Trotter. Die Afghanen seien unverwüstlich und die Bauweise sei ja nicht gerade kompliziert. Vielleicht werde das Ganze als Mahnung dienen, dass man nichts gewinnen konnte, wenn man dem Feind Unterschlupf gewährte. Manchmal müsse man den Fortschritt versuchen, um zu sehen, wer dagegen sei. »Wir haben diesen Kampf nicht gewollt«, sagte Trotter. »Wir sind gekommen, um eine Straße zu bauen. Nicht wir haben den ersten Schuss abgegeben. Aber Sie können sicher sein, dass wir den letzten abgeben werden.«

Plattitüden verleihen einem eine gewisse Überlegenheit, dachte Parvin, und das ist verführerisch, wenn sich die Dinge zum Schlechteren wenden. Später würde sie das »Kevlar-Gerede« nennen – Sprache, die klang, als sei sie zusammen mit den Uniformen und der Körperschutzpanzerung ausgegeben worden, um ihre Träger vor existenziellen Fragen zu schützen. Vor Zweifeln. Selbst Trotter, der Philosoph, der klassisch Gebildete, war nicht vor dieser Sprache gefeit.

Die Klinik – jenes weiß-leuchtende Gebäude – hatte in dieser erdfarbenen Landschaft immer ausgesehen wie eine Pille, die Gott aus der Tasche gerutscht war. Jetzt übersäten Einschusslöcher die Mauern wie Pockennarben, kaputte Fenster klafften, auf dem Hof glitzerten Glasscherben. Trotter versprach, Pioniere würden sich um die Reparaturarbeiten kümmern, und es ärgerte Parvin, dass ihm Cranes quasi nutzloses Gebäude wichtiger war als die Läden der Dorfbewohner.

Sie sagte, sie müsse unbedingt nach Latifa sehen, und stakste vorsichtig über die Glasscherben in die Klinik. Oben fand sie das Bett leer vor. Ungläubig starrte sie es an. Aber natürlich – Latifa versteckte sich. Sie hatte sicher schreckliche Angst gehabt, als die Schießerei anfing. Parvin suchte unter den Betten, in Schränken und Ecken, in jedem Zimmer. Nichts. Schlimmer noch, der Brutkasten war auch leer. Latifa und das Kind waren weg. Wie das? Hatten die Aufständischen sie mitgenommen? War sie weggelaufen?

Parvin konnte keinen klaren Gedanken fassen und sagte draußen zu Trotter, Latifa sei wohlauf. Verängstigt, aber wohlauf. Sie log instinktiv, aus dem Gefühl heraus, dass sie Latifa selbst suchen müsse und Trotters Hilfe die Sache nur komplizierter machen würde.

»Das sind ja mal gute Neuigkeiten«, sagte er, und sie begriff, dass ihr Ton auf etwas anderes hatte schließen lassen und Trotter außerdem Dankbarkeit erwartete, weil er, wie von ihr verlangt, die Klinik nicht hatte zerstören lassen. »Ja, es ist toll«, sagte sie. »Danke schön.«

Ob Latifa die Aufständischen gesehen habe, wollte der Colonel dann wissen. Oder etwas darüber wisse, wie und wann sie auf das Dach gelangt seien.

»Sie hat geschlafen, als es anfing. Sie hat nichts mitgekriegt.«

Trotter gab sich damit zufrieden. Aber Parvin zerbrach sich weiter den Kopf darüber, wo Latifa sein könnte. Sie war so damit beschäftigt, dass sie gar nicht hörte, wie Trotter sagte, sie solle gehen und ihre Sachen packen, bis er wiederholte: »Sie haben einen Platz im nächsten Hubschrauber, der hier rausfliegt.«

»Aber ich bleibe hier«, sagte sie. »Ich kann nicht weg.«

Sie konnte nicht weggehen, ohne Latifa gefunden zu haben. Außerdem bestätigte Trotter genau das, was Asis gesagt hatte und die Dorfbewohner garantiert ebenfalls dachten, dass sie als Amerikanerin mit eben deren Privilegien ihren Aufenthalt hier beenden und um Rettung bitten konnte, wann immer Gefahr drohte. Ein Teil von ihr wollte auch gerettet werden, wollte mit Asis wegfliegen vom Chaos und von den Gefahren des Dorfs, hinein in eine nebelhafte, romantische Zukunft. Doch so paradox es war – wenn sie sich jetzt ausfliegen ließ, würde Asis recht behalten und sie würde in seiner Achtung sinken. Und ein Teil von ihr verachtete allein die Vorstellung, sich retten zu lassen. In dieser Hinsicht war sie stur. Sie war keine Jungfrau in Nöten, die darauf wartete, dass Trotter in seinem M-ATV angeritten kam und sie rettete. Zudem war sie durch den Tod der Ärztin plötzlich wichtig geworden. Sie konnte die Frauen nicht der Dai überlassen. Das hätte Dr. Jasmin nicht gewollt.

Sicher, während des Gefechts war sie entschlossen gewesen, zu ihrem Vater, ihrer Schwester, ihrem Neffen zurückzuflüchten. Jetzt jedoch, da sie überlebt hatte, fühlte sie sich unsterblich. Dazu kam ein Adrenalinstoß, den sie, kaum dass er verebbte, unbedingt wieder verspüren wollte. Genau das hatten ihr die Soldaten, einer von ihnen jetzt tot, einer verwundet, zu erzählen versucht, als sie sich vor dem Haus des Khans mit ihnen unterhalten hatte. Dass sie das High vermissen würde. Dass die Rückkehr in ihr wie auch immer beschaffenes Leben in Kalifornien keine Eile hatte.

»Ich gehe nicht«, sagte sie noch einmal zu Trotter. »Die Dorfbewohner brauchen mich.«

Sein Mund verzog sich zu einer schmalen, harten Linie. Er könne sie nicht zwingen, aber er wisse, wohin ihr Bleiben führen werde. Irgendwann würde sie in die Bredouille geraten, und dann würden sie sie auf Kosten – beachtliche Kosten – des amerikanischen Steuerzahlers und unter großem Risiko für seine Männer holen müssen. »Sie gefährden das

Leben anderer, wenn Sie bleiben, Parvin. Sie meinen, Sie täten Gutes, aber Sie sind egoistisch.«

Seine Worte gingen ihr unter die Haut und ließen sie noch einmal nachdenken, aber sie blieb fest. »Die Frauen haben keine Ärztin mehr«, sagte sie, um ihn nun ihrerseits ins Unrecht zu setzen. »Ich bin alles, was sie haben.«

Sie begleitete Trotter und Asis zurück zum Feld des Khans und dem wartenden Chinook.

»Ihre letzte Chance«, sagte Trotter.

Sie schüttelte den Kopf. Ihr Knöchel puckerte.

Bevor er an Bord ging, sagte er, falls sie ihn brauche, solle sie seinen Soldaten das Wort *Berkeley* zukommen lassen. »Sagen Sie es, schreiben Sie es, singen Sie es, was immer nötig ist. Meine Männer werden mich benachrichtigen.«

Parvin wusste, dass er nur seinen Job machte und sich einfach nur professionell verhielt. Trotzdem war sie ihm dankbar.

Als er sich dann etwas anderem zuwandte, blieben ihr ein paar verstohlene Augenblicke mit Asis. »Komm mit«, flüsterte er auf Dari. »Hier bist du nicht sicher.«

Seine Worte hätten sie beinahe überzeugt. Aber ihr Stolz, ihr dummer Stolz – die Vorstellung, wie zufrieden Trotter sein würde, wenn sie an Bord kletterte –, hielt sie zurück.

Asis berührte hastig ihre Finger, drängte sie, vorsichtig zu sein, und sagte, er werde für sie beten.

Parvin humpelte zu Wahids Haus und ließ sich, kaum in ihrem Zimmer angekommen, auf ihr Bett fallen. Erleichtert und froh, sie zu sehen, drängten die Kinder herein. »Wir haben gedacht, du bist tot«, sagte Hamdija, und als alle sie ungestüm umarmten, sah sie sich in ihrer Entscheidung zu bleiben bestätigt.

Sie holten Bina, die Parvins geschwollenen Knöchel mit

der gleichen Mischung aus Sanftheit und Distanziertheit untersuchte, die sie bei ihren geliebten Kühen an den Tag legte. Die Königin der Heilmittel hatte auch für Parvin eines – sie ging weg und kam mit einer gehackten Zwiebel in einem weichen Tuch zurück, das sie auf Parvins Knöchel legte.

Während sie die Packung zurechtrückte, fragte Parvin, ob sie wisse, dass die Ärztin tot sei.

Ja, erwiderte Bina, ohne groß eine Gefühlsregung zu zeigen. Der Tod war nichts Neues für sie. Sie stellte nur ein paar sachliche Fragen, die Parvin nicht beantworten konnte: Wer hatte den Leichnam für die Beerdigung gewaschen? Wo war das Auto?

»Es gibt da noch etwas«, warf Parvin ein. »Latifa ist nicht mehr in der Klinik.«

»Ich weiß«, antwortete Bina, nicht im Geringsten überrascht, und richtete völlig ruhig den Blick auf Parvin.

»Woher?«, fragte Parvin.

»Wir sind doch gut zu dir gewesen, Parvin-*jan*, oder?«, flüsterte Bina.

»Sehr gut.«

»Dann sei du auch gut zu uns.«

»Ich – ja, natürlich.« Parvin wartete auf mehr.

»Dschamschid ist der Älteste seines Vaters. Hilf, dass ihm nichts passiert.«

»Was soll ihm denn passieren?«

Bina nahm die Packung vom Knöchel, öffnete sie, schüttelte die Zwiebeln auf, wickelte sie wieder ein und legte das Ganze wieder auf.

»Seine neuen Freunde?«, vermutete Parvin.

Ein kaum merkliches Nicken.

»Er hat ihnen geholfen, auf das Dach der Klinik zu kommen.«

Schweigen.

»Hat er Latifa rausgeholt?«

»Er hat sie beschützt«, sagte Bina. »Sie ist zu Hause. Mit dem Baby.«

Instinktiv zog Parvin ihren Knöchel von Bina weg. Ihr Gesicht brannte, in ihren Ohren summte es. Dschamschid hatte Latifa gerettet, aber nicht versucht, Parvin zu beschützen, mit der er all diese Monate unter einem Dach gewohnt und die ihn unterrichtet hatte. Auch die anderen Dorfbewohner hatten sie nicht beschützt. Sie hatten ihre Kinder vom Hof der Klinik weggeholt und Parvin schutzlos zurückgelassen. Nur die Dai, ausgerechnet sie, hatte gesagt, sie solle nach Hause gehen.

»Dschamschid wusste also, was passieren würde«, sagte sie schließlich. »Du auch, Bina?«

Als sie keine Antwort bekam, wurde ihr zum ersten Mal so angst und bange, wie Trotter es gewollt hätte. Sie sahen sie nicht als eine der ihren. Sie gehörte nicht zu ihnen. Aber wenn sie sie informiert hätten, hätte sie Trotter gewarnt. Sie hätte keine andere Wahl gehabt, hätte nicht zulassen können, dass irgendjemand in einen Hinterhalt geriet. Aber wenn sie den Verdacht des Colonels bestätigt hätte, dass die Dorfbewohner von dem Angriff gewusst, ihn vielleicht sogar ermöglicht hatten, hätte er ihnen allen ohne Ausnahme die Hölle heiß gemacht.

27. Kapitel

Zwischen weitem Himmel und harter Erde

Das Bild von Dschamschid und seinen Freunden, die ausdruckslos zugesehen hatte, wie sie über den Tod der Ärztin weinte, ließ Parvin nicht los. Auf Dschamschids Gesicht hatte sich keinerlei Überraschung abgezeichnet. Er musste gewusst haben, dass Dr. Jasmin und Nasir tot waren. Vermutlich hatte er es ein oder zwei Tage vor der übrigen Familie erfahren. Unter den Aufständischen verbreiteten sich Nachrichten, die im Flüsterton weitergegeben wurden, über die Bergpässe schneller, als sie für den Weg über die Straße brauchten. Als sie, Bina und die anderen sich fragten, wo die Ärztin abgeblieben sei, als sie über den BBC-Bericht und die Kriegerin Malalai gescherzt hatten, musste es in Dschamschid gebrodelt haben.

Als bekannt wurde, dass die Amerikaner auf dem Weg ins Dorf waren, hatten die Aufständischen, die wussten, dass Wahid die Schlüssel zur Klinik hütete, sich über sein ältestes Kind Zugang dazu verschafft. Auf dem Dach waren sie in einer überlegenen Position. Sie kannten den Nebel, wie Seeleute die Gezeiten kennen; sie wussten, wie viel Zeit er ihnen gab, wie viel Deckung. Dschamschid musste ihnen die Schlüssel ausgehändigt und die Frauen gebeten haben, Latifa wegzubringen. Bestimmt waren Mutter und Kind eilends, vermutlich durch den Hintereingang, weggeschafft worden, als Parvin nach draußen gegangen war, um mit Trotter zu reden.

Doch das war nur eine Theorie, und sie wusste nicht, wie sie sie an Dschamschid austesten konnte. Er wollte nur darüber reden, wie die Amerikaner den Tod von Dr. Jasmin und Nasir erklärt hatten. Er fragte so hartnäckig nach, dass sie keine Wahl hatte, als ihm alles zu erzählen, was sie wusste. Wahid, der in Hörweite war, sagte wenig, hatte aber offenbar auch nichts gegen die Fragen seines Sohns.

»Also könnte jeder von uns getötet werden«, sagte Dschamschid erregt, »wenn wir die Befehle der Amerikaner nicht befolgen. Wenn wir zu schnell oder zu langsam fahren. Wenn wir sie nicht hören oder nicht hören wollen. Wenn wir am falschen Ort sind. Für all das können wir getötet werden. Aber es ist unser Land. Wie kann es für uns so etwas wie den falschen Ort geben? Falls doch, haben wir in unserem eigenen Land keine Freiheit!«

In dieser Aussage steckte ein Stück Geschichte, das jeder Afghane kannte – eine Geschichte voller Eroberungsversuche durch fremde Armeen, die das Land unterjochen wollten. Die Briten. Die Sowjets. Und jetzt die Amerikaner. Inzwischen war Dschamschid der Meinung, dass die Dorfältesten und sein Vater recht gehabt hatten, den Ausbau der Straße abzulehnen. »Die Amerikaner sind hierhergekommen und haben gesagt, sie können unsere Probleme lösen. Dabei züchten sie sie erst.«

Das Gleiche könnte man auch über die Aufständischen sagen, dachte Parvin, aber Dschamschid war sicher anderer Meinung. Er hatte sich für eine Seite entschieden, und sie war sich nicht sicher, ob sie ihm daraus einen Vorwurf machen konnte. Sie konnte nicht einmal sagen, ob es überhaupt eine Entscheidung gewesen war. Vielleicht war er ja auch gezwungen worden. Bedroht. Doch eigentlich glaubte sie das nicht.

Junge Leute, ging ihr auf, waren wie Fremde in ihrer eigenen Kultur: Sie sahen klar, was andere – die Erwachsenen – nicht mehr sahen. Dschamschid hatte verstanden, dass es so etwas wie eine wohlwollende Besatzung nicht gab. In anderen Zusammenhängen hatte Parvin das auch gewusst. Sie war zum Beispiel mit Sympathien für palästinensische Jugendliche aufgewachsen, die israelische Soldaten mit Steinen bewarfen. Welche andere Form des Widerstands hatten sie denn schon? Gegen die Mächtigen nutzten nur Schlauheit, Verstellung oder symbolische Gegenwehr – die Mücke, die den Löwen nervt, ihn schier wahnsinnig macht. Im Gegensatz zu den Erwachsenen verschanzten sich junge Leute nicht hinter Bergen von Gründen dafür, *nicht* zu handeln. Vor nicht allzu langer Zeit war Parvin genauso leidenschaftlich gewesen, genauso impulsiv. Deshalb war sie hier.

Über den Tod der Ärztin war sie genauso empört wie Dschamschid, doch sie fühlte sich verpflichtet, seinen Zorn zu beschwichtigen, ihn dazu zu bringen, auch die andere Seite zu sehen. Die Amerikaner hätten aus Angst so gehandelt. Weil sie angegriffen worden waren, nur weil sie eine Straße bauen wollten. Sie hatten einen schrecklichen Fehler gemacht.

Schließlich konnte sie es einfach nicht lassen: Als Wahid aufs Klo ging, fragte sie Dschamschid direkt, ob er die Aufständischen in die Klinik gelassen habe.

»Wenn der Mullah sich zum Essen einlädt, muss man annehmen«, entgegnete er.

Sie musste hier weg, so viel war inzwischen klar. Doch sie hatte Trotters Angebot abgelehnt. Und saß nicht nur im Dorf fest, sondern auch im Haus, wo sie, darauf bestand Wahid, zu ihrer eigenen Sicherheit bleiben sollte. Sie konnte also auch nicht zu Latifa gehen, um in Erfahrung zu bringen, wer sie und das Baby aus der Klinik geschmuggelt hatte.

Mutter und Kind gehe es gut, sagte Wahid, wann immer sie ihre Besorgnis äußerte. Parvin hatte ihm aus Gründen, die sie selbst nicht ganz verstand, nicht erzählt, was sie über Dschamschid wusste oder argwöhnte. Besser, vielleicht auch sicherer, wenn es unausgesprochen blieb.

In gewisser Weise war ihr ›Hausarrest‹ eine Erleichterung. Mittlerweile war sie nämlich wie gelähmt und wusste nicht, welchen Weg sie einschlagen sollte. Sie begriff, dass es so etwas wie einen harmlosen Umgang mit den Dorfbewohnern nicht gab. Immer gab es Folgen, Kollateralschäden, für andere. Aus ihrer Freiheit als Amerikanerin, mit der sie am Anfang geprahlt hatte, konnten auch Blutbäder entstehen.

Die BBC meldete nur, dass in einem Feuergefecht in der Region zwei amerikanische Soldaten getötet und zwei verwundet worden waren. Nichts über die Umstände, die dazu geführt hatten, nichts über die Zerstörung der Klinik. Nichts, dem zu entnehmen war, dass das Gefecht in Fereschtas Dorf stattgefunden hatte. Die Welt erfuhr, was die Amerikaner für genehm hielten.

Wahid ging jetzt nur noch nach draußen, wenn es absolut notwendig war, zum Beispiel um Wasser zu holen. Seine Frauen und Kinder sollten nicht mehr zum Fluss gehen. Die anderen Männer hielten es genauso. Der Basar war geschlossen, ebenso die Moschee, die auch von den Apaches beschossen worden war. Das Dorf war gespenstisch leer, während der Himmel voll war, weil ständig amerikanische Flugzeuge, Helikopter und Drohnen kreuzten. Gelegentlich hörte man in der Ferne eine Explosion, und eines Tages berichtete

Dschamschid ausdruckslos, die Bergwiese sei nicht mehr da. Mit ihren Drohnen oder von ihren Flugzeugen aus hatten die Amerikaner dort eine Gruppe Männer gesehen – Ziegenhirten, Aufständische, wer konnte das schon sagen? – und eine Bombe abgeworfen.

So vergingen Tage, eine Woche. Manchmal kletterte Parvin frühmorgens aufs Dach, um ins Tal zu schauen. Über dem Fluss hing Dunst, als habe sich das Wasser in eine flüchtigere Form verwandelt. Das letzte lodernde Gelb und Orange war verblasst, was blieb waren Rost- und Bleitöne, und im schwächer werdenden Sonnenlicht glitzerte der Schnee auf den Berggipfeln. Der erste Frost war nah.

Die Amerikaner hatten ihren Gefechtsvorposten hoch über der Stelle errichtet, wo die Straße ins Dorf mündete. Sie fällten Bäume, die die Sicht behinderten, schaufelten Erde in Sandsäcke und verbrannten ihren Abfall in Metallfässern, die sie extra zu diesem Zweck mitgebracht hatten. Der Vorposten war nach Boone benannt, während die Straße den Namen des toten Fahrers bekommen sollte, dessen letzte Handlung es gewesen war, sie zu befahren. Überall im Land trugen Straßen, Radiostationen und Stützpunkte die Namen von toten Amerikanern, ihre Geschichte wurde der afghanischen aufgepfropft.

Am Tag patrouillierten die Soldaten durchs Dorf und durch die Berge, hielten mit erhöhter Wachsamkeit Ausschau nach jedem Hinweis auf Aufständische. Im Vorposten trainierten sie an Seilzugapparaten und stemmten Gewichte. Manchmal spielte Parvin mit dem Gedanken, hinzugehen und darum zu bitten, sie nach Hause zu bringen. Doch dann dachte sie an die Ärztin und was Trotter über die zunehmende Nervosität seiner Truppe gesagt hatte. Es war sicherer, sich fernzuhalten.

Wenn es dunkel wurde, jeden Tag ein wenig früher, ging die Familie schlafen. Seit dem Gefecht hatte Wahid den Generator nicht wieder angeworfen. Der Diesel ging zur Neige, und Issa hatte klar gesagt, dass es keinen Nachschub geben würde. Außerdem würde Licht nur unerwünschte Aufmerksamkeit erregen, nicht nur bei den in den Bergen versteckten Aufständischen oder oben bei den Amerikanern, sondern auch bei Neidern wie dem Mullah oder dem Khan, die den Konflikt vielleicht ausnutzen würden, um Wahid loszuwerden. Es war keine gute Zeit, sich besser beziehungsweise besser dran zu fühlen als sonst jemand im Dorf. Wahid sank allmählich in die Stellung zurück, die er vor Cranes Eintritt in sein Leben innegehabt hatte. Das konnte er genauso wenig steuern wie die dahinziehenden Wolken. Trotzdem war seine Gelassenheit angesichts seines schwindenden Ansehens beeindruckend. Fast schien es, als habe er immer gewusst, dass er nur auf Zeit als wichtiger Mann unterwegs sein würde. Jetzt war das Abenteuer zu Ende.

Als Shokooh hörte, dass Dr. Jasmin und Nasir tot waren, fing sie wie ein Kind an zu weinen und hörte tagelang kaum einmal auf. Ihre Augen waren völlig verquollen, ihre Stimme heiser. Die Familie beachtete sie nicht weiter, doch dann stellte Bina klar, dass sie mit ihrer Geduld am Ende sei. Shokooh wurde mürrisch und teilnahmslos, döste in ihrer freien Zeit vor sich hin oder lag am Holzofen und starrte ausdruckslos ins Leere. Der Energieschub, der Hoffnungsschub, der mit ihrer Schwangerschaft einhergegangen war, war weg. Sie redete nicht mehr über die Straße und wohin sie sie führen würde. Eigentlich stand ihre abgrundtiefe Verzweiflung in keinem Verhältnis zu ihrer Beziehung zu den Toten; sie reagierte beinah, als sei sie die Tochter der Ärztin oder Nasirs

Verlobte gewesen. Vergeblich versuchte Parvin, mit ihr reden. Shokooh konnte es nicht erklären, nicht einmal sich selbst gegenüber, vermutete Parvin. Sie klagte nur noch – sie habe Kopfschmerzen, sie könne nicht mehr richtig sehen, kein Wasser lassen, ihr sei schlecht. Als habe die Tatsache, dass es keine Ärztin mehr gab, ihr bewusst gemacht, auf welch vielfache Weise ihr Körper sie im Stich lassen konnte. Parvin wollte sie dazu bringen, über ihren Kummer zu schreiben, doch Shokooh fuhr sie nur an: »Du willst doch bloß Gedichte, um ein Buch draus zu machen.«

Shokoohs Lustlosigkeit entband sie nicht von ihren häuslichen Pflichten. Bina erzählte Parvin gleich mehrfach, dass sie selbst bis zum Einsetzen der Wehen und sogar noch darüber hinaus gearbeitet habe und das auch von Shokooh erwarte. Früher hätte Parvin das als herzlos empfunden, doch ihre Sympathien schwankten hin und her, fanden keinen Fixpunkt. Solange sie im Dorf war, war Bina nie krank gewesen und hatte auch nie so getan, als ob, was Parvin an ihrer Stelle gemacht hätte, nur um ein paar freie Stunden zu ergattern. In Binas Augen war Shokooh faul und anspruchsvoll und veranstaltete dieses Theater nur, um sich vor ihren Pflichten zu drücken. Aber wenn Shokooh sich dann stöhnend auf die geschwollenen Füße und Knöchel hievte, die einmal so zart gewesen waren, und sich hinunterschleppte, um die Kühe zu melken, bereute Parvin ihr hartes Urteil. Sie war übrigens nicht die Einzige, der auffiel, wie schlecht Shokooh sich fühlte. Mehr als einmal kam Dschamschid gerade zur rechten Zeit aus dem Haus, um ihr den Milcheimer abzunehmen und in die Küche zu tragen.

Eines Spätnachmittags kam Sahab hochgerannt und rief, mit Shokooh sei etwas. Parvin fand sie draußen, zitternd vornübergebeugt, von goldenem Licht umhüllt, Schaum vor dem Mund. Eine Kuh mit Unschuldsblick stand ungeduldig trippelnd ein, zwei Meter entfernt. Der umgekippte Eimer, aus dem die Milch in die Erde sickerte, lag ganz in der Nähe. Bina kümmerte sich nicht etwa um das Mädchen, sondern hob den Eimer auf. War der Überlebensinstinkt derart in ihr verwurzelt, dass sie kaltschnäuzig wirkte? Oder dachte Bina, Shokooh drücke sich wieder einmal?

Dann kippte Shokooh um, die Augen geschlossen, die Atmung zu schnell. Parvin und Bina knieten sich neben sie, riefen sie beim Namen, ergriffen ihre Hände, zogen ihre Lider hoch. Als sie nach etwa einer Minute wieder zu sich kam, fragte sie, ob die Kuh sie getreten habe. Parvin und Bina wussten es nicht. Sie halfen ihr in Parvins Zimmer, wo sie sich hinlegte und unruhig bis zum Abendessen schlief.

Am selben Abend bat Parvin Bina, ihr Shokoohs Haushaltspflichten zu übertragen. »Wir wissen doch beide, dass ich genauso gut melken kann wie sie.«

Bina lachte. Sie wusste, das war mehr eine Spitze gegen Shokooh als Prahlerei, aber es stimmte, Parvin hatte sich im Lauf des Sommers mehrmals mit Melken versucht und festgestellt, dass es ihr gefiel, mit der Welt nicht nur über ihren Kopf, sondern auch durch ihre Hände in Verbindung zu stehen – über das weiche Fell, die gummiartigen Euter, den warmen Milchstrahl. Sie konnte nicht behaupten, eine gute Melkerin zu sein, und Bina würde das definitiv niemals sagen. Aber sie sei auch nicht unbrauchbarer als Shokooh, entschied sie, nicht bei Shokoohs augenblicklichem Zustand.

Bei der Arbeit am nächsten Morgen – backen, melken – redete Bina. Sie erzählte Geschichten von Tieren, die ihre Familie in ihrer Kindheit gehalten hatte, von den Spielen, die sie mit ihren Geschwistern und Freundinnen gespielt hatte. Sie schilderte Fereschtas Hochzeit mit Wahid, wie sie alle über den spitzbübischen Gesichtsausdruck des Jungen gelacht hatten, der im Frauenbereich das Harmonium spielte, und wie sie mit ihrer Cousine auf einen Baum geklettert war, um heimlich die Männer zu beobachten, die tanzten und Karten spielten. Fereschta hatte geweint, als sie mit Wahid von zu Hause weggegangen war, genau wie Bina Jahre später weinen sollte. Zum Teil hatte sie selbst deshalb geweint, gab Bina ein wenig verlegen zu, weil sie immer geglaubt hatte, einen Cousin zu heiraten, mit dem sie als Kind gespielt hatte. Stattdessen hatte sie, so wie sie die Kleider ihrer älteren Schwester aufgetragen hatte, nun auch den alten Ehemann ihrer Schwester übernommen.

Zusammen mit Wahid, auf dem Rücken eines geborgten Esels, hatte sie ihr Dorf zum ersten Mal verlassen. Immer höher ging es hinauf in die Berge. Oben auf dem Pass, bevor es ins nächste Tal hinunterging, hatte sie sich umgedreht und einen letzten Blick auf das geworfen, was sie hinter sich ließ. »Ich habe das Dorf ganz gesehen«, sagte sie und umschloss es mit den Händen. »Ich habe es ganz klein gesehen.«

Die Reise dauerte zwei Tage, und die ganze Zeit redeten sie und Wahid kaum miteinander, Wahid fragte höchstens, ob sie Hunger oder Durst habe. Die ersten Tage in seinem Haus waren anstrengend – so viel zu lernen, so viel zu tun. Sie hatte sechs Kinder geerbt, doch als die Jüngste in ihrer eigenen Familie hatte sie nur sehr wenig Erfahrung damit, sich um ein Kind zu kümmern, ganz zu schweigen von sechsen. Als sie die Zwillinge immer wieder verwechselte, beklagten sie sich, ihrer Mutter sei das nie passiert. Nur Gott habe ihr die Kraft gegeben weiterzumachen, sagte sie mehrmals. Und Parvin versuchte, ihr begreiflich zu machen, dass sie selbst auch ihren Beitrag dazu geleistet hatte. Als sie das erste Mal bei Wahid lag – das erste Mal überhaupt, dass sie mit einem

Mann zusammen war –, hatte sie geweint. Sie wollte nicht, dass ihre Schwester in Vergessenheit geriet, und sorgte sich gleichzeitig, dass Wahid an Fereschta denken könnte, nicht an sie. Der Sex war schmerzhaft, was sich für sie nie änderte. Insofern war Shokoohs Ankunft eine Erleichterung, sonst aber nicht, denn Bina hatte mittlerweile Gefühle für Wahid und geglaubt, dass es ihm umgekehrt auch so ging. Deshalb war es für sie so ein Schlag, dass er Shokooh geheiratet hatte. Aber was konnte sie tun? Wo konnte sie hin? Ihr Leben war hier. Sie musste ihren Frieden damit machen. Sie sah Parvin in die Augen. »Das hier ist mein Zuhause. Meine Familie. Ich würde alles tun, um sie zu beschützen.«

Da begriff Parvin, dass Bina nicht ohne Grund plötzlich so offen mit ihr war. Ihre ganze ausführliche Erzählung führte auf ein Ziel zu, war Binas Art, Parvin zu sagen, dass ihre Anwesenheit das gefährdete, was Bina geerbt und ausgebaut hatte.

»Wahid wird dich nie bitten zu gehen«, sagte sie. Parvin sei sein Gast: Seine Ehre verlange, dass er sie beschütze. Seine Gastfreundschaft sei unerschütterlich. Die Frage sei, ob Parvin diese Gastfreundschaft durch ihr Bleiben missbrauchte.

Die Drohung kam ein paar Abende später. Bilal fand einen Brief vor der Außentür. *Amerikanerin, geh nach Hause, sonst muss die Familie bluten*, hieß es auf Dari. Trotzdem blieb Parvin beim Lesen seltsam ruhig. Sie befühlte das Papier, Format und Linierung entsprachen ihrem eigenen Notizbuch, aus dem das Blatt eindeutig herausgerissen worden war. Bei genauerem Betrachten der Schrift erkannte sie auch die. Sie selbst hatte Dschamschid beigebracht, einige dieser Worte zu schreiben: Amerikanerin, Haus, Familie.

War sie für ihn zur Feindin geworden? Oder wollte er sie

schützen? Wollte er sie – wie Bina – warnen, ihr sagen, dass sie die Familie gefährdete beziehungsweise selbst in Gefahr war? Eine böse Vorahnung benahm ihr den Atem: Wahid hatte keine Kontrolle mehr über Dschamschid, und sie selbst wusste nicht, was der Junge tun würde, wenn die Aufständischen verlangten, die Familie solle sie ausliefern. Vielleicht verlangten sie das jetzt schon.

Ob Wahid wusste, dass Dschamschid diesen Brief geschrieben hatte? Er sagte nichts. Aber er sagte, sie solle zu ihrer eigenen Sicherheit von nun an oben bei den Kindern schlafen. So sehr ihr einmal die bloße Vorstellung zuwider gewesen war, mit in diesem überfüllten Raum zu hausen, wollte sie jetzt nichts lieber. Viel schlief sie ohnehin nicht. Im schwachen Licht der einen Laterne, die brennen gelassen wurde, versuchte sie, sich die Gesichter einzuprägen, die wie Masken wirkten, den muffigen Geruch der vielen aneinandergepressten Körper, die Hintergrundmusik ihres Schlafs – Seufzer, Schnarchen, gelegentlich ein Aufschrei –, die Wärme.

Dschamschid wirkte beinahe wie ein Mönch, tief in Gedanken im Gewusel des geschäftigen Hauses. Er aß wenig, nahm ab, seine Wangenknochen traten deutlicher hervor, seine Augen lagen tiefer in den Höhlen. Hortete er Essen für die Aufständischen? Bereitete er sich darauf vor, selbst in die Berge zu gehen? Andererseits aß die ganze Familie weniger. Der Winter stand nun wirklich unmittelbar bevor, die Temperaturen lagen um und unter dem Gefrierpunkt. Und Wahid, der sich den Forderungen der Aufständischen offenbar auch nicht widersetzen konnte, hatte ihnen eine Ziege übergeben müssen, wie er Parvin hinterher erzählte.

Als sie eines Abends Hühnchen aßen – einen alten Hahn, den Bina nur deshalb geschlachtet und gekocht hatte, weil er sonst zu zäh zu geworden wäre, um ihn noch essen zu können –, tauchte Dschamschid aus seinen Grübeleien auf, hielt einen Knochen hoch und fragte Parvin, ob sie wisse, was Mullah Omar, der Gründer der Taliban, über Osama bin Laden gesagt hatte.

»Dschamschid«, sagte Wahid mahnend.

Parvin erwiderte nichts und wartete.

Unbeirrt fuhr Dschamschid fort. »Mullah Omar hat gesagt: ›Er ist wie ein Knochen, der mir im Hals stecken geblieben ist. Ich kann ihn weder runterschlucken noch ausspucken.‹«

Parvin war klar, dass er sie meinte. »Die Amerikaner haben ihn doch rausgeholt«, flüsterte sie. »Sie haben den Knochen rausgeholt.« Zwar hatten sie bin Laden noch nicht in Gewahrsam genommen, aber immerhin aus Afghanistan vertrieben.

»Dabei haben sie auch den Hals entfernt«, bemerkte Wahid, denn auch Mullah Omar war gezwungen worden, das Land zu verlassen.

Dschamschid steckte sich den Knochen in den Mund, hüstelte und tat so, als ersticke er.

Eines frühen Morgens hatte Shokooh einen zweiten Anfall. Parvin, von Wahid herbeigerufen, fand sie mit Schaum vor dem Mund und zuckenden Muskeln. Das Ganze dauerte weniger als eine Minute, fühlte sich aber wie eine Ewigkeit an. Als Shokooh das Bewusstsein wiedererlangte, erinnerte sie sich an nichts. Auf der vergeblichen Suche nach etwas Bequemlichkeit rutschte sie hin und her. Parvin saß neben ihr. Voller Angst, das Mädchen werde sterben, überlegte sie angestrengt, was der Grund für die Anfälle sein könnte. Nach allem, was Dr. Jasmin ihr beigebracht hatte, hielt sie eine Eklampsie für das Wahrscheinlichste. Das würde auch die anderen Symptome erklären, deren Gefährlichkeit Parvin bisher nicht erkannt hatte: das Aufgeblähtsein, die Schwierigkeiten beim Wasserlassen, die Kopfschmerzen, die alle von dem extrem hohen Blutdruck verursacht sein konnten. Parvin kniff die Augen zusammen und versuchte, die Ärztin heraufzubeschwören, ihr volles, lächelndes Gesicht, ihre glatte Haut, und ein paar Augenblicke lang war es, als hörte sie sie sprechen, von der Frau, die der Mullah wegen ihrer von der Eklampsie verursachten Anfälle gewürgt und geschlagen hatte. Sie erinnerte sich, dass Dr. Jasmin gesagt hatte, sie hätte der Frau vielleicht Magnesiumsulfat geben oder versuchen sollen, die Wehen einzuleiten.

Parvin bat Wahid, mit ihr zur Klinik zu gehen, sie wolle Magnesiumsulfat suchen. Sie gingen langsam, um die Amerikaner im nahen Vorposten nicht aufzuscheuchen. Parvin kannte keinen der neuen Soldaten und rief ihnen zu, sie wolle nur ein Medikament holen.

In der Klinik knirschten Geschosse und Glasscherben unter ihren Füßen. Sie fand das Magnesiumsulfat, legte es aber zurück, als sie sah, dass man es intravenös verabreichen musste. Auf keinen Fall würde sie mit einer Nadel in Shokooh herumstochern. Und sie hatte keine Ahnung, wie man eine Geburt herbeiführte. Vielleicht hatte die Dai einen Trunk – ein in den Bergen gepflücktes Kraut, eine aus einer Felsspalte gerupfte Wurzel –, mit der sie ein Baby hervorlocken konnte, aber sie bezweifelte es. Und selbst wenn, was dann? Parvin erinnerte sich an Shokoohs schmächtige Gestalt im Untersuchungszimmer und an die Worte der Ärztin, welche Risiken eine Geburt für ein Mädchen mit noch nicht voll ausgebildetem Becken barg. Parvin hatte Glück gehabt, dass sie Latifa hatte retten können. Sie bezweifelte, dass ihr das, allein auf sich gestellt, auch bei Shokooh gelingen würde.

Als Bina am nächsten Tag in der Morgendämmerung aufstand, um mit der Tagesarbeit anzufangen, folgte Parvin ihr in die Küche. Bina machte den Ofen an und begann mit dem Brot. Sie nickte, als habe sie Parvin erwartet, und gab ihr schweigend einen Teil des Teigs zum Kneten.

»Shokooh muss das Dorf verlassen«, sagte Parvin. »Sie braucht einen Arzt.«

»Das geht vorbei, ihr passiert schon nichts«, sagte Bina mit ihrer altgewohnten Schärfe.

»Und wenn doch? Dann ist es zu spät, um Hilfe zu holen.«

»Ach ja? Was haben wir denn für eine Wahl?« Beim Teigkneten traten die Adern auf ihrem Handrücken hervor. Sie hatte kräftigere Hände als jede Frau, die Parvin kannte.

»Ich möchte sie von hier wegbringen.«

Die Hände erstarrten. »Und wie willst du das anstellen?«

»Ich frage die Amerikaner, ob sie uns mitnehmen.« Pause. »Uns beide.« Die Idee war ihr nachts gekommen; es gab eine Möglichkeit, Shokooh zu retten, und gleichzeitig sich selbst. Shokooh wäre Parvins Esel, und Parvin ihrer. »Ich sage, dass es ein Notfall ist. Dass sie sterben könnte, wenn sie ihr nicht helfen.«

»Ihr beide könntet«, sagte Bina.

»Allein kann ich sie nicht schicken.«

Denn natürlich würde Trotter nicht wegen Shokooh kommen. Doch wie Asis zu Parvin gesagt und wie Trotter selbst ihr eingeschärft hatte, würde er Hilfe schicken, wenn eine Amerikanerin sie brauchte. Und Parvin würde darauf bestehen, auch Shokooh mitzunehmen. Sie versuchte, sich, auch sich selbst gegenüber, um das Eingeständnis herumzumogeln, dass Trotter bei seinem letzten Gespräch mit ihr vollkommen recht gehabt hatte.

Binas Hände kamen wieder in Bewegung und kneteten den Teig so gewaltsam, als wollte sie ihn züchtigen. Parvin würde nie vergessen, wie Bina die Fotos in Cranes Buch betrachtet und den Finger auf jedes einzelne gelegt hatte, als wollte sie es an seinem Platz festnageln. Bina hatte in eine Welt geblickt, die sie niemals sehen oder kennenlernen würde.

»Du meinst, ich kann mich nicht um sie kümmern«, sagte Bina. »Oder dass ich es nicht will.«

»Nein!«, rief Parvin bestürzt. »Nein, darum geht es überhaupt nicht. Sie muss in ein Krankenhaus – sie ist wirklich in Gefahr. Und du musst dich um Latifa kümmern.« In diesem Moment wurde ihr schlagartig klar, dass Dr. Jasmin Bina, nicht sie, hätte unterweisen sollen. Wieso bloß war sie nicht früher auf die Idee gekommen? War noch Zeit, es nachzuholen? Bevor sie ging, würde sie Bina so viel wie möglich beibringen. Ihr zeigen, wie sie es geschafft hatte, Latifas Blutung zu stoppen. Wie man eine Saugglocke benutzte. Wann man sich der Dai widersetzen und wann man mit ihr zusammenarbeiten musste. Es wäre eine zusätzliche Bürde für Bina, aber Parvin verstand sie inzwischen besser. Nützlich zu sein verlieh ihrem Leben, in dem sie ansonsten wenig zu sagen hatte, Bedeutung.

Bina fragte, ob Wahid wisse, was Parvin vorhatte. Noch nicht, erwiderte Parvin. Sie habe es Bina zuerst sagen wollen. Dafür erntete sie ein Viertellächeln.

Parvin hatte erwartet, dass Wahid protestieren würde. Doch als sie ihm erzählte, sie wolle sich wegen Shokooh an die Amerikaner wenden, fragte er, ob sie eine Ärztin schicken oder seine Frau in ein Krankenhaus bringen würden und ob Parvin sie dann begleiten würde. Parvin versicherte es ihm. Er dachte einen Moment nach, nickte und sagte dann, sie solle die Amerikaner holen. Dabei war ihm keine Gefühlsregung anzumerken. Seine Motive waren undurchschaubar.

Sie schrieb eine Nachricht: *Colonel Trotter: Ich muss von hier weg/Berkeley.* Wahid hielt es für keine gute Idee, sich dabei sehen zu lassen, wie sie mit den Soldaten im Vorposten redete, und sie hatte es schon beim letzten Mal gefährlich gefunden, sich in ihre Nähe zu begeben. Immer schmerzlicher wurde ihr bewusst, dass sie zu keiner Seite gehörte und alle ihr misstrauten. Weil aber die Soldaten trotz der Spannungen im Dorf nach wie vor freundlich zu den Kindern waren, wurde Bilal beauftragt, die Nachricht zu überbringen. Parvin machte sich trotzdem seinetwegen Sorgen, weniger wegen der Soldaten als wegen der Aufständischen, die ihn vielleicht als Spion betrachten würden, wenn er den Amerikanern Nachrichten überbrachte. In der ganzen Zeit, die er weg war, war sie nervös, und als er nach erfolgreicher Erledigung seines Auftrags zurückkam, nahm sie ihn fest in den Arm.

Sie brachte Bina alles bei, was sie selbst wusste, und machte sich ans Warten. Trotter würde kommen, das wusste sie. Er war ein Mann, der zu seinem Wort stand, und sie erkannte, dass sie bei ihrem Beharren, im Dorf zu bleiben, insgeheim auf diese Gewissenhaftigkeit gezählt hatte. Um sich abzulenken, schaute sie nach Shokooh, die auf ihrem üblichen Platz am Holzofen saß. Gedankenverloren tätschelte Parvin ihr die Hand. Als Shokooh fragte, wo Bilal gewesen sei, durchfuhr Parvin ein Stich des Bedauerns, denn sie hatte genauso wenig wie offenbar Wahid daran gedacht, Shokooh zu fragen, ob sie überhaupt bereit sei, das Dorf zu verlassen.

Als sie ihr jetzt erklärte, was der Plan war, fragte Shokooh aufgeschreckt: »Und Wahid ist einverstanden? Einverstanden, dass ich gehe?«

»Ja«, sagte Parvin.

»Kommt er mit?«

»Wie könnte er?«, antwortete Parvin. »Er muss doch bei der Familie bleiben, beim Haus.«

Shokooh entzog Parvin ihre Hand und legte sie auf ihren dicken Bauch. In ihrem aufgedunsenen Gesicht waren die Augen, immer noch wunderschön, voller Kummer. »Ich habe Angst«, flüsterte sie.

»Das brauchst du nicht«, log Parvin.

28. Kapitel

Ferne

Den ganzen Tag hatten sich gewaltige Wolken zusammengeballt, die die blasse Sonne kurz nach Bilals Rückkehr zwangen, sich hinter ihnen zu verstecken. Jetzt beschossen sie die Erde mit eisigen Regentropfen. Im Haus versammelten sich alle rund um den *sandali* und versuchten, nicht daran zu denken, welche Geräusche der Sturm vielleicht übertönte. Dann war das Drama zu Ende. Zurück blieb ein fast angenehmer Landregen, der leichtfüßig über das Dach tip-tappte. Als auch er aufhörte, ging Parvin nach draußen. Sonnenstrahlen fielen durch die steingrauen Wolken. Sie kletterte über die Leiter auf das Dach. Im Tal regte sich nichts. Nur das Licht huschte spielerisch über die Berge.

Parvin ging in ihr Zimmer und blieb dort eine Weile allein sitzen. Sie hatte die Geschenke, die sie für die Familie mitgebracht hatte, nie verteilt, hatte sie nicht verteilen müssen, weil alles, was ihr gehörte, längst Allgemeinbesitz geworden war. In ein paar Bücher schrieb sie trotzdem die Namen derer, für die sie bestimmt waren. Louis Duprees *Afghanistan* sollte an Dschamschid gehen. Er liebte sein Land. Sie dachte an das lange zurückliegende Gespräch, das sie darüber geführt hatten, was er – außer Bauer – einmal werden wollte, und jetzt wusste sie nicht, ob er dabei war, sich zu finden oder zu verlieren.

In der Hoffnung, über das Buch gelänge ihr vielleicht wieder eine Verbindung zu ihm, ging sie ihn suchen. Er war weder oben, noch im Hof, noch in der Küche. Ah, auf dem Klo, das besetzt war. Aber hervor kam Sahab, die auch nicht wusste, wo Dschamschid war, wie sie sagte, bevor sie die Treppe hochlief.

Angst durchfuhr Parvin. Ob Dschamschid zu den Aufständischen gegangen war, um ihnen zu sagen, dass die Amerikaner kommen würden? Bereiteten sie vielleicht schon einen neuen Hinterhalt vor? Sie überlegte, ob sie Bilal mit einer weiteren Nachricht, einer Absage, zum Gefechtsposten schicken sollte, da rief er ihr vom Dach etwas zu. Sie lief nach draußen, sah nichts, hörte aber, so wie er, das ferne Dröhnen von Rotoren. Da sie wusste, dass die Amerikaner sich nicht unbedingt lange hier aufhalten würden, rannte sie nach oben.

Geplant war, dass sie und Wahid Shokooh zum Feld bringen würden. Bina reichte ihr das Essenspaket, das sie zusammen mit einem ordentlich zugeschnürten Kleiderbündel für Shokooh zurechtgemacht hatte. Gemeinsam halfen sie ihr aufzustehen und die Treppe hinunter. An der Außentür flüsterte Bina Shokooh etwas ins Ohr, küsste sie drei Mal auf die Wangen und zog ihr dann mit beinahe trauriger Zärtlichkeit eine Tschaderi über den Kopf. Für Parvin machte die Zeit einen Sprung nach vorn, und sie sah vor ihrem inneren Auge, wie Bina Shokooh zum Begräbnis in Weiß hüllte. Dann verflüchtigte sich das Bild, und gemeinsam legten sie Shokooh braune Decken gegen die Kälte um die Schultern.

»Freundschaft zerbricht nicht an Ferne«, sagte Bina zu Parvin, die erst sie und dann alle Kinder umarmte.

Da tauchte urplötzlich Dschamschid auf, als sei er hierher teleportiert worden. Parvin hätte ihm gern die Hand gegeben, entschied sich aber dagegen, weil sie fürchtete, er werde sie ausschlagen. Trotzdem wollte sie wieder ein Band zu ihm knüpfen und fragte, ob er sie, Wahid und Shokooh nicht für den Fall begleiten wolle, dass Shokooh ins Wanken geriet.

Besorgnis zeichnete sich auf Wahids Gesicht ab, doch es war Bina, die sagte: »Unser Sohn sollte hier bleiben. Bei der Familie. Bitte!« Dabei suchte sie Parvins Blick und ergriff ihre Hand, und als diese die raue Haut spürte, wurde sie an ihren ersten Abend hier zurückkatapultiert.

Sie denken, dass ich ihn den Soldaten ausliefern will, wurde Parvin klar. Der Gedanke wäre ihr nie gekommen, jetzt jedoch fragte sie sich, ob sie es nicht vielleicht tun sollte. Dschamschid hatte Boone und den anderen Soldaten nicht getötet, aber – davon war sie überzeugt – er hatte es den Aufständischen ermöglicht. Was schuldete sie Trotter, der ihr zu Hilfe kam? Und sie begriff, was Professor Banerjee nicht begriffen hatte. Niemandem gegenüber loyal zu sein, war leicht. Loyal gegenüber zu vielen zu sein, war schwer.

»Wir müssen gehen«, sagte sie genauso sehr zu sich selbst wie zur Familie, rührte sich aber nicht. »Wenn die Aufständischen die Amerikaner noch einmal angreifen, wird von diesem Dorf nichts übrig bleiben.«

»Ja, wir sollten gehen«, stimmte Wahid ihr mit ruhiger Stimme zu. »Aber es wird keinen Angriff geben.« Er bewegte sich ein Stück auf Dschamschid zu. »Das versprechen wir dir.«

Wieder wurde Parvin klar, wie wenig sie im Grunde genommen wusste, wie viel sie nicht verstand, ganz wie Dr. Jasmin gesagt hatte. Wahid würde ein solches Versprechen nicht leichtfertig abgeben; wie Trotter stand er zu seinem Wort. Aber er würde Parvin nicht sagen, wieso er so sicher sein konnte. Das wusste sie. Hatten die Dorfältesten einen zeitweiligen Frieden mit den Aufständischen ausgehandelt, damit Shokooh unbehelligt fliegen konnte? Der Preis dafür würde später zu zahlen sein. Oder hatte Dschamschid sie dazu gebracht, auf einen weiteren Hinterhalt zu verzichten, damit die beiden Frauen ungefährdet zum Helikopter gehen konnten? Als Gegenleistung verlangte Wahid nur, dass sein Sohn zu Hause bleiben durfte.

»*Chodahafes*«, sagte Dschamschid jetzt – »Geht mit Gott.« »*Chodahafes*«, sagte Parvin auch zu ihm. Auch Bina und die Kinder murmelten »*Chodahafes, chodahafes*«, das Letzte, was sie einander sagten.

Dann nahmen sie und Wahid Shokoohs Ellenbogen, verließen das Haus ohne Dschamschid und gingen los. Gelbe, nach dem Sturm glitschige Blätter, bedeckten die Gassen. Sie gingen langsam, vorsichtig, ihr Atem bildete weiße Schwaden. Dann erreichten sie die Felder, die morastig waren, und Wahid hob Shokooh hoch und trug sie, während Parvin neben ihnen herplatschte. Der Chinook, bewacht von angespannten Soldaten, wartete mit abgeschaltetem Motor auf dem gelbbraunen Feld des Khans, das diesem wegen der ständigen Nutzung durch die Amerikaner weit mehr einbrachte als jede Ernte. Als die drei sich näherten, wurden die Triebwerke wieder angelassen, die Rotorblätter begannen sich zu drehen. Der Lärm überdröhnte jedes Gespräch, jeden Gedanken.

Wahid setzte Shokooh ab, und als Trotter mit Ohrenschützern für Parvin aus dem Chinook stieg, legte sie einen Arm um Shokoohs Taille und führte sie auf ihn zu. Der Colonel, in voller Körperschutzpanzerung, deutete auf Shokooh und schüttelte den Kopf. Parvin konnte es nicht hören, aber sein Mund formte ein deutliches *Nein*. Es war indes kein Nein zu Shokooh, sondern zu dem grünem Ding unter den braunen Decken, das alles war, was er sehen konnte. Alles und jeder hätte sich darunter verbergen können.

Die Soldaten, die nicht wussten, wer oder was unter der Tschaderi steckte, hoben ihre Waffen, und Parvins Herz schlug so heftig, dass es wehtat. Trotters Bemerkungen über die Nervosität seiner Männer schossen ihr durch den Kopf, und sie hob die Hände. Mit jeder Sekunde wuchs in ihr das intensive Gefühl, lebendig zu sein, *weiterhin* lebendig zu sein. In jedem Moment ihres Lebens passierten so viele Dinge *nicht*, die hätten passieren können. Allerdings machte man sich nur selten die Mühe, über all die nicht eingetretenen Möglichkeiten nachzudenken. Parvin war nicht einfach nur lebendig. Sie war *nicht tot. Nicht erschossen!*

Andererseits war sie wieder einmal naiv – und ihr Plan *war* schlecht durchdacht, merkte sie jetzt. Trotter hatte keine Ahnung, was sie wollte, und sie konnte es ihm nicht sagen, weil das Dröhnen des Hubschraubers nur eine Verständigung durch Gesten zuließ. Er schrie etwas und deutete auf sie, das war alles, und sie ihrerseits deutete auf Shokooh und versuchte, zu erklären. Dann verschwand er in der Maschine, und Sekunden später erstarb das Motorengeräusch. In der überraschenden Stille musste man sich erst einmal neu orientieren.

Trotter tauchte wieder auf, nahm seine Ohrenschützer ab, zog die Ohrstöpsel heraus und kam direkt auf sie zu. »Was ist hier los?«, fragte er und deutete mit dem Kopf auf Wahid.

»Wir müssen sie mitnehmen«, sagte Parvin. »Sie ist schwanger, sie hat Eklampsie –«

»Das hier ist kein Rettungshubschrauber.«

»Sie ist Wahids Frau, und wenn Sie sie nicht mitnehmen, stirbt sie, stirbt noch eine Frau Wahids. Wie diese Story wohl zu Hause ankommen wird?«

»Ich bin nur befugt, Amerikaner mitzunehmen.«

»Sind Sie nicht in Afghanistan, um Frauen zu retten? Wird die Straße nicht deshalb ausgebaut? Genau hier ist eine Frau, die gerettet werden muss.«

Alle ihre Begegnungen, dachte Parvin, alle ihre Gespräche, hatten zu diesem entscheidenden Moment geführt. Jetzt musste Trotter beweisen, ob afghanische Frauen für ihn mehr waren als nur ein abstraktes Anliegen oder eine Rechtfertigung für den Krieg. Würde er sich weigern, eine gefährdete Afghanin mitzunehmen, wie Asis es behauptete? Sie hoffte inständig, dass er im Hubschrauber war, denn das half ihr in ihrer Entschlossenheit, Trotter auf die Probe zu stellen, der sagte, er werde nur tun, wozu er autorisiert sei, nämlich Parvin zu evakuieren.

»Wenn Sie sie nicht mitnehmen, komme ich auch nicht mit.« Ihre eigenen Worte überraschten sie, entsetzten sie. Wenn Trotter es darauf ankommen ließ, wenn er sich nach wie vor weigerte, Shokooh mitzunehmen, saß sie in ihrer eigenen Falle fest, kam sie nie mehr aus dem Dorf heraus. Trotzdem meinte sie es todernst.

»Verdammt, Parvin.« Trotter blickte auf seine Uhr, dann hoch zum Himmel, mittlerweile waren diese Gesten ihr vertraut. »Ich muss sie wenigstens sehen«, sagte er.

Parvin wollte Wahid schon um Erlaubnis bitten, war entsetzt über sich selbst und fragte ihn nicht, sondern verkündete auf Dari, so laut, dass sowohl Shokooh, als auch der in einiger Entfernung stehende Wahid es hören konnten, dass sie die Tschaderi anheben würde. Dann übersetzte sie ihre Worte für Trotter.

Wahid sagte kein Wort, drehte sich aber abrupt um. Das hier war nicht das erste Mal, dass ein amerikanischer Mann seine Ehefrau sah, außerdem hatte er nie sonderlich auf Verschleierung bestanden. Doch so furchtbar und schicksalhaft die Nähe zwischen Crane und Fereschta auch gewesen war, als es keinerlei Privatsphäre mehr gab – diese Entschleierung auf Beharren eines Amerikaners war anders, schlug ihm seine eigene Machtlosigkeit sozusagen um die Ohren.

Parvin fasste den Saum der Tschaderi und hob sie hoch. Shokooh zitterte, auch die Luft um sie herum schien zu zittern.

»Herr im Himmel – das ist seine *Frau*?«, sagte Trotter beim Anblick des jungen Gesichts.

Shokooh, die Wangen gerötet, den Blick geradeaus gerichtet, den zusammengerafften Stoff über der Stirn aufgetürmt, wirkte der Erscheinung nach so königlich, wie sie in Wahrheit machtlos war.

Die Zeit blieb stehen, als wäre sie auf dem Gipfel eines Berges angelangt, und lief dann wieder weiter. Trotter gab dem Piloten das Okay-Zeichen und steckte sich die Stöpsel wieder in die Ohren. Ein Soldat reichte Parvin zwei Sets Ohrstöpsel und Ohrenschützer. Sie legte ihre an und half anschließend Shokooh. Die Triebwerke des Chinooks sprangen an. Wie Trotter es ihnen durch Gesten bedeutet hatte, bückten sie sich unter den Rotorblättern. Beim Einsteigen drehte sich Shokooh, die vor Parvin herging, nach Wahid um. Aber er war schon fort.

Angeschnallt, den Rücken an die Seitenwand des Hubschraubers gelehnt, fassten sich Parvin und Shokooh fest an den Händen, als der Chinook abhob. Von der offenen Heckklappe richteten die Soldaten ihre Waffen auf potenzielle Feinde am Boden, wegen des kalten Regens von zuvor am Tag wirbelte anders als üblich kein Staub auf. Nichts versperrte Parvin die Sicht; nichts dämpfte ihre Hochstimmung.

Jetzt schon spürte sie, wie schwer es werden würde, sich an das Fehlen derartiger Hochs zu gewöhnen, an ein langweiliges Alltagsleben zu Hause.

Sie entdeckte Wahid am hinteren Rand vom Feld des Khans, er ging davon, wurde immer kleiner. Shokooh ließ sich nicht anmerken, ob sie ihn auch sah. Das Band zwischen ihnen und ihm zog sich in die Länge, wurde dünner, bald würde es reißen. Parvin fragte sich, ob sie je erfahren würde, was aus ihm oder Bina, Dschamschid und den anderen Kindern würde. Eher nicht, glaubte sie. Sie hatte sich immer für eine Kosmopolitin gehalten, die an eine Mischung von Menschen, von Kulturen, glaubte. Davon waren auch ihre Eltern überzeugt gewesen. Doch jetzt wünschte sie Wahid, seiner Familie und seinen Nachbarn nichts mehr, als dass sie nie wieder einen Fremden zu Gesicht bekommen würden. Vor allem keine Amerikaner. Trotter und seine Männer, Crane und sie selbst hatten dem Dorf helfen wollen – und hatten es zerstört. *Leben hieß auch Leiden*, hatte Dr. Jasmin gesagt, doch diese Zerstörung hatte eine andere Größenordnung. Am schlimmsten war, dass es den Frauen schlechter ging als vorher und sie jetzt praktisch gar keine medizinische Versorgung mehr hatten.

Ihr blieb nur zu hoffen, dass das, was sie losgetreten hatte, nicht ausschließlich schlecht war. Vielleicht sagten Wahids vier Töchter – Hamdija, Sahab und die Zwillinge Adeila und Aakila – ihrem Vater zu gegebener Zeit, dass sie noch nicht heiraten wollten, dass sie reisen wollten wie die amerikanische Frau, die einmal bei ihnen gewohnt hatte. Und vielleicht wäre Wahid sogar damit einverstanden. Sie hatte sich nicht einmal richtig von ihm verabschiedet, fiel ihr erst jetzt auf. Hatte ihm nicht einmal gedankt. Machte sie sich immer noch vor, sie werde zurückkommen? Sie hatte nichts mitgenommen, kein einziges Bild dieser Menschen, kein einziges Bild des Orts.

Der Ort – die Felder unter ihnen schrumpften zu schmalen Streifen, die Berggipfel verschmolzen mit dem Himmel. Sie empfand diese Schönheit an ihrem letzten Tag als genauso bewegend wie am ersten und hatte schon jetzt Angst davor, wie allein sie sich fühlen würde, wenn sie den Menschen zu Hause diese Schönheit schildern wollte, und davor, sie vor der Überheblichkeit und den Vorstellungen dieser anderen zu schützen. In ihrem Kopf bewahrte sie die Erinnerung an unzählige Farbtöne: die Farbe jungen Weizens, des Herbsthimmels, des Bluts der Lebenden, des Bluts der Toten. Von allem, was sie gesehen und gelernt hatte, konnte sie das Machtvollste wahrscheinlich nicht vermitteln. Vor ihr lag das gleiche Bild, das Dr. Jasmin auf dem Hin- und Rückflug zum und vom Dorf gesehen und das Nasir so begeistert hatte. Es war dumm, aber sie bedauerte, dass sie Trotter nicht übersetzt hatte, dass die Ärztin Angst vor dem Fliegen hatte. Eine Kleinigkeit, die nichts verändert hätte. Aber Parvin hatte das Gefühl, sie habe die Ärztin ihrer Stimme beraubt.

Nur durch das offene Heck und die kleinen runden Fenster kam Licht in den Hubschrauber. Im halbdunklen Inneren konnte Parvin Trotter nicht sehen. Darüber war sie froh. Doch jetzt, so ziemlich in der Mitte der Reihe der vielleicht zwanzig Soldaten, die Shokooh und ihr gegenübersaßen, erkannte sie Asis' Profil, seine ihr inzwischen vertraute Nase. Er drehte den Kopf in ihre Richtung und nickte ihr so kurz zu, dass sie sich fragte, ob er sie aburteilte, weil sie seine Warnungen in den Wind geschlagen oder weil sie die ihr als Amerikanerin garantierte Rettung in Anspruch genommen hatte. Sie deutete auf Shokooh, als wolle sie sagen *Sie ist der einzige Grund, warum ich um Hilfe gebeten habe* und *Siehst du, er würde auch dich mitnehmen, er würde auch dich retten.* Aber das konnte Asis natürlich nicht verstehen, sie würde es ihm erklären, wenn sie gelandet waren. Wenn der Hubschrauber doch nur schneller fliegen würde! Bei der Aussicht, freier mit ihm reden zu können, wenn nicht auf dem Stützpunkt, dann vielleicht später in Kabul, wurde ihr auf angenehme Weise flau im Magen, aber sie war auch unsicher. Die Tatsache, dass im Dorf nichts möglich gewesen war, hatte alles wünschenswert gemacht. Wie würde er ihr im Licht relativer Freiheit erscheinen?

Die Klinik, schwer beschädigt, aber funktionsfähig, kam in Sicht. *Fereschtas Klinik.* Es war lange her, seit Parvin oder sonst jemand sie so genannt hatte. Was also war Fereschtas Hinterlassenschaft? Es gab nichts Schriftliches von ihr, kein Bild von ihr war bewahrt worden, außer dem, das Crane erfunden hatte und das durch seine Verfälschungen drohte, sie auszulöschen. Ihre Familie hatte Cranes Buch nicht gelesen, was in Hinblick auf die Erinnerung an sie ihre Rettung war. Sie war nichts Besonderes gewesen. Sie war nicht schön gewesen. Aber dessen ungeachtet lag sie ihnen am Herzen – liebten sie sie.

Shokooh umklammerte immer noch Parvins inzwischen schweißnasse Hand und packte nur noch fester zu, als Parvin versuchte, sie ihr zu entziehen. Shokoohs Finger waren so zart, ihre Nägel so abgekaut. Was hatte Parvin bloß getan? Dieser Flug gefährdete Shokoohs Leben fast genauso, als wenn sie im Dorf geblieben wäre. Wir werden leben oder nicht. Auf dem Stützpunkt wäre sie in guten Händen – amerikanische Ärzte hatten Soldaten ihre abgerissenen Gliedmaßen auf den Rücken genäht, damit sie später richtig angenäht werden konnten, da würden sie es auch schaffen, ein Kind auf die Welt zu holen. Und dann? So weit voraus hatte

Parvin nicht gedacht, sie war viel zu aufgeregt gewesen über die Aussicht, sie beide in Sicherheit zu bringen. Natürlich versuchte sie, Shokoohs Leben zu retten, aber genauso gewiss hatte sie sie für ihre eigenen Zwecke benutzt, als Vorwand, um selbst gehen zu können. Mit einem ungutem Gefühl malte sie sich aus, wie Professor Banerjee auf ihre sogenannte Rettungsaktion reagieren würde. Nicht einmal jetzt wurde sie die Stimme ihrer ehemaligen Professorin los, und sie wusste, sie würde rundheraus verurteilen, dass sie Trotter zur Mitnahme Shokoohs genötigt hatte. In den Augen der Professorin unterschied sich Parvin in nichts von den Missionaren, die muslimische Seelen retten wollten, oder von den amerikanischen Soldaten, die ihre Sorge um muslimische Frauen als Vorwand benutzten, Menschen zu töten oder Länder zu besetzen. Auch nicht von Crane, der das Leben einer afghanischen Frau zu Bestsellermaterial gemacht hatte. Professor Banerjee würde allein schon die Bitte an die Amerikaner, eine Frau zu retten, verachtenswert finden.

Doch der Drang sich einzumischen, selbst ein High, war eine schwer abzulegende Angewohnheit. Auch die Rettung anderer konnte zur Sucht werden. Bereits seit Monaten, begriff Parvin nun, spukte die Fantasie, Shokooh zu retten, in ihrem Kopf herum. Aber erst jetzt ging ihr allmählich auf, wie ungeheuerlich die Konsequenzen sein könnten. Die Rettung dauerte nicht lang, die daraus resultierende Verantwortung ewig. Man konnte Shokooh nicht einfach von zu Hause wegholen und sie dann mit ihrem Neugeborenen sich selbst überlassen. Wenn sie ins Dorf zurückkehren sollte, musste Parvin eine Möglichkeiten dafür finden. Dabei war sie nicht einmal sicher, ob Wahid Shokooh überhaupt zurückhaben wollte. Er hatte sie ihr so widerspruchslos überlassen und nicht einmal gefragt, wann oder wie sein geliebtes junges Weib wiederkommen werde. Hieß das schlicht, dass er ihre Gesundheit, ihr Leben, über seine eigenen Bedürfnisse stellte, seine eigene Ehre? Oder hatte er sie geopfert, weil er Parvin loswerden wollte? Schicksal einer Frau war es, so begehrenswert wie entbehrlich zu sein.

Und was, wenn Shokooh selbst nicht zurück wollte? Das hatte Parvin gehofft, jetzt fürchtete sie es auch. In diesem Fall würde sie zu ihrer Familie zurückgehen – alles andere als eine einfache Angelegenheit. Ein Problem war der Gesundheitszustand ihres Vaters, wovon Parvin Shokooh noch nichts gesagt hatte; ein anderes die finanzielle Situation der Familie. Wenn sie ihr nicht erlaubten, zurückzukommen, oder es sich nicht leisten konnten, würde Parvin für sie und ihr Kind aufkommen müssen.

Vor, wie es nun schien, ewig langer Zeit hatte sie sich vorgestellt, Shokooh in Amerika als Dichterin bekannt zu machen. Jetzt, dieser Möglichkeit einen Schritt näher, kam sie ihr unrealistisch, ja, lächerlich vor. Mit Lyrik war kein Geld zu verdienen. Wie sollte sie Shokooh überhaupt in die Staaten schaffen, wie sollte sie dort für sie aufkommen? Das Mädchen sprach kein Englisch, besaß keine markttauglichen Fähigkeiten. Außerdem wäre sie eine Teenager-Mutter. Im Dorf war sie etwas Besonderes gewesen, in Amerika wäre sie nur eine weitere ums tägliche Überleben kämpfende Geflüchtete. Sicher, sie war intelligent, aber auch launisch, depressiv und traumatisiert durch die Umstände ihrer Heirat. Sie würde beträchtliche Hilfe brauchen – und verlangen. Und Parvin hatte nicht einmal einen Plan dafür, wie sie ihren eigenen Lebensunterhalt bestreiten sollte. Sie stellte sich Shokooh in Taaras ehemaligem Bett vor, dann fiel ihr ein, dass dieses Bett, dieses Zimmer, diese Wohnung gar nicht mehr existierten. Würden sie zwei – mit Shokoohs Baby drei – sich in San José ins Zimmer ihres kleinen Neffen quetschen? Ihre Liebe zu Ansar fühlte sich mittlerweile eher wie eine Erinnerung an Liebe an. Sie wusste, dass sie die Nähe von früher wiederfinden würden, aber das bedeutete noch lange nicht, dass sie sich länger als ein paar Tage ein Zimmer mit ihm teilen wollte.

Nach der Geburt ist eine Frau entweder am Leben, oder sie ist tot. Das ist alles, was mich interessiert. Das war Dr. Jasmins Mantra gewesen und Shokoohs Evakuierung war dementsprechend die richtige Entscheidung, was jedoch keineswegs bedeutete, dass es auch eine gute war. Aber Parvin hatte von Dr. Jasmin ebenfalls gelernt, dass es manchmal keine gute Entscheidung gab. Wieder versuchte sie sich vorzustellen, wie Shokooh in Amerika leben könnte. Wenn man ehrlich war, war ihre Geschichte das am ehesten Vermarktbare an ihr. Vielleicht könnte sie mit Parvins Hilfe ein Buch darüber schreiben. Würde das Professor Banerjee gefallen? Shokoohs von ihr selbst erzählte Geschichte... mehr oder weniger.

In Parvins Kopf tummelten sich unzählige Leute, die ihr alle sagen wollten, was sie zu tun hatte. Der mentale Lärm war so laut, dass sie gar nichts mehr hörte. Der einzige Mensch, ging ihr dabei auf, mit dem sie sich nicht besprochen hatte, saß direkt neben ihr: Shokooh, die am meisten von ihren spontanen Einfällen und Plänen betroffen war. Parvin drehte sich zu ihr um und rief: »Was willst du eigentlich?«

Wegen der Ohrenschützer konnte Shokooh nichts hören und schüttelte verwirrt den Kopf. Parvin tätschelte ihr beschwichtigend die Hand. Nach der Landung – oder der Geburt des Babys – würde sie sie noch einmal fragen: *Was willst du eigentlich?* Niemand hatte je daran gedacht, Shokooh oder die anderen Frauen im Dorf hinsichtlich der Straße, des

Krieges oder sonst irgendwelcher Dinge in ihrem Leben zu fragen: *Was wollt ihr?* Bei den Schūrā-Treffen waren keine Frauen dabei. Trotter hatte das nie moniert. War es ihm überhaupt aufgefallen?

Shokooh, nicht Parvin, musste entscheiden, ob sie zu Wahid oder zu ihrer Familie in der Provinzhauptstadt zurückgehen oder versuchen wollte, nach Amerika zu gelangen. Die Entscheidung zu treffen, darauf kam es an. Und wenn Shokooh ihre Geschichte erzählen wollte, war das ihre Sache, nicht die Parvins.

Jetzt flogen sie über Trotters Straße, die Straße, auf der Parvin nach Hause *fahren* würde, wie er versprochen hatte. Stattdessen folgten sie ihr nun in der Luft. Sie war noch nicht einmal zur Hälfte fertig! Wassergefüllte Krater spiegelten den bleigrauen Himmel und den darunter herfliegenden Hubschrauber in Miniaturformat. Regennasse Kieshaufen glitzerten. Die Straßenbaumaschinen waren größtenteils mit blauen Planen abgedeckt; ein paar Männer, deren grell-orangefarbene Westen in der grauen Landschaft leuchteten, wuselten herum.

Würden die Arbeiten an der Straße je beendet werden? Vorläufig würden die Amerikaner weitermachen, da war sie sicher, Trotter würde darauf bestehen, denn die Straße aufzugeben hätte letztlich bedeutet, dass die amerikanischen Soldaten umsonst gestorben waren. Trotter würde sie nicht einfach abschreiben, sondern versuchen, ihrem Tod einen Sinn zu verleihen und die Sache durchzuziehen, selbst wenn das hieß, dass noch mehr Menschen zu Schaden kommen würden. Der Krieg würde weitergeführt werden, weil er noch nicht gewonnen war. Lämmer zur Schlachtbank. Schafe für tote Ärztinnen. Parvins Albträume würden nie aufhören.

Doch eines Tages, vermutete sie, würden die Amerikaner

alles aufgeben – das Straßenbauprojekt fallen lassen, den Gefechtsposten schließen, die Toten ungerächt lassen. Die Straße würde zu einem weiteren losen Faden in einem Krieg werden, der nach allen Seiten ausfranste. Vielleicht würden sie den undankbaren Dorfbewohnern die Schuld zuschreiben. Vielleicht würden sie gar keinen Grund angeben. Letztlich auch keinen für den Krieg selbst – für weitere Jahre der Verluste und des Sterbens – mit einem beliebigen Ende, das die führenden Politiker der USA so darstellen würden, als verleihe es allem, was vorausgegangen war, einen Sinn. Der Drachenschwanz des 11. September schwang hin und her, hin und her, und zerschlug alles, was ihm in den Weg geriet.

Aber obwohl das Straßenbauprojekt von Anfang an eine Verschwendung von Ressourcen gewesen war, finanziellen und menschlichen, machte der Gedanke, dass es abgebrochen werden würde, Parvin zutiefst traurig. Sie erinnerte sich noch gut daran, wie sie sich gefreut hatte, überzeugt davon, dass eine bessere Straße für die Frauen unendlich viel verändern würde. Und wie Dschamschid aufgelebt war, als er sich ein neues Leben vorstellte, eine Braut, einen Job, eine Möglichkeit wegzukommen. Es schmerzte sie, dass er sich auf die Seite derer geschlagen hatte, die das alles zerstören wollten. Die Aufständischen taten erst gar nicht so, als wollten sie helfen; das Dorf war ihnen einerlei, für sie war es nur eine Basis, vor der aus sie die Amerikaner attackieren konnten. Das Wenige, das Parvin von ihrer Brutalität wusste, ließ sie um die afghanischen Frauen fürchten, wenn die Amerikaner abgezogen waren. Wenn Dschamschid das doch nur begreifen würde! Aber vielleicht musste sie begreifen, dass er keine andere Möglichkeit hatte, ein Mann zu werden, ein Afghane, als die fremde Großmacht abzulehnen, die ihren Einflussbereich ausdehnen wollte.

Im Gegensatz dazu war Asis in Ermangelung einer besseren Arbeit zum Diener des wankenden Imperiums geworden. Er hatte sein ganzes Leben im Krieg verbracht, und seine Zukunft – wie lange er bei Trotter bleiben würde, wie lange die Amerikaner in Afghanistan bleiben würden – war unsicherer denn je. Auch ihn konnte man als losen Faden betrachten, wie alle Afghanen, die ihr Schicksal mit dem zum Scheitern verurteilten Unterfangen der Amerikaner verknüpft hatten. Es würde nicht leicht sein, sie wieder ins Gewebe ihres Landes einzuflechten. Parvins Herz krampfte sich zusammen. Vielleicht war es ja nur Mitleid, was sie für Asis empfand. Aber falls ja, warum geriet ihr Körper, ihr Blut, in Wallung, wann immer er sie ansah?

Sie würde ihm helfen, ein Visum zu bekommen, beschloss sie, als der Chinook von der Straße weg und weiter über den Fluss flog. Sie musste es versuchen. Sie musste sich zwar vor der Fantasie einer weiteren Rettung hüten, wusste aber, dass ihre Eltern auch einmal auf Hilfe angewiesen gewesen waren. Verflechtung war die natürliche Ordnung der Dinge.

Auch auf die Gefahr hin, dass man sich in die Lügen anderer verstrickte. Gideon Cranes Geschichte steckte voller falscher Darstellungen, aber eigentlich bedauerte Parvin nicht, wohin sie sie geführt und was sie dort gelernt hatte. Als ihr das klar wurde, ließ ihre Anspannung zum ersten Mal seit dem Einsteigen ein wenig nach. Sie würde den Flug jetzt genießen, weil es nie einen weiteren geben würde. Sie wollte sich alles einprägen: den nach dem Sturm angeschwollenen Fluss, die dichte, dunkle Wolkendecke und die Berge, die sie umschlossen wie Dorfmauern.

Dank

Ich schulde vielen Büchern Dank für Information und Inspiration, darunter: *No Good Men Among the Living* von Anand Gopal, *Little America* von Rajiv Chandrasekaran, *Veil of Tears* von IRIN News, *Three Cups of Deceit* von Jon Krakauer, *Afghan Post* von Adrian Bonenberger, *Zarbul Masalha*, zusammengestellt von Edward Zellem, *The Unforgiving Minute* von Craig M. Mullaney, *When Bamboo Bloom* von Patricia A. Omidian, *Death Without Weeping* von Nancy Scheper-Hughes, *Snapshots*, herausgegeben von Tamim Ansary und Yalda Asmatey, *Soldier's Heart* von Elizabeth D. Samet, *Pink Mist* von Owen Sheers, *Boys in Zinc* von Swetlana Alexijewitsch *(Zinkjungen*, aus dem Russischen von Ingeborg Kolinko und Ganna-Maria Braungardt. Berlin: Suhrkamp 2016), *Point of Departure* von James Cameron, *A Fortunate Man* von John Berger (*Geschichte eines Landarztes*, aus dem Englischen übersetzt von Wolfgang Uter. München: Hanser 1998).

Außerdem der Dokumentation *Motherland Afghanistan* von Sedika Mojadidi, mit Berichten von Mujib Mashal, Azam Ahmed, Carlotta Gall, Pamela Constable, C. J. Chivers, Thomas Gibbons-Neff, Elizabeth Rubin, Sebastian Junger und anderen, die achtzehn Jahre Krieg dokumentiert haben; und den Instagram-Accounts von Andrew Quilty, Morteza Herati, Everyday Afghanistan und anderen, die die Schönheit Afghanistans und den Ernst dessen, was dort auf dem Spiel steht, beleuchten.

Das Motto des Buchs entstammt: Alice Oswald: *46 Minuten im Leben der Dämmerung.* Aus dem Englischen von Iain Galbraith und Melanie Walz. S. 38 © 2018, S. Fischer Verlag GmbH, Frankfurt am Main.

Mein tiefempfundener Dank geht an:

Die Belegschaft der *New York Times* Kabul in der Zeit von 2001 bis 2005, darunter Abdul Waheed Wafa, Ruhullah Khapalwak, Abdul Samad Jamshid und dem verstorbenen, aber niemals vergessenen Sultan M. Munadi, für ihre Freundschaft und Wissensvermittlung.

Meinem Agenten, Bill Clegg, für mehr als zehn Jahre der Anleitung, der editorischen Scharfsinnigkeit und der Unterstützung. Meinem Lektor, Ben George, für seine Intelligenz, Geduld, Verbissenheit und gute Laune; meiner Verlegerin, Reagan Arthur, für ihren Enthusiasmus; Pamela Marshall, Produktionsredakteurin, für professionelles Wohlwollen und große Toleranz; Tracy Roe, sowohl Ärztin als auch Korrektorin, die mich sowohl vor medizinischen als auch vor grammatikalischen Fehlern bewahrt hat; Sabrina Callahan, Alyssa Persons und allen anderen bei Little, Brown and Company, die bei der Veröffentlichung dieses Buchs geholfen haben.

Für das Lesen früher (und manchmal auch späterer) Versionen und die Verbesserung dieses Buchs auf vielfache Weise: Stefan Forbes, Nell Freudenberger, Eliza Griswold, Juliette Kayyem und George Packer.

Der MacDowell Colony für drei unschätzbare Wochen im Jahr 2018 und der Ucross Foundation für neun Tage in Wyoming ganz am Anfang.

Außerdem Katherine Boo, Courtney Hodell, Scott Rudin und Eli Bush, Carlos Sirah, D. W. Gibson, meiner monatlichen Autorinnengruppe und Katherine Wolkoff.

Meinen Eltern, Don und Marilyn Waldman, den Familien Waldman, Ephraim und Star, insbesondere Brenda Star, sowie Nola Hanson, die wie Familie ist.

Meinem Mann, Alex Star, aus Gründen, die ein eigenes Buch füllen würden, das er, damit beschäftigt, zu kochen, zu putzen, sich um unsere Kinder zu kümmern und dafür zu sorgen, dass ich bei (einigermaßen) klarem Verstand bleibe, zweifellos brillant lektorieren würde. Meinen Kindern, Oliver und Theodora, alias Ollie und Theo, deren Freude am Lesen mich weiterschreiben lässt, dafür, dass sie mein arbeitsbedingtes mentales und konkretes Verschwinden ertragen, für Vorschläge zu Handlungswendungen und Umschlägen (und an Theo für das Aufwerfen der wichtigen Frage: »Was wollen die Frauen eigentlich?«, sowie an Ollie, weil er im letzten Moment eine Wortwiederholung entdeckt hat, die den aufmerksamsten Lesern und seiner eigenen Mutter entgangen war). Allen dreien für ihre Neugier, Fröhlichkeit, Musik, Güte und Liebe.